KE ERMENG JIAZU

柯尔蒙家族

甘 臻◎著

时代出版传媒股份有限公司
安徽文艺出版社

图书在版编目（CIP）数据

柯尔蒙家族/甘臻著．—合肥：安徽文艺出版社，2018.7
ISBN 978-7-5396-4906-1

Ⅰ．①柯… Ⅱ．①甘… Ⅲ．①长篇小说－中国－当代 Ⅳ．①I247.5

中国版本图书馆 CIP 数据核字(2018)第 031715 号

出版人：朱寒冬　　　　　策　划：朱寒冬　刘姗姗
责任编辑：韩露　段婧　装帧设计：张诚鑫　张军

....

出版发行：时代出版传媒股份有限公司　www.press-mart.com
　　　　　安徽文艺出版社　www.awpub.com
地　　址：合肥市翡翠路1118号　邮政编码：230071
营 销 部：(0551)63533889
印　　制：安徽联众印刷有限公司　(0551)65661327

....

开本：710×1010　1/16　印张：24.25　字数：400千字
版次：2018年7月第1版　2018年7月第1次印刷
定价：42.80元

....

(如发现印装质量问题，影响阅读，请与出版社联系调换)
版权所有，侵权必究

自　序

20世纪60年代,我降生于文化之乡桐城。我是幸运的。

我出生那年,我们家从城市下放到龙眠河畔的农村。家徒四壁,一贫如洗,是我儿时的记忆。但是,父母执意让我读书,他们说,就是要饭,也要让孩子读书。他们的伟大之处就在于此,这也是文化之乡所有人的理念。我的哥哥姐姐和我一样从中受益。我们这个家族在艰苦的环境中砥砺前行,繁衍生息,枝繁叶茂。值得我们骄傲的是,我们兄妹多人,勤勤恳恳,踏踏实实,没有一个给我们家族抹上污点。我的小说中出现家族个别成员失足之处,那是我的虚构,也是对世人的警醒,与我的家族无关。我父亲做了半辈子小职员,无怨无悔,他在96岁高龄去世的时候,给我们的临终遗言仍然是他常常挂在嘴边的那句话:心有多宽,世界就有多大。我父亲是老死的,他勤勉一生,直至身体器官衰竭,寿终正寝。相隔不久,我母亲因病追随他而去。父爱如山,母爱如河。我爱我的父母,我爱我的家族。

我整天被困在"马赛克"堆砌的城市丛林,但我时常眷念我的故乡,那片生我养我、散发着泥土暗香的乡野。一个人从农村里出来,乡愁是渗透到骨髓里的,无法割舍,只能由它伴随着自己的一生。因为乡愁,我有了自我鞭策的力量,有了永往直前的勇气,也有了探索人生真谛的永恒动力。桐城派、黄梅戏、六尺巷、文庙,构成桐城文化的元素。从小,我就贪婪地呼吸充盈着艺术细胞的新鲜的空气,沐浴着淳朴的民风民俗的阳光雨露,体会亲人和乡邻"日出而作,日入而息"的艰辛和欢乐。严凤英的歌声弥漫乡野,人人传唱。六尺巷的石碑上刻着清代名相张英的家书——"一纸书来只为墙,让它三尺又何妨,长城万里今犹在,不见当年秦始皇",至今在目。桐城派的散文,在我心中回荡。我从我的故乡汲取了太多的营养,我无以为报,只能以我的笔墨倾注我的情感。我爱我的故乡。

  我为什么写作?生活是人生启蒙之师。热爱生活,追寻现实中的美,与时代和瑟共鸣,便是对写作最好的注释。从小养成的读书习惯,让我的人生得以充实,心境怡然。劳于读书,逸于写作。文字生命符,写作以明志。现实中,有悲欢离合,有情真意切,有阳光明媚之所,也有昏昧阴暗之角落,所以我写反腐言情长篇《悲情城市》;生活中,需要公平正义,需要人与人之间纯真的情愫,所以我写武侠长篇《英雄帖》《铁血残阳》;因为乡愁,因为眷恋我的故乡,因为我想念天堂里的父母,也因为感悟到时代之变迁、人生之不易,所以我写了这部《柯尔蒙家族》。写作,志气之所向,对我来说,永远在路上。

KE ERMENG JIAZU

目 录

001　　　　第一部

乡间泥土，散发苦涩的暗香

137　　　　第二部

命运多舛，风雨飘摇的年代

253　　　　第三部

浮生若梦，谁会丢失人生的钥匙

第一部

乡间泥土,散发苦涩的暗香

1

雨后天霁。秋阳杲杲。凉风习习。树叶飘零。

柯尔蒙推着一辆破旧的板车,嘎吱嘎吱,从古老的桐城县城学堂巷里走出。与他一同走出的,是他的妻子卫秀兰及三个儿子春儿、夏儿、秋儿。这辆破旧的板车上还坐着一老一少两个人,她们是柯尔蒙的母亲巫竹梅、小女儿冬儿。

他们与灰色的砖墙支撑着的老屋渐行渐远。老屋门前站着一个人。这个人苦着脸,目送着他们远去。卫秀兰等人每走几步便回一次头,看一眼身后破败的老屋,似是依依不舍。冬儿头上着卟,眼圈红红的。唯独柯尔蒙,头也不回,铁青着面孔,大步流星地往前走,直到他们从老屋的前面消失。

街上行人稀少。一辆冒着黑烟的拖拉机,嘟嘟嘟嘟,嘟嘟嘟嘟,如同蚂蚱从他们身边跳过,恶作剧似的将一股浓烟甩向他们的鼻孔,引发他们此起彼伏的咳嗽声。卫秀兰咳嗽了两声之后,伸出一只手捂住自己的鼻孔和嘴,而她的另一只手,一直搭在丈夫面前的车把上。柯尔蒙狠狠地皱了一下眉头。巫竹梅伸出手,轻轻地在冬儿的后背上拍了几下。夏儿怒视远去的拖拉机,正要张口骂上一句,却突然看到父亲阴沉着的脸,话到了嘴边硬是给他咽了下去。

拐过一条街道,卫秀兰侧一下身子,看了一眼丈夫,说:你应该和他打声招呼的,以后不常在一起了。柯尔蒙斜了她一眼,厉声说道:我干吗要与他打声招呼?卫秀兰没想到丈夫这么大声,她抬头看了一眼板车上坐着的婆婆巫竹梅,轻声说:自家兄弟,不管怎么说,都是一家人,何况他给我们安排了下放的地方。

听到这话,柯尔蒙似乎有些激动,他嗓门更大了,说道:哪里都是下放,我要他安排做甚?

说话的声音大了,引得巫竹梅瞥了他一眼。柯尔蒙低下头,不再说话了。

他们说的就是刚才站在破败的老屋前面的那个人。他是柯尔蒙的弟弟柯尔明。柯尔明苦着脸站在破败的老屋前面,目送着母亲和哥哥一家从老屋里走出。他鼓足勇气叫了一声"妈",又叫了一声"哥",但母亲和哥哥都没有回应,像身边并未站着一个人似的默默地离开了。

出了县城,一条通往安庆市的很直的柏油马路呈现在他们面前。安庆市是春儿、夏儿他们听说过却没有去过的大城市,它是安庆专署所在地,桐城归安庆专署所辖。路的两边排列着一眼见不到底的泡桐和银杏,偶尔相间几棵油桐。泡桐的叶子是最经不起秋天的凉意的,早早地黄了。黄叶纷纷脱离母体,飘落到地上,地上黄灿灿的一片。路上行人仍是稀少。偶尔有一辆解放牌汽车风驰电掣地从他们身边驶过。穿着黄军服聚精会神驾驶着解放牌汽车的中年司机很令春儿、夏儿他们羡慕。春儿一边走,一边扭过头看了一眼父亲,本想说点什么打破这一路沉闷得快要令人窒息的气氛,见父亲皱着眉头,阴沉着脸,话终究没说出口。

太阳似乎很吝啬它在秋天里的光芒,缺少热度地轻拂着这片冰冷的土地。柯尔蒙却走得有些热了,他腾出一只手,解开自己旧得有点发黄的中山装的上衣纽扣。夏儿额上冒出了汗珠,他抬起胳膊用衣袖擦了一把。冬儿坐在车上挪动了一下身子,她被车上的物品挤压得几乎喘不过气来。这辆板车也够柯尔蒙、卫秀兰和春儿推的,上面除坐着一老一小两个人外,最大限度地堆满了家用物品。大米、山芋、炒米都是被布袋装着的;脸盆、塑料桶、茶壶是垛在一起的;棉被、衣物、鞋帽,大包小袋被绳子捆绑得严严实实,占据了板车很大的空间。小的物件还有锅碗瓢盆书包书籍茶杯墨水瓶等等。住家过日子,能带的都带着。

正行走间,突然从路边树丛中蹿出一个人来。此人年龄不大,眼珠深陷,衣衫褴褛,蓬头垢面。他蹿到板车前已是无力,更是无语。冬儿被吓了一跳。柯尔蒙停下车。卫秀兰走上前,问:你要做什么?来者不说话,他窸窸窣窣而又痛苦地看了一眼卫秀兰,接着眼睛盯着板车上面。还是巫竹梅最先明白其意,连忙将身前一布袋解开,从里面拿出两个山芋递给来者。来者欣喜若狂,伸出双手接过,向巫竹梅连连点头,感激涕零,就差跪下来,然后转身一溜烟地蹿进树丛之中。冬儿问:奶奶,他是要饭的?巫竹梅看着那人渐渐消失的背影,回过头对冬儿说道:他许是饿极了。

走了一程,柯尔蒙将板车拐上一条土路。土路并不平坦,坑坑洼洼,雨后泥迹随处可见。路的两边是稻田,以及或远或近的一座一座的村庄。田里的水稻被收割了一部分,留下一撮一撮的金黄,被榨干了稻粒的秸秆受雨水的浸泡,松软地散落一地。一些农民兄弟在田里劳作。虽然是秋天的田野,却看不出丰收的迹象。穿过一座村庄,他们看见三三两两的人或坐或卧在村头的草地上,衣衫不整,精神面貌不佳,小声地说着什么事儿,见柯尔蒙他们过来,眼睛齐刷刷地盯着板车上的物什。柯尔蒙还没有走出他们的视野,就听见人群中有人说:下放的,到下面村安家落户的。看来,这些农闲之人早已见识过像柯尔蒙这样举家迁徙的场景。下放户,很多村都有。"下放的",成了柯尔蒙他们的代名词。

柯尔蒙一路无语。他无语,并板着面孔,其他人怎好说什么?

靠近安庆,离桐城县城大约三十里远的大湖人民公社团结大队湖边生产队便是柯尔蒙一家下放的落脚点。他们到达生产队的时候,已是下午。柯尔蒙走到村口,将板车停下。冬儿迅速从板车上跳下。春儿上前几步,扶奶奶下车。巫竹梅在车上坐久了,腿有些麻,下地后站立不稳,幸亏有春儿搀扶着。柯尔蒙站在车前,一只手仍扶着车把,另一只手用中山装的袖子擦了一把额上的汗珠。他抬头扫了一眼一家人即将赖以生活的村庄,见不远处站着一位瘦削的中年男人,开口问道:这位同志,请问李明波支书住哪儿?

中年男人傻傻的，像生平第一次见到女人似的，眼睛直勾勾地看着卫秀兰，根本没有听进柯尔蒙问的话。柯尔蒙皱一下眉头，放下车把，径直走到中年男人跟前，又问：请问李明波支书家在哪？中年男人被挡住视线，侧一下头，继续寻找目标，没有回答。夏儿有些气愤，对父亲说：他是个傻子。谁知他这一说，却被中年男人听见了。中年男人扭头直视着夏儿，骂道：你才是傻子，你爸是傻子，你妈也是傻子。夏儿更气，正要回嘴，结果被母亲卫秀兰止住了。柯尔蒙对中年男人说：我们只是问你李明波支书家在哪。中年男人这回听进去了，说：李明波是个大坏蛋。说罢，用手指了指村中的一座门庭，转身向村里走去，很快就没了人影。他走后，夏儿愤愤地说道：他就是一个傻子。引得春儿、秋儿、冬儿纷纷拿眼瞅他。柯尔蒙瞪了他一眼，转身对卫秀兰说：你们在这等着，我去找支书。

　　柯尔蒙刚到这个村庄，就被人骂作傻子，心情坏透了。

　　这个村庄，一眼望去，几乎都是清一色的草房，只有一户人家是瓦房，青灰的耀眼的瓦房。这户人家，门庭突出，比相邻的人家多出一米左右。这便是刚才被夏儿骂作傻子的中年男人所指的那户人家的门庭。这座门庭的主人就是生产队的支书李明波。柯尔蒙上前敲门。里面有女人的声音问：谁啊？底气十足。柯尔蒙回应：是李支书家吗？里面传出女人的喊声：他大大，找你的。在桐城，他大大，就是孩子他爸的意思。过一会，门开了，从里面走出一位微胖的中年男人。此人平头，宽额，厚肩，上穿灰旧的中山装，下穿黄军裤，脚下是一双有些褪色的黄色的解放鞋，一副标准的社会主义新农村干部的模样。李明波支书问：你找我？柯尔蒙欲上前握手，见李明波支书没反应，伸出去的手又缩了回来。柯尔蒙说：我是新来的下放户柯尔蒙。李明波支书脸上现出诧异的神情，他上下打量着柯尔蒙，说：是柯尔蒙啊，上个月大队陈书记就对我说过了，欢迎欢迎，屋里坐。说罢，欲转身。柯尔蒙摇摇头，未挪步，对李明波支书说：李支书，不了，我这一家老小都过来了，在村口呢。嘴里说着，眼睛却有意无意地朝院子里瞟了一下。院内有一胖女人坐在一张木凳上织毛衣,一边织一边瞅着这边门口。这女人是李明波支书的老婆无疑,长得有些富态。李明波支书抬起的脚又放下了。他说道:都过来了?让他们到屋里歇歇吧。柯尔蒙摆摆手,说:这些都免了吧,我们先安顿下来,以后就是一个生产队的人了。李明波支书迟疑了一下,说:那也好,你们累了,先安顿下来,我这就带你们去。

　　李明波支书跟在柯尔蒙身后,来到村口。柯尔蒙指着卫秀兰介绍说:这是我那位,卫秀兰。其实李明波支书老远就看到了卫秀兰,直到跟前,他的眼睛就没有离开过她。李明波支书眉毛上扬,上前一步,伸出手。卫秀兰没有回应,只是冲他倾一下身子。李明波支书手悬在空中,就势挥了一下,说:卫同志一看就是城里人,欢迎欢迎。卫秀兰谦恭一笑。柯尔蒙接着介绍:这是我母亲;这是我的三个儿子:春儿、夏儿、秋儿;这是小女儿冬儿。柯尔蒙话音刚落,夏儿一声怪叫"李支书好",引得秋儿、冬儿想笑。李明波支书一愣,然后手一挥,说:我们走。

　　他们推着板车,走出村庄,绕过一段田埂路,上湖边大堤,沿堤往东走。南边的田野,稻穗泛着金黄,却没有想象中的那么厚实,密一块,疏一块,花花点点,稀稀拉拉,就像是被狗啃的一样。有几个农民兄弟从田中探出头来,好奇地看着他们。一棵老梧桐树格外引人注目,像是一把撑开着的雨伞孤零零地立在堤岸中间,似乎要挡住他们的去路。春儿想起李白的那两句诗:"人烟寒橘柚,秋色老梧桐。"绵延的大堤,仅此一棵,树叶撒落一地。春儿回过头,就见村中陆续有人出来,三五成群,聚集在村头,指手画脚,交头接耳。北边就是日月湖了。一望无际的湖面,秋风徐来,微波荡漾,银光闪闪。"落霞与孤鹜齐飞,秋水共长天一色。"湖边吹来的冷风将柯尔蒙一家人的头发和衣角掀起,他们在经历了一番口干舌燥、浑身疲乏的长途跋涉之后,突感沁人心脾,神清气爽。湖边垂柳枯黄。湖水拍打着堤岸。城里哪有这般光景?

　　夏儿左顾右看,突然说:我们下放,为什么不安排与生产队的人住在一起呢？因为再往前走，他看到不远处除了有一座孤岛，实在看不到什么村落了。他说话的声音不大不小，所有人都听见了。李明波支书放慢了脚步，似乎早就料到会有人这样问。他侧过身，对柯尔蒙说：村里就那么巴掌大的地方，在谁家门前挤一块都不合适。这边清静，风景好。说着，他用手指了指前方的那座小岛，迈开了脚步。

他们一路将板车推到了葫芦岛。这确实是一座孤岛，离岸也就三十米左右，但它更是一座半岛，因为岛与陆地之间是被一座大坝连接着的。整个岛就像是一艘大船被锚在湖边。岛上不见树木，只见两间开的草房在岛的中间傲然挺立。冬儿大叫：妈，那就是我们的家吗？所有人都看见了那座草屋。李明波支书说：这个岛在全队人心目中的位置很重要。它以前是个绿岛，绿树成荫，牛腿粗的大树一棵挨着一棵，这些年大炼钢铁，它为我们国家社会主义经济做出了杰出的贡献。夏儿问：炼了多少钢呢？话一出口，柯尔蒙便训斥儿子道：你不说话，我们当你是哑巴吗？夏儿朝秋儿、冬儿翻了个白眼，不说话了。一行人来到岛上。李明波支书指着草屋，说：听说你们要到这里，我们临时赶建了这座房子，还是不错的。错不错，柯尔蒙一家也不好表达意见。入乡随俗，按部就班，听从地方安排，他们是有思想准备的。李明波支书将一把钥匙交到柯尔蒙手里，说：你们还要拾掇，不打搅了，有什么事，尽管找我。队里有什么安排，我们会通知你的。既来之，则安之，以后就是一个生产队的人了。说罢，冲卫秀兰有些不自然地一笑，转身离开了葫芦岛。夏儿看着李明波支书远去的背影，忍不住又说了一句：以前经常听人说什么支书，原来就是这个样子啊。他的话音刚落，柯尔蒙训道：就你废话多。

岛上光秃秃的，更显这两间土坯的草屋巍然屹立，傲视苍穹。柯尔蒙用钥匙将草屋的门打开，一家老小鱼贯而入。草屋的外间放着一张旧方桌，空空如也，里间放着两张旧床和一个旧柜子，剩下的空间不大。冬儿转了一圈，说：妈，没有厨房，我们在哪做饭呢？卫秀兰皱了皱眉头，安慰冬儿说：没有厨房,我们可以在外面打个灶台。秋儿说:连个小凳子都没有,我在哪做作业呢?卫秀兰安慰他说:会有办法的,这里比不得城里,我们将就些。冬儿又说道:妈,我饿了。巫竹梅转身从车上拿出用塑料袋包裹着的油条,递给冬儿。这是她早上特意买的。冬儿接过,忙不迭地咬上一口。接着春儿、夏儿、秋儿也过来拿油条吃。巫竹梅说:先歇一会,垫一下肚子,再整理东西。柯尔蒙和卫秀兰也凑到一起吃起来。夏儿边吃边说:油条冷了,一点也不好吃。没有人回应他。

  他们填饱了肚子,三下五除二,就将外面板车上的东西搬进屋里,剩下板车以及板车上的锅、扫帚和一盆兰草。兰草是卫秀兰心爱之物,她养护了三年,已出芬芳。春儿将板车推到屋后墙边。然后一家人开始整理从城里带过来的物什。临近傍晚,他们才整理完毕。

  柯尔蒙刚走出屋子,猝不及防,就被迎面而来的小石子击中。他本能地用手护住脸,又用手挡着头部,这才看清,场地上有一群孩子跃跃欲试地想上前,又纷纷后撤。柯尔蒙有些气恼,愤而走到场地中间。这些孩子退出丈许停下,再没有退缩,而是虎视眈眈,与柯尔蒙对峙着。这群孩子个个衣衫褴褛,深邃的目光怀着敌意。除了他们,还有那个中年傻子。柯尔蒙瞪了他们一眼。孩子们当中突然有人高喊:滚回城里去,我们不欢迎你们! 柯尔蒙大吃一惊。那人喊过之后,其他的孩子跟着喊起来,声音很快形成洪流。听到声音,卫秀兰从屋里走出。柯尔蒙并不想理会这些孩子,拉下脸,转身去了屋后。卫秀兰走到孩子们面前,喊声顿时停息。孩子们的目光齐刷刷地投向卫秀兰。卫秀兰眼珠一转,立即返回屋里,捧出爆米花,对他们说:这是我们从城里带过来的,你们分了吃。孩子们迟疑着,你看看我,我看看你,很快,他们贪婪的目光投向卫秀兰手中的爆米花,有些孩子嘴唇开始嚅动。爆米花的诱惑太大了,中年傻子第一个站出。他走到卫秀兰面前,伸出双手。卫秀兰将爆米花全部放到傻子的手中。傻子双手捧着爆米花转过身子。孩子们一个个地向他靠拢,然后伸手抓爆米花。他们抓到爆米花后,津津有味地吃起来,一边吃一边瞅着卫秀兰。卫秀兰转身回屋,当她再次捧出爆米花时,那些孩子却一窝蜂地散去了,很快就没了身影。中年傻子最后一个离开,他不时地回头看着卫秀兰。

春儿从屋里出来,对母亲说:他们不欢迎我们?

夏儿、秋儿和冬儿也已经走到场地上,向外张望。卫秀兰站在原处,看着远处的村庄,默不作声。柯尔蒙从屋后转出,对卫秀兰说:我去找李支书,需要搭建灶台。然后,又补了一句:别理会他们。卫秀兰点点头。春儿说:大大,我陪你一起去吧。夏儿、冬儿见状异口同声地说:我也要去。柯尔蒙皱一下眉头,没好气地说:谁要你们跟我去?说罢,一个人走出葫芦岛。

他回来的时候,神情有所舒展。他对卫秀兰说:李支书答应,明天找人来给我们砌灶台。卫秀兰"嗯"了一声。柯尔蒙接着说:李支书还答应送我们一套农具,以及马柴。卫秀兰脸上第一次露出笑容。卫秀兰环视室内,走到柯尔蒙身边,说:我们还缺一张床。柯尔蒙点点头,说:这个我不好向李支书提,晚上挤挤吧,过了今晚我再想办法。卫秀兰默默地看了丈夫一眼,没说话。

柯尔蒙一家下放到葫芦岛的第一个夜晚,终于降临了。春儿划了一根火柴,将一盏从城里带过来的油灯点亮。很快,淡淡的乳黄色的光芒在房间里弥漫开来。柯尔蒙从湖边提了一桶水进来,对孩子们说:你们都洗洗,早点睡。夏儿说:里面就两张床,怎么睡?卫秀兰安慰他道:晚上挤挤,明天再想办法。夏儿看看春儿,又看看秋儿,无奈地伸出舌头,耸耸肩,苦笑笑。冬儿叫道:我要跟妈妈睡。柯尔蒙突然想起什么,对春儿说:春儿,你过来。说着,转身走向屋外。不一会工夫,两人吭哧吭哧地将放在屋后的板车抬了进来,板车已被卸了轱辘。两人将板车平放在靠墙的地上。柯尔蒙说:春儿、夏儿,晚上睡这上面。卫秀兰以赞许的目光看着丈夫,笑了。巫竹梅站在一旁说:干脆将里面的一张床也搬到外面来,我带秋儿、冬儿睡。柯尔蒙与卫秀兰相视无语。春儿和夏儿早已转身进了里屋,很快就将里面的一张床抬出,放在板车的旁边。卫秀兰面色微微泛红,说:那冬儿跟我们在里面睡吧。巫竹梅摆摆手,说:他们小,不占地方的,还是我带他们睡。柯尔蒙看了一眼卫秀兰,说道:就按妈说的吧。春儿、夏儿,你们快洗脸。孩子们很快站到一起,排成队,等着洗脸。正在这时,冬儿站在队伍当中突然大哭起来,而且越哭越伤心,越哭声音越大。柯尔蒙和卫秀兰走到冬儿身边。柯尔蒙将冬儿搂住,用手抚摸着她的头,问:冬儿,怎么了?冬儿"哇"的一声,哭得更厉害。卫秀兰倾身拉住冬儿的手,安慰她说:冬儿别哭,大大妈妈都在你身边呢。冬儿这才止住哭声,啜泣不已。待她平静下来,卫秀兰问:冬儿,是不是不开心?冬儿离开柯尔蒙的怀抱,扑到卫秀兰的怀里。卫秀兰抚摸着冬儿的头发,又问:冬儿,不是说好了吗,我们要来农村生活的,为什么要哭呢?冬儿抽出小手,揉了揉眼睛,抬起头,对卫秀兰说:我也不知道,就是想哭。卫秀兰将她搂得更紧,拍着她的后背,说:冬儿乖,跟哥哥去洗脸吧。冬儿揉揉眼睛,很听话地站在秋儿后面。秋儿见她归队,连忙退后,将冬儿拉到自己和夏儿中间。柯尔蒙和卫秀兰相视无语。巫竹梅看着这一幕,摇了摇头,轻轻地叹了一口气。

折腾了一天,终于安静下来。夜,静谧。秋天乡野的气息,破窗而入,沁人心脾。风声、虫鸣、湖面的波涛声,声声入耳。

第二天,天刚蒙蒙亮,柯尔蒙夫妇就被窗外叽叽喳喳的鸟鸣吵醒。两人起床,然后悄无声息地穿过外面的房间,来到屋外。巫竹梅比他们起得早,她双手捧着茶杯坐在门口的小凳子上。柯尔蒙小声地问母亲睡得可好,巫竹梅点点头。柯尔蒙转身走向屋后,卫秀兰跟在他身后。两人在岛上转悠,穿行一段有着乱石和树桩的路径,来到湖边。湖水荡漾,湖面泛着红光。微风将卫秀兰的头发吹起。柯尔蒙感慨地说:乡下空气好,也比城里清静,以后,这里就是我们的家了。卫秀兰凝神看着湖面,用手理了理披肩的长发,没说话。柯尔蒙往前几步,弯下腰,双手捧起湖里的水洗了把脸,然后回到卫秀兰身边。卫秀兰又回头看了一眼草屋,感慨地说:这就是我们的家,我都不敢想象。柯尔蒙耸耸肩,不知道说什么好了。

柯尔蒙顺着卫秀兰的目光,看了一眼草屋,突然他"啊"的一声发出了惊呼。卫秀兰扭过头,问:怎么了?柯尔蒙说:辘轳不见了,锅也不见了,扫帚也不见了,昨天我们明明放在那里的。卫秀兰上岸,走向草屋。草屋前后空荡荡的,唯有兰草还在。她惊奇地瞪大眼睛,对柯尔蒙说:这是怎么回事?他们连这些东西也偷?这个村子怎么有这等恶习?柯尔蒙愤愤地说:我去向支书反映。卫秀兰摇了摇头,说:还是不说为好。柯尔蒙迈出的步子收回来了,他内疚地说:都怪我,应该将它们放在室内的,害人之心不可有,防人之心不可无。卫秀兰安慰丈夫说:算了,再置就是。

这一天,他们盼着村里来人为他们搭建灶台,但是,一天过去了,却没有人来。没有灶台,做不了饭,他们只好以干粮充饥;没有灶台,生不了火,他们也只好用木炭烧水。第二天,还是没有人来。柯尔蒙以为李明波支书忘记了,便去找他。李明波支书很惊讶,说:我早就通知李霜天他们了,他们没去?柯尔蒙摇了摇头。

柯尔蒙回到家。这一晚,他们总算挨过去了。早上起来,柯尔蒙到湖边洗了把脸,刚回到屋前,就看见有几个人向葫芦岛这边走来。卫秀兰从屋里出来,也看见了这些人。

走在最前面的是李明波支书,他后面跟着几个面黄肌瘦的农民兄弟。他们有的扛着工具,有的挑着砖头、石灰之类,有两人一前一后抬着一捆马柴。李明波支书走到草屋前,看见柯尔蒙夫妇,满脸堆笑,大着嗓门喊:我盼咐他们早点给你家砌灶台的,生产队给你们家拨的马柴也运来了。他说话的时候,用手指了指后面两人抬着的马柴。几位农民兄弟绕到草屋的东侧,卸下东西。柯尔蒙夫妇颇为感动,连忙上前。李明波支书脸上仍挂着笑容,他看了一眼卫秀兰,转过身,立马拉下脸,对同来的几个人说:将马柴放到那边,快快快,将灶台早点搭起来,人家等着烧饭呢。说着,又转过身冲柯尔蒙夫妇一笑。卫秀兰说:我去给他们沏茶。转身走向屋里。李明波支书盯着卫秀兰,直到她消失才回过神来,对柯尔蒙说:不必这么客气的。农民兄弟无视柯尔蒙的招呼,他们围到墙边,商议着行动方案。李明波支书在墙边站了一会,然后转过身对柯尔蒙说:你忙你的,让他们干活。我走了,我还有好多事呢。

柯尔蒙走到这几位农民兄弟跟前,弯下腰,说:有劳你们了。没人回应他。柯尔蒙略显尴尬。但他并不在意,上前与他们一起搬石头。哪知这些人只按自己的套路运作,柯尔蒙显得笨手笨脚,似乎永远也跟不上他们的节拍。这四个人之间时有话语,偏偏与柯尔蒙没有任何的互动。柯尔蒙想起昨天场地上孩子们的叫喊,知道他们心存偏见,不愿意搭理自己,便不再一味地迎合,手一甩,转身进了屋里。

这时,卫秀兰提着茶壶从屋里走出来,她后面跟着春儿和夏儿。春儿手里端着一条长凳,夏儿捧着一摞碗。卫秀兰走到农民兄弟旁边停下来,春儿将长凳放下,夏儿接着将手中的碗一个一个地放到长凳上。卫秀兰提着茶壶往每个碗里倒茶,一边倒,一边对他们说:你们歇一会吧,喝口茶。她说话温文尔雅,得到的反应与柯尔蒙截然不同。四位农民兄弟放下手中的活,直起腰来,他们的目光不约而同地投向卫秀兰。卫秀兰将茶倒好后,站在一边。四个人中的一位看似头儿的中年人,瞄了一遍同伴,第一个走到长凳前,又斜了一眼卫秀兰,端起了茶碗。其他三位见状,你看看我,我看看你,相继走出,围到长凳边,一个个地端起茶碗喝起来。春儿、夏儿对他们的无语和冷漠颇为反感,故意做出不屑一顾的神情,相继转身进了草屋。

四个人喝过茶,将碗一字排在长凳上,继续干活。这时候,柯尔蒙从屋里出来。卫秀兰看见他,说:什么时候去找木匠?柯尔蒙回她:等会就去。

一位龅牙的年轻人听到夫妻两人的对话,直起腰来,他看了一眼卫秀兰,对柯尔蒙说:你找木匠?柯尔蒙冲他点点头。龅牙的年轻人名叫李晓毛,他接着说:为什么要到村里去找呢?我们这里就有一位木匠,手艺好着呢。柯尔蒙有些惊喜,又有些疑虑地看着他。李晓毛用手指了指身边的一位同伴,也就是那位看似头儿的人,说:你找他,李霜天。李霜天身材不算魁梧,却是这些人中最高大结实的。他皮肤黑紫,穿着一件破旧的灰色的短袖汗衫,露出的两只胳膊,肌肉鼓鼓,与其他的农民兄弟有着鲜明的体格上的不同,柯尔蒙刚才就见他干活忒忒有力。听见有人说到他,他躬着身子蹲在那里,不为所动。柯尔蒙走到他身边,几乎是弯下身子,对他说:李师傅,你会木工活?李霜天这才扭过身,看了柯尔蒙一眼,算是回应。柯尔蒙说:家里缺了一张床,想请你帮忙打一张,我付工钱的。李霜天蹲在原地,抬起头,不耐烦地问:有木料吗?柯尔蒙回答:准备买木料打。李霜天耸耸肩,低下头。他身边的一位叫李晓财的人突然对柯尔蒙说:你不是跟李明波支书熟吗?你怎么不让他给你弄张床?另一位叫李晓蒙的人在一旁调笑说:真要熟的话,完全可以开后门的。李晓毛看了一眼远处的卫秀兰,诡秘地说:要是女人出面,也未尝不可。四个人自顾自说着,越说越离谱了。卫秀兰听出这些人的不怀好意,索性转身进了屋。柯尔蒙显得极为尴尬,心情本来就不好,遇上他们,想发作,却又发不出来。

李霜天却突然站起身来,对柯尔蒙说:我帮你对李明波支书说一下吧,他如果不拨给你床,我再帮你打。

许是卫秀兰沏的茶水起了作用,或者是卫秀兰女性的魅力起了效果,李霜天这才拐了九十度的弯,说出这样的话。

不一会,秋儿、冬儿揉着惺忪的双眼,走到屋外的场地上。巫竹梅左手端着水杯,右手提着一只小凳子也来到场地上。她刚坐下,冬儿就走到她身边,将一只手搭在她的肩膀上,好奇地观察着这些农民兄弟。不一会,卫秀兰端着一个脸盆出来,从这些农民兄弟面前走过,去了湖边。她今天穿了一件的确良蓝衬衫,外套毛线背心,整个人显得很精神、很有型、很飘逸。李霜天呆呆地看着卫秀兰的背影远去。卫秀兰走到湖边,蹲下身子,很快就在那些农民兄弟眼前消失了。她到湖边,是为漱口、洗脸、梳头。卫秀兰的出现,在李霜天心里激起了一道涟漪。龅牙的李晓毛这时咳嗽了一声,李霜天恍然回过神来,重新开始了手头的活。巫竹梅站起身来,走进屋里,然后从屋里拿出两根叉树棍,走到靠近湖边的场地上,一边仔细地打量着地面,一边喊来春儿、夏儿,示意他们将叉树棍插到松软的土地上。秋儿自告奋勇要来帮忙,夏儿训他:一边去。秋儿才几岁的孩子,哪里干得了这活?待春儿、夏儿将叉树棍插牢,巫竹梅又将一根塑料绳递给他们。很快,晾衣架就搭起来了。巫竹梅回到屋里端出一个木盆到湖边洗衣。半个多小时后,巫竹梅和卫秀兰一起将衣服洗好,回到晾衣架边将衣服搭在上面。

中午时分,李霜天等人将灶台建好。灶台依墙而立,长方体,石头垒砌,泥巴糊实。柯尔蒙将从城里带过来的两口铁锅扣在灶台的两个洞口上,不大不小,正好。春儿兄妹四人围在一边,看着这些大人的杰作,脸上露出他们踏上葫芦岛以来的第一个笑容。柯尔蒙向农民兄弟致谢。灶台还没有完全风干,不然,他们要做饭给农民兄弟吃的。李霜天等人收拾工具准备离开时,夏儿突然说了一句:这要是下雨,怎么办呢?他的话问得好,问得及时。现在是晴天,如果下雨,这个泥巴糊的灶台不稀里哗啦一塌糊涂才怪。总不能在下雨的时候用塑料布蒙着,那样的话,灶台保护了,怎么做饭呢?农民兄弟似乎恍然大悟。李霜天为自己辩护道:李明波支书只说在外面砌一个灶台。龅牙的李晓毛灵机一动,说:这事要及时向李明波支书反映,他发个话,就可以在这里建个披屋。柯尔蒙面露难色。卫秀兰在一边插话说:这不是又给生产队添麻烦吗?我们怎好开口?又是李霜天自告奋勇,他说:我这就去建议。说罢,站起身,看了一眼卫秀兰,便向村里走去。柯尔蒙甚是感激,目送着李霜天离去。卫秀兰走到丈夫跟前,小声对他说:这到吃饭时间了,我去屋里弄点吃的吧。柯尔蒙看着李晓毛等人站在墙边等着李霜天回来,便朝卫秀兰点点头。卫秀兰转身进了屋里。柯尔蒙站在那里陪着他们。柯尔蒙没话找话地说:刚到乡下来,不了解这里的情况,以后还望大家多多关照。李晓毛扭头看了他一眼,没说话,自己倒了一碗茶喝起来。其他人也没理他,自顾自地倒茶喝起来。柯尔蒙讨个没趣,不好再说什么。

李霜天办事效率还是很高的。他回来的时候,不仅自己肩上扛着一捆生产队批拨的木料,还带来了另外两位农民兄弟,他们与他一样也扛着木料。李霜天三人踏上葫芦岛时,柯尔蒙上前迎接。李晓毛走到李霜天跟前,将李霜天肩上的木料卸下来,靠在草屋的墙边。和李霜天一同来的两人也将木料靠到墙边。李霜天拍拍肩,搓搓手,对李晓毛等人说:回去吃饭吧,下午再干。几个人拍拍屁股上的灰尘,欲散去。这时,卫秀兰从屋里走出来,朝李霜天等人招招手,说:你们每人吃碗泡炒米吧。李霜天看着卫秀兰,停下脚步,说:不了,我们回去吃。不想龅牙的李晓毛却在一旁说道:如果泡好了,就在这吃了吧,下午接着干活,免得回去耽误时间。李霜天看看卫秀兰,又看看柯尔蒙,有些犹豫。柯尔蒙上前劝道:都准备好了,就在这吃吧。于是,李霜天一声令下,说:那就在这吃,吃过干活。卫秀兰转身往屋里走,边走边招呼春儿、夏儿。不一会,他们便将一碗一碗用开水泡好的炒米端出,分发给每一位农民兄弟。

这个披屋,第二天下午才建好。李霜天说:要是有鞭炮的话,可以放一下。柯尔蒙说:没有。夏儿很搞笑,从地上拿起一根枯树枝,一个人钻进披屋,猛敲锅盖,噼里啪啦的声音随之响起。站在外面的卫秀兰笑了,龅牙的李晓毛也笑了,柯尔蒙忍俊不禁。唯有李晓财和李晓蒙站在墙边一隅,冷眼旁观,做不屑一顾状。卫秀兰看在眼里,立马收住笑容。无人喝彩,夏儿敲了一会,顿觉无趣,便从里面出来,将枯树枝弃于一边,转身离开了。

农民兄弟走后,全家人扎堆于草屋的外间,柯尔蒙在葫芦岛主持召开了柯家第一次家庭会议。柯尔蒙在会上做出三点重要指示:第一,我们全家已经下放到葫芦岛了,葫芦岛就是我们的家,大家一定要静下心来,调整好状态,适应这里的环境;第二,今后,我们每一个人都是这里的一员了,我们要与生产队上上下下打成一片,与人为善,友好相处;第三,新的环境,会出现新的情况、新的问题,我们要以良好的精神面貌、积极的精神状态来面对,高调做事,低调做人。柯尔蒙说过之后,卫秀兰看着几个孩子,问:大大说的话,你们可记住了？春儿、秋儿、冬儿异口同声:记住了。夏儿慢了半拍,有些玩世不恭地拖着腔调说:记住了——卫秀兰看了夏儿一眼,说:从现在开始,我们就要忘掉城市,适应这里的生活,做地地道道的农村人。

会议结束后,一家人准备就寝,外面突然响起了一阵急促的敲门声。春儿大声问:谁呀？外面沙哑的声音回答说:我是李霜天,来送床的。春儿开门。李霜天和李晓毛两人抬着一张木板床,站在门口。柯尔蒙上前,激动地说:太谢谢了。李霜天扫了室内一眼,对柯尔蒙说:我们将床抬进去吧。然后,他们在外边将床板托起,靠到墙壁上,转身将连接四腿的床架抬起,侧着进了屋,放在外面房间中间。卫秀兰对柯尔蒙、春儿说:快快快,将板车抬出去。柯尔蒙和春儿立即跨过去将板车抬出。不一会,床就架好了,与里面的一张床依墙并排而立。卫秀兰走到门口桌前,一边倒水一边说:你们歇歇,喝口水。李霜天和李晓毛看着卫秀兰,说:不了,我们这就回去。说着,两人走到门外,很快就消失了。

2

柯尔蒙一家下放到葫芦岛的第七个晚上,湖边生产队为他们夫妻俩专门召开了一次欢迎会。

欢迎会安排在李明波支书家的院子里。柯尔蒙夫妇走进院子时,就见李明波支书和他的胖胖的老婆正忙着搬凳子。李明波支书已是第三次见到卫秀兰,眼睛仍然放着光芒,他指着一条长凳示意他们夫妇坐。李明波支书的老婆上下打量着卫秀兰,眼神有些异样。她从屋里端出一张小方桌,放在院子里的场地上,然后走到一个茶几边,将茶几上马灯的螺口拧了一下,马灯的光顿时明亮起来。这时,从屋里一连串地走出三个女孩,手里托着茶碗,她们将茶碗放到方桌上。这三个女孩是李明波支书的女儿。李明波支书皱一下眉头,朝三个女孩挥挥手,说:去去去,回屋里。三个女孩朝父亲瞄了一眼,一同拥进屋里。李明波支书的老婆也瞄了一下李明波支书,转身进了屋里。

　　陆陆续续有人走进院子。他们是生产队队长李明清,生产队一组组长李霜天、二组组长李明林、三组组长李晓群、四组组长李晓发,以及妇女组组长李惠惠。他们进了院子后,分别端起一碗茶,坐到柯尔蒙身边的两条长凳子上。

　　农村人看人,眼睛不会掩饰,这让卫秀兰很不习惯。

　　会议由李明清队长主持。李明波支书致欢迎辞。李明波支书清了一下嗓子,开口说:柯尔蒙一家下放到湖边生产队,是我们生产队的光荣,他们全家下放,全家光荣,他们是来帮助我们、支援我们、提高我们的,我们应该欢迎。柯尔蒙一家刚到农村,需要熟悉这里的环境,遇到什么困难,及时提出来,我们都要想方设法解决。至于他们两人的工作安排,之前我和明清队长商量好了,柯尔蒙有文化,适合在生产队做文书,协助我和明清队长,另外队里的统分工作也交给他来做,事情不少的;卫秀兰同志是知识分子,分在妇女组任副组长,协助李惠惠开展妇女工作。李明波支书致辞后,李明清队长简单地介绍了一下生产队的基本情况。李明清介绍完,邀请柯尔蒙夫妇发言。柯尔蒙表达了两层意思:一层是感谢;另一层是服从安排,尽职尽责做好工作。柯尔蒙说过之后,李明清队长请卫秀兰也说说,卫秀兰摇摇头,说:老柯已经代表了。

　　这次欢迎会,使得柯尔蒙夫妇对生产队的情况有了初步了解。这个生产队,三十八户人家,近两百人。农田主产水稻,沙土田种植小麦、花生、山芋、油菜等。这个生产队,除了柯尔蒙一家,都姓李。李姓当中,"明"字辈分最高,其次是"晓",接着是"春"。这个村解放前后称作李庄,1958年成立人民公社后改作湖边生产队了。

会议结束后,李明波支书亲自送柯尔蒙夫妇出门。李明波支书家外面围了一大群的人,见李明波支书等人出来,一窝蜂地散去。这些人中,大多数是些瘦弱的孩子,中年傻子也在其中。几个孩子见到柯尔蒙夫妇,突然喊起:我们不欢迎下放佬。柯尔蒙有些吃惊,停下脚步,转身看着李明波支书。李明波支书向孩子们手一挥,喝道:滚!不许你们瞎说!孩子们消失得无影无踪。

柯尔蒙离开村庄,拉起卫秀兰的手,两人踏黑回葫芦岛。乡村的夜晚,静谧,空廓,凉风习习。两人停下来,回头朝村里望去。远处的村庄似虎踞龙盘,黑魃魃,肃穆而神秘,唯有李明波支书家的院落泛着微弱的灯光,辉映苍穹。卫秀兰看看四周,挣脱柯尔蒙的手,轻声说:让人看见不好。四周静悄悄,空无一人。柯尔蒙重新拉起卫秀兰的手,卫秀兰不再拒绝,两人沿湖边相依而行。湖风徐来,卫秀兰感觉到的却是春风拂面,触到心底的是温馨如许。

回到自家的门前,柯尔蒙轻轻敲门,连敲几下,最后还是巫竹梅摸着黑起来开门。几个孩子睡得正香。卫秀兰将门关上,吩咐婆婆早点睡,与柯尔蒙一前一后蹑手蹑脚走到里间。柯尔蒙将里间的房门关上,点亮油灯。卫秀兰将床铺好,对柯尔蒙说了一声"睡吧",便将外套脱掉,上床就寝。柯尔蒙将灯熄灭,摸黑上床。柯尔蒙兴致很高,脑子一热,伸手搂住卫秀兰,蠢蠢欲动。卫秀兰将他的手拿掉,说:你连手都没有洗。今天累了,休息吧。柯尔蒙听话得很,转过身,闭目仰面,很快就进入了梦乡。

第二天一大早,柯尔蒙和卫秀兰洗漱完毕,吃了稀饭,两人一起出门。孩子们仍然熟睡着。两人走出葫芦岛,沿着湖边向村口方向走去。田里稻浪翻滚,金黄一片,在刚刚升起的太阳的照射下熠熠生辉。卫秀兰穿着一套从城里带过来的灰色的工装,两只辫子从脑后垂到临肩,精神抖擞,满面红光,英姿飒爽。柯尔蒙走在她后面,眼光就没有离开过她,心里不时地泛起甜蜜的自豪感。湖堤下边,几处石阶的尽头被一个一个的村妇占领,捶衣声从她们的身边发出,响彻乡野的天空,湖面泛着涟漪,水纹向着湖的纵深地带推进,银光闪闪。再往前,柯尔蒙看到有男人从湖中担水。两人走过湖边堤岸,来到李明波支书家。李明波支书胖胖的老婆正在院子里喂鸡,见柯尔蒙夫妇进来,瞄了一眼卫秀兰,不说话,就进了屋里。李明波支书坐在院子里的一张竹椅上,嘴里叼着旱烟袋,他身边的地上放着一个茶杯,热气腾腾。李明波支书见柯尔蒙进了院子,连忙站起身来,热情地招呼他们,示意他们坐。柯尔蒙和卫秀兰相继坐到李明波支书面前的一张长凳上。柯尔蒙开口说:李支书,我们今天是来报到的。李明波支书将旱烟袋从嘴里拔出,冲柯尔蒙爽朗地一笑,又眯着眼看了一眼卫秀兰,说:你们劳动的热情很高啊。说过,弯腰端起放在地上的茶杯,啜了一口茶,突然问:你们喝水吗?卫秀兰答:不喝。李明波支书将茶杯放回原地,对卫秀兰说:我已经和李惠惠说了,有事她会通知你的,你可以在家待着,等她通知再出工。卫秀兰点点头。李明波支书站起身来,转而对柯尔蒙说:你跟我来。说着,向门口走去。柯尔蒙和卫秀兰起身跟在他后面。

　　李明波支书出了自家的院子,穿过一户一户村民门前的场地,向北边村口走去。有村民站在自家门口与李明波支书打招呼,还有几个孩子跟在他们后面。李明波支书一边走,一边从腰间取出一把钥匙递给柯尔蒙。柯尔蒙有些诧异。很快,他们就看见村口一座三间开的草屋,很是显眼。草屋有些破旧,中间的门是开着的。这座草屋,柯尔蒙下放进村的时候就见过,以为住着村里的人家。李明波支书带柯尔蒙夫妇走了进去。那些跟在他们后面的孩子在屋前止步,不敢越雷池一步。草屋中间的一室除了通往两边的过道,堆满了农具。李明波支书将柯尔蒙引向西边的房间,他们进去的时候,李明清队长从一张桌子后面站起身来。李明波支书指着另外一张桌子对柯尔蒙说:这张桌子是留给你的,你做文书,没有桌子怎么行?以后上工我们就在一起了。柯尔蒙走到桌边,仔细地看了看,然后坐到里面的一张木凳上,他冲卫秀兰会意地一笑,感觉良好。柯尔蒙问:我今天就可以上工了?

李明波支书点点头,说:今天就可以。站在他们身后的卫秀兰向他们告辞,转身走出室外。李明波支书目送着卫秀兰,直到她从房间里消失,似乎有一丝丝的失落感。他转身对柯尔蒙说:我的办公室在那边。说着,走出了房间。

生产队里能有办公室,这已经是很不错的了。闲聊中,李明清队长告诉柯尔蒙:过两天,生产队就要开锣打响秋收的战役了,你正赶上这热闹的场景。三年困难时期已经过去了,到今年上半年,情况开始改变,夏季稻,我们除去上交的公粮,平均每户还分了一百多斤。秋季稻比夏季稻更好,丰收在望,我们可要好好庆祝一番!柯尔蒙说:那是,那是。

两人聊了一会,李明清队长便将全村人员的花名册交给柯尔蒙,并递给他一些表格。李明清队长说:每个小组都做考勤的,小组长到时候将考勤表交上来,你根据工种、劳动量、等级给他们每个小组的人算工分。算工分这里都有标准的,你对照执行就可以了。听李明清队长这么一说,柯尔蒙感觉自己这份工作并不难。李明清队长说:做这份工作关键是要心细,不能把队员的工分算错,要知道,这关系到队员一家老小生老病死、衣食住行。不过你是城里有文化的人,这一点毋庸置疑。他这一说,柯尔蒙感觉自己肩上的担子很重。

柯尔蒙拿着考勤表翻看,很快就发现里面时不时地出现负数。队员出工干活,怎么会有负数呢?正要问李明清队长,却突然看见,自己的名字也赫然在册:柯尔蒙,负八分。柯尔蒙不解,问李明清队长。李明清队长解释说:生产队给你们家配的是两张床,你们后来领的床就要算工分了,还有两口铁锅,这是经生产队集体研究的,可以用工分抵。李明清队长这么一说,柯尔蒙才恍然大悟,心想,生产队这么处理,也算合理,只是自己先前还以为床和锅都是生产队派送的呢。早知如此,自己就可以想办法解决的。这八工分也不便宜。

傍晚的时候,柯尔蒙回到家,秋儿、冬儿从门口扑到柯尔蒙跟前,高兴地说:大大,我们可以上学了。柯尔蒙被他们挡住,站在屋前场地上,抚摸着他们的头。站在一旁晾衣服的卫秀兰说:上午团结小学的李晓岚老师来通知的。柯尔蒙将冬儿抱了起来,摸着她的小脑袋,说:好消息好消息,我冬儿要在这里上学了。这时,夏儿从湖边拎着一桶水回来,老远看见父亲,喊着:大大,我也要上学了,是大湖初中。柯尔蒙提高嗓门说:你不是不喜欢上学吗?夏儿眼一翻,说:上学总比面朝黄土背朝天好。柯尔蒙和卫秀兰相视而笑。柯尔蒙走进屋里,屋里有些阴暗,巫竹梅坐在屋里的床沿上,春儿蜷缩着身子坐在她旁边。柯尔蒙对春儿说:你坐在这里干什么?也不找点事做做。春儿瞄了父亲一眼,不言语。巫竹梅替春儿说道:看他们一个个地上学,春儿自己的事还没解决呢,他哪有心情干活?柯尔蒙走到春儿跟前,问:怎么了?春儿噘着嘴说:今天去了桐城中学,老师说我的学籍转到大湖高中了。我去大湖高中,老师却说学校并未接到我转学的通知。柯尔蒙安慰他说:通知也许就在途中,你等等看。春儿听父亲这么一说,耸耸肩,"嗯"了一声。这时,卫秀兰提着个脸盆,走进来,对柯尔蒙说:那个李老师就是这个生产队的,她父亲是李明林。

　　礼拜一的早晨,夏儿、秋儿和冬儿高高兴兴上学去了,丢下春儿。春儿又有些失落。他醒得早,却躺在床上懒得起来,辗转反侧。过去在城里,春儿是桐城中学的尖子生,老师表扬他,同学羡慕他,父母和奶奶总是夸他。那时,夏儿是不想上学的,他的兴趣主要在打篮球上,为此,他没少挨父亲的打骂和母亲的责怪。现在倒好,不想上学的高高兴兴上学去了,而一心想上学的人却待在家中。柯尔蒙催春儿起床,春儿嘴里哼哼应付,就是赖着不起。柯尔蒙再也没有理会他,和卫秀兰一起出门了。春儿等他们走后,一个鲤鱼打挺,翻身起床,吓了坐在床边的奶奶巫竹梅一大跳。然后,他胡乱地吃点东西,在墙边找出竹篮和铲子,走出门去。巫竹梅追到门口,问:你要去哪里?巫竹梅知道他心情不好,有些放心不下。春儿一边走一边回答:我去挖野菜。巫竹梅愕然。

挖野菜并不是春儿的首创。在湖边生产队，挖野菜早已成了传统。三年困难时期，人们缺粮少食，靠的就是挖野菜充饥，渡过难关。另外，田间地头、坡下水边，野菜品种繁多，用它不仅可以充饥，还能增加营养。柯尔蒙一家下放到此，不时地看见村里人利用闲暇时间，奔向野外挖野菜。孩子们不上学的时候，更是成群结队，争先恐后。春儿曾随他们一起，认识了不少可食用的野菜，什么马兰头、马齿苋，什么荠菜、蕨菜，什么桔梗、婆婆丁，等等。

柯尔蒙和卫秀兰刚刚走出葫芦岛，村头就响起了敲锣声，咣，咣咣，咣咣咣，咣咣咣咣，一阵紧似一阵。接着，有人大声吆喝：开工喽，开工喽！全体队员，湖边老梧桐口集合！柯尔蒙和卫秀兰放眼望去，那走在前面敲锣的正是李明清队长，他后面陆续跟着一些社员。队伍越来越大，浩浩荡荡，向湖边老梧桐树推进。柯尔蒙和卫秀兰第一次见到全村有这么多人出动，男男女女，老老少少。他们在梧桐树下聚集，瞬间蔓延到附近的田埂。他们发现了柯尔蒙夫妇，就像是观赏天外来客一般，好奇地打量着他俩，时有议论。春儿本来沿着湖边向东，边走边挖野菜，听到敲锣声，他慢悠悠地站起身来，看到村里人都聚集到老梧桐树下，哪里还有心思挖野菜？早已魂不守舍地向人群那边赶去。这时，老梧桐树下腾出一块空地，人们让出一条通道，等待着李明波支书的到来。不一会，李明波支书便出现在人们面前。他走到场地中间，四处查看，然后朝柯尔蒙招招手。众目睽睽之下，柯尔蒙只好撇下卫秀兰，穿过人群，来到场地中间。柯尔蒙离开后，卫秀兰站在那里是最突出的。她上穿灰色短袖褂，下穿宽松的长裤，两只辫子恰如其分地坠到脑后，整个人似出水芙蓉。虽已是中年，但她在那些同龄的农妇面前，显得既年轻，又漂亮，所以她很容易引来好奇、羡慕甚或嫉妒的目光。人群中的李惠惠发现了卫秀兰，泥鳅打闪一般走到她跟前，与她打招呼，同她站在一起。两人如同看戏一样，时有说笑。

李惠惠在众目睽睽之下与卫秀兰站在一起，是要有勇气的。柯尔蒙全家来此，占用这里的土地，分享这里有限的粮食，村里人是排斥的，甚至是充满敌意的。更何况,全村都姓李,唯独他一个柯姓,说插进来就插进来,凭什么?李惠惠却全然不顾这些,完全不在乎别人怎么看。

  李明清队长敲了一下铜锣,咣的一声,全场顿时安静下来。李明清队长扯着嗓子喊:今天我们在这里举行一个隆重而又简洁的秋季收割仪式,现在我们以热烈的掌声欢迎明波支书讲话。掌声稀稀拉拉响起。李明波支书举起双手,示意大家静一静。他干咳了一声,提高嗓门说道:过去的三年,大家受苦了,现在,你们也看到了,你们的身后就是金灿灿的稻穗,就是一片丰收景象……李明波支书正说着,突然人群中有人打断了他的话,喊道:快点宣布收割吧,我们等不及了。说话的这人,站在人群的后面。此人剃着个光头,一副马脸拉得多长,眼睛深陷,像个山顶洞人,摇晃着身子,一副玩世不恭的样子。他的插话,在人群中引起一阵哄笑。李惠惠瞅了他一眼,对卫秀兰说:他叫李明彪,我们都讨厌他的。正在这时,人群中突然又有人喊:李明波支书大坏蛋。声音洪亮,所有人都听到了。这个说话的人,卫秀兰也认得,他就是中年傻子。中年傻子说过话之后,一溜烟地蹿出人群,不见了。这么隆重而又严肃的场面被两个不伦不类的人打断,李明波支书大为不快。他皱了一下眉头,朝中年傻子逃去的方向狠狠地瞪了一眼。他接着又干咳了一声,说:丰收来之不易,我们都要珍惜,希望大家拿出干劲来,投身于火热的秋收战役中。李明波支书说话的音量比刚才小了一些,他草草地结束了讲话。李明清队长见李明波支书不再说下去,大声宣布:现在,请明波支书下台剪彩,不不,下田剪彩……人群中爆发出一阵大笑。李明清队长补充道:割出秋收第一把稻。接着,他将手里的铜锣咣咣敲两下,声震耳鼓。李明波支书从一位妇女手里接过一把镰刀,走到附近的田里,弯腰割了一把稻,高高举起。锣声又起,掌声追随。接着,女人们像下饺子一样拥到稻田里,男人们三五成群地将打稻的稻桶拖到田边。分工是明确的,女人割稻,男人打稻。男人打稻的稻桶很独特,它是用木头做成的,上口大,底部略小,呈四方形,底部有两根木头翘着头,两人用力可以拖着稻桶走,推也行。稻桶的四面摆放着用毛竹篾编的稻桶簟,留下一个口,桶边斜放一张用厚竹片做成的打床。打稻没有稻桶不行的。女人们心灵手巧,镰刀在她们面前飞舞,身后留下一束一束摆放整齐的稻子。男人们见状,立即拖着稻桶跟进。每个稻桶四周站着四个人打稻,他们身边又有四人当下手,从地上拾起稻子递给他们。打稻的人双手接过一束一束的稻子,高高举起,然后打在稻桶的床板上,反反复复,直到稻穗脱离秸秆,落到稻桶底部,他们才将秸秆扔在一边。每块田里至少有一口稻桶,响声此起彼伏,震耳欲聋,传遍四野。

卫秀兰手里拿着镰刀,跟在李惠惠后面下了田。她弯下腰,学着李惠惠的样子割稻。她左手握住稻秆,右手挥着镰刀,咔嚓咔嚓,那稻秆被镰刀割断,脱离根部,被她一码一码整齐地放在地上。但是,她哪里有李惠惠那般精干熟练?不一会工夫,李惠惠就将她远远地抛在后头。李惠惠等不得她,因为这是劳动竞赛,她是一组之长,不能落后于人的。卫秀兰割了一会,腰酸腿胀,汗流浃背。她只好站起身来,用衣袖擦一把汗。她四处张望,结果她看到了自己的丈夫柯尔蒙。此时的柯尔蒙正站在一个稻桶边,给李霜天传稻。这个稻桶打稻和传稻的都是生产队一组的人,柯尔蒙几乎都熟悉,他们给柯尔蒙家砌过灶台,建过披屋。龅牙的李晓毛穿了一件破旧的背心,赤着脚,将一束秸秆扔到地上,没话找话地说:傻子怎的就说李明波支书是个大坏蛋呢?李晓蒙将一束稻子递给李晓毛,说:所以说,他是个傻子呢。李晓财在一旁说道:李明波支书生了三个大闺女,不坏能生这么多女的吗?他这一说,几个人都笑了。柯尔蒙忍不住也笑起来。李晓毛将双手握着的一束稻高高举起,说:他几乎是一年一个,像鸡下蛋似的,佩服佩服。李霜天从柯尔蒙手里接过一束稻,高高扬起,说道:明波支书好歹也是长辈,有我们这般说他的吗?接着,他将稻摔在稻桶上,轰隆一声响。李晓毛接着说:长辈也是人,是人还能不让议论吗?何况晓财说的也是大实话。李晓毛副组长不那么配合组长李霜天了,看来他对李明波支书也有意见。

卫秀兰站了一会,正欲弯腰继续割稻时,却突然看见春儿向这边走来。

春儿拎着竹篮,跨过田埂,奔到母亲跟前,然后将竹篮放下,对母亲说:我帮你割稻。他要拿过母亲手里的镰刀,被母亲拒绝了。卫秀兰对他说:你怎么来了?哪里要你帮忙?春儿站在那里,显得很尴尬。他朝四周看看,仍坚持替母亲割稻。卫秀兰见他执着,便指着老梧桐树那边对他说:你去借一把镰刀来,我们一起割稻。春儿很干脆地点点头,飞也似的奔出。不一会,他手里拿着一把镰刀回到卫秀兰身边。卫秀兰冲他扑哧一笑。母子二人同时弯腰,割起稻来。

卫秀兰没有注意到,李明波支书已经远远地站在田埂上,双手叉着腰,注视着她割稻的一举一动。

秋收的场面热火朝天。金黄色的稻子成片地倒下,一个一个的稻桶像坦克一样在轰鸣声中往前推进。很快,男人们将满稻箩的稻子从稻桶边挑出,送到村子东头的稻床上。

看热闹的老人和孩子,带着丰收的喜悦,拥向稻床。年近八十的老人李明典一拐一拐地走到稻床上,特意捧起一把稻子,久久不忍放下,真要放下时,他又重新拾起几粒,放在嘴里嚼动。他脸上的皱纹拉得老长、老深,如同湖边那棵老梧桐树的树干。李明典是李晓群的父亲,也是全村岁数最大的老人,受全村人的尊敬和爱戴。从解放到现在,他第一次见到这么多的稻子。喜悦就挂在他的老脸上。

3

秋儿和冬儿上学回来,一脸的不愉快。

柯尔蒙问:你们怎么了?秋儿摇摇头。冬儿鼓着嘴说:一点也没有城里的学校好,都是泥巴桌子,凳子也是泥糊的,坐着好不舒服。柯尔蒙将冬儿抱起,对她说:不然怎么叫农村呢?卫秀兰在一旁对秋儿说:前几年大炼钢铁,木材少,只能是泥巴糊的桌椅了,秋儿肯定能克服的。柯尔蒙对冬儿转而又对秋儿说:条件艰苦,也是在锻炼你们啦,学习可不能有半点放松,知道吗?秋儿和冬儿点点头。

夏儿上学没几天,就和同村的一位同学打了一架。

同学叫李春民,他是同村第四组的组长李晓发的儿子。放学的路上,李春民欲和同村的女同学李春燕一道回村。李春燕走在前面,李春民欲赶上她。李春燕扎着两只辫子,背着帆布书包,急匆匆地往回赶。夏儿上前,与李春民打招呼,李春民不理他,正追赶李春燕。李春燕见李春民追她,特意加快步伐,跑起来,边跑边对李春民说:我要回家做饭的。李春民仍旧追。追了一阵,李春民和李春燕都跑不动了,一前一后停了下来。李春民向前招了一下手,说:我又吃不了你,你跑什么?李春燕抬起一只手,在空中挥了一下,没搭理。李春民跨前两步,与李春燕并排,一边喘气一边说:一个村的,放学就应该一道回的啊。李春燕弯着腰,白了他一眼,没说话,继续走路。这时,夏儿赶上来,对李春民说:你们为什么要走这条路呢?那边的一条路更近。他的话像一阵风从李春民耳边吹过,却没有引起李春民任何的回应。倒是李春燕,回头看了夏儿一眼。她这一看不要紧,却让李春民吃醋了。他瞪了夏儿一眼,突然骂道:谁要你像狗一样跟在我们后面?你怎么不走那一条路呢?夏儿听了这话,顿感刺耳,说:你在骂我?李春民眼皮上扬,不屑地说:骂你又怎么着?你就是城市猪,就不该到我们村混饭吃。夏儿这下怒了,正色道:你骂人,应该向我道歉。李春民停下来,突然用手指着夏儿的鼻子,骂道:我不仅骂你,我还想骂你大大妈妈呢。夏儿这下被激怒了。只见他一个箭步蹿上前,对准李春民的脸就是一巴掌,李春民的脸蛋顿时绯红。李春民猝不及防,接着恼羞成怒。他突然将肩上的书包取下来,手里抓着书包的带子,将书包朝夏儿扫去。夏儿身子一闪,这一扫未着。李春民接着又扫,还是未着。一向趾高气扬的李春民这下在李春燕面前丢了好大的丑,他岂肯善罢甘休？他一只手将书包搂在怀里,眼睛恶狠狠地朝路面上扫视着,很快,他发现了一个大石头。他捡起石头,就朝夏儿头上猛地砸过去。夏儿哪里想到他这般凶狠,哪里躲得及？那石头像长了眼一样,落到他的肩膀上,然后向上一弹,又击中他的头部。李春燕"啊"的一声,大惊失色。李春民这一击之后,自己也目瞪口呆。李春燕眼睛直视着夏儿,转又直视着李春民。夏儿被击蒙了,他愣在那里,缓慢地用手捂着头,怒视着李春民。李春燕第一个反应过来,她跑到夏儿跟前,试探着问:柯之夏同学,你没事吧？夏儿感到自己的手有些湿润,他将手伸到眼前,不看还好,一看吓一跳。他的手被鲜血泅红了一片,一股血腥味扑鼻而来,他连忙又用手捂住头。李春燕也看到了他头部出血,焦急地说:快,快回去,要早点包扎的,不然会得破伤风的。夏儿这才彻底反应过来,但是他哪里听得进李春燕说的话？他看着渐渐远去的李春民,愤怒和仇恨冲昏了他的头脑,他弯腰捡起刚才李春民砸他的那个石头,朝李春民追去。李春燕惊得要哭出来,她喊道:不要,不要。但是夏儿却离李春民越来越近,他的爆发力如此之强大。李春燕喊过之后,眼睛瞪得老大,因为她看见,夏儿正将手中的石头朝李春民砸去。他这一砸,不偏不斜,正好扣在李春民的后脑壳上。李春民打了一个激灵,趴到地上,那石头顺着他的后背滚落到地上。李春民伸手一摸脑后,满手都是血,吓得大哭起来。但他扭头看到夏儿还向自己追来时,连忙爬起,一边捂着头,号啕大哭,一边飞也似的向村里逃去。

　　夏儿到家的时候,一家人正在门前的场地上喝粥。晚餐吃得早,是因为要赶在天黑之前,点油灯是很费油的。夏儿本来用手捂着头,上葫芦岛的时候他将手放下了,他是怕大大看见了责骂他。他头部的血早已止住。这得感谢李春燕,她从书包里拿着一块棉布让他按在出血的头皮上。现在,血在他头上已经凝固成了血痂。他大摇大摆地回到屋里,将书包放下,洗去手上的血迹,然后走到披屋盛了一碗粥。他端着碗来到门前场地上,然后侧身坐到一张小凳子上,吧啦吧啦地喝起粥来。

正在这时,葫芦岛南边的大堤上气冲冲地走过来几个人,两个大人拉着一个小孩,直奔葫芦岛。夏儿第一眼就看出,那个小孩正是自己的同学李春民,奔在前面的是他的父母李晓发和齐眉。夏儿这下慌了。李春民头部扎了一块白布,跟奔丧似的,哭丧着脸。夏儿趁全家人注意力转移之机,猫起身子,向披屋一侧的湖边走去。他刚迈出几步,身后就传来一声尖厉的女人的喊叫:柯文书,你看你家儿子干的好事。齐眉一边喊一边将李春民往前一推,用手指着他的头部。柯尔蒙和卫秀兰大为吃惊,疑虑地走上前,看了看李春民的头。柯尔蒙问:我家儿子?李晓发是生产队第四组的组长,与柯尔蒙也算得上是村里的干部了,他不好发作,柯尔蒙一问,他不能不说:柯之夏在路上将我儿子头打破了。柯尔蒙顿感事态严重。他突然转过身,对着远去的夏儿喝道:夏儿,你过来!夏儿拿着碗刚走到披屋一侧,听到父亲这一喝,哪里还敢往前?只好转身,提心吊胆缩手缩脚地走到父母跟前。卫秀兰上前仔细地察看了一下李春民头部,问:怎么回事?你慢慢说。李春民瞄了一眼夏儿,噘着嘴,说道:放学的时候,他找我说话,我没理他,他就用石头砸我。柯尔蒙站在一旁正要质问夏儿,不想夏儿却抢先说:他骂我。卫秀兰责问道:他骂你,你就用石头砸他?夏儿争辩道:是他先用石头砸我的,他不仅骂我,还污辱我。李春民不甘示弱,辩道:是他先动手的。柯尔蒙冲着夏儿喝道:你过来!夏儿回道:不去!他反而离开父亲几步。卫秀兰安慰李春民说:是夏儿不对,我让他向你道歉。然后,她转向齐眉,说:带他去看医生如何?医药费算我们的。说罢,转身对夏儿说:你向他道歉。夏儿在一边嘀咕道:我又没有错,是他先骂人的。柯尔蒙正色道:夏儿,听到没有?夏儿只好走到李春民跟前,口是心非地说:我不该把你头打破了。事情到这份上,李晓发便站出来打圆场了,他说:其实这也没什么,小孩子在一起,哪有那么好?以后注意便是。卫秀兰苦笑笑,说:这样吧,晚上我们带他到公社卫生所或者找大队的赤脚医生来看看。齐眉心疼儿子,仍然拉长着脸,没好气地说:家里有药箱,我们已经给他包扎了。她说过之后,李晓发对老婆说:我们回去吧。齐眉经他这么一说,便一股脑儿地将李春民的手攥在手心里,生气地说:我们走。转身便离开。卫秀兰突然叫住她:你等一等。说着,一溜烟跑回屋里,不一会,她手里捧着好几个鸡蛋出来了,对齐眉说:这几个鸡蛋给孩子补补。齐眉愣了一下,也没客气,伸手接住。卫秀兰又从身上掏出两张粮票,对齐眉说:这个你拿着。齐眉接过粮票,抬头看了卫秀兰一眼,不说话。卫秀兰说:等会我们好好教育夏儿。李晓发见状,冲儿子李春民训道:你也有不对的地方,以后给我老实点。转而对柯尔蒙赔笑说:那我们走了,回去我们也好好教育他。

　　李晓发一家三口刚走出葫芦岛,冬儿突然大叫:妈妈,不好了,夏儿哥头上有个大包。原来夏儿站在冬儿的前面,冬儿一抬头,就看到夏儿的后脑袋上有一个肿块,上面一撮头发粘在一起。大家都转过身来。卫秀兰走到夏儿跟前,将夏儿往自己怀里一拉,很快她看到了夏儿头上的包。巫竹梅硬是挤到夏儿跟前,伸头仔细地察看,心疼地伸出手摸着夏儿的头。卫秀兰用手轻轻地按住夏儿的头,扒开夏儿的头发,又用嘴吹了一下伤口处,问:是他用石头砸你的?夏儿点点头。卫秀兰又问:你刚才为什么不说自己的头也破了?夏儿看了一眼父亲柯尔蒙,没有回答。柯尔蒙走过来,厉声问道:到底怎么回事?夏儿看着父亲,眼里顿时涌出泪水,说:他骂我们城市猪,我抽他一个耳光,他就用石头砸我,我这才将他头砸破了。卫秀兰心疼不已,眼睛也湿润了。她将夏儿搂得紧紧的,说:傻孩子,你刚才为什么不说?柯尔蒙终于放下自己的威严,温和地说:快进屋,让你妈给你搽点紫药水。卫秀兰连忙拉住夏儿的手,一同走进屋里,找出紫药水,给他涂上。

　　夏儿受伤,极大地影响了一家人的情绪。天黑下来后,卫秀兰将窗台上的油灯点亮,整个房间弥漫起微弱的淡黄色的光。夏儿、秋儿、冬儿三人围坐在床边做作业。春儿上不了学,没有作业可做,床也被占了,他睡不了,只好拿着一本从城里带过来的长篇小说《青春之歌》坐在床沿上看。整个房间里谁也不说话。巫竹梅简单地洗漱之后,就上床睡觉了。她多年养成的习惯,早睡早起。柯尔蒙和卫秀兰也早早地进了里屋。黑灯瞎火,两人并排躺在床上,眼睛瞪着天花板。卫秀兰微微地叹了一口气,对柯尔蒙说:我们错怪夏儿了。柯尔蒙侧过身,拍拍卫秀兰的肩膀,安慰她说:对他严点,叫他以后不要在外惹祸也好。卫秀兰说:他今天不是惹祸,你平时对他太严了,他头破成那样,回来都不敢告诉我们。柯尔蒙说:几个孩子当中,就他最调皮。卫秀兰没有认同他的话,说:他今天表现得非常坚强。柯尔蒙伸手搂住她,道:像你。卫秀兰推开他的手,没说话。

夏儿每天背着书包出门,卫秀兰总是千叮咛万嘱咐。一连几天,他与李春民都相安无事,只是不讲话了,但他与女同学李春燕的距离却拉近了。李春燕走在前面,夏儿见李春民不在她身边时,就会主动叫一声李春燕。李春燕便停下来等他,冲他甜甜地一笑。她这一笑,足以令他陶醉。要知道,李春燕在村里和班里都算得上是漂亮的女孩。特别是她的笑,很灿烂,很纯真,她笑的时候会露出两个酒窝,就像是水中盛开的两朵莲花,煞是好看。夏儿上前,与李春燕并行,李春燕总是关切地问:你的头好了没有?夏儿总是回答:好了。李春燕知道,头皮破了,是要过几天才会好的。李春燕关心他,令他十分感动。一连几天,夏儿就没有看见李春燕与李春民一起走过路。倒是有一次他与李春燕站在村口分手的时候,被李春民看见了。李春民远远地横眉冷对,却没有冲上前来骂他,也没有拿石头砸他。李春民只是将书包往身后一抛,气鼓鼓地从他们身边走过。三个人本来一起放学,李春民到了村口才看见他俩,原来李春民走的是打架那天夏儿给他指的那条路。那一架,夏儿走自己的路,让别的人无路可走了。

突然有一天,李春燕在上学的路上对夏儿说:我们下次邀李春民一起吧。夏儿大为吃惊。她怎么会有此想法?难道这几天,她陪他,是因为他头部受伤的缘故?夏儿本来与李春燕有说有笑,正在兴头上,冷不防被她这一说,就像一盆凉水浇到他头上,将他淋个透。他显得极为尴尬,言不由衷地说:好,好,没问题。李春燕又是甜甜地一笑,笑出两个酒窝,说:那就好,我以为你与他记仇呢。夏儿特意显示出男生的大度,他两手一摆,说:那怎么可能?大家都是一个村的同学嘛。

　　接下来的一天早晨,夏儿背着书包走到村口,见李春燕和李春民早早地站在那里等他了。三个人一起走出村口,谁也不说话。李春燕突然对李春民说:春民,那天打架,我是在场的,我觉得你应该还柯之夏一个道歉。李春民愣了。他沉默了一会,也许这几天他也在反省,居然很给李春燕面子,走到夏儿跟前,低沉着声音说:那天是我不好,对不起。他说话的时候,李春燕斜着眼,一边看一边笑。夏儿见他这样,顺水推舟,也给李春燕一个面子,说:过去了,我也不该打你。李春燕这时笑出声来。李春民很难为情,质问:你笑什么?李春燕这才停止笑,摇摇头说:没笑什么。接着,三个人一起赶往学校。

　　相安无事,不等于其他什么事都没有。夏儿上学还不到半个月,就开始厌学了。下午算术课,他最没有兴趣。没有兴趣,就想着逃学。这天,夏儿背着书包溜出学校,正好遇上三个早退的外班的同学。三个同学当中有一个同学边走边说:我们打扑克去。另一个道:少一个人。这时他们发现了夏儿,不约而同地看着他。夏儿见他们向自己走来,有些诧异,心想,不会是找碴的吧。走到跟前,其中一位同学试探着问他:这位同学,可一起打牌?正中下怀。夏儿想,回去太早了会挨批,打牌多好。夏儿点点头。于是,四人一起来到坡下的一块草地上,其中一位学生将书包往草地上一放,书包就成了牌桌。偏偏夏儿没将书包放在草地上,而是挂在坡上一棵树的树杈上。四个人很快就熟悉了,彼此都知道了姓名。打牌太投入,时间一晃就过去了一个多小时。该是放学的时间,不能再玩了。三个人拿着书包与夏儿告别,说以后有空再找他玩,转身走了。等他们走了,夏儿上坡取自己的书包,却发现书包不见了。这下他慌了,四处寻找,哪里有书包的影子?上学连书包都上掉了,回家如何交代?夏儿愣在坡上,快要急出眼泪来。天色渐暗,夏儿只好硬着头皮拖着疲惫的身子回家。

葫芦岛的天空已显昏暗,临巢的飞燕在茅草屋的上空翩翩起舞,唧唧唧唧地叫着。巫竹梅独自坐在屋外的小木凳上,她第一个看见夏儿。卫秀兰在披屋的锅台边洗刷。柯尔蒙和几个孩子正围在室内一盏油灯下,看书的看书,做作业的做作业,做统计的做统计。巫竹梅冲夏儿说:夏儿,今儿回来得有点迟了,你的书包呢?夏儿支吾地回奶奶道:书包丢在学校里。巫竹梅补上一句:没有作业吗?夏儿觉得奶奶有点烦了,他没理会她,直接进了屋。巫竹梅与夏儿的对话,室内的人都听到了。夏儿进门的时候,柯尔蒙等人都抬起头看着夏儿,弄得夏儿极不自然。他心虚,脚步都不敢放快,喃喃自语:我去吃饭。柯尔蒙和春儿等人谁也没说话,夏儿却用手指着披屋的方向,逃也似的走出门去。

夏儿很聪明,他将书包丢失的事对全班同学一说,两天之内,同学们就将书包和书本给他凑齐了。李春燕将自己舍不得用的崭新的作业本送给他,连李春民都给了他一支未用的铅笔。瘦得不能再瘦的班主任黄天仁在班上尖着嗓子说:这是我们班申报优秀班级的感人事迹,一人有难,全班伸援手,好样的。他说过之后,夏儿带头鼓掌,接着掌声响成一片。夏儿脸上难得地露起幸福的笑容,他也成功地逃过了父母的责骂。

学习是枯燥无味的,夏儿对上学唯一的兴趣,就是体育课打篮球。但是,篮球课一周才有两次,他感觉度日如年。

秋儿、冬儿同样闷闷不乐。原来,两人所在的团结小学最近在发展少先队员。少先队员,多么光荣的称号!但是,发展少先队员是有条件的、有标准的。这要看学生的家庭成分、学习表现、积极意愿等。秋儿、冬儿因为转学,以前的资料档案这里全无,所以不能加入少先队。宣布那天,两人从不同的班级走到校门口,一见面,就哭丧着脸,异口同声:我没选上。接着,冬儿眼睛湿润了,想哭又哭不出来。秋儿在冬儿面前还算坚强,他拉住妹妹的手,说:我们回去吧。两人回到家,见到大大妈妈,冬儿再也忍不住,哇的一声哭出来。卫秀兰拍着她的小肩膀,安慰她说:冬儿别哭,有什么事对妈妈说,大大妈妈都在这呢。秋儿此时眼睛也湿润了,说:学校发展少先队员,我和妹妹都没被选上。他这一说,冬儿哭得声音更大,连奶奶也走过来安慰她。过了一会,冬儿才止住哭声,但仍然啜泣不已。柯尔蒙问明原委,安慰秋儿、冬儿道:我抽空去原来的学校开个证明,到时候会解决的。秋儿、冬儿这才相视破涕为笑,转身做作业去了。

柯尔蒙出马,秋儿、冬儿原来的学校很快就为他们开出了证明。他俩品学兼优,没有理由不发展成为少先队员。但是,他们没有赶上这一届,只能等到下学期了。

周末的时候,孩子们没有了学习任务,彻底放松了。生产队的社员们将稻子收割后,都放在村头的稻床上晾晒。白天晾晒,晚上他们就在稻床上架起风车,将稻子过滤,去除杂叶石子,剥离出稻子。因为赶时间,挑灯夜战是常有的事。每当这个时候,孩子们便拥到稻床上,玩起游戏来。他们踢毽子、捉迷藏、抢羊子。柯尔蒙和卫秀兰吃过晚饭后,便赶到稻床上扬稻。两人走后,夏儿将碗一搽,便也走出草屋。秋儿、冬儿问:二哥去哪?夏儿说:去稻床玩。秋儿和冬儿跟着要去。夏儿停下脚步,等他们。这样,他们丢下春儿跟奶奶,一起去稻床了。稻床上好一派热火朝天的场景。大人们甩着膀子,有的戴着口罩,扬稻的扬稻,摇风车的摇风车,搬稻的搬稻。夏儿他们到达稻床的时候,已有好多的孩子在玩游戏。他们在草堆之间躲猫猫,或者抢羊子。李春燕、李春民也在其中,傻子是这些人中唯一的中年人。夏儿兄妹想加入,又不好开口,只好站在一旁观看。这些孩子玩得正欢,对夏儿他们的到来无动于衷。李春燕看到他们,说:一起玩吧。站在一旁的李春民却有些不情愿,但又不好拒绝。有一个孩子站在草堆前,瞪着眼说:不带他们玩。场面有点尴尬。夏儿有些气恼,对秋儿、冬儿说:我们走。说罢转身就走。刚走出几步,李春燕喊:站住!夏儿和秋儿、冬儿停下来。李春燕走到夏儿面前,说:我和你们抢羊子。夏儿与秋儿、冬儿你看看我,我看看你,愉快地点点头。李春燕又冲李春民招招手,说:春民,过来。李春民乖乖地走过去。李春燕等李春民走到跟前,用手指了指地上,对李春民说:你站这儿。然后又对夏儿说:你们都站在他后面,一个一个地牵着前面人的衣服,你们装羊子,我抢你们。她就像女王一样指挥着他们,他们竟然这般听从指挥。很快,稻床这边就形成了两个游戏区。傻子等人玩着躲猫猫,而夏儿他们这边,抢羊子抢得不亦乐乎。不一会,他们已是大汗淋漓。直到大人们收工的时候,他们才意犹未尽地散去,跟着大人们回家。

春儿没有参加他们的活动,并不是因为他年龄比他们大,而是他没有心情玩。因为,他们兄妹当中,唯独他的上学问题还没有解决。春儿一颗期盼的心始终悬着。桐城中学与大湖高中踢皮球,春儿又往返了一次,仍然没有结果,他只好等下学期了。官僚主义害死人。春儿情绪自然受到影响。但随着时间的推移,他倒也慢慢地想开了。他对父亲说:我先干农活,挣工分。卫秀兰说:那怎么行?柯尔蒙说:下学期开学还早,我跟队里说说,先上工也未尝不可。

柯尔蒙把春儿的情况跟李明波支书说了。李明波支书爽快地说:就让他先上工吧,你们家需要劳动力的。就这样,春儿上学的事一时还没有着落,他倒先成了一个地道的农业劳动者了。

4

柯尔蒙一家分得四麻袋晒干了的稻子。柯尔蒙、卫秀兰和春儿从生产队里将稻子领回家的时候,一家人欢天喜地。卫秀兰对春儿说:这就是我们的劳动成果。

他们将袋子放置在里屋床头一侧。柯尔蒙累得全身是汗。卫秀兰说:好像家里有老鼠,明天最好去买点老鼠药,别让老鼠吃了稻子。柯尔蒙双手叉腰,说:老鼠都是从窗户钻进来的。春儿站在一边,喘着气,回应说:我们将窗户糊上不就行了?柯尔蒙转过身,对春儿说:这事就交给你了。

春儿雷厉风行,当天中午就将窗户糊上了一层厚厚的纸。纸是糊上了,但是它防得了老鼠,防不了人。

到了晚上,孩子们在外面做作业、看书,巫竹梅早早地就上床休息了。柯尔蒙洗了个澡,借助一盏油灯的光亮,靠在床头看书。他看的书正是春儿已经看过一遍的《青春之歌》。这本书是他在城里上班的时候,一位同事送他的,他一直没得空看。春儿每天看得如饥似渴,勾起了他要读这本书的欲望。美丽的林道静走投无路投河自尽,结果被"诗人兼骑士"的余永泽搭救。正看到这部分的时候,卫秀兰拎着一桶水进来。她将澡盆放到地上,将桶里的凉水倒入,然后兑上开水,接着就关上门开始脱衣服。卫秀兰就站在床的另一头,慢悠悠的脱衣动作映入柯尔蒙的眼帘。卫秀兰皮肤光洁,胸部饱满,身体曲线分明。柯尔蒙觉得有些不可思议,卫秀兰已经是四个孩子的母亲,中年女人,怎的还这般美丽和丰韵?难怪傻子和那些农民兄弟都喜欢直勾勾地看着她,难怪李明波支书喜欢拿眼贼溜溜地瞟她。我自己都百看不厌,永远都欣赏不够。卫秀兰不知道丈夫在欣赏她,她以为他在看书。她将身上的最后一件衣服脱下,扔到床上,然后将脚伸进盆里,她整个人正要坐进盆里去。这个时候,卫秀兰无意中看了一下窗户。她这一看,大惊失色。中午春儿才糊上的窗户纸突然出现了一个洞,一个人的眼睛贴着洞口贼溜溜地朝她身上看。卫秀兰一声尖叫。她本能地将两手护住胸部,转过身来。她尖叫的声音清脆,草屋里所有的人都听见了。柯尔蒙吓了一跳,忙问:怎么了?还没等卫秀兰回答,他就已经看到了窗口那个洞,看到了那只眼睛。柯尔蒙二话没说,翻身下床。他仅穿了一条大裤衩,连外套都没来得及穿,夺门而出。卫秀兰赤着脚下了地,迅速地拿起一件衣服护在胸前,将房门关上。她站在门边,心有余悸,都不敢拿眼看窗户。外面有人敲门,是春儿、夏儿的声音。春儿问:怎么了,妈妈?你没事吧?卫秀兰靠在门边,说:我没事。春儿、夏儿接着奔出屋外。

　　柯尔蒙沿着草屋转了一圈也没发现人影。他向葫芦岛外的大坝奔去。奔到大坝上,他才看到湖边岸上有一个人影,失魂落魄地向村里跑去,很快就消失了。这是一个男人,柯尔蒙只看到他的背影,辨不清他的面目,根本不知道他是谁,也无法追上。柯尔蒙只好停下来,嘴里骂道:你个狗东西!骂声并不大,谁也听不见。柯尔蒙转身回屋时,春儿、夏儿、秋儿已站在门口。他们一起进了屋,都没说话。卫秀兰已穿好衣服,坐在外面的床沿上,巫竹梅坐在一旁陪着她。很显然,卫秀兰的叫声惊醒了婆婆。冬儿偎依在奶奶的怀里,两眼好奇地看着大人们。柯尔蒙进来的时候,卫秀兰抬起头看着他,欲言又止。柯尔蒙嘴里嘟哝道:给那个坏蛋跑了。然后,他对春儿他们说:你们睡吧。说着,他走到卫秀兰跟前,挽起她的胳膊,说:去睡吧。卫秀兰走进屋里重新洗了个澡。这次,她连灯都没有点。借着窗外映进来的微弱的白光,柯尔蒙只能看到她朦胧的身影。他已无心欣赏了,心里在想着那个坏蛋到底是谁。让自己逮着了,定要撕了他。

　　最受惊吓的当然是卫秀兰了。她洗过澡,直接上床,一言不发。柯尔蒙侧过身,搂着她的身子,劝慰道:睡吧。他自己很快就进入了梦乡。卫秀兰哪里睡得着?这个坏蛋是从什么时候躲在窗外的呢?卫秀兰想着自己以前洗澡都是点着灯的。那时窗户连纸都没糊,外面暗,里面亮,要是有人站在窗外,岂不是将她看个透?想到这,卫秀兰就有些后怕,无地自容,脸上燥热。她甚至在心里责怪自己,太粗心大意,这般糊涂。

　　这件事给卫秀兰造成的阴影远远没有过去。卫秀兰出门,总要检查一下自己的衣服,看纽扣是否扣严实。出工的时候有男人看她,她总是低着头,就像男人要透视她的身体,令她脸红心跳。一天,她和李惠惠等人一起,在田里打垛。李明波支书走到她身边,站在田埂上看她干活,吓了她一跳。她不知道李明波支书是什么时候站在那里的。她像一件物品一样,被李明波支书的眼神过滤,这令她非常紧张和不安。幸亏李惠惠为她打了圆场。

李惠惠直起腰,看到了李明波支书,调侃道:看女人呢?好专注啊。李明波支书回她:你有什么好看的?李惠惠白他:我知道你不会看我的,我又不新鲜。这下卫秀兰脸都红了。李明波支书转过身,边走边说:我走喽,好好干。李惠惠手一挥,嘴一撇,调侃说:怎么不多看一眼?饱眼福呗。李明波支书没理会,径直走了。李惠惠看他走远,啐了一口,说:什么人哪!接着,她弯下腰,继续干活。

  这一天,为了完成既定的任务,妇女组收工特别晚。她们收工的时候,天已经黑了。她们擦黑一起拥到湖边,用湖水洗淖自己手上腿上的泥迹。等洗好了,卫秀兰与她们告别,一个人往回的时候,已是伸手不见五指。卫秀兰小心翼翼地往回赶。当她走到那棵老梧桐树下的时候,突然从树后蹿出一个黑影,将她抱住。卫秀兰本能地叫喊,结果她还没出声,嘴就被人捂上了。她拼命地挣扎。谁知来人体大力大,竟然将她从后面抱得严严实实。卫秀兰干了一天的活,已经没有多少力气挣扎了。那人得寸进尺,很快,一只手就摸到她的胸部。她的胸部饱满、柔软,刺激得这厮胆子更大了。他要脱她的衣服。女人被逼急了,爆发力是惊人的。卫秀兰整个身体被来人搂得紧,四肢难以发挥反击力,但是,她急中生智,突然头一低,猛地抬头向后撞去。她的后脑勺正好撞在那人的鼻梁上。那人发出一声"啊哟",松开了她的胸部,用手摸自己的鼻梁,也许他已经感觉到了自己的鼻孔在流血。卫秀兰利用他松开的空当,挣脱了他,拔腿就跑。但是,男人的爆发力更可怕。卫秀兰腿才抬起,就被人拉住了。很快,她摔到了地上。那人上前趴到她身上,又用手捂住她的嘴。卫秀兰已经感觉到自己的头发上有稠状的液体,定是这个男人的鼻血,她也感觉到了那人正用手插到她的怀里,又要摸她的胸部。卫秀兰再也没有力气挣扎了,她哪怕逃出半步也难。正在这个时候,突然一道亮光从他们面前的上空闪过。他们抬头都看到了这束亮光。这束光正是从葫芦岛上发出的。压在卫秀兰身上的男人看到了,他胆怯了。因为,那亮光还在不断地闪,而且在往这边移动。男人再也不敢摆弄身下的女人了,连忙从她身上爬起。他终于丢下卫秀兰,疯也似的跑回村子里。卫秀兰趴在地上,艰难地爬起身,她看到了葫芦岛的亮光在向这边移动,那一定是自己的丈夫柯尔蒙。她并没有喊叫,而是伸手拍打了一下身上的泥土,艰难地往回走去。待柯尔蒙打着手电筒走到她跟前时,她的眼泪都要出来了。但是,她止住哭,低着头,并掩饰着自己的不安和慌张。她不想让柯尔蒙担心。柯尔蒙并没有注意到她的面部变化,他的手电筒始终对着地上。柯尔蒙问:今天结束得这么晚?卫秀兰"嗯"了一声。柯尔蒙问:吃了没有?卫秀兰说:没有。柯尔蒙说:你们加工,生产队里应该有人送点吃的才是。卫秀兰说:没有。柯尔蒙很是粗心,卫秀兰言行举止的变化,他竟然不知。她说话,有一句没一句,柯尔蒙只当她是干了一天的活累了的缘故。

　　卫秀兰回到家,一言不发。巫竹梅将一碗粥端到她面前,她无精打采,双手接住,好长时间才将粥送到嘴边。等她吃过粥,柯尔蒙为她准备好了洗澡水,然后将灯熄灭,让她洗澡。洗过澡后,她就直接上床了。柯尔蒙知道她累了,没有打搅她。倒是她自己睡在床上,黑暗中瞪着两只眼,两只湿润的眼。她都不知道该不该将刚才惊魂的遭遇告诉自己的丈夫。看着丈夫躺在自己身边睡得正香,她轻轻地摇了摇头,还是没有勇气告诉他。直到很晚,疲倦才将她带入梦乡。

　　第二天,卫秀兰生病了。她浑身无力,淌虚汗,头昏脑涨,还发烧。柯尔蒙早上用糖打鸡蛋泡炒米给她吃。两个鸡蛋她只吃了一个。卫秀兰说:你上工去吧,我休息一会。柯尔蒙上工去了,并给卫秀兰请了一天假。李惠惠对柯尔蒙说:她不舒服,我应该去看看她。柯尔蒙摇了摇头,说:她休息一阵就会好的。柯尔蒙中午回来的时候,卫秀兰还躺在床上。柯尔蒙问:好点没有?卫秀兰翻一个身,说:还是烧。柯尔蒙说:我去找赤脚医生。卫秀兰摇了摇头,说:我多喝点水,会退的。柯尔蒙心想,她许是累的,加上水土不服。到了晚上,卫秀兰感觉自己好多了。她可以下床活动,虽然无力,但烧已退了大半。巫竹梅问:想吃点什么?卫秀兰摇摇头,还是没胃口。巫竹梅从碗橱里拿出红糖,给她冲了一杯红糖水喝。巫竹梅说:红糖水是定心慌的,管用。在乡下,红糖水是最好的营养品了。卫秀兰喝过之后,感觉舒服多了。睡了一夜,卫秀兰早早地起来,在草屋周围转了一圈,感觉神清气爽,虽然气力不足,但上工应该可以了。只有上工,才能挣工分;只有多挣工分,家里才能分到更多的粮食。所以当柯尔蒙让她再休息一天的时候,她却坚持去上工了。

上工的时候,她就在暗暗地想,一定要揪出那个大坏蛋,他做伤天害理之事,就应该受到惩罚。她甚至在想,那个强暴她未遂的人,定是那晚偷窥她洗澡的人。这两者之间似乎有着某种关联。那罪恶的眼神,她永远也忘不掉。但是,村里那么多人,人来人往,她哪里能分辨出那种眼神呢?卫秀兰转而又一想,前天晚上,她用头撞了那人一下,那人的鼻孔好像流血了。既然鼻孔受伤,说不定他的鼻梁是肿着的,我留心观察,也许就能发现这个坏蛋是谁。一上午的时间,卫秀兰在田畈里仔细地观察着每一个人,但是,她一无所获。谁的鼻梁都是好好的,没有肿出那么一块,或者打着纱布。也许这人做贼心虚,连晚做了处理。卫秀兰只能在心里狠狠地骂了:狡猾的可恶的坏蛋!中午,卫秀兰拖着疲惫的身子回家,走在湖边大坝上,凉风一吹,她的头脑更清醒了。她突然一想,这个坏蛋要是被我认出来了,又如何?我向生产队揭发他?对老柯说?向派出所报案?除了老柯,谁会相信?到时候,就怕坏蛋受不到惩罚,我却坏了名声。想到这里,卫秀兰叹了一口气,不知如何是好了。

回到家,巫竹梅看她一脸倦意,对她说:你歇着,我去盛饭。卫秀兰转过身,说:妈,我自己来。说着,从碗柜里拿起碗,出门去了披屋。不一会,卫秀兰端着一碗粥,回到屋里,坐在床沿上喝起来。巫竹梅看着她,关切地说:你气色还没有完全恢复,多休息,不要太累了。身体是自己的,不要硬撑着。卫秀兰抬起头,苦笑笑,说:我还好。

卫秀兰正常出工,可在出工的时候,偏偏又遇上中年傻子。卫秀兰在田里干活,中年傻子像那天的李明波支书一样,蹲在田埂上瞪着眼睛看卫秀兰,一刻也没有离开过。李惠惠都看不下去了,抓起一把泥土朝傻子砸过去。泥土不偏不斜,正好砸到傻子的脸上。傻子猝不及防,恼羞成怒,一边转身一边骂。等到李惠惠再次抓起一把泥土时,傻子早已跑得老远了。李惠惠一边继续干活,一边对卫秀兰说:对这种人就得来点狠的。卫秀兰突然想起,那晚窗前的那个人不会就是傻子吧?似乎不像。

卫秀兰就在这样一种不安和彷徨中度过了很长一段时间。由于提高警惕,又采取了防范措施,比如她洗澡的时候几乎不点灯,她借助窗外微弱的亮光,外面永远也看不清楚里面的情况,更别说她的裸体了。又比如,她上工回来迟,天快黑时,柯尔蒙都会带着手电筒去接她;柯尔蒙要是加工晚点,李惠惠等人也会送她回家的。卫秀兰恢复了常态,她开始有说有笑了,脸上不时泛起红润和光泽。

每天早晨,柯尔蒙、卫秀兰和巫竹梅都起得很早。卫秀兰起来后,一般与婆婆巫竹梅一起做早点,然后去湖边洗衣。柯尔蒙起来后,第一件事就是给披屋里的水缸注满水,然后再提水浇菜。因为几天前,在请示生产队李明波支书后,柯尔蒙在自家草屋后整了几分菜地,他和春儿一起,在上面种了韭菜、大白菜。大白菜还在育苗,倒是韭菜长得很快,再过一两天,就可以割着吃了。大人们忙得差不多了,孩子们这才陆续起床,吃了蒸熟的山芋或者开水泡饭,上学的上学,不上学的春儿随父母一起出工,留下巫竹梅一人在家。巫竹梅在家是闲不住的,洗菜做饭,缝缝补补,也是忙忙碌碌。一大家子,自然有一大家子的事。等到上工的、上学的回来,吃上可口的饭菜,穿上晒干后整理好的衣服,巫竹梅一天的工作得到大家的充分肯定,她自己也有一种满足感、幸福感。为全家人服务,她是快乐的。

5

秋天之后,寒风飕飕,冬天便来临了。

农忙季节一过,农民兄弟就清闲多了。他们抖落身上的汗珠,松弛高度机械化的筋骨,大摇大摆毫无顾忌地走上各个麻将桌、棋摊、酒桌。他们大声地喧哗着,手舞足蹈。女人们总是依附着他们,迎合着他们,放任着他们,这更让他们肆无忌惮了。

这天,吃过午饭,李晓毛、李晓群和李晓国三人相约来到李晓发家打麻将。李晓发、齐眉夫妻热情招待。桐城麻将,较为复杂。东南西北风,红中发财白板,什么都算。打钱的,一把一付。如果没带钱,或者钱不够,粮票也行。真要是钱和粮票都输了,欠了也行的,下次打牌或者见面的时候再还不迟。诈胡是要罚的。农民兄弟喜欢玩麻将,原因就在这里。打麻将是娱乐,赢钱才是硬道理。四个人打麻将,一开始聚精会神,很少言语,打了一会便放松了,没话找话讲。

李晓群打了一张牌,一边瞄着牌,一边用手端起身边的茶碗啜一口茶。他将茶碗放回原处,自言自语地说:好茶,还是嫂子疼我,知道我渴,给我茶喝。李晓国也打了一张牌,接过李晓群的话茬,说:别自作多情了,嫂子疼的人是晓发哥,你算老几?听了这话,齐眉在一旁笑道:兄弟就想讨点口实,嫂子我不计较。李晓国说话不误牌,胡了。他收了钱,对齐眉说:还是嫂子你这茶管用,喝一口,胡一把,我谢谢你,我再喝一口。说着,又啜了一口。果不其然,他很快又胡了一把。这下李晓群不高兴了。他白了李晓国一眼,抢白道:你今天走狗屎运了。李晓国正在兴头上,冲李晓群说:狗屎运也看什么人走,你走一个给我看看。李晓群没有理他。又过了一个小时,偏偏李晓群一把也没胡。李晓国已经被自己的好手气冲昏了头脑,他根本没有顾及李晓群失落的情绪,调侃道:狗屎运有什么不好?是一个"运"字,有些人就是这么倒霉。李晓国轻描淡写地说过这话,却没想到挑起了与李晓群的战争。李晓群想想自己最近不断发生的事,一个多月前老婆生病在床上躺了七八天,几天前自己从岳父家喝酒回来,路上丢了钱包和旱烟袋,顿时火冒三丈。他突然将面前的麻将一推,将桌子一拍,怒吼道:你说谁倒霉?你信不信我抽你!室内空气顿时紧张起来,冒一粒火星,就能将整座草房烧掉。李晓国看着李晓群,愣在那里,不知如何是好。这时李晓发适时发话,对李晓群说:他只是开开玩笑,你何必发这么大脾气?打牌嘛,有输有赢。齐眉见当家的批评李晓群,她便走到李晓国身边,冲李晓国说:晓国你也是的,赢了几个小钱就这样,什么倒霉的?你说我倒霉,我也会生气的。她这一说,起了效果。李晓国眼珠一转,向李晓群赔不是:说说而已,是我不对,不开玩笑了。李晓发接着在一边说:打牌,谁都少说一句。他率先将牌和起来。场面缓和下来。李晓群顺水推舟,低下头,开始洗牌。场面死一般地寂静。

　　过了一会,大家又开始有说有笑,就像刚才李晓群和李晓国之间的不愉快不曾发生过一样。这回龅牙的李晓毛转移话题,说到了女人。李晓毛眯着小眼,抓起一张东风,再将它打掉,说:东风浩荡战鼓擂,我不说女人还能说谁?齐眉端着一张凳子坐在李晓发身边看牌,听到这话,啐道:你们男人嘴里没好话,我们女人招你惹你了?李晓毛朝齐眉摆摆手,说:嫂子,我们男人离了女人还是男人吗?我们男人不说女人还有话说吗?不过,你放心,我们不说你。李晓国心情仍然好着呢,他说道:那说谁?李晓发因为有老婆在身边,有些正经,他又一次喝道:打牌!李晓毛抓了一张好牌,心中一喜,说:我们可以说卫秀兰啊。他这话点亮了在场所有男人的天灯。李晓国反问:说她干什么!李晓群忘掉刚才还和李晓国唇枪舌剑,火星冒出头顶,接过李晓国的话茬,说:这城里的女人就是不一样,细皮嫩肉的。李晓毛将一张牌扣在桌子上,对李晓群说:你是不是做梦都想得到她?李晓群反戗:你不想得到她？李晓发抓起一张牌,在自己面前的桌子上连敲了两下,说:人家好好的没惹你,你们糟扯什么？他儿子先前与卫秀兰儿子打架,人家卫秀兰赔了钱和鸡蛋,并道了歉,事后想想,觉得自己和齐眉有些过分了,对不住人家。齐眉站起身来,说:你们越说越不像话了,不听你们胡言乱语。说罢,转身走进了里屋。齐眉一走,男人们更加放肆了。李晓发说:他老柯怎的这么幸运,找这么漂亮的女人？李晓群冲李晓发轻声说:你别让嫂子听见了,饶不了你。李晓毛笑道:嫂子外强中干,别看她在外对哥凶,在床上也许就是一只温驯的绵羊。李晓发伸手扇了李晓毛肩膀一下,说:滚！李晓国说:卫秀兰,我们谁不想啊？只怕我们是癞蛤蟆想吃天鹅肉呢。李晓毛又说道:给老柯从女孩子蹂躏成了妇人,还天鹅吗？李晓群说:那也比你老婆强。几个人只顾说话,打牌的节奏放慢了。突然,李晓发将一张牌往怀里一扣,喊道"胡了",这才将话题抛开。

快到傍晚的时候,李晓发的儿子李春民放学回到家,打牌才告结束。李晓国是个大赢家。他将赢的钱抽头两元给李晓发,说:随喜随喜。李晓发照收不误。交一点茶水钱也是可以的。李晓国拍拍自己的胸口,说:我去找卫秀兰。他就讨个嘴上快活,李晓群他们早已走到门外了。

但是,室外不远处的一棵大柳树下,下午比这边更热闹。李霜天与李明林顶着寒风在树下下棋,引来了大批的围观者,围观者主要是些孩子,傻子也在其中,一个个的双手抱在胸前,分明是看热闹。李霜天与李明林对弈,外围也形成对峙的两派。李霜天每走一步棋都引来孩子们不少的议论。李霜天放下棋子,扭头冲身后的人说:你们闭嘴,是你们下还是我下？他说这话,说明他已处于劣势,竟然冲孩子们出气。孩子们一窝蜂地散开。只有一个叫李春霞的小女孩站在原地不动。她是李明林的孙女,也就是李晓岚老师的女儿,此时没有站在爹爹李明林的身边,却站在他的对面。她站在那里不动,傻子上前拉她一下,她身子一扭,傻子没拉住。傻子又上前一步,突然将李春霞整个人抱起,他抱得很紧,李春霞不停地挣扎。傻子将她抱出好几米远,她开始喊叫。李明林听见孙女的叫声,抬头一看,吃惊不小,他哪里还有心思下棋?只见他拔地而起,向傻子追去。傻子见状,连忙将李春霞放下,拔腿就跑。李春霞被放下后,摔到地上,突然哭起来。李明林见孙女摔哭了,更加气愤。他丢下孙女,向傻子追去。傻子在前面跑,李明林在后面追,两人的距离不是越来越近,而是越来越远。李明林气急败坏,他弯腰从地上捡起一块石头,朝傻子砸去。石头不偏不斜,正好砸在傻子的后背上。傻子本来逃跑,身子向前,石头一冲击,他整个人猝不及防,趴到地上。他的头正好撞在地上的一个石板上,顿时头破血流。李明林看到傻子趴在地上不起来,欲上前,但是看到傻子回过头来时,他傻眼了。只见傻子脸上都是血,他用一只手撑在地上,另一只手在脸上抹了一下。傻子看到了自己手上的血,号啕大哭起来。李明林准备上前扶他,但是他哭了一会之后,突然躬起身子,一骨碌爬起来,跑回家了。李明林心想,傻子回家了,洗洗脸,用干布擦擦血迹,也许就没事了。李明林回到原地,与李霜天打声招呼,棋下不成了,便拉着孙女打道回府。场上的孩子见天色不早,也都散去,只剩下李霜天一个人孤零零地站在寒风中。他顿觉无趣,摇摇头,自个也回家了。但是,傻子回到家后却是异常痛苦,他的脸就像火燎一样灼痛。傻子忍不住叫出声。他父亲佝偻着身子将他拉到身前,大为吃惊,问:你又惹祸了?傻子苦着脸看着父亲,不说话。老人叹了一口气,连忙拿起毛巾给傻子清洗,一边洗一边说:你老老实实待在家,做些事,干吗又要往外跑?傻子痛得"哎哟"了一声,突然说了一句:我开玩笑的,就追打我。傻子说过之后,突然就哭起来。

　　傻子人到中年,因为傻,至今孑然一身。他与大大李明君相依为命。傻子母亲呢?傻子是有母亲的。傻子母亲过去是个富农之女,中华人民共和国成立前傻子外婆家被土改了,傻子母亲便嫁给了老实巴交的傻子大大。傻子母亲生下傻子后不多久,就跟别人跑了。有人说,傻子母亲跑到夜上海做花魁了,也有人说她嫁到别的城市了。傻子大大将信将疑,也没指望她会回来。就这样,傻子大大一把屎一把尿地将傻子带大。傻子也是有名字的,他叫李晓恨。这个名字是傻子大大给他取的,可见当年傻子大大是怎样的心情。傻子人到中年,喜欢女人,却没有真正地碰过女人。

  柯尔蒙这一天都待在生产队的草屋里,他要给生产队的队员们统计上个月的工分。他回来的时候从傻子家门前经过,听到傻子的哭声,停下脚步。傻子哭得好伤心,这是很少有的。傻子平时一副乐呵呵、傻乎乎的样子,原来也有喜怒哀乐。柯尔蒙犹豫了一下,还是推开了傻子家的门。他看到傻子时,惊呆了。傻子脸上有两处血迹,整个脸都有些肿了。见柯尔蒙进来,傻子止住哭,啜泣不已。傻子大大李明君见到柯尔蒙,苦着脸,不说话。柯尔蒙问傻子怎么哭了,傻子看看大大,不说话。李明君说:他在外惹事,摔成这样,别管他。柯尔蒙于心不忍,从兜里掏出几毛钱,塞到傻子手里,说:拿着,去买东西吃。傻子攥住钱,破涕为笑。柯尔蒙又对他说:以后出门,不要惹事。傻子居然很懂事似的冲柯尔蒙点点头。他这动作,连站在一旁的父亲都觉得不同以往。柯尔蒙走出门,傻子和他大大跟着走出门,并站在门口目送他,直到他消失。

6

  阴雨天,社员们都不出工。夏儿、秋儿和冬儿却是要照常上学的。

  春儿平时随父母出工起得早,难得今儿睡个大懒觉。他醒来的时候,奶奶巫竹梅坐在门口打毛衣,母亲卫秀兰坐在床前,腿上放着簸箕,正聚精会神地从簸箕的米里挑沙粒,也就是赶米。巫竹梅见他翻身,说:我大孙子醒啦!春儿伸了个懒腰,起身下床。他揉揉惺忪的双眼,问母亲:大大呢?卫秀兰说:一早就去生产队了,他真的成了账房先生了。巫竹梅说:你可别说,他大大就是聪明,一学就会。卫秀兰打趣地说:当然聪明了,是你儿子呗。婆媳对话,连春儿都觉得有趣。

正在这时,卫秀兰想起什么似的,冲春儿喊:快去看看水可开了。春儿趿上布鞋就冲出门去。他刚出门,门外就响起银铃般的说话声:春儿,你跑那么快干什么?春儿停下脚步,喊了一声:小妈。在桐城乡下,孩子们管小婶叫小妈。春儿喊了一声,便去了披屋。卫秀兰听到声音,将簸箕放在一边,走至门口。巫竹梅停下手中的活,伸出头朝外看。她看到邹天香后,头就缩了回来。卫秀兰喊:天香来啦。

这地方着实不好找,我一路问到这。邹天香手里提着个大塑料袋,沉甸甸的,一边说着话一边就跨到了门口。她看见婆婆巫竹梅,叫了一声"妈"。巫竹梅冷冷地看了她一眼,喉咙里轻微地飘出一声"嗯"。卫秀兰侧过身,说:快,屋里坐。邹天香走进屋,将塑料袋往床上一放,四下察看,然后就坐在春儿和夏儿睡觉的床沿上。巫竹梅重新拾起篾针打毛衣。邹天香突然问卫秀兰:嫂子,春儿怎么不上学?卫秀兰叹了一口气,说:转学还没有搞好,先上工了。邹天香说:有什么困难吗?我让大明给想想办法。邹天香嘴里说的大明,自然是指柯尔蒙的弟弟柯尔明。卫秀兰说:要等到下学期。不想,这时巫竹梅在一旁插话:当农民有什么不好?别瞧不起农民。她说这话,明显带有讽刺邹天香的意味,说明她心里对邹天香是有成见的。邹天香听婆婆这么一说,反而不那么积极了,转而说:需要的话,就说一声吧。屋里出现片刻的宁静。卫秀兰从碗橱里拿出一只碗,然后倒了一碗开水,放在邹天香面前的桌上,说:喝点水。邹天香点点头。

邹天香转过身,对巫竹梅说:妈,那天你们离开,我应该送你们的,赶得不巧,我母亲生病了,我走不开,只好让大明一个人送你们。巫竹梅停下手中的活,白了邹天香一眼,说:哪敢劳你大驾?邹天香讨个没趣,也不生气,鼓着嘴,受委屈似的说:妈,看你说的,我有什么不对,你尽管讲,骂也行,你老不要生气啊。巫竹梅重新拾起手中的活,嘴里吐出两个字"不敢"。场面有些尴尬。卫秀兰打圆场说：今儿你怎么有时间上这？不上班吗？邹天香在长岭公社任仓库保管员，吃的也算是公粮，每天也是要上班的。邹天香说：我请了假的，本来打算和大明一起来看看妈，看看你们，哪知公社里临时有事，大明来不了。说着，她随手抓过塑料袋，将其打开，将里边的东西一件一件往外拿，一边拿一边说：我和大明给妈和你们带了点东西。这棉背心是给妈的，天气转冷了。这是两瓶酒，是大明给蒙哥的。这是红糖，这是肥皂，这是糖果，这是大明给侄儿、侄女一人一支钢笔，这是墨水，你收好。邹天香特意提高音量，以慢动作展示自己带来的丰厚的物品。巫竹梅仍旧打毛衣，连看也不看。卫秀兰说：看你，来还带这么多东西，你自己用便是了。邹天香回道：我们有。说着，又从衣兜里掏出一个信封，递给婆婆巫竹梅，说：这是大明让我交给你的。巫竹梅不接，大声问：这是什么？邹天香说：钱和粮票。巫竹梅严词拒绝：我不要。邹天香讨个没趣，转身递向卫秀兰，说：你收下吧，要么交给蒙哥。邹天香管柯尔蒙叫蒙哥。她和大明没有孩子，要是有孩子，按桐城的称呼，她可以叫柯尔蒙为他大伯的。卫秀兰接过信封，有些迟疑，但邹天香抽手却很快，卫秀兰只好收了，说：那谢谢你们。

  邹天香这时才想起来问：蒙哥呢？卫秀兰说他一早就上工去了。邹天香又问：他在生产队做什么？卫秀兰回答：文书，还管算工分。邹天香夸道：蒙哥做文书最合适的了。卫秀兰说：这是生产队的安排。邹天香说：大明与这边大队的书记认识的，这边有什么事，他可以打声招呼的。卫秀兰冲邹天香点点头，说：我知道了。邹天香看了婆婆一眼，突然站起来，对着卫秀兰耳朵轻声说：你劝劝蒙哥，他们兄弟俩没必要这样像仇人似的，毕竟是兄弟，过去的事就让它过去吧，那也是形势，我代大明赔不是。卫秀兰叹了一声，没说话。

  兄弟何仇？邹天香为什么说是形势？原来兄弟之间的嫌隙缘于父亲柯正雄之死。

  柯正雄最初供职于安庆市的安徽大学。中华人民共和国成立后，安徽大学迁至芜湖时,柯正雄转入桐城中学任教,全家转至桐城入籍,并入住县城学堂巷的一套陈年四合院。柯尔蒙、柯尔明兄弟俩生于安庆,柯尔蒙与卫秀兰也是在安庆成家的。柯正雄调到桐城中学任教后,很快成为这所学校的教学骨干,接着入党,几年后又被提拔为副校长。入住桐城这一年,春儿出世,他成了共和国的同龄人。但是,到了1957年,一场席卷全国的反右派运动突然降临。一查档案,柯正雄成了学校的右派代表人物之一,因为他在国民政府时期当过教师。柯正雄等人的材料被整理后转到县里反右派领导小组办公室。偏偏这个反右派领导小组的一个重要成员就是邹启环。邹启环是谁?他就是邹天香的父亲、柯尔明的岳父,时任县人武部部长。那时,柯尔明与邹天香结婚正好五周年。五年开出婚姻之花,却没有结果,两人膝下无子。邹启环何尝不知道柯正雄是自己的亲家?但是,他顺从了形势,秉公办事,大义灭亲,将柯正雄的材料报给了时任领导小组组长的县委书记周朴实。柯尔明向岳父求情,希望他网开一面,不要将父亲往坏处整,但求助无效。柯尔明又动员妻子邹天香向她父亲求情,毫无效果。柯尔明闷闷不乐地回家。当天晚上,柯尔明与父亲柯正雄关起门来吵了一架,吵过之后,柯尔明就回到邹天香那边住,一连几天不回家。邹天香是和父母住在一起的。至于父子两人为什么吵得那么厉害,柯尔蒙等人全然不知。柯尔明和邹天香后来解释,吵架是因为柯尔明劝父亲写一份深刻的检讨交给反右派领导小组,但父亲就是不答应,说自己没有错。这场架吵过没几天,柯正雄就被开除了党籍,并被撤销了学校副校长的职务。

可想而知,柯正雄内心的苦闷和承受的压力何其大。他回到家的时候,心情郁闷,沉默寡言,总是一个人喝闷酒。巫竹梅怎么开导他,都无济于事。后来,他就不去学校上班了,按组织上的说法,在家反省。突然有一天,他喝了好多的酒,趁家人不注意,一个人溜了出去。直到夜里,有人敲柯家的门,说:柯正雄被水淹死了。全家人如遇晴天霹雳。柯正雄死的时候很安详,但是,他的双眼却不曾闭上,他死不瞑目。巫竹梅不相信柯正雄会自杀。曾经那么艰苦的环境都挺过来了,怎么可能经受一点挫折就自杀呢?他那么热爱他的工作和学生,怎么可能干这种傻事呢?当时,有人提醒巫竹梅,塘边现场有鞋印,而且那天下着雨。巫竹梅开始相信,那天他喝多了酒,飘飘然在塘边独步,脚下打滑,他是整个人跌到水中溺水身亡的。

那又怎么样呢?他已经死了。他的死给家人带来无比的悲痛和内疚。他的死,也给柯尔蒙兄弟俩留下难以愈合的嫌隙。柯尔蒙认为,父亲悲伤的时候,弟弟柯尔明却要与他吵,在他伤口上撒盐,将他往死路上推。弟弟的岳父邹启环只顾着表现自己,置亲家于不顾。不仅柯尔蒙,就连母亲巫竹梅也对小儿子柯尔明颇为怨怼,直到现在她仍然没有原谅他,甚至对自己的小媳妇邹天香也不给好脸色看。与此同时,柯尔蒙自己也是相当自责。在父亲内心最痛苦的时候,作为大儿子,他没有好好地陪父亲,安慰父亲,才发生了这样的悲剧。

春儿吃了点东西,就到村里溜达去了。卫秀兰留邹天香中午在家吃饭。邹天香想想也是,大老远地跑来,总要待一阵子,也就不客气,留了下来。卫秀兰让邹天香在屋里坐会,自己到披屋去做饭。邹天香一个人坐在床沿上显得很尴尬,便对婆婆说:我来帮你织毛衣吧。巫竹梅斜眼瞄了她一下,说:你是国家干部,做不了这活的。言语中带着讽刺。邹天香讨个没趣,也不生气,对婆婆说:看妈说的,我在公社什么事都做的。巫竹梅又瞄了她一眼,没说话,仍旧打自己的毛衣。邹天香不想再找没趣,便起身出门去了披屋。

中午的时候,柯尔蒙、春儿、秋儿和冬儿,陆陆续续回到家里。夏儿在学校吃饭的,中午不回来。邹天香见到柯尔蒙,主动上前打招呼。柯尔蒙也没有那么小气,人都来了,出于礼貌,应了一声。秋儿、冬儿什么都不懂的,见到邹天香,主动上前叫"小妈"。邹天香心情舒展开来,对秋儿、冬儿说道:小妈今天给你们带糖果来了,在你妈那呢。秋儿、冬儿大喜,说了一声"谢小妈",便扑向母亲卫秀兰。他们还没有近身,就被卫秀兰给顶了回来:现在吃饭了,怎么可以吃糖?秋儿、冬儿同时朝邹天香撇撇嘴,引得邹天香大笑。接着,一家人围在桌边吃午饭。三个菜,一个汤。一盘烧豆角,一盘烧茄子,一盘咸蒜头,一碗白菜鸡蛋汤,没有肉。要不是今天有邹天香在,也没有这么多的菜。几个人吃得津津有味,却很少说笑,倒是卫秀兰不停地劝邹天香吃菜。邹天香也不客气,大口地吃饭,大口地吃菜喝汤。

吃过饭后,秋儿、冬儿一起去上学。春儿在家闲得没事,又去村里溜达,他找人下棋去了。卫秀兰在披屋洗碗。巫竹梅忙着收拾晾晒的衣服。柯尔蒙准备去里屋休息一会,邹天香对他说:蒙哥,大明想来看你,又怕你训他。事情都过去这么长时间了,你就大人有大量,原谅他吧。柯尔蒙停下脚步,应了一句:谁训他了!邹天香脸上立马堆上笑容,说:我过来的时候,大明说,这边有什么困难,尽管说,他会帮助的,你别生他的气,我让他经常过来看你。柯尔蒙说:腿长在他身上,又没有人拦他。邹天香似乎有些高兴了,说:我说嘛,兄弟俩哪能老死不相往来呢?我回去就对他说,叫他来。柯尔蒙转身往里,说了一声"我休息一会",邹天香很干脆地回应道:好呢。这时,巫竹梅走进屋,她将手里抱着的衣服放到床上。邹天香连忙转身,对婆婆说:我帮妈叠衣服。巫竹梅这回没饿她。于是,两个人叠起衣服来。邹天香一边叠衣服,一边没话找话说:妈,天冷了,这里也闲些了,你到我们那边住一阵子吧。巫竹梅停下手中的活,抬起眼看着她,说:你不和你爸妈住啦?她仍对邹天香父亲存有芥蒂。邹天香说:我们在公社住的,只是有时回去看看他们。巫竹梅继续叠衣服,没说话。邹天香接着说:我们每天吃食堂,挺好的。巫竹梅说:我吃不惯,还是自家的饭菜香。邹天香说:我们也可以生火的。巫竹梅皱了一下眉头,说:那还是不去。这下邹天香有些急了,她对婆婆说:妈,你知道吗?大明这阵子心情一直不好,他常常一个人回老屋,一待就是一夜。我问他怎么了,他说陪父亲。他这样,我很担心。巫竹梅听了这话,说:你有什么担心的,他是国家干部,还能干出什么傻事来?邹天香叹了一口气,说:他像变了一个人,我就是担心。巫竹梅叹了一口气,对邹天香说:下次你叫他过来。邹天香很干脆地回答:好呢。接着,她将身子凑近婆婆,讨好似的问:大明来了,你是不是不骂他了?巫竹梅白了邹天香一眼,说:我何曾骂过他?邹天香心中窃喜,说:我说嘛,他是你亲儿子。一句话,竟然差一点就将巫竹梅逗乐了,但是巫竹梅收得快,为的是不让儿媳妇看出来。

等卫秀兰忙好进屋,邹天香站起身来要走。卫秀兰留她再坐坐。邹天香说赶早些回去,一大截路的。卫秀兰白她:就两个人,能有多少事?邹天香说:总不能等天黑了吧,下次我和大明一起来。她执意要走。卫秀兰连忙从地上拎起一袋花生,递给邹天香,说:这地方没什么好东西,也就是花生好吃,你带上。邹天香也没推辞,伸手接过塑料袋,与婆婆打声招呼,走出门。柯尔蒙从里屋出来,走到门口目送着她,没说话。卫秀兰跟着出门,她要送邹天香一程。妯娌俩并肩走出葫芦岛,有说有笑。待走到大坝时,邹天香回头看看草屋,身子凑近卫秀兰,说:嫂子,我有一件事还是要与你说的,这也是我和大明的心病。卫秀兰放慢脚步,好奇地问:什么事?邹天香小声说道:你也知道,我和大明至今还没有孩子,为这事,我们经常闹得不愉快。嫂子你帮我们出出主意。卫秀兰若有所思,说:现在夫妻没有孩子的大有人在,没有孩子,少了多少事。我们现在这般身心疲惫,不都是给孩子折腾的?邹天香居然伸出手挽住卫秀兰的胳膊,轻轻一推,说:嫂子,你是身在福中不知福,你得帮我想想办法。卫秀兰经不住她软磨,说:我打听打听,看附近有没有小孩过继的。你们条件那么好,很多人家求之不得呢。邹天香松开卫秀兰胳膊,说:还是嫂子反应快,这样也好。两人说着话,过了大坝,就此分手。

7

早晨,柯尔蒙刚到生产队办公室,李明波支书就走到他跟前,对他说:你现在去通知各小组的组长开会,叫李晓国也参加会议。柯尔蒙问:什么时候?李明波支书说:叫他们现在就过来。柯尔蒙知道有急事,来不及喝口水,便起身走出屋。

不到半个小时,柯尔蒙通知的人都到了。好几个人拥进李明波支书的办公室,挨个坐着。李明波支书和柯尔蒙坐在桌边。柯尔蒙坐在桌边,是因为他要记录。临时通知开会,定是有什么重要的事。以前出现这种情况,多半是上面有重要文件,或者是紧急通知,需要及时传达。大家对此习以为常,翘首以待呗。李明波支书端起茶杯喝了一口水,干咳了两声,说:通知你们来,是有一件重要的事,需要大家商量一下。李惠惠快人快语,问:什么事?李明波支书接着说:什么事?我们生产队出了小偷。大家你看看我,我看看你,小偷?谁是小偷?偷了什么?有那么严重吗?

李明波支书又喝了一口水,干咳了两声,说:昨天晚上,有人往我家院子里扔了一张纸条,上面写着,"支书大人",支书就是支书,什么大人,"我建议你去检查一下某某某的柴房,那里面堆放着好多从各家各户偷回来的东西,希望你秉公执法",没有落款。李明波支书说话的时候,大家凝神静听。李明波支书接着说:你们知道这个某某某是谁吗?这个某某某后面打了个括号,括号里是有名字的。李明波支书说到这里,有人坐不住了,他额上青筋暴起,豆大的汗珠从额上渗出。这个人就是李晓国。李明波支书大声说道:这个人就在我们中间,还是我们的副组长呢。大家你看看我,我看看你。李晓国心跳加快,手在发抖。就在这个时候,李明波支书一声断喝:李晓国,你给我跪下。李晓国吓了一跳,扑通一声,跪到地上。大家大吃一惊,接着便恍然大悟。李明波支书横眉冷对,对李晓国说:现在又饿不死人了,你干吗偷东西?你给我坦白交代。李晓国跪在地上,无地自容,恨不地上有条缝,他好钻进去。他低着头,哭丧着脸,额上大汗如雨,他终于鼓足勇气颤颤地说:对不起大家,我该死,我罪该万死。李明波支书愤愤说道:你真该死,你偷的东西,都是你的邻居,你的兄弟姐妹的东西,你不是作孽吗?你说,你是从什么时候开始的?李晓国抬起头,吞吞吐吐地说:前……前年。什么?前年?这下李明波支书更怒了:前几年就有人说掉东西,原来也是你,我们村解放后一直没出现过小偷的,都是你败坏我们村的风气和名誉。李明波支书说着,抬起头来,扫视了大家一眼,说:你们看,该怎么处置?这时,李明清队长说:我们先去他的披屋,将他偷来的赃物予以没收,再作处分。大家纷纷点头。李明波支书觉得李明清队长说得有理,便对李晓国说:你将钥匙拿出来。然后,他对着李霜天等人说:你们几个去一趟他的柴屋,将里面的东西都搬到这儿来。李霜天等人站起身来,李晓国从裤腰带上取出钥匙,递给李霜天,并就势站起来。李明波支书又是一声断喝:跪下!

很快,李霜天等人就将李晓国偷来的赃物搬到草屋中间的房间。嘀,堆得还真不少!手电筒、砍柴刀、铝盆、锄头、镰刀、灯笼、雨伞、铁锅、扫帚等等,这里都可以开一个杂货铺了。李明波支书走到外间,看到这些赃物,气得眼睛都红了。柯尔蒙跟着李明波支书走到外间,他扫了一眼这些赃物,发现自己家丢失的铁锅和扫帚赫然在内。那铁锅和扫帚是他从城里带过来的,他一眼就能认出。李明波支书转回自己的办公室,他指着李晓国的鼻子训道:你家就三个人,你要那么多镰刀干什么?他这一说,没想到李晓国却老实地说:拿出去卖。这下李明波支书火冒三丈:什么?拿出去卖?这些年你偷了多少东西拿出去卖?李晓国抬头盯着支书,说:不记得了。显然,他比刚才放松了一些,说话也不那么紧张了,有一种玩世不恭的架势。李明波支书回到自己的座位,等外面的人都进来之后,他说道:人赃俱获,我宣布,立即撤销李晓国第四组副组长的职务,他所偷赃物,限他配合被偷的人认领归还,同时,罚款十元,扣工分三十天满工,你们可有意见?众人摇头。李明波支书说:就这么定了。然后他朝李霜天等人指了指,说:你们几个留下来,负责将这些赃物归还原主。他转而对跪在地上的李晓国说:你好好配合他们,不得有误。你还要好好地反省,下次再出现这样的情况,就将你送公安局了。

开了两个多小时的会,柯尔蒙回到家的时候,都快中午了。他回来的时候,左手一只铁锅,右手一把扫帚。卫秀兰和春儿迎上去。卫秀兰上前说:家里不是有锅吗?你又买锅。柯尔蒙将铁锅和扫帚举得高高的,说:你仔细看看。卫秀兰扫了一眼,说:这是我们家的锅啊。春儿上前接过父亲手里的锅,左看右看,会心地一笑。柯尔蒙拿着扫帚往回走,边走边对卫秀兰说:我说我们家怎么会丢这些东西呢,你猜怎么着?原来是生产队里出了小偷,今天给揪出来了。卫秀兰问:谁? 柯尔蒙说:李晓国。卫秀兰眼睛一亮,事感突然,说道:原来是他,知人知面不知心。

春儿为什么会发出会心的一笑?原来,揪出李晓国正是他的杰作。柯家下放到湖边生产队的第一天,放在外面的铁锅、扫帚便不翼而飞,春儿暗下决心,一定要揪出这个伤天害理的蟊贼。一直以来,他将心思都放在了留心观察生产队每个人的行踪和表情上。后来,他发现李晓国等少数几个人嫌疑最大。李晓国蟊贼的表现特征比较明显,比如他的一双眼睛总是东张西望;比如他总是对别人的物品感兴趣;比如他不太合群,除了有时打打麻将外,喜欢独来独往。有一天晚上,春儿就发现李晓国一个人在村里转悠,春儿与他两次照面。他这不是打影子,还能是什么?最后,春儿就将李晓国确定为重点嫌疑了。终于在一天晚上,他守在村边的一棵树下,见李晓国从家里出来,便悄悄尾随。全村的人都睡了,一片黑暗,看不到灯光,偶有犬叫,又似乎不是针对李晓国的。李晓国熟门熟路地爬进李晓群家的院子。不一会,他又从院子里爬出。他出来的时候,手里抱着一个葫芦瓢、一把铁锹。春儿看得真切,真想冲上去将他揪住。但是,他没有那么冲动。春儿想,他个子都没有李晓国高,劲也没有李晓国大,李晓国万一狗急跳墙,抡起铁锹给他一下,那怎么受得了?即使李晓国不拍他,反咬一口怎么办?他一个外来户,有十张嘴也说不过这些长期生活在一起的李姓人丁,他岂不是跳进黄河也洗不清?自己蒙受不白之冤不算什么,连累父母怎么办?他终究没有冲出去,而是继续尾随李晓国。李晓国回到自己家门口,却没有进屋,而是绕到屋后,拿出身上的钥匙,将屋后柴房的门打开,将偷来的东西放了进去,然后又将门锁上,转回到前面,将自家的前门轻轻一推,幽灵般地闪了进去。接着,春儿就听见李晓国关门的声音。

　　春儿回到家,寻思对策。春儿心想,我发现了小偷,却没有胆量将他揪出来,我这一番心思岂不是白费?不,我一定要想出办法来,让坏人受到惩罚。灵机一动,他脑子里突然蹦出一个主意来。于是,他趁家里人不注意的时候,偷偷地在一张纸上写下了几行字。这几行字就是今天李明波支书在会上念的那几句话。春儿为自己想出的绝妙主意窃喜,他自言自语地说:这是他咎由自取,怨不得我。柯尔蒙听到春儿说话的声音,问:你说什么?春儿回他:没说什么。

　　但是,第二天,村里就传出一个爆炸性的新闻:李晓国自杀了。所有人心里咯噔一下,他怎么会自杀呢?李晓国被发现时,尸体是漂在湖岸边的。他那还在生病的老婆小草被人搀扶着到湖边,哭得好伤心。他那傻乎乎的儿子一边哭一边抱着小草的腿,片刻也不放手。凄凄惨惨切切,看的人也少不得掬一把同情和伤心的泪。李明波支书差遣几个人将李晓国的尸体埋了。李晓国死后,舆论开始转向了,人们由开始针对李晓国的谴责、愤怒,转而表现出对他的同情和惋惜,进而对李明波支书在处理这件事上的严重失当议论纷纷。李明波支书如果将他送到派出所,也比召开全村干部会议羞辱他好。他家里穷,为了养家糊口,偷一点东西,也不至于以死来承担后果。更有人冒出一句,那个给李明波支书家扔纸条的人也不应该,这张纸条直接导致了李晓国的死。他既然发现李晓国偷东西,就应该及时制止,以免酿成大祸,他怎么能扔一张纸条就万事大吉呢?

新闻的热度是短暂的,没几天这件事就像一阵风一样过去了,只是在人们的心里留下一道涟漪。大家照旧上工、打牌、喝酒,该干什么就干什么。

李晓国死后还不到一个月,村里平静的生活又被两个大男人打破了。这两个男人便是李霜天和李晓发。

李晓发的老婆齐眉,长得有几分姿色,此人平时能说会道,在家也很强势。为什么这么强势?因为她父亲是团结大队的会计,叫齐展。李晓发老实巴交,能当上生产队第四组的组长也是沾了她父亲的光。有这一层关系,齐眉在家哪把李晓发放在眼里?自认为嫁了李晓发,倒霉透了,不仅不发,生活更是平淡无奇,她简直就是一朵鲜花插到牛粪上。齐眉眼光很高,鄙视李明波支书,看不起李明清队长,偏偏对李霜天情有独钟。这也难怪,李霜天牛高马大,为人敦实、仗义,齐眉找他办什么事,他都会义不容辞,第一时间办好。两人你来我往,眉来眼去,好上了。突然有一天,李晓发发现自己的老婆齐眉有点不对劲,她看李霜天的眼神有些异样,那是女人对男人中意时才会出现的奇妙的眼神。李晓发醋意大发,憋了一肚子的气,终于喷薄而出。两人大吵一顿。齐眉死活不承认,李晓发苦于没有证据,并没有占到上风,败下阵来。李晓发心想,你们两个狗男女做得那么明显,你还这么嚣张,等我找到证据再跟你算账。接下来的日子,他天天跟梢。终于有一天晚上,李霜天和齐眉在湖边老梧桐树下抱在一起,被李晓发逮个正着。好个齐眉,这么冷的天,你说去外面打麻将,原来是在外面打野战。李晓发一声不响,潜伏到树下,见时机成熟,突然将手电筒打开。手电筒的光如同一道闪电,两人这一惊非同小可。慌乱之中,两人差一点滚到湖里去。趁两人慌乱,李晓发一个箭步上前,抡起手电筒,朝李霜天头上砸去。咣的一声,李霜天刚刚站起,猝不及防,一个趔趄,整个人差一点摔倒。他本能地用手摸摸头,满手是血,接着,满天星星在他眼前转,脑子里一片空白,整个人晃荡一下,就倒在了湖堤上。而李晓发因为用力过猛，脚下一滑，身子一个晃悠，人也栽到地上。他的头正好撞在一个半截埋在土里的大石头上，顿时头破血流。齐眉看到这种场面，一声惨叫。她的叫声惊动了村里的一些人。他们拥到湖边，发现李霜天和李晓发都没有死，俩人只是受了皮外伤。村民们将李霜天和李晓发分别扶起，然后将他们搀扶着送回各自的家。齐眉像霜打的茄子，跟在李晓发的后面，羞愧难当。

　　这事有人报告到李明波支书那里。这种事严重败坏了生产队的风气，是应该开个会批判一下，再对他们两人，甚至是三人，做出处理。但是，李明波支书摇摇头，轻描淡写地说：这种事还需要开会吗？两个家庭的事，自己处理得了，生产队不是处理私事私情的场所。从此以后，李晓发与李霜天彼此仇视，横眉冷对，但两人井水不犯河水，再也没有动过手。李霜天与齐眉及时收敛，再也不敢越雷池半步。齐眉在家，好多天不出门，乖得很，与李晓发说话，语气也柔弱得多，两人在家的地位来了个大反转。这事就这么过去了。

　　李明波支书在这件事的处理上给村里人落下话柄。

　　李明波支书为何对这事睁一只眼闭一只眼？因为他自己就是一个有污点的人。对于他这方面的事，村里早有传言。他先前与村里一个叫小清的姑娘有一腿。小清姑娘没上过学，家里穷，却长得有那么一点清纯样，李明波支书那时刚当上生产队的支书，春风得意，他一眼就看上小清姑娘，并隔三岔五地对她施些小恩小惠，很快这个傻姑娘就做了他的俘虏。但是，李明波支书的老婆叶莲花却不是只喝水不吃醋，更不是省油的灯，有一次竟然将他们捉奸在床。女人见了这场面，眼里怎能不冒火？头上怎能不冒烟？一阵大喊大叫、大吵大闹。李明波支书由惊慌失措，变得气急败坏，他从床上一跃而起，一手捂住老婆的嘴，另一手搂着老婆的腰，掩护小清姑娘逃脱。待小清姑娘消失后，他扑通一声跪到地上，一把鼻涕一把泪，控诉小清姑娘如何引诱他，自己如何放松警惕，把握不住。叶莲花经他这么一表演，居然相信了他，怒气全消，只是增添了对小清姑娘的仇恨。男人嘛，何况他还是生产队的支书，自己家的一家之主，撕破了脸皮，以后一家人怎么依靠他？她原谅了丈夫，却没有原谅小清姑娘。第二天，她就找到了小清姑娘家，将小清"勾引"她丈夫李明波支书的事直接对小清父母说了。一个姑娘出了这种事，岂不是要父母的命？小清姑娘回到家，少不得挨父亲的一顿打。不到一个月，小清姑娘就远嫁他乡。小清姑娘出嫁的时候，婚礼极其简单，她和新姑爷拜了一下父母双亲，外面鞭炮声起，小清姑娘就走出了家，走出了村子，去了婆家。他们走后，他父母请了亲戚和村里长辈吃了一顿饭，完事。这顿饭，并没有邀请李明波支书参加，只向李明波支书的老婆叶莲花发出了邀请，但叶莲花拒绝参加。

李明波支书与小清姑娘东窗事发后，在叶莲花的严密监视下，李明波支书老实了好一阵子。但是，也仅是好了一阵子，李明波支书又开始将目光投向李惠惠。李惠惠是李姓"晓"字辈，按理说是他的晚辈，但这似乎并不影响李明波支书的欲望，谁让她长得有些好看呢？李惠惠自然没有小清那么"清纯"，但也不会那么傻。她行走边缘，拿捏适当，既不得罪他，也不给他什么真正的甜头。他想是他的事，李惠惠却没有把李明波支书看在眼里，她靠的是智慧，玩李明波支书于股掌之间。一年下来，李明波支书望眼欲穿，茶饭不香，夜不能寐，但是，他连李惠惠的手指头都没有拉过，更别说什么肌肤之亲了。虽然得不到，但他也没有放弃，因为村里除了齐眉外，再也没有什么让他看得上眼的女人了。齐眉是李晓发的老婆，又是李霜天的相好，他是插不上手的。

近一段时间，村里流传着一个经典的故事，人人都会讲。这故事的名字叫《村里又来新人了吗》。故事说的是，某一个村子，村长退位之后，将位子传给了他的儿子。但是，他有些放心不下村里的女人们。于是，他对儿子约法三章，要他每天回到家后将手给他闻一下。儿子疑虑，却也不敢违拗，只得照办。儿子上任之后，第一天晚上回到家，将手给老村长一闻，老村长心下一凝,说:这是小玉的味道。儿子大为吃惊,我与小玉刚刚亲上,他这也知道。第二天晚上,儿子又将手给老村长闻,老村长说:这是阿兰的味道。第三天晚上,老村长说:这是小花的味道。儿子在想,我这几天玩了几个女人,全让老爸知道了,我不如来个逆常规,看他知道个什么。这天,儿子在田里转悠,突然看见一匹马正在撒尿,他灵机一动,走到马边将手伸下去接尿。回到家,儿子将手伸给老村长闻。老村长闻来闻去,始终不好下结论。最后,他带着疑惑问:村里又来新人了吗?

这故事传得热乎,是因为他们心中有所指的,可见李明波支书在这方面留给他们的是一个怎样的印象。

偏偏这时候,天上掉下个卫秀兰。李明波支书第一次见卫秀兰,是在柯尔蒙一家下放的那天,卫秀兰出现在村口,李明波支书眼前一亮,然后眼睛就发直了,不能打弯。城里男人看女人,总是遮遮掩掩,若即若离,但乡下男人看女人,却是肆无忌惮,近乎贪婪。卫秀兰是那样的白皙、娇柔、羞赧。李明波支书感叹,这才是真正的女人,这个村子应该五百年也没出现过这样的女人。卫秀兰应该有三十多岁,也许快四十岁了,但看起来都不到三十岁的,在李明波支书面前,似乎年轻了一个辈分,卫秀兰就是那种成熟和饱满的、美得有些极致的女人。李明波支书甚至认为,这样的女人别说其他的,看着都舒服。从此以后,李明波支书的脑海里又多了一层考虑,这层考虑,盖过了以前对于小清和李惠惠的思考。想到卫秀兰,李明波支书心里总是美滋滋的,似乎卫秀兰天生就是他的女人一般。那天去田里转悠,他一眼就看到了正在田里打垛的卫秀兰。卫秀兰在田里干活,并没有注意到他的到来。李明波支书蹲在田埂上,看卫秀兰干活,目不斜视,津津有味。李惠惠后来发现了他,狠狠地奚落了他一番。李惠惠以前发现他邪恶而又专注地欣赏自己,总是以讽刺的语气调侃他,让他知趣后退,现在见他这般赤裸裸地盯着卫秀兰,更加鄙视他,所以特意奚落他,让他走开。李明波支书并不生气,他要的就是这种效果,他要让卫秀兰知道,他在关注她,他也是要让李惠惠知道,他即使没有了李惠惠,他还有卫秀兰呢,李惠惠你别后悔。似乎是一石二鸟、一箭双雕。

但是,一段时间之后,李明波支书才发现,卫秀兰比李惠惠更加难以驾驭。她目光平和,但警视一个人时却炯炯有神;她外表柔弱,但内心却是刚烈如铁;她与世无争,却保持着一份自我。这样的女人在李明波支书面前深深地筑起了一道道德的围墙,将李明波支书挡在墙外,令李明波支书隔墙眺望,心慌目眩,却又不敢明里挑事。李明波支书甚至愤愤地想,我为她做了很多的事,难道她一点感觉也没有?这个女人,我不会轻易放过的。软的不成,难道要我铤而走险?

8

这是一个星期天。初冬的阳光,暖洋洋地照在葫芦岛上。

柯尔蒙起床之后,就去了屋后。他这几天一直在盘算,怎么开发这屋后的荒地。老天给了你一块地方,为什么要让它荒废呢?前一阵子,柯尔蒙和春儿整出一块地,种上了韭菜和大白菜,现在韭菜和大白菜长势喜人,这是一件多么令人欣慰的事!如果在此基础上,再将其他的荒地整一整,待到明年春天,种上植物或果树,岂不是夏日阴凉,秋有水果,冬天还能挡风抗雪?多好!柯尔蒙还有一个想法,要在屋后建一个茅厕,现在全家人起解都要走到屋后,对着粪桶,很不方便。这个茅厕,最好坐落在湖边,它与茅屋之间最好隔着植物林,由一条小路通过。

柯尔蒙在岛上转了一圈,然后,说做就做,将地上的大石头一块一块地搬到湖边。

卫秀兰几乎是和婆婆巫竹梅同时起床的。两人起来后,漱口、洗脸、煮稀饭,然后去湖边洗衣服。平时,这些衣服巫竹梅洗得多,今天卫秀兰不上工,便帮婆婆洗了。冬天的湖水是很冷的,但是,卫秀兰和婆婆已经习惯了,不觉得有多冷。待她们将衣服洗好,往晾衣杠上晾时,春儿他们也陆续起床了。好冷!他们一个个地走出门,伸着懒腰,打着哈欠,揉着眼,然后两手抱在胸前晒太阳。夏儿走到母亲卫秀兰跟前,问:大大呢?卫秀兰朝屋后指了指。平时,夏儿是最怕父亲柯尔蒙的,他这么一问,似乎是柯尔蒙在不在家,决定着他接下来做些什么事。出乎卫秀兰的预料,夏儿却转身向屋后走去。

  夏儿走到屋后,见父亲柯尔蒙正往湖边搬一块大石头。夏儿跟在父亲后面,问:大大,你搬这些石头干什么?柯尔蒙走到湖边将石头放下,说:将地腾出来,种树。夏儿转身看着屋后坑坑洼洼的荒地,说:种树,也没必要将石头搬走啊。柯尔蒙搓着两手,说:你懂什么?夏儿讨个没趣。柯尔蒙看了一眼夏儿,问:说,什么事?夏儿摸摸头,说:大大,我想在这个岛上建一个篮球场。夏儿这想法多少有些令柯尔蒙吃惊。柯尔蒙看着夏儿,问:这样可以天天打篮球,不上学了?夏儿有些发怵,生怕自己鼓了好大的勇气说出的想法,一瞬间就被父亲扼杀在摇篮里。但他还是要据理力争一下。夏儿说:大大,我们家门前场地大,做一个简易的篮球场不费事,做好后,平时我和哥哥带弟弟妹妹锻炼身体。学校不是一直提倡要加强体育锻炼,增强人民体质吗?柯尔蒙以为夏儿会像以往那样,经他一训,就会转身退出的,没想到他还编着理由来说服自己。柯尔蒙说:你放学回来,挑挑水,或劈马柴,多做些体力活,就是锻炼身体了,或者把精力放在学习上,岂不是更好?话音刚落,就见卫秀兰朝这边走来。卫秀兰刚才见夏儿找他父亲,担心柯尔蒙训他,闹得不愉快,所以特意过来看看。柯尔蒙正欲说话,夏儿抢先告了一状:场地多的是,建一个篮球场也不难,大大他就是不愿意。卫秀兰扑哧一声笑了,对柯尔蒙说:你儿子要做篮球明星,你为什么不成全他呢?柯尔蒙态度软下来,他犹豫了一下,问夏儿:你说说,篮球场怎么建?夏儿胸有成竹,指着草屋南边右侧的方向,说:在那边埋一棵树或者柱子,将一个铁框子固定在上面,能投篮就行,再将下面的地整整,就是一个篮球场了。柯尔蒙看着卫秀兰,卫秀兰笑了。柯尔蒙说:说得简单。夏儿肯定地说:就这么简单。卫秀兰在一旁说:很有创意,夏儿就是聪明。柯尔蒙冲夏儿抿着嘴笑了。他的笑,证明他同意了。夏儿跟着也笑了。夏儿已经很长时间没有看到大大对着自己笑了。大大同意了,夏儿别说多高兴,他飞也似的跑回了家。

夏儿从家里拿出一把铁锹。春儿问:你拿铁锹干什么?夏儿说:我要建篮球场,要么你也帮一下忙?春儿疑虑,问:建篮球场?夏儿点点头,肯定地说:是啊,大大同意了。春儿知道夏儿爱打篮球,建篮球场就建篮球场,只要大大同意就行,便说道:今天轮到我放牛。夏儿看看湖边,说:天这么冷,放什么牛。春儿说:我也不想放,这是生产队的规定。夏儿有些失望,说:你去吧,我自己建。春儿转到屋后跟父亲打声招呼,便向村里走去。

生产队就六头牛,近三百亩田地,靠这六头牛耕种。全队上下将牛视作宠物。农忙的时候,牛很累,他们让牛吃得好,并保证牛的充足睡眠。到冬天的时候,他们怕牛冻着,一般都是将牛关在牛棚里。白天的时候,如果外面没有风,有阳光,生产队便安排人轮流放牛。不过,这个时期放牛,时间都不长,一天一两个小时就够了。放牛不是吃草,而是放风,让牛晒晒太阳。春儿这是第二次放牛。生产队安排社员放牛的少,总是将这活分派给村里像春儿这样的大孩子们。"放牛娃"的称呼就是这么来的。

春儿牵着牛走出村口的时候,看到了夏儿的同学李春燕。李春燕手里拎着个箩筐从湖边往回赶,箩筐里放满了拧紧的衣服,衣服上摆放着一支棒槌。她在湖边洗了这么多的衣服,许是起得很早。春儿牵着牛与她相向而行,是避不开的。李春燕看到了春儿,站在一边等他过去。春儿走到她跟前时,抬头看了她一眼,正欲说话,却有些胆怯,脑子临时短路,不知道说什么好了。两人四目相对,同时低下了头,就这样,什么也没说,匆匆别过。走了一段,春儿似乎有些后悔,我就这等出息,见到女孩子连声招呼也出不了口,还男人呢,何况她还是夏儿的同学。这样想着,又回过头去,偏偏这个时候,李春燕也转过身来,看了他一眼,这么巧!李春燕迅速地转过身去,加快步伐,很快就在村头消失了。她是不是对我有意思?春儿站在那里,心里泛起一道涟漪。

春儿牵着牛,走过老梧桐树,路过葫芦岛的坝口,一直向东。早晨八九点钟的太阳照得人懒洋洋的。湖面波光粼粼,湖上吹来的冷风时不时让他打个激灵,但是,他的心情却是愉快的。走了一段,他居然唱起歌来:"洪湖水呀,浪呀嘛浪打浪啊,洪湖岸边是呀嘛是家乡啊,清早船儿去呀去'放牛',晚上回来'牛满肚'啊……"

正唱着,前方李明波支书迎面走来。春儿一怔,收住嘴。李明波支书手里拎着两条鲢鱼。鲢鱼不小,都有一斤多重,定是有人一早从湖里打上来的。李明波支书不会捕鱼,他也不会花钱去买,定是别人打上来送他的。李明波支书老远就看到春儿牵着牛,等其走到跟前,他才拿正眼瞧了春儿一眼。春儿明明看着他靠近,并没有打招呼,只是低着头,侧着身,让李明波支书走过。李明波支书就有些不高兴了。在村里,别说是小孩,就是大人,甚至是长辈,哪有见到他不打招呼的?这孩子不懂事,缺少教养。李明波支书走到春儿身边,将鱼一晃,板着面孔说:湖边这么冷,你让牛到这喝西北风啊?春儿冷冷地说:准备往回呢。等李明波支书走过,春儿牵着牛掉头往回走,跟在李明波支书后面。走着,他就朝李明波支书的背影伸出手,学电影里瞄准坏人的动作,做举枪状,嘴里发出"砰"的一声。春儿本来是懂礼貌的,他见到村里大人哪有不叫的?只是他不想叫李明波支书,因为他对李明波支书没有好感。春儿年少气盛,他对李明波支书没有好感,是从下放那天在村口李明波支书看母亲的眼神有些不正常开始的,后来,听到李明波支书的种种传言,他甚至开始厌恶他。走了一截,春儿却发现李明波支书已经走在大坝上了。春儿疑虑,这个人拎着鱼去我家干什么?

李明波支书确实将鱼拎到了柯尔蒙家。夏儿和秋儿在场地上刨坑,背对着李明波支书。李明波支书看到卫秀兰站在门口,走过去,用异样的目光上下打量着卫秀兰,然后伸头朝屋内看了一眼,将一条鱼高高提起,说:秀兰,你拿着。卫秀兰有些迟疑,问:生产队发的?李明波支书眉一扬,说:生产队这时候哪有鱼发?早上人家打的,送我两条,给你一条,你家人多。卫秀兰站在原地,面露难色,说:李支书太客气了,我怎么可能要你的鱼呢?你拿回去吃吧。李明波支书见卫秀兰推辞,便走进屋里,将鱼扔到地上,说:你就拿着吧,现在鱼不好打。见到巫竹梅,连忙堆上笑,说:老人家在呢。巫竹梅还没有回应他,他已经走出门了。卫秀兰从地上拎起鱼,打算还给他,但是他已经走出老远了。卫秀兰重新回到屋里,自言自语地说:谁要他的鱼?巫竹梅说:谁也没要,他要送,就煮了大家吃。

　　不一会工夫,夏儿和秋儿就在屋前一侧的场地上挖了一个坑,然后从屋里抬出一根木柱。这根木柱还是李霜天等人帮忙建披屋时剩下的。他们在木柱的一头牢牢地拴着一个铁框,这个铁框是用粗铁丝箍成的,比篮球大一个尺寸。接着,他们在母亲的帮助下,将木柱竖直,大的一头埋在坑里。很快,一个简易的篮球架就耸立于葫芦岛屋前一侧的西边。夏儿和秋儿欣喜若狂。临近中午的时候,春儿放牛回来,篮球架已经建好了。建篮球场更简单,将篮球架下的土地整一下即可。这块场地本来就平坦,上面只是多了一些石子,稍微平整一下,就可以打篮球了。春儿有些吃惊,问:有篮球吗?夏儿说:有啊,昨晚我带回来的。春儿又问:哪来的?夏儿回答:同学送的。春儿疑虑:有这么好的事?夏儿说:球友呗,他大大是学校的体育教师,他家篮球多。春儿抬头看了一下篮球架,直接回屋里了。秋儿很激动,他对母亲说:我去喊大大来。说罢,一溜烟地跑到屋后,喊:大大,你来看。柯尔蒙在屋后忙了一上午,大冷的天却汗流浃背,秋儿一喊,他正好也要回去吃饭了,便放下手中的活,回到屋前场地。他着实被眼前的场景吸引住了。这时巫竹梅也从屋里走出,站在儿子柯尔蒙的身后。柯尔蒙上前拍了一下夏儿,说:这劲头要是用在学习上,那该多好。话音刚落,巫竹梅却夸夏儿道:夏儿就是聪明。

冬儿对篮球一点兴趣也没有,她看外面热闹,走到场地上,却拉着母亲的衣袖问:妈妈,什么是桐城派呢?卫秀兰冷不丁地被问了这么一个问题,正欲回答,不想奶奶巫竹梅在一旁对冬儿说:来,我来告诉你什么是桐城派。一边说,一边拉起冬儿的手,走进屋里。

清代,一些桐城籍的作家写文章在全国名声大震,广受推崇,被命名为桐城派。其代表人物是方苞、戴名世、刘大櫆、姚鼐。桐城派主宰中国文坛二百余年,影响延及近代。

巫竹梅给冬儿解释完桐城派后,冬儿受到鼓舞,说:我也要当桐城派。巫竹梅鼓励道:那你就要从现在开始,多看书,将作文写好。冬儿信心满满地朝奶奶点点头,非常干脆地"嗯"了一声。

巫竹梅对冬儿讲桐城派,那是再合适不过的了。巫竹梅的父亲还是清朝的进士呢,当过安庆府的太守,地位显赫,民国时期去世,从此门庭冷落。巫竹梅从女子学校毕业后,就进了成立不久的安徽大学,当了一名图书管理员,后与柯正雄结为连理,从此以后相夫教子,与世无争。

当天下午,柯家在葫芦岛举办了一场别开生面的篮球赛:柯尔蒙、卫秀兰对夏儿、秋儿。巫竹梅是裁判,她从家里找出了一个口哨。冬儿是啦啦队唯一的成员。春儿因为要放牛,缺席了这场比赛。柯尔蒙平时见夏儿不爱学习,热衷于打篮球,就有气,现在看他打球如此娴熟、老到,不得不刮目相看了。比赛进行到一半时,场地上陆陆续续来了不少的孩子,傻子也和孩子们一起,他看的不是球赛,而是在场地上跑动的卫秀兰。令夏儿惊喜的是,这些孩子当中,有一个他最熟悉的面孔,那就是同学李春燕。她站在人群里,并不突出,但夏儿很快就发现了她。夏儿心中窃喜,他整个的比赛似乎是一场针对李春燕的表演。比赛结束时,夏儿扬扬得意,回头一看李春燕,李春燕却在人群里消失了。夏儿向外搜寻时,却看到了她在大坝上远去的身影。

一场比赛下来,柯尔蒙和卫秀兰输得很惨。卫秀兰见夏儿满脸是汗,笑了。柯尔蒙却严肃着面孔,瞪了夏儿一眼,说:你小子,可以啊。德智体要全面发展,明白吗?夏儿点头,待父亲转过身,他朝父亲的背影做了个鬼脸,引得秋儿、卫秀兰、巫竹梅大笑。夏儿将篮球抱到家里,场地上围观的孩子们随即散去。这些村里的孩子变了,他们没有喊让城市佬滚出去的话了。

柯尔蒙一家度过了愉快的一天。第二天上午,柯尔蒙去了生产队的办公室,但是,不一会,他又转回来了。他身后跟着他的弟弟柯尔明及弟媳妇邹天香。兄弟俩一前一后,几乎没有什么话说。夏儿、秋儿、冬儿相继叫"叔(念jiao)叔好,小妈好"。柯尔明走到巫竹梅面前,喊了一声"妈",随即将拎着的一大包东西放在外面房间床边的桌子上。柯尔明环视了一下室内,自言自语地说:这么挤。巫竹梅抬头看着儿子,不冷不热地说:今儿怎么有空?柯尔明走到巫竹梅身前,说:我们专门来看你。巫竹梅态度缓和,毕竟是自己的儿子,而且又是专门来看她,说:外面冷,你穿得太少了。柯尔明穿的是一件厚厚的二五式的中山装,也不算冷。邹天香转过身对秋儿、冬儿等人说:里面有你们喜欢吃的东西,你们自己拿。话音刚落,夏儿、秋儿、冬儿一下子围拢过来,将布袋打开。

卫秀兰示意他们坐在床沿上,说:你们坐,又带这么多东西。邹天香笑盈盈地说:大都是给孩子们吃的,我们又没有孩子。邹天香说这话,自是为了引起卫秀兰和柯尔蒙的同情和注意。因为他们今天来,不仅仅是看望巫竹梅和柯尔蒙他们,更是有着其他的目的。这个目的,邹天香上次已经跟卫秀兰表达过了,那就是,他们想要个孩子。他们想要孩子,自己生不了,只能通过过继别人家的孩子才能满足自己的愿望了。邹天香说希望卫秀兰在村里打听打听,哪家孩子可以过继的,其实她更希望柯尔蒙夫妇能够将自己的一个过继给他们抚养。柯尔蒙夫妇的四个孩子,邹天香和柯尔明都喜欢,要是能过继一个到他们家,那是再好不过的了。四个孩子中,冬儿是唯一的女孩,过继她不合适,柯尔蒙夫妇也舍不得。春儿已是劳动力了,也不可能过继。夏儿虽然贪玩、调皮,但是平时也出格不到哪儿去,过继是可以的。秋儿是最理想的,既斯文,又懂事,人见人爱。就看柯尔蒙夫妇可愿意了。柯尔明夫妇在家商议,这事最好由邹天香提出,因为柯尔明与他哥哥柯尔蒙之间有隔阂,至今还没有冰释前嫌,由他向哥哥嫂嫂提出这个要求不合适。柯尔明夫妇甚至商议,如果哥哥嫂嫂不同意,他们就只好再做老太太的工作了。老太太看着大儿子柯尔蒙这边儿女成群,小儿子柯尔明那边却门庭冷落,膝下无子,她心理能平衡吗?她能不为自己的小儿子考虑吗?

巫竹梅本来因为丈夫的死,对儿子柯尔明是有意见的。但是,他毕竟是自己的儿子,母亲可以训斥他,总不能一辈子怨恨他吧。柯尔明夫妇对她很有愧意,邹天香上次来探路时已经向老人家表达过。事情已经过去这么长时间了,一家人总不能带着仇怨过日子吧。算了,柯尔明有柯尔明的难处。如果再不理他,他心里定是很难过的。要知道,小儿子过去是她最宠爱的呢,哪有母亲老跟自己的儿子过不去的?

前两年,柯尔明夫妻曾收养过一个男孩。男孩三岁,家里很穷,兄弟五人,他最小,没有姐妹。经人介绍,男孩父母将他过继给了柯尔明夫妇。柯尔明夫妇喜出望外,悉心抚养,并给他取名叫柯之堂。但是,男孩来到柯尔明家不到半个月,就生病发高烧。柯尔明夫妇将他送到公社卫生所打针吃药,几天不见好,后转至县医院,才发现是脑肿瘤,动手术无望。柯尔明联系到男孩生父,出了一些钱,将男孩送回去了。据说,不到一个月,男孩就死了。柯尔明夫妇感叹一声,几乎打消了在农村领养孩子的念头。上次,邹天香来葫芦岛,曾委托卫秀兰帮他们在村里物色可以过继的男孩,其实此举只是想博得卫秀兰的同情,并不是真想卫秀兰帮他们物色成功。卫秀兰哪里知道邹天香这是醉翁之意不在酒,还真当一回事,托人在村里打听呢。

邹天香坐在床沿上,将身子朝卫秀兰挪了挪,说:看着他们这般活泼可爱,嫂子,我特羡慕你。卫秀兰笑而不语。柯尔明坐在母亲的身边,对母亲说:妈,最近身体还好吧,这边可习惯?巫竹梅回答说:很好的。柯尔明说:马上天更冷了,要下雪了,干脆到我们那边住一阵子。巫竹梅说:那倒不必,乡下好。柯尔明转而对哥哥柯尔蒙说：哥，你费心了。柯尔蒙冷冷地道：费什么心？妈才不让我们费心呢。柯尔明转移话题，问：这边安排得怎么样？柯尔蒙回他：还好。柯尔明又说：这房子太挤了，我去找一下他们，最好添一两间。柯尔蒙说：暂时还行，不想麻烦生产队。兄弟两人说话间，邹天香突然对卫秀兰说：嫂子，我们借里屋说话去。说着，妯娌俩站起身，进了里屋。

柯尔明说去找他们，自然不是找生产队，而是找团结大队。因为团结大队的书记陈保根，就是他的战友。当初，柯尔明安排哥哥一家下放，也是考虑到他战友这层关系的。

卫秀兰和邹天香从里面出来的时候，所有人都不说话。卫秀兰对柯尔明等人说：你们聊，我去做饭。邹天香立即附和她道：我来帮你。说着，两人走出屋，去披屋那边做饭去了。

中午的时候，他们将屋里的桌子挪开，摆了几道菜。大人们围坐在桌边喝酒吃饭，孩子们是不上桌的，他们端着碗撵些菜，都坐在床沿上吃饭。柯尔明带了两瓶白酒，本来是送给哥哥的。谁知，等菜上桌的时候，巫竹梅却突然说：开瓶酒吧。邹天香在一旁对卫秀兰说：是啊，妈都说了，让他们兄弟俩喝点酒。卫秀兰有些迟疑，她看看柯尔蒙，见他没反对，便将刚才柯尔明带过来的酒拿出来，让春儿打开了一瓶。要不是母亲提议，兄弟俩是不喝酒的。巫竹梅这般提议，是有用意的。曾经的盎盂相击休矣，兄弟俩应该向过去告别了，过好现在的生活才是最重要的。正所谓"渡尽劫波兄弟在，相逢一笑泯恩仇"。

这一瓶酒打开，不到半个小时，就被两人喝了个底朝天。柯尔明建议再开一瓶，柯尔蒙摇了摇头，作罢。于是上饭。

吃过饭，柯尔明借着酒劲，突然发起牢骚来。他说：我这个民兵营长是县人武部任命的，听命于县人武部，他奶奶的公社书记老想指挥我，我不鸟他。他这一说，引起所有人的注意。春儿在想，原以为叔叔当上民兵营长很风光的，原来他也受制于人，他也有麻烦的时候。巫竹梅抬起手，对柯尔明挥了挥,说:你这性格,也要改一改,不然会吃亏的。柯尔明看了一眼母亲,不说话了。邹天香帮卫秀兰收拾碗筷,并随她一起去了披屋,两人忙好了事,才回到屋里。邹天香看大家沉默着,突然走到巫竹梅身边,小声对她说:妈,我有事对你说。邹天香说这话的时候,看了一眼卫秀兰。卫秀兰自然知道她要对妈说什么事。巫竹梅站起身来,随邹天香进了里屋。柯尔蒙心想,她许是单独要塞钱什么的给母亲,也罢。大约半个小时,邹天香和巫竹梅才从里屋出来。两人都没说话。邹天香转而对柯尔明说:大明,我们该回去了。柯尔明走到门口看看外面,转身对巫竹梅说:妈,我们回去,改天再来看你吧。巫竹梅回道:回去想着把工作做好,不要惦记我。

卫秀兰从披屋拿出一瓶辣椒酱递给邹天香,说:我自己做的,带回去尝尝。邹天香也没客气,伸手接过。柯尔明夫妇一一与他们打招呼,走出屋,走出葫芦岛。卫秀兰和孩子们一直站在门口目送着他们走远。

柯尔明夫妇走后,卫秀兰走进里屋,柯尔蒙随她也进了里屋。卫秀兰转过身,对柯尔蒙说:他们今天来,不光是看妈,还有事的。柯尔蒙问:什么事?卫秀兰说:他们想过继秋儿。柯尔蒙大声道:什么!卫秀兰示意他小点声:他们正为膝下无子烦恼着,想必刚才天香已经跟妈说了。柯尔蒙急道:妈什么意见?卫秀兰说:我怎么知道!柯尔蒙这时才恢复镇静,想了想,说:她不是让你在村里找人过继吗?怎么打起我们家孩子主意了?卫秀兰说:他们并不想在村里物色了,人家的孩子他们不放心,有过经历,他们都怕了。柯尔蒙问:那你怎么对她说的?卫秀兰说:我能说什么?我总不能当面一口回绝吧?说要与你商量。柯尔蒙又问:那你是什么想法?卫秀兰面带难色,说:我怎舍得秋儿?柯尔蒙耸耸肩,说:就是,再说,秋儿也不可能愿意的,回绝他们得了。卫秀兰说:这事没有这么简单,看妈什么意见再说吧,回绝也需要婉转的方式,我是坚决不同意过继秋儿的。

但是,随着时间的推移,这事出现了明显的变化。巫竹梅经过一段时间的思考,越来越倾向于将秋儿过继给柯尔明夫妇。巫竹梅甚至在想,秋儿到柯尔明夫妇家生活，也许比自己家还好。原因有三：第一，柯尔明家生活待遇好，他们住在公社，又是公社干部，生活上不会有什么后顾之忧；第二，柯尔明夫妇盼子心切，自然对秋儿宠爱有加，这对秋儿的生活、成长、未来，都有好处；第三，去了柯尔明家还是一家人，又不是去别的家庭，照样可以回来与父母、与兄妹团聚，对我来说，都是我的孙子，都是我们这个家庭的一分子，如果我们换位思考，有什么不可以的呢？巫竹梅见柯尔蒙夫妇一直对这个事儿沉默着，有意挑明。一天，她将自己的想法，也就是柯尔明夫妇的想法，试探着对柯尔蒙说了。没想到，柯尔蒙反应有些过激。他冲母亲道：你操这个心干什么？秋儿与其他孩子好好的，为何要将他隔开？你忍心吗？柯尔蒙说这话，是有思想准备的，也是有卫秀兰支持他的底气。这也是很长时间以来，柯尔蒙第一次这么大声地对母亲说话。巫竹梅愣了一下，并没有生气，她仅仅说了一句"他是你的兄弟"，然后就转身离开了。这句话在柯尔蒙的心里还是泛起了涟漪。他终于安静下来想这件事。他是我的兄弟，他事业辉煌，前途无量，但是，他却没有孩子，这是他们夫妇唯一的缺憾。没有孩子，也就失去了天伦之乐。柯尔蒙想到这，开始同情起自己的弟弟来了。他们虽然条件比我们好，但是他们没有我们快乐。

巫竹梅开始推动起这件事向着她设想的目标迈进了。她和柯尔蒙夫妇打起了心理战，平时不冷不热、不温不火，她是在静观事态的演变，留心他们心理和神情的变化。与此同时，巫竹梅却和秋儿打得火热。巫竹梅对孙儿循循善诱，大说他叔叔柯尔明夫妇的好。说到最后，话锋一转，问：你想不想到叔叔他们家去住？秋儿哪里知道这是圈套，愉快地回答：想。而柯尔蒙和卫秀兰这边，心理上也是起了变化的。他们后来与母亲谈到这个话题时，也不避讳了，而且也越来越表现得很倾听母亲意见。这让巫竹梅非常高兴，似乎觉得离自己的目标越来越近了，成功在望。但是，真要到做出决定这一步，柯尔蒙夫妇又有些疑虑。特别是卫秀兰，十分不愿意。所有的孩子都是自己的骨肉，作为母亲，怎忍心骨肉分离？

在一个阴雨连绵的上午,孩子们都出去了,巫竹梅和柯尔蒙夫妇召开了一次碰头会。巫竹梅极力劝说他们,攻势凌厉,夫妇两人见招拆招,最后仍然难以招架。见夫妇两人疑虑减轻,巫竹梅退了一步,最后说:要么就将秋儿先送去住一段时间,看他可适应。如果他自己觉得很好,我们又何必不给他一个好的环境和发展空间呢?柯尔蒙夫妇勉强同意。巫竹梅说:就这么定了。柯尔蒙夫妇你看看我,我看看你,心里没底,又不好说什么。

又是一个星期天。秋儿背上书包终于踏上了前往柯尔明叔叔家的路程。陪同他前往的是他的奶奶巫竹梅和母亲卫秀兰。柯尔蒙和春儿、夏儿、冬儿站在门口目送着他,依依不舍。冬儿眼睛红了好一阵子,直到看不到秋儿哥哥的身影,忍不住号啕大哭起来。柯尔蒙只得安慰她:冬儿别哭,哥哥过几天就回来。他说这话时,心里也是酸酸的。其他的孩子都沉默不语。

9

这一年冬天的一天,李晓发和齐眉在家狠狠干了一架。

事情就发生在上午。他们扭打在一起,从里屋打到了外屋,将一座旧橱柜都打翻了,里面的东西散落一地。

大冷的天,齐眉的上衣被撕破了,扣子散落到地上,乳房一颤一颤的,若隐若现,她的腰撞到橱上,她发出一声凄厉的惨叫,引得外面的人站在窗前围观,并不断地敲门劝阻。李晓发脸也被齐眉抓破了。外面的人进不来,喊声和敲门声越来越大。不一会,李明波支书、李明清队长和柯尔蒙都来了。人群让出一条道,李明波支书走到门前,用手拍门,朝里喊话。李明波支书喊过之后,屋里的声音戛然而止。外面人屏住呼吸,侧耳倾听,然后你看看我,我看看你。突然有人说:不会出人命吧?李明波支书感觉到事态严重,斩钉截铁地说:把门撞开。门口的人腾出空间,几个青壮年小伙走到门前,撞门。就在这个时候,齐眉突然将门打开,然后号啕大哭,一只手护着双乳,一只手护着腰冲出门去。所有人大为惊愕。

李明波支书颇感不妙,对身边的人说:快,去拉住她。李明波支书最担心的,就是齐眉一时想不开,投湖自尽。妇女吵架寻死的,村里屡见不鲜。李惠惠等几个妇女转身冲出人群,向齐眉追去。李明波支书等人走进屋里。他们看见,李晓发正瘫坐在一只凳子上,背靠着墙,眼睛无光,似闭非闭,一只手捂着脸,大口地喘气。李明波支书走到他跟前,用手在他面前晃了晃,喊:晓发!晓发眼皮眨了一下,目光仍然呆滞,并无反应。李明波支书上前,将他的手拿开。天啦,好多血!李明波支书冲着身后喊:快快,到我家去拿云南白药来。有人反应快,拔腿冲出门去。不一会,云南白药拿来了。李明波支书接过云南白药,迅速给李晓发敷上。李晓发坐在那里一动不动。李明波支书将药敷好后,对身后说:快,扶他上床躺着。柯尔蒙等人手脚麻利,将李晓发搀扶到里屋的床上休息。李明波支书将床上的被子打开,给李晓发盖上,对柯尔蒙说:老柯,你留在这看着他。李明波支书知道柯尔蒙和李晓发两人的儿子是同学,让柯尔蒙留下来比较合适。李明波支书转身对围拢的人说:都散开,两口子吵架,有什么看的?回去吧。说着,他自己也转身走出了屋,其他人跟着散去。

李晓发与齐眉为何大打出手?原来是两人长期积压着的怒火喷薄而出。自从上次李霜天与齐眉苟合之事发生后,李晓发的脑海里总是出现李霜天的身影,隔三岔五看见他,心里更不是滋味。另外,这件事之后,李晓发总是担心别人在背后议论他。回到家里,看到齐眉,他就觉得恶心,不干不净。李晓发心想,齐眉虽然性格开朗,但她以前是多么纯洁的女人。我那么依着她、让着她,她居然还做出这种事来。是可忍,孰不可忍!而齐眉这边,对李晓发已是没有什么企求了。李晓发以前就是一个窝囊的男人。现在我这般地委曲求全,他仍然不依不饶,横眉冷对,是谁都受不了。更严重的,他居然对床事一点兴趣也没有,他是男人吗?齐眉几次主动请他到里面睡,都被李晓发冷冷地拒绝了。冷战比热战更折磨人。

因为那件事情之后,李晓发就已经与齐眉分床而睡,李晓发睡外间,齐眉睡里屋。他们的儿子李春民是在那件事之后,住到外婆家,也就是齐眉的娘家的。齐眉父母接李春民去住,是希望李晓发和齐眉两个人冷静下来,在一起重新培养感情,过好夫妻生活。但是,两个人在情感和态度上总是相悖,没有交集。两人冷战,本也相安无事,为什么要打架呢?原来,他们打架的导火线是一瓶风油精。这瓶风油精还是夏天的时候李霜天送给齐眉的。夏天蚊子多,风油精可以驱蚊。这也是齐眉跟李晓发说的。那时,齐眉和李霜天还没有发展到那一步,邻里之间,送个风油精很正常,更何况李霜天与李晓发都是生产队的小组长,算是生产队的干部了,平时工作常有交集的。那时,李晓发也没在意。现在却不一样了,他看到齐眉在整理家里的物件时,将那瓶没用完的风油精仔细地放在橱柜的一个抽屉里,居然和李晓发最喜欢的手电筒放在一起。李晓发看见风油精,仿佛看见李霜天就站在眼前,怒火中烧,毫不犹豫地将风油精拿起,砸到地上。风油精瓶子特别顽强,在地上蹦跶了几下,居然没有碎。齐眉看见了,上前捡起。李晓发怒道:你捡它干什么?留作纪念吗!李晓发已经好多天没有在家说话了,现在一说,竟是气话,更是刺话。齐眉没想那么多,回他一句:扔了岂不可惜?夏天有用的。李晓发这下更气了,瞪着眼,骂道:你还在想着那个流氓,贱不贱!齐眉这才想起风油精为李霜天所赠,但是,事已过去了,李晓发却是这般小题大做,不依不饶,想想最近一段时间以来,自己处处俯首逢迎,他仍然不给台阶下,没事找事,也怒了。齐眉说:这日子没法过了!李晓发没想到齐眉居然还生气,她凭什么生气?怒道:不过你就滚!齐眉突然喊道:要滚也是你滚!两人你一句我一句,针尖对麦芒,各不相让,很快就撕扯上了。一场战事由此而发。

柯尔蒙问:好好的,怎么会打架呢?李晓发嚅动了一下嘴唇,欲言又止。

柯尔蒙又说：不管怎么说，打架解决不了问题，对谁都是伤害。李晓发微微地睁开眼睛，看着柯尔蒙，深深地叹了一口气，不说话。柯尔蒙说：你是男人，与女人打架是不对的。有什么话可以好好讲，一家人过日子，没有什么不能讲的。前两年那么困难，你们都过来了。李晓发终于从嘴里冒出一句话：是她不珍惜，是她不想过日子。柯尔蒙说：哪有女人不想好好过日子的？李晓发将手按住床，努力使自己撑起身子，终于坐了起来，说：她要想过日子，她就不会与那个坏蛋混在一起了。柯尔蒙这时才意识到他们打架的原因了，便说道：都过去了这么长时间，你怎么还提？她现在不是好好的吗？李晓发本来要说"好什么"，话到嘴边又咽了下去。想想最近，齐眉在家表现还是好的，也不与那个人有任何的联系，如果自己说出"好什么"，似乎是在向柯尔蒙暗示他们还有来往呢，这不符合事实。柯尔蒙说：作为老大哥，不是我说你，你是男人，不应该跟女人打架。另外，你老婆跑出去了，什么情况还不知道，要是她想不开，你说你可懊悔？李晓发瞪着眼睛看柯尔蒙，他似乎已经意识到齐眉跑出去的严重后果了。她该不会是投湖自尽吧？李晓发说：她能去哪里？我谅她也没有那个胆量投湖！柯尔蒙连忙伸出手拍了一下李晓发的肩膀，说：你都胡说些什么！你应该去找她才是。李晓发鼻子里"哼"了一声，说：凭什么？柯尔蒙说道：凭你是男人，凭你是一家之主。李晓发沉默不语。

  柯尔蒙转移话题，说：我看夏儿和你家的春民最近好得很。李晓发抬起头，看着柯尔蒙。柯尔蒙继续说：夏儿就是太淘气了，不好好学习，一天到晚，就想着打篮球。提到儿子，似乎勾起了李晓发的美好回忆，也让他想儿子了。李晓发说：春民也淘气的。柯尔蒙问：你怎么不接他回来住？李晓发回答说：他要去他外婆家的。柯尔蒙说：我家夏儿放学回来少了一个伴。李晓发眼睛发直，看着窗外。柯尔蒙进一步说：如果我是你，就去把妻子找回来，也把儿子接回来，一家人好好过日子。人生在世，谁能无过？毛主席都说过，一个人犯点错误没什么，改了就好。李晓发转而又看着他，若有所思，还是不说话。柯尔蒙站起身来,问:你现在还在生气吗?李晓发摇了摇头。柯尔蒙说:那我回去了,你好好想想。柯尔蒙说着,转身走向室外。这时,李晓发才从牙缝里挤出一句话,对柯尔蒙说:谢谢你。柯尔蒙停了下来,转过身,冲他一笑,说:有些事还是男人主动一点好。柯尔蒙说过,走出李晓发的屋。

齐眉哭着冲出人群,向外跑去,她并不是奔向湖边的,而是向着娘家的方向。她跑到村口,就被村里的几个妇女截住。李惠惠冲在最前,她将齐眉拦住。齐眉气喘吁吁,站在那里一边抹泪,一边看着李惠惠大哭。李惠惠上前,拉住她的手。齐眉一边哭一边说:惠惠姐,我命好苦。说着,泪水口水一裹连。李惠惠伸手拍她的肩膀:苦什么?夫妻吵架没什么的,我和我那口子也经常吵架的,别想那么多。李惠惠不说则已,一说齐眉哭得更伤心了。这时上来几位妇女,都在劝她,个个身子冻得瑟瑟发抖。好一阵子,齐眉才止住哭,说:你们没必要站在这里的,我想回娘家。寒风一吹,李惠惠身子一抖,问:真的是回娘家?齐眉点点头。李惠惠不放心:那我们送你回娘家。齐眉摇摇头,说:不必,你们还以为我会投湖自尽啊,才不会,我还有儿子呢。李惠惠听她这样说,知道她不会想不开的,便说道:真要回娘家,也好,都冷静一段时间。李惠惠这样一说,其他人也就不再劝了。李惠惠松开齐眉的手。齐眉双手将衣领拉紧,低着头向娘家的方向走去。李惠惠等人目送着她,直到她走远,才摇摇头,转身往回走。

柯尔蒙中午回家吃了饭,下午照常来到办公室,刚坐下,就听见室外有人嚷嚷。柯尔蒙仔细一听,这声音好像是冲着他来的。来的人名叫李晓蒙。他一走进柯尔蒙办公室就嚷道:亏你名字还有一个"蒙"字,你就这样坑蒙我啊!李明清队长不在,办公室就柯尔蒙一人。柯尔蒙问:此话怎讲?李晓蒙冲到柯尔蒙面前,怒道:跟你有什么好讲的?你一个外乡人,见不得我们工分挣得多,硬要扣点心里好受些。柯尔蒙总算听清了他的来意,原来是抱怨柯尔蒙将他的工分算少了。柯尔蒙也不生气,而是慢条斯理地说道:是不是工分算少了？你慢慢说，不要激动。不说还好，一说，李晓蒙更激动了。他吼道：你一个月就少算我两个工，你要我喝西北风啊！柯尔蒙仍然心平气和地问：我哪里少算了？这时李明波支书走进来，对李晓蒙训道：你嚷什么？什么事不能好好说？李晓蒙并没有因为李明波支书的训斥而放低声量，他仍然大声说道：我和李晓财同在一个组，我们每天出工，都没有请假，为什么上个月我比他少两个工？你算的是什么账？柯尔蒙经他一说，拿起登记册翻看，查出李晓蒙工分统计数字，然后说：根据各小组报上来的出勤考核数据？你这个月迟到四次，早退三次，还有一次中途外出。李晓蒙有些诧异，问：这是谁报上来的出勤考核数据？我怎么不晓得？柯尔蒙说：当然是小组长报上来的了，你先向小组长反映，如果算错了，少算的部分可以补回来。李明波支书盯着李晓蒙，说：你就知道瞎嚷嚷，你搞清楚再说，回去回去。李晓蒙原以为柯尔蒙有意克扣他的工分，没想到，问题还是出在李霜天的出勤考核上。李霜天啊李霜天，我就迟到几次，你都要给我记上，太狠了点吧。想到这，他突然转身，说了句"我去找李霜天"，便冲出门去。李晓蒙走后，李明波支书冲着门外摇摇头，对柯尔蒙说：没脑子的人。

　　柯尔蒙回家的时候，走在湖堤上，寒风吹得他睁不开眼来。柯尔蒙双手抱在胸前，一边想着今天发生的事，咥嘻发笑，一边低着头疾行。走到老梧桐树下，他看看湖面，银光闪耀，突然一个黑乎乎的东西跃入他的眼帘。湖面上黑乎乎的漂浮物一荡一荡的。柯尔蒙定睛一看，似是一个人，大惊失色。他顾不得天寒地冻，冲下堤，站在湖边仔细一看。天啦，这分明是个死人，而且是个女人！尸体随着湖水荡漾，逐步靠向岸边。柯尔蒙欲上前捞起尸体，但转念一想，不可，我应该第一时间报案，留存现场，好让公安破案。这个女人怎么会死呢？但是无论她是自杀还是被害，应该由公安查案。想到这，柯尔蒙拔腿奔上坡，但没走出几步，又折回来了。他又走到刚才的地方看了一眼尸体，他要辨认一下，这个死去的女人是不是他认识的同村的女人。女人面孔清秀，年龄不大，柯尔蒙断定她根本不是本村的。他重新冲上岸,向李明波支书家跑去。

李明波支书立即差人去派出所报案,并带人来到湖边。众人手忙脚乱,将水中漂浮的尸体打捞上来,放在湖边的石板上。乡亲们对死人见多不怪,并不恐惧,他们议论纷纷。有人感叹说好漂亮的女人,有人怀疑这是谁家的媳妇,有人惋惜这女人年纪轻轻的却去了另一个世界,有人更是断定她是被害。过了半个多小时,来了两位公安。他们上前,左看右瞧,又将尸体翻过来查看。过了一会,高个的公安直起腰问李明波支书:生产队有没有空的屋?李明波支书自然清楚,生产队还有三间集体的房屋,不过每天都有人办公的,要是放个尸体是很不吉利的,便默不作声。这个时候,李晓蒙突然说:生产队有啊。公安说:那就将尸体放到那,便于我们查案。李明波支书见躲不过,只好同意放尸。他们配合公安,将女尸运到了生产队草屋中间的那间。女尸停放好,公安向李明波支书要了一把钥匙,吩咐人群散去。人们渐渐散去,公安却叫柯尔蒙留下。柯尔蒙是第一个到现场的人,他们要讯问他,做笔录。柯尔蒙显得很淡定,如实反映,大约一个小时后才回家。

一连三天,生产队的那三间房,柯尔蒙再也没进去过。不仅柯尔蒙,连李明波支书和李明清队长也不曾进去办公。三天后,公安查无头绪,女尸成了无头案。公安找到李明波支书,让他找几个人将女尸埋了。李明波支书当时还有些吃惊,问:就这样埋了?公安说:破不了,只有埋了。女尸就被埋在村东头的坟场了。

女尸虽然埋了,却是阴魂不散,村里谣言四起。有人说,晚上起来小解,突然看见女尸变成了女人在村头游荡,吓得他飞也似的跑回家,躺在床上都不敢闭眼。有人说,梦见女鬼在村口号啕大哭,说自己是冤死的,希望有人替她报仇雪恨。更有人说,他梦见有个男的四处寻找自己的老婆,找到那个刚死去的女鬼,女鬼却头也不回地跳进湖里。村里几乎每年都要死人,每一个人的死都没有引起特别大的反响,偏偏这个外乡女人的死,让乡亲们心有余悸,人心惶惶,关于女鬼的传说也甚嚣尘上。

柯尔蒙回到办公室的时候,就有几个村民跟着走进来,原来是李明林、李晓蒙、李明君等人,他们好奇地东张西望。李明林甚至建议,这几间屋子晦气,应该消消毒。有些事沾上女人本就是不好的,偏偏是一个女尸,很不吉利。村民们认为祛除这种不吉利最好的办法就是将房屋的门全部打开,让阳光照射进来,阳光照射不到的地方,就要用药水消消毒。李明清队长真的采纳了他们的建议。三间屋子所有的门窗都被打开了。接着,他们就将靠在墙边的打农药的喷雾器提起,每个房间喷洒农药。很快,农药的味道弥漫了整座房屋,直呛得人捂着鼻子往外跑。柯尔蒙哪里坐得住,跟着他们也跑到了外面。李明清队长吩咐李晓蒙等人将屋里的板凳搬到外面。

外面无风,阳光温暖。几个人坐定后,一场由女尸引发的关于鬼的争辩就此展开。

李晓蒙说:别看他们传得神乎其神的,我就不信,人死了真能变成鬼?李明林奚落他:你不信,你夜里十二点去一趟那女人的坟地,说不定她从坟里走出来,不缠死你才怪。李明清队长半信半疑:都说看见过鬼,我怎么没看见过?柯尔蒙插话说:我是不相信的,人死怎么可能变成鬼呢?要是人死了都变成鬼,那么,古往今来,死了那么多人,成千上万,那鬼岂不是成了鬼山鬼海?我们岂不是天天被鬼包围着,哪里走得了?我长这么大,也没撞见鬼在我面前闪过。说到这里,他身后的李明君老人说:柯文书说得有道理,我也没撞见过。李明君老人是中年傻子的父亲,柯尔蒙曾经救济过他家,柯尔蒙说什么,他都会第一时间赞同的。不过他说的也是实话,谁真的撞见过鬼呢?但是,李明林不同意了。他说:我听说,能不能看见鬼,与人的火焰高低有关系,有的人火焰高,比如柯文书,还有你明君老头,当然还有你明清队长,你们火焰高,是看不见鬼的,但是,这并不表示世上就没有鬼;有的人火焰低,就能看见。他这一说,有人就笑了。李晓蒙直视着他,问:那我问你,你看见过没有?李明林说:那我说我看见过,你相信吗?李晓蒙和李明清队长几乎是同时回答:不相信。李明林用手一挥,说:我不管你相信不相信,你听我说一下我自己的真实经历，你也许就相信了。李晓蒙说：你说说看。

李明林需要一种氛围，特意等大家都安静了下来，才开始说起。他说：有一次我去老丈人家，那是很早了，晚上陪老丈人喝了一点酒，到十一点钟才往回赶。要知道，从我老丈人家回来有一处坟场是必经之地，不然就绕远了。以前晚上回来，我都是绕路的。但是，那天太迟了，赶时间，又喝了一点酒，胆子也大了。那天赶夜路，我连手电筒也没带，如果带手电筒，也许就没有现在的回忆了。坟场就在那条小路的一边，最近的坟头离小路也就几丈远。我走到坟场附近时，突然听到一声咳嗽。我没在意，继续往前走。接着，咳嗽声又起。我听得分明，连忙抬起头四处查看，并无人影，心想许是自己听错了，大半夜的，怎么会有人在坟堆里转呢？但是，我越是走，那咳嗽声越是响起，我停下脚步，咳嗽声就停了。我开始有些紧张了。我又开始走的时候，突然咳嗽声又起，而且这次听得更清晰。我越听越恐慌，因为这咳嗽声出自一位老太太。天啦，这不是我丈母娘的声音吗？我丈母娘在这之前一年多死去的，就葬在这边坟地里，她得的肺结核，死前不停地咳嗽，那声音真的一模一样。我心里瘆得慌，魂都要掉了，拔腿就跑。但是，还没有跑出两步，我就跌倒了，头栽到地上，沾了一脸的泥土。我趴在地上，回过头来看，我看到一个人影一闪而过，就像我丈母娘，接着又听到声音说：小林啊，你对英儿不好。你们知道，英儿是我老婆，就在这之前，我们还吵了一架，我还动手打了她一巴掌。她许是知道了我们吵架，觉得我对她女儿不好，这般责怪我，也特意吓唬我。我本能地从地上爬起，连忙朝后说：我不敢了，我不敢了。我都不知道我是怎么跑回家的。回到家，我老婆都睡了一觉。她见我喝了不少酒，起来给我倒了一碗温开水，让我喝，然后对我说：我梦见我妈了。我瞪大眼睛，问：你真的梦见你妈了？我老婆肯定地点点头，对我说：是啊。接着我老婆把梦境对我说了，她说她梦见她母亲看见我一个人走夜路，专门护送我到家。我到家的时候她就醒了。我的天啦，这么巧！

李明林说完，李晓蒙就接腔了：你丈母娘并没有专门护送你回家啊。李明君在一旁调侃:要不是你丈母娘护送,你怕是要被坟堆里其他的女鬼拖了去。李晓蒙说:现在是白天,你要是在晚上说,我都有点怕了。柯尔蒙揶揄道:你现在再也不敢跟老婆吵架了。众人大笑。李明林担心大家将他的经历笑假了,又补充说:我说的都是真的,也许那时我喝了酒,火焰低,所以才能见到我丈母娘。李晓蒙说:你也不能说见到丈母娘了,她影子一闪,不能算见着。李明林说:那就是她了,而且是她在咳嗽,也在说话,这还不算吗?李明清队长坐在一旁说:算算算,你丈母娘过去对你不错,所以你见着你丈母娘了,你见着鬼了。众人又是大笑。

柯尔蒙见大家安静下来,说:笑归笑,我这里还真有一个关于鬼的故事。李明清队长问:你也信啊?柯尔蒙说:我虽然不信,但我可以说给你们听,我是听别人说的。众人催促道:你说吧。柯尔蒙扫视了大家一眼,故作神秘地说:有一个货车司机出长途,经过一段山路时已是夜里。开着开着,他突然看见前面有一个人横穿马路,此人是个中年男人,横穿马路时还扭头看了一眼司机。司机这一惊非同小可,连忙一个急刹车,汽车发出刺耳的声响。急刹车的时候,汽车一震荡,司机明显感觉到轧到人了。司机惊慌失措,赶紧下车。但是,令他不可思议的情况出来了:汽车下方空空如也,哪里有倒下的中年男人的影子?司机四处查找,甚至钻到车底下查找,也无人影。司机摇摇头,揉揉眼,心想,我明明是轧了人的,怎么就不见人呢?不想则已,一想顿觉可怕。我不是撞着鬼了吧?司机赶紧上车,失魂落魄地驾车逃离。但他开出一段距离后,心有不甘地大着胆子看后视镜。不看不知道,一看更吓一跳。刚才横穿马路的那个中年男人若无其事地站在车后方的马路上,不仅冲他微笑,还冲他招手。司机哪敢停车,他加大油门,飞也似的逃出山区。据说,司机回家之后,大病了一场,以后再也不敢开车赶夜路了。

柯尔蒙说过之后,李明林说:这个故事我也听说过。鬼是有的,其实也没那么可怕。除非你害了人,人家死后做鬼才会缠你,不然,鬼是鬼,人是人,人怕鬼三分,鬼还怕人七分呢。李晓蒙突然冲柯尔蒙说:老柯,你要小心哦,别让那个女鬼缠上了,谁让你第一个发现她了呢?众人大笑。柯尔蒙说:笑话,我才不相信有什么鬼呢,我又没做亏心事,何怕鬼敲门?李明清队长摆摆手,说:不说了不说了,大白天的说什么鬼话?你们将凳子搬回屋里去,回去吃饭了。说着,站起身来。众人也站起,纷纷将凳子搬到屋里,然后散去。

回到家,巫竹梅已将饭做好。卫秀兰见到柯尔蒙,第一句话就问:村里怎么都在传鬼的故事?原来她们女人在一起也在谈论鬼。柯尔蒙说:还不是最近死人闹的。巫竹梅从橱柜里端出碗,说:我这么大岁数也没见过鬼。农村就是这样,信鬼信邪就是不信一些理。吃饭。

10

冬天虽然是农闲季节,但是社员们仍然有事可干。寒风冷飕飕的,刺人心骨。社员们却热情高涨,他们高举红旗,手执锄头、铁铲,肩担畚箕,一个一个地奔向河边,一年一度的农田基本建设也就是兴修水利的战役就此打响。

在日月湖的东南边,葫芦岛向东五百米处,有一条被称作石河的河流汇入日月湖。兴修水利,就是在冬天河水干涸的时候,将河里的淤泥挖出,运到河的两岸加固堤坝,以便来年雨水畅流,防止发生洪涝灾害。可以想象,全村那么多人拥到石河两岸,熙熙攘攘,川流不息,龙腾虎跃,笑语喧哗,那是一种怎样热火朝天的场面。

卫秀兰一早就去河边了。柯尔蒙没有去。不仅柯尔蒙,连李明波支书、李明清队长都没有去工地。他们三人一早就赶到生产队的草屋。因为,就在头一天的晚上,李晓岚老师从大队部那边带回消息说,大队书记陈保根今天要到生产队来考察。上级领导来了,作为生产队的干部,他们必须做好迎接的准备。

团结大队大队部离湖边生产队只有一公里远。上午九点多钟,陈保根书记就带着几个人走进了村子。李明波支书、李明清队长和柯尔蒙顶着凛冽的寒风在村口迎接。陈保根书记身后跟着三个人,两男一女。陈保根书记剃着个平头,走路一副军人的步伐,神采奕奕。他身后的女人是大队长郑佩佩。郑佩佩留着齐耳短发,英姿飒爽。她身后的两个男人抬着半边猪。柯尔蒙之前就已经知晓,前几年虽然日子难过,但是各地上缴到公社的猪一头也没少。猪积压多了,需要宰杀,分给社员们吃。一头猪不小,是分给两个生产队的,这半边猪就被抬到这里来了。陈保根书记与李明波支书、李明清队长打过招呼后,看着柯尔蒙问:你就是柯尔蒙吧?像!他说的像,自然是指柯尔蒙兄弟俩面貌像了。柯尔蒙朝他点点头。陈保根书记一边走一边对柯尔蒙说:那些报上来的文字和材料都是你写的?柯尔蒙谦逊地说:写得不好。陈保根书记大声说:很好的了,这在过去,你就是秀才。他说着,继续往前走,走到草屋门前时,吩咐抬猪肉的两人停下,对李明波支书喊道:老李,快叫人将这猪肉收下来,过后分发给社员们。李明波支书显得很激动,对柯尔蒙说:老柯,你登记一下。说过,陪陈保根书记和郑佩佩大队长走进屋里。柯尔蒙与来人进行交接,吩咐将猪肉抬到屋里的板凳上进行登记。抬猪肉的两人放下猪肉后,进到里边与陈保根书记打声招呼,便离开了村子。陈保根书记坐了一会后,提议到河边工地去看看。几个人簇拥着拥向河边。柯尔蒙因为要登记这半边猪,便留了下来。半个多小时后,陈保根等人又折回来了。李明波支书毕恭毕敬地对陈保根书记说:陈书记和郑大队长中午就在这吃饭吧。陈保根书记和郑佩佩大队长很少下来,机会难得,留他们吃饭也是应该的。没想到,陈保根书记却看着柯尔蒙说:去你家看看,要么就在你家吃饭。这不是猪肉吗?割两斤带着。柯尔蒙回他:那当然欢迎。李明波支书愣了一下,然后吩咐李明清队长:你去拿刀割两斤猪肉等会送去,我们现在去老柯家。几个人说着,便走出了门,柯尔蒙在前面带路。

巫竹梅开门出来,就看见四五个人踏上葫芦岛,向这边走来。她站在门口观望。不一会,春儿也走出屋,站在奶奶身边。春儿本来去河边出工的,只是没有胶鞋,原来的那双胶鞋已经开裂,不能穿,就没去了。上次赤脚走在田埂上,被一块碎玻璃扎了一下,皮破血流,现在天这么冷,他是不会赤脚的。这些人当中,除了柯尔蒙和李明波支书,另外两人,巫竹梅和春儿都不认识。春儿对奶奶说:他们是到我们家来的。

几个人走到屋前,柯尔蒙分别介绍:这是我母亲,这是我大儿子春儿;这是大队陈书记,这是郑大队长。外面冷,巫竹梅引他们进屋,陈保根书记却站住了。他双手叉腰,抬头看看草屋,又看看四周,说:这房屋独门独户,很清静,但是,冬天很冷的。说着,他双手扣住自己的衣领,顶着寒风,沿着草屋转了一圈。回到门口时,他对柯尔蒙说:你这后面场地那么大,可以好好利用,别让它荒废了,现在可以搞一些自留地的。柯尔蒙点点头,说:那好,我知道了,进屋坐吧。几个人拥进草屋。陈保根书记查看了一下屋里,然后坐到床沿上,他用手拍拍床,问:你们一家几口人?柯尔蒙回答说七口人。陈保根书记对李明波支书说:七个人住两间屋怎么行?想办法再盖两间房吧,不然,他们家挪不开身。接着他说:下放是国家的政策,我们应该善待那些下放到这里的城市人,要知道,没有觉悟的人是不会下放的。老柯同志,委屈你了,我早就应该下来看看你。柯尔蒙有些受宠若惊,脸上赔上笑,说:谢谢书记关心。陈保根书记转过身,问站在一旁的巫竹梅:老人家,这里习惯吗?巫竹梅点点头。这时,李明清队长拎着一刀猪肉从门外走进来。陈保根看到猪肉,对柯尔蒙说:中午就在你这吃饭了。柯尔蒙连说两个"好"字。巫竹梅上前接过猪肉,转身去了披屋。

不一会,卫秀兰回来了。陈保根书记和郑佩佩大队长都眼睛一亮。互相介绍过后,卫秀兰就走出屋去帮婆婆烧饭。陈保根书记对柯尔蒙说:你老婆看起来比你年轻多了。

快到吃饭的时候,冬儿放学回到家。巫竹梅和卫秀兰已将饭菜做好,端到桌上。柯尔蒙从床底下拿出两瓶酒。陈保根书记很高兴,说:好,喝几杯。于是几个人喝酒。柯尔蒙没想到,郑佩佩大队长也能喝酒,而且一喝就是三四两。不到一个小时,两瓶白酒被五个人喝个精光。柯尔蒙面露赤色,说话语速慢了半拍。他趁着酒兴,吆喝冬儿拿酒。冬儿吃过饭早已上学去了。幸亏郑佩佩大队长头脑清醒,一再劝阻。于是吃饭。吃过饭后,柯尔蒙吩咐卫秀兰给领导泡茶。陈保根书记打着饱嗝,手一挥,说:不了,回去,下午还有事。说着,便起身走出了屋,其他人跟着出了屋。刚走出几步,陈保根书记又折回来,他走到柯尔蒙跟前,说:你弟弟什么时候过来,你通知我一声。说罢,转身大踏步地走了。

　　李明波支书和李明清队长都听见了,柯尔蒙还有一个弟弟。很明显,这个弟弟跟陈保根书记很熟。李明波支书甚至在想,上次陈保根书记特意跟他打招呼,让他多关照柯尔蒙,现在又亲自到柯尔蒙家看望,说明柯尔蒙背后有人,这个人就是他的弟弟,原来如此。他弟弟是做什么的?

　　陈保根书记和郑佩佩大队长走后的第二天,葫芦岛就来了几个人,他们是李霜天、李晓毛、李晓蒙和李晓财。柯尔蒙一早去了生产队,那些放在草屋里被包裹得严严实实的猪肉今天必须分发到每家每户。李霜天等人抬着木料,走到柯尔蒙家草屋的西侧,将木料放下。巫竹梅走出去观看,李霜天态度温和地说:老人家,我们是来给你们家砌屋的。几个人面色温和,态度也与以前大不同。巫竹梅有些诧异,突然想起昨天陈保根书记所说加盖房子的话,村里这便行动了。巫竹梅热情招呼,并给他们泡了一壶茶,放在屋里,吩咐他们别忘了喝茶。

　　这些男人干活出苦力,内心却无比愉悦,因为他们每天都能近距离地见到美丽的女人卫秀兰。卫秀兰穿着紧身的蓝花棉袄,衬托着美丽的面容和适中的身材,煞是好看。不出五天,与原来的草屋连成一体的两间房子就盖起来了。上梁的时候,李霜天问柯尔蒙要不要放一挂鞭炮。柯尔蒙摇摇头,拒绝了。添加房子已经是惊喜,再放鞭炮,太过招摇。梁架上了,上面再钉些木条,铺上稻草,房子就算完整了。不仅如此,新建的两间房与原来的房子打通了,中间装上了门,四间带披的一座房子,一个门进,一个门出,算是大户人家了。一家人欢欣鼓舞。李霜天等人撤出的时候,卫秀兰从屋里捧出糖果来,让他们每个人装到腰包里。李霜天激动地伸出双手,差一点要握上卫秀兰的手了,眼睛注视着卫秀兰,久久不愿移开。卫秀兰提醒他装糖果,他这才收回目光,从卫秀兰手里抓取糖果。

新房子晾了一周,柯尔蒙一声令下,一家人急不可待地将床及其他一些物品搬了进去。因为房子宽敞了,柯尔蒙与卫秀兰对每个房间进行了合理的分配。柯尔蒙夫妇仍然住原来的里间。巫竹梅和冬儿住新建的两间房也就是侧屋的里间,春儿、夏儿,或者秋儿回来,都住侧屋的外间,原来一进门的那间改为客厅兼饭厅。冬儿在几个房子里转悠,她突然哭起来。卫秀兰问:冬儿怎么哭了?冬儿一边哭一边用小手擦着眼泪,说:我想秋儿哥了。卫秀兰上前拍着冬儿的头,安慰她说:冬儿不哭,哥哥过几天就会回来的。说着,她自己的眼睛也红红的了。想想也是,秋儿离开家已经一个多月了。

又过了一个星期,江淮大地降起了第一场大雪。雪从头天晚上开始下的,第二天一大早,柯尔蒙开门出来,一眼望去,白皑皑的一片。寒风刺骨。柯尔蒙将大衣裹紧,去披屋漱洗。过了一会,他回到屋里,生了火盆。接着卫秀兰、巫竹梅也起来了。夏儿起来的时候,说了一声"好冷啊",进了客厅,突然看见火盆,一阵惊喜,连忙坐到火盆边烤火。春儿一起来,就走到门外看雪景。夏儿烤了一会,也走到屋外,和春儿站在一起观赏。春儿吟道:"北国风光,千里冰封,万里雪飘。望长城内外,惟余莽莽;大河上下,顿失滔滔。山舞银蛇,原驰蜡象,欲与天公试比高。须晴日,看红装素裹,分外妖娆。江山如此多娇,引无数英雄竞折腰。惜秦皇汉武,略输文采;唐宗宋祖,稍逊风骚。一代天骄,成吉思汗,只识弯弓射大雕。俱往矣,数风流人物,还看今朝。"春儿吟毕,夏儿在一旁揶揄道:学都没的上了,还假装清高文雅。春儿不与他计较,斜了他一眼,说:俗人也。夏儿耸耸肩,也斜了他一眼,转身回到屋里。雪还在下,春儿已经看不清西边的村庄了。卫秀兰走到门口,看着外面,然后催促春儿、夏儿速去漱洗。

冬儿起来得最迟。她双手揉着惺忪的双眼,走到客厅,坐到火盆边烤火。现在已经放寒假了,夏儿、冬儿倍感轻松,早上睡懒觉已是常态。柯尔蒙走到冬儿面前,弯下腰,伸手抚摸着她的头,笑着说:我冬儿还没睡醒啊,快去漱口洗脸吧。冬儿伸了个懒腰,伸手掐柯尔蒙的手背,一边掐,一边还看着父亲的表情,暗暗用劲,看着父亲假装痛苦的表情,这才转身跑出屋。柯尔蒙看着她的背影,说:这孩子,多大了还有下床气呢。说是这么说,心里却暖得很。冬儿是他最小的孩子,也是他唯一的女儿,他宠着呢,全家人就从来没见过柯尔蒙给过她严肃的面孔,更别说生气发火了。

上午九点多钟,一家人围着火盆喝粥。粥就是早点。粥是巫竹梅一早起来煮的。她煮粥很有讲究。平时柯尔蒙夫妇出工,孩子们上学,她总是将粥煮得稠稠的,免得他们还不到中午肚子就饿了。要是平时他们都在家,她煮的粥就是米糊了。她如此匠心,是因为家里的粮食并不充裕。湖边生产队虽然秋粮取得了丰收,但是分给每家每户的粮食并不多。特别是像柯尔蒙一家的状况,出工的劳动力不多,吃粮的人却多得很,不节省着用粮不行。要知道,到明年夏天,还有半年的时间呢,这粮食要管到那时,不然,到时候不是借,就是要买。买粮需用粮票,他们家的粮票也不多,也要节省着用。饱食思饥,居安思危,不能不有所防备。

柯尔蒙将一碗粥喝完,手里拿着空碗,对卫秀兰等人说:马上就要过年了,看看有什么需要添置的东西。卫秀兰抬起头,说:是要办一些年货的。卫秀兰话音刚落,冬儿大声说:我要新棉袄。巫竹梅插话道:冬儿这件棉袄还能穿呢。冬儿鼓着小嘴,说:我都穿好长时间了,不暖和。卫秀兰看着冬儿身上的棉袄,说:这棉袄是能穿的,过年做一件新衣还不成吗?冬儿思索了一下,说:那好吧。夏儿说:你有新衣,应该高兴了。柯尔蒙白了夏儿一眼,说:难不成你也要像冬儿一样吵着要新衣不成?夏儿嘴一抿,耸耸肩,说:我都没说要新衣的,要也不成。卫秀兰笑了,说:我们想办法给你们每个人都添置新衣,过年嘛。春儿头一伸,说:我也有?卫秀兰点点头。春儿、夏儿和冬儿,你看看我,我看看你,都笑了。冬儿笑过之后,说:我还要跳绳、红头绳、手帕。巫竹梅笑着说:这个不难,会有的。夏儿说:我要一双球鞋。柯尔蒙看了他一眼,没好气地说:要求越来越高了。夏儿辩解:这要求不高啊,过年了,总得穿新鞋吧,我没一双好鞋。柯尔蒙冲他皱了一下眉头,说:你要是爱惜,每双鞋能多穿一年。夏儿苦着脸,委屈地说:我平时很爱惜的了,打球我都不敢跳得猛,怕鞋裂了。柯尔蒙又说:说打球我就来气,打球能当饭吃?学习有这劲头就好了。父子俩你一句我一句,火药味越来越浓。这两人就是犯冲,总是说不到一块去。夏儿不爱学习,在柯尔蒙眼里永远都是一个该审的犯人。卫秀兰息事宁人,对婆婆巫竹梅说:妈,你可有什么需要买的?巫竹梅摇摇头,说:我不需要,什么都有,不要为我考虑。

这个时候,外面有人敲门。夏儿反应快,第一个跑去开门。门开了,门口站着一位漂亮的姑娘,她就是夏儿的同学李春燕。李春燕头上扎着两只辫子,身穿粉红色的花棉袄,手里拿着一本书。夏儿很惊喜,说:是你。李春燕冲夏儿莞尔一笑,将手里的书递给夏儿,说:书看完了,还给你。李春燕借的书是《青春之歌》。夏儿接过书,说:进来坐吧。李春燕伸头朝屋里看了看,与春儿四目相对,很快转开。呵呵,一大屋子的人。李春燕有些羞涩,脸上绯红,对夏儿说:不了。说着,转身走了。夏儿手里拿着书,惆怅地目送着她远去。

李春燕朝屋里那一瞅,然后整个人便消失了,却是让春儿心里泛起涟漪,久久不能平静。

夏儿回到屋里,柯尔蒙站起身来,放下碗筷,对卫秀兰说:我去生产队看一下,今天队里打鱼。巫竹梅问:这么冷的天,还在下雪呢,打什么鱼?柯尔蒙说:生产队前天开会决定的,昨天就开始放水了,今天必须打,再过两天就过年了,不打来不及。雪下过后,如果鱼塘上冻,鱼更难打了。冬儿听到打鱼,高兴起来,说:呵呵,有鱼吃了哦。春儿、夏儿几乎是异口同声地说:我们去看看。柯尔蒙没反对,披上外套,走出门去。柯尔蒙出门还没有多大一会儿,春儿、夏儿还有冬儿,就相约出门了。

湖边生产队的西南边有一口水塘。水塘不大,连着石河。水塘与石河之间有一个人工的涵洞,涵洞上面就是石桥。这个涵洞平时是开着的,除非汛期河水大涨时,生产队的人才会将涵洞封上,防止河水冲进水塘,殃及村庄和田地。这个水塘最让生产队的人引以为豪的是,水是活水,还是个引鱼塘。石河里的鱼喜欢游进来,进来之后,就不想出去了,所以一年四季,水塘里的鱼多的是,从来不需要放养鱼苗。

春儿三人来到水塘边的时候,水塘四周已经围满了人。冰天雪地,阻挡不住村里人的好奇和热情。春儿三人站在塘埂的一棵大树下,就见一台抽水车被架在涵洞的上方,四个男人踩着车轱辘,塘里的水源源不断地被抽取,喷向河里。水塘里的水越来越少,直到他们看见满是淤泥的塘底了。几个赤裸着上身的农民兄弟,站在齐腰深的淤泥里面,埋头逮鱼。他们将蹦跶的鱼儿逮住,扔到身边月牙形的木桶里。待桶装得要满时,他们便将木桶推到塘边,由站在岸边的人抬起,将桶里的鱼倒到塘边的一块场地上。冬儿看着站在淤泥中的大人,只觉得浑身发抖。春儿看见李惠惠,走过去几步,问:惠姨,他们不怕冷吗?李惠惠双手抱在胸前,裹着棉衣,说:他们都喝了白酒,不怕冷的。这时春儿才看到父亲站在场地上,有人称鱼,父亲登记。春儿转过身,对夏儿、冬儿说:这儿太冷,你们回去吧。夏儿立即转身欲走,冬儿却不想走。这是她第一次看到打鱼的场面。夏儿见冬儿站在原地不动,又转过身上前拉起冬儿的胳膊。冬儿有些不舍,但还是跟哥哥回去了。中午的时候,李明波支书安排人看鱼,其余的人都回去吃午饭了。春儿等人回到家吃午饭,下午没出门,倒是柯尔蒙一丢下饭碗又去了塘边。傍晚时分,柯尔蒙拎着七八斤鱼回来,全家人高兴得很。冬儿蹲在放着鱼的脸盆边,小手指指点点,不停地与鱼对话。

　　柯尔蒙烧了两条鱼,一家人关起门来,准备吃饭,突然外面响起了急促的敲门声。声音一阵紧似一阵,令人惊异。全家人都抬起头,看着门。卫秀兰站起身,看着柯尔蒙说:谁在敲门?这么晚了,莫非是找你的?柯尔蒙放下碗,走到门边,伸手开门。只见秋儿背着书包站在门口。全家人愣住了。秋儿头上戴着一顶棉军帽,身上穿着一件蓝色的棉袄,两手插在兜里,小脸冻得红红的,眼睛又惊又喜地扫视着屋里的每个人。还是巫竹梅第一个开口,说:秋儿回来了。柯尔蒙愣住了。卫秀兰喜出望外,吩咐秋儿快进来。秋儿走进屋,柯尔蒙走出门,看看秋儿后面,但是,葫芦岛一片雪地,直到堤坝,一个人影儿也没有。柯尔蒙走进屋里,问秋儿:你一个人?秋儿站在屋中间,愣了一会,然后点点头。柯尔蒙问:他们知道不?秋儿摇了摇头。柯尔蒙又问:你怎么一个人回来呢?秋儿突然哇的一声哭了。卫秀兰连忙将秋儿拉到自己怀里,将他的两只小手握住,安慰他说:秋儿不哭,你怎么想起一个人跑回家呢?听到这话,秋儿哭得更伤心了。他从卫秀兰的手里抽出双手,抱住她,一边哭一边说:我想家,我想妈妈。大家你看看我,我看看你,不知说什么好。秋儿哭了好长时间,才从卫秀兰的怀抱中探出头来。卫秀兰接着安慰他,说:秋儿不哭,回来了,见到大大妈妈,还有奶奶,应该高兴不是?秋儿眼泪汪汪,一边用手擦眼泪,一边不住地点头。冬儿这时已经走到他身边,用手扯着他的衣袖,说:哥哥,见到我,你应该高兴才是。秋儿破涕为笑。卫秀兰对春儿说:快,快去盛饭给秋儿吃。春儿立即起身出门去披屋盛饭了。待春儿将饭端到秋儿面前时,秋儿双手接住,然后就坐在卫秀兰身边的小凳子上吃起来。柯尔蒙一边吃饭,一边忍不住问秋儿:他们对你不好吗?秋儿摇摇头。柯尔蒙又问:那你为什么要回来呢?巫竹梅斜了儿子柯尔蒙一眼,说:他不是说过了吗?想家,想妈妈。柯尔蒙经母亲这么一说,低头吃饭不语。先前柯尔蒙等人围着秋儿问这问那,却没有注意到卫秀兰两眼早已噙满泪水,她吃饭的时候,泪水都滴到她的碗里。人说,母子连心,此时她心里翻江倒海,五味杂陈。

吃过饭,柯尔蒙刚刚将秋儿拉到身边,巫竹梅就训儿子道:你别太严肃了,吓着他。柯尔蒙经母亲这么一说,脸上挂着笑,问秋儿:你打算什么时候回去?秋儿看着父亲,沉默不语。卫秀兰看了看婆婆巫竹梅,又看了看柯尔蒙,说:他不愿意的话,就别回去了,一家人在一起,好好的。柯尔蒙微微一惊,凝思不语。巫竹梅叹了一口气,说:是奶奶错了,秋儿就在家,哪儿也不去,尔明那边,我来对他们说。柯尔蒙夫妻相视无语。

当天夜里,又是一阵急促的敲门声将一家人吵醒。柯尔蒙出来开门,原来站在门口的却是弟弟柯尔明。柯尔蒙问:怎么是你?柯尔明站在门口第一句话就问:秋儿可回来了?柯尔蒙回他:回来了。柯尔蒙示意弟弟进屋,柯尔明却站在门口不动。他伸头看了一眼屋里,说:他到底还是回来了,急死我们了。柯尔蒙再次劝弟弟进屋,柯尔明仍然站在那里。柯尔明说:他回来,我就放心了,我把他交给你们了。柯尔蒙看着弟弟,不知道说什么好了。柯尔明问:妈还好吧?柯尔蒙回他:妈还好。柯尔明说:我回去了。说着转过身。柯尔蒙叫住他,说:你进屋歇一会吧,要么就在这住。柯尔明停下来,侧着身,说:我还是回去,免得天香着急担心。说着,头也不回地走进雪地,很快就在柯尔蒙面前消失了。

从头至尾,秋儿到叔叔柯尔明家待了还不到两个月。平时上学还好,放了寒假,秋儿想家想得很,更是想大大妈妈,想奶奶,想冬儿他们。快要过年了,他思家心切,终于耐不住在叔叔家的孤独和无趣,一个人偷偷地跑回来了。他走的时候,正值柯尔明夫妇不在家。柯尔明夫妇回到家时,见秋儿不见了,十分着急,立即在公社附近四处查找,无果而终,这才意识到他可能回到自己家了。柯尔明哪里顾得了深更半夜,天寒地冻,到哥哥家看一下才是最迫切的。秋儿真要是回去了,他们也只好放手,认了;要是没有回去,他得第一时间告诉哥哥,再去查找。没想到,秋儿真的回到了自己的家。柯尔明思前想后,只能是一声叹息。

大年三十这天,春儿、夏儿、秋儿和冬儿兄妹四人都起得很早。桐城有句俗话:"大人盼插田,小孩盼过年。"别说是秋儿、冬儿,就是春儿、夏儿这些稍大一些的孩子,也对过年千般呼唤、万般期待。艰难岁月,只有过年,他们才能在精神和物质上得到极大的满足。柯尔蒙夫妇经过精心准备,给全家每一个人都准备了过年的礼物。这些礼物包括,所有人都有一件新衣,包括奶奶巫竹梅、柯尔蒙和卫秀兰,孩子们除新衣外,另加一份礼物:春儿一条围巾,夏儿一双球鞋,秋儿一个弹弓,冬儿一根跳绳,这都是他们喜欢的,做家长的要一碗水端平。孩子们领到自己的礼物时,欢欣鼓舞,喜笑颜开。

大人们开始忙着准备年饭,孩子们漫不经心地当帮手,像秋儿、冬儿基本上是帮倒忙。秋儿、冬儿剥花生,结果将花生剥得一地。好容易捡起,找妈妈要活干,结果被卫秀兰顶回来了。卫秀兰说:你们玩去吧。秋儿、冬儿便各拿着一根筷子逗放在盆里的老鳖,居然让老鳖跑出盆,最后还是夏儿在墙拐处将老鳖捉住,放回盆里。今天柯尔蒙掌勺,这是很难得的。柯尔蒙烧菜得过父母的真传,只是在逢年过节才会露两手。烧猪蹄、红烧肉、煎豆腐、山粉圆子,这些都是徽菜的品种,也是他的拿手好戏。冬儿很会拍马屁,看见大大系上围裙,便跑过来抱住大大的腿,说:大大开始烧菜了哦,我喜欢吃。一番话引得柯尔蒙好有自豪感。卫秀兰配菜,柯尔蒙烧菜,巫竹梅坐在锅台里生火,三个人有说有笑,配合默契,他们的前面形成了一道流水线。巫竹梅将一根马柴送进灶肚,抬起头,对柯尔蒙说:不知道尔明他们在哪边过年呢。卫秀兰转过身,说:我猜他们会和天香父母一起过,也很热闹的。柯尔蒙将锅盖揭开,兑了一点水,又将锅盖盖上,说:应该是这样的。卫秀兰说:现在迟了,当初没想起来,他们可以和我们一起过年的,人多热闹。

下午,柯尔蒙和卫秀兰揣上钱,拎着两包糖,去看望村里的李明君父子以及五保户李明信。在村里,就数这两户最困难了。他们回来的时候,春儿、夏儿已将门联贴好。这门联是柯尔蒙亲自作的,也是亲自写的。上联为:吃苦耐劳劳动光荣;下联是:勤俭持家家庭兴旺;横批:岛上人家。

说一千,道一万,大年三十吃顿饭。傍晚时分,春儿和夏儿早已在客厅里将方桌摆开,将凳子摆齐,然后,穿梭于披屋和客厅之间端菜、放碗筷。晚八时,所有的菜肴被摆上了桌子,柯尔蒙将围裙解开,和卫秀兰、巫竹梅一起回到屋里,相继坐到桌边。春儿拿起一瓶酒,对父亲说:我和夏儿陪大大喝酒,其他人喝糖水。柯尔蒙刚坐下,突然想起什么,对春儿说:春儿,到我房间里拿一挂鞭炮和纸来,我们去给爷爷烧纸。春儿立马站起,走进里屋。冬儿举起手,说:我也要去。柯尔蒙朝大家扫视了一眼,说:妈和秀兰在家,其他人都跟我去烧纸。桐城乡下祭祖风俗,一般都是男人和孩子参加,妇女可以不去现场的。柯尔蒙这一说,夏儿、秋儿和冬儿很快离席。春儿将冥纸拿出,跟在父亲后面,几个人一起走出草屋,向着葫芦岛东部湖边走去。他们到了湖边,柯尔蒙捡起一根小木棍,在地上画了一个圈,然后示意春儿他们将纸堆在上面。夏儿抢着点火。冥纸被点燃,越烧越旺,柯尔蒙和春儿他们蹲在一边,不断地将冥纸往上加。柯尔蒙一边加,一边说:大大,我们烧点钱给你用,你保佑全家平平安安。大大,你安息吧。这般说着,直到将身后的冥纸全部加完,柯尔蒙才站起身来,退后几步,跪到地上,毕恭毕敬地向着城里的方向磕了三个头,然后站起身,对春儿他们说:你们一个一个地给爹爹磕头。春儿几个虔诚地走到刚才柯尔蒙的位置,一个个地跪下磕头。等冬儿最后一个站起,柯尔蒙对春儿说:放鞭炮。夏儿眼疾手快,从哥哥手上抢过火柴,将摆放在圈子外围的鞭炮点燃。噼里啪啦,鞭炮声响彻葫芦岛,向外围扩散。

　　回到屋里,柯尔蒙对春儿说:饭前放一挂鞭。这也是桐城的风俗,驱邪的。天擦黑的时候就开始,村里零星的鞭炮声不断,便是遵循这一千年不变的风俗。春儿哪敢懈怠,很快从里屋拿出一挂鞭放了。放过鞭,春儿回到座位上,将酒倒好。卫秀兰触景生情,对丈夫说:老柯,你说说话吧。夏儿突然鼓起掌来,说:热烈欢迎柯家大掌门给我们作重要讲话。大家都鼓起掌来。柯尔蒙清了一下嗓子,说:这是我们在乡下过的第一个年,不比城里差,这说明下放没什么不好。展望未来,我们大家还要一起努力,创造更美好的生活。柯尔蒙说毕,夏儿带头鼓掌。掌声停息,春儿提议奶奶讲两句。巫竹梅摇摇头,说:你大大已经代我说了,不讲。夏儿又对母亲卫秀兰:妈妈说两句。夏儿话音刚落,秋儿、冬儿异口同声说:妈妈说。柯尔蒙坐在卫秀兰身边,他侧过头,第一个鼓起掌来,提高嗓门说:女主人是要说两句的,大家欢迎。众人鼓掌。卫秀兰看了一眼丈夫,喜滋滋地说:就一句话——一家人高高兴兴在一起过年,这是再好不过的了。掌声又起。柯尔蒙端起酒杯,说:有酒的喝酒,不喝酒的喝糖水,我们一起先敬奶奶一杯。众人举起杯子,朝向巫竹梅。巫竹梅愉快地端起一杯糖水,与大家一起喝起来。

　　席间,夏儿提议父母来一曲黄梅戏。柯尔蒙推辞说:这场面,我哪敢献丑?巫竹梅在一旁说:你就和秀兰唱一曲吧。柯尔蒙看看大家,拉着卫秀兰的胳膊站起。两人清了一下嗓子,便唱起《夫妻双双把家还》:"树上的鸟儿成双对,绿水青山带笑颜……"

　　黄梅戏是桐城的地方戏,在桐城几乎人人会唱。60年代初,桐城人严凤英已将黄梅戏唱到外地,甚至全国。黄梅戏一时成为热流。

　　两人唱罢,掌声响起。除夕夜的气氛达到高潮。

　　吃过年夜饭,卫秀兰和巫竹梅两人忙着洗碗。柯尔蒙走进里屋,拿出一沓红包,他大着嗓门对几个孩子说:你们排好队,现在我给你们发压岁钱。夏儿、秋儿和冬儿欢呼雀跃,立时排队,翘首以待。春儿觉得自己已经上工了,挣工分的人,是不应该要压岁钱的。柯尔蒙看他站着不动,对他说:春儿,你怎么不站队?春儿略一迟疑,还是愉快地站到队伍的前列。柯尔蒙一一给他们发红包。巫竹梅已经洗好了碗,她坐在火盆边,也从兜里掏出几个红包,对春儿他们晃了晃,说:奶奶也给你们发压岁钱呢。春儿几个接了柯尔蒙的红包,又一窝蜂地拥到巫竹梅面前,伸出双手。柯尔蒙想得周到,在这之前,他就已经将红包准备好塞给母亲巫竹梅了,让她给孩子们也发一次压岁钱。孩子们领了压岁钱,都急不可待地打开,喜上眉梢。

这时村子里的鞭炮声多起来。夏儿听到外面的鞭炮声,对哥哥春儿提议:我们去村里玩吧。柯尔蒙在一旁想起什么似的,说:我给你们带一样东西出去玩。说着,他去了里屋。不一会,他提着个灯笼出来。秋儿、冬儿欣喜若狂。夏儿上前接过灯笼,春儿又从桌上拿起零散的鞭炮,几个人一溜烟跑出屋。

孩子们玩到十一点才回到家。柯尔蒙、卫秀兰和母亲巫竹梅围坐在火盆边。柯尔蒙夫妻一边嗑瓜子,一边聊天,巫竹梅却坐在一旁打瞌睡。春儿几个进来的时候,吵醒了巫竹梅。冬儿走到父亲柯尔蒙面前,说:大大,外面可热闹呢。柯尔蒙将冬儿冻得红红的双手攥在手心里,说:是不是小伙伴特别多?你没和他们吵架吧?冬儿说:没有,大大买的鞭炮最响了。柯尔蒙一高兴,将冬儿抱起,放到自己腿上坐着。冬儿看着母亲卫秀兰笑,卫秀兰说:过了年,你长一岁了,还这么娇气。冬儿冲母亲做了个鬼脸。

卫秀兰看看摆在大桌上的钟,转身对婆婆巫竹梅说:离放开门鞭还有一个小时呢,妈,你早点上床休息吧,今儿也累了。巫竹梅经她这么一说,反倒来了精神,说:我不累,我要看你们放开门鞭。卫秀兰转而对柯尔蒙提议:我们打一会牌如何?夏儿来劲了,连说:好啊好啊。转身就走到碗柜边,从抽屉里拿牌。很快,柯尔蒙、卫秀兰、春儿和夏儿四个人坐到方桌的四边打起牌来。他们打的争上游,输了是要贴胡子的。半个多时辰后,卫秀兰和春儿脸上已贴了三四张纸条,夏儿只有一张,柯尔蒙一张也没贴。冬儿为母亲打抱不平,竟然拿着两张纸条蘸上口水贴到柯尔蒙的脸上。柯尔蒙爱女心切,心里高兴着呢。

这时,外面的鞭炮声密起来,一阵紧似一阵。透过门缝,柯尔蒙等人似乎闻到了硝烟味。卫秀兰提议:我们也放开门鞭吧。打牌结束。柯尔蒙站起身,走进里屋,双手拿着一根缠绕着鞭炮的竹杠走出屋。春儿拿着火柴跟着出屋。卫秀兰、夏儿、秋儿、冬儿,还有巫竹梅一个个地走出屋,站在屋檐下。柯尔蒙走到场地中间,将竹杠半举起,春儿上前将鞭炮点燃。很快,鞭炮噼里啪啦响起来,火花四溅,响声震天。冬儿一边看,一边将耳朵捂起。

柯尔蒙回到屋,将屋里每个房间包括厨房的油灯点亮,并嘱咐春儿他们:灯就这么点着,到明天早晨天亮时再熄,你们都去睡觉吧。春儿几个转身进了自己的房间。巫竹梅也随他们一起。

柯尔蒙夫妇等他们都睡了后,回到里屋,上床就寝。柯尔蒙趁着酒兴和过年的高兴劲,情趣高涨,蠢蠢欲动。他开始脱卫秀兰的衣服。卫秀兰半推半就。柯尔蒙搂着她的身体,咬她耳朵说:老婆就是暖心。卫秀兰脸上发热,羞答答地说:怕是危险期。柯尔蒙说:怕什么?大不了再给我生个闺女,做个英雄母亲。卫秀兰轻轻用手一推,说:还英雄母亲呢,苏联变成修正主义了,干吗要学它那样提英雄母亲?说归说,她却将柯尔蒙抱住了。

大年夜就这样过去了。这一年也就这样过去了。

11

新年伊始,接踵而来的两件事,让柯家人喜出望外。

桐城风俗,初一不出门,初二拜新灵,初三拜母舅,初四拜丈人。初四这天,柯尔蒙要去拜望老丈人,也就是卫秀兰的老父亲卫立军。夫妻俩一早就带着小女儿冬儿拎着两瓶酒出门了。柯尔蒙的老丈人住在安庆市。他们到安庆,需要从葫芦岛走到桐城县城,再从县城坐长途客车到达安庆。早上出发,时间不耽误,也要到下午才能到安庆的。

三个人途经大队部时,却被大队书记陈保根看见了。陈保根书记依然是平头,穿着件棉军衣,此时正赶往大队部值班,正要进大门时,猛一扭头,见到柯尔蒙他们。陈保根书记停下脚步,喊:老柯,你这要去哪里?柯尔蒙抬起头,见是陈保根书记,说:去走亲戚,看老丈人。陈保根书记诧异道:你走什么亲戚?我不是让人带信给你了吗?柯尔蒙问:带什么信?陈保根书记说:李晓岚老师没跟你说?柯尔蒙回答:没有啊。柯尔蒙与卫秀兰你看看我,我看看你,不知所云。陈保根书记说:也许她还没来得及通知,这样吧,你过来。说着,他走进了大门。柯尔蒙迟疑了片刻,转身对卫秀兰说:你们等我一会。

柯尔蒙跟在陈保根书记后面,走进大队部。这是一座大院子,里面被分割成南北两部分。南边是大队部,平房连成一片,主要是办公室,平房外面是绿化带;北边是团结小学。大队部与团结小学中间隔着一道墙,互不相望。柯尔蒙跟在陈保根书记后面走进一间办公室。陈保根书记坐到自己位子上,示意柯尔蒙坐对面。待柯尔蒙坐下后,他说:年前我们开了一次会,决定调你到大队部来。柯尔蒙颇感意外,问:我做什么工作呢?陈保根书记说:我们觉得你文笔不错,政策水平也很高,调你到大队部来做文书。柯尔蒙迟疑了一会。陈保根书记接着说:大队需要一个像你这样的笔杆子。昨天你们生产队的李晓岚老师到学校值班,我让她带信给你,请你到大队部来一趟。柯尔蒙说声"谢谢"。陈保根书记将面前的一张纸扬了扬,说:我那老战友当了长岭公社的乡长,我要向他祝贺呢。那张纸就是任命柯尔明的红头文件。柯尔蒙问:我弟弟?陈保根书记说:不是你弟弟还能是谁?你还不知道?柯尔蒙摇摇头,说:我们好长时间没碰面了,我只知道他是民兵营长。陈保根书记笑起来,说:文都下到我们这了。柯尔蒙恍然大悟,却又不以为然。柯尔蒙问:我什么时候来上班?陈保根书记说:你将生产队的事处理好就过来。柯尔蒙站起身来,表示感谢,然后退出了办公室。

柯尔蒙回到卫秀兰身边,接着往县城赶。路上,柯尔蒙将这消息告知卫秀兰。卫秀兰脸上笑容绽放,说:那是好事啊。柯尔蒙却说:以后到大队部上班,家里就照顾得少些了,你会更辛苦。卫秀兰说:没什么,大队部离生产队不算远,早出晚归,与以前也没什么区别。

紧接着的一件事,也让柯尔蒙一家人愁容消散。春节过去一个星期,春儿就接到通知,他转学的事解决了。通知书是大湖高中发出的。卫秀兰最高兴,她对春儿说:你要好好学习。春儿却并不激动,他似乎已经适应了乡下的生活,劳动,挣工分,对上学已经没有了原来的那份渴望和热情。柯尔蒙鼓励他:不仅要上学,而且还要争取考上大学。卫秀兰说:你知道我们桐城在外有什么影响吗?那就是文化,桐城被称为"文化之乡",每年都有大批的农村孩子考上大学。只要你好好学,家里再穷再累,也要供你上学,不需要你去挣工分的。桐城有句名言:"穷不开锅,也要让孩子上学。"《桐城耆旧传》记载:"城里通衢曲巷,夜半诵声不绝;乡间竹林茅舍,清晨弦歌琅琅。"柯尔蒙家现在还没有到"穷不开锅"的地步,怎么可能让春儿荒废学业呢?

这天一大早,李明波支书、李明清队长和李惠惠三人拎着大包小袋来到柯尔蒙家。李明波支书站在门口喊:老柯,在家吗?柯尔蒙几步跨到门口,看到三人,很是惊讶。李明波支书大着嗓子说:我们特来祝贺你。柯尔蒙回他:有什么好祝贺的?屋里坐吧。李明波支书带头进屋。卫秀兰从里屋出来,给他们泡茶。李明清队长和李惠惠两人将拎来的东西放到桌子上。李明波支书说:这是生产队的一点心意。柯尔蒙有些不习惯,但又不好拒绝。卫秀兰将茶泡好后,一一端给他们。卫秀兰还是那件紧身的蓝花棉袄,朴素中透着娇媚,淡雅中显露着傲人的身材。李明波支书目光有些呆滞。卫秀兰转身坐在李惠惠身边。在生产队里,就数李惠惠与她最熟,平时李惠惠对她也是最照顾,两人就像亲姐妹一样。李明波支书喝了几口茶,没话找话地说了几句,便起身告辞。柯尔蒙送他们到屋外。他们走后,卫秀兰对柯尔蒙说:李惠惠与他们一道,莫非她是要顶你的缺?柯尔蒙说:我看也是。

春节前风雪连天,春节后阳光灿烂,冰消雪融。葫芦岛门前场地,雪迹全无,不见湿地。吃过早饭,一家人坐到屋前场地上,晒太阳、聊天,突然就听到村子那边锣鼓喧天,鞭炮齐鸣,人声鼎沸。他们抬起头看,原来是舞狮子灯的热闹场面。

夏儿说:我们去看看。正欲拔腿,却听见春儿说:他们正往这边来呢。

果不其然,狮子从人群中蹿出,向这边奔来。伴随着鞭炮声,它的身后簇拥着看热闹的男女老少。不一会,大队人马拥向葫芦岛。柯尔蒙转身对春儿喊:快快,回去拿鞭炮接。春儿一溜烟跑回家,拿出一挂鞭炮出来。柯尔蒙见狮子已舞到门前,冲春儿喊:放!春儿立即擦亮一支火柴,将鞭炮点着。噼里啪啦,鞭炮声响彻云霄。狮子很快在柯尔蒙家草屋前摆开舞场,引狮人手舞足蹈。正在这时,李霜天几步跨到卫秀兰跟前,对她说:你家屋梁可挂上糕点什么的了?卫秀兰摇摇头,说:没有。李霜天说:快,你去拿来,我帮你挂上,等会狮子要上去取的。卫秀兰立即回屋拿出一盒糕点,递给李霜天。李霜天接过糕点,又要了一段红绸子,然后进了屋,柯尔蒙、卫秀兰和春儿随之进屋。他们在客厅里的方桌上架起两层凳子,柯尔蒙和春儿扶着凳子,李霜天踩了上去,将那盒糕点系到屋的顶梁上。李霜天下来后,他们再将桌凳移开,空出地方。狮子在屋前场地上舞了几分钟,便摇头摆尾地钻进屋里。狮子到每个房间舞了一遍,回到客厅,昂起头,一边看着梁上的糕点,一边腾空跃起,爬上桌子,又在桌上跃起,直到将梁上的糕点取下。屋里响起雷鸣般的掌声,掌声传到屋外,外面的人知道里面的狮子大功告成,掌声随之而起,经久不息。舞狮人将糕点取下后,交给同伴,然后钻出狮身,站在客厅中央歇息。柯尔蒙早已将纸烟和糖果准备好,散发给他们,并将茶水泡好,端给他们喝。舞狮人喝了茶,吸了烟,收了糖果糕点等礼,又钻进狮身,向外走去。他们出了屋,围着草屋舞动了一圈,然后离开葫芦岛,向着村子奔去。他们要去下一家了。柯尔蒙又吩咐春儿在门口放鞭炮欢送。

这是桐城乡下的风俗。每年的正月里,春节后都有舞狮人穿街走巷,给每户人家舞狮子拜年,既添节日的热闹气氛,也为每户人家除旧驱邪,自己还讨得一些赏礼。而每户人家都要开门迎客,放鞭炮接送,慷慨施礼,为的是图个热闹和吉利。

刚才在人群中,夏儿看到了同学李春燕,却没有看到另一位同学李春民。夏儿看到李春燕的时候,李春燕正好也在看着他。他冲李春燕一笑,李春燕却没有反应。夏儿再看她时,李春燕却随着人流消失了。与此同时,春儿也瞅着了李春燕,他们也一瞬间地对视过,李春燕却羞涩地低下头。春儿心里泛起阵阵涟漪。

12

柯尔蒙离开后,李惠惠顶了他在生产队的缺,妇女组组长就由卫秀兰来担任。

对于妇女组组长,卫秀兰并不是很想当。她对李明波支书说:我劳动技能差,不能服众,另外,我家里人多事多,怕力不从心。李明波直视着她,说:这个差使还是我为你争取的,别人想当还当不上呢。至于劳动技能,学呗,关键是发挥集体的智慧和力量。你家里人多,你当组长,挣的工分高,有什么不好?卫秀兰经他这么一说,想推辞都不好推辞了,说:我试试看。这次,她又看到了李明波支书的眼神有些异样。

正月里妇女们都待在家,没有什么工可做,卫秀兰仅是组织了一次政治学习。学习的内容是《安徽日报》关于开展农村思想政治工作的一篇社论。早在头一天,生产队已经召集各小组组长学习过这篇社论。卫秀兰拿着报纸念社论的内容时,妇女们坐在生产队腾出来的一间屋子里,吃瓜子的吃瓜子,打毛衣的打毛衣,聊天的交头接耳地聊天。卫秀兰将社论念完,妇女们都站起身来往外走,会就这么散了。卫秀兰感觉到自己这个小组长当得有点窝囊。卫秀兰想想以前李惠惠主持会议的时候,也是这样子的,也就不作他想。

柯尔蒙不在生产队,卫秀兰明显地感觉到男人们的目光跟以前比有着很大不同。以前只有少数的几个男人以贪婪的目光注视她,包括傻子和李霜天,包括李明波支书,现在范围扩大了。她甚至觉得,走在路上,总有无数的目光在注视她,要穿透她似的,令她好生羞赧和尴尬。越来越多的男人看她,肆无忌惮。没有柯尔蒙近距离地陪伴和呵护,卫秀兰显得有些孤独和担心,很多的事情她都要独自面对和处理了。丈夫刚到大队部上班,她是不想让有些事分他心的。

接下来发生的一件事,就让卫秀兰伤透了心。

生产队二组有个叫李晓刚的村民,前天拉着板车到附近的胜利砖窑厂找人买了一百块砖,运回家准备翻建灶台。现在的砖不好买的,幸亏他找了人。找的人是谁?就是同村李明林的女婿,团结小学李晓岚老师的丈夫邢浩。邢浩是李明林的上门女婿,在胜利砖窑厂上班,早出晚归,李晓刚与他很熟,找他买砖,不仅砖的质量有保障,而且价钱也便宜一些。下午回来迟了,李晓刚未来得及将砖搬到家里,就放在家门口的墙边暗处。第二天他老婆荷花起来,开门一看,几乎一半的砖不翼而飞了。荷花将李晓刚吵醒,李晓刚揉了揉惺忪的双眼,二话没说,就去李明波支书家报信。李明波支书大为震惊。去年李晓国因为偷盗畏罪自杀,此事犹在目前,怎么又会出现偷盗现象呢?李明波支书义愤填膺,立即从院子的板凳上站起身来,随李晓刚一起到现场察看。李晓刚将买砖的收据展示给李明波支书看,一点不错,明明是一百块砖,现在只有四五十块了。这是被谁偷去了呢?砖是有重量的,偷砖的人应该不是外乡的,运这些砖并非易事。李晓刚建议,组织人在全村搜查。李明波支书欣然应允。

他们在村里搜查了一遍,一无所获。李晓刚建议上葫芦岛察看,就差老柯家那边没去了。于是,李明波支书带队,七八个人气势汹汹地来到葫芦岛。他们沿着柯尔蒙家的草屋转了一圈,未发现情况,接着扩大范围至湖边。卫秀兰等人哪见过这阵势,上前询问。李明波支书眯着眼,解释说:李晓刚家昨晚丢了几十块砖,村里都搜过了,这边也要看看。卫秀兰觉得莫名其妙。谁会干这事?偏偏事情就这么巧,让卫秀兰摊上了。李明波支书站在草屋前陪卫秀兰说话,李晓刚等人已在湖边喊李明波支书过去了。卫秀兰、巫竹梅、春儿、夏儿跟在李明波支书后面走到湖边,眼前的场景让他们傻眼了——大约五十块砖,堆在湖边的一块低凹处,虽然上面盖了一些枯草,但是仍然很扎眼。所有人都沉默了,李明波支书及同来的人都不约而同地将目光投向卫秀兰。李明波支书上前一步,问:这砖怎么会在这?卫秀兰支支吾吾地说:我……我怎么知道?站在一旁的李晓刚大声说:你怎么知道?这砖又没长腿,不会自己跑到你们家这边的,一定是你们家偷来的。卫秀兰冲李晓刚叫道:你胡说!李晓刚毫不示弱:我胡说?那你给我们解释清楚。夏儿站在一旁大声说:你血口喷人!李明波支书转动了一下眼珠,对卫秀兰说:你问问几个孩子,也许他们没考虑那么多,搬来砌池子什么的。卫秀兰不假思索,说:他们绝对不会。转而又说道:他们昨晚都在家,早早就睡觉了,怎么可能?李明波支书问春儿、夏儿等人:你们昨晚都没有出去?春儿、夏儿以及刚刚赶过来的秋儿、冬儿一个个地摇头,异口同声说:没有。李明波支书这样一问,分明是怀疑。卫秀兰感觉受到从未有过的污辱。李晓刚不依不饶,说:就是你们家偷的,还狡辩。夏儿怒道:我还说你是诬陷呢!李明波支书转念问:老柯在家吗?是不是可以问问他?也许这就是一场误会。卫秀兰说:他一早就去大队部了,昨天他回来就没出去过,他好好的,搬这些砖有什么意义?我们家灶台好好的,也不需要砌池子什么的。李晓刚说:这些砖都是窑厂上等的砖,谁都稀罕的,哪儿都能用得上,不是你们家的人偷到这来,谁没事干要将砖搬到你这里不成?春儿这时义正词严地说:反正这些砖与我们无关,希望生产队里查清楚。李晓刚说:砖在你们这,这就是证据。他转而对李明波支书说:支书,你说怎么办吧?李明波支书伸手抓抓脑袋,东看看西瞧瞧,然后说:这样吧,先将砖运回去,如果没人承认,只有报案了。李晓刚接着说:这还需要报案吗?这不是明摆着的吗?人赃俱获。卫秀兰听后有些愤怒,说:什么人赃俱获?谁偷你砖啦?我希望报案。李明波支书看着卫秀兰,示意来人搬砖。几个人手忙脚乱,搬起砖,回到村里。剩下几块砖,李晓刚亲自弯腰搬起,冲卫秀兰说了一句"这事没完",就走了。李明波支书见李晓刚转身走了,讨好似的对卫秀兰说:你们也别急,这事我会处理的。说着,也转身走了。

卫秀兰站在原地,自言自语地说:这到底是怎么回事?夏儿安慰她:什么事都没有,是那个家伙诬陷我们。巫竹梅站在一旁,自始至终没说一句话,这时却说道:身正不怕影子歪,回去吧。

这事确实还没有完。很快,村里传开了:李晓刚家的砖在柯尔蒙家找到了,那不是他们偷的还能是谁?一个下放的外来户居然干这种事,以后我们村将不得安宁了。柯尔蒙回到家听到这事,非常气愤,要找李明波支书评理,总不能仅凭砖在岛上就血口喷人吧。卫秀兰阻止了他,说:该说的我都说了,我们不能一个一个地堵人家的嘴。柯尔蒙说:村子里没有谁与我们结过梁子,怎么会有人栽赃呢?卫秀兰说:相信会有真相大白的一天。两人对话无意,却让春儿听者有心:这事即使查无证据,受伤害的也是我们家,村里是不可能给我们说法的。

春儿干事不像夏儿那样,总是喜欢张扬,他喜欢悄悄地行动。春儿心思不小。夜深人静的时候,春儿突然喊肚子痛,然后就去了屋外的茅厕。他去茅厕是假,快步跑到村里查证倒是真的。他一溜烟跑到李晓刚家后屋外面,耳朵附在窗户上倾听。这是有风险的,被人看见,会被当成小偷的。还真是这么巧,李晓刚夫妻两人的谈话让他听得清清楚楚。李晓刚老婆荷花说:他们家不像是这样的人,也许我们冤枉他们了。李晓刚说:你懂什么?荷花又说:也许是有人恶作剧,将砖偷偷搬过去,陷害他们。李晓刚生气道:陷不陷害,也是他们做了不该做的事,报应。荷花说:你那天拉砖怎么那么迟才回来?李晓刚说:你什么意思?荷花说:你和李晓国是兄弟,别让人家联想到你这是在报复他们家。李晓刚怒道:你啰唆什么!荷花这一说,却让春儿大为吃惊。那死去的李晓国是李晓刚的哥哥,李晓国是因为偷盗被揭发,羞愧难当,投湖自尽的。李晓刚会不会为了李晓国的事耿耿于怀,而报复我们呢？如果是报复，那他又是怎么知道是我将那纸条扔到李明波支书家的？如果真的是报复，他一定是从李明波支书那里得知当时是我扔的纸条。这样的话，李明波支书不仅知道是我扔的纸条，而且定是他出卖了我。李明波支书是怎么知道那纸条就是我扔的呢？我早就怀疑李明波支书不是好人。先前就有傻子说他是大坏蛋，又听闻他搞人家大姑娘，更可气的是，他看我母亲的眼神如此贪婪和邪恶。他出卖我，他就这禀性，不足为奇。那他怎么知道是我扔的纸条呢？

　　回到家睡到床上，他仍然想着这事。突然，他恍然大悟。李明波支书要想了解是谁扔的纸条，非常简单，一查笔迹不就知道了？天啦，我怎么当时没想到他们会查笔迹的？要知道，春儿在生产队上工，签字是常有的。领东西要签字，出工考勤要签字，父母不在的时候，也需要代他们签字，请假的时候，就不是签字那么简单，还要写请假条。春儿越想越紧张，越想越气愤。他李明波支书凭什么将我扔纸条的事告诉李晓刚呢？这不是明摆着告诉他，他哥哥的死与我有着直接的关系吗？李明波支书这不是在搬弄是非吗？李晓刚呢？如果我这些假设成真的话，那就说明，这些砖头是李晓刚自己搬到葫芦岛的，目的就是栽赃报复我们，将柯家名声搞臭。李晓刚不仅可恶，甚至是歹毒。春儿躺在床上，辗转反侧，夜不能寐。

　　第二天，春儿直接到生产队的草屋找到李明波支书，开门见山就问：李支书，当初有人向你家扔纸条揭发李晓国偷盗的事，你可还记得？李明波支书颇为惊讶，点点头。春儿又问：你认为那纸条是我扔的？李明波支书满脸疑虑，不知道这孩子到底要说什么，眼珠一转，反问：此话怎讲？春儿说：我就是问问你是否认为那纸条是我扔的。李明波支书仍然不解，说：你是来向我承认那纸条是你扔的？这都是过去的事了……春儿不等他说完，说：我承认，那纸条是我扔的，也是我写的。李明波支书第一时间想到的是，这孩子莫非是来表功，或者讨赏呢？便说道：我后来琢磨，应该是你写的，这是好事。春儿问：你是怎么琢磨到是我写的？李明波支书突然一笑，说：我当然要琢磨的了,你为全村做了好事的,很简单,对一下笔迹就知道了,只是我没有告诉你,因为这事早就过去了。李明波支书如此有耐心与春儿你一句我一句,全是看在柯尔蒙和卫秀兰的面子上,不然,他早就将春儿轰走了。春儿说:我猜也是,你是通过笔迹知道是我写的。李明波支书点点头,说:就是,你做好事不留名,我心里要清楚。李明波支书说到这里,突然停住了。他突然意识到自己中了这小屁孩的圈套了。春儿逼问道:是你将我扔纸条的事告诉李晓刚的?李明波支书有些不自然了,支支吾吾地说:也是无意中说漏了口,这也没什么。春儿正色道:你不是说漏了嘴,是特意告诉他的。李明波支书脸色一沉,说:你这是什么意思?春儿说:我的意思很明确,你是特意告诉他的。李明波支书站起身来,转身欲走,说:你是个小孩,我不跟你说这些。春儿怒道:你知道这样做的后果吗?李晓刚认为李晓国的死是我造成的,所以用砖头来报复我们家。李明波支书站在那里,怒道:念在你父亲的关系,我不和你计较,但是你要记住,你对我很无礼。春儿说:你是想借刀杀人,你还有什么理?

春儿嗓门越来越大,与李明波支书吵了起来。李明波支书怒道:你父亲刚刚提拔到大队部,你就这般目中无人,太不像话了。两人的吵闹声引来隔一个房间的李明清队长和李惠惠,两人上前劝阻。李明清队长很严肃地批评春儿道:你这样对支书是不对的,他既是长辈,也是领导。春儿火大了,骂道:他是什么领导?简直是小人一个!他将我扔纸条的事告诉李晓刚,好让李晓刚来报复我们家,他就是这样的人。正说着,李惠惠上前捂住春儿的嘴,然后将他拉出门。春儿还想回去找李明波支书吵架,出一口恶气,但是他被李惠惠拉住了。李惠惠拉住他的胳膊不放,将他拉回葫芦岛。

春儿回到家,经李惠惠一说,卫秀兰等人才知道出了这么大的事。卫秀兰心想:什么人都可以得罪,怎么能得罪李明波支书呢?这下好了,强龙压不过地头蛇啊。李惠惠明白卫秀兰的担忧,安慰她说:他做得就是不地道,怨不得春儿发怒,你劝劝春儿,不要再去吵了,到时候吃亏的还是自己。卫秀兰叹了一口气。春儿以为母亲要狠狠地责骂他一顿,没想到,卫秀兰只是瞪了他一眼,没有责骂。但是,晚上柯尔蒙回来后,听说这事,却将春儿狠狠地训斥了一顿。春儿着急要为自己辩护,柯尔蒙甚至要拿棍子抽他,幸亏卫秀兰拉着。春儿在他们的眼里,从来都是温顺、听话的,没想到,他这一下弄了个石破天惊,让所有人都刮目相看了。

  但是,春儿要做的事还没有完,又跑到李晓刚家,用力敲击他家的门。春儿不怕事情搞大,他希望他的敲门声能够惊动李晓刚的左邻右舍,甚至是全村人。果不其然,李晓刚家门口很快就围上了好几个人,并且人越来越多。春儿要的就是这个效果。人越多,就越能见证他戳穿李晓刚的谎言及其拙劣行径,为自己家讨回公道。李晓刚的老婆荷花出来开门。荷花一点也不像池塘中绽放的荷花那样美丽,她瘦骨嶙峋,胸部平平,眼睛深陷。她看见家门口好多的人,大为惊异。春儿没等她开口,就嚷道:李晓刚呢?荷花突然想起前几天春儿家"偷砖"的事,有些慌张,欲言又止。春儿冲荷花后面喊道:李晓刚,你出来。李晓刚听到喊声真的从屋里走了出来。说实话,他比荷花也胖不了多少。裹着的棉袄很厚,但伸出来的手却像一根带节的细竹棒。他站在荷花的后面看到一脸怒气的春儿,他比荷花更为慌张。春儿怒道:李晓刚,你出来,我有话对你说。李晓刚不能不出去。他走出门,与春儿面对面站在门前的场地上。春儿说:你自己将砖头搬到我们家后面的湖边,你干吗说是我们家偷的?李晓刚这才明白春儿来此的目的,仍然色厉内荏,回道:你就是为这事来的啊?偷了就是偷了,还想抵赖。李晓刚这一说,春儿反而不怒了,他提高嗓门说:我在这之前已经找过李支书了,你要不要去对质?你就是动机不纯,我告诉你吧,那天晚上还有人看见你搬砖头呢,生产队正准备报案呢。春儿见李晓刚有些慌张,为了压他,特意提出有人看见李晓刚搬砖,这让李晓刚心理防线彻底崩溃。李晓刚青筋暴起,眼睛瞪得老大,说了一句"我不跟你啰唆",突然转身冲回屋内,然后砰的一声将门关上。春儿愣了一会,然后用手指着李晓刚家房子大声骂道:你不敢对质,就是承认了,是你将那些砖头偷偷搬到我家附近的。你诬陷我家,你不得好死。春儿说着,气鼓鼓地转身往回走,丢下议论纷纷的围观人群。

这件事之后,全村的舆论开始逆转。李晓刚为了给死去的哥哥出气而报复春儿他们家,让他们家蒙受不白之冤。而李明波支书做大不正,暗中使坏,令人不齿。事后,卫秀兰得知是春儿不动声色地将整个事件摆平,不仅没有批评他,反而觉得他有出息。奶奶巫竹梅对春儿竖起了大拇指,夸他是个能干大事的人。柯尔蒙却没有想得那么简单,他不无忧虑地对卫秀兰说:只怕以后,我们与李明波支书、与村里人的相处更复杂了。尽管如此,夫妻俩还是一致认为,春儿做得对。

新学期开始的时候,春儿去上高中了,夏儿、秋儿和冬儿也都去了各自的学校。柯尔蒙卓有成效地开展工作,受到各方好评。卫秀兰勤勤恳恳地上工,从不缺勤,妇女组组长当得也比较顺利,她赢得越来越多妇女的好感和支持。

但是,好景不长。这一年的清明节刚过,一件非常严重的事向柯尔蒙家袭来,将他们家平静的生活再次搅得天翻地覆。

生产队第三组的组长李晓群,他父亲叫李明典,是"明"字辈,在村里辈分最高,年龄最大,可谓德高望重。清明节这天,他因思念死去的老伴心切,悲伤过度,突然一命归西,享年七十八岁。李明典死后,李晓群在家为他设了三天的灵堂。父亲死得突然,家人什么都没准备。棺材要现打,绵要现买,寿衣要现做,更重要的是,家人要为他选葬身之地。这些,早在几年前李晓群就要准备的,但父亲不允,说他身体好好的,为何那么急?从此以后,李晓群就没放心上了。偏偏事发突然,弄得李晓群措手不及,晕头转向。在生产队及村里人的帮助下,他总算忙出了个头绪,唯一不能确定的,是父亲的葬身之地。出殡时间一天一天挨近,这可急坏了李晓群。

湖边生产队的东头,石河的东边,有一片坟地。自1937年大水以来,村里死去的人都安葬在这里。坟茔荒地,坟头林立,草木枯槁,阴森恐怖。李晓群在坟地转了大半个上午,也没找到一小块能安葬他父亲之地。坟地本来还有那么一块的,结果被新近死去的李晓国和溺死的无名女人占着了。人说生不逢时,李晓群的父亲却是死不逢时。这片坟地无法为父亲安身,李晓群只好找李明波支书,希望在这片坟地之外为他父亲寻一块安身之地。李明波支书很干脆:你自己找,你认为适合的,我们去看看就可以定下来。李晓群到处找寻,就是没有找到一块令他满意的地方。总不能将父亲的尸体安葬在村头巷尾吧?也不能安葬在一马平川的田畴,更不能火化了事,农村不兴这个。李晓群焦头烂额,苦思冥想,也想不出一块地方来。怎么办?这个时候,同一组的李晓刚给他出了个馊主意。李晓刚偷鸡不成蚀把米,搬起砖头砸了自己的脚,风头刚过,现在又大摇大摆地走到组长李晓群面前,说:有一块地方,也许你没有想到。李晓群赶紧问:什么地方?李晓刚神秘地一笑,说:葫芦岛啊。李晓群恍然大悟,说:是啊,我怎么没想到?李晓群立即跑到李明波支书那里反映。李明波支书吸了一口旱烟袋,说:那上面住着人,合适吗?李晓群说:就一户人家,那地方大得很呢,将我父亲安葬在湖边,再好不过的了。李明波支书略一思考,说:那你去跟老柯说,我没意见。

　　李晓群踏上葫芦岛,找柯尔蒙说明情况。柯尔蒙不在家,自然是卫秀兰接待了他。卫秀兰听李晓群说要将死去的父亲安葬在葫芦岛,当即表示不能同意。李晓群愤愤离去。

　　李晓群又去找李明波支书。李明波支书问:卫秀兰不同意,那老柯意下如何?一句话提醒了李晓群。李晓群连忙赶到大队部找柯尔蒙。柯尔蒙正坐在办公室里写材料。李晓群说明来意,柯尔蒙耐心地听他说完,然后送给他几个字:这是不合适的。李晓群问:有什么不合适?柯尔蒙说:第一,离我们家太近,你想想,如果离我们村任何一家那么近,谁愿意呢?第二,它既煞风景,也挡了我们家的风水。第三,我们家小孩都小,夜里起来上茅厕,看见坟包,是你会怎样?李晓群见说服不了柯尔蒙,反而差一点被柯尔蒙说服,愤愤然走了。

柯尔蒙夫妇以为这事画上了句号,哪承想根本没有。李晓群回到村里,把这事一说,李晓刚等人鼓噪开了。李晓刚说:凭什么?葫芦岛又不是他家的,他凭什么不答应?李晓刚又说:当初他们家下放的时候,我们毫无怨言地接纳了他们,现在,那么大的一个岛,辟一块地方安葬老人他们都不答应,他们还讲不讲理?龅牙的李晓毛说:明典老人是我们村的老前辈,在葫芦岛安身,也是在庇护他们,他们应该高兴才是。众人越议越激动。突然,李晓刚说:既然生产队没反对,我们直接将棺材抬到葫芦岛去就是了,看他们还能怎么着,难道他们要拦棺材不成?他的说法得到一部分人的响应。李晓群有些犹豫,李晓刚催促说:就这么定了,走。于是,李晓群捧着父亲的遗像,众人抬起李明典的棺材,披麻戴孝,浩浩荡荡,向葫芦岛进发。

　　时值下午,又是礼拜天,春儿、夏儿等人都没上学,本来他们是去李晓群家看热闹的,但是最近柯家与李晓群因为李明典老人安葬之事闹得不愉快,卫秀兰吩咐他们哪儿也不要去,以免惹出事端。

　　出殡队伍行进到葫芦岛的大坝上时,被巫竹梅带领的队伍拦住了。巫竹梅的队伍,包括卫秀兰、春儿、夏儿、秋儿还有冬儿。秋儿本来在队伍里,突然被卫秀兰支开了。卫秀兰看到浩浩荡荡的人流向葫芦岛这边进发,对秋儿说:你跑到大队部找你爸,叫他赶快回来。秋儿见这阵势,心慌慌的,拔腿就跑。本来这支队伍应该由卫秀兰带领的,但是巫竹梅自告奋勇,她愤愤地说:让我来,我不怕,我看他们能把我这把老骨头怎么着。春儿、夏儿义愤填膺,各人手里握着一根叉树棍。巫竹梅的队伍在大坝上一字排开,送葬的队伍只好停下。所有的声音都停下了。双方对峙着。沉默。李晓刚再怎么认为他们有理,但是有巫竹梅这样一位老人威风凛凛地站在坝中间,他们还是不敢冲撞的。

　　就在这时,手捧父亲遗像的李晓群突然扑通一声跪到地上。所有人大惊失色。李晓群跪在地上,好长时间才一把鼻涕一把泪地说:老人家,你大人行大善,好人行大好,看我家老父死无葬身之地,网开一面吧。李晓刚站在一旁,说:葫芦岛是我们村的葫芦岛,完全可以安葬我们村的老人。巫竹梅站在那里不买账。李晓毛站在李晓刚的身后,用手指了指葫芦岛西边地势比较低的地方,说:在那里围一块地方,不碍事。巫竹梅理都不理他。李晓刚终于爆发,大声说:老人家,你以后也有死的时候!巫竹梅听了这话,并没有发作,反而哼了两声,说:我死了以后埋在这里守护家人,名正言顺,外人不可以。李晓刚喊道:那我们只有冲了。听了这话,春儿突然上前一步,指着李晓刚的鼻子喊:你敢?!李晓刚先前有春儿到他家大吵大闹,揭穿他搬砖栽赃的恶行,对春儿有些惧怯。春儿不知哪里来的勇气,冲李晓刚大声说道:原来是你在这起哄,看我怎么收拾你。春儿说着,将手中的叉树棍在面前晃了晃。李晓刚还真的退后了几步。这时,李晓毛说:都到这来了,是不能回去的。突然李惠惠从人群中走了出来。她看看李晓群,又看看巫竹梅和卫秀兰,说:大家都不要过激,我看谁去将支书和队长找来。说着,人群中就有人离开,跑回村里。

不一会,李明波支书和李明清队长都来到坝上。李明波支书走到李晓群面前,扶他起来,说:回去吧。李明波支书接着大声说:我和明清队长已经商量过了,在原来那片坟墓的北边,也就是湖边辟一块地方,将老人安葬。李明波支书停顿了一会,接着说:先安葬,生产队再组织人填湖造地,给老人的坟头培土。时候不早了,去吧。送殡的人有些疑虑,但很快掉转身,向李明波支书指定的地方进发。巫竹梅、卫秀兰舒了一口气。夏儿见队伍离开大坝,走远,正要振臂高呼,突见父亲柯尔蒙和秋儿急匆匆地从坝上迎面而来。柯尔蒙问卫秀兰:怎么了?卫秀兰心有余悸,摇摇头,说:都过去了。柯尔蒙问母亲:妈,你没事吧?巫竹梅摇了摇头,说:我能有什么事?

说着,一家人回到草屋。

13

　　团结大队部的办公条件比湖边生产队好多了。柯尔蒙有一间独立的办公室。

　　办公室里还专门配备了茶几、水瓶、茶杯、信纸、英雄钢笔,还有马恩列斯毛文选。柯尔蒙坐在办公室的椅子上,看着这些物品,心里美滋滋的。以前在县城文化局上班时,还没有这条件。那时三个人挤在一间办公室里。

　　传达室的老王推门送来一份昨天的报纸。老王腿有点跛,走路一颤一颤的,见到柯尔蒙,笑一下,不说话,将报纸放到柯尔蒙面前的桌子上就走了。柯尔蒙闲着没事,正好看报纸。不一会,李晓岚伸一下头,推门走了进来。李晓岚说:柯文书,我刚刚下课,进来看一下。柯尔蒙连忙站起。李晓岚在柯尔蒙桌子对面的一张木椅上坐了下来。李晓岚说:真不好意思,上次陈书记叫我带口信,我赶着回娘家,把这事给忘了。柯尔蒙说:没什么。李晓岚环视室内四周,说:祝贺你到大队上班。柯尔蒙说:到哪都是干事。李晓岚说:那不一样,村里都是些琐碎的事,会将你这个大人才埋没的。柯尔蒙哧哧一笑,说:看你说的。李晓岚话锋一转,说:秋儿在我们班,表现非常好,城里的孩子就是不一样,他是学习的料,我看好他。柯尔蒙说:让你费心了,他有什么不对,你尽管责罚,对他严点。李晓岚笑起来:我当然要严的,为他好。

　　两人说着话,陈保根书记突然推门而入。李晓岚看到他,神色惶遽,连忙站起,对柯尔蒙说:我回去上课了。转身迅速离开。陈保根书记走进来,对柯尔蒙说:春耕生产热火朝天,看看各个生产队报的材料,能不能搞一点宣传报道。柯尔蒙站起身,点点头,说:目前各地报的材料还不充分。陈保根书记说:可以下去走走,实地采写。柯尔蒙说:我知道了。陈保根书记说过之后,转身走了。

　　柯尔蒙刚走出门,就在走廊里碰到齐眉的父亲齐展。齐展主动与他打招呼。柯尔蒙想想自己到这办公已经一个多月了,还没到齐展办公室去过。齐展是同村齐眉的父亲,在大队任会计。柯尔蒙跟在齐展身后,走进他办公室。齐展与另一名叫花现容的女出纳同在一个办公室。这个花现容,是大队部所有工作人员中最年轻的一位,而且是个漂亮的女青年。她今年才二十岁,脑后垂着两只辫子。她上个月才结婚,据说她结婚的时候,男方在村里办了三十多桌酒席。试想,三十多桌在村子的稻床上像莲花一般地散开,人们喜气洋洋,欢声笑语,推杯换盏,觥筹交错,那是一种怎样的热闹场面。花现容的婚礼是解放以来整个团结大队最隆重、人气最旺,也是最令人羡慕的一场婚礼,她自然成了团结大队其他人的美谈。花现容是幸福的,美中不足的就是她与她丈夫年龄悬殊有点大,她比她丈夫小十二岁。不过,这也没什么。男比女大十几岁,正常,何况在农村。她丈夫是谁呢?她丈夫姚静波,在部队当兵,任连长。关键是她的公公不是一般的社员,她的公公姚连发是大湖人民公社的书记员,是大湖人民公社领导班子成员之一。花现容是团结大队东塘村的,她公公和丈夫是姚圩村的。柯尔蒙进来的时候,花现容冲柯尔蒙一笑,算是打招呼,接着就低头查看面前桌上的票据,一副很认真的样子。柯尔蒙站在他们两人的侧面,对齐展说:我看你们每天都挺忙的。齐展说:会计工作就是这样,每天都是账,必须做的。柯尔蒙转移话题,问:你那外甥呢?我好长时间没见到他人了,他与我家夏儿是同学呢。说到这,齐展一声叹息,说:赶他都赶不走,硬要与我们挤到一起。柯尔蒙说:那当然是家公家好啊。在桐城,家公就是外公。齐展说:他们两口子最近吵架,小孩也不管了。你回去的时候,如果碰到晓发,你说说他,你说说他,他听。柯尔蒙一笑,说:我现在早出晚归,与他们也不常见面的,碰着的话,我说说,他们夫妻没什么。说到这里,花现容突然抬起头来,看了一眼柯尔蒙,说:这夫妻就一定会吵架吗？柯尔蒙看了她一眼，说：不吵架当然好。花现容与她老公一年最多也就见上那么一回，在一起待半个月就不错了，哪有时间吵架？齐展说：关键是他们不是冷战，就是大吵，叫我们老两口不得安宁。柯尔蒙说：你也不必忧虑，夫妻吵架，床头吵床尾好。花现容突然问：你们夫妻吵架吗？柯尔蒙笑而不语。花现容接着说：我看你性格温和，又有文化，是不会吵架的。柯尔蒙说：你别把吵架想象得那么严重，夫妻吵架不一定是坏事。花现容抿着嘴，耸耸肩，低头看她的票据了。

学校铃声一响，放学了。秋儿、冬儿一起来到父亲柯尔蒙办公室。柯尔蒙以前对他们交代过的，放学后自己回家，没什么事不要到他办公室，以免影响他工作。但这次，他们还是来了。秋儿一进门，就对柯尔蒙喊：大大，我和冬儿都当少先队员了。冬儿直接扑到柯尔蒙的怀里。柯尔蒙摸着女儿的头，说：我秋儿、冬儿都是好样的。秋儿站到他桌子前，看看这个，看看那个，说：我们等大大一起回去。柯尔蒙很快就收拾起桌上的一些东西，提着个拎包，与秋儿、冬儿一起走出办公室。

花现容从办公室里出来，见到他们，上前用手拍拍冬儿的肩膀，对柯尔蒙说：这是你孩子？柯尔蒙"嗯"了一声。花现容说：好漂亮，好可爱。秋儿、冬儿异口同声：姐姐好。花现容一边走，一边纠正他们说：叫阿姨才是。秋儿、冬儿笑了。

第二天，柯尔蒙按照陈保根书记的指示，开始走访各个生产队，他要捕捉社员的劳动热情以及他们的精神风貌，寻找他们在劳动中的闪光点，搜集新闻素材。"布谷飞飞劝早耕，春锄扑扑趁春晴。千层石树遥行路，一带山田放水声。"走在田埂上，柯尔蒙看到的是一派喜人的劳动景象。犁田、整地、播种、放水，男女老少，欢声笑语。走访了三天，回到办公室，柯尔蒙潜心写作，一篇新闻通讯稿便问世了，题目是《湖区社员播种新希望》。不几天，《安庆日报》就在头版显著位置发了出来。柯尔蒙没想到，这篇文章还真的产生了影响。《安庆日报》是安庆专署的机关报，专署及以下各级机关的领导和干部群众都是要看的。陈保根书记拿着报纸笑呵呵地走进柯尔蒙办公室,对他说:老柯同志,我的大秀才,你为我们团结大队作了最好的宣传。他走到柯尔蒙面前,将报纸拿给他看。柯尔蒙站起身来,眼睛循着陈保根书记的手势,很快就看到了自己写的那篇文章。陈保根书记夸他:当初调你来,没看错,我就知道你行。柯尔蒙有些不好意思,说:书记过奖了。陈保根书记说:我们还要奖励你,我们这么个小地方,能上报纸头版头条,很不容易的。

第二天,柯尔蒙刚到办公室,出纳花现容就走了进来。她走到柯尔蒙跟前,将信封放到桌子上,对柯尔蒙说:这是大队奖励给你的稿费,柯文书,祝贺你。柯尔蒙谦逊一笑,说:写篇小文章,还有奖励啊?花现容说:不是小文章哦。说着,转着走了。柯尔蒙正要打开信封,郑佩佩大队长走了进来。郑佩佩大队长仍是齐耳短发,英姿飒爽,她不改自己一向大大咧咧的性格,冲柯尔蒙说:报纸我看了,不错,保根书记让你留下,晚上喝一杯。柯尔蒙问:怎么了?郑佩佩大队长说:你问那么多干什么?晚上喝酒就是。说着,向门跨出两步,又停了下来,扭头说道:就在大队食堂。说过,走出门去。柯尔蒙再也没有将信封打开,就手一折,装进了上衣口袋里。

在大队部食堂,五个人就座。他们是陈保根书记、郑佩佩大队长、柯尔蒙文书、齐展会计和花现容出纳。陈保根书记叫食堂的蔡师傅开酒。蔡师傅将一瓶酒开好递到桌上,转身忙着做菜去了。花现容反应快,连忙站起身来倒酒。齐展说最近身体不好,不想喝。郑佩佩不乐意了:都喝,就你不喝,那怎么行?齐展看看陈保根书记,见没人帮他说话,只好乖乖地将酒杯往前一推。酒都斟满了,花现容回到座位。陈保根书记端起酒杯,说:今天聚餐是为老柯而起,老柯同志一篇文章在报纸上发表了,为我们大队作了最好的宣传,来,我们敬他一杯。说罢,先干为敬。郑佩佩大队长也干了。柯尔蒙举起杯,只好同干。齐展皱一下眉头,一副痛苦状。郑佩佩大队长看着他,说:你这第一杯就这么痛苦,下面还喝不喝?齐展只得喝下。花现容不喝酒,喝开水。她站起来倒酒。郑佩佩大队长端起酒杯,对柯尔蒙说:老柯,我来和你喝一杯。她没有那些客套话,一口干了,爽快至极。柯尔蒙也不推辞,干了。接着,你来我往,轮番轰炸,由不得柯尔蒙。不到半个小时,柯尔蒙就感觉晕乎乎的了。但是,有一个人却在他面前倒下了。这个人就是齐展。齐展端着酒杯,一边说"不能喝",一边就站立不稳,整个人倒到地上。所有人大吃一惊,酒醒了大半。柯尔蒙连忙侧过身,和花现容一起将齐展搀扶着坐到板凳上。齐展脸色煞白,用手捂肚子,嘴边口水连连,喃喃自语:我不行了,我不行了。陈保根书记连忙对柯尔蒙说:快去叫赤脚医生来。柯尔蒙二话没说,一脚就跨出了门。

　　大约半个小时,柯尔蒙便和赤脚医生项去病一前一后冲进屋里。此时,柯尔蒙看到郑佩佩大队长和花现容站在齐展两侧,花现容搀扶着齐展的一只胳膊,陈保根书记在一旁焦急地来回踱步。齐展满头大汗,食堂的蔡师傅从后面熊抱着他。项去病问:哪里痛?齐展指着自己的上腹,龇牙咧嘴地说:这里痛得很。项去病又问:以前这里有过不舒服吗?齐展说:以前得过急性胰腺炎,不过有两年了。项去病略一思索,说:定是过年猪油吃多了,胰腺炎犯了。我带了点消炎药,你吃吃看,多喝水。项去病将盒子打开,拿出一粒消炎的药片放进齐展的嘴里,花现容给他倒了一杯水。吃过药,项去病将他移了一个位置,靠到墙上,蔡师傅得以脱手。项去病对齐展说:你歇一会看。郑佩佩大队长等不及了,对陈保根书记说:我先回去了。说着,走出了门。陈保根书记见时候不早,劝花现容回去。花现容走到门口看看天,有些疑虑,但还是走了。半个小时后,齐展抬起头来,痛苦有所减轻,他看看前面,好几双眼睛盯着他,令他不安。项去病问:你好点了吗?齐展点点头,然后努力站起来,对项去病说:太谢谢了。见齐展没事,陈保根书记说:都回去吧。于是,大家各自回家。

　　但是,就在这天晚上,花现容出事了。她一个人摸黑往家赶,走到一条偏僻的田埂上,被一个黑影抱住。花现容正要叫喊,嘴却被黑影堵上了。黑影牛高马大,花现容拼命反抗,无奈身单力弱,敌不过黑影力大无穷,她被强奸了。黑影扬长而去,花现容一个人瘫坐在田埂上,伤心、悲愤,好长时间她才支撑起身了踉踉跄跄回到家。这事如果不是花现容第二天勇敢地向派出所报案,可能谁也不知道。消息很快就传开了。陈保根震惊。柯尔蒙自责:饭局因我而起,当时要是自己想起来送她一程,也就没有了这后来发生的事,我怎么这般粗心!

　　干警调查了几天,还是柯尔蒙提供了重要的线索才得以破案。强奸犯就是食堂的蔡师傅。柯尔蒙向派出所干警回忆起当晚的情形时,提到现场只有食堂的蔡师傅离开过。齐展胰腺炎犯时,食堂的蔡师傅参与救护,直到项去病到来,他才松开了手。陈保根书记吩咐花现容回家时,他就起了歹心,尾随花现容而去。他回来的时候,齐展好了,他若无其事地送他们离开。真是知人知面不知心,也许蔡师傅早就对身边的花现容垂涎欲滴,他这一铤而走险,终于将自己送进了监狱。

　　这件事对花现容的伤害是巨大的。花现容请了半个月的假在家休息,她心情沮丧。好在公婆体贴劝慰,花现容总算没有被这事击倒。一个多月后,她才慢慢走出阴影,恢复如常。这事总算过去了。

14

　　葫芦岛不能永远这样荒废下去。柯尔蒙一心要改造葫芦岛。

　　柯尔蒙要将自己家打造成最适宜人居住的丛林中的屋舍,冬暖夏凉,景色迷人。他的设想是将岛分成几个板块。从大坝开始,一条石子路直接延伸到草屋,路的两边除了西边的篮球场、毗邻草屋的猪圈,都种上树。屋后分成三块:菜园、果园、植物园。三大板块被两条小径隔开,小径从草屋通向湖边。

柯尔蒙如此宏伟的设想,到得了全家人的支持和配合。

他们利用休息日和早中晚的空闲时间,分工协作,整地、修路、种树,忙得不亦乐乎。不出几个月,三大板块雏形显现,但是最难的就是种树了。春儿、夏儿、秋儿四处活动,将一些野外的树苗、树根、树枝运回来,种植在葫芦岛的地面上。其中不乏竹根、刺槐、泡桐、梧桐、柳树、桃树、梨树、葡萄树。李霜天听说柯尔蒙家绿化葫芦岛,从自家的后院里挖出几棵齐人高的樟树,送给柯尔蒙,并帮其种上。柯尔蒙甚是感激,将自己家的一支手电筒送给他。李霜天不善言辞,看着果园说:葡萄藤要架子支撑的,我回去给你打一个支架吧。他是木匠,他说这话,是有把握的。不出几天,他就将做好的细木料运到岛上,在果园里支起葡萄架。卫秀兰将一盒切糕递给他,他看着卫秀兰,很感动。除了李霜天,傻子有时也来帮忙。看到谁栽树,他会主动跑过去扶住树苗;需要培土的时候,他也会拿来锄头锄地。

李霜天为什么这般主动?因为卫秀兰。他希望看到卫秀兰,希望得到卫秀兰的赞许,他需要在卫秀兰面前真诚地表现,以赢得她的好感。傻子为什么这般主动呢?因为感恩。傻子得到柯家的救济和关心,他是知恩图报。他看到春儿与李晓国的较量,对春儿有一种敬畏和亲近感。春儿和他的父母一样,是这个生产队仅有的几个对他没说过重话的人。久而久之,他与春儿似乎成了朋友。

春天去了,夏天不期而至。葫芦岛上的植物长势旺盛,它们为柯尔蒙一家遮阴挡阳,带来一丝丝的清凉。柯尔蒙每天从大队部回来,都要到屋后转一圈,再回屋里。这里是他的乐园,令他赏心悦目。有时候,卫秀兰见他站在屋后的园林里欣赏这里的美景,会情不自禁地走到他身边,含情脉脉地看他一眼,然后一起欣赏。卫秀兰穿着短袖褂子,露出两只胳膊,长期劳动,日晒雨淋,她的胳膊仍然那么细嫩白皙。城里人天生丽质,不是那么容易被磨损的。这个园林,柯尔蒙似乎就是为卫秀兰而设的。卫秀兰远离城市,跟随柯尔蒙吃苦受累，柯尔蒙为她营造良好的环境，就是对她的最好的奖赏；卫秀兰爱美，亲近自然，这里也是她的乐园。柯尔蒙双手叉腰，对卫秀兰说：明年，或者再过几年，你看吧。卫秀兰佯装懵懵懂懂地问：看什么？柯尔蒙挥手说道：再过几年，这里枝繁叶茂，绿树成荫，瓜果飘香，你想想，那是一种什么景象。卫秀兰脸上露出迷人的微笑，说：我闻到瓜果飘香了。柯尔蒙这时喜滋滋地转过身，拉起卫秀兰的手，说：走，回去吃饭。

夏季天气热，到吃饭的时候，柯尔蒙一家各自分散。除了巫竹梅和卫秀兰喜欢坐在门前的凳子上吃饭外，其余的人盛了饭搛过菜端着碗，就钻到树丛里，或蹲或坐在一棵树下面，津津有味地吃起来，一边吃，一边谈天说地。卫秀兰总是对丈夫说上一句：有其父，必有其子。似乎春儿他们几个不在桌边吃饭，都是柯尔蒙带的头。

这个绿色的小岛，似乎也成了部分村民的乐园。李霜天、李晓毛、李晓发、李明君、李惠惠这些与柯尔蒙夫妻熟悉的社员经常来岛上观赏。他们在村里再也找不到像葫芦岛这样干净、整洁、美丽的地方了。特别是夏天的时候，他们更是经常来岛上纳凉、歇息、聊天。李霜天来岛上不仅是歇息，他是带着一点私心的，他要多看卫秀兰几眼。谁让卫秀兰这么漂亮呢？村里的孩子也是喜欢到葫芦岛来玩的。李春燕就和李春民来岛上找过夏儿的。傻子更是常客。

有一天，傻子来到岛上的时候，春儿突然将他拉到园林里。春儿想起了一件事，他要向傻子问个明白。在湖边的一块绿荫下，春儿问：晓恨哥，我问你一件事。春儿称他为晓恨哥，从来不叫他傻子的。春儿这般严肃认真，傻子觉得很奇怪，但他点了点头。春儿问：你为什么要骂李明波支书大坏蛋呢？傻子朝春儿瞪大了眼睛，说不出话。春儿开导他，说：没事，我只是问问。其实，我对李明波支书也有意见，村里好多人都在背后说他的不是。傻子仍然不说话，扭头傻乎乎地看着湖面。春儿安慰他：我也觉得李明波支书是个大坏蛋。春儿这么一说，傻子转过头，看着春儿，嘴里终于冒出一句：他睡女人。春儿听了不以为然,哧地一笑,说:男人成家了是要睡女人的,他睡他老婆天经地义。傻子摇摇头。春儿一凝,又是哧地一笑,说:你是说他睡小清姑娘?李明波支书当初威逼利诱小清姑娘,令小清姑娘就范,他睡小清姑娘,村里人人皆知。傻子又摇了摇头。春儿感觉不对劲了,问:你说他睡女人,睡谁呢?傻子又看着湖面,说:李明波大坏蛋。春儿说:你不能就这么说说的,得有根据。傻子终于说道:惠惠,李惠惠。春儿都不敢相信自己的耳朵了,以为听错了。但是,他看出傻子表情严肃,不像是乱说的。春儿质问:怎么可能?你可别乱说。傻子这才低下头,不一会又抬起头看了春儿一眼,说:他睡李惠惠。春儿仍然不信。李惠惠阿姨和母亲亲如姐妹,她为人友善、坦率、正直,是春儿最尊敬的阿姨,怎么可能与李明波支书有一腿呢?春儿说:你别急,你看到他们俩在一起吗?傻子连忙点头。春儿又问:你怎么看到的?傻子说:在草屋,李明波大坏蛋搂她,推倒她。草屋?那定是生产队的办公室了,定是在李明波支书的办公室里了。春儿问:后来呢?傻子说:李惠惠推他、抓他,跑了。春儿总算听明白了。李惠惠到李明波支书办公室,定是谈工作上的事,李明波支书意欲图谋不轨,遭到拒绝,便气急败坏,欲强奸李惠惠。李惠惠极力反抗,挣脱他的魔爪,逃出草屋。这一幕正好被站在草屋后面窗户下的傻子看个清楚。傻子说李明波支书大坏蛋,由此而来。春儿说:那只是李明波大坏蛋想强迫李惠惠,没有得逞,可不能说他睡李惠惠,知道吗?傻子点头。

傻子只是说李明波大坏蛋,其他闭口不讲。傻子很正直,当着李明波支书的面也敢这样说。李明波支书当然知道他说的是什么,多次训斥他,并威胁过他,但是傻子就是傻子,李明波支书也拿他没办法。好在傻子不说他看到的一幕,李明波支书也就没当一回事。跟傻子计较,让人看了,岂不是自己掉价儿?但是,春儿得知这事,更是激起了他对李明波支书的反感。春儿啐道:堂堂支书,做大不正,令人鄙视。

傻子走后,春儿突然想起一件事来,他惊出了一身冷汗。根据傻子的说法,他看见李明波支书强暴李惠惠未遂那一幕,是在晚上,傻子是站在草屋后面的窗户边观察到的。看来,傻子喜欢晚上外出,穿村走巷,喜欢趴在别人家的窗户上偷看。是看女人? 还是出于好奇,偷看别人家的隐私? 一年前的夏天,春儿睡在葫芦岛自家的床上,突然被母亲的一声尖叫惊住了。母亲发出尖叫,是因为母亲在里屋洗澡的时候有人在窗户上偷看。父亲第一时间追出去,却没有抓到那人。这事一直是个悬案,今儿傻子的话提醒了我。这个偷窥母亲洗澡的人难道是傻子吗? 是了,一定是他。不然,谁会冒着风险,专门跑到葫芦岛上偷窥呢? 被抓到了,不仅名声扫地,还有可能被打的,正常的人怎么可能这样做呢? 好你个傻子,你装疯卖傻,说李明波是个大坏蛋,原来你就是个大坏蛋。

傻子又一次来葫芦岛的时候,又被春儿叫住了。春儿拉着他到湖边。春儿脸色阴沉,一到湖边,就问:你给我老实交代,去年夏天,你是不是晚上偷偷跑到我们家,趴在窗户外面偷看里面? 傻子一开始被春儿劈头盖脸的几句话问愣住了。春儿接着追问:你说,你说,是不是你? 傻子好长时间才镇定下来,回忆起去年夏天春儿所说的情况。好长时间,他才睁大眼睛,冲春儿不停地摇头。春儿问得急了,傻子双手抱头,大声说:我没有,我晚上没上过葫芦岛。春儿经他这么一说,才渐渐平静下来,语调变得温和一些,说:我当你是朋友,你得跟我说实话,到底有没有晚上到我们家窗户上偷看? 傻子又是摇头。春儿看着他,半信半疑。傻子突然扑通一声,跪到地上,对着湖面,将右手举过头顶,说:我发誓,我没有。我发誓,我没有。春儿这下相信了他说的话。傻子一直不像是个撒谎的人。他既然发誓了,还有什么不可以信任他的呢? 春儿说:你起来,我只是问问,没有最好。傻子窸窸窣窣站起,偷瞄了春儿一眼,不敢坐下。春儿说:你坐下吧。傻子老实巴交地坐到春儿身边的一块石头上。春儿说:晓恨哥,你别介意,有一些事我只是想弄明白。我们一个下放户,刚到这里,为什么外面有那么多的事针对我们? 这多不公平! 傻子抬起头,看着春儿,不说话。春儿接着说:你知道吗? 我心里有许多的愤懑,我不知道该向谁倾诉。傻子仍是看着他,脸上满是同情。春儿说:我当你是朋友,这是我的心里话。我今年就要参加高考了,如果我考取了大学,我将离开这个村子,到很远很远的地方,我走之后,我真担心我的家人,我的父母,我担心他们受欺辱。春儿说到这里,傻子突然伸出手,往春儿的腿上拍了两下。傻子没有说话,但这动作,已是对春儿的理解和安慰。傻子虽然不说话,但春儿已经感觉到了他的理解和支持。

春儿心中的一块石头始终没有落地。那天晚上趴到葫芦岛的窗户上偷看的人,既然不是傻子,那是谁呢?

15

夏日高温。江淮大地遍地流火,热气蒸腾。

田间地头,农民兄弟热火朝天战"双抢"。男人们顶天立地,他们戴着草帽,穿着短裤衩,赤裸着上身,挥洒着汗水。女人们也戴着草帽,却穿着长裤长褂,她们将裤腿卷得很高,在男人们面前穿梭。男人与女人,有说有笑,他们看着金灿灿的稻子从自己的指间流向稻床,心里充满着沉甸甸的喜悦和渴望。有女人在,男人们干活一点也不觉得累。男人们在女人面前大声喧哗,无所顾忌地开着玩笑,有时也说些让女人脸红的低俗的荤段子。

卫秀兰站在稻田里始终吸引着男人的目光。但是,男人们都是虚伪的。卫秀兰走到他们面前时,他们那些低俗的无所顾忌的话语便戛然而止。他们换了一个面孔,变得严肃;换了一副身段,变得有力;换了一种语气,变得温馨。不管是有意还是无意,他们都希望赢得卫秀兰的好感,赢得她的青睐。他们也想与卫秀兰套近乎,就是开玩笑,也显得那么有内涵,有男人风度,有幽默感。桐城是文化之乡,顷刻间,他们都是有文化的了。卫秀兰放下手中的镰刀走到田埂边喝水时,附近正在打稻的龅牙的李晓毛就说道:好凉快。他指的是,卫秀兰带来一阵凉风。但是,马脸的李明彪仍然那么俗,他看着卫秀兰说:我好热。卫秀兰全然不会留意,但是,附近的男人们都看到了李明彪近乎无耻的嘴脸,他们不乐意了。他们将枪口对着李明彪,管他是不是长辈呢。李霜天数落他:你热,你可以到湖里挺尸去。李晓群说:看他那个熊样,马脸长在牛身上。李明彪被他们鄙视惯了,也不在意,但见卫秀兰喝过水,回到田中,离自己远了时,顿觉无趣,只好干自己的活了。卫秀兰虽然每天都要被不同的眼神所包裹,但她身边也不乏正直的声音。很多人呵护着她。

中午的时候,人们从田里拔出泥腿,顶着烈日,逃也似的回到家里。他们胡乱地吃过饭,女人们在自家的屋里休息,男人们钻进能够遮阴的树底下躺着睡觉。更有一些怕热的男人拥向河里甚至是湖里游泳。

春儿兄妹四人都在放暑假。春儿和夏儿参加了"双抢",他们拿大人一半或者三分之一的工分。吃过午饭,卫秀兰躺在客厅的凉床上休息。傻子跑到草屋门前,伸头朝里看了一眼,然后喊春儿去游泳。春儿欣然前往。夏儿、秋儿和冬儿见春儿去河边,也有了兴趣,便跟在春儿的后面。他们穿过大坝,沿着湖边向东走去。不一会,春儿他们就看见有几个男人在湖里游泳。春儿早就听说,村里只有水性比较好的才敢在湖里游泳,其他的只能在石河里游泳了。春儿他们来到河边,远远地就看见河里有好些人在游了,主要是些孩子。男孩在水里游泳,女孩则在河边嬉戏,她们手里拿着柳枝条戏河里的小鱼小虾。春儿和夏儿一眼就看到了李春燕。李春燕穿着短袖的小白褂,下身穿着小长裤,裤腿卷得很高,她正与李春霞等几个小姐妹在河边弯着腰聚精会神地摆动着手里的柳枝条。李春燕根本没有注意到春儿和夏儿的到来。春儿和夏儿渐行渐近,眼睛就没有离开过李春燕,似乎他们不是来游泳的,而是来看李春燕的。夏儿走在春儿的后面,突然意识到哥哥春儿也在看李春燕。夏儿心想:李春燕又不是他的同学,他看什么?是因为李春燕长得漂亮,吸引了他的注意力,还是他心里对李春燕有好感呢?夏儿想着,无名的嫉妒涌上心头。他上前几步,与春儿同行,侧过头看了春儿一眼。春儿顿时领悟,不好意思地扭过头,向河边走去。傻子被他追上,加快步伐,直到水边。夏儿想:我应该上前与李春燕打声招呼的,我们毕竟是同学。夏儿上了河滩,踩着沙石,刚走到李春燕背后时,突然有人喊他:柯之夏,你下来。夏儿抬起头,正是李春民。李春燕闻声直起身子,看到了夏儿。她冲他甜甜地一笑,接着又低下了头。经李春民这么大声地一叫,水里好些人伸出头来看夏儿,夏儿好生羞怯。这时,春儿冲他招手,为他解了围。夏儿扭头看了一眼李春燕,向春儿的方向走去。秋儿、冬儿跟在后面。春儿、夏儿和秋儿都下了水。冬儿不下水,站在水边看热闹。

  以前住在城里,春儿、夏儿他们很少游泳。只有放暑假的时候,大大才带他们去龙眠河里游几趟。龙眠河穿城而过,每到夏天,人们像下饺子一样拥到河里,热闹非凡。柯尔蒙自己不擅游泳,带他们过去,也仅帮助他们熟悉水性,避暑。春儿、夏儿看到这些在水边长大的农村孩子像鸭子一样游来游去,有时扎猛子,才知道自己的水性与他们有差距,两人甚至不敢到河中间水流比较湍急的地方去游,而李春民、傻子他们恰恰是在河中间穿梭往返。春儿、夏儿很是羡慕他们,但是他俩也不示弱,不断地向河中间探行。秋儿不敢,只在河边浅水区自个儿游玩。春儿、夏儿还是有一定的基础的,几经努力,终于涉入河中间的深水区。不过,夏儿还是呛了几口水。喝几口水,正好解渴,无关大碍。春儿、夏儿游泳的时候,李春民一直在观察他们,见他们小心翼翼地划水,技不如己,便心中窃喜并投以不屑的目光。他正要大声喊夏儿,以引起李春燕注意的时候,夏儿和春儿却游到了他身边,这让他有些失望,话到嘴边硬给他咽下去了。李春民太小看夏儿了。夏儿是运动健将,稍微熟悉一下水性,凭他的身体条件和胆量,一学就会,游泳还能差到哪儿去?所以,夏儿不仅游得比春儿快,水性强,他几乎与李春民不相上下了。但是,李春民总是认为自己强于他,要向他发出挑战。因为现场来了李春燕,李春民不会放过在李春燕面前显示自己能力的机会。

李春民向夏儿喊道:柯之夏,你过来。夏儿见他游到河的对面,二话没说游了过去。夏儿游到他身边时,李春民说:你游一个来回,我看你游多长时间。夏儿明明知道他别有用心,但还是按照他说的游了一个来回。待夏儿停下,站在那里微微喘气时,李春民眼睛眨了眨,对夏儿说道:你敢不敢到湖里游泳?夏儿问:深不深?李春民摇摇头,说:又不是到湖中心,在岸边游泳深什么?夏儿说:你去我就去。李春民来劲了,他哗的一声钻进水里,很快游到李春燕身边。他为了引起李春燕的注意,特意冲夏儿和春儿喊:柯之夏、柯之春,我们到湖里游泳去,快。他话音刚落,夏儿已经游到他身边了。春儿听到声音,转过身,见弟弟与李春民起身上了岸,也跟着游了过去。

李春民和夏儿奔向湖边,后面跟着春儿、秋儿、冬儿、李春燕,还有李春霞。春儿想与李春燕说话,李春燕跑得太快,一直没有机会。离岸不远的地方,已有李霜天、李晓群、李晓毛三人在湖里游泳。李春民走到湖边,咕咚一声跳进水里,然后一边踩水,一边冲夏儿他们招手。夏儿跟着跳进水里。夏儿跳下去后才知道,离岸才三米远的地方,水已经到自己的脖子了。李霜天看到夏儿和李春民已经跳到水里,见春儿正在往水里跳,突然喊道:你们不要在这里游泳,快去河里,这不是你们游泳的地方。春儿哪里听得见他的喊话,毅然决然地跳到水里了。春儿跳下时,整个人浸到水里,喝了一口水才探出头来。站在岸上的李春燕等人为三人喝起彩来,并报以热烈的掌声。春儿向深水区李霜天他们所在的方向游去。夏儿也不示弱,跟在他后面。春儿却显得力不从心。他往前游了一会,就停住了。再往前,就是两米深的水了。春儿停在原地不停地踩水,他回头看看岸上,原来李春燕正在注视着他,这让他有了闯深水区的勇气和胆量。他吸了一口气,举起双手,猛踩了一下水,向李霜天等人划去。但是,他游了不出两米,渐渐感到体力不支,身子下沉。李春燕扭头和小伙伴说了几句话,她再向春儿投来目光时,却不见了春儿。李春燕突然说:柯之春呢?春儿确实不见了,他沉到了水里。李春燕等人急了,喊道:快救命啦,柯之春不见了。所有人大惊失色。秋儿、冬儿看着水面,几乎要哭出来。夏儿的反应,是回身救哥哥,他向哥哥消失的方向快速地游去。李霜天、李晓群、李晓毛也纷纷游过去。李春民好长时间才反应过来,很快就冲向夏儿的方向。

水里的人全力搜寻春儿,岸上的人焦急地等待、焦急地呐喊。不一会,聚集在岸上的人越来越多,水性好的男人一个个地跳进水里。冬儿急得哭出声来。她一边哭一边喊:大哥哥,快上来!李春燕也急得要哭了,她突然拔腿冲出人群,向葫芦岛奔去。她冲到大坝上就大声朝柯尔蒙家的草屋喊:不好了,柯之春落水了!卫秀兰和巫竹梅闻声奔出屋外,见到李春燕,二话没说,一起奔向湖边。卫秀兰跑在前面,心里不停地打鼓,脑子里一片空白。她跑到大坝上,才看出东部的湖边站着好些人。李春燕一边跑一边对她说:他落到湖里了,看不到他人。卫秀兰着急得快到崩溃了。人们纷纷给她让出道来。她冲到湖边最前沿,就见好些人在水里搜寻,不见春儿的身影,她连哭带喊春儿的名字。李春燕上前扶住她。这时,巫竹梅也跑到湖边,她看着湖水,突然晕倒。幸亏有人扶住她,没让她倒到地上。这时,人群中突然有人高喊:起来了,是柯之春。卫秀兰听到声音,睁大眼睛,注视着水面。李霜天此时将春儿托出了水面。水里的人向李霜天靠拢、会合。他们与李霜天一起架着春儿,游向岸边。岸上的人们腾出空地,李霜天等人将春儿从水里抬出,放在空地上。春儿闭着眼,一动不动。夏儿和李春民已上了岸,在一旁傻立着。李霜天挪动位置,将春儿的双腿抬起,他示意李晓毛赶快按压春儿胸部。傻子在一旁握着春儿的一只手,始终不放。春儿仍然不醒。李霜天将春儿双腿放下,又上前给他做人工呼吸。过了一会,春儿嘴唇突然嚅动了一下,接着,他整个人一阵抽搐,然后咳嗽了两声。卫秀兰扑到春儿身前,轻轻呼唤:春儿,你醒醒,妈在你身边呢。春儿终于微微地睁开眼睛。他的瞳孔逐渐放大,却没有了光芒。冬儿喊:大哥哥,你醒啦。春儿鼓了一下嘴,然后哇的一声吐出湖水。李霜天将春儿扶起。春儿看到了母亲卫秀兰,却说不出话来。巫竹梅在一旁问:春儿,你现在好点了吧?春儿面色苍白,无力地摇了摇头。卫秀兰说:春儿,你没事了。李霜天用手摸摸春儿的额头,对卫秀兰说:我们将他背回家吧。卫秀兰连忙点头。李霜天站起身来,在众人的帮助下,他将春儿背到身上,然后奔向葫芦岛。

李霜天将春儿放到床上,春儿身体虚弱,又闭上了眼睛。李霜天拿一条毛巾给他盖上,对卫秀兰说:让他休息一会,没事了。说着,转身欲走。卫秀兰感激不尽,连声道谢。李霜天走出屋子,离开了。众人随之散去。他们还要赶下午的工。夏儿站在春儿身边,一言不发。卫秀兰坐在床沿上,眼睛一刻不离地看着春儿。巫竹梅坐到床前的一张木凳上,将冬儿搂在怀里。一家人沉默无语。半个时辰之后,春儿咳嗽了两声,醒来。他看到母亲,连忙支撑起身子。卫秀兰问:春儿,感觉好些了吗?春儿点点头。他将身上的毛巾揭开,然后要下床。卫秀兰劝说:你多躺会。春儿摇摇头,下了床,然后与母亲并排坐在床沿上。春儿说:我没死,是他们救了我?卫秀兰:你水性不好,为什么要到湖里去游泳呢?春儿想起,自己初生牛犊不怕虎,糊涂胆大,要在李春燕面前显示自己的勇敢,所以闯了这么大的一个祸,以致鬼门关前走一遭,差一点见了阎罗。夏儿对他说:你今天没死,幸亏有他们两个人在。春儿问:哪两个人?夏儿说:霜天叔叔和李春燕。卫秀兰抓住春儿的手,说:是啊,我们得好好地谢人家。夏儿接着说:你沉下水,是李春燕第一个发现的,她大声呼救,正好霜天叔叔在湖里游泳,在村里,他应该是水性最好的了,哥,你算幸运。提到李春燕,春儿微微一怔。是啊,我敢到湖里游泳,也是做给她看的,没想到,还是她救了我。春儿扭过身,对母亲说道:妈,我没事了,我们现在上工去吧。卫秀兰拍一下他的手,说:你下午哪儿也别去了,在家休息。夏儿问:我呢?卫秀兰说:你下午陪春儿在家。说着,卫秀兰去里屋换了一件外套,走出了门。

虚惊一场。晚上吃过饭,卫秀兰叫春儿、夏儿拎着鸡蛋,三个人一起去答谢李霜天和李春燕。李霜天为自己的举动赢得卫秀兰的好感,心中甚喜。

他推辞一番,还是接受了卫秀兰送来的鸡蛋。他老婆许银花从他手里接过鸡蛋,笑容就挂在脸上。李春燕却坚决不要鸡蛋,她说她没做什么。春儿执意要给,李春燕只好收下了。她那老实巴交的父母李晓铁、春桃一连声地称谢。春儿与李春燕说话,抢了夏儿的风头,也没有了以往与李春燕见面时的尴尬和羞涩。李春燕举止得体,说话恰如其分,笑容可掬,不仅是春儿,连夏儿心中都泛起涟漪。柯尔蒙晚上回来得有点迟。他回来的时候,卫秀兰和春儿、夏儿已经回到了家。柯尔蒙听他们一说,才知道春儿今天遇了那么大的险。他只是不明白,一向沉稳的春儿怎么会这般糊涂胆大,贸然行事。

柯尔蒙对春儿说:很快就要高考了,从明天开始,你不要上工了,在家好好温习功课。

夜深人静的时候,卫秀兰按照农村的习俗为春儿"叫吓(hè)"。这是桐城农村的一种习俗。小孩在外受了惊吓,魂掉了,晚上家长要为他"叫吓"招魂。大家都说灵,卫秀兰也就叫了。春儿呼呼大睡,哪里知道母亲的一番苦心。

16

"秋风萧瑟天气凉,草木摇落露为霜。"

这天,柯尔蒙一早就到了办公室。他为自己泡了一杯茶,刚刚坐下,郑佩佩大队长就走了进来。

郑佩佩大队长快人快语,一进门就说:你听说了吧,陈书记有喜了。柯尔蒙没有反应过来,随口问:陈书记有什么喜?郑佩佩略显惊讶,说:他没对你说?柯尔蒙摇摇头。郑佩佩大队长向里两步,说:上面要提拔陈书记到公社去担任乡长,已通过了政审,正在进行考察呢。柯尔蒙若有所悟,说:原来如此,这确实是个喜。郑佩佩大队长说:一步到位,这是很少有的。柯尔蒙问:什么一步到位？郑佩佩大队长对柯尔蒙的政治敏感实在不敢恭维,她说:一般来说,提拔大队书记,在公社,应该是副乡长,而他直接任乡长,公社书记之下就是他了。柯尔蒙"哦"了一声。郑佩佩大队长又说:有人说他上面有人,试想,没有人是不会那么快的。要么,就是你那篇文章给他加分了。柯尔蒙正欲说话,突然听到走廊里陈保根书记与人打招呼的声音,便停住了。郑佩佩大队长放低声量,对柯尔蒙说:我只是说说,一切以上面的通知为准。说着,转身走出了办公室。

陈保根书记在大队书记的位子上已经蹲了五年,是大湖人民公社所有大队当中资格最老的书记。但是被直接提拔为乡长,确实是破格提拔。是政绩还是上面有人,或者两者兼有,柯尔蒙不得而知。

不出半个小时,陈保根书记推开柯尔蒙办公室的门,冲柯尔蒙招了一下手。柯尔蒙随即起身,然后去了陈保根书记办公室。陈保根书记气色很好,眼睛里流露出兄弟般的温情。他示意柯尔蒙坐到他对面的椅子上,不紧不慢地对柯尔蒙说:最近我们这里人事要有变化。柯尔蒙看着他。陈保根书记接着说:我可能很快就要离开这里了。柯尔蒙问:去哪里？陈保根书记说:到公社工作。柯尔蒙说:祝贺你。陈保根书记说:先别祝贺,还在考察阶段。陈保根书记停顿了一会,说:我在想,我走之后,这大队的工作需要人顶上。陈保根书记说话语速有些慢,这是从来没有过的。柯尔蒙不明其意,仍是看着他。陈保根书记说:你到大队来工作有一段时间了,各方面得心应手,能力是公认的。柯尔蒙谦虚地说:我做得不够。陈保根书记终于不兜圈子了,说:我走了之后,这里的工作,我打算推荐你来做。柯尔蒙有些激动,说:我会好好协助郑大队长的。陈保根书记又停顿了一会,然后说:我推荐你,是要郑佩佩协助你。柯尔蒙以为听错了,问:我当书记？陈保根书记点点头。柯尔蒙有些疑虑地说:绠短汲深,恐怕不合适吧,还有郑大队长……柯尔蒙话还没有说完,陈保根书记就打断了他:我推荐的是你,你有学历,有文化,在城里工作过,基层工作经验也有了,你最合适。柯尔蒙仍然迟疑。陈保根书记说:我叫你来,就是告诉你这个,希望你有这个思想准备。柯尔蒙犹豫了一下,说:谢谢。陈保根书记朝柯尔蒙摆摆手,说:你知道就行,你忙去吧。

  回到自己的办公室,柯尔蒙就在想:今天怎么这样蹊跷?先是郑佩佩大队长将陈保根书记被提拔的事告诉了我,接着陈保根书记自己也说了。陈保根书记正处在考察期,还没有宣布,更没有下文,他们为什么要这么早告诉我呢?郑佩佩大队长告诉我,难道是为了探我不成?我有什么好探的?陈保根书记直截了当地告诉我,他推荐我当大队书记,他为什么要推荐我?他为什么不直接推荐郑佩佩大队长呢?他会不会当着郑佩佩大队长的面,也会说他推荐郑佩佩大队长呢?官场上的事,谁能说得清?

  花现容走进柯尔蒙办公室给他发工资。她突然说:老柯,你怎么还坐在办公室啊?柯尔蒙问:我不坐在办公室,应该坐哪?花现容摇摇头,说:你应该去活动活动,找找人。柯尔蒙问:我找什么人?我找人干什么?花现容直视着柯尔蒙,说:你还不知道吗?陈书记马上要到公社当乡长了,这里的书记位子空缺了,你是最合适的人选。柯尔蒙自嘲地一笑,说:我都给你搞糊涂了,陈书记当乡长,与我有什么关系?我也不指望能当什么大队书记,郑大队长当书记最合适,你别拿我开涮了。花现容脸上的表情变得严肃起来,她说:我可没有乱说,陈书记当乡长是板上钉钉的事,但是郑大队长当大队书记可能性不大。花现容说着转身将门关了起来,对柯尔蒙说:你可能还不知道吧,就在你来大队工作之前,郑大队长出过事,她能保住大队长这个职务就已经是不错的了。柯尔蒙问:她出过什么事?花现容说:她出的事可大了。

  郑佩佩出事是因为她弟弟。她弟弟与人发生纠纷,将人打死了。郑佩佩护弟心切,以团结大队大队长的身份与死者家属交涉,希望对方大事化小,小事化了。谁知死者家属不依不饶,不将她弟弟送进公安局绝不罢休。

郑佩佩情急之下，回到办公室，拟了一份公函，盖上大印，发往死者所在的湾河大队，希望当地政府出面做死者家属工作。政府出面，死者家属愿意接受赔偿，不向公安局报案。这事本来已经了结，谁知不到一个月，却有人将这事反映到县政府，说打死人不偿命，还是不是社会主义国家？县政府立即成立调查组，郑佩佩东窗事发。她弟弟随即被逮捕。因为这事，组织上对她进行了严肃的处理，她被记大过一次，并向组织作深刻检查。

花现容接着说：这事过去时间不长，除非她上面有人，不然怎么可能这么快就提拔她？柯尔蒙说：即便如此，我也不指望，我刚来，怎么可能呢？花现容说：我也仅是说说而已，你爱当不当，关我何事？说罢，转身走了。花现容本来看好柯尔蒙，也感念他平时对她的关照，出于好意，没想到他一副事不关己的态度，令她微微失望。

没过多久，陈保根书记就像他自己所说的那样，顺利地走上大湖人民公社乡长的岗位；与此同时，柯尔蒙也像陈保根书记和花现容出纳所说的那样，顺利地当上了团结大队的书记。柯尔蒙的任命是公社书记牛得草亲自到团结大队来宣布的，宣布之后，牛得草书记就留在团结大队就餐。陈保根书记、柯尔蒙、齐展、花现容，还有团结小学的校长杨名都参与了陪同。郑佩佩大队长说家里有事，缺席。花现容悄悄对柯尔蒙说：她情绪受到了影响，坐着也难受，不如不参加。席间，牛得草书记对柯尔蒙说：你那篇文章我看了，不错，原来你是我们这里的秀才啊。柯尔蒙回说：书记过奖了。牛得草说：你可别忘了，你也是书记了。现场气氛热烈。

吃过饭，柯尔蒙送牛得草书记上了吉普车，正欲回家，却没想到花现容在等他。自从上次那件事之后，花现容再也不敢一个人走夜路了。花现容手里拿着手电筒，走在前面，柯尔蒙跟在她后面，两人边走边说着话。走了一段，突然路边田埂上冒出一头大水牛，花现容吓得一个转身，扑到柯尔蒙怀里，手电筒也掉到地上了。柯尔蒙条件反射将花现容护住。两人身体接触。这么热的天，两人穿得又少，要说没感觉，那是不可能的。柯尔蒙下意识地抬起头,这才看出路边拴着的大水牛,他连忙将花现容扶起,说:是大水牛,看把你吓的。并要推开她。哪知花现容心跳加快,又似是心慌,将柯尔蒙抱住不放。柯尔蒙拍拍她的肩膀,说:没什么可怕的。花现容却不是一个"怕"字了,她将柯尔蒙抱得更紧,头埋到柯尔蒙的肩上,胸部紧贴着柯尔蒙的胸部,一起一伏。柯尔蒙轻轻推她,她仍抱住不放。不仅如此,她将身子贴得更紧。两人似乎都喘不过气来。那只掉在地上的手电筒,仍然发出白炽的光芒,刺向遥远的夜空。花现容火辣辣的身体和动作,让柯尔蒙突然警醒。柯尔蒙腾出双手,终于将花现容推开,然后很自然地就势弯腰捡起地上的手电筒。柯尔蒙做得恰如其分,也极为自然,没有让花现容太过尴尬、太伤自尊和太过伤心。花现容退后两步,这才站直,双手整一整自己的上衣,恢复理智,说:不好意思。柯尔蒙将手电筒交给花现容,说:我们走吧。花现容没说话,静静地转过身,向着自家的方向走去。这一路到家,花现容再也没说话。到家门口时,柯尔蒙说了一句"早点休息",她这才从喉咙里"嗯"了一声。花现容家的灯早熄了,花现容站在门口打门,花现容的婆婆出来开门,柯尔蒙远远地站在黑暗中看见花现容转身关门,这才离开。

　　回家的路上,柯尔蒙暗自庆幸,幸亏自己把持得住,不然后果不堪设想。冲动是魔鬼。很多事情的发生,往往都是在一念之间。特别是男人,特别是男女之事。

　　柯尔蒙回到家,夏儿出来开门。柯尔蒙打了一个嗝,问:还没睡呢?夏儿说:我和秋儿在下棋呢。柯尔蒙直接进了里屋。

　　卫秀兰坐在床沿数粮票,见柯尔蒙进来,说:又喝了不少酒?柯尔蒙说:今天这酒不喝不行的。卫秀兰没好气地说:你哪顿酒都是不喝不行。柯尔蒙上前,坐到床沿上,侧过身,拍拍卫秀兰的肩膀,对卫秀兰说:我告诉你一个好消息,你就知道我这顿酒该不该喝了。卫秀兰问:什么好消息?柯尔蒙并没有立即回答,而是站起身来,到客厅倒了一杯水,回来后在卫秀兰面前喝了一口,这才说:我被提拔为大队书记了。卫秀兰听了毫无反应,而是伸手摸了一下柯尔蒙的额头,说:酒是喝多了,脑子烧坏了。柯尔蒙将她的手从额头上移开,表情严肃地说:什么酒喝多了,我说的是事实,我真的当上了大队书记。卫秀兰扑哧一笑,说:好好好,你当上大队书记了,你以后可以经常喝酒了。柯尔蒙觉得卫秀兰还是不信,说:今天下午,公社牛书记到我们这里当众宣布的,晚上我就是陪他吃饭的。卫秀兰开始将信将疑,说:怎么一点迹象也没有?柯尔蒙说:我是要等到宣布再告诉你,给你一个惊喜。卫秀兰若有所思,说:下午是听李惠惠说,李明波支书到大队开重要会议,原来是这事。柯尔蒙点点头,说:我看到李明波支书了,只是没有机会说话。卫秀兰问:这么说,你是真的当上了大队书记,不是酒话?柯尔蒙回答:不是酒话。这时,卫秀兰脸上绽放出笑容,她激动地看着柯尔蒙,不说话了。柯尔蒙说:你叫我一声柯书记。卫秀兰鼻子一冲,说:我才不叫你柯书记呢,就叫你老柯,就是当了书记,也没什么了不起啊。柯尔蒙突然放下身段,讨好似的对卫秀兰说:我哪有什么了不起,永远是你领导下的一名书记。卫秀兰说:不过,我还是要祝贺你。柯尔蒙贫嘴道:有什么奖励?卫秀兰问:你要什么奖励?柯尔蒙说:我要那个。卫秀兰抿嘴一笑,佯装不明白,问:哪个?柯尔蒙急了,伸手做了一个熊抱的动作,说:我要这个。卫秀兰羞涩地笑了,说:你洗澡去。

柯尔蒙第二天上班,就坐进了陈保根书记的办公室。这个办公室比他原来的办公室整洁多了,气派多了,关键是,这里装了整个团结大队唯一的一部电话。柯尔蒙刚刚坐定,大队部的一些人就陆续过来道贺,另外还有团结小学的杨名校长、李晓岚老师。柯尔蒙镇定自若,谦虚谨慎,低调回应。郑佩佩大队长经过一夜的情绪折磨和苦思冥想,第二天上班的时候,一点看不出她与平时有什么两样。她与柯尔蒙书记打招呼,神态自若。

柯尔蒙到书记任上接的第一个电话,竟然是弟弟柯尔明打来的。柯尔明在电话里第一句话就是祝贺哥哥当上书记。柯尔蒙突然若有所悟,问:我当书记,是不是你起了作用?柯尔明在电话里说:我能起什么作用?你自身的条件和赶的时机非常好,要不是郑佩佩先前出过事,书记也没有你的份。柯尔蒙问:那陈保根呢？柯尔明说:不瞒你说,陈保根当乡长,我还真给他帮了忙呢。柯尔蒙有些惊讶,问:你如何帮他？柯尔明说:我帮他在县里找人。柯尔蒙想起弟弟与陈保根书记是战友,又想起弟弟的岳父邹启环是县委常委。柯尔蒙在电话里沉默了。柯尔明问:妈还好吧？柯尔蒙回说很好。柯尔明说:有空我去看她。柯尔蒙"嗯"了一声,放下了电话。

柯尔蒙回到家,一家人吃过饭,外面就响起了敲门声。柯尔蒙走过去开门,见李明波支书拎着一大包东西站在门口。柯尔蒙连忙示意他进屋。柯尔蒙开门见山,说:你拎东西干什么？说着,示意他进屋,将一条板凳抽出来。李明波支书将拎的东西放在一边,坐到板凳上,说:你当大队书记,我来祝贺,不能空着手吧。卫秀兰给李明波支书泡了一杯茶。现在,他们家的厨房与客厅中间的墙已经打通,从厨房到客厅直接穿过,不需要绕到大门外边,披屋变成真正意义上的厨房了,更方便。春儿对李明波支书还是没有好感,他连招呼也不打便进了自己的房间。柯尔蒙在李明波支书对面坐了下来,说:没什么可贺的,你来就来,我欢迎,拎东西我可不要。李明波支书本来眼神随着卫秀兰而移动,听柯尔蒙这么一说,扭头看着他,说:怎么,我拎两瓶酒,你看不上眼了？柯尔蒙说:不是这意思,你是我的老领导,拎东西就见外了。李明波支书说:不说这个,总之我得来看看你,你是我们生产队的光荣,也是骄傲,以后可得多多关照我们生产队了。柯尔蒙谦逊地一笑。接着,两人不着边际地聊几句,李明波支书便起身告辞。他空着手往外走,柯尔蒙随即将他拎来的东西提起,追上他,往他手里推,说:东西你千万拎回去,下次我有空到你家去喝。李明波支书拗不过,也就接住了,自己给自己台阶下,说:那好,我给你留着,下次到我家去喝。说着走出门,很快就从葫芦岛消失了。

卫秀兰回到屋里,走到柯尔蒙面前,抿着嘴想笑。柯尔蒙看着她,不明其意。卫秀兰说:我怕你拉不下脸面呢,终究还是将他的礼给退回了。柯尔蒙头一昂,说:你以为我说着玩的?当官不收礼,收礼不当官。卫秀兰见客厅无人,用手朝他招了招,柯尔蒙侧一下身子,卫秀兰在他耳边轻声说:官人,你做得好,今晚有奖励的。卫秀兰很少这么主动,柯尔蒙假装没听见,突然大声说:你说什么!卫秀兰顿时紧张,用力将他一推,然后进了厨房。

17

这一年春节,柯家过得极其简朴,但热闹非凡。柯尔明和邹天香来到了乡下。这是柯家几年来难得的一次合家团聚。

年三十那天,柯尔明夫妇被一辆吉普车送到了村口。他们来的时候带了不少年货,酒、红糖、米、香肠、腊肉、猪杂、香烟等等。柯尔明夫妇拎着一些东西先来到葫芦岛,然后吩咐春儿他们去村口提年货。巫竹梅因全家人团聚,开心得很,笑容就挂在脸上。卫秀兰对柯尔蒙说:家里的红糖还有不少,我拿一斤送给李惠惠吧,这一年,人家没少帮忙。柯尔蒙回她:再给她一串香肠。卫秀兰让春儿给李惠惠送过去,春儿送去后带回来的却是鸡蛋和甘蔗。甘蔗是李惠惠及其家人在自家的自留地里种的,刚从地窖里挖出来,李惠惠说孩子们一定喜欢吃的。果不其然,四根甘蔗,不到几分钟,就被春儿他们瓜分了。

吃年夜饭时,大家推举巫竹梅说几句话。巫竹梅说:这是我几年来吃得最开心的一次年夜饭,看到孩子们在成长,在进步,看到我们家越来越好,我打心眼里高兴。说到这里的时候,夏儿带头鼓掌。待掌声停息后,巫竹梅接着说:在这一年里,我的大儿媳妇卫秀兰最辛苦,她支持丈夫的工作,坚持上工,还照顾我,教育孩子们,吃苦耐劳,任劳任怨,她是好样的,是我们全家的骄傲。小儿媳妇天香也不错,尔明能有进步,也有她的功劳。这几个孙子,我个个满意,上工、上学、做家务,他们都勤快,而且懂事,能为家长分忧,将来必将有大出息。巫竹梅说到这里,这回春儿带头鼓掌。巫竹梅有些激动,端起酒杯说:来,为过去的一年岁月干杯,为将来大家的进步干杯,特别是为春儿明年考取好大学干杯。巫竹梅是大家闺秀出身,是很有文化的,所以说起话来,条理清晰,头头是道。大人们都举起酒杯,陪母亲一饮而尽。觥筹交错,其乐融融。

奶奶巫竹梅对春儿的祝福,春儿经过半年的努力,实现了。这一年的夏天,春儿参加全国高考,以优异的成绩考取了安徽大学中文系。60年代,乡下出一个大学生不容易。这是柯尔蒙家族在中华人民共和国成立后的第一个大学生,也是湖边生产队近几年来的第一个大学生。柯尔蒙全家,乃至整个湖边生产队,都沉浸在喜悦之中。在有着几百年重文习俗的桐城乡下,人们以不同的方式向春儿表示祝贺。湖边生产队每一户人家都行动起来,他们拿出自己家的鸡、鸡蛋、炒米、书包、笔、山芋粉、手电筒,或者尘封的书籍,送到柯尔蒙家,表达心意。柯尔蒙为了答谢全村人的关心和深情厚谊,特意在草屋门前的绿荫下摆了好几桌酒席,邀请全村李姓"明"字长辈以及各家各户的代表,前来就餐。那气氛,比别人家结婚办喜宴还热闹。在酒席上,春儿随父母一一敬酒,乡里乡亲免不得又是赞誉一番。

这一年的下半年,夏儿、秋儿和冬儿也都向前迈出了一大步:夏儿上了大湖高中;秋儿上了大湖初中;冬儿还在团结小学就读,却也是六年级的学生了。这几个孩子,包括春儿,一到放假就赶回农村,争着到田里干活,挣些工分,补贴家用。柯家虽然人多,负担重,但是简朴的生活也能过。生活艰苦些,心情却是愉快的。

在紧接着的两年时间里,柯家与湖边生产队几乎所有的人家相处融洽,互帮互助。卫秀兰再也没有遇到过什么大的波折。她仍然白天上工,当她的妇女组组长,晚上回家和婆婆一起做家务,相夫教子,累并快乐着。她仍然过得那么滋润,仍然那么美丽、那么身心愉快。柯尔蒙作为书记,他带领党员干部全身心地投入工作,为整个大队的经济发展,为百姓安居乐业,尽心尽力,取得了一个又一个成绩,团结大队的经济状况在不断地改善,人们的精神面貌也在不断地改变。

　　柯尔蒙的弟弟柯尔明在自己的岗位上也干得较为出色。他协助长岭公社书记乔彪大胆开展工作,深得民心,长岭公社的工作业绩多次受到县委、县政府的表彰。其时,县政府一位副县长因患癌症不治而去,乔彪很快就补上副县长的缺。乔彪走后,书记一职就由柯尔明担任。柯尔明春风得意,快马扬鞭再奋蹄。邹天香仍然做她原来的工作。夫妻俩经人介绍,收养了一个男孩,取名叫柯之堂。柯之堂长到两岁,已学会说话,他聪明可爱,深得柯尔明夫妇的喜爱。一家三口,其乐融融。

　　柯尔蒙是幸运的,柯家也是幸福的。但是,一场突如其来的政治风暴正以排山倒海之势向江淮大地、向他、向他的家族以及他身边的所有人铺天盖地地刮来,柯尔蒙及其家族是否能够把握自己的命运?他想把握,又能把握得了吗?!

第二部

命运多舛,风雨飘摇的年代

1

"寒风摧树木,严霜结庭兰。"

时光荏苒。江淮大地进入一年一度的冬季。朔风凛冽,天寒地冻。

柯尔蒙一早来到办公室,就听到团结小学的广播里说:"伟大领袖毛主席教导我们说,发展体育运动,增强人民体质。"接着是"广播体操现在开始"。与以往不同,以往没有播毛主席那段话。

柯尔蒙给自己泡了一杯茶,然后拿起头天的报纸看。这里地处农村,离城市远,是看不到当天的省、市级党报的。《安庆日报》报眼上加框,印着毛主席语录:"革命不是请客吃饭,不是做文章,不是绘画绣花,不能那样雅致,那样从容不迫,文质彬彬,那样温良恭俭让。革命是暴动,是一个阶级推翻一个阶级的暴烈的行动。"往下,报纸的头条,全文照登《人民日报》社论《横扫一切牛鬼蛇神》。柯尔蒙心想,报上都在说,"文化大革命"正如火如荼地在各地展开,不断推进,上面只是叫我们学习社论,领会上面精神,却不见上面具体的部署。都说城市很热闹,莫非"文化大革命"在城市兴起,在城市取得突破,然后再到农村,与几十年前的中国革命以农村包围城市不同?

电话铃响了。柯尔蒙抓起电话,里面传出弟弟柯尔明的声音:现在上面动作很大,城市都动起来了,提倡年轻人造反,造反有理,要革命,革资产阶级的命,中央都成立了"文革"小组,对这场运动加以领导和指引。柯尔蒙有些疑虑,问:不是说"文化大革命"吗?怎么成一个阶级推翻另一个阶级的暴力革命了?柯尔明说:"文化大革命"就是从文化领域发起的革命,很快就要到农村了。这段时间,要领会上面的意图,多学习,多观望,最近上面会有大动作的,按照上面指示做,就不会错。柯尔蒙说:我知道的,你自己注意就是。

　　柯尔蒙上午把报纸的社论又看了一遍。下午的时候,陈保根乡长突然打来电话,通知柯尔蒙,星期四上午,县委、县政府在政府广场召开万人大会,是"无产阶级文化大革命"运动的动员部署大会,要求生产队支书以上的干部全部参加。柯尔蒙一边听一边做记录。放下电话,他立即吩咐文书袁可为派人到各个生产队通知。

　　电话铃又响了。柯尔蒙抓起电话,里面传出春儿的声音,这是从来没有过的。春儿在电话里说,他是在学校学生会办公室打电话的,今年推迟毕业了,他要参加红卫兵组织,要造反,事情特别多,"破四旧,贴大字报,开批斗会,还要串联",大学里寒假都推迟了,估计要到大年那两天才能回去。柯尔蒙回应一声"知道了",便放下电话。好家伙,春儿他们学校也凑起热闹来了。柯尔蒙正在为春儿的毕业分配煞费苦心呢,没想到,"文化大革命"扼杀了他的想法。报上说,红卫兵组织是"无产阶级文化大革命"的急先锋,是扫除一切牛鬼蛇神、清除资产阶级道路当权派的敢死队,"革命无罪,造反有理"。这样下去,春儿他们什么时候才能毕业呢!

　　晚上,柯尔蒙回到家,夏儿将一枚红袖章展示给他看。夏儿说:大大,我加入红卫兵了。柯尔蒙愣了一下,说:你们学校也要造反了?秋儿走过来,从夏儿手里拿过红袖章,还没来得及细看,又被夏儿夺了去。秋儿说:我们学校也成立了红卫兵组织,我们班同学都申请了,估计我很快就可以加入。冬儿站在一旁朝秋儿白了一眼。夏儿对父亲说:加入红卫兵是有条件的,不是所有学生都可以加入的。学校已经召开了红卫兵誓师大会,要将学校及其周围的资产阶级分子揪出来。柯尔蒙问:课还上不上?夏儿说:课程减少了,学校一再强调,反对死读书,读死书,要做毛主席的又红又专的好学生。柯尔蒙道:岂不正合你意?夏儿头一低,将红袖章卷起来。卫秀兰从厨房里走进来,对柯尔蒙说:现在形势变了,学校都不开课了,还叫什么学校?巫竹梅跟在卫秀兰后面,问柯尔蒙:形势有变?柯尔蒙摇摇头,说:上面在搞运动,我们这里影响不大。卫秀兰脸上显出焦虑的神情,说:搞运动,也不能让学校不上课啊,春儿也不知道怎么样了。柯尔蒙说:他也参加了红卫兵组织,毕业推迟到明年了,寒假也推迟了。巫竹梅和卫秀兰很是惊讶。卫秀兰担心地问:他们不会上街闹革命吧?柯尔蒙说:那倒不会,学校有红卫兵组织,主要是在校园里贴大字报,开批斗会,学校之间串联。夏儿站在一旁,刚才被父亲奚落了一句,一直没说话,现在听到他们的谈话,反而对春儿哥哥的举动充满向往,闹革命,就应该像春儿那样,贴大字报,开批斗会,串联,我们这儿什么都还没有动起来。冬儿听得云里雾里,好奇地问:我们也可以加入红卫兵吗?柯尔蒙冲她一挥手,让她到一边凉快去。

寒风刺骨。太阳苍白无力。县委组织召开的万人大会如期举行。县政府广场,红旗招展,人头攒动。主席台上摆放着一排长桌、两排长凳。广场周围,有公安干警和戴着红袖章的民兵在维持秩序。广场被划分为几个区:县直代表区、红卫兵代表区、民兵代表区、妇女代表区、公社代表区、大队代表区、生产队代表区等等。柯尔蒙穿着一件棉大衣与郑佩佩等人一起走进广场,早已就位的李明波支书在人群里向他喊:柯书记,你的位置在那边。李明波支书来得早,他指着大队代表区。柯尔蒙冲他招招手,走到大队代表区。柯尔蒙站定后,就看到了公社代表区的陈保根乡长和自己的弟弟柯尔明。陈保根乡长和柯尔明正在交谈,眉飞色舞,他们都看到了柯尔蒙。郑佩佩大队长站在一旁,看到了陈保根乡长,特意将脸转过去。她自己没当上大队书记,怪陈保根当初没有着力推荐她,让她至今仍然窝在大队长这个位置上。更可气的是,柯尔蒙原来是自己的手下,现在却跑到她头上当书记了,叫她心理如何平衡?所以她见到陈保根,不是很想理他。

大约半个小时后,一行人走到主席台上,因为天冷,这些人都将衣服裹得紧紧的,头似乎要缩到领子里,他们走到长桌边的两排凳子上坐下。坐在第一排的,当然是县里的头头脑脑,但是坐在前排最中间的却不是县委书记周朴实,而是一位陌生的官员。柯尔蒙很快就看到了弟弟的岳父邹启环,他坐在周朴实的身边,柯尔蒙前不久得知,他被提拔为县委副书记了。周朴实穿了一件军大衣,与坐在正中间的那位官员交谈着。这时,县委常委、组织部部长郭金川从第一排官员席里站出,手里拿着扩音喇叭走到台前,他清了一下嗓子,喊道:桐城县"无产阶级文化大革命"动员大会现在开始,首先请允许我介绍出席今天万人大会的领导和群众代表。他们是,安庆地委常委、组织部部长郎永典,桐城县委书记周朴实……他念了一大串名字,这些领导一一站起,最后才念到红卫兵代表的名字。大会议程第一项,县委书记周朴实做关于"无产阶级文化大革命"的动员报告。他声音高亢,慷慨激昂,在寒冷的冬天里点燃了一把激情的火焰:为什么要发动"无产阶级文化大革命"?因为我们党出现了修正主义,党和国家面临着资产阶级复辟的危险,敌人向我们发起了进攻,我们只有通过"无产阶级文化大革命",揭发他们的阴谋,对他们进行坚决回击,才能将敌人的嚣张气焰坚决打下去,才能叫他们永远不得翻身。为此,县委专门成立桐城县革命委员会,由我兼任革委会主任。周朴实动员报告结束后,郭金川就在桐城全县范围内开展"文化大革命"运动作了具体部署,接着民兵代表、红卫兵代表相继发言宣誓。大会最后一项,批斗混在无产阶级革命队伍当中的两名资产阶级的典型代表。几名红卫兵小将将两位老者押上台来。柯尔蒙不看则已,一看心中一惊。这两个资产阶级的代表人物他都认识。一个是桐城中学当年与父亲一起被反的右派代表年清,另一个就是自己过去单位的顶头上司——县文化局局长赵卫水。年清满脸疲惫,戴着眼镜低头不语。几年不见,他已是满头白发了。当初桐城中学反右派反到他,已经将他从教务处主任的位置上革职,责令他回家"反省","闭门思过",现在为什么又要将他揪出来批斗呢?而自己过去的上司赵卫水怎么也变成资产阶级的代表人物了?他是中华人民共和国成立前的大学生,工作严谨,对党忠诚,自己在他身边工作多年,从未看出他有资产阶级的动向以及思想表现。台上一位红卫兵代表宣读了他们两人的罪状,原来年清是死不改悔的走资派,而赵卫水是混在无产阶级队伍当中的资产阶级的当权派。红卫兵宣布完他们的罪状后,责令他们两人跪下,向人民谢罪。接着,红卫兵代表带领大家喊起口号来:打倒资产阶级!打倒一切牛鬼蛇神!将"无产阶级文化大革命"进行到底!一开始应者寥寥,接着,声音越来越大,很快就形成了声势浩大的洪流,惊天动地。

会散了,柯尔蒙就有些困惑。这场"无产阶级文化大革命"如此迅猛,完全超出了他的想象。全国形势如此,谁能置之度外?农村也要革命了。要揪出党内的走资派,打倒一切牛鬼蛇神,打倒反革命分子。谁是走资派?谁是牛鬼蛇神?谁是反革命分子?

2

今年冬天的第一场雪,比往年要来得早些。这是一场少见的大雪。没有风,只有鹅毛般的雪花铺天盖地。很短的时间内,雪花就在地面、屋顶、植被上堆积了厚厚的一层,白皑皑的一片。

柯尔蒙穿着那件破旧的棉大衣,走到大队部的门口,停了下来,伸手拍打着衣服上的雪花,一连跺了几下脚,将大头鞋上的雪花震落。这时,他听到学校那边有吵闹的声音。这个时候,学校应该是安静的。团结小学的广播体操已经停止播放好几天了。学校已放假,仅留一两名老师值班,这个时候,学校怎么会有人吵吵嚷嚷呢?出于好奇,柯尔蒙向学校那边走去。刚刚走进校园,就见教室外面挤了好多人,在争先恐后看一张贴在墙上的大字报。这些人当中,有学校的教师,也有附近的农民,还有四位戴着红袖章的红卫兵。很显然,大字报是这些红卫兵刚刚贴上的。人们议论开了。杨名?怎么会是杨校长?儿子杨小名?这是怎么回事?接着,现场死一般地沉寂。不一会,红卫兵挤出人群,其中一位说:我们去大队部再贴一张。看他的举动,应该就是杨小名了。说着,几个人向大队部那边走去。柯尔蒙看了一眼红卫兵,上前几步,站到大字报前观看。

　　大字报的标题是《揭露杨名的真面目》。这是一封以儿子的名义揭发父亲的公开信。文章一开头就点出团结小学校长杨名的身份,接着历数他几条罪状:对"无产阶级文化大革命"没有热情,消极应对,甚至抵制;他是披着羊皮的资产阶级的狼;隐瞒自己的弟弟是国民党特务的历史;与女教师关系暧昧,有着资产阶级的小情调;不学《毛主席语录》;等等。文章结尾下最后通牒:必须在一周内写出深刻的出自灵魂深处的检讨,张榜公告,交代自己的罪行,向党和人民谢罪,不然,我杨小名便与杨名断绝父子关系,并将他送交上级革命组织。落款:杨小名。

　　柯尔蒙想都不会想到,团结大队出现的第一张大字报竟然是儿子向父亲发出的检举信。柯尔蒙问站在面前的李晓岚:杨校长可在学校?李晓岚回一下头,见是柯尔蒙,严肃的表情有所舒缓,说:校长还没到。这么一说,有几个人回过头来,纷纷与柯尔蒙打招呼。柯尔蒙突然想起,刚才红卫兵说到大队部贴大字报,他立即转身。正在这时,杨名校长像个雪人似的,从外面走进来,见到柯尔蒙及其身后的一群人,瞪大了眼睛。从众人的目光里,他似乎预感到什么,他来不及拍打自己身上的积雪,直接走到大字报前。他的表情从好奇,到专注,再到愤怒,突然上前一把将大字报揭下,骂道:混账东西,不让他去串联,他竟然跟我来这一套。杨名正要将大字报撕了,结果被李晓岚等人劝住了。李晓岚说:杨校长,这大字报不能撕的,不然……话没说完,杨名手就停在了半空中。李晓岚对他说:我还是将它贴上去吧,这是革命形势的需要。杨名愣在那里,任由李晓岚从他手里取出大字报。柯尔蒙见这状况,连忙对身边的一位教师说:你们陪杨校长到他办公室坐一会,我去去就来。说着,回到大队部。

　　杨小名等人已经将相同的大字报贴在了柯尔蒙办公室外面的墙上。柯尔蒙过来的时候,他们正要转身离开。柯尔蒙问:你们是哪个学校的红卫兵？杨小名骄傲地说：大湖高中。这几个红卫兵也就十几岁，个子不高，说起话来像大人似的，气宇轩昂。杨小名不忘问一句：你是谁？柯尔蒙正欲回答，这时从里面走出来的齐展抢着对红卫兵介绍说：他是我们团结大队的柯书记。杨小名并不把柯尔蒙这个书记放在眼里，他斜着眼看了一下柯尔蒙，然后说：我们是毛主席的红卫兵，党委要旗帜鲜明地支持红卫兵的革命事业。说着，他转身欲走，柯尔蒙突然问：你们学校有个叫柯之夏的红卫兵，他是我儿子，你们认识吗？杨小名说：还不认识。你们家出了个红卫兵，你应该感到骄傲。说着，向外走去。走了两步，他又折回来，对柯尔蒙说：我是那个走资派的校长杨名的儿子，我已经与他决裂了，你要看好他。柯尔蒙看着杨小名，问道：你父亲在办公室，你不想去看看他？没想到，他这一问，激起了杨小名无比的愤慨。他逼视着柯尔蒙，说：我去看他？我去看他就成了家事，就是私人会见了。要知道，我们现在是两条路线的斗争，两条路线的斗争就要在公开场合进行，要经得起人民群众的检验。柯尔蒙不由得对他刮目相看，"文化大革命"运动在全国开展以来还不到半年时间，他小小年纪，就有如此高的革命热情和政治觉悟，不能不令人佩服。柯尔蒙脸上随即堆上笑容，冲杨小名竖起大拇指，说：毛主席有你这样的红卫兵，一定会高兴的。杨小名听了这话，头昂得更高，他朝其他的四位红卫兵伙伴一挥手，说：我们走。

柯尔蒙看着他们的背影，想到了自己的儿子夏儿。夏儿现在也是一名红卫兵小将了，他会不会像杨小名这样，突然之间，将一纸大字报贴到我办公室的墙上，发誓要与我决裂，与我划清界限？

柯尔蒙看了一眼贴在墙上的大字报，与贴在学校的那张并无二致，他没有回自己的办公室，而是直接去了学校。学校的大字报仍然贴在墙上，仍有一些群众前来观看。柯尔蒙走进杨名办公室时，办公室里只有杨名和李晓岚两人。杨名坐在自己的办公桌旁，垂头丧气。柯尔蒙说：这下好了，儿子要造老子的反了。李晓岚在一旁附和着说：世道变了。柯尔蒙又说：红卫兵需要表现,需要材料,需要专政的对象,所以有人就把矛头对准了自己的家人。杨名抬起头,说:他前天回家背着我将家里的一些书都烧了,并说要出去串联,我不让他去,他什么都没带就回到了学校。没想到,他今天就跟我对着干了,气死我了。柯尔蒙说:他们在学校受到了鼓舞,得到了有力支持,所以才敢这样,你还得要重视,不然你儿子真将你揪出去批斗,那怎么办?他们人多势众,我总不能派民兵与他们对着干吧?上个月万人大会也开过了,支持红卫兵的革命事业,这是政治。李晓岚在一旁说:是啊,校长,就按你儿子在大字报上说的做吧,过了这阵风头再说,等他回到了家,你再训他。报纸上说了,某地红卫兵执行革命任务受伤了,上面很重视,不仅慰问,而且还树他为典型,连省委书记都接见了他。杨名听了这话,若有所悟,又不知可否,唯有叹息。

　　柯尔蒙原以为他可以置身事外,但是,发生在他地盘上的事就是他的事。他回到办公室,刚坐定,文书袁可为走进来,将一封公函递给他看。柯尔蒙浏览了一下,抬起头,对袁可为说:万人大会召开没多长时间,我们还是在动员部署阶段,没有什么典型事例。袁可为眼珠转了一下,说:有一个典型事例可以向上报的。柯尔蒙问:什么事例? 袁可为说:外面的大字报。柯尔蒙若有所悟,然后说:这不太合适吧,杨校长正在反省,这事带有点家庭内部矛盾性质,不宜闹大。杨校长教书育人,我们是不是应该保护他? 袁可为不以为然,说:大字报已经被公开地贴在墙上,很多人都看到了,我们不能熟视无睹。另外,大字报上揭发的杨校长的一些问题,正是我们应该反对和批判的内容,这事可掩不得。柯尔蒙凝思,然后说:我和杨校长再谈一下,看他有没有按红卫兵说的做,劝他识大局。袁可为说:柯书记,上面要出简报,需要尽快报的。柯尔蒙问:你怎么写? 袁可为说:我们发现了走资派代表。柯尔蒙犹豫了。袁可为进一步说:万人大会都开了,是要有实际行动的。如果别的大队行动起来了,有典型的事例,我们就落后了,会挨批的。柯尔蒙说:将杨名列为走资派,我们还需要调查核实的,写成文字还是要慎重起见。另外,学校不完全属于地方,它隶属县教育局。说着站起身来,与袁可为一起走出了办公室。

临近中午,李晓岚已经回去了,杨名校长一个人坐在办公室里伏案写材料。柯尔蒙走进办公室,默默地坐在杨名的对面。柯尔蒙说:这事你还得认真对待,上面要求我们这里上报运动情况。杨名抬起头,摇了摇头,说:报纸我都看了,大势所趋,我能奈何?只是我儿子变得这样,让我无法理解。柯尔蒙说:这场运动,我们只能按照上面的要求和部署来做。杨名说:我能理解。柯尔蒙站起身来,说:中午学校食堂生了火?杨名说:李晓岚已经安排好了,你请回吧。柯尔蒙说:你保重。说罢,走出了杨名办公室。

袁可为不愧是文书,第二天便将上报的材料写好了,洋洋洒洒几千字,送给柯尔蒙过目。柯尔蒙看着看着,就有点佩服袁可为了。团结大队的运动没见有什么起色,却被袁可为写得如火如荼,大队领导带头,指挥有力,群众热情高涨,全力以赴,似乎团结大队每一块土壤、每一户人家都燃烧着"无产阶级文化大革命"的火焰。看到典型事例"红卫兵炮打走资派校长杨名"这一段时,他的眉头皱了起来。这要报上去,杨名就是公社的走资派典型了,就是县里的走资派典型了,到时候,杨名会像那天万人大会年清老师一样被拉出来批斗,他哪里受得了?柯尔蒙拿起笔,对袁可为说:不要写他对抗什么的,多写他如何深刻检查,配合运动为妥。柯尔蒙直接在文字上修改,袁可为不再说什么了。

没过几天,公社和县里的简报都传到了大队。在县、社两级简报上,团结大队都占了头条。但是柯尔蒙看了,心里却不是滋味,这是以牺牲杨名校长为代价的。柯尔蒙刚刚放下简报,陈保根乡长就给他打来电话,夸柯尔蒙干得不错,说:杨名我也认识,但是他思想滑坡,走到了我们的对立面、人民的对立面,他这是咎由自取。柯尔蒙回应说这里都是按照上面的批示精神做的。陈保根接着说:现在要把主要的精力放在抓运动上,以运动促生产、促发展。团结是我的家乡,那里的运动要开展得更加猛烈一些。柯尔蒙放下电话,叹了一口气。这场运动已经不是他想象的那样了。

  杨小名规定的时限到了。这天,以杨小名为代表的红卫兵一共六人,来到团结小学,他们抄了杨名校长的办公室,并将杨名校长赶了出去。他们走的时候在办公室的门上贴上封条,曰:走资派办公室,封。在学校值班的老师目睹了这一幕,无人阻止。可怜杨名校长被赶出办公室后,悲愤地看了一眼儿子杨小名,在众人同情的目光里,在红卫兵的监视下,颤抖着身子,一步三回头地离开了学校。

  杨小名等人出了学校,又来到柯尔蒙这边。他们挤到柯尔蒙办公室,杨小名双手抱拳,对柯尔蒙说:柯书记,我们已经听说,你们将杨名校长作为典型上报了,好样的。另外,我们到你办公室,是要告诉你,柯之夏我们认识的,我们都是大湖高中东方红兵团的战友,我们互相支持,并肩作战。他话音刚落,他身边的一位红卫兵小将站出一步,说:杨小名同学现在已经是红卫兵东方红兵团学校营的营长。说到这,杨小名爽朗一笑,补充道:柯之夏也是营长,不过他是社队营的营长。说着,几个人冲柯尔蒙一抱拳,转身走了。

  柯尔蒙拖着疲倦的身体回到家,想起的第一件事,就是整理书籍。他进了里屋,将放在床底下的一个大木箱搬出。卫秀兰跟着他进来,问:你找书?柯尔蒙将箱子打开,翻看里面的书,见卫秀兰进来,示意她将门关上。卫秀兰转身关上门,然后走到柯尔蒙跟前,蹲下身子,说:我帮你找。柯尔蒙说:现在形势变了,有些书还是清了的好,免得夜长梦多。卫秀兰问:上面又有什么动向了?柯尔蒙说:防患于未然,等会我给你讲一个事例,你先忙去吧。听他这么一说,卫秀兰直起身子,拍拍手,走出里屋。柯尔蒙一一翻看,有些书是不能留的,比如《胡适文集》、外国小说《茶花女》《安娜·卡列尼娜》等,还有几幅国画《仕女图》。这些书和画有些是柯尔蒙在上大学时的教材,有些是父亲留下来的,也有一些是他到新华书店买的。他经过仔细辨别,保留了一部分适用的书籍,放回木箱,而将需要清理的书画放在一边,待孩子们睡了后,再拿到外面焚烧。

吃过晚饭,母亲及孩子们回到自己的房间休息,柯尔蒙便悄悄地将那些需要清理的书和画拎出,足有一大捆,准备出门。卫秀兰突然拦住了他,说:这些书版本不多,好多都是新的,又是花钱买的,烧掉多可惜,另外这几幅画都具有收藏价值,为什么要烧呢?没有别的办法了吗?柯尔蒙面露难色,说:能有什么办法!卫秀兰想了想,突然向丈夫招了招手,走进里屋。很快,她从床拐处搬出一个铁皮箱。铁皮箱是当年卫秀兰的陪嫁,里面放了一些卫秀兰的首饰以及家里贵重一点的东西。柯尔蒙有些不解。卫秀兰将铁皮箱里面的东西取出,放在一个木盒里,然后示意柯尔蒙将书画放进去。柯尔蒙照办。待柯尔蒙放好后,卫秀兰示意柯尔蒙将铁皮箱搬起,对他说:我们将它埋在岛上,不就行了?说不定以后还有用。柯尔蒙这才恍然大悟。接着,柯尔蒙抱着箱子,卫秀兰拿着工具,趁夜深人静,顶着凛冽的寒风,在葫芦岛湖边一隅,将铁皮箱深深地埋到土里。回到家,两人洗后上床,卫秀兰问:你刚才说给我讲一个事例,什么事例?柯尔蒙说:冬儿上学的学校,团结小学,他们的校长你知道吧?卫秀兰回答:知道啊。柯尔蒙说:他最近被他的儿子揭发了,他儿子将大字报贴到了学校的墙上,也贴到我们大队部。卫秀兰有些不解,问:他儿子怎么会揭发他呢?柯尔蒙说:他儿子是大湖高中的红卫兵,受学校运动形势的影响,要大义灭亲。卫秀兰问:他儿子和夏儿不是在一个学校吗?柯尔蒙说:他们都是学校东方红兵团的红卫兵成员,还是什么营长。卫秀兰震惊了,说:夏儿好长时间没回来,不知道怎么样了,学校现在怎么搞成这样?柯尔蒙说:"文化大革命"就是从学校兴起的,学校里学生不上课了,到处造反。卫秀兰有些焦虑,说:夏儿怎么办?柯尔蒙叹了一口气,说:夏儿大了,我们已将他交给国家了,形势所需,我们也没必要担心他,也担心不上他。卫秀兰又问:他过年总该回来吧?柯尔蒙说:红卫兵也是要过年的,睡觉吧。

卫秀兰哪里睡得着?她想着夏儿的事,从夏儿想到了春儿,还有秋儿,又想到了丈夫柯尔蒙刚才准备烧书的事。随着形势的发展,柯尔蒙已经对自己的儿子不太放心了,他担心夏儿会像杨小名对待自己的父亲杨名校长那样,所以他要有所准备,防患于未然。

人世间的事,常常是不以人的意志为转移的。很多人在突如其来的局势面前,措手不及,无所适从,无能为力。他们永远也主宰不了自己,最后,只能听从命运的安排。

3

安徽大学坐落于合肥市西郊。"文化大革命"以来,这里成了安徽最为活跃的一片热土。

春儿加入学校的红卫兵组织后,就没有一天闲着。学校的红卫兵组织后来改为前进兵团。一连几天,春儿的任务就是跟他的小分队一起上街贴大字报。他的小分队是红卫兵前进兵团第八营的大字报小分队。大字报的内容都是指名道姓揭批走资派的。这里面就有学校的领导、教授以及省内行政机关、企事业单位的领导人。如果有某个机关的人向前进兵团举报本机关的领导是走资派,红卫兵就会连夜赶写大字报,第二天便派人将大字报贴到该机关以及附近大街小巷的墙面上。春儿早出晚归,顶风冒雪,和红卫兵同学一起,将一张张的大字报,工工整整地贴到墙上,直到看着满意才离开。由于春儿工作出色,他受到前进兵团领导的表扬,他很快就被调到兵团第七营的抄家小分队。他们要将走资派家里的一切物品进行清理,发现任何反动、腐朽、低级趣味的东西,统统销毁。一位教授家的院子里放着一座几百斤重的佛塔,红卫兵将这座佛塔铲除、销毁,居然花了一上午的时间,累得他们在冬天里直冒汗,腰酸腿痛。

这天上午，春儿接到指令，要他们去省文化厅的一位领导家抄家。这位领导是南下干部，本来资格是很老的，但是他老婆揭发他与一位黄梅戏演员关系暧昧。一个有一定级别的老干部，居然被资产阶级的糖衣炮弹击中，思想彻底蜕化、堕落。他们去抄家之前，这位领导已经被撤职了，在家过着孤独无助的生活。春儿等人赶到他家的时候，老人正躺在沙发上看一本鲁迅的作品。红卫兵一拥而入，围住了他。春儿的队长训他道：死不悔改的走资派，都这时候了，还躺在象征腐朽的沙发上，做自己的春秋大梦。他们将他押到后院的场地中间，勒令他站立思过。可怜老人衣着单薄，在寒风中站立不到半个小时，就倒在地上。春儿看见了，从屋里拿出一件大衣让他穿上，又从屋里拿出一把座椅让他坐着。老人看了一眼春儿，眼里满是感激。这阵子，红卫兵三番五次找他，不是让他写检讨，就是拉他出去批斗，总是一副盛气凌人的样子。原来红卫兵也不都是冷血无情，他们也只是被形势所驱使，做了自己不得不做的事。老人在院子里坐了两个小时，目睹自己家的物什被洗劫一空。红卫兵将他家的书籍、字画、佛珠、孔子像等等，全部运到停在外面的三轮车上。这是红卫兵战士的战利品，他们要将它们运到统一的地点集中销毁。搬完这些物品后，红卫兵扬长而去。老人哆嗦着身体回到屋里，找生火的炭盆，结果炭盆被红卫兵破坏了，七零八落。老人只好倒了一盆热水，烫手取暖。

上午抄了这家，下午又去抄另一家，是本校的一位教授。他是最近才被揭发揪出的资产阶级的代言人。他过去发表的大量作品都明显带有资产阶级的思想倾向，不仅是走资派，甚至与牛鬼蛇神是一丘之貉。这样的人早该拉出来批斗了。春儿等人抄他家的时候，他家里几乎是家徒四壁，一家三口穿着寒碜，个个一脸苦相。春儿看他们这状况，哪有心情抄家？但是，他的队长经验丰富：你们慑于"无产阶级文化大革命"的声威，将家里的一切资产阶级的物品都转移了，老实交代，你们将它们转移到什么地方了？教授苦着脸说：家里条件就这样，老婆没工作，女儿待业在家。红卫兵不信，在家里四处查找，一无所获。队长说：资产阶级分子都是狡猾的，我就不信查不到你们的罪恶证据。接着又查一遍，还是一无所获。红卫兵将搜查范围扩大，终于在教授家的壁橱里发现了一本杂志。队长在杂志里看到了教授写的一篇文章《论西方美学》。队长如获至宝，将杂志在教授面前晃了晃，说：这是什么？教授回答说：是我写的论文。队长大声道：你是什么教授！整天研究的都是资产阶级没落腐朽的一套，你怎么没有发现劳动人民的美？队长一声令下，红卫兵们带着战利品离去。教授吁了一口气，他看着妻女，说不出话来。其实教授早有准备，他看出外面的风声对自己不利，利用几个晚上，将自己家的可疑物品全部转移了，剩下的也就是那本被他疏忽的杂志了。

　　一天下来，春儿累得够呛。晚上睡在学校的集体宿舍里，他才有了想家的感觉。红卫兵生活不是他想要的，整天揭人家的短，抄人家的家，让一个个家庭破碎潦倒，难道这些人真的是十恶不赦吗？春儿就想快点毕业，早点回家去，哪怕种地挣工分，也比在这儿整天看着一个个的人被摧残强。但是，他的毕业证何时才能拿到手？春儿一脸茫然。

　　夏儿在学校的生活与春儿大同小异。但是，夏儿更投入、更活跃、更勇敢。他积极投身于这场声势浩大的红卫兵运动，无所畏惧。正因为他表现突出，才像杨小名一样当上了红卫兵的营长。但是，他所在的社队营不像其他的营，没有那么多的事。社队营主要是针对公社、大队和生产队开展革命活动，也就是说主要针对农村。农村除了公社机关，农民是主体，知识分子本来就不多，又有多少走资派或资产阶级的臭老九呢？闲一点的时候，夏儿等人就被抽调到杨小名的学校营去补充力量。学校里都是知识分子，有知识就有思想上的变化，走资派不断地被揭发出来，所以学校营的事情不少。这几天夏儿与杨小名共同战斗，当他的助手。杨小名整天斗志昂扬。他爱学习，有思想，有闯劲，决策果断，行动有力，还不时与上级保持联系。夏儿看过杨小名的两本笔记本。一本是记事，什么会议记录、行动计划、贴大字报抄家体会等等，都记在上面。另一本是著作摘抄。开篇通论，以毛主席的语录、重要讲话为主。第一篇摘抄的就是毛主席发表在《人民日报》上的文章《炮打司令部——我的一张大字报》，字迹工整，是下了功夫的。杨小名工作之余，总是挤时间在这两本笔记本上写写画画，平时，笔记本就装在随身背着的解放包里。夏儿有时以学习之名向他借看，他并不吝啬，随时掏给夏儿看。早在几天前，夏儿就已经知道了杨小名贴校长父亲大字报的事。杨小名勇气可嘉，他敢向自己的父亲开火，他是真正的革命者。夏儿心想，在这方面，我是不能与他比的，我没有这个勇气。我父亲也有很多的不足，我们家也有不少书内容低下，我父亲对"文化大革命"的态度也很消极，完全应该是我们斗争的对象。但是，我不能揭发我父亲。特别是杨小名第二次到团结小学抄他父亲办公室回来后对我说"你父亲为你而感到骄傲"，我更不应该对父亲采取行动了。另外，我如果揭发了父亲，父亲就会被批斗，我们家就会被抄，我母亲怎么办？我奶奶怎么办？还有春儿哥、秋儿弟、冬儿妹怎么办？他们会抬不起头来，母亲和奶奶会每天伤心流泪。所以我不能将枪口对准我的父亲，不仅如此，我还要保护我的家人，免得他们在这场运动中受到伤害。这样想着，夏儿突然对杨小名的做法由崇拜渐渐地转为不屑。杨小名，你也真是"好样"的，竟然对自己的父亲下手。你就不念父子之情、家庭伦理了？一个人如果对自己的家人如此冷酷，他又怎么会对"文化大革命"真的如此热情？夏儿这几天通过对杨小名的思考，感觉自己成熟了许多。他开始想家了。但是，除了想家，他仍然要全身心地投入这场运动的洪流之中。

  与此同时，秋儿在他所在的大湖初中正式加入了红卫兵。大湖初中红卫兵组织的成立完全是为了顺应上面及外部的形势。组织虽然成立了，行动却不好开展，因为他们掌握的素材太少。大字报也不是乱贴的，得有揭发的对象。秋儿加入红卫兵后唯一的一次大规模行动，是野营参加一次抓反革命特务训练活动。他们上午从学校出发，浩浩荡荡地来到附近的一座山下。他们让几个红卫兵装扮成特务，躲进山里。红卫兵队伍在山腰上集合，红卫兵的头儿一声号令：出发。所有的红卫兵排山倒海，奔向山上。寒冷的天气，无法阻拦他们高涨的革命热情。秋儿冲在队伍的前面，一路搜索。这是从来没有过的野外活动，他觉得新鲜、好玩、刺激。红卫兵在中午十二点的时候，将山上的几名"特务"抓获，然后将他们押下山来。红卫兵的头儿宣布行动取得了圆满成功。"特务"还原成红卫兵了，所有的红卫兵在寒冷的山脚下拿起自带的干粮就餐。吃过干粮，他们打着红旗，浩浩荡荡地回到学校。这一次活动之后，红卫兵没有什么事，他们的头儿向上级打报告，于是放假回家过年。

秋儿回到家里，冬儿早就已经放寒假在家了。冬儿见他戴着红卫兵的红袖章，好奇地问：你当红卫兵了，不是偷跑回来的吧？秋儿冲冬儿做了个鬼脸，将红袖章取下，工工整整地放进书包里。他对冬儿说：你别动它。冬儿朝他一冲鼻子，"哼"，转身走了。冬儿心想，红卫兵有什么了不起？当了红卫兵，人就改变了，以前秋儿哥对自己不是这样子的。

4

过年前夕，湖边生产队迎来了一位神秘的老人。

这人是与柯尔蒙一起来到湖边生产队的。柯尔蒙将他介绍给李明波支书，李明波支书将他带到牛棚，这个经过改造的牛棚就成了这位神秘老人的家。比当初柯尔蒙全家下放时的情况还糟，他住的牛棚只有一间，里面除了锅台、一张床，也仅是几件简单的家具。外面与这间屋并排的仍然是原来的牛棚，有牛在里面过冬。这位老人叫朱咸来，五十来岁，是安徽大学的一名教授，因为是右派，他被送到乡下蹲牛棚，为的是进行社会主义思想改造。

柯尔蒙回到家，将卫秀兰叫到一边，对她说：今天上面安排一位右派分子到生产队蹲牛棚了,你猜是谁?卫秀兰一时没反应过来,问:蹲什么牛棚?柯尔蒙说:就是到农村来改造的知识分子。卫秀兰问:谁?柯尔蒙说:安徽大学的朱教授,他与父亲在安庆的时候是同事。卫秀兰又问:你怎么知道?柯尔蒙说:今天下午安大的红卫兵坐拖拉机将他送到大队部,我带他到生产队的。卫秀兰说:他认出你没?柯尔蒙摇了摇头,说:多少年以前见过的,他对我没有那么深的印象,我倒是记得他。卫秀兰说:你没告诉他这层关系?柯尔蒙说:现在还不能告诉他,这样也许对他更好。我交代过李明波支书,一定要善待他。卫秀兰说:一个大学教授,将他送到农村,做一些与他的专业文不对题的事,叫他怎么受得了?柯尔蒙说:受不了也得受,这是形势,我们有机会还是要关心关心他。

快过年的时候,柯尔蒙安排人轮流在大队部值班,接电话,处理突发的事。他自己除值班外,也抽空回家帮卫秀兰的忙。

快过年的时候,"无产阶级文化大革命"的声浪渐渐地平息了下来,过年的气氛渐渐浓厚。就在同一天,春儿和夏儿先后回到了家。秋儿和冬儿站在门口,以敬慕的眼光审视着他们。秋儿见到他们时,说:红卫兵,雄赳赳,气昂昂,跨过了战场,回到了家。说过之后,就上前与哥哥握手。春儿到父亲跟前,将一个小绿本递给父亲看。柯尔蒙接过,仔细过目,心中的喜悦油然而生。柯尔蒙问:怎么就能毕业了呢?春儿说:毕业是要写申请的,经红卫兵兵团盖章同意,学校才准发。可能看在我表现突出,并在申请报告里表态,毕业后走上新的岗位,同样以满腔的热情投身"无产阶级文化大革命"事业,革命不分彼此,不分岗位,在哪都一样,所以他们就同意我毕业了。柯尔蒙问:工作怎么安排呢?春儿说:学校推荐我去省轻工业厅,当厅长秘书。柯尔蒙都不敢相信自己的耳朵了,问:有这么好的事?春儿肯定地回答:省里有几家单位向我们学校要毕业生,所以我们这一批先毕业了几十人,春节后就去报到。柯尔蒙说:那是再好不过的了,快去把好消息告诉你妈,还有奶奶。春儿"嗯"了一声,转身正要离开,突然问:学校有一位朱教授下放到生产队蹲牛棚,你知道吗?柯尔蒙一惊,转而回答:知道的,朱咸来教授。春儿说:我去看看他,这人我认识。柯尔蒙转念一想,劝春儿说:你还是先歇歇吧,以后再看不迟。柯尔蒙说这话是有自己的考虑的。春儿因为表现出色,刚刚走上新的岗位,不要因为这事影响了他的前程。

夏儿回来的时候却没有春儿那份热情,他先跑到母亲跟前,道一声"我回来了",才去跟父亲打招呼。柯尔蒙也没有了刚才与春儿在一起时的那份高兴劲,他看了看夏儿,说:回来就好,多帮妈妈做些家务。

过年的头一天,柯尔蒙和卫秀兰特意准备了几份年货,要送给村里的五保户、傻子家以及蹲牛棚的朱咸来教授。见到朱咸来教授时,柯尔蒙心里就有些伤感,不知道要对他说些什么。朱咸来教授起身开门,又回到床上,靠在床头,用被子将自己裹得严严实实。他见柯尔蒙书记进来,看了他一眼,不说话。柯尔蒙将带来的年货放在一张小方桌上,转身坐到床沿上。许久,柯尔蒙才说道:这是我的一点心意,不知道你过年还缺什么。朱咸来教授抬起头来,又看了一眼柯尔蒙,摇了摇头,说:什么也不缺,你回吧。柯尔蒙未动,问:你的家人他们还好吗?朱咸来教授回答说:老婆回了娘家,孩子在外地。柯尔蒙安慰他说:既来之,则安之,有什么困难,可以跟我说的。朱咸来教授说:谢谢。没有多余的语言。柯尔蒙站起身来,说:我回去了,下次再来看你。朱咸来教授回说:不送。柯尔蒙环视了一下四周,离开了牛棚。回来的路上,柯尔蒙心情沉重。柯尔蒙印象当中,朱咸来教授不是这样子的。以前他性格开朗,健谈,现在却沉默寡言,心事重重,一脸的沧桑。

朱咸来教授到村里的第三天,参加了生产队为他举行的一次会议,生产队领导及各小组组长都参加。李明波支书先致辞,接着由朱咸来教授发言。朱咸来教授就讲了几个字:感谢,服从这里的安排。大家等着他往下说的时候,他却停住不说了。这几个字说得够明白的了,他也没打算往下多说。李明波支书只好接着说,将朱咸来安排到李霜天那组,春节后参加劳动。大家没有异议,散会。朱咸来教授离开生产队的草屋,一个人默默地回到牛棚。

巫竹梅从儿子口中得知朱咸来教授到生产队来蹲点，大为诧异。她执意要去见见他，被柯尔蒙劝阻了。巫竹梅说：当初在安庆，朱教授是你父亲最谈得来的朋友和同事，他现在蹲牛棚，我们不能知之不问，坐视不管。没想到春儿和夏儿也站在柯尔蒙一边，劝奶奶不要去看他：他现在是右派分子，是反革命，我们必须与他划清界限。巫竹梅气冲冲地说：你们不去我去，你们也要与我划清界限吗？春儿、夏儿无语。柯尔蒙说：我已经去看过他了，他就像当初我们刚下放到这里一样，有吃有住，落得清闲。巫竹梅直视着柯尔蒙，问：能一样吗？他是被监视的对象，是被遣送到乡下的，孤苦伶仃，无依无靠，他能好吗？卫秀兰上前说：妈，他蹲牛棚不是一天两天，来日方长，现在外面形势这么紧，这个时候如果我们与他走得太近，会很容易引起村里不怀好意之人的怀疑，说不定反而害了朱教授。儿媳妇这么一说，巫竹梅倒是舒缓了一下严肃的表情，说：人都有难处，我们不要忘了，当初在学校人家是帮助过你父亲的，现在人家有难，我们也应该帮人家。柯尔蒙连忙点头，说：妈，我也在想这个问题，会帮他的。

到大年三十那天，卫秀兰看婆婆仍然心事重重，便悄悄地对柯尔蒙说：我们是不是把朱教授接到家里吃个年饭？你看妈情绪低落，我担心她年过不好。柯尔蒙说：我也这么想过，但是，今天晚上也许会有人去看朱教授的，或者有人会监视他的，到时候不见了他，会发动群众到处找的，如果发现在我们这里，事情就闹大了，我们自己不说，这对他也很不利。卫秀兰微微叹息一声。不一会，柯尔蒙又说：三个孩子如今都是红卫兵，就是我们请朱教授过来，他们也会反对的。卫秀兰觉得丈夫说得有道理。这几个孩子现在跟着形势走，对什么右派、走资派、反革命都深恶痛绝，将右派分子接到家里，他们怎么可能不反对呢？

但是，出乎柯尔蒙夫妇意料的是，下午春儿将父母招到一边，对他们说：我觉得还是应该请朱咸来教授到家里吃个年饭。柯尔蒙夫妇大为诧异。春儿说：他是右派，只是蹲牛棚，上面并没有说蹲牛棚的人不能与外界接触，不接触,他怎么接受劳动人民的教育呢？另外,他与我们家有渊源,而且又是我们学校的教授,我们也应该向他伸出援手。柯尔蒙夫妻相视而笑。柯尔蒙对春儿说:你把夏儿的思想工作做好,再告诉奶奶,我们趁大家吃年饭的时候接他来,应该不会引起别人注意的。春儿跑去做夏儿的工作,没想到夏儿并没有反对。也许他这两天也在作思想斗争,最终亲情战胜了冷漠,同情战胜了敌视。

这一年的大年夜,柯家少了柯尔明夫妇,却多了一位朱咸来教授一起吃年饭。他们请朱咸来教授到家里来,是很讲究策略的。饭前,柯尔蒙带几个孩子去湖边烧纸。烧过纸后,外面开始响起零星的鞭炮声,家家户户到了吃年饭的时候,柯尔蒙遣春儿一个人前去请朱咸来教授。一开始朱咸来教授一口回绝,但是春儿打出奶奶的名头,朱咸来教授颇为震惊,这才随春儿前往葫芦岛。朱咸来教授见到巫竹梅,两眼都快湿润了。他自己处境堪忧,却问起巫竹梅来:嫂子,你还好吧？他这一问,一把辛酸涌上巫竹梅心头,她的眼泪都流出来了,说:我什么都好。朱咸来教授说:乡下清静,不像城里喧嚣。表面看似平静,他的内心又如何能平静得了？吃年饭的时候,柯尔蒙和春儿陪朱咸来教授喝酒,其他人喝糖水。朱咸来教授一开始有些拘谨,时间一长,渐渐地放开了许多。这个年饭,吃的时间不长。刚刚放下饭碗,柯尔蒙吩咐春儿给朱咸来教授泡杯茶,朱咸来教授却站起身来,对巫竹梅他们说:我回去了。大家有些诧异,朱咸来教授还是转过身,与他们一一打招呼,走出了门。柯尔蒙派春儿送送他,春儿刚走出门口,就被朱咸来教授推了回来。柯尔蒙、巫竹梅等人走出门,站在门口目送着他,直到他从葫芦岛消失。这个年饭,因为朱咸来教授的到来,是柯尔蒙一家自下放到葫芦岛以来吃得最沉重的一次年饭。

5

北风呼啸,垂柳枯萎,寒气袭人。

春节一过,柯之春就背着行李,顶着寒风,离开了葫芦岛。他兴致勃勃地赶往省城上班。他憧憬着未来,一颗心时刻激荡着。

他的办公室被安排在厅长鲍德文办公室的隔壁。

柯之春向鲍德文厅长报到时,鲍厅长语重心长地对他说:我们欢迎像你这样的大学生来工作。鲍德文厅长已经五十开外,头发浓密却是黑白相间。柯之春虽然不是第一次见这样的大领导,他在学校当红卫兵时曾经参与批斗过几位省厅级的领导,但他们都是即将下台的干部,极为狼狈,鲍德文厅长给他的印象却是眉宇有神,温文尔雅,颇有真正的领导风范。柯之春坐到自己的办公室时,心情舒畅。这办公室要比大大在团结大队的办公室好上很多倍。这是四层楼办公楼的第四层。这里窗明几净,办公桌、茶几、书架、笔墨纸砚,还有花盆,一应俱全。

柯之春上班第一天就给大大打电话,告诉他这里的情况,让他不要为自己担心,一切都好。柯尔蒙为他高兴,只交代他一句话:记住,努力工作,和领导、同事们搞好关系。放下电话,柯之春喜不自胜,心情久久不能平静。

夏儿不一样,仍是红卫兵。夏儿在学校里仍以满腔的热情投入红卫兵运动当中。学校除了政治思想方面的课程外,其他课程几乎都停了。杨小名揭发他父亲的事又有了后续。他父亲被红卫兵揪到大湖人民公社的广场上批斗,杨小名带夏儿等人全程参加。夏儿看到杨小名的父亲杨名被戴上高帽,胸前挂着写有黑字"走资派"带红"×"的纸牌,与其他几名走资派、反革命分子一起跪在台上。在这次批斗会上,夏儿见到了自己的父亲柯尔蒙,父子相见，默默无语，内心却别有一番滋味。杨名校长是团结小学的走资派，所以团结大队的书记柯尔蒙应该到场的。夏儿还见到大湖人民公社的乡长陈保根。以前在家的时候，夏儿经常听父亲说到他。在会议现场就没有见到大湖人民公社的书记牛得草。陈保根乡长代表公社领导在会上脱稿发言，他态度鲜明，义愤填膺，横眉冷对，口吐连珠，批判杨名在团结小学隐藏得深，幸亏被红卫兵优秀骨干杨小名揭发，不然会给我们的学校、我们党的群众基础造成无法估量的损失。接着，他大谈大湖人民公社全体社员不放松阶级斗争的警惕性，时刻准备着保卫毛主席，保卫"无产阶级文化大革命"。他发言的时候，连柯尔蒙都觉得他像换了一个人似的。运动能使一个人忘了自己的年龄，能使一个人由心平气和变得激情澎湃，疾恶如仇。批斗会结束后，杨名等人被红卫兵和民兵押着在大湖镇上游街。那场面，比过年的时候湖边生产队舞狮子灯还热闹。柯尔蒙没有参加红卫兵组织的游街活动，他与夏儿都没说上话，就回去了。

　　据说，杨名被批斗游街后，回到家大病不起。他老婆本来是站在儿子一边的，与杨名夫妻关系早已名存实亡，但是看到杨名病成这样，恻隐之心油然而生。毕竟是夫妻一场，她不能见死不救，于是开始为他寻药问医，并进行照料。这期间，杨小名回家一次，见到父亲骨瘦如柴，奄奄一息，他心中也起过微澜，但是，对走资派是不能同情的，这是两条路线的斗争。为此，杨小名少不得对母亲大发雷霆，最终愤而离家。他母亲哭得像泪人一般。杨小名走后不到两个月，杨名离开了人世。他临终前终究没有见到他儿子一面。他的死并没有在人们的心里留下太多的感慨，就像大自然中的一棵树倒下去一样，极其自然。在杨名病重的时候，柯尔蒙曾去他家看望过一次。杨名握着他的手，过了好几秒才说：没想到，是我的儿子。之后，他就不说话了。柯尔蒙说什么，他仅是微微地点一下头。只是在柯尔蒙离开的时候，他才费了好大的力气对柯尔蒙说：保重。两个字，声音轻得不能再轻，却让柯尔蒙心情更加沉重，也让他更加自责。杨名离开人世，我没有保护好他，内心惭愧。

"无产阶级文化大革命"逐步深入,一大批身居高位的官员纷纷倒台。他们被扣上"资产阶级的当权派""右派""现行反革命""走资派"等等罪名,被抄家,被红卫兵拉到街上游斗,被遣送到农村像朱咸来教授一样蹲牛棚。他们有些人本来是这场"文化大革命"的拥护者,一夜之间,就被划到了对立面,成了人民专政的对象。谁也不能确定,官员们今天坐在这个位子上,响应上面的号召,投身于轰轰烈烈的运动,明天他会不会犯错,能否保得住自己的位子。毛主席说过,不是东风压倒西风,就是西风压倒东风。

这些官员被扯下马,空出了大量的位子。柯尔蒙因为工作出色,加上运气,他顺理成章地当上了大湖人民公社乡长。大湖人民公社原来的乡长陈保根,在这之前摇身一变,当上了大湖人民公社的书记。大湖人民公社原来的书记牛得草,因为说错一句话,被红卫兵贴了大字报,很快就被揪出,成了被批斗的对象。牛得草成全了柯尔蒙。柯尔蒙就像当初当大队书记一样,一不留心,就坐上了乡长的位子。但是,他时时警醒自己,位子升得太快了,千万不能像牛得草那样,忘乎所以,大意失荆州,得处处小心才是。好在前面有陈保根书记,作为乡长,他全力配合就是。陈保根书记知人善任,对他极为信任,有些工作大胆地交给他做。两人步调一致,用一个声音说话,大湖人民公社领导班子以他俩为核心,形成了坚强的战斗堡垒。

陈保根自从当上大湖人民公社的书记后,全家搬进了公社大院。柯尔蒙当上乡长后,陈保根书记建议柯尔蒙全家也搬到公社大院,并安排卫秀兰在公社工作。柯尔蒙婉言谢绝了。家里人太多,这不合适。因为工作需要,柯尔蒙自己住进了公社大院,吃在公社食堂。因为工作繁忙,他一般一周回去一趟,大都是赶在礼拜天。

柯尔蒙到公社上班还不到半年,一张针对他和陈保根书记的大字报就被贴到了公社的墙上。这令他和陈保根书记大为震惊。大字报标题很刺眼——《团结帮危害大湖人民公社》。往下看,陈保根书记、柯尔蒙乡长的名字赫然在目。内容是大湖人民公社领导班子中,陈保根书记、柯尔蒙乡长都是团结人,在工作中他们形成团结班,人民公社之事都是由他们两人说了算,在工作中他们独断专行,打压异己,只关心支持团结大队的工作,无统筹意识;另外,对"无产阶级文化大革命"热情不够,支持不够,这样下去,人民公社将要变成修正主义的殿堂。落款为"大湖人民公社部分社员",没有真实的姓名。陈保根书记看到大字报时,有些愤怒,欲上前一把将大字报揭了。但是,他举在空中的手停下来了,终究没有揭。幸亏没有揭,否则性质就变了。不管大字报的内容是不是真实的,你揭了它,就是对抗,你对抗的不是大字报,而是"无产阶级文化大革命"。陈保根书记冷静下来,找柯尔蒙乡长商量。柯尔蒙分析说:定是内部有人在工作上对我们有意见,心存不满,特意以部分社员的名义写大字报发泄不满。大字报中对团结帮的指控并不具体,站不住脚。何谓只关心支持团结大队的工作?没有说出具体的事例。何谓打压异己?我们平时很尊重班子里的同志……柯尔蒙话还没有说完,陈保根书记就打断了他,说:我知道是谁写的了。柯尔蒙说:谁写的并不重要,重要的是如何挽回影响,别让大字报成了攻击我们的工具,把公社的事务搞乱,这事得认真对待。柯尔蒙进一步分析说:我们不需要驳斥,但需要澄清。陈保根书记问:如何澄清?柯尔蒙说:先开一次公社党委班子会议,再开公社党委扩大会议,这既是对大字报的重视,也是针对大字报上的内容进行澄清的机会,以正视听。陈保根书记一连声地叫好。这时,柯尔蒙突然问:你认为大字报是谁写的呢?陈保根书记不假思索,说:会不会是龚学明?柯尔蒙愕然。

  当天下午,陈保根书记就主持召开了一次公社党委领导班子全员参加的会议。在会上,陈保根书记首先做了检讨,说自己平时也许对自己家乡有些偏爱,对其他生产大队的工作关心不够,对班子成员尊重不够,听取意见不够,大字报出来后,自己一直在进行反省,决心改正。接着,陈保根书记开始大谈"无产阶级文化大革命",说公社党委对"无产阶级文化大革命",旗帜鲜明,坚决拥护,对毛主席和党中央绝对忠心,今后我们要按照上面的指示精神,加大宣传力度,力争使大湖人民公社的"文化大革命"运动,做得有声有色、声势浩大,以优异的成绩向党中央和毛主席,向上级党委汇报。陈保根书记讲话的时候,不时地看着班子里的一位成员,这个成员就是龚学明,他是公社常委,负责组织工作。从陈保根书记的眼神里,柯尔蒙似乎读出写大字报的人就是龚学明了。柯尔蒙突然想起,当初县里准备提拔自己当乡长时,此人曾到县里找关系,他对乡长这个职位早已是垂涎三尺了。乡长没当成,他心里是有些不平的,这年头,最好的发泄方式就是贴大字报。大字报只管写,谁也不会对大字报的内容和后果负责。接着柯尔蒙发言,他也是先检讨,后表态,言辞恳切。会上,龚学明也发言了,说:大字报上说团结帮,我看不出,我们党委哪里有团结帮?不仅没有团结帮,也没有对"无产阶级文化大革命"热情不够、支持不力的问题。我看两位主要领导把主要精力都放在了开展"无产阶级文化大革命"运动上面,这是有目共睹的,也是我们深切感受到的。龚学明这样一说,柯尔蒙似乎又不敢相信大字报就是他写的了。接着姚连发发言。姚连发是个大老实人,说话都有些拘谨,表态很好,谁也不会将他与写大字报的人联系在一起。

柯尔蒙提议召开公社党委会非常及时,效果明显,当天夜里,就有人将大字报偷偷地给揭了。大字报被揭,陈保根书记也不追查,柯尔蒙原先提议的公社党委扩大会议也就没必要开了。大字报的事无人再提起,就这样过去了。陈保根书记和柯尔蒙乡长都松了一口气。

6

七月似火。农村一年一度的"双抢"又打响了。周六下午,柯尔蒙难得早点离开公社,回到位于葫芦岛的家。

柯尔蒙回来的时候,只有母亲巫竹梅一人在家,卫秀兰正带领她的妇女小组冒着酷暑在田里收割稻子。她已经不是刚到农村时的生手了,成了一位熟练的收割能手。她与其他妇女你追我赶,开展劳动竞赛。虽然很累,很疲劳,但她也快乐着。她已经彻底地融入了农村这片天地。在这片土地上,她与姐妹们相处融洽,上工时比学赶帮超,越干越有劲。

李明波支书虽对卫秀兰觊觎已久,但明里也不敢怎么着。白天卫秀兰在田里干活的时候,李明波支书再也没有像过去那样不怀好意地盯着她看了。他之所以胆子变小了,更多的原因是慑于柯尔蒙是公社乡长。

卫秀兰拖着疲惫的身体回到家时,柯尔蒙心疼地上前接过她手里的镰刀,关切地问:累不累?卫秀兰用手擦了擦额上的汗,冲柯尔蒙娇柔地一笑,摇了摇头。卫秀兰看似柔弱,其实是一个坚强的主妇,她几乎从来不在柯尔蒙面前叫苦叫累。她这一笑,让柯尔蒙心生怜爱。柯尔蒙从她的笑容里已然看出一丝丝浅浅的但美丽的皱纹。柯尔蒙将镰刀放在墙边,示意卫秀兰坐到凳子上歇歇,说:我来舀点水给你洗把脸。卫秀兰显得很温顺,她坐到凳子上,等着柯尔蒙从厨房里端水来。不一会,柯尔蒙将水端出,放在卫秀兰面前的桌子上,对卫秀兰说:我帮你洗吧?卫秀兰接过柯尔蒙递过来的毛巾,羞涩地摇了摇头。年轻的时候,婆婆等人不在家,他们也没有这样浪漫过,现在她更不习惯了。这时,巫竹梅端出两盘菜,放到桌子上,对柯尔蒙说:我去再加一道菜吧。巫竹梅走后,柯尔蒙与卫秀兰相视会心地一笑。

巫竹梅将菜烧好端上桌时,秋儿、冬儿背着书包陆续回到家。冬儿一到家,立马扑到柯尔蒙的怀里,喊:大大,大大。好长时间没见到大大了,她显得极为亲热。柯尔蒙伸手抚摸着她的头发,问:冬儿在学校表现如何?冬儿抬起头,说:表现很好的,我们考过试了,下周就放假了。柯尔蒙问:考得怎么样?冬儿说:简单的,今年加了实验、体育、政治思想课,不难。柯尔蒙笑着说道:冬儿好样的,有奖励。说着,从自己的公文包里拿出一只精致的文具盒递给冬儿,说:下学期你就用这个。冬儿双手接住,一边仔细地打量,一边对父亲说:谢谢大大。柯尔蒙冲冬儿点点头,"嗯"了一声,这才转身问秋儿:你在学校怎么样?秋儿说:也还好的。柯尔蒙也给他带了一件礼物——体育衫。秋儿接过,爱不释手。柯尔蒙转而问卫秀兰:夏儿晚上不回来吗?卫秀兰回答说:哪知道呢,他最近不太稳定,有时周末都不回来,许是红卫兵运动事情多了。于是,五个人坐到桌边吃饭。吃过饭,到晚上的时候,夏儿还没有回来。

柯尔蒙表现积极,为卫秀兰准备热水让她洗澡,并从公文包里拿出一块香皂,对卫秀兰说:你以后用这个洗澡,不要用肥皂了,这个对保护皮肤有好处。卫秀兰是一个爱美的女人,当然喜欢。她接过香皂,冲柯尔蒙微微一笑,然后将香皂放在一边,终于情不自禁,转过身上前抱住柯尔蒙。柯尔蒙感受到了她的炽热的情感,伸手将她搂住,深情地亲吻她。好长时间,他们才松开。卫秀兰无所顾忌地在他面前脱衣。柯尔蒙坐到床沿上默默地注视着卫秀兰,直到她赤裸着身子坐到盆里。卫秀兰现在洗澡是不关灯的,因为家里所有的窗户都已经安上了玻璃,被关得严严实实,里面还加了一层窗帘。柯尔蒙注视着卫秀兰,卫秀兰明明知道他在注视,并不感到羞赧,反而是大胆地舒展自己的身体。卫秀兰的身体仍然是那么美丽、成熟、饱满、白皙,她近乎完美。看着卫秀兰的身体,柯尔蒙就感觉到自己很幸福,他甚至觉得自己即使没有了乡长这个职位,即使回到农村种田,过上清贫的生活,也是幸福的,因为有卫秀兰就够了。他的幸福是卫秀兰带来的。她善良、传统、持家,她对他温柔体贴,支持他的工作,她为他生了四个儿女,这就是幸福。柯尔蒙看着卫秀兰,回味着自己的幸福,浮想联翩,突然卫秀兰的一句"将毛巾拿给我"将他惊醒。柯尔蒙连忙站起,伸手从床上拿起毛巾递给卫秀兰。卫秀兰站起身子,整个身体无所顾忌地在他面前裸露着。柯尔蒙终于说了一句:我要你。然后解衣上床。卫秀兰自然明白他的意思,在丈夫面前,她已经不像刚结婚几年那样遮遮掩掩了,只要是柯尔蒙提出的,她都会满足他的要求。她是他的妻子。其实,自从丈夫离开,到现在已经有十来天没接触了,她岂能不想?她正等着柯尔蒙这句话呢。卫秀兰用毛巾将身子擦干,直接上了床。

第二天一起床,柯尔蒙就想起朱咸来。他问卫秀兰:朱咸来教授怎么样了?卫秀兰说:就那样,生产队里对他不管不问,他白天参加劳动,晚上将自己关在屋里,几乎不与人交流。晚上妈去看过他,他劝妈不要去了。柯尔蒙感叹一声:难为他了。卫秀兰:上周,我让秋儿给他送过红糖和山芋。柯尔蒙说:晚上我去看一下他。

到了晚上的时候,柯尔蒙带上粮票和一盒饼干,来到朱咸来教授的牛棚。朱咸来见到柯尔蒙,第一句话就是:你不必来的。柯尔蒙关切地问:参加生产队的劳动,累不累?吃得怎么样?朱咸来教授回道:我干我的活,他们也没逼着我多干,白天累,晚上休息就可以补回来。柯尔蒙在屋子里转了转,走到墙边将灶台上的锅盖揭开看了看,锅里还剩着稀饭,灶台上摆着两只碗,一只碗里是咸菜,另一只碗里剩着半碗饭。朱咸来教授说:我现在真的是无政府主义了,落得清闲。柯尔蒙问:上面没说到农村什么时候结束吗?朱咸来教授说:他们只是叫我下,根本没想着让我回的,我已经做好了长期的打算。柯尔蒙说:我给你打听打听。朱咸来教授一挥手,说:别,我暂时还不想回去。回去了岂不是更受罪?不能上讲堂,天天被拉去批斗,我干吗回去?在这里多清静。柯尔蒙寒暄几句,便与朱咸来教授告别。他离开朱咸来教授的牛棚时,心情有些沉重。

李霜天挑着两只粪桶,来到葫芦岛,对柯尔蒙说:我来给你家的菜园上肥。他直接进了葫芦岛的茅厕,然后挑出大粪,到菜园里给蔬菜浇粪上肥。自从柯尔蒙离开湖边生产队到团结大队任文书以后,他自告奋勇,除了冬天,几乎每个月都要到葫芦岛一两趟来给菜园上肥。一开始,卫秀兰颇有些难为情,每次他上过肥之后,总要给他拿上几个鸡蛋或一袋炒米什么的。时间一长,也就习以为常了,卫秀兰几乎不拿他当外人。卫秀兰曾经对柯尔蒙说过这事,柯尔蒙也觉得不好意思,说:我们怎好麻烦人家?但是,李霜天出于好心帮忙,不求回报,长此以往,视为义务了。为这事,村里不少人在背后议论:他是冲着卫秀兰去的,他癞蛤蟆想吃天鹅肉。如果说,李霜天去葫芦岛帮忙,不是为了卫秀兰,那绝对是假话。他并不是想与卫秀兰发生什么,他只要看见她,就觉得是一种享受,就觉得他为她做任何事都值得。李霜天做完了他的活,已临近中午,柯尔蒙留他吃午饭,他执意不肯。李霜天看了卫秀兰一眼,挑着两只粪桶走了。巫竹梅冲出来,对柯尔蒙说:给他准备好的一块肥皂也忘了。

傻子吃过饭又来到葫芦岛。以前每隔几天他都会来的,许是想看看春儿可回来了,许是想看看卫秀兰。傻子虽然傻,但也如常人一样,喜欢看漂亮女人。傻子穿着大裤衩,光着上身,来到岛上的时候,看见柯尔蒙正站在门前察看路边的绿化带,他极少见地冲柯尔蒙傻笑了一下。柯尔蒙叫住他,难得有闲情逸致,问:你大大呢?傻子站在小路边,说:家。柯尔蒙又问:身体怎么样?傻子好半天才从喉咙里挤出几个字来:好好,好。柯尔蒙训小孩似的对他说:你在家要听话,多帮你大大做点事。他一说,傻子居然点头,嘴里哼道:嗯,嗯。柯尔蒙转身去了湖边。傻子走到草屋门前,伸头朝屋里瞧了瞧,见屋里安静得很,除了巫竹梅外没其他的人,便退出来,回去了。

中午,卫秀兰帮柯尔蒙收拾了一下东西,休息了一会,便要去上工。她走出门,柯尔蒙跟着她出门。两人没走出几步,就见大坝上有两个人拉着板车急匆匆地向草屋这边奔来。板车的后面,远远地跟着几个村里的孩子,傻子也跟在后面。柯尔蒙夫妻有些疑虑,两人停下脚步,你看看我,我看看你。等到来人和板车靠近时,柯尔蒙和卫秀兰都瞪大了眼睛,因为他们看见,板车上躺着一个人,那个人正是夏儿。来人拉着板车在柯尔蒙夫妇面前停下。卫秀兰急切地问:夏儿怎么了?拉板车的两个红卫兵异口同声道:他受伤了。柯尔蒙连忙上前,说:快,将他搀到屋里去。红卫兵转身将躺在板车上的夏儿小心翼翼地搀扶起。卫秀兰上前抓住夏儿的手,夏儿"啊哟"一声。

夏儿右胳膊上打着纱布,卫秀兰没注意,抓住了他的手,夏儿疼痛难忍。卫秀兰只好轻轻握着,哪敢用劲。傻子也上前帮忙。夏儿在众人的帮助下,下了地,被他们搀扶着一拐一拐地进了屋。夏儿躺到床上,咬着牙,一脸的痛苦状。巫竹梅看到这情形,眼泪差点出来了。秋儿一脸焦虑。冬儿眼泪已经出来了,她一边看着哥哥,一边用手揉眼睛。卫秀兰焦急地问:怎么了?摔的?打架了?送夏儿来的一位红卫兵说:他是被赤卫队兵团的人打伤的。这时,夏儿从床上抬起头来,忍着痛,向父母介绍说:他们是和我一个兵团的红卫兵战士。卫秀兰冲红卫兵说:谢谢你们了,你们歇会,喝点水。听到这话,巫竹梅离开床边去客厅倒水。卫秀兰问:这是什么时候的事?其中一名红卫兵说:昨天上午我们送他到医院包扎伤口的,今天就从医院直接送到这了。柯尔蒙问:学校知道吗?红卫兵说:我们兵团的领导正在处理这事。在红卫兵眼里,只有兵团,哪有学校?说着,他从上衣口袋里掏出钱和粮票,递给柯尔蒙,说:这是我们兵团领导的慰问金,你收下吧。领导说,让夏儿在家安心休息,一切费用由兵团出。柯尔蒙接过钱、粮票,示意红卫兵到外面休息。不想,红卫兵却说:不了,我们要赶回去的。接着,两人向柯尔蒙和卫秀兰分别敬礼,并与夏儿告别,很快就走出了屋。

卫秀兰看见傻子,对他说:你快去田里,到妇女组,说我下午家里有事,不能上工了。傻子反应少有地快,像接到一项重大而光荣的任务一样,扭头冲向屋外。卫秀兰转身对柯尔蒙说:你回公社去吧,夏儿在家休养,我们能照顾。柯尔蒙点了一下头,朝身边村里的孩子们挥一挥手,说:你们回去吧。几个孩子好奇心得到满足,一个个走出屋子。柯尔蒙转而问夏儿:到底怎么回事?夏儿躺在床上欲支撑起身子,几经努力都失败了,他的腿也受伤了,打着石膏。夏儿看着床边站着一排家里的人,只得一五一十地将事情的经过说了一遍。

头一天上午,大湖高中的前进兵团抓捕一个现行反革命时,与桐城二中的赤卫队兵团起了冲突。现行反革命就是桐城县县委办公室的副主任任小辉。夏儿提起任小辉的名字时,柯尔蒙吃了一惊。任小辉,柯尔蒙以前不仅认识,而且还有着工作上的联系。没想到,他也被打倒了。最早写任小辉大字报的,是大湖高中前进兵团的一名红卫兵。这名红卫兵与任小辉是同住在郊区人民公社的邻居,任小辉原是郊区人民公社的副乡长,调到县委办公室任副主任后,就很少回郊区住,他在县委宿舍分到了一套房子。这名红卫兵受其父亲的影响,很看不惯任小辉,于是萌生写他大字报的想法。这名红卫兵通过各种手段,终于罗织到一些任小辉的"反革命罪行"。他有的放矢,一炮打响。任小辉是由大湖高中红卫兵前进兵团的红卫兵揭发的,按理应该由前进兵团的红卫兵将他抓捕游街批斗,但是,桐城二中的赤卫队兵团却插上一杠,他们认为任小辉是县委办公室的副主任,按属地,应该由赤卫队兵团负责落实抓捕游街行动。两派人员在县委宿舍大门外争执不休,各不相让,最终酿成冲突。夏儿形容冲突场面时说,比打群架猛烈得多,要不是双方兵团领导出面制止,定会出人命,惨案。像夏儿这样受伤的,双方都有十几人。

　　柯尔蒙不想再听夏儿说下去了。他对夏儿愠怒道:你啊,脑子一根筋,还嫌逞英雄不够?这么大了,一点也不让人省心!夏儿看了一眼父亲,不说话。冬儿心有余悸,看看父亲,又看看哥哥,心里一软,上前轻轻地抚摸了一下哥哥的腿。卫秀兰叹了一口气,摇了摇头,不知说什么好。巫竹梅心疼孙儿,关切地问:要吃点什么?夏儿摇了摇头。卫秀兰转而对柯尔蒙说:称几斤猪肉给夏儿补补吧。柯尔蒙脸上严肃,心里却软得很,很快走出门,骑上自行车,离开了葫芦岛。

　　柯尔蒙回到人民公社上班的第二天,湖边生产队又来了三位陌生人。这三个人,两男一女,佟冬明、李小东、郭海青,都是下放知青。李明波支书专门将生产队的那三间草屋腾出两间给他们住。剩下的一间,他们另外开了一道门,堵了里面的门,留作生产队用,李明波支书、李明清队长和李惠惠文书三个人挤在一起办公。李明波支书这样安排,更显出他对下放知青的重视。毛主席说:农村是一个广阔的天地,在那里是可以大有作为的。毛主席又说:知识青年到农村去,接受贫下中农再教育,很有必要。知识青年响应伟大领袖毛主席的号召,满腔热情"上山下乡",投身社会主义新农村建设,理应得到广大农村干部的热情支持。李明波支书是讲政治的,他不可能将朱咸来隔壁的两间牛棚辟出来给下放知青住的。佟冬明等人到湖边生产队那天,场面热闹得很。当载着佟冬明三人及他们行李的拖拉机停在湖边生产队村口时,李明波支书让人燃起了鞭炮,李明波支书、李明清队长、李惠惠文书以及各组的组长在村口列队欢迎。一群孩子站在远处观看,傻子总是与这些孩子站在一起。待佟冬明等人下了拖拉机后,李明波支书等人将他们迎到草屋前。佟冬明等人好奇地看着收拾一新的草屋时,心情无比舒畅。三位知青头昂得高高的,走进草屋,在两间房子里转了一圈,会心地微笑着。卫秀兰站在人群中,看着三位知青走进草屋,心想:如果我们家之前没有下放,生活在城里,这时候,按年龄,春儿、夏儿也是要下放的。之前老柯下决心下放,原来他看得远。几位社员手脚利索,三下五除二,就将拖拉机上的物品搬进草屋,然后散去。卫秀兰见李明波支书等人进了屋,转身回葫芦岛了。

　　第二天一早,卫秀兰卷起裤腿,离开自家的草屋,远远地就看见大坝上站着一个人。卫秀兰走近一看,原来是昨天下放到村里的郭海青。郭海青扎着两只辫子,穿着短袖衬衫,她站在那里似乎是在等卫秀兰。卫秀兰没想那么多,以为她是第一次到湖边来,欣赏这里的景致,便直接从她身边走过去。但是郭海青突然喊:卫姨,你还记得我吗?卫秀兰停下脚步,瞪着眼睛审视着郭海青,半响才悟出:原来是海青啊。郭海青点点头。卫秀兰说:几年不见,你长这么大了,成大姑娘了。郭海青说:我昨天就认出你了。卫秀兰问:你不是还在上学吗?怎么成下放知青了?郭海青说:我今年高中毕业,响应号召,就下放到这了。卫秀兰点点头,说:还是当下放知青好。谁知郭海青却说:我也不想下放的,没办法,我爸我妈偏爱我哥,我就只好下放了。卫秀兰说：以后我们就近了，需要什么，对我们讲。郭海青说：谢谢卫姨。你这是去上工吗？卫秀兰"嗯"了一声，转身走向田间。郭海青突然问：春儿在家吗？卫秀兰停下脚步，扭过头，说：他已经工作了，在合肥。郭海青眼神有些迷离，转而劝卫秀兰赶紧去上工，自己则双手插在裤兜里，茫然若失地走出大坝。卫秀兰看着她的背景渐渐消失，感喟时间过得太快。郭海青，原是学堂巷卫秀兰家的邻居，她父亲是桐城县卫生局的一名科长，母亲是城关卫生院的护士，郭海青兄妹两人一直在上学，卫秀兰已经好多年没有见到过郭海青了，转眼她已成下放知青。

接下来的日子，郭海青与卫秀兰走得很近。她们同在一个妇女组，卫秀兰是妇女组的组长，郭海青总是听从她的安排，配合她的工作。时间一长，两人关系形同母女。李明清队长曾对卫秀兰开玩笑地说：干脆，你招她做你儿媳妇算了。卫秀兰笑道：孩子的事我们不当他们的家。李明清队长言者无心，郭海青却听者有意。郭海青与春儿从小在一条街道上长大，只是春儿比她大几岁，现在春儿都工作了，想着这事儿，郭海青心里就会泛起涟漪。但是，有一个人得知郭海青与卫秀兰家的关系后却大发醋意，这个人就是与郭海青一同下放到湖边生产队的知青李小东。李小东是县粮食局局长李向东的儿子，家庭条件优越。二人从初一开始就是同学，李小东从高一开始，就一直在追郭海青，郭海青却没当一回事。"我本将心向明月，奈何明月照沟渠。"郭海青下放到团结大队湖边生产队，他居然追随她而至。现在好了，李小东不仅知道了郭海青与卫秀兰家的特殊关系，他还知道了春儿。他本以为可以与郭海青在农村开辟一片属于自己的新天地，哪知道自己和郭海青中间隔着一道坎。这道坎，就是春儿。这让他十分郁闷。柯尔蒙夫妇利用休息日，专门请三个知青到家里来吃饭。郭海青、佟冬明高兴万分，李小东却断然拒绝。郭海青知道他吃干醋，根本就没在意，她直接和佟冬明一起来到卫秀兰家。李小东一气之下，偷偷跑到李晓发家的鸡笼边，将李晓发家的鸡射杀了两只，害得李晓发的老婆齐眉晚上站在鸡笼边破口大骂。而郭海青在卫秀兰家却受到了公主般的优待。郭海青以茶代酒,不停地敬柯尔蒙酒。佟冬明与柯尔蒙对饮,不到半小时,就干了大半瓶酒。两人一边喝酒,一边谈笑风生,柯尔蒙难得这么高兴、这么放松。佟冬明说:我下放到农村才几天,就在领导家喝酒,我回去讲给我同学听,一定让他们羡慕死了。郭海青在一旁插话道:你是沾了我的光。一句话,说得一旁的卫秀兰和巫竹梅大笑。

不几天,郭海青就拎着一只老母鸡来到葫芦岛,她将鸡放在巫竹梅面前。巫竹梅问:哪来的鸡?郭海青说:你们吃就是。不作解释,丢下鸡就走了,巫竹梅留她吃饭,她不肯。卫秀兰回到家,巫竹梅对她一说,卫秀兰也觉蹊跷。第二天,村里就传出龅牙的李晓毛家被人偷了两只鸡。

郭海青上工的时候,卫秀兰悄悄地问:李晓毛家丢了两只鸡,你听说了没有?郭海青装作若无其事,耸耸肩,说:听说了。卫秀兰问:与你那天送我们家的鸡有关系吗?郭海青被识破,对卫秀兰装不起来了,她看看四周,悄悄地对卫秀兰说:是佟冬明偷的,他让我送一只给你,他说,我们不能光吃你们家的;另外一只,我们炖吃了。卫姨,你可别对奶奶说啊。卫秀兰说:现在各家境况都不太好,养两只鸡不容易。话没说完,郭海青连忙止住她,说:知道了,卫姨。

7

20世纪60年代末期,湖边生产队乃至整个团结大队都通上了电,每家每户都装上了电灯。为庆祝光明时代的到来,湖边生产队每户人家就像过年一样在自家门口燃起了鞭炮。鞭炮声震耳欲聋,响彻云霄。

夏儿在家休养了近半年,胳膊完全好了,腿也可以下地行走了。

他正面临毕业。前进兵团考虑到他在"文化大革命"运动中的突出表现,向学校提议准其毕业,并推荐他上工农兵大学。夏儿正愁着在农村劳动不甘心,打篮球算不上专业,上大学还得过考试这一关,最理想的就是保送上大学了,他总算如愿以偿。

像春儿上大学时一样,村里人纷纷前来道喜。柯尔蒙照旧在家门口摆了好几桌饭。夏儿陪父母忙着照应客人。曲终人散,夏儿感到失望的是,他的两个同学没来。夏儿知道,他们心情不好。人有攀富之想,也有嫉妒之心,这很正常。

李春民在家愁眉苦脸,茶饭不思,唉声叹气,影响了李晓发和齐眉的心情。夫妻没有长期的怨。李晓发和齐眉刚刚捐弃前嫌,和好如初,结果又被儿子闹心了。李晓发感叹:还是我这个做父亲的没出息。一句话提醒了齐眉。齐眉想:夏儿能上大学,一定是他父亲柯乡长找人的结果。他父亲这么有能耐,我们为什么不找他父亲呢?柯乡长也许念在春民是夏儿同学的分上,出手帮忙呢。齐眉将自己的想法对李晓发一说,李晓发恍然大悟:对啊,我怎么没想到?齐眉说:这个礼拜天柯乡长会回来,我们去找他。李晓发若有所思,突然说:为什么要我们去找他呢?有一个人比我们更合适,效果更好。齐眉问:谁?你不会让春民去找他吧?李晓发说:你父亲,春民他家公啊。齐眉疑虑。李晓发说:你父亲过去是柯乡长的手下,他们很熟,又是老同志,由他出马,一个顶俩。齐眉想想也是。事不宜迟,夫妻二人当晚就带着李春民回到齐眉娘家。齐眉将李春民的事对父亲齐展说了,齐展答应一试。

齐展独自步行10余里路,来到大湖人民公社所在地,找到柯乡长。柯尔蒙当时正坐在办公室里接电话,看到齐展进来,大为惊喜,一边接电话,一边打着手势让他坐。放下电话,柯尔蒙转身给齐展倒了一杯水。齐展环视室内,连声说谢,接着开门见山:我今天是无事不登三宝殿,打搅柯乡长了。柯尔蒙手轻轻一挥,说:千万别这样,你说。齐展便将外甥希望能上工农兵大学或者找份工作的事一口气对柯尔蒙说了。柯尔蒙稍稍一想,说:工农兵大学我帮不上忙,夏儿是学校推荐上的,我不好跟学校打招呼。这样吧,我写个纸条给你,推荐他去公社的砖窑厂上班。齐展高兴之余,又说了几个"好"字。柯尔蒙随即写了个纸条递给齐展。齐展起身接住,连声道谢,然后转身离开了柯尔蒙办公室。

不出几日,李春民就和李晓岚的丈夫邢浩一样,成了附近胜利砖窑厂的一名职工,皆大欢喜。李晓发和齐眉送走儿子后,晚上拎了一只老母鸡来到柯尔蒙家,卫秀兰坚决不收,夫妻俩硬是将老母鸡丢到屋里,从外面拉上门,逃也似的走了。卫秀兰没办法,退回去反而伤了对方的颜面,只好收下。

李春民去砖窑厂上班的事,刺痛了李春燕。高中毕业后,李春燕也回到了乡下。夏儿上了大学,李春民又去了工厂,这让李春燕焦虑万分,特别是她听说李春民去工厂还是夏儿的父亲柯乡长帮的忙,更是寝食不安。父母李晓铁、春桃多番劝慰,也难以安抚她内心的不平。父母忠厚老实,平时与柯尔蒙一家接触不多,求柯尔蒙夫妇办事,开不了这个口。李春燕指望不了父母,她只有自己想办法了。夏儿和我是同学,我为什么不找他帮忙呢?

中午的时候,李春燕在老梧桐树下守到了夏儿。夏儿一连几天没看见李春燕,以为她特意躲着不想见他呢,这会儿看到,很是吃惊,问:你怎么在这儿?李春燕揶揄道:你现在是大学生了,了不起。夏儿道:什么大学生,在你面前永远都是不起眼的同学。李春燕说:少贫嘴。夏儿立即收住嘴,不说话。李春燕佯装很生气地说:我们村就三个同学,你和春民一个上大学,一个进了工厂。你上大学且不说,你大大给春民帮忙,安排他进了工厂,现在农村就剩我一个人了,像话吗?李春燕连珠炮似的一席话,没有理说成了有理,几乎将夏儿说蒙了。夏儿听她数落,眼睛一翻一翻。李春燕接着说:你大大是乡长,他给春民帮忙,为什么就不能给我帮一下忙呢?夏儿这才听明白了她的意思,恍然一笑,说:春民进工厂是因为他家公找到我大大的,我怎么知道?你又不找我大大,不能怪我的。李春燕怼道:他家公与你大大熟,当然可以找了,我与你大大不熟,我怎么找?夏儿若有所思,说:说得也是。李春燕抱怨似的说:你为什么就没有想到帮我对你大大说说呢?夏儿说:你可能不知道,我们兄妹四人,平时我大大最不喜欢的就是我,我见到他,就像老鼠见到猫,我怎么敢?李春燕问:有什么不敢的?他是你大大,你为同学说话,他能吃了你不成?夏儿特意拿强道:说得也是,我为你说话,他是不可能吃了我的。不过,我干吗要为你说话呢?你以后进了工厂,就是工人阶级,见了我,岂不是头昂得高高的,哪里愿意睬我?李春燕啐道:我们还是同学吗?你要这样说,我们就断了,当我没说。说罢,掉头欲走。夏儿连忙拦住,说:别,别,我只是说说而已,又没说不帮你。李春燕停在原处。夏儿调侃道:你找我帮忙,语气这么硬,叫我一个大男子汉面子往哪里搁?李春燕这才温和地说:你帮了我的忙,我自然对你喜眉笑脸。夏儿说:这就完了?你人生这么大的飞跃,我要是帮成了呢?李春燕问:你想怎么着?夏儿嬉皮笑脸,凑上一步,说:你得和我处对象,自己人帮忙更加名正言顺。李春燕脸都红了,啐道:找你帮忙,你还得占我便宜,什么人!其实她心里一阵窃喜。夏儿现在是大学生了,又是干部子弟,我与他处对象,还算是高攀了呢。夏儿道:这不叫占你便宜,这叫滴水之恩,当涌泉相报。李春燕凝神说道:你先帮了我忙再说,你不能勉强我的。夏儿开心一笑,说:也行,我就算是上一次刀山,下一次火海,也要帮你说一下。李春燕难得地对他莞尔一笑,说:谢了,我走了。说着,转身离开了老梧桐树。夏儿看着她的背影,嘿嘿地笑了。

　　第二天晚上,柯尔蒙回到家,夏儿大着胆子问:大大,听说你给李春民在砖窑厂安排了工作?柯尔蒙一怔,问:你怎么知道?夏儿回答说:他是我同学,我怎的不知道?柯尔蒙说:他家公齐展原是我在团结大队的同事,另外砖窑厂现在也缺人手,他去了应该合适的,顺水人情。夏儿说:你给我的一个同学解决了工作,但是我的另一个同学,却对我另眼相看了。柯尔蒙问:谁?夏儿说:李春燕。提起李春燕,柯尔蒙自然认识,便问:她找到你?夏儿说:她对我说风凉话,说我们家帮了一个同学,而置另一个同学于不顾。正在一旁叠衣服的巫竹梅突然插话:这小姑娘人不错的,让她在农村干活,可惜了。听了这话,柯尔蒙若有所思,说:我明天与团结小学那边说说,看看让她去当一个民办教师可合适。夏儿说:那当然好。

第二天,柯尔蒙就从团结小学带回来好消息,李春燕可以像李晓岚那样到团结小学任教了。夏儿连晚将这个消息告诉了李春燕。李春燕喜不自胜,连说好几个"谢"字,说过转身要走。夏儿叫住了她,说:慢,慢,就这么走了啊?李春燕明白他的意思,问:你要怎样?夏儿说:处对象啊,你忘了?你现在是一名光荣的人民教师了,我也是名大学生,我们很般配的啊。李春燕说:我并没有答应你的。夏儿说:我为你做了这一切,你报答我一下是人之常情。李春燕说:我考虑考虑。夏儿噘着嘴,说:还考虑什么啊,说个"行"字不就得了?李春燕说:这是大事,我得慎重,我还得征求我娘的意见呢。夏儿说:你娘要是为了你好,怎么可能反对呢?在家,你娘都是护着你的,就你说了算。李春燕说:那也得考虑。夏儿一挥手,说:行,你考虑吧,但今天给我一个奖励总可以吧?李春燕问:什么奖励?夏儿指着自己的脸说:亲我一下。李春燕脸唰地红了。夏儿见她羞涩,上前一步,站到她跟前,说:亲一下吧。李春燕心慌意乱,站在那里头都不敢抬一下。夏儿上前拉起她的手。李春燕条件反射地一缩手。夏儿重新抓起她的手。这回,李春燕没有抽回自己的手,但是她心跳加快。她将头扭到一边,不敢看夏儿。夏儿找到感觉了,腾出一只手,将她的肩膀轻轻地扳过来。李春燕没有反抗。夏儿自己也有些紧张了,他大着胆子双手捧起李春燕的脸,一边说太美了,一边就对着她的嘴吻上了。李春燕是被动的,她躲闪不了,顿时脑子里一片空白。夏儿亲吻了两下,一不做,二不休,居然将她紧紧抱住。他这霸道的一吻就吻了好长时间。李春燕几乎要晕倒,她终于将他推开。李春燕站在那里,低着头,一言不发。夏儿说:谢谢你,从今往后,你就是我的人了,我会对你好的。李春燕举起手,用手背擦了擦嘴,轻声对他说:你回去吧。夏儿说:我送你。李春燕说:这么近,你回吧。说着,转身走了。夏儿站在那里,注视着她的背影,直到她消失才回。

　　李春燕回到家,被父亲李晓铁堵在了门口。李晓铁厉声问:你到哪去了?李春燕说:我去稻床了。李晓铁说:今天快要下雨了,稻床上哪有人?李春燕愣了一会,说:没有人就回了。李晓铁转身让她进屋,说:一个女孩子家,晚上不要乱跑。父亲的担心是对的,女儿大了,又是这般美丽,村里村外有多少男人眼睛盯着她,不提高她的自我保护意识怎么行?李春燕直接进了自己的房间,将门关上。母亲春桃上前敲门,未获回应。母亲只当她被父亲说了两句,有点情绪化了。她哪里是情绪化,哪里在意父亲说的话,她内心忐忑不安,需要静下心来想一想。夏儿这突如其来的一吻,她的人生说不定就此改变。是对是错,她一时茫然。坐在床头,李春燕将头埋在自己的双膝上,任凭母亲在外敲门。母亲敲得急了,李春燕冲着房门喊:我要睡觉了。母亲的敲门声就此停息。李春燕试着想,我既然与夏儿亲了嘴,我就是他的人了,自己做过的事,来不得半点疑虑,不然就会被人说是三心二意的人。夏儿虽然平时油腔滑调,不务正业,玩世不恭,但他也有不少的优点,他很阳光,他热心帮了我的忙,又是红卫兵积极分子,前途一片光明。想到这里,李春燕倒觉得心地坦然了。刚才那一吻,直击她的内心,却也给她带来一丝丝的甜蜜。李春燕躺下,很快就进入了梦乡。她做了一个梦。在梦里,夏儿牵着她的手在省城的街道上漫步,夏儿指着一栋楼对她说:我就在这儿上班。又指着一排一排的住宅对她说:我们的家在这里。第二天醒来,李春燕回忆着梦中的情景,心里甜甜的。她推开房门出来的时候,父母已经吃过早饭准备上工去了。见她出来,春桃说:稀饭在锅里。李春燕叫住了母亲,说:下个月开始,我就到团结小学上班了。父母都不敢相信自己的耳朵,以为听错了,他们异口同声:你到团结小学上班?李春燕抿着嘴,"嗯"了一声。李晓铁问:我们没听错?李春燕点点头。李晓铁问:这么快,谁帮的忙?李春燕说:柯乡长帮的忙。春桃激动地说:柯乡长大好人,我们应该谢谢他。李晓铁又问:你找他的?李春燕回答说:我找同学夏儿的,他找他父亲帮忙的。

李晓铁说：晚上我们一起去谢谢人家。李春燕摇摇头说：不用，同学帮忙，正常的。李晓铁不再说什么，就和春桃一起走出门，上工去了。

进入秋季，树叶开始凋零。湖边生产队的所有社员忙着秋收。他们像过去一样，满怀喜悦，将田里的稻穗收割，打成稻粒，运到稻床，完成上缴国家的任务后，生产队扣除一部分余粮，然后就将粮食分发给每家每户。这几天，李霜天等人将卫秀兰家分到的粮食运到葫芦岛。李霜天走的时候，卫秀兰又从家里拿出一盒饼干递给他，但是李霜天执意不收。两人站在草屋门前的小路上拉扯，李霜天却心血来潮，突然将卫秀兰的手拉住了，眼睛火辣辣地看着卫秀兰。卫秀兰抬头看到李霜天这样子，像触了电一样，连忙将手抽回，后退了一大步。李霜天看看草屋那边没有任何动静，像吃了豹子胆一样，猛地上前，双手抱住了卫秀兰。卫秀兰拼命挣扎，厉声斥道：你干什么！李霜天突然醒悟，松开了手，愣在那里。卫秀兰转身欲走，突然听到大坝那边传来春儿的声音。春儿跨过大坝，隐约看到母亲的身影，便挥着手喊：妈，妈，我回来了。卫秀兰转身看到春儿背着帆布包，手里拎着一个大袋子，正向这边奔来。李霜天恢复镇静，从树边拿起扁担，赶紧向大坝走去。他与春儿迎面相遇，心生惧怯，不敢正视。倒是春儿笑脸相迎，说：霜天叔叔好。李霜天点一下头，便与春儿错过。春儿冲到卫秀兰面前，又喊了一声"妈"。卫秀兰这才恢复过来。她理一理有些凌乱的头发，冲春儿一笑，说：春儿回来啦。然后打量着春儿，并上前将春儿手里的袋子接过来，与春儿一同回到屋里。家里就巫竹梅一个人，她听到春儿的声音，从侧屋里走出，不断地打量着春儿，说：春儿是国家工作人员了，就是不一样。春儿嘴甜得很，说：奶奶，最近身体可好？想不想春儿？几句话，问得巫竹梅乐开了花。

卫秀兰回到家，对春儿问长问短。工作怎么样？与单位同事们相处得怎么样？自己在宿舍可生火？上班任务可重？春儿一一作答。

春儿这是工作后第一次回家，精神状态可想而知。几个月了，除了葫芦岛上的植被更加茂密之外，家中并无大的变化。他将身上的背包取下，卫秀兰端来一盆水让他洗脸洗手。春儿接过,问母亲:大大呢?卫秀兰说:他一般都是周末回来的。巫竹梅在一旁问:春儿回来待几天吧?春儿说:马上就是中秋节连着国庆节,我国庆节后走。巫竹梅连说好。

第二天是星期天,春儿吃过早饭,便去屋后菜园浇水,刚走出门,就看见李春燕走到草屋门前。春儿与她打招呼,早已没有了以前的羞涩。李春燕回应他,也大方得很。春儿指着门里,说:里面坐吧。李春燕上前几步,伸头朝屋里看了一眼,然后走进屋。春儿站在门口倾听里面的动静,只是听到李春燕与奶奶打招呼的声音。春儿转而进屋,见李春燕坐在奶奶的身边,正要帮奶奶剥花生。奶奶看见春儿进来,对他说:这阵子燕子常常到我们家帮忙做事,真该谢谢她了。春儿有些纳闷。李春燕以前不是这样子的,如今却是家里的常客。正疑惑间,却听李春燕说:今天学校不上课,我没什么事的。春儿问:你在上课?李春燕点点头。春儿仍然不明白。巫竹梅看出春儿的疑惑,说:燕子现在已经是团结小学的教师了。春儿恍然大悟,说:祝贺你。李春燕莞尔一笑,说:还是你和夏儿上大学强。李春燕说过之后,又忙着剥花生了。春儿站在她们面前略显尴尬,便走出门,到屋后浇菜去了。

春儿回到屋里的时候,李春燕仍然坐在奶奶身边剥花生,有说有笑,全然没有注意到春儿进屋。春儿洗过手,坐到李春燕斜对面的一个凳子上喝水。他边喝水边观察起李春燕来。李春燕仍然扎着两只辫子,上身穿着带蓝色花头的长袖褂,下身穿灰色长裤,整个人显得落落大方。春儿似乎找到了当初的那种感觉,每次见她,心中都会泛起涟漪。此时看着李春燕,春儿又开始心潮起伏。李春燕不经意地抬一下头,却与春儿四目相对。她愣了一下,然后下意识地拍拍手,站起身来,对巫竹梅说:奶奶,我该回去了。李春燕与春儿打声招呼,便走出了门。春儿来不及站起,他坐在那里目送着她离开,怅然若失。春儿转而问奶奶:她经常到我们家来吗?巫竹梅说:你大大解决了她的工作,她是感激吧,常来帮忙。春儿说:我以为她找夏儿呢。巫竹梅说:他们热络得很。春儿有些吃惊,问:你说什么?巫竹梅说:她和夏儿是同学,她的工作还是夏儿说服你大大帮忙解决的,他们也许正在处对象呢。春儿更是吃惊了,问:处对象?巫竹梅将筛子放到大桌上,端起放着花生米的碗,站起身,说:我看他们有意思,也不小了。春儿无语。巫竹梅接着说:你大大一开始要训夏儿的,现在看人家姑娘不错,加上你母亲并未反对,也就睁一眼闭一眼,由着他们了。春儿自言自语地说:原来是这样。巫竹梅去了厨房。春儿坐在凳子上,愣了好长时间。也许他觉得,当初如果他大胆一些,李春燕就是他的人了。现在为时已晚,他只有祝福弟弟。

卫秀兰正常出工,巫竹梅忙里忙外做家务,春儿这些天负责屋外的菜园和家中的一些体力活,几个人分工有序,日子过得也算是清清爽爽。一直到中秋节的前一天,柯尔蒙才回到葫芦岛,夏儿、秋儿和冬儿放假陆续回到家。一家人其乐融融。秋儿更是带回来一条重大的消息,令全家人欢欣鼓舞。

秋儿上了大湖高中后,很快就成了学校的红卫兵骨干。令他激动万分的是,这一年的秋季,他作为红卫兵代表,赶赴合肥,见到了伟大领袖毛主席。秋儿这么一说,全家人受到感染。巫竹梅竖起大拇指:秋儿你太幸福了!一连几天,全家人都沉浸在幸福和自豪中。

夏儿从学校回到家后,送给李春燕一条围巾。李春燕爱不释手,当即就将围巾围在脖子上给夏儿看。夏儿喜不自胜,说:这围巾正适合你,你戴着它就像城里人。两人少不了要亲一下的。

这个中秋节,柯尔蒙全家聚到了一起。柯尔明夫妇带着柯之堂一早就到了。柯之堂又长了一岁,调皮得很,不停地闹腾。柯尔明训斥他几句,邹天香急忙上前拉他入怀,问他吓着没有,邹天香没少给柯尔明白眼。倒是柯尔蒙对柯之堂立规矩,说:小孩子是不应该爬到桌上的,以后要记住了。吃饭之前,巫竹梅吩咐夏儿去叫燕子。柯尔明听了这话,问:哪个燕子?卫秀兰说:夏儿的同学。柯尔明又问:你们不是在处对象吧?去叫她来吃饭,我看看你们是否般配。邹天香在一旁奚落他:人家处对象,要你把什么关?瞎起哄。柯尔蒙却数落夏儿说:什么处对象,还早着呢,大好时光是用来学习的。柯尔蒙这一句话,关于李春燕的话题就此打住,再也没有人提议叫她来吃饭了。

吃过饭,巫竹梅悄悄对夏儿说:将你小叔叔带来的月饼拿一盒送给燕子,过节嘛。夏儿听了,偷偷从屋里提了月饼便走出门,送到李春燕家。李春燕面若桃花,冲他娇柔地一笑。夏儿悄悄对李春燕使了个眼色,李春燕便随夏儿走出门,来到老梧桐树下。夏儿就不老实了,他突然转身抱住了李春燕,然后就开始吻她。李春燕原以为夏儿带她到葫芦岛,被他这突如其来的搂抱吓了一跳,但她很快就适应了,她迎合着他。明月当空,两人如漆如胶,难分难舍。

中秋节过后不到半个月,柯尔明就当上了县委常委兼统战部部长。不过,他的荣升与邹启环离开县委任县人大常委会主任是有关系的。不久,柯尔明夫妻带着柯之堂住进了县委大院。学堂巷的老宅空了。

8

大湖人民公社似乎平静了一年多,但是,一张神秘的大字报突如天降,打破了这里的平静。

大字报直指大湖人民公社的书记陈保根。内容不是反映陈保根有什么反革命言行,也不是反映他开展"无产阶级文化大革命"不力,而是揭露他在团结大队当书记期间,与团结小学的女教师李晓岚勾搭成奸的问题。

最早看到贴在公社墙上这份大字报的是公社的工作人员。他们不敢告诉陈保根书记,却第一时间报告了柯尔蒙乡长。柯尔蒙顿感事态严重,连忙跑到大门口察看,的的确确,大字报针对的就是陈保根书记。柯尔蒙来不及多想,一口气跑到陈保根书记办公室。

陈保根书记住在公社的宿舍,早上起来直接从后院进到办公室,是不需要经过公社大门口的,所以他不知道大字报的事。他看见柯尔蒙乡长气喘吁吁跑进来,正要开口,却被柯尔蒙抢在了先:陈书记,外面有一张大字报,是写你的。陈保根书记大为惊异,以为听错了,他直视着柯尔蒙。柯尔蒙又说了一遍。陈保根书记突然从座位上跃起,一阵风似的飘到外面。柯尔蒙只好跟在他后边。

公社墙下,已经有五六个人在看大字报,见陈保根冲过来,纷纷让开。陈保根书记跑到大字报前,只扫了一眼就猛地撕下大字报。柯尔蒙上前制止,说:不能!但是,迟了。陈保根书记将大字报揭下后,一不做,二不休,带着一腔怒火,将大字报抓在手里搓揉,然后掷到地上,上前用脚猛踩。他一边踩,一边说:一派胡言,无中生有!陈保根书记回到办公室,一屁股坐到椅子上,胸口一起一伏,口中说道:这是有人拿着"文化大革命"运动来攻击我,我不会让他们的阴谋得逞的。柯尔蒙倒了一杯水递给他,说:你歇会,还是想想怎么处理,别急。陈保根书记这才放松一下自己的情绪,对柯尔蒙摆摆手,说:你去吧,我静一静。

柯尔蒙回到自己的办公室,就在想:这是谁在攻击陈保根书记呢?与上次的大字报是一个人写的吗?上次的大字报还提到我呢,这次却是针对陈保根书记一个人了,所为何故?陈保根书记是从团结大队提拔上来的,大字报写的是他与团结小学李晓岚老师的事,指名道姓,说明写大字报是团结大队的人,或者是熟悉团结大队的人写的,那会是谁呢?会不会有人特意针对李晓岚,一箭双雕?如果这次的大字报与上次的都是一个人写的,那么根据此人对团结大队的了解,完全可以排除龚学明了。

其实,是谁写的似乎并不那么重要,重要的是,大字报的内容是否属实。陈保根书记在团结大队担任书记多年,与李晓岚老师自然很熟,但是,熟悉并不代表关系暧昧,并不代表有男女关系。如果事实不是这样,那这大字报就是无中生有、恶意中伤了。柯尔蒙突然想起,他刚到团结大队上班时,有一次李晓岚老师到他办公室串门,见陈保根书记进来,李晓岚老师神色有些慌张。她为什么慌张?难道他们真有暧昧关系不成?想到这里,柯尔蒙都为陈保根书记捏了一把汗。陈保根书记会怎么应对呢?柯尔蒙突然心中一惊,陈保根书记会不会怀疑这大字报是我写的呢?我是从团结大队过来的,对他的情况了如指掌,也认识李晓岚老师,更重要的是,我是公社的乡长,是他的副手,陈保根书记如果因为大字报下台,我是最大的受益者,这个党委书记的职位我可是唾手可得,所以他怀疑我写这份大字报也是符合逻辑的。这该如何是好?

一个小时之后,书记员姚连发走到柯尔蒙办公室,对他说:陈书记让你到他办公室去一趟。在大湖人民公社,除陈保根书记外,姚连发算是跟他最熟悉的人了。姚连发说过之后,很快就退出了办公室。看来,他已洞察出今天的气氛不对。柯尔蒙起身来到陈保根书记办公室。陈保根书记坐在椅上垂头丧气,见柯尔蒙进来,便坐直身子,示意柯尔蒙坐,然后说:你帮我回忆一下,这大字报到底是谁写的。柯尔蒙镇定自若,说:怎么回忆?陈保根书记说:你帮我分析一下,又不是说你。看来,陈保根书记确实怀疑过柯尔蒙。见柯尔蒙不说话,陈保根书记又说道:我弄不明白,这人为什么要针对我?柯尔蒙说:据我平时的观察,公社的同事都是有阶级觉悟的,他们知道你是什么样的人,怎么会写你大字报呢?陈保根书记问:会不会是团结小学的人呢?柯尔蒙回答说:我们不能排除这种可能性。

一连几天,这张大字报就像一枚哑炮,冒了一股浓烟,却没有爆炸。陈保根书记虚惊一场。他甚至在想,这张大字报连实名落款都没有,广大社员怎么会相信呢?

大字报虽然没有对陈保根书记造成太大的影响,却对一个年轻的女教师造成毁灭性的打击。大字报中揭露李晓岚与陈保根书记存在男女作风问题,消息像长了腿,很快就传到了团结大队。一传十,十传百,最后人人皆知。李晓岚几乎成了过街老鼠,人人喊打。精神压力最为无形却也是最沉重的。学校待不下去了,她只好请假回家。但是,家里也不是安全的港湾,却转变为更为火爆的战场。她在砖窑厂上班的丈夫邢浩得知老婆被人揭发,满腔怒火喷薄而出,他直接给了李晓岚一巴掌。这个邢浩本是李明林的倒插门女婿,平时对李晓岚连大气都不敢出,更别说动手扇巴掌了,这回他是气愤到极点了。令邢浩意想不到的是,李晓岚居然不还手。李晓岚坐在床边,低着头,眼泪都出来了。邢浩没有再打下去,而是冲着她骂了一句:你这个贱货,我再也不想跟你过了!说着,冲出了家。他回到了砖窑厂,也住在了砖窑厂。这几天,李晓岚的父亲李明林脸黑得像锅底一样,他丢不起这个人,但他又不能对女儿打骂,最怕的就是她想不开。更可怜的是李晓岚的女儿李春霞。她现在已经是团结小学毕业班的学生了。母亲出了这么大的事,她每天被人耻笑,忍受不了。就在李晓岚离开学校的第二天,她也辍学了,整天在家哭哭啼啼。有时,母女俩抱成一团,哭成一堆。终于有一天,李晓岚突然带着女儿离家出走。家里、村里、学校里,所有人都不知道她们去了哪里。李明林老人这才真正感觉到天崩地裂,跑到砖窑厂找到邢浩。邢浩知道这事,这下急了。他对岳父说:我去找她们。人海茫茫,天地宽广,到哪找呢?

陈保根书记还是低估了对手。很明显,对手要把他搞臭,让他威信全失。现在目的不达到,怎可善罢甘休?一连几天的平静,让写陈保根书记大字报的人失望至极。看来,要扳倒陈保根书记这棵大树,平息心中怨恨,不亲自赤膊上阵是不行的了。又一张揭发陈保根书记的大字报突然在一夜之间贴上了大湖人民公社、团结大队、团结小学、大湖初中、大湖高中甚至是县委大院的墙面。内容与以前相比,略有不同,说的是陈保根书记腐化堕落,不知悔改,居然在有人写他大字报后,无视上面规定,怒揭大字报,对别人揭露他的罪行,不闻不问,消极抵抗,如此道德败坏、极度资产阶级化的干部,作为他曾经的同事,顿感痛心疾首,不能不站出来对他进一步地揭露。大字报接着写道:据我所知,陈保根书记与团结小学李晓岚教师搞男女关系之事,在团结大队人人皆知。李晓岚自知罪孽深重,早已离开教师队伍,回家反省了,而身居高位的陈保根书记却不把此当作一回事。另外,陈保根书记在团结大队任书记时就拉帮结派,组成小团伙,欺骗群众,到公社任书记时旧态复发,在公社结成团结帮,脱离人民群众。基于此,我只好以一名老党员的正直、良知,挥舞正义之剑,对他进行无情的揭发。希望广大人民群众擦亮眼睛,认清陈保根书记的真面目,希望上级党委、红卫兵组织对陈保根书记的种种恶行进行调查,并将他清除出党的队伍。落款是"郑佩佩"。

  陈保根书记看到大字报的内容时气极败坏。好你个毒女人郑佩佩,头张大字报,你藏得好深,现在终于露出狐狸尾巴来了。我曾与你共事那么多年,我居然看不出你这般恶毒,居心叵测。当初你当不上大队书记,是因为你犯错在前,现在却要怪罪于我,在我背后放毒投镖。是可忍,孰不可忍!

  柯尔蒙几乎在第一时间得知是郑佩佩写的这张大字报。郑佩佩为什么要这么做?是报当初陈保根书记没有举荐她当大队书记之仇?如果是这样,我被提拔为乡长之后,也并没有着力推荐她,那她对我也是恨之入骨了。只不过我没有明显的把柄在她手里,不然她也不会放过我。另外,大字报中写到"拉帮结派""团结帮"之类,也是对我含沙射影,用意极为明显。如果陈保根书记不保,我也会因此受到牵连的。她这一招厉害,可谓一箭双雕,我得小心才是。

  大湖人民公社炸开锅了。公社书记接连被人写大字报揭露,这是大湖人民公社"无产阶级文化大革命"运动开展以来绝无仅有的大事件。群众一片惊呼,原来我们的书记是这样的!接着,一天早晨,一群民兵和群众自发地拥到公社大门口,他们振臂高呼:打倒陈保根!揪出陈保根!他们又来到陈保根书记办公室门前,接着高呼:打倒陈保根,揪出陈保根!随着队伍的扩大,声音也越来越大,震耳欲聋,响彻整个公社大院。陈保根书记坐在办公室里,心慌意乱,都不敢开门。这时候他才感到,自己大难临头了。公社的一些干部和工作人员也来到这里观看,见这阵势,他们谁也不敢上前阻止。很快，事态更为严重了。人群的外围突然之间来了二十几个红卫兵，他们手持红缨枪，雄赳赳，气昂昂，拨开人群，冲到陈保根书记办公室前面。为首的一声令下，几名红卫兵瞬间就将门撞开，然后一拥而入。陈保根书记蜷缩在办公桌后面的椅子上，满头大汗，面如土灰。红卫兵迅速将他押出，很快在他的办公室门上贴上封条。浩浩荡荡的人流涌向公社大门口，有人仍在高呼：打倒陈保根！红卫兵将陈保根书记押到大门口一侧的大字报墙下，勒令他跪下。很快，一张写有"资产阶级腐化堕落分子"的条幅贴到了陈保根书记胸前。红卫兵振臂高呼：打倒陈保根！打倒资产阶级腐化堕落分子！

柯尔蒙哪里见过这阵势。昨天陈保根书记还是好好的，谈工作，歌颂"无产阶级文化大革命"运动，精神焕发。今天他就成了人民的敌人、众矢之的、阶下囚。陈保根书记被红卫兵押走后，柯尔蒙有一段时间没有见到他的人。据说，陈保根书记被囚禁在大湖高中的一间教室里。柯尔蒙想起这事，总是心有余悸。公社的书记就这样被带走了，这到底是怎么回事？柯尔蒙有些彷徨、郁闷、恐惧，他几乎辨不清前进的方向了。

不出几天，县革委会就做出决定，鉴于陈保根书记腐化堕落，走资本主义道路，经研究决定，撤销其党内外一切职务，特任命方国群同志为大湖人民公社党委书记，仇尚工同志为大湖人民公社党委副书记、乡长，柯尔蒙同志另有任用。

这个决定来得太突然，事先没有任何的征兆和迹象，柯尔蒙措手不及，也感到十分不妙。他感觉自己定是受到了牵连。公社里的工作人员纷纷走进新任书记、乡长的办公室，向他们报到或表示祝贺，柯尔蒙的办公室已经不叫乡长办公室了，"门前冷落车马稀"。柯尔蒙感觉到前所未有的孤独、恐惧。上面的决定，秘而不宣，不然弟弟柯尔明怎么会不知道吗？他不知道，他岳父能不知道吗？我定是因为大字报中提到"团结帮"的事受到牵连。但是，话又说回来，另有任用，说不定县里是为了保护我呢，让我离开大湖人民公社这个旋涡，免受其责。如果是保护我，难道是弟弟或者他的岳父在出力？是福不是祸，是祸躲不过，听天由命，静观其变吧。

柯尔蒙参加了一次由大湖人民公社组织的群众批斗会。柯尔蒙与先前不同，只能坐在方国群书记后面的第二排，目睹方国群书记站在他面前，背对着他，慷慨激昂，声讨戴着高帽跪在场地上的陈保根等人。方国群说毕高呼口号：打倒一切牛鬼蛇神！打倒资产阶级腐化堕落分子！打倒走资本主义道路的当权派！他喊过之后，在场的公社领导、红卫兵、公社工作人员及社员代表跟着高呼，口号声震天动地，响彻云霄。可怜陈保根，过去这里是他的天地，现在书记的头衔没有了，却在众目睽睽之下，头顶高帽，胸前挂着写有"资产阶级腐化堕落分子"字样带"✕"的牌子，蜷缩着跪在地上，一脸的恐惧。方国群回到自己位于主席台正中间的座位上，从主席台侧面走出一位女性，出乎柯尔蒙的预料，这人就是郑佩佩。郑佩佩傲然睥睨地走到台上，首先朝方国群书记敬了一个礼，又转身朝陈保根啐了一下，然后拿出一张纸念起来。她是有备而来，声情并茂，历数陈保根在团结大队当书记期间，个人专断、腐化堕落、拉帮结派、与反革命分子杨名沆瀣一气、对抗"无产阶级文化大革命"的种种罪行。郑佩佩大队长越说越激动，越说越唾沫四溅，说完之后，她学着方国群书记也高喊起口号来。但是，她喊了之后，却没有人响应。郑佩佩有些失望地回到原座位。她走到柯尔蒙正前方的时候，扭头看了一眼柯尔蒙，正与柯尔蒙四目相对，那表情是复杂的。世界上有两样东西不能直视，一是太阳，另一样就是人心。知人知面不知心，柯尔蒙想不到面前这女子居然如此毒辣，真要置陈保根书记于死地了。批斗会结束后，民兵和红卫兵代表将陈保根等人押走了。柯尔蒙回自己办公室时，没有人与他说话。郑佩佩与他擦肩而过，形同路人。郑佩佩只顾追上方国群书记说话，邀请他有空到团结大队去视察。

三天之后，一纸公文下来了，县里调柯尔蒙任县委办公室主任。大湖人民公社所有人都吃了一惊。原以为柯尔蒙另有任用，是软着陆，是被打发到一般单位任个闲职，没想到他居然获任重要部门重要工作岗位重要职务。

县委办公室主任虽然与公社的书记、乡长平级,但是,这个岗位过渡性极强,没有哪个县委办公室主任三年不被提拔为县领导的。县委办公室主任天天跟在县委书记身边,上传下达,属实权派,与县领导又有什么区别?这个任命,连方国群书记和仇尚工乡长都后悔不迭。早知如此,何不对柯尔蒙尊重一些、礼遇一些?当初开陈保根等人的批斗会,就应该叫柯尔蒙坐在第一排,而且应该坐在第一排的中间。方国群看到任命书后第一时间就来到柯尔蒙办公室恭贺,要请柯尔蒙晚上聚餐,给他送行。柯尔蒙摇摇头,说:还是免了吧。方国群好生尴尬,说了句"欢迎以后经常来公社视察,指导工作",便走了。接着,仇尚工又来道贺,寒暄几句,也走了。

这样一来,柯尔蒙与柯尔明,一门两兄弟,都进了县委核心圈。这在政坛是极少见的。

柯尔蒙接到新的任命后,回了一趟家。他骑着自行车,经过团结大队大队部的时候,正好碰到从大队部出来的郑佩佩大队长。郑佩佩大队长老远看见柯尔蒙,居然像没看见一样。倒是柯尔蒙下车主动与她打招呼。郑佩佩大队长铁青着脸,理也不理。柯尔蒙好生尴尬。郑佩佩大队长定是还没见到县委那道文。她是什么禀性,要是见到那道文,她怎么会置迎面而来的过去的老领导柯尔蒙于不顾?柯尔蒙重新骑上自行车,拼了命似的离开这个女人,往葫芦岛方向骑去。

柯尔蒙回到家,母亲巫竹梅冲他说:朱咸来教授病了。柯尔蒙大为吃惊,问:重不重?巫竹梅说:恐怕有点重。柯尔蒙将包放到桌上,对母亲说:我去找赤脚医生。说着走到屋外,骑上自行车,一溜烟地消失了。

半个小时后,赤脚医生项去病坐着柯尔蒙的自行车来到村里,然后进了牛棚。朱咸来教授躺在床上,气息微弱。柯尔蒙与项去病走进屋时,他居然没有反应。项去病走到床前,将手指放到他的鼻孔下,喊朱咸来教授。好长时间,朱咸来教授才微微地睁开眼睛。他看着项去病和柯尔蒙,不说话。柯尔蒙走上前,弯下腰,问:朱教授,你哪儿感觉不舒服?朱咸来没有回答柯尔蒙的问话,又将眼闭上了,呼吸突然有些急促。项去病摸摸他的额头,好烫,他连忙拿出体温计,给朱咸来教授量体温。不一会,项去病抽出体温计一看,吓了一跳:三十九度五,高烧。项去病回头看着柯尔蒙,表情严肃地说:他正在发高烧,也许是肺炎,需要送到县医院就诊。正在这时,朱咸来教授突然咳嗽了两声,接着嘴一鼓,要吐。项去病和柯尔蒙上前扶他起身,并拿纸接他的痰。朱咸来教授又干咳了两声之后,突然吐出一口血来。项去病说:柯乡长,需要早点送他去县医院,不然就来不及了,他可能得了肺结核。肺结核,在农村被称为"痨病",得了这病,近乎绝症,很难治的。柯尔蒙伸手拍了拍朱咸来教授的后背,对项去病说:现在就去。说着,两人将朱咸来扶起,欲搀着他往外走。朱咸来教授睁大眼睛,对柯尔蒙说:我快不行了,你们也别忙乎了,我知道自己的病,你们回去吧。柯尔蒙安慰他说:我们去县医院,就算是肺结核,也是可以治的。项去病在一侧附和着说:是啊,教授,早治早好。朱咸来教授摇了摇头。柯尔蒙立即对项去病说:快。两人一阵忙碌,将朱咸来教授搀出屋,扶上自行车。柯尔蒙转身跨上自行车,项去病将朱咸来教授双手搭在柯尔蒙的后背上。柯尔蒙骑车,奔向桐城县城。

到了县医院,医生一诊断,果然是肺结核,需要住院治疗。柯尔蒙将朱咸来教授的住院手续办好后,嘱咐他配合医生治疗。朱咸来原本连死的心都有了,经柯尔蒙这么一热心,又重新燃起了对生命的渴望。柯尔蒙这才放心地离开了医院。

柯尔蒙回葫芦岛住了一夜,将自己即将赴任的事告诉了母亲和卫秀兰。两个女人自是为他高兴。第二天,柯尔蒙赶到公社。就在这天下午,一辆黄色的吉普开到了公社大院里。这辆吉普是来接柯尔蒙到城里的。柯尔蒙在司机小唐的帮助下,将办公室的一些行李搬到了车上。东西搬好后,方国群书记、仇尚工乡长以及姚连发等人过来送行。柯尔蒙与他们一一道别,然后看了一眼公社大院,钻进车里。吉普很快离开公社,从人们的视线里消失了。

9

随着"无产阶级文化大革命"运动的深入,红卫兵运动如火如荼地展开,声势浩大。阶级斗争是纲,纲举目张。红卫兵运动就是要将阶级斗争引向深入,打倒一切资产阶级的当权派、走资派,打倒一切反革命分子,将世界变成红色的海洋。

冬儿上大湖初中一年级的时候就积极要求进步,很快就加入了红卫兵组织。她加入红卫兵组织的那一天,红卫兵组织的领导为她颁发了一枚毛主席像章,并为她端端正正地戴在胸前。冬儿心潮澎湃。从此以后,她一颗红心,满腔热血,积极投身于红卫兵组织的各项活动。但是,也许她是不够成熟,心也不细,她犯了一个严重的错误,这个错误几乎毁灭她的一生。

问题就出在那枚像章上。冬儿参加一次校外活动时,走在路上,不经意间那枚像章从她胸前坠落到地上,被她无意间踩了一下。她这动作很快被她后面的一个同班同学看到了。这个叫伍长淮的男同学是班里的红卫兵骨干,平时对冬儿套近乎,冬儿不理他,这下他逮着机会了。他突然在人群中喊道:不好了,不好了!所有人停了下来,有人回头看着他。伍长淮见所有人都注意到这里,便弯腰从地上捡起像章,吹了吹上面的泥土,然后高高举起。这时冬儿才意识到像章是自己丢的,连忙上前,伸手索要。伍长淮哪里愿意给她。他大声喊道:大家看到了吧,这枚像章就是柯之冬丢到地上的,她对伟大领袖如此不敬,她完全走到了"无产阶级文化大革命"的对立面,成了现行反革命分子。他这么一说,红卫兵们立马高呼:打倒反革命分子!打倒柯之冬!冬儿哪里经历过这阵势,一下子吓哭了。另一个红卫兵走上前,用手推了一把冬儿,说:你给我跪下,哭就能逃脱了吗?冬儿吓得跪了下来。

伍长淮喊道：我们红卫兵队伍里面出了这么个反革命分子，大家说，怎么办？红卫兵高喊：打倒反革命分子柯之冬！将柯之冬清除出革命队伍！喊声惊天动地，一浪高过一浪。可怜冬儿跪在地上，吓得不仅大哭不止，更是全身哆嗦。这个时候，平时和冬儿处得要好的一位女同学站出来，对大家说：我们今天还有正事，别耽误了时间，让冬儿先回去反省吧。伍长淮这才想起，今天有重要的任务需要完成，便说道：我们先完成任务再说，这枚像章我们没收了。柯之冬，你这个反革命分子，你先滚回家去好好反省，等我们回来再研究处分你。冬儿听了这话，连忙从地上爬起，一边哭，一边用手捂着脸，跌跌撞撞地向家跑去。

冬儿跑到家，趴到床上，号啕大哭。家里就奶奶一个人。巫竹梅吃惊不小，连忙上前拍她的肩膀，边拍边问她怎么了。奶奶这一问，冬儿哭得更伤心。巫竹梅再问，冬儿这才抬起头，一阵抽搐，说：像章掉到地上，我自己都不知道，他们就这样对我。巫竹梅不解：什么像章掉到地上？冬儿哽咽着又说了一遍。巫竹梅瞪大了眼睛。这可不是小事，冬儿这般不小心。巫竹梅问：你对他们说了是自己无意的吗？冬儿说：他们根本不让我分辩，就说我是反革命分子。巫竹梅安慰她说：你别急，等你妈回来再说，她会有办法的。冬儿一脸的无奈，说：她能有什么办法？我都不敢去学校了，奶奶，怎么办？说罢又哭。巫竹梅又拍她的肩膀，说：你妈想不出办法，还有你爸呢。冬儿这才止住哭，伸出小手擦眼泪。

卫秀兰从田里回到家，冬儿扑到卫秀兰怀里，放声大哭。卫秀兰有些诧异，问：冬儿怎么了？今天怎么回来这么早？冬儿哭得更厉害了。巫竹梅在一旁将冬儿在学校发生的事对卫秀兰说了。卫秀兰感觉事态严重。秋儿上次回家的时候就说过一件事，卫秀兰记忆犹新。秋儿的一位同学不小心将一张印着领袖像的报纸撕碎了，扔到水沟旁，被同学发现揭发。红卫兵组织将他作为反面典型，天天开批斗会。不仅如此，他父母也被红卫兵揪到学校的操场上，烈日炎炎之下被批斗。不到半个月，这位同学就大病一场，精神恍惚,他已被学校开除了。想到这事,卫秀兰就觉得有些后怕。但是在冬儿面前,她不能表现得过于担心。卫秀兰抓起冬儿的手,将她牵到屋里的桌边坐下,安慰她道:冬儿别怕,妈妈教你写一份检讨,你带到学校。冬儿将信将疑,止住哭,揉了揉眼睛,便去拿纸笔。卫秀兰一边思考,一边口述,冬儿伏在桌上记录。不一会,一份深刻的检讨写好了。卫秀兰对冬儿说:他们如果再找你,你就将这份检讨交给他们。冬儿仍然有些担心,问:这样就没事了吗?卫秀兰被她这一问,心里也没底。但在目前情况下,只能这般试试了。卫秀兰说:应该没问题。如果他们仍然揪住不放,你不要与他们硬顶,回到家,我们再找你大大。冬儿抬起头,看着卫秀兰,很听话地点点头。自己出了这么大的事,她只有相信母亲说的话了。

第二天,冬儿来到学校,刚进教室,伍长淮便将她喝住。冬儿一惊,站在教室的前面不敢挪步。伍长淮从座位上站起,走到冬儿跟前,说:你知道自己犯了什么错误吗?冬儿被他一问,脸涨得通红,答不上来。伍长淮突然大喝一声:你给我跪下。冬儿吓了一跳,慌忙跪下!这个时候,突然有一个同学走上台来,对着伍长淮耳语一番。说过之后,这位同学回到自己的位子。伍长淮缓和了一下语气,说:你给我站起来说。冬儿站起。伍长淮说:你得对着全班同学,对所有的红卫兵作检讨。冬儿这时想起妈妈昨天教她写的检讨来,连忙从口袋里拿出,战战兢兢地说:我知道错了,昨天我回家写了检讨,我念给大家听。接着,她手捧检讨,一字一句地念给大家听。她刚念完,教室里突然响起一位同学的掌声。大家循声望去,原来这掌声出自刚才上台对伍长淮耳语的那位同学。见同学们都看着他,他耸耸肩,说:这应该是我们班最深刻的一封检讨了。伍长淮被这位同学抢了风头,不知道说什么好。刚才这位同学对他耳语,就是悄悄告诉他,柯之冬的父亲原是大湖人民公社的乡长,现在是县委办公室主任,马上就要当县革委会领导了。这位同学还是从自己父亲那里得知的。伍长淮这时脑子一转,觉得还是顺水推舟的好,便说道:念你检讨写得深刻,也知错就改,今天就不批斗了,等我们向上汇报后再作处理,你回到自己的位子吧。冬儿如释重负,站起身回到自己的座位。

接着是政治课,却没有老师来上,就改为自习了。怎么会没有老师来上呢？政治课原来是有老师的。老师上课的时候,戴着一副眼镜,文质彬彬的。伍长淮等同学看不顺眼,觉得他更像资产阶级的臭文人,没有革命激情和无产阶级斗志,就把他轰下台了,从此他再也没有踏足教室半步。没有了老师,这个教室就成了自由的天堂。同学们在教室里时而学马列,时而打闹起哄。到后来,班长带领大家喊几句口号,或者学一段毛主席语录,就开始打牌了。

卫秀兰看到冬儿顺利地渡过难关,像往常一样开开心心地上学,舒心地笑了。笑过之后,她还是微微地叹了一口气。

朱咸来教授在县医院住了半个月,出院了。以县医院的条件,朱咸来教授这种病是治不好的。医生只好为他开了不少的药。出院那天,柯尔蒙为朱咸来教授专门安排了一辆车,也就是接他到任的那辆吉普。柯尔蒙亲自送他到湖边生产队的牛棚。

朱咸来教授知道自己得了这种病,近似于被判了死刑,但他坚强得很,在柯尔蒙面前反而显得很乐观。柯尔蒙安慰他,按时吃药,注意调养。朱咸来教授凄然一笑,说:我知道怎么做的,我还想多活几天呢。柯尔蒙转身出门,朱咸来教授在后面对他说:你也要保重。一句话,意味深长。

出了牛棚,柯尔蒙让司机在村头等他,他自己找到了李明波支书。李明波支书正在自己家的院子里跷着二郎腿品茶,见柯尔蒙敲门进来,连忙站起,满脸堆笑,一边让座,一边对着里屋喊:莲花,倒茶。柯尔蒙站在他面前,并未坐下,示意他别忙乎。其实屋里本来也无人应答。柯尔蒙对李明波支书说:朱咸来教授出院了,他的病很严重,生产队里能否安排个人照顾他？李明波支书有些迟疑。柯尔蒙进一步说:他又不是魑魅魍魉,该照顾还是要照顾的。经他这么一说,李明波支书瞪大了眼睛,一口答应:柯主任请放心,这事我来办。柯尔蒙说过便匆匆离开了李明波支书的院子。

柯尔蒙回到家。母亲巫竹梅问朱咸来教授怎么样了,柯尔蒙如实告之。不说还好,一说,巫竹梅很是着急,问:他会不会有事?柯尔蒙不知道从哪答起,安慰她说:生产队已安排人照顾他。巫竹梅叹道:痨病很难治的,需要营养。柯尔蒙问了一些家里的情况,就与母亲告别。巫竹梅说:你不等秀兰回来就走?柯尔蒙回说:不了,车子在村口等着。说着便离开了葫芦岛。

柯尔蒙心情好不到哪儿去,朱咸来教授的身影在他脑海里萦绕,挥之不去。但是,他不可能在朱咸来教授身边留太长时间,因为他有很多事要做,他太忙了。他当天赶着回来,是因为晚上在县政府广场有一个群众大会,他要布控会场,并安排县领导的座次。

群众大会的主题就是:批斗以顾卓越为首的资产阶级当权派。顾卓越是谁?顾卓越就是原县委常委、统战部部长。难怪连柯尔蒙都觉得弟弟柯尔明提得快呢,原来有空缺。柯尔蒙来到县政府广场时,广场上已经挤满了人。主席台上方,灯光如炽;主席台两侧,红旗招展。柯尔蒙刚刚走近主席台,就有红卫兵和民兵将几个反革命分子押上前台,一共有六个人。柯尔蒙老远就看到了顾卓越,因为他胸前挂着一个大纸牌,上面写着"顾卓越"三个黑字,黑字上面打了个红"✕"。顾卓越被押上台后,跪在台上,耷拉着头,阴沉着脸,一副无助而绝望的表情。他的后面跪着任小辉。任小辉如果不出事,仍是当他的县委办公室副主任,现在就是柯尔蒙的副手了。柯尔蒙感慨,世事变化,真的不以人的意志为转移。不一会,县委书记兼县革委会主任周朴实,县委副书记、县长丁小超,县人大主任钱文礼,县政协主席邹启环等人陆继上场,柯尔蒙的弟弟柯尔明排到这些人里面第七个上场。第十位便是柯尔蒙了。

批斗会与先前的没有什么区别,程序都是一样的。革委会领导致辞,红卫兵及革命群众揭发,现场喊口号,反革命分子在群众的声讨中被押下台。柯尔蒙看到顾卓越和任小辉铁青着脸,眼睛半闭,被红卫兵从两边架着,从自己面前经过,心里别有一番滋味。

　　星期天,柯尔蒙难得地给自己放了一天的假。他被司机送到葫芦岛的家。他到家的时候,天下起了小雨。农闲时节,卫秀兰待在家。除巫竹梅和卫秀兰外,秋儿、冬儿也在家,春儿居然也在家。春儿是前一天下午回到家的。卫秀兰已经很多天没有见到自己的丈夫了。两人意味深长地对视了几秒钟。经过岁月的洗礼,已有浅浅的皱纹爬上卫秀兰的眼角,但她仍然是那样的美丽,很有女人味。柯尔蒙已经很长时间没有看到卫秀兰这种精神饱满的状态了,顿生情愫,但苦于孩子们在场,他不能走上前去与她亲热,而他已经很长时间没有与卫秀兰亲热了。卫秀兰的眼睛里充满着喜悦与渴望,但她很快就掩饰了自己的情感。

　　春儿走进侧屋,从自己包里拿出一把刮胡刀递给柯尔蒙,说:爸,给。春儿到省城工作就不一样了,称呼大大已经改成了爸。柯尔蒙接过,拿在手里掂量。卫秀兰站在一旁,说:这样就不用到理发店刮胡子了。柯尔蒙将刮胡刀放到自己的包里,转过身,问春儿:怎么这个时候回来呢?春儿说:我被提拔为副处长了。春儿说话的时候显得漫不经心,带给父母的却是一阵惊喜。春儿说:到技术处之前,这边工作正在交接,利用这空当,我就请假回来了。巫竹梅在一旁说:回来好,我天天盼着我大孙子回来看看呢。

　　一家人正说着,突然从侧屋走出一个人来。柯尔蒙大吃一惊。这个人不是别人,却是郭海青。郭海青睡眼蒙眬地拖着疲倦的身子走出,见到柯尔蒙,不自然地一笑。柯尔蒙愣了一会,看看郭海青,又看看卫秀兰。卫秀兰解释说:小青这阵子生病了,在我们家休养,正好陪奶奶呢。

　　郭海青不是生病,而是坐小月子。郭海青原本对春儿有意,偏偏春儿在省城上班,很少回家,两人几无交集,更是缺少交流,除郭海青本人外,所有人都不往这方面想。郭海青知道自己一厢情愿不现实,便打消了对春儿的念想。与此同时,李小东却每时每刻地围着她转,天下女人无数,他偏偏不抬眼看一下,唯对郭海青情有独钟。郭海青原来对李小东是很反感的,但是她经不住李小东的软磨,思维突然来了一个大转弯。我就试着与他交往又如何?更何况,我一个女孩子在农村,人生地不熟,也需要一个人照顾。郭海青经过一番思考,终于答应与李小东处对象。但是李小东过早地认为郭海青就是他的人了。一次,李小东与李明清等人在一起喝酒喝高了,回到草屋时,见郭海青如此美丽,便要与她亲热。那天晚上,佟冬明正好不在宿舍。郭海青平时是最怕酒气的,坚决拒绝,没想到,这反而激发了李小东的欲望。他竟强奸了郭海青。要知道,这可是严重的事件。对于下放知青,上面是有规定的:禁止谈恋爱。这要是传出去,就是典型的资产阶级腐朽思想作祟,不挨批受整才怪呢。郭海青哭了一夜,李小东酒醒后在她面前跪了一夜。两个月后,郭海青发现自己怀孕了。她惊慌失措。她已经对李小东失去信任,也不想再依赖他,她对他感到恶心。人生地不熟,走投无路之际,她突然想到了卫秀兰。她找到卫秀兰,卫秀兰大为震惊。唯一的办法就是将腹中的孩子打掉。卫秀兰陪她去了一趟邻乡的卫生院做了人流。在卫秀兰的劝慰下,郭海青就留在了葫芦岛安心休养。

　　这个时候,郭海青看了一眼春儿,目光里有种异样的情愫,但是,在这种场合,她是无法表达的。而春儿连小时候对她的感觉都没有了。他长这么大,唯一让他产生过情愫的女孩子,就是李春燕了。李春燕美丽、朴素、内秀、明理,是他心目中最理想的女孩子形象。每次见到她,他心里总是泛起涟漪。李春燕现在成了弟弟夏儿的对象,他只能将这一切埋在心里。现在郭海青站在他的面前,尽管她眼神有些异样,或者说是含情脉脉,但是春儿没有半点感觉。更何况,春儿已从母亲嘴里得知,郭海青与知青李小东处对象。她为什么还以这种暧昧的眼神看着我?

　　柯尔蒙对郭海青说:你要安心静养,养好了身体,才能上工,才能为社会主义新农村建设多做贡献。柯尔蒙说话有些官员化、政治化。郭海青轻柔地一笑,说:我知道的,只是在这里太麻烦奶奶、卫姨她们了。巫竹梅连忙回应:说哪里的话,我正好有个伴呢。

下午,柯尔蒙和春儿一起去看朱咸来教授。朱咸来教授病情加重了。他躺在床上闭着眼,气若游丝,奄奄一息。照顾朱咸来教授的李明信老人在一旁说:他很少进食,有时痛得厉害,头上大汗不止,他咬毛巾挺着。柯尔蒙欲上前问他话,见他这样,欲言又止。和春儿回到家后,柯尔蒙心里仍然隐隐作痛。

柯尔蒙在家难得地住上一宿。这一晚,葫芦岛特别地安静。柯尔蒙与卫秀兰相拥而卧,突然外面响起了急促的敲门声。柯尔蒙和卫秀兰大为惊异。柯尔蒙连忙起身,走出里屋,打开门,原来是李明信老人。柯尔蒙大感不妙。李明信老人说:朱咸来走了。柯尔蒙吃惊地问:走了?李明信老人点点头。柯尔蒙回到里屋,披上外衣,向卫秀兰打声招呼,便跟在李明信老人身后往朱咸来教授的牛棚走去。穿过村子时,柯尔蒙对李明信老人说:你速去通知李明波支书。他来到朱咸来教授的牛棚时,朱咸来教授已经安详地躺在那张破旧的木板床上,永远地闭上眼睛了。柯尔蒙默默地走到他床前,默默地低着头,眼泪忍不住夺眶而出。

不一会,李明信老人和李明波支书走进来了。李明波支书走到朱咸来教授面前,摇了摇头,对柯尔蒙说:他生了这病,迟早要在这里走的。不一会,李明清队长也来了。接着,李霜天、李惠惠等人也来了。屋里挤满了人。过了一会,李明波支书说:"我们将他埋了吧。"朱咸来教授就这样走完了他的一生,他被连夜埋在村里那片坟茔的北边,日月湖堤下一块新挖的坟坑里。他的坟比邻李明典老人的坟,显得又矮又小,并不引人注目。

其时,全国的革命形势发生了一些微妙的变化,已经有一些被称作"牛鬼蛇神"的蹲牛棚的知识分子因蹲点时间到了而陆续返城,朱咸来教授却长眠湖边了。

10

　　早上,柯尔蒙还沉浸在梦乡里,就被一阵急促的电话铃声吵醒。

　　他因为工作繁忙,除了星期天,基本上都是住在县委大院的宿舍里。他是县委办公室主任,他的宿舍配有电话。柯尔蒙抓起电话,却是弟弟柯尔明的声音。弟弟柯尔明在电话里上气不接下气地说:哥,你怎么还在睡啊!柯尔蒙大感不妙,问:发生了什么事?柯尔明说:昨晚大街上有人贴你的大字报了。柯尔蒙质问:什么?柯尔明说:有人将大字报贴在县委大院的墙上了,矛头指向你。柯尔蒙脸都青了,说:什么人写我?柯尔明说:不知道,下面落款是"桐城县部分革命群众"。柯尔蒙对弟弟说了一句"我去看看",便放下了电话,火速赶到县委大院门口。

　　果不其然,一张大字报就贴在县委大院大门边的墙上,很是醒目。大字报前已经站了好几个人,这些人柯尔蒙几乎都不认识,但是这些人中有人认识柯尔蒙。他们见柯尔蒙上前,连忙让开位置,并以异样的目光看着柯尔蒙。柯尔蒙哪有心思理会他们,一口气将大字报看完,心中激愤油然而生。这似乎是前年陈保根书记事件的翻版。陈保根书记事件就是从一张大字报开始的。这是针对柯尔蒙的一张大字报。大字报的标题是《混在革命队伍里面的走资派柯尔蒙》,文中列举柯尔蒙几大罪状:柯尔蒙是披着羊皮的狼,是混进革命队伍的害群之马;柯尔蒙是反革命分子陈保根安插在革命队伍当中的奸细;柯尔蒙家庭背景复杂,柯尔蒙的父亲本来就是资产阶级的右派分子,畏罪自杀。这是谁,对我这么了解?大字报中说到陈保根,难道是郑佩佩所写?但是,文中说到家庭背景,郑佩佩又怎么可能知道?那会是谁?龚学明吗?他曾经为乡长的位子与我产生隔阂,是有可能的。但是,他也不可能知道我的家庭的。那会是谁呢？总不可能是李明波吧。李明波一直埋怨我一路升迁，却没有为他的仕途说上半句话，帮上忙。殊不知，他在生产队乃至大队名声不好，又加上年龄偏大，没有文化，自然提不到大队领导这个台面。怨气归怨气，李明波是没有这个水平弄出个大字报贴到县委大院墙上的，他也不了解我的家庭背景。那会是谁呢？谁这么对我充满敌意？谁会这样对我暗中使刀？柯尔蒙恨不得上前将大字报揭了，但他很快又理智下来。此举不妥。柯尔蒙觉得站在这里不是办法，会被人指着鼻子议论，于是他迅速离开了。去哪呢？回家吗？在家等着自己深陷舆论旋涡？或者等事件闹大后让红卫兵闯入家门将自己揪出去批斗？不成，我得想办法自救。

柯尔蒙快走到家门口时突然改变方向，朝县委书记周朴实家走去。周朴实书记的家，柯尔蒙熟悉，他曾经去过两次，都是因为向书记汇报工作。现在他去的时候，周朴实书记正在自家的后院里浇花。早上浇花，是周朴实书记多年养成的习惯。柯尔蒙敲门进入后，周朴实书记的家人将他引到后院。周朴实书记一边浇花一边问：有什么事吗，这么急？柯尔蒙说：非常不好，有人写我的大字报了。周朴实问：有这事？柯尔蒙说：昨晚有人在县委大院门口贴我的大字报。周朴实问：写你什么了？柯尔蒙说：说我是混在革命队伍里面的反革命，说我父亲就是资产阶级右派分子，畏罪自杀。周朴实眉头一拧，放下花洒，说：你父亲并不是畏罪自杀。柯尔蒙说：大字报就是这样写的。周朴实又问：谁写的？柯尔蒙说：不知道，落款是"桐城县部分革命群众"。周朴实走到柯尔蒙面前，果断地说：别理它，你的家庭组织上已经结案定性过了。柯尔蒙说：只怕舆论对我不利。周朴实面露微笑，说：我们是不提倡匿名大字报的，别理它。柯尔蒙这才心情舒缓。正在这个时候，周朴实书记的秘书来了。秘书见到柯尔蒙，欲回避又不便回避，对周朴实书记，欲言又止。周朴实书记冲秘书说：有什么就直说。秘书这才将早上看到贴在县委大院墙上的大字报的事对周朴实书记说了。周朴实书记打断了他，说:你派人去揭了它,不具实名的大字报,我们都要揭了它,这不是无产阶级革命的风格。秘书点头称是,转身出门。柯尔蒙对周朴实书记道了一声谢,也退出了屋子。

回到宿舍,柯尔蒙仍然失落得很。写陈保根书记的第一张大字报也是这样的,没有落款,但并不代表就此打住,那接踵而来的,对陈保根书记来说,更是致命的攻击,令人回想起来就觉得恐惧。这张大字报被揭了,会不会还有后续呢?这后续的将不会是不具实名的,真要是来了,如何是好?柯尔蒙在宿舍里坐立不安,看看时间,该是上班的时候了。他匆匆出门,来到办公室。路上有人与他打招呼,他都觉得别人眼神有些异样。他想,这大字报一贴,还有谁不知道呢?他心虚得很。到办公室的第一件事再也不是泡茶了,而是拿起报纸,看报纸上有什么新动向。他心事重重,哪里看得进去?他将报纸放下,又将目标放在郑佩佩身上。冥冥之中,他觉得这大字报就是郑佩佩写的!风格、样式与先前写陈保根的大字报极为一致。郑佩佩既然能对陈保根怀恨在心,她就有理由对我也怀恨在心,因为在她眼里,我是陈保根的人,而且是曾经挤占了她的位子的人,这个位子她认为是属于她的。所以,柯尔蒙仍然怀疑这张大字报是郑佩佩写的。至于他的家庭背景,郑佩佩可以通过其他渠道掌握,只要她愿意,这并不难。她掌握了他的家庭背景,就可以一发即中,一招致命。

柯尔蒙诚惶诚恐。一天过去了,没事。一周过去了,也没事。一个月过去了,风平浪静。柯尔蒙心想,也许这事就这么过去了。他甚至想,这匿名的大字报即使是郑佩佩写的,她也许念在同事之情,与我并无大的利害冲突,就此罢手,何必要置我于身败名裂之地?虚惊一场。

但是,两个月后,县委书记兼县革委会主任周朴实被打倒了。周朴实每天参加各种会议,慷慨陈词,到头来,自己也被打倒了。他因为隐瞒自己的历史问题,对革命不忠,又因为几次三番打压红卫兵运动,致使桐城县开展"无产阶级文化大革命"运动不温不火,没有形成东风压倒西风的态势,他成了反革命分子。周朴实出事并不是有人写他大字报,而是上级组织在清理干部档案时,发现他的历史问题,结合先前就有人反映他对"无产阶级文化大革命"态度消极,经研究决定,撤销他的党内外一切职务。一夜之间,周朴实成了人民的公敌。他被军代表押到县人武部一间破旧的办公室隔离审查。接着,他被抄家,并被拉到群众大会上批斗。

周朴实被打倒,柯尔蒙心里是痛苦的。柯尔蒙从乡下到县城,一路走来,与很多干部打过交道,周朴实书记是他最为敬重的领导。他为人朴实,政治境界高,对人坦诚,保护干部,大公无私,这样的干部说被打倒就被打倒了。柯尔蒙不仅心痛,而且困惑。

周朴实事件热闹了一阵子,就平息了。桐城又有了新任的县委书记兼县革委会主任。他叫黄梅格,是从安庆调过来的。黄梅格上任第一天,就召集县委常委班子、县革委会领导小组成员开会。柯尔蒙不是常委,也不是成员,只能列席会议。会议只有一个主题:如何将桐城县的"无产阶级文化大革命"运动开展得更加有声有色、更加富有成果。与会同志,包括邹启环、柯尔明等,先后发言,痛批周朴实等反革命分子,坚决拥护群众运动,坚决巩固和捍卫"无产阶级文化大革命"的胜利成果。会议精神很快以文件形式下发全县各地。"文化大革命"运动没有停息,又轰轰烈烈掀起了新一轮高潮。

新一轮高潮最突出的表现,就是将柯尔蒙推到风口浪尖上,然后砸向湍急的旋涡。柯尔蒙近一段时间尽管有些惶恐,有些困惑,但他仍然心存侥幸,以为这场运动很快就会过去,而且上次那张针对他的大字报再也不会出现了。但是他万万没想到,这场轰轰烈烈的运动,根本无法让他置身事外,明哲保身。

这场运动让一部分人坚定斗志,执着于要将自己的政治目标和个人欲望实现。这个人就是郑佩佩。如果这次不是她再次站出来,柯尔蒙也许永远也不能确定上一次贴在县委大院的针对自己的大字报就是出自她之手。郑佩佩就是这样一个执着的,甚至带着满腔怨恨的人。上次她揭发陈保根,句句刺心,刀刀见血,陈保根轰然倒下。现在她又如法炮制。她为什么要这么做?原因很简单,就两条:一条是他们在任上不仅没有帮我,还挤对我,无情无义,他们就得为此付出代价;另一条是这场运动正可以突出我作为基层干部的赤胆忠心和无私无畏的革命精神,我家世代贫农,我又是党员,此时不挺身而出,更待何时!

这份大字报,郑佩佩直接落款自己的名字,贴在县委大院大门口与上次那张相同的位置。大字报写得很有水平,语言犀利,历数柯尔蒙种种罪行。柯尔蒙住在县委大院的宿舍里,平时上班是走不到大门口的。他那天上班刚出门的时候,就被办公室一个叫郝申洪的手下截住了。郝申洪一脸阴郁,气喘吁吁地对他说:不好了,柯主任,大门口又有人贴你大字报。柯尔蒙心一凝,立马意识到一场风雨冲着他而来。柯尔蒙问:上面怎么说的?郝申洪因着急喉咙都有些沙哑了,说:比上次还厉害,说你没交代自己的历史问题,是混在革命队伍里面的真正的反革命。柯尔蒙急了,厉声说:你为什么不揭了它?郝申洪脸涨得通红,支支吾吾地说:我……我不敢。柯尔蒙站在那里一跺脚,愤愤地说:他们到底要干吗!郝申洪又说道:写大字报的是一个叫郑佩佩的人。柯尔蒙愤愤地说:果然是她。郝申洪听到自己主任的话,小心翼翼地问:她是谁?柯尔蒙愤怒地骂道:她就是一个无赖!郝申洪战战兢兢地说:那我还是去揭了它吧。转身欲走,柯尔蒙缓和一下语气,说:任它去吧,是福不是祸,是祸躲不过。说着,他转身向宿舍后边走去。

他知道自己已经大祸临头了,他只有找新来的书记。黄梅格书记正要出门,见柯尔蒙一脸焦急地站在门口,连忙示意他进来。柯尔蒙还没等书记问,便说:黄书记,昨晚有人写我大字报了。黄书记不愧是县委书记,镇定得很,问:反映你什么问题?柯尔蒙一一说明。黄书记问:可是事实?柯尔蒙回答说:只有一小部分是事实。黄书记说:这要看这部分事实的性质。柯尔蒙说:我父亲确实是右派,他曾经受到过处分,这都过去好多年了。黄书记说:历史问题可不是小问题,你现在态度上要端正,对照大字报上的内容,你要进行反省。先回去吧,我看到大字报再说。柯尔蒙只好回到宿舍,他已经无法装作若无其事地去上班了。

上午他在县委大院自己的宿舍里待了不到三个小时,戴着红袖章的军代表就来了,一共三人。"文化大革命"进行到这个时候,红卫兵运动已经式微,很多活动已经被军代表取代。军代表没有抓他,也没有架他出门,而是站在他宿舍的门口,把控着。柯尔蒙被看管了。这三个小时,柯尔蒙根本不知道外面发生的事。黄梅格书记支开柯尔蒙后,直接赶到大门口看大字报。看过大字报,他立即召开革委会领导小组会议。也就是在这次会议上,他第一次知道了常委之一的柯尔明是柯尔蒙的弟弟。柯尔明请求回避,但黄梅格书记叫住了他,说:大字报不是针对你的,你还是留下来。在会上,都是黄梅格一个人在说话,在布置,柯尔明一言不发。会后不到两小时,各种针对柯尔蒙的情况汇总到了黄梅格这里来。柯尔蒙是陈保根一手提拔的,这是事实;柯尔蒙父亲柯正雄过去就在国民政府的大学里当过教授,50年代末期成为右派,这段历史柯尔蒙确实没有向组织上反映,这不仅是职责问题,也是革命态度问题,性质恶劣。来人问黄梅格书记:怎么处理?黄梅格书记大义凛然、斩钉截铁地说:这不是现成的反革命吗?来人又问:柯尔明常委怎么办呢?黄梅格书记抬起的头并没有低下,他铿锵有力地说:一起法办。他做出这项决定时,柯尔明的岳父还被蒙在鼓里。黄梅格心想,如果将柯尔蒙兄弟俩拿下,这是一项多么辉煌的革命业绩。

第三天,又一场群众大会在县委广场上召开。这次大会群众批斗的对象不是别人,也没有别人,正是柯尔蒙兄弟俩。柯尔蒙和柯尔明兄弟俩戴着高帽,胸前挂着打"×"的写着"反革命"字样的纸牌,被军代表押上主席台。群众的呐喊声一阵盖过一阵,兄弟俩被勒令跪下。柯尔蒙跪在那里,思维已经停止转动,脑子里一片空白。它终于解脱了,不需要为生计、为生活、为工作、为前途而绞尽脑汁了,也不需要为复杂的人际关系周旋了,更不需要整天担惊受怕、诚惶诚恐了。直到一个昂首挺胸的女人走上台来,柯尔蒙才有意识地抬起头来看了她一眼。这个人就是郑佩佩。她仍然是齐耳短发,穿着黄军衣,雄赳赳气昂昂地走到柯尔蒙面前。她以不屑的神情看了一眼柯尔蒙,然后朝他啐了一口,大声说:这个大字报就是我写的,我为什么要揭发他?因为我知道他的真面目。他狐狸尾巴藏得很深,我是金猴挥起金箍棒,为民除害,为"无产阶级文化大革命"扫除障碍。虽然是底气很足,郑佩佩仍然有些紧张,她脸涨得通红。接着,她从兜里拿出一张纸开始念,历数柯尔蒙种种罪行,抑扬顿挫,声情并茂。她念完后,朝台下的群众深深地鞠了一个躬,又转身朝主席台深深地一鞠躬。柯尔蒙已经麻木了。他以前那种恐惧一扫而去,他反而抬起头看了一眼主席台。他看到了他的顶头上司县委书记黄梅格。黄梅格头昂得高高的,满面红光,精神状态特好。柯尔蒙对这个书记没有好感,不想看到他的脸。自己的手下跪在这里,被人吐唾沫,作为书记,他还有好心情坐在这里眉飞色舞,目空一切。柯尔蒙很快将目光从他脸上移开。令他震惊的是,弟弟柯尔明的岳父邹启环在黄梅格右边隔了一个人的座位上正襟危坐。他的女婿柯尔明正与我跪在这里,他居然与边上的一个人若无其事地谈笑风生,连正眼也不看柯尔明一下。柯尔蒙也不想看到他,转眼看了一下弟弟。弟弟柯尔明跪在身侧,身子有些颤抖,阴沉的脸上有一种悲愤的神情。看到弟弟这样,柯尔蒙的心不再麻木,他的心像刀割一样难受。

一场运动将自己弄成这样,柯尔蒙已经无话可说。他低下头,心中哀叹,这也许就是命,我认了。

批斗会结束后,柯尔蒙与弟弟分开,被押回了宿舍。在自己的宿舍里,他享受了从未有过的待遇。他不需要偶尔做饭了,他的饭由军代表送给他吃;他不需要看材料、写材料,也不需要批转材料和文件,他可以看毛选、看《毛主席语录》、看红色小说了。过去他睡眠不足,现在他可以无节制地睡觉了。只是他有时睡不着。他大多时间都是坐在椅子上思考一些问题。他突然想到了自己的家。天啦,我会不会连累我的家庭?会不会连累我的孩子?

我与他们失去联系，不知道他们怎么样了。弟弟柯尔明被带到哪了？他像我一样被军管了吗？他是否受得了这种打击？

　　人，最大的悲哀莫过于，你预感到了与己相关的悲剧，却无法阻止悲剧的发生。

　　柯尔蒙被撤销了党内外一切职务。三天后，"现行反革命分子"柯尔蒙被遣送到离县城有20里远的一座农场。具有讽刺意味的是，这座农场。就坐落在日月湖的北边，与柯尔蒙家所在的葫芦岛隔湖相望。这座农场名曰"大湖农场"。从此以后，柯尔蒙与家人咫尺天涯。

　　柯尔蒙的弟弟柯尔明境遇与柯尔蒙有所不同。他虽然被撤销了党内外一切职务，但是他并没有被遣送到农场。他被遣送回家，随时听候处理。这也许是他岳父邹启环私下通融的结果，他回到了位于学堂巷的老屋。与哥哥柯尔蒙相比，这已经是不错的了。因为柯尔明的离开，邹天香与柯之堂在县委大院住了几天后就不适应了。邹天香转念一想，柯尔明都成了反革命分子了，我又何必住在县委大院呢？于是心一横，便带柯之堂回了娘家，与父母住一起。

　　柯尔蒙被批斗的头一天晚上，卫秀兰和巫竹梅就得到了消息。这个消息是李明波支书送来的。李明波支书表情严肃地向卫秀兰宣布了这个消息。他说：我接到通知，明天参加县里的群众大会，主题是批斗现行反革命分子及帮派柯尔蒙、柯尔明。卫秀兰大为震惊，反问：他怎么可能是反革命分子呢？李明波支书脸上现出诡秘的笑容，没有正面回答这个问题，只说了一句"你好自为之吧"，便离开了葫芦岛。李明波支书走后，卫秀兰像霜打的茄子一样，一阵眩晕，支撑不住，倒在路边的小树旁。巫竹梅走出来，看到这番情景，连忙上前扶她。巫竹梅看着大坝上远去的李明波支书的背影，还以为是李明波支书刚才欺负了她，急切地问：秀兰，你怎么了？卫秀兰这时才缓过劲来，冲婆婆摇了摇头，轻轻地说：妈，我没事，只是头有些晕。巫竹梅将她搀扶到屋里休息。卫秀兰坐在床边，恢复正常，她凝神对巫竹梅道：妈妈,有一件事我不得不说,你一定要挺住。巫竹梅紧张地看着儿媳妇。卫秀兰一字一句地对婆婆说:孩子他大大尔蒙被打成了现行反革命。巫竹梅都不敢相信自己的耳朵,以为自己听错了,问:你说什么?卫秀兰说:尔蒙被打成了现行反革命,明天县里召开群众大会批斗他。巫竹梅愣在床前,半天说不出话来。卫秀兰站起身来,扶住婆婆,喊:妈,你没事吧?巫竹梅这时才坚强地说:我没事。接着又说:这怎么可能?我晚上去找他!卫秀兰眼里已经渗出了泪水,她对着巫竹梅摇了摇头,说:没有用的。巫竹梅再也无语,她和卫秀兰抱在一起,默默地流泪。

群众大会开过的第三天,也就是柯尔蒙被遣送到农场的那天,秋儿被大湖高中的红卫兵组织揪了出来。秋儿被拉到了学校的操场上,他们并没有勒令他跪下。他完全是受到父亲的牵连。他站在操场中间,垂着头,哭丧着脸,心慌意乱地接受红卫兵及同学们雨点般的口诛笔伐。班主任、校长还有其他几位老师也加入批斗他的行列。"文化大革命"进行到这个阶段,红卫兵明显出现了革命疲劳综合征,他们已经没有了前几年的激情澎湃,而是渐渐式微。批斗会只开了半个小时,红卫兵代表征询了一下校长的意见便宣布结束了。几个红卫兵同学将秋儿押到了教室,就各自回家了。秋儿匆匆打理好自己的书包,贼也似的逃离了教室。他直接跑回了家。

卫秀兰预感不妙,狐疑地看着秋儿。秋儿愤愤地说:他妈的鬼学校,我再也不去上学了。巫竹梅正好从侧屋出来,问:秋儿怎么了?秋儿说:他们今天批斗我,说我是反革命的后代。说着就哭起来。卫秀兰走上前,拍着他的肩膀,安慰他说:现在的形势就是你批我,我批你,批来批去,你何必气成这样?秋儿止住哭,愤愤地坐到凳子上,骂道:他们骂大大是反革命,他们祖宗八代都是反革命。巫竹梅陪他坐下,叹了一口气,不说话。卫秀兰说:学校开除你了吗?秋儿摇摇头。卫秀兰:他们批斗你,又没有开除你,你是男孩子,能挺的,为什么不去上学?秋儿说:如果上学,他们每天批斗我、羞辱我,我干吗去?巫竹梅说:不去也好,在家好好休息,等他们来找你,我来与他们理论,看他们怎么着。卫秀兰无奈地摇了摇头,走出门,去了屋后。如果她不避开秋儿,她会控制不住自己的情绪。现在,她站在屋檐下,看着丈夫和几个孩子曾经辛勤劳作的菜园,情不自禁,她的内心一阵酸楚,眼泪就哗哗地流下来了。丈夫被打成现行反革命,这对她的打击是沉重的。自从李明波支书幸灾乐祸地告诉她这个消息,这两天,她就没有睡一个好觉,她总是一个人待在里屋偷偷流泪。柯尔蒙怎么样了?他在哪里?音信全无。卫秀兰不仅是悲伤,更多的是为柯尔蒙的遭遇而担忧,为全家人未来的命运而担忧。

邹天香回了一趟葫芦岛。她将柯尔明的遭遇对婆婆巫竹梅说了,婆媳两人抱在一起痛哭流涕。哭过之后,巫竹梅质问:你父亲呢?你父亲为什么不救阿明?邹天香掏出手帕擦了一把眼泪,说:这是形势,他也救不了的。卫秀兰在一旁安慰婆婆道:妈,怨不得她父亲的。邹天香这才止住哭,对卫秀兰说:阿明现在被遣送回家反省,时不时地被拉出去批斗,他一个人住在学堂巷家里的老屋,被人看管着,我真担心他的身体。卫秀兰已经顾不得小叔子的安危了,她焦急地问:尔蒙呢?邹天香说:前几天被发配到大湖农场了。大湖农场?卫秀兰有些诧异。那他就是劳改犯了?卫秀兰无意识地抬头看了一下北方的方向,她知道,大湖农场就在日月湖的北面。卫秀兰果断地说:我明天去农场看他。邹天香连忙劝阻,说:你怎么可能看到他?你在家,哪儿也别去,这个家需要你。卫秀兰重重地叹息了一声。邹天香在葫芦岛吃过中饭就回去了。她没有骑自行车,都是步行。

不几天,冬儿经历了与秋儿同样的遭遇。她逃离了学校,回到了葫芦岛的家。冬儿大哭不止,一边哭一边说不想上学了。巫竹梅、卫秀兰还有秋儿,什么都没有说。等冬儿止住哭,秋儿才对她说了一句:现在家是最好的了。说到冬儿的心坎上了,冬儿又抱住秋儿大哭。面对伤心大哭的冬儿,站在一旁的卫秀兰束手无策。她唯一能做的,就是不让自己的眼泪流出来。

父亲被打倒了,夏儿居然还相安无事地在大学校园里生活学习了一段时间。但是,这种状态很快就被打破。同学当中有同乡告发说,柯之夏是反革命分子柯尔蒙的儿子。夏儿稀里糊涂之中,就被学校的红卫兵揪出。接着,批斗,抄他的宿舍,游校。接着,有人提出,社会主义的学校不是反革命分子后代的乐园,不是反革命分子后代的避风港,于是,夏儿就被学校开除了。在一个月白风清的夜晚,他打着铺包,拖着疲惫不堪的身子,也像自己的弟弟妹妹一样,步行回到了葫芦岛的家。他穿过村子时,已是子夜时分,村子里的狗一阵狂叫。卫秀兰等人睡在床上,被犬叫惊醒,心里瘆得慌。不一会,她就听到一阵紧似一阵的敲门声,一个个惊慌失措。卫秀兰不知道又将发生什么事。她出来开门,见原来是夏儿,虽然吃惊,却也是一颗心着了地。没有人问夏儿发生了什么事,夏儿也不说发生了什么事。一进门,夏儿脸也不洗,扑到床上蒙头大睡。巫竹梅上前拍拍他后背,没有反应,再拍,还是没反应。几个人相视无语,各自回房间睡觉去了。

  夏儿悲愤交加,直到深夜两点多钟才睡着。第二天,卫秀兰等人像什么也没发生一样,各人做各人的事。夏儿有些纳闷,大大成了反革命分子,被送到农场了,他们却若无其事似的。夏儿跟到厨房,对母亲卫秀兰说:你们还不知道大大出事了?卫秀兰表情淡然地说:什么都知道了,你去挑水吧。夏儿回屋里看看弟弟妹妹,他们都冷冷地看着他。夏儿什么都明白了,提起两只水桶走了出去。

  夏儿挑了两担水,便想起和自己定过终身的李春燕来,就想去看看她。客厅里挂着一面镜子,夏儿破天荒地照了一下自己,然后就出门了。冬儿追在他后面问:夏儿哥,你去哪儿?夏儿说:我去找你燕子姐。冬儿没有反应,倒是屋里的卫秀兰和巫竹梅听了一愣。

  李春燕父亲去了田里,她母亲春桃出来开门。看到夏儿,春桃很是惊讶,然后脸色一沉,突地将门关上。她在推上门闩之前,夏儿已经使了吃奶之力将门推开了。夏儿说:我来找燕子。春桃没好气地说:她不在家。夏儿伸头环视了一下室内,确实没有看到李春燕,便退出身子,对春桃说:我去学校找她。他刚挪步,春桃奔出门外,欲拉他,未拉着。春桃说:你别去找她。夏儿说:为什么?春桃说:我们两家断了吧,你以后也别找她了。夏儿说:她和我正处对象呢。春桃说:我不是说了吗?断了吧。夏儿说:这是燕子的意思?春桃回答:是我们全家的意思。夏儿又说:为什么?春桃说:为什么?你要我们家春桃嫁给一个反革命家庭?你让她担惊受怕,岂不是害了她?夏儿沉思,站在那里一动不动。春桃接着又说:你去学校找她,她就会被学校开除的。她现在之所以还在学校上班,是因为我们对学校和村子里说,我们两家断了,过去是你们两个人不懂事,现在两清了。夏儿不说话,快步离开了这里。春桃有些不放心,追在他后面看他,直到他回了葫芦岛,这才回了自己的家。夏儿没有直接去找李春燕,是因为他需要思考,这样去找她确实是不计后果。夏儿脑子转得快,这下没有了那份鲁莽。夏儿一口气回到家,见到谁也不说话,倒是母亲卫秀兰走到他身边,对他说:断就断了吧,我们不想连累人家。夏儿,坚强些。夏儿将头埋得很深,没有回应母亲的话。

时至隆冬。寒风一阵紧似一阵,从葫芦岛上空呼啸而过,将葫芦岛草屋前后的树叶、枯树枝、旧塑料袋刮起,吹到日月湖的湖面上,随波荡漾。今年的冬天格外地冷,巫竹梅和卫秀兰早早地让孩子们穿上了冬衣。卫秀兰站在屋后巴望,她明明知道这一年的春节柯尔蒙是不可能回来的了,但是她仍然站在那里看着日月湖北面。寒风拍打着她的脸,刺到骨里的痛楚,她近乎有些麻木了。

春儿到宣州的一家玻璃厂调研两天,刚回到合肥,就被叫到鲍德文厅长办公室。

就在几天前,春儿已经得到消息,父亲柯尔蒙被打成了现行反革命。春儿是怎么得到消息的呢?桐城与合肥虽然只有100公里,但也需要四个小时的车程。柯尔蒙的名字上不了省级的报纸,省城自然传不了他的消息。父亲被打倒的事,春儿被蒙在鼓里好长时间,竟然还是李春燕托人向他透露的消息。李春燕得知未来的公公成了反革命分子,虽然父母执意叫她与柯家断绝来往,但她还是同情柯家。她所在的团结小学里有一位名叫厉莉的同事是省城下放知青,平时与她关系较好。星期天厉莉要回省城,李春燕便托她将柯尔蒙出事的消息分别转告在省城上大学、工作的柯之夏和柯之春。厉莉找到夏儿所在的大学才得知,夏儿已被学校开除,其时已回到了家乡。她到省轻工业厅的时候,正赶上厅里不上班。她只好到邮局买了信封信纸,将李春燕说的事写在纸上封好交给门卫。春儿周一上班到办公室,看了这封信,他整个人像霜打的一样,瘫坐在椅子上,半天回不过神来。接下来的出差调研,他总是无精打采,心事重重,不两日就草草收场。

  厅长叫他到办公室,他已经预感到不妙,这似乎与工作没有关系。鲍德文厅长示意他坐,开门见山地说:你父亲的事,你是知道的?柯之春骤然紧张,说:前几天有人通知了我。鲍德文厅长说:已经有人反映到厅里了,这事包不住的。柯之春这才镇定,说:我愿接受单位的处理。鲍德文厅长凝眉说道:处理现在还谈不上,我们还在了解上面的政策。停了一会,鲍德文厅长说:我估计你现在也没有心情工作,你看这样可行,你打个请假条,请个病假,我放你假,你回去好好休息,调整自己的状态,有什么情况我让人通知你。柯之春细细品味鲍德文厅长的话,很快悟出,这是老厅长在关心他,让他暂避,便说道:我听您的。柯之春站起,鲍德文厅长从自己衣兜里掏出一沓粮票,递给柯之春,说:你拿着吧。柯之春推辞。鲍德文说:以后很难说会遇到什么情况,你拿着它会有用的。柯之春非常激动,双手接过,然后回到自己办公室,将请假条写好了:

鲍厅长:

  本人小时候体内落下病根,前阵子隐隐作痛,去医院检查,未查出病因,最近连续发作,比较严重,需作彻底检查并医治,特请假三个月,望予批准。

柯之春直接将请假条交到鲍德文厅长手上。鲍德文厅长大笔一挥,对他说:回家好好过个年,安心休养。说罢,示意他将请假条交到厅人事处。柯之春点头致谢,便退出鲍德文厅长办公室。他出来的时候,没有观察鲍德文厅长脸上的表情。鲍德文厅长眉头紧锁,面色灰暗,表情阴郁。

就这样,柯之春背着一只红星帆布包,坐了四个小时的长途汽车,回到葫芦岛。他的到来,没有给家里任何人以惊喜。兄妹四人站在一起,卫秀兰只是平淡地说了句:回来好,回来,我们又团聚了。

11

元旦之后,团结大队发生了一个重大的人事变动。郑佩佩因为工作积极,对党对革命忠诚,敢于揭露反革命分子,被上级组织提拔为团结大队的书记。现任的书记袁可为调任团结小学校长。团结小学校长这个位子自从杨名被撤职后一直空缺着。

郑佩佩书记上任之后烧了三把火。第一把火就是带人将大队部后面一座小山上延续了一百多年香火的寺庙给撤了,连一个砖块也不留。第二把火,将整个团结大队所有沿路村庄的墙壁上都刷上标语,标语的内容从《毛主席语录》上选取。第三把火,就是发动人员将李晓岚从她舅舅家揪出,拉到学校的广场上批斗,批斗之后又拉她在大队部周围游行。可怜李晓岚本来这段时间瘦得有些变形,哪里经得起这般折腾?游行之后瘫到地上,脸色铁青,口吐白沫。郑佩佩书记看她这样,勒令将她送回她舅舅家。据知情人透露,李晓岚回到舅舅家后不几天,居然疯了,满村骂郑佩佩是狗娘养的。郑佩佩书记三把火之后,平静了许多,安心地坐在她大队书记的办公室里,看报、学文件、写计划。她平静了,团结大队也平静了许多。

夏儿又去找了一趟李春燕。阴冷的傍晚,他将李春燕堵在村口外面的小路上。寒风吹打着两个人的脸颊,他看着李春燕,不说话。李春燕先开了口,说:我娘跟我说了,你去找过我。夏儿说:你好像回避我。李春燕回答说:我大大我娘反对我们交往,村里也有人劝我们断了。夏儿问:你呢?李春燕说:我能怎么着?我能不听我大大我娘的吗?夏儿说:以前在家,你父母都听你的。李春燕说:我能不为他们考虑吗?夏儿说:你心里也想与我断?李春燕说:我们都冷静一段时间再说吧,你给我时间,也不要找我。夏儿问:多长时间?李春燕说:等你们家的事安定下来。夏儿有些激动了,提高嗓门,说:我大大成了反革命分子,我们家就这样了,还没有安定下来吗?李春燕站在那里不说话了。夏儿缓和一下语气,说:我现在回来了,我有更多的时间陪你了。李春燕说:你说这个合理吗?你也应该考虑自己的身份。夏儿又激动了,说:我什么身份?我大大是反革命,我又不是反革命。李春燕说:那也是反革命家庭。夏儿正要发作,看到李春燕逼视的眼光,突然软下来,说:那就冷静一段时间再说吧。说罢,夏儿掉头就走,直接回了葫芦岛。

春儿回到了葫芦岛,有一个人喜出望外,那就是傻子李晓恨。有人看到春儿回来,第一时间告诉傻子这消息。傻子愣了一下,便跑回了家。他跑回家不为别的,就是将身上穿的破棉袄刷了刷,并照了一下镜子,然后就出门了。春儿见到傻子,会心一笑,他已经好长时间没有这样笑了。傻子不说话,看着他傻笑。春儿说:屋里坐。傻子就大摇大摆地走进屋里,坐到客厅的炭盆边。夏儿、秋儿、冬儿与傻子打招呼,傻子几乎没什么反应,他仍然傻乎乎地看着春儿。春儿说:我回来过年的,要住上一段时间了。傻子终于开口说了两人见面后的第一句话:好。随即又是傻笑。春儿站起身,从自己屋里拿出一件旧棉袄,递给傻子,说:送给你,我穿小了。傻子如获至宝,双手接过。春儿又说:你试试。傻子身上的破棉袄像染了酱油似的,硬得发直,黑得发亮,有几处黑里透白的棉花团争相钻出来,很是碍眼。傻子脱下破棉袄,穿上春儿递给他的旧棉袄,连秋儿看了都觉得合身,显得有精神。傻子欲脱下,春儿说:你就穿着吧,那破棉袄不要了。傻子点点头,又打量了一下身上的棉袄,一边傻笑,一边坐下。卫秀兰从碗橱的抽屉里捧出山芋干放到桌子上,让傻子吃。傻子也不客气,伸手抓起往嘴里送。一捧山芋干,春儿只吃了几根,几乎都是傻子一个人在吃。吃完山芋干,傻子起身,向春儿打个手势,然后离开了。春儿目送着他出门,又目送着他走出葫芦岛。看着傻子渐渐远去的背影,春儿突然觉得有些失落。傻子无忧无虑,哪管外面风云变幻,他比我要快乐得多、幸福得多。

郭海青知道了柯家的事,专门拎着两斤猪肉、怀揣两斤粮票来到葫芦岛。郭海青老远看到卫秀兰站在门口,与她打招呼。卫秀兰强装笑脸,不过笑中带苦。郭海青进到屋里看到春儿正在看书,有些惊讶,将带来的东西放在大桌上。春儿把一部《欧阳海之歌》翻到中间,见郭海青进来,连忙将书掩上,冲她一笑。郭海青说:回来过年了?春儿回答:嗯。郭海青没话找话地说:一直想到省城去看看,大城市一定很美,就是没有空。春儿没情绪,不知道怎么回应她,便又翻看书。郭海青讨个没趣,直接走进侧屋,与里面的巫竹梅打招呼。以前她经常来,又在这里坐过小月子,自然与巫竹梅等非常熟悉了,她喊巫竹梅奶奶,回到这里就像到了自己家一样。她与巫竹梅寒暄几句,二人一起走到客厅。郭海青说:我来的时候,那两个坏蛋劝阻我,要我与你们划清界限,我才不理他们呢。那两个坏蛋自然是指佟冬明、李小东。这两人平时在村里因为"手脚不干净",被村民私下里称作坏蛋,久而久之,坏蛋名称就传开了。郭清青说了一通之后,仍然没人回应,屋子里突然清静下来。郭清青想,一家人走不出阴影,心情自然好不到哪儿去,我何必要在这里添扰?于是与他们打声招呼,便转身走了。巫竹梅和卫秀兰站在屋檐下目送她,直到她从葫芦岛上消失。

郭海青回到集体宿舍的第二天,李明波支书就找她谈了一次话,提醒郭海青注意知青形象,提高觉悟,自觉地与反革命家庭保持距离。郭海青白他一眼,不说话。李明波支书走的时候,郭海青对着他的背影啐道:哼,就你还谈什么觉悟。

　　冬天阴冷了一段时间之后,阳光暖洋洋地照射在大地上。李明清队长一阵锣响,全村出动,去河边兴修水利。李明波支书早早地堵在大坝那端的湖边路上,见卫秀兰过来,对她说:你中午去一趟我家,我交代你个事。卫秀兰看了他一眼,轻轻地点了一下头,便去工地了。李明波支书走在她身后,眼睛就没有离开过她的背影。卫秀兰一边在工地铲土,一边心下疑虑。李明波支书叫我去他家交代事,有什么事需要交代呢?是因为柯尔蒙的事,他特意显示出关心还是怎么的?他不会打什么坏主意吧?中午时间,社员们都在家,而且这又是冬天,衣着厚实,我谅他也不敢怎么的,去就去。

　　卫秀兰吃过午饭,对婆婆说了一声,便去李明波支书家。到了李明波支书家,她才知道,就李明波支书一个人,他老婆叶莲花及几个孩子都不在家。卫秀兰走进院子,问:莲花姐呢?李明波支书说:回娘家了,她有点不舒服,今年过年我们都要在她娘家过了。说着,李明波支书便示意卫秀兰屋里坐。卫秀兰站在院子里未挪步,说:你说交代事,什么事?李明波支书说:你屋里坐吧,外面冷。卫秀兰站在原地不动,说:不了,你说吧。李明波支书见她不动,便走向门口关上院门。卫秀兰有些警觉,说:你说吧,我还要去上工呢。李明波支书走到卫秀兰面前,眼睛直视着卫秀兰,有些火辣。卫秀兰低下头,又抬起头,问:什么事?李明波支书不回答,又上前一步,说:没什么,我只是想亲你一下。卫秀兰措手不及,后退两步。哪知李明波支书说过话之后,突然上前抱住卫秀兰,卫秀兰挣脱,怒道:你是支书,你怎么可以这样!李明波支书才不管这些,又上前要抱住卫秀兰。卫秀兰突然一个转身,骂了一句"你好无耻",然后跑向门边将门打开,奔出院外。李明波支书一个趔趄差一点倒下,但他还是站住了,眼睁睁地看着卫秀兰从自己面前消失。

　　卫秀兰跌跌撞撞跑回了家,心还是怦怦乱跳。李明波支书见柯尔蒙出事,一下子露出狰狞的面目,我差一点上他当了。巫竹梅见卫秀兰慌里慌张、坐立不安,问:怎么了?不舒服?卫秀兰冲婆婆摇摇头,说:没什么。说着便站起身走出门外,拿起铁锹上工地去了。

就在春节前几天,巫竹梅大病了一场,感冒发烧,一连几天,高烧不退,咳嗽不止。这可急杀了卫秀兰和孩子们。巫竹梅原以为受凉了,没当一回事,等感冒重了,吃板蓝根,不起作用。等到发烧时,春儿找出退烧药给她吃,也不管用。春儿急了,去找赤脚医生项去病。项去病说:要打针。一天一针,还是不管用。项去病说:需要吊水。于是吊水,吊了三天,才见好转。项去病分析说:是肺炎所致,幸亏治疗及时,不然后果严重。巫竹梅身体虚弱,只能卧床,好在有孙儿孙女床前床后照应,陪她说话,到过年的前一天,她居然可以下床了,皆大欢喜。

这一年的大年如期而至。物质虽然不富有,但年货总算也不缺。因为少了一家之主柯尔蒙,所有人的心情舒展不开来。更让老太太巫竹梅伤心和牵挂的是,大儿子柯尔蒙缺席,小儿子柯尔明一家也不能参加葫芦岛的大年宴。这个家缺了两个大男人,冷清了很多。卫秀兰硬撑着,像往年一样,炸圆子、炒花生,准备年饭。孩子们苦着脸,各干各的事,很是默契。村里的孩子们几乎不与他们来往了。更多的时候,春儿、夏儿埋头看小说。到了年夜饭开席的时候,卫秀兰对春儿说:你和夏儿喝点酒。春儿看着母亲,摇了摇头。就这样,一家人不要说是酒,连红糖水也没有上就开始吃饭了。偏偏这时候,巫竹梅触景生情,控制不住,鼻子一酸,泪水就出来了。卫秀兰安慰她,说:妈,你身体刚好,过年应该高兴才是。春儿附和着:是啊,奶奶。巫竹梅揉揉眼睛,很快止住泪。看到这场面,卫秀兰眼睛红红的,但她控制住了自己的情绪。这顿年夜饭,草草收场。鞭炮照放,压岁钱照发,一家人还是营造不出往年的大年气氛。葫芦岛的除夕开门鞭放得比较早,等湖边生产队各家各户的开门鞭响起时,他们一家人已经洗漱完毕,上床睡觉了。可是,谁又能睡得着呢?

湖边生产队的三位下放知青都回城里过年去了,留下三间空荡荡的茅草屋在寒风中窸窸窣窣,发出凄苦的悲鸣。从解放初期到现在,这三间草屋傲立村头,迎春避暑,顶风战雪,阅村人喜怒哀乐无数,历世态炎凉变化万千。不知道是在劫难逃,还是气数已尽,就在新年钟声敲响的时候,这三间草屋竟然被神秘的火星点燃。社员们闻讯赶来,手忙脚乱,但是杯水车薪,只能看着草屋成了一堆土石灰烬。李明波支书站在废墟前,大喊大叫:是谁干的?我们全村的账簿都没了!没有人附和,也没有人回应。这个神秘的火星是从村里哪个角落飞出的,无从查证。

春节后社员们上的第一个工,就是建房。不到一周,他们就在原来被火烧过的土地上建起了一座三间开的崭新的草屋,坐北朝南,面积依旧,形态依旧,灰墙黄草,令人眼前一新。接着,他们添置家具和办公用品。草屋建成后不久,老天就下了一场大雪。草屋披上银装,也算是村口的一道风景,村民们喜欢到草屋前的场地逗留,闲聊。不几日,三位知青过完年,兴高采烈地回到生产队,看到眼前崭新的草屋时,大为惊异。李小东听完李明波支书的介绍后,说:烧了好,旧的不去,新的不来,我们也没有什么损失。是的,三位知青"两袖清风"地来,油光满面地去,这里的世界只是他们人生的一个驻点,就像旅店,有什么值得留恋的呢?

元宵节刚过,卫秀兰就被通知参加村里召开的批斗会。这个批斗会由李明波支书主持,三位知青列席会议。会场就设在那三间草屋门前的场地上。天气寒冷,地面上的积雪也没有完全消融,没有风,太阳在上空懒洋洋地照射,社员们双手抱在胸前或者插在兜里,所有人都是站着的。卫秀兰穿着棉袄,站在场地中间,她没有被戴上高帽,也没有挂上"反革命分子"这类标语牌。卫秀兰被李明清队长等人从家里"请"出时,春儿、夏儿等人非常愤怒,他们要跟着来,但是被母亲卫秀兰劝阻了。卫秀兰对他们说:你们都待在家,哪儿也别去。会议还没有开始,郭海青看到卫秀兰,很是不忍,她站在李明波支书身侧,酸不溜儿地冒上一句:这跟家庭有什么关系?大冷天的开这么个会,至于吗?李明波支书白了她一眼,没回应。李小东示意她别说话。李惠惠凑到人前,看着卫秀兰,说不出话。

会议开始了。李明波支书致开场白:郑书记前不久对我说,你们村出了这么个反动派,居然还沉得住气,柯尔蒙出了问题,他的家庭并没有与他划清界限,难道没有问题吗?说着,他上前一步,走到卫秀兰面前,说:你必须交代自己的问题。卫秀兰沉默不语。

人群中有人喊了一声:好冷啊!李明波支书又说道:我一看你就是资产阶级的小情调,消极怠工,平时脱离人民群众,明显是资产阶级思想作怪。他刚说完,李惠惠就接着说:她思想怎么着我不知道,但是以前我与她一起上工,她很努力的,一个城市人来到农村,什么脏活累活都做,已经不容易,说她消极怠工,我不同意。我们不能墙倒众人推,破鼓万人敲。李明波支书白了李惠惠一眼,说:这是批斗会,不是表彰会。这时,人群中突然有人说:这个批斗会应该换一个人。人们转过头去看他,然后发出一阵嬉笑。这个人就是李明彪。有人冲他问:换作谁呢?李明彪昂着头说:当然应该批斗支书大人了,他凭什么要批斗人家呢?李明彪是村里的长辈,光棍一个,平时一副玩世不恭的样子,谁都拿他没法。李明波支书铁青着脸,训道:这是上面布置的政治任务,别起哄!李明彪并不在意他的警示,大声说道:政治任务也不是让群众这般挨冻受罪,不如散了。众人大笑。李明波支书说:人民群众是革命的力量,柯尔蒙是资产阶级的当权派,是反革命,我们就得批判他,大家要有革命觉悟。李明彪朝李明波支书白了一眼,不说话了。这时,李明清队长说话了,他是生产队的干部,当然需要配合李明波支书的工作。他说:今天,我们就是要批斗卫秀兰。柯尔蒙成了现行反革命,是这个家庭滋养的反面教材。卫秀兰成了反革命的帮凶和同伙,思想腐朽,应该进行反省,向我们的革命群众谢罪。李明清作为队长,为人诚实厚道,在生产队里口碑甚佳,威信也高,所以他说过话后,人群里再也没有人反驳或者起哄了。李明波支书有了李明清队长出面说话,底气足了,当即说道:卫秀兰,你应该老实交代,要从自己思想深处、灵魂深处反省自己,柯尔蒙出事,不是受你影响？或者说,他一个反革命分子,没有影响到你？人群中突然有人喊道:打倒柯尔蒙！打倒卫秀兰！李惠惠等人转过头看,原来是李晓群在喊。李晓群父亲当初去世时,他曾希望将父亲葬在葫芦岛,结果被柯家顶了回来。他时常想着父亲的坟地仍然窝在湖堤凹处,很不是滋味,对卫秀兰心存芥蒂,现在批斗会给了他机会。人群中还真有几个人跟着他喊:打倒柯尔蒙！打倒卫秀兰！喊过后,李明波支书脸色一悦,冲卫秀兰说:你还有什么话说？所有人都看着卫秀兰。

　　卫秀兰终于不再沉默,说:柯尔蒙父亲是右派不错,但是,那是他父亲,柯尔蒙从来没有反对过党,也没有反对过社会主义,更没有反对过"文化大革命"。相反,他总是冲在"文化大革命"运动的第一线,组织指挥,以身作则。我们一家没有一点资产阶级情调,生活简朴,保持着无产阶级的革命本色,大家是有目共睹的。要我与他脱离关系,划清界限,我找不出理由。她这一说,李明波支书愤怒了,说:他明明是反革命分子,你还这样为他辩护,你是追随资产阶级分子到底了。我要把今天的会议情况以及你的态度向上汇报,你就等着上面发落吧。李明波支书话音刚落,李明彪又发话了。他说:会议可以结束了,你将全场人民群众的手脚冻僵了,你就是与人民群众为敌,也是反革命分子了。有人发笑。傻子笑得最厉害。李明清队长凑到李明波支书跟前,对他低声说:会议是可以结束了。李明波支书这才说道:卫秀兰的情况我们将向上汇报,她需要经常向生产队里进行反省,汇报思想,以观后效,散会。众人散去。李惠惠不顾李明波支书和李明清队长在场,也不顾自己是村干,走上前去,将卫秀兰的胳膊挽起,并将她一路护送到葫芦岛才回去,气得李明波支书直跺脚。

　　卫秀兰回到家,儿女围上来,巫竹梅默默地坐到她身边。卫秀兰看着春儿,说:你大大的事还没有完。春儿点点头。巫竹梅愤愤地说:这跟他大大有什么关系？卫秀兰微微地叹了一口气,没说话。不一会,知青郭海青来到葫芦岛。她一进门就骂道:他李明波狐假虎威,狗仗人势,我看他老到土了。

她走进屋,坐到巫竹梅身旁,安慰卫秀兰说:卫姨,你别往心上去,他们也不敢拿你怎么的。她说这话,虽然有声有色有力,但是在批斗会现场,她也不好怎么的,因为知青的工作表现是要地方干部写鉴定的。李明波支书是什么样的人他们清楚,万一言语冒犯了他,到时候他大笔一挥,说这几个城里人当知青是不合格的,那他们就白下放了,岂不是自毁前途?郭海青坐了一会,本想与春儿说几句话,但春儿没有那份心情,她便站起身走了。不大一会工夫,李惠惠也来到卫秀兰身边。李惠惠放心不下卫秀兰,专门来看看她。李惠惠没有说到卫秀兰挨批的事,只说天气及过年时的一些情况,跟卫秀兰拉家常似的。很快,一家人一扫愁云,你一言我一语,气氛热烈起来。李惠惠走后,春儿说:我们有群众基础,没有什么可怕的。

　　李明波支书亲自写了一纸情况汇报,送到团结大队郑佩佩书记办公室。郑佩佩书记很有兴趣地看完了他的报告,做出批示:做得好,柯尔蒙出了事,他的家庭是有问题的,必须要他们彻底交代清楚,必要的时候,可以采取隔离审查的手段。我们要注意发动群众,并要密切注视阶级斗争新动向。这场战役,我们团结大队要打个翻身仗。李明波支书从郑佩佩书记办公室出来,信心满满。

　　李明波支书回到村里,召开了一次村干部扩大会议,村干部及各小组组长参加,唯独没有通知卫秀兰。李明波支书传达了郑佩佩书记的指示,提出对卫秀兰进一步进行审查的要求。其他人都默认,李惠惠与李霜天明确表示反对。李惠惠将以前的表态又说了一遍:我与卫秀兰曾经在一个小组上工,我对她比较了解。她觉悟高,态度端正,能吃苦耐劳,我们不能将她划到反革命行列,柯尔蒙同志出的事不能算到卫秀兰身上。李霜天说:应该区别对待。这两人说的话显然没有迎合李明波支书的意思,李明波支书厉声说:柯尔蒙是现行反革命,你们还说他是同志呢,他的家庭就没有责任吗?她卫秀兰至今没有一个态度,她自己不愿意与柯尔蒙划清界限,也没有宣布与他脱离关系,我们为什么要区别对待?李明波支书这么一说,大家都不吱声了。李明波支书进一步说:她如果宣布与柯尔蒙脱离关系,她的问题就到此结束。但是一连这么些天过去了,她不仅没有行动,也没有主动向组织上交代自己的思想,说明她有问题。我提议撤销她的生产队妇女组组长职务,从明天开始,对她进行隔离审查。所有人沉默,会议结束。

第二天,卫秀兰被李明清队长等人带到了生产队的草屋。李明波、李明清、李惠惠三人将自己的办公室腾出来作为审查卫秀兰的审讯室。李明波支书和李明清队长轮番上阵,要她交代问题。卫秀兰以沉默应对,问急了,她回一句:我不觉得我有什么问题,我也不觉得孩子他大大有什么问题。李明波支书威胁道:你这样顽固不化,你会吃亏的。说着,两人都离开了,将卫秀兰一个人锁在办公室里。李明波支书和李明清队长出来的时候,草屋外面围满了人。春儿站在窗户前,虽然看不到里面,但他仍然巴望着。傻子站在他身边,将一只手搭在他肩上,算是安慰。三位知青佟冬明、李小东、郭海青也从自己的宿舍走出来,一同围观。男女老少都有,却很少有人说话,大家都在静观里面的动静。李明波支书看到这种场面,瞪着眼说:有什么好看的?都给我回去!但是,李明波支书和李明清队长离开后,他们都没有回去。郭海青上前敲门,对卫秀兰喊:卫姨,你没事吧?卫秀兰回应说:我没事。郭海青又喊:别理他那一套,我们支持你。卫秀兰回应说:我本来就没有问题。卫秀兰被关了一天,晚上的时候李明波支书才将门打开,对她说:你晚上回去继续反省,明天再接受审查。

第二天,卫秀兰又被带到了审讯室。这回是李明波支书一个人审讯她。李明波支书态度柔和,几乎是苦口婆心地说:我对你怎么样,你是知道的,你何必这般固执?你只需要与他划清界限就行了,为什么要往阴暗的道路上走呢?卫秀兰说:我们是夫妻,我了解他,他不可能反党反社会主义,不可能对"文化大革命"不满的,你叫我交代什么问题呢?李明波支书有些不耐烦了,说:那你的意思是说,组织上将柯尔蒙列为现行反革命分子是错了不成?卫秀兰说:我不妄议组织,但我相信柯尔蒙。李明波支书气急败坏,一拍桌子站起身来,抛下了一句话:那你就顽抗到底吧,是你自讨苦吃的。然后他锁上门,走了。他这一走,到晚上才来开门。卫秀兰又被关了一天。卫秀兰似乎适应了被关的生活,她什么都不想,伏在桌上睡了一觉,直到中午李惠惠送饭来。李惠惠安慰她几句,等她吃完饭,便又锁上门,走了。这一天,外面围观的人渐渐稀少,只是中午的时候,郭海青上工回来,她走到审讯室门口,与卫秀兰说说话。

第三天,李明波支书做出了一个决定,要将卫秀兰关到自己家里审讯她。因为卫秀兰被关在生产队的草屋里,时不时地就有群众与她联系,暗中支持她,给她打气,这样她会影响到群众的思想和情绪,会造成人心不稳。另外,将她关在自己家,自己作为生产队的支书可以名正言顺地审讯她,更何况是白天关她,晚上会放她回去的。他向李明清队长和李惠惠文书说起自己的决定时,李明清队长没反对,李惠惠文书明确表示反对,结果少数服从多数,就这么决定了。很快,卫秀兰就被带到了李明波支书家的院子里。李明波支书让人从里面搬出桌椅和纸笔,眼睛不怀好意地扫视了一下卫秀兰,与来人一道,锁上门,上工去了。院子里空荡荡的,院墙的拐角处还存有积雪,黑渍斑斑。李明波支书的老婆因为身体有病,过年前带着孩子住在娘家一直没回来。其实生产队里谁都知道,她是以此为借口,消极怠工,真正有病的是他丈母娘,他老婆可以不上工照顾他丈母娘。卫秀兰坐在椅子上一直低着头,见人走后,这才抬起头来。早上八九点钟的太阳暖洋洋地照射在她脸上、身上,令她感到一丝丝的暖意。她的脸有些憔悴,但是仍然美丽,是一种倦态的美丽。卫秀兰不知道接下来她将面临怎样的政治上的打压,但是她知道,李明波支书对她不怀好意,图谋不轨之心已是昭然若揭。她看了一眼这个院子的大门,决心已定,坚如磐石:我不可能屈从这个人的淫威,也不可能与孩子他大大划清界限、脱离关系。

临近中午,随着开门锁的声音响过之后,门开了,李明波支书走了进来。他将门关上,走到卫秀兰面前,严肃着面孔说:你去做饭吧。卫秀兰头也不抬,说:有人送饭的。李明波支书缓和一下语气,说:那你去屋里坐吧,外面冷。卫秀兰冷冷地说:不进去。李明波支书停顿了一会,说:一上午也不见你写一个字,你是要顽抗到底了,我也帮不了你。我一直不明白,你这是何苦?卫秀兰沉默不语。李明波支书只好自个走进里屋。大约半个时辰后,他从里面走出,对卫秀兰说:饭做好了,去里面吃吧。卫秀兰摇摇头,没理会。李明波支书走近一步,说:我跟你说话呢。卫秀兰只是摇了摇头。就在这时候,李明波支书突然上前,伸出双手,猛地将卫秀兰抱起,然后朝她脸上亲了一口。卫秀兰猝不及防,条件反射地挣脱双手,一巴掌打到李明波支书的脸上。这下轮到李明波支书猝不及防了。他放开卫秀兰,伸手抚摸着自己火辣辣的脸,瞪着眼看着卫秀兰。卫秀兰才不管呢,打了他一巴掌之后,双手抱在胸前,重新坐到椅子上。李明波支书一不做,二不休,又上前欲抱住她。卫秀兰怒视他,喝道:你再无赖,我就喊人了!卫秀兰这一厉声断喝起了作用。李明波支书看看院墙,终于后退了一步。但他没有退回到屋里,而是站在卫秀兰面前,耍横地说:我又不是没见过你的身体,太白太漂亮了,只是想……说着,一个人悻悻地走进了屋里。卫秀兰将棉袄整了一下,朝李明波支书的背影狠狠地啐了一口。

　　这时,李惠惠送饭过来。她站在门口一边敲门一边喊。李明波支书从屋里出来,阴沉着脸,瞪了卫秀兰一眼,将门打开,然后重新回到里屋。李惠惠将饭碗放到卫秀兰一侧的桌子上,对她说:你气色不好,吃饱休息好,别苦了自己。卫秀兰眼睛有些湿润,但她没有将满心的委屈说出来,朝李惠惠点点头,端起面前的饭吃起来。李惠惠看着她吃,不知道说什么。李惠惠就这样地看着她,直到她将饭吃完,才说道:这里冷不冷?卫秀兰抬起头,看着李惠惠,点点头又摇摇头。李惠惠说:冷,你就在院子里活动活动身子,明天多穿件衣服。卫秀兰没回应。李惠惠这时瞄了一眼里屋,对卫秀兰轻声说:他没有对你怎么样吧?卫秀兰看着李惠惠,点点头之后又摇摇头。李惠惠站起身来,拿起碗筷,对卫秀兰悄声说:你提防着他点。说罢走了。

李惠惠走后,院子里安静下来,卫秀兰只想着要大哭一场。刚才她见着李惠惠,心中一酸,差一点哭出来,但她忍住了。现在,李惠惠走了,她心中的委屈和酸楚又起,眼泪终于忍不住掉下来。但是,很快她又恢复了理智,控制住了自己的情绪,她伸手将眼泪擦干。我怎么可能在这里哭呢?我怎么可以让他看到我流泪呢?卫秀兰转过身子,将桌上的纸笔往前推了一把,然后伏在桌上,很快就睡着了。也不知睡了多长时间,她被一阵粗鲁的动作惊醒了。李明波支书双手从后面抱着她的胸部,并隔着衣服用力地搓揉着她的乳房。这让她怒不可遏,她一个转身,要用脚踹他,但是李明波支书松开手退了一步,她未踹着。卫秀兰大着嗓子骂道:滚,畜生!李明波支书并没被她的话所吓退,无所畏惧。他尝到了甜头,又要上前侵犯她。突然一颗不大不小的石块落到院子里,差一点将院子里的一只鸡砸死。李明波支书大吃一惊。他循着石块飞来的方向看了一眼,这才明白,隔墙有耳。李明波支书这才一甩手,气急败坏地出门走了。卫秀兰这时清晰地听到墙外奔跑的脚步声。

隔墙有耳,谁呢?原来是春儿的好朋友傻子。傻子不傻,他听说春儿的母亲卫秀兰被带到李明波支书家时,顿感不妙。同在一个村,他虽然傻,却也知道李明波支书是个什么样的人,将春儿母亲带到他家里,分明是不怀好意。李明波支书院墙南面与邻居李晓群之间隔着一条窄长的巷子。下午的时候,傻子来到巷子里。不一会,他担心的事终于发生了。人在急的时候,是会急中生智的,他捡起地上的一块石头就砸到院子里。他这一砸,还真起了效果。李明波支书气急败坏灰溜溜地逃了。

李明波支书走后,卫秀兰突然想起他说的话,"我又不是没见过你的身体"。他怎么说出这种话来?他平白无故地说见过我的身体,这要传出去,岂不是坏我名声、毁我清誉?他为什么要说出这样的话?先前在湖边老梧桐树下强暴我未遂的人如果是他,那也不曾见过我的身体的。他说这话,是要有意坏我的名声了。卫秀兰搜索着记忆中的点点滴滴,悲愤交加,她突然想到了一件事,恍然大悟又羞愧难当。几年前的夏天,她在自家的卧室里洗澡,不曾熄灯,也不曾有窗帘遮挡,有一双罪恶的眼睛透过被戳开的纸洞直视着裸体的她,令她惊骇和恐惧。难道那双眼睛就是他李明波的贼眼?是的,就是他了。这个无赖!李明波支书无意间恶狠狠抛出的一句话,居然揭开了一个困扰卫秀兰好多年的令她恐惧的谜团。她曾经几次怀疑生产队的其他人,包括傻子和李霜天,现在她明白了,也只有李明波,才会做出这种伤天害理的事来。卫秀兰更进一步地想,曾经在老梧桐树下强暴我未遂的人,定然也是他李明波了。想到这,卫秀兰朝门口啐了一口,呸!

　　一连几天,卫秀兰都是在提心吊胆当中度过的。李明波支书又有几次对她动手动脚,但都因为卫秀兰防卫甚严,大喊大叫而不得不罢手。很快,生产队里的春耕农忙开始了。李惠惠向李明波支书建议,释放卫秀兰,让她参加劳动,即使有问题,也可以在劳动中改造自己。李明波支书不答应,说这是上面树立的反面典型,怎么可以让她与劳动群众为伍呢?李明清队长也开始同情起卫秀兰来,劝李明波支书放人,让卫秀兰参加劳动。李明波支书无动于衷。李明波支书脑子一转,又想出"一边抓春耕,一边批卫秀兰"的斗争新形式。每天早上上工前,生产队的骨干们都要在李明波支书家的院子里集合,开一个短时间的批斗会,然后将卫秀兰锁在院里反省,再去上工。批斗会开到后来,已经没有人找出新词来批卫秀兰了,只好由李明清队长向大家读一段毛主席语录,或者李明波支书带领大家喊几句口号,然后散去。卫秀兰有些麻木了,但是李明波支书减少了对她的侵扰,她倒觉得平静了许多。

　　20世纪70年代初的农村,虽然没有城里那般热闹,但谁又能说是平静的呢?!

12

柯尔蒙坐在墙边一块枯黄的草地上,他难得有这片刻忙里偷闲的时间。

柯尔蒙抬头仰望天空,天空很蓝很纯净,有几片云彩浮在空中。太阳像踩单车似的在龙眠山的上空奔跑,它回眸的光芒仍然耀眼,仍然刺到他的神经。龙眠山嶔崟挺拔。这么好的天气,柯尔蒙却没有好心情,他眼睛里透视着深邃的光,要将那高高在上的太阳的光芒软化。龙眠山巍峨挺拔,它每天毫无表情地注视着柯尔蒙的一举一动。太阳在奔跑的过程中,颜色由白炽变得淡红,直至通红。太阳注定要下山的,而他心头的太阳却悬在空中。

天渐渐地变得灰暗,柯尔蒙面前青灰的高墙变得模糊。这道墙即使在他面前消失,他也无法逾越。这是他命运的藩篱,已将他与外面的世界无情地隔绝开来。高墙外面,正南方,也就是湖的那边,便是湖边生产队,便是葫芦岛,便是他的家。母亲还好吧?卫秀兰还好吧?孩子们还好吧?这个年他们是怎样过的?柯尔蒙想象不出母亲听到自己被打倒的消息时会有何种反应。柯尔蒙想,母亲身体越来越差了,她是否经受得住这种打击?卫秀兰又如何能挺得住?她怎么可能不受到自己的牵连,遭受村里人的白眼和鄙视?她甚至会如我一样被拉出去批斗。郑佩佩既然对我恨之入骨,她又怎么会放过卫秀兰?卫秀兰一个弱女子,又如何能面对这一切呢?想到这,他心里难过极了。卫秀兰,我只有祈求上苍保佑你。

柯尔明又如何了?他会经常被批斗吗?春儿、夏儿他们也会受我牵连吗?

顾卓越走到柯尔蒙身边,席地而坐,与柯尔蒙一起看着那面墙。顾卓越在这里待了一年多,柯尔蒙跟他走得比较近。顾卓越说:我听说林彪反党集团覆灭了。柯尔蒙一时没有反应过来,问:你说什么?顾卓越又说了一遍。柯尔蒙大为吃惊。柯尔蒙问:这对我们有影响吗?顾卓越说:不知道,不过我很快就要出去,就在这个月底,我一天也不想待在这了。柯尔蒙抬头仰望西边的天空,一片有着火烧云的天空,自言自语地说:出去好。不一会,他突然想起什么,问:你出去后,我托你办一件事,不知可否?顾卓越说:我能做到的,我定会为你做。柯尔蒙说:我晚上给家里写一封信,告诉家里人这里的情况,你帮我捎到。顾卓越干脆地说:没问题。我明天来取。

晚上,柯尔蒙赶在关灯之前,伏在自己的床铺上写好了信,然后折好,别在裤腰袋里。第二天,劳动之余,顾卓越前来,柯尔蒙悄悄地将信交给他,对他说:你交给我老婆就行。我到这里来,太突然,家里人都不知道,他们定是担心我。顾卓越说:你放心吧。说着,两人郑重道别。

这些天,都是顾卓越陪伴着他度过的,现在他走了,柯尔蒙多少有些失落感。他茫然若失,感到空前的孤独。他开始沉默寡言了。林彪反党集团的覆灭,并没有改变他的命运。他仍旧参加全天候的劳动,仍旧一个人默默地坐在枯黄的草地上,仰望天空,直视着高墙。只有在这里,他的心才可以自由地飞向葫芦岛,他的思想才可以与亲人交流。在这里,他开始反思:我错在哪里?即使我工作有失误,为什么要与父亲的问题联系在一起呢?父亲又有什么过错?他脱离旧的政权,投身新社会,教书育人,兢兢业业,桃李满天下,难道我们国家不需要这样的人吗?柯尔蒙到现在都不知道,他还要在这里待多少时间才可以出去。他真的一天都不想待在这里。他急切地盼望着与卫秀兰团聚,他有好多话要对卫秀兰说,他十分想念她。卫秀兰年轻时嫁给他,随他下乡吃苦,没享几天福,现在又要受那么多的罪,他的心都要碎了。

柯尔蒙自然而然就想到了李明波支书。他想起了在生产队当文书时因为亩产的数字与李明波支书发生的争执,也想起了李明波支书在村里的种种传闻,这些传闻所言之事他并未亲见,但生产队里人人都在说,假不了。

李明波支书表面上对人温和,其实内心很虚伪,也很狡黠。这个披着支书的外衣,不思进取,时常偷腥,歪点子不少的村干部,这个生产队里人人背后议论指摘的人,他会不会对卫秀兰图谋不轨?"文化大革命"运动让一些心怀叵测的人浑水摸鱼,以不光彩的手段,达到自己肮脏的目的。想到这,柯尔蒙周身的血液循环加快,他愤愤地说道:这是什么世道!

　　柯尔蒙万万没有想到,他托顾卓越捎的信并没有到卫秀兰手里。顾卓越在出大湖农场的时候出了状况。他出门的时候,农场的干警是要搜他身的,结果他们发现了那封信。问题不大不小,信却被没收了。柯尔蒙是被改造的反革命分子,他怎么可以与家里联络呢?这有串供的嫌疑,而你顾卓越,改造这么长时间,却仍然与他串通一气,并为他的家庭通风报信。顾卓越被训了一通,急欲离开,不想,农场干警说:我们将你交给地方,也会将你的情况通报地方。顾卓越悻悻地走了,那封信没有飞出农场半步,却被撕碎,扔进了干警办公室的垃圾桶。

　　柯尔蒙在这里与顾卓越相处了一段时间,却没有见到其他熟悉的人。他没有见到陈保根书记。他以前听说过,陈保根书记被送到了农场,但是他没有见到过陈保根书记,莫非不是这个农场?柯尔蒙甚至感叹,他走的就是一条陈保根书记走过的路。他们的命运怎的如此相像?陈保根书记,你在哪里?无论你在什么地方,都希望你好好地、坚强地活下去。

　　柯尔蒙在大湖农场经历痛苦的煎熬,他的弟弟柯尔明比他好不到哪儿去。唯一的区别就是,柯尔蒙身在农场,而他的弟弟柯尔明却可以待在学堂巷的老屋,不需要做过多的体力劳动。他们都失去了自由,无法与亲人团聚。柯尔明比他哥哥更痛苦的是,他的老婆邹天香带着儿子宣布与他断绝关系,也就是说,他们夫妻、父子都脱离了关系。柯尔明成了一个单身汉。事发于春节之后,邹天香通过一位熟人找到柯尔明,宣布了自己的决定。柯尔明先是像一头愤怒的狮子,在房间里来回奔突,接着又像是一只温驯的绵羊,坐到来人的面前,低沉着声音说:我知道了,祝他们母子一生平安。来人走后,柯尔蒙站起身来,狠狠地一拳打到墙壁上,砰的一声响,墙上顿时洇上了他的鲜血。他愤怒,他狂躁,他悲鸣,他失望至极。站在门口值勤的一位军代表进来喊道:是不是又在发泄对"文化大革命"的不满了?你还是老实点。柯尔明很快就老实了。他不老实不行。他不老实,不配合,对他处理的性质就有可能改变,他极有可能与哥哥一样被关进大湖农场。他如果进大湖农场,再也没有人为他说情了。

邹天香为什么要这么做?是迫于父母的压力,还是觉得与我保持夫妻关系只会连累到她?又或者是为了保护儿子不受牵连?我是不是错怪了她?柯尔明叹了一口气。天要下雨,娘要嫁人,夫妻一场,我又何必迁怒于她?我如此境遇,怨不得天,怨不得地,更怨不得邹天香。要是其他人,也会这么做的。这样也好,她走她的阳关道,我走我的独木桥,各不相扰,我了无牵挂。

柯尔明怎么可能了无牵挂?他时常想到儿子柯之堂。这个既聪明又活泼可爱的小男孩,已经与他融为一体了。柯之堂现在既听话,又懂事,还爱学习,人见人爱,全家人将他视作掌上明珠。现在柯尔明才想到,失去儿子,对他来说是一件多么残酷的事。柯尔明想,这场运动要到什么时候才能结束呢?

柯尔明坐在屋子里,有时让他心情更不爽的,是听到窗外街道上的行人议论的话语:"这家是反革命分子。""那个姓柯的反革命分子就在这。"等等。柯尔明在心里愤慨道:你们懂什么叫反革命分子!人云亦云!

两个看管他的军代表一恶一善。恶的就是刚才训他的那位。他满脸横肉,下巴上有一道明显的疤痕,据说是前两年参加武斗留下的。柯尔明到现在也不知道他叫什么名字,只知道另一位军代表叫他排长。排长凶得很,说话就像要咬人似的,对柯尔明从来没有好脸色,只有凶相。就是他,从来不让柯尔明出门一步,哪怕是站在门口看一眼街上的行人也不许。另一位军代表叫小军,为人和善得多。他似乎对柯尔明很同情,处处体谅柯尔明。排长不在的时候,他喜欢与柯尔明聊上几句,安慰、劝诫柯尔明。排长在的时候,慑于他的威严,小军只有顺从的份了。柯尔明有时也来点阿Q精神麻痹一下自己,军代表就是军代表,我是反革命分子,只是被批斗、被看管的对象,他们又能拿我怎么着?我有书看,有饭吃,还有他们陪着我,我何乐而不为?这样想着,柯尔明的心情似乎好了许多。

正月尾,柯尔明又被两位军代表带到县里的广场上批斗,批斗之后,接着游街。柯尔明看到这熟悉的街道麻木了,他去游街大半个上午,中午回到家,只感觉到有点累,其他都没感觉了,脑子里一片空白。小军见他累了,要去给他倒点水,结果排长令人生畏的眼神让小军止步了。柯尔明突然大笑起来。他这笑声令两位军代表大为吃惊,两人不约而同地看着他。柯尔明笑过之后,摇头晃脑地说:锵锵锵……我手执钢鞭将你打……两人愣在那里,以为他疯了。但是,很快柯尔明就恢复了常态。他自己倒了一杯开水,然后瞅了排长一眼,拿出《毛主席语录》看起来。

没过几天,县革委会又派人审问了柯尔明一次,他们并没有发现柯尔明与林彪反党集团有关联的迹象,便走了。柯尔明只是想笑。我与林彪反党集团八竿子打不出半滴水星子,问我做甚?

13

春儿带领夏儿、秋儿、冬儿参加生产队的春耕,兄妹几人沉默寡言,任劳任怨,挣了一点微薄的工分。他们没有了往日的欢笑,更多的是在牵挂父亲,担心母亲,虽然着急,却是无解。白天上工,晚上他们才能见到母亲。见到母亲,他们只会徒增一份新的忧愁。他们能有什么办法?

当时春儿要求参加春耕生产,李明波支书什么也没问就同意了。李明波支书以为他被单位开除了,终于产生了那么一点同情心。这样,春儿就可以和夏儿、秋儿、冬儿一起参加生产队的春耕生产了。春耕一结束,春儿就想起需要去单位一趟的。先前鲍德文厅长放他病假时曾嘱咐,要他好好休息,调整好自己的状态,单位有事会通知他的。但到现在,单位也没通知他上班。单位没事吗?还是单位将他遗忘了?所以,他一定要回单位看看。

桐城到合肥,100公里,要坐四个多小时的长途汽车。柯之春早上出发,下午才到合肥自己的宿舍。他将帆布背包一放,马不停蹄地赶到单位,直接来到鲍德文厅长办公室。但是,他没有见到鲍德文厅长,见到的却是原来的副厅长乔征。柯之春以为自己走错了,他退到门口看了门边上的指示牌,一点没错,厅长办公室,但是厅长却不是鲍德文了。乔征看他进来,出去,又进来,开始发笑。柯之春只好走到乔征面前,支支吾吾地说:我以为这是鲍厅长办公室。乔征笑道:这是他的办公室不错,但是他现在已经不是这里的厅长了。声音很洪亮。柯之春傻问:他去哪儿了?乔征耸一下肩,说:他被军代表带走了,厅长职务已免。柯之春恍然大悟,不知如何是好,场面有些尴尬。乔征问:你找他什么事?柯之春略显不安,说:春节前我生病请假,现在来看看。乔征问:好了没有?柯之春迟疑了一会,脑筋急转弯,说:比以前好了一些。乔征提高嗓门说:那就是还没有好。柯之春拘谨地冲他一笑,说:先前请的假到期了。乔征略一沉思,说:有病治病,你履行续假的手续便是。你去吧,我正忙着。柯之春这才退出了厅长的办公室。

这才离开多长时间,鲍德文厅长就被军代表带走了,而且被撤销了厅长的职务。很明显,他也是因为某种罪名被打倒了。鲍德文厅长参加革命早,是老党员,更是南下老干部,难道他也是现行反革命不成?世事变化太快,柯之春有些茫然。刚下到二楼,走廊那头突然响起了口哨声。有人一边吹口哨一边喊:楼下操场集合,学《毛主席语录》。接着,厅里的工作人员从各个门里蹿出,他们见到柯之春,虽然大多数人都认识他,却都装作没看见,一窝蜂地往下冲,大有一种落后了就要挨打的态势。柯之春想:我是这个单位的一员,我怎么可能不与他们一起去呢?于是跟在他们的后面下楼到院中操场上。操场上挤满了人,大家排着整齐的方队,一个个地昂首挺胸,精神抖擞。在人群中,柯之春看到了过去的同事伍美娟。他看伍美娟的同时,伍美娟也看了他一眼。这是他在厅里见到的最温和的眼神了。过去柯之春在厅办公室时,伍美娟与他是隔壁,做文书。伍美娟很配合他的工作,对他一直很好的。方阵的前排中央站着乔征厅长,他的两侧当然是厅里的其他领导了。厅机关党委书记史向阳手里拿着一本《毛主席语录》,站在方阵的最前方。他查看了一下方阵,然后说:人都到齐了,现在学《毛主席语录》。他将红皮书双手捧起,然后翻开,念道:在阶级社会中,每一个人都在一定的阶级地位中生活,各种思想无不打上阶级的烙印。下面的人跟着念。史向阳接着又念《毛主席语录》:人民靠我们去组织。中国的反动分子,靠我们组织起人民去把他打倒。凡是反动的东西,你不打,他就不倒。这也和扫地一样,扫帚不到,灰尘照例不会自己跑掉。接着:革命不是请客吃饭,不是做文章,不是绘画绣花,不能那样雅致,那样从容不迫,文质彬彬,那样温良恭俭让。革命是暴动,是一个阶级推翻一个阶级的暴烈的行动。他在前面读,方阵在后面念,声传楼院,威震四方。学完三篇,史向阳将语录本合上,毕恭毕敬地对着方阵说:散会。大家散去。柯之春慢悠悠地跟在人群后面来到人事处办公室。随着人群的散去,各个楼层响起了此伏彼起的关门声。人事处处长项立群从里面出来,将门锁上,背对着柯之春,转过身才发现。柯之春说:我来续假。项立群说:现在下班了,明天吧。明天就明天,柯之春也不可能将项立群推回到办公室,只好下楼。

柯之春真的被遗忘了。过去许多熟悉的同事,在他面前来去匆匆,对他视而不见。遇上迎面的,柯之春主动打招呼,得到的却是抬一下眼,没有回应。以前不是这样的。这是怎么了?柯之春感觉自己不仅孤独,而且是这个厅里多余的人。

第二天一早,他就将写好的请假条递到人事处。项立群处长问:厅长怎么说？柯之春说:乔厅长的意思,有病治病。项立群处长很快就在柯之春的请假条上写上"拟同意,请乔厅长批示"。柯之春又来到乔征厅长办公室,将请假条递上。乔征厅长没有看请假条,而是直接对柯之春说:厅里斗争形势紧,组织上可能随时找你谈话。柯之春问:那我这病？乔征厅长说:有病治病,只是暂时还不要离开这个城市。柯之春说:我知道了。乔征厅长这才在他的请假条上签上"同意"。请假条在二楼与五楼之间飘荡了一个来回,又回到人事处。项立群说:放在这,你走吧。柯之春说:我工资还没拿呢。项立群处长说:那你去拿啊。柯之春退出项立群办公室,到隔壁财务室那边领工资。这个厅的财务是科级建制,隶属办公室。柯之春从出纳手里接过一个信封,打开一看,工资比以前少了一半。柯之春问:怎么这么少？出纳是个女的,白了他一眼,说:你长期请病假,核半发的。柯之春觉得与她争辩已无意义,便将钱收好,走出财务室。

离开办公楼,柯之春感觉自己的内心空荡荡的,他回头看了一眼厅办公楼,自问:我还是这个厅的人吗？

柯之春有所不知,他在未来之前,厅里已经对他的问题有所研究了。项立群处长已经把他的情况向乔征厅长做了汇报。乔征厅长有指示:少他一个不碍事,多他一个反而碍事,他不是有病吗？让他治病。是啊,既然有病,就没必要将他与鲍德文厅长放在一起。乔征厅长算是同情他的了。厅里开展"无产阶级文化大革命"运动,有鲍德文厅长这条大鱼就可以了。乔征厅长的意见传达出来后,全厅达成了共识,所以柯之春回到厅里时无人理睬他,这有什么奇怪的？乔征厅长后来补了一句:他的工资只能发一半。

柯之春回到自己的宿舍,砰的一声将门关上,然后像僵尸一样倒在床上。现在,他的大脑里一片空白,他只能将自己的身躯和思维,放在一个他认为是平静的空间闲置着。他强迫自己什么都不想。但是,他怎么可能什么都不想？既然没人通知他回到厅里,他又何必不辞辛苦跑到单位来,看他们的冷眼和漠视？忘掉也好,忘掉,我就可以扎根农村了。这城市里的生活我本来就有些不习惯的。

　　这个时候,突然有人敲门。柯之春以为自己听错了。他抬起头,侧耳细听,安静一会之后,敲门声又起。这是很奇怪的。柯之春只得起来开门。

　　他哪里会想到,站在门口的是一位俊俏的姑娘,她就是伍美娟。伍美娟明眸亮额,脸色红润,剪着齐耳短发,着实俊俏。柯之春大为吃惊:你怎么来了?伍美娟站在门口看看两边,然后对柯之春说:我怎么就不能来?柯之春说:你怎么知道我在宿舍?伍美娟说:我昨天下午学红皮书的时候看到你了,你不在宿舍还能到哪里去?柯之春语塞。伍美娟直视着他,问:你不请我进去坐吗?柯之春恍然大悟,打个手势,说:请进。伍美娟走进屋,柯之春站在她后面正为开门还是关门发愁,犹豫了一会,他才将门掩了大半。好在柯之春的宿舍在宿舍区里有点偏,伍美娟进来的时候,是没有人看到的。看到也无妨,伍美娟既然决定来看他,自然不会在意别人看到她。伍美娟坐到房间里唯一的凳子上,对他说:我看你今天气色不好。柯之春说:我能好吗?我正准备回来上班的,他们不理不问,要我续假。伍美娟说:那就续呗。这回答有些出乎柯之春的预料。柯之春不吭声,伍美娟接着说:是他们让你休假的,你怕什么?这年头,形势这么乱,你还指望积极要求上进吗?柯之春白了伍美娟一眼,仍是不说话。伍美娟环视了一下室内,娇嗔地喊:有人给我倒水吗?我有点渴。柯之春这才挪动身子给伍美娟倒了一杯水。伍美娟喝了水,美滋滋地叹了一口气,说:这个宿舍才是世界上最安静的地方。她一个人说了不少的话,这才意识到柯之春闷在那里不作声,便问:你怎么不说话?柯之春说:说什么?伍美娟说:想说什么就说什么。柯之春怒道:他们不像话。伍美娟说:又说到工作上,何必理他们?

　　沉默。伍美娟忍不住说:跟你在一起,真没劲。说着,腾地站起身来,气鼓鼓地转身走了。柯之春愣了一会,这才想起挽留她,往外追,但是她已经走得不见人影了。柯之春关上门,回到屋里,有些纳闷。她好好的怎么会生气呢?细一想,才恍然大悟。我在她面前总是谈工作,谈单位那些不愉快的事,她哪里会感兴趣? 她到我这里来,不是听我谈这些的。她见我情绪不好,又请了病假,是来看望我,也是来慰问我的,我却不解人情。柯之春进一步想:她来看我,是不是对我有意思了? 如果对我没意思,一个年轻女孩,又怎么可能到一个男人的单身宿舍来呢? 我看出来了,她以前就一直对我有意思。想到这,柯之春就有些后悔。伍美娟是个好姑娘,对他一直很好,柯之春觉得自己冷落了伍美娟,是不应该的。

柯之春突然有些失落。他在宿舍里来回踱着步,想着伍美娟说的话,想着她的好。她这一气,也许就不理我了。我应该去找她的,可我都不知道她住哪儿,又怎么去找她呢? 我是不会去单位找她的,不然没有事都会弄出事来,对谁都不好。

柯之春一屁股坐到床沿上,突然觉得有些饿了。他不再想那么多,便起身走到门外,寻吃的去。大街上行人稀少。路边的梧桐悄无声息地将枝叶伸到他的眼前。柯之春有些气恼地伸手拍打着树叶。那个卖葱油饼的老头仍然站在街口,据说他在这一带卖葱油饼很长时间了。他的外孙女站在他身边帮他收钱收粮票。老头穿着粗布长衫,袖口打了好几个补丁,油亮亮的。小女孩扎着两只羊角辫,两只大眼睛扫视着过往的行人,面无表情。柯之春走到老头跟前,从兜里掏出粮票,递给小女孩。小女孩接过,脸上露出少有的微笑。柯之春拿着用纸包着的葱油饼,一边走一边吃。天黑下来,前面却有一处亮光,人头攒动。柯之春走近一看,原来是电影院,很多人在排队进电影院看电影。柯之春觉得反正没事,不如看场电影。他到窗口排队买了票,又跟着很长的队伍进场。柯之春以前在老家看的都是露天电影,现在坐在电影院里,这是头一回。等了半个多小时,电影才开始放映。看到《智取威虎山》片头时,柯之春就有些兴奋,两天来的不愉快一扫而光。在中学的时候,他就看过《智取威虎山》连环画,其中的一些情节他记忆犹新。电影已经在放了,还有人在黑暗中走动,借着银幕映出的光,柯之春看到人们一个个木偶似的坐在座位上,黑压压的一片。电影放得太快,柯之春还没看过瘾,就结束了。他只好站起,依依不舍地随着人流缓缓走出电影院。

回到自己的宿舍,他又回到了现实中,无聊透顶。他靠在床上,拿起一本《铁道游击队》,还没看一页就看不下去了,于是躺下睡觉。没有什么比睡觉更令他觉得舒畅。什么都不想,他还是过了很长时间才进入梦乡,终于结束了一天烦恼而又苦闷的生活。

第二天,一切如旧。他是不屑于去单位的。不去单位,就少了烦心事,免得遭受一些同事的白眼。街上也没必要去的,说不定又有谁被批斗或者游街,柯之春看了就会联想到父亲的遭遇,不免寒心。哪儿也不去,就只能在宿舍里看《铁道游击队》了。柯之春坐在宿舍唯一的凳子上,强迫自己看小说。他这一看就看到了傍晚时分,仅在中午的时候胡乱吃点东西。感觉又有些饿了的时候,柯之春合上书,准备出门。偏偏这时候,伍美娟气冲冲地推门进屋,然后坐到柯之春刚才坐着的凳子上。柯之春有些纳闷,一天过去了,她这气居然还没有消。于是他讨好似的问:干吗生气呢?伍美娟没理他,仍然生闷气。柯之春走到她面前,说:谁有这么大胆子欺负我们高干子弟?伍美娟将头扭向一边。柯之春讨个没趣,便挪开身子坐到床沿上,装作若无其事地看书。这下伍美娟急了。她突然站起来,走到床边,一把夺过柯之春手里的书,抛到床上。柯之春愕然,冲她一笑,说:有事说出来啊,人家欺负你,你就连着欺负我了?伍美娟这才说:他们这样做太过分了。柯之春问:谁这样做了?谁太过分了?伍美娟坐回原处,却不说话了。柯之春接着说:是单位那些人吗?他们做哪件事不过分呢?你要是生他们气真划不来,不值得。伍美娟白了他一眼,说:你说什么呀,我说单位了吗?

柯之春一愣,问:那谁得罪你了?谁欺负你了?伍美娟仍然有些气恼,说:我说我父母,你扯哪儿去了。这下柯之春好奇了,问:你父母?你父母怎么过分了?伍美娟瞪了他一眼,说:他们要我嫁人。柯之春扑哧一声笑了:叫你嫁人有什么过分的?哪有做父母的不要女儿嫁人?男大当婚,女大当嫁嘛。伍美娟直起身子,白了柯之春一眼,说:你懂个什么,瞎掺和。柯之春被她一冲,沉默了。本来觉得很无聊、很失意,现在伍美娟过来一搅和,心情反而好了许多。柯之春想,逗逗伍美娟,也是一种乐趣。伍美娟扭头看看门外,天色将晚,便再也不与柯之春犯饧,语气平和地说:公子哥儿,他们觉得好,不就是高干子弟吗?我就看不起。柯之春又笑起来,说:高干子弟好啊,这样你们就门当户对了。伍美娟突然"呸"的一声,说:那你嫁他吧。我说你是头驴才是,我不跟你说了,我走了。说罢站起身,走出门。显然她是带着一股气走的。柯之春这回反应快,立马起身追到门口,然后不管三七二十一,也不管外面有没有人看见,便将伍美娟拉回屋内,将她按到座位上。

伍美娟坐到凳子上,她抿着嘴想笑,却没有笑出声来。柯之春说:你又生气了,我不让你走。伍美娟低着头。柯之春突然来了莫大的勇气,他刚刚从伍美娟身边离开又转回来,捧起伍美娟的脸,也不管伍美娟愿不愿意,就吻起她的唇。伍美娟根本就没有思想准备,她抬起手推他,但是柯之春捧得太紧,而且两人的唇已经吻上了。再推下去就不是伍美娟的性格,她终于就范,她不想再反抗了。两人这一吻就吻了好长时间。外面的世界静止了,两个人的心似乎要跳出胸膛。柯之春不想停下来,他一边吻一边就要去抚摸伍美娟的胸部。他刚刚摸到她胸部,伍美娟条件反射,猛地将柯之春推开。两人这才意识到,外面的门大开着。天啦,这要是被外面的人看见,岂不是犯了弥天大罪!这不是资产阶级腐朽思想作祟是什么?想到这,两人相视一笑,心有余悸。此时,伍美娟的脸煞是好看,白里透红。柯之春看着她就不忍离开。伍美娟站起身来,对柯之春说:不早了,我得回去。柯之春一愣,然后说道:你父母怎么办?伍美娟问:什么怎么办?柯之春打着手势,说:我们怎么办?伍美娟瞪了他一眼,说:说你是驴,你就是驴,我能怎么办?还不是要与你好?柯之春突然变得理智起来,说:我父亲是反革命分子,我在单位又这样,只怕连累你。伍美娟说:你怕了?柯之春说:我不怕。伍美娟说:那你还这样说。柯之春无语。伍美娟说:你以为我是随便亲的吗?从今往后,我们两个人就变成一个人了,离不开的。柯之春想着她的话,正欲说话,伍美娟又说道：关键时候你别退缩就行。柯之春抬起头，正视着她。伍美娟朝他妩媚一笑，然后上前抱着他，将唇送上。柯之春迎合着她。伍美娟一边与他接吻，一边将他的手放在自己胸部上。柯之春心跳加快。但是，不一会，伍美娟就推开他。她拍拍他的肩膀，说：记住我刚才说的话。说着转身走了。柯之春站在宿舍里，看着她的背影离开，怅然若失。

  三天之后，伍美娟又来到柯之春宿舍。这三天时间，让柯之春既甜蜜向往，又忐忑不安。伍美娟一进门，先不说自己，却说单位。伍美娟说：鲍厅长被送去农场了。柯之春大为吃惊，问：你听谁说的？伍美娟说：厅里都这么说。柯之春想起父亲去年进了农场，心里酸酸的，更是有些愤愤不平。好人为什么这么容易被打倒？伍美娟不是很在意鲍厅长的处境，她开始说自己的事。她说：我和父母吵了一架。柯之春诧异：为什么要吵架呢？伍美娟说：还不是要嫁人的事。柯之春问：你跟父母说我了吗？伍美娟说：说了，他们坚决反对。柯之春若有所思，说：正常。伍美娟不以为然，说：什么正常，他们都不正常了，我绝对不会嫁给什么高干子弟的，公子哥儿那什么德行！说着，她语气缓和，温情地看着柯之春，说：我只会嫁给你。柯之春自嘲地一笑，说：我父亲如果不被打倒，我也是高干子弟。伍美娟戗他：你那算什么高干子弟，处级，还是副的。柯之春又说：你不怕连累，我就认了，决定娶你。伍美娟鼻子一冲，说：你的意思，好像是我要追着你，等着你娶我？柯之春连忙否认，说：是我现在追你。说着，又将伍美娟搂住，又亲又啃的。伍美娟倒是很配合，像个温驯的绵羊。不一会，柯之春手又不老实了，直接按在她的胸部上，接着往里摸。伍美娟这回没有推开他。柯之春得寸进尺，按住她的乳房，整个人却也是血脉偾张，气喘吁吁。伍美娟的乳房就是诱人，饱满、柔软，如熟透了的柿子。倒是伍美娟很快恢复理智，推开了他。她温情地对柯之春说：等到你娶我的那一天，我整个身体都是你的。柯之春点点头。

  伍美娟说：我已决定下放当知青。柯之春大为吃惊，说：为什么？伍美娟说：我与父母已经闹翻了，我说要与你相好，他们威胁要与我断绝关系，家里还能待吗？柯之春说:那也不能下放啊,你知道农村有多苦吗？伍美娟说:苦也比这甜,农村是广阔天地,我也许能混出个天地来。柯之春说:单位怎么办？伍美娟说:知识青年上山下乡,谁敢阻拦？另外,我腾出一个名额,领导又可以在凭关系进人方面捞一点好处,他们何乐而不为？柯之春:说得也是,不过,我们在一起很难了。伍美娟说:难什么？我都想好了,我要求下放到你家乡,你也可以向单位请假回乡劳动,我们不就可以在一起了？柯之春恍然大悟,说:对呀,我怎么没想到！伍美娟为自己的周全考虑而得意,脸上挂着骄傲的神情。她突然扑到柯之春怀里,捧起柯之春的脸,然后吻他的唇。两人如胶似漆,缠绵不已。

接下来的日子,柯之春与伍美娟各自办好到乡下的手续。伍美娟下放到桐城县大湖人民公社团结大队湖边生产队,与郭海青、佟冬明、李小东一起住在生产队为她准备的草屋。伍美娟与郭海青住一个房间。与此同时,柯之春向单位打报告,要求回到乡下,一边治病,一边参加劳动,接受贫下中农再教育。他的要求很快得到批准。单位哪里知道柯之春与伍美娟另有隐情,无意中做了一件成人之美的好事。

14

江淮大地,五月的阳光已经将人们身上的衣服剥去了一层又一层。不是夏天,胜似夏天。

上午八点钟,李明波支书家门口围了好些人,有李惠惠、李霜天、李晓发、李晓铁春桃夫妇等,而且围观的人越来越多,不一会工夫,便是黑压压的一片。大家站在那里义愤填膺。有人干脆上前敲李明波支书家的门。不一会,李明波支书从里面将门打开,走了出来。有人后退,纷纷让出空间。李明波支书看到这么多的人围在这里,有些诧异,问道:怎么回事?他看了一眼李惠惠。李惠惠低头不语。他转又扫视李霜天等人。李霜天却没有退缩,他冲李明波支书喊道:我们要求放人!

李明波支书愣了,问李霜天:你要放什么人?

李霜天看看周围,提高嗓门说:我们认为将卫秀兰关在这里是不对的。他说过之后,人群中很多人齐声附和。李明波支书又道:那你说说有什么不对。李霜天说:卫秀兰自从下放到我们生产队,劳动积极,任劳任怨,没有任何思想上的问题,我们全村人对她评价都不错。另外,她丈夫出的事,不能归咎到她身上。我们要求放人,这是我们集体的呼声。他说过之后,众人齐声喊:对,要求放人!李明波支书看这架势,眼珠一转,然后说道:我们对她进行审查,是按上面的要求做的,一个反革命分子的出现,不是一朝一夕形成的,他的家庭难道没有责任?作为反革命分子的老婆,难道她还不应该与反革命分子划清界限?我们不是关她,是本着惩前毖后治病救人的想法,要她交代问题,我们是在挽救她,是不想看到她往反革命的道路上滑。

他这么一说,现场安静了,众人都在思考李明波支书说的话。这个时候,李霜天又说道:你已经将她关了这么多天,如果有问题,她早交代了,这说明她没有问题,为什么还要继续关下去?众人附和。放人,放人!群众的呼喊声越来越大。李明波支书突然一挥手,喊道:你们要求放人,如果我把人放了,上面怪罪下来,你们是脱不了干系的。众人不理会他说的话,仍在喊:放人,放人!李明波支书被逼无奈,只好转身回屋,将卫秀兰放了。卫秀兰站起身,走向院外。李明波支书在她身后说:放你回家,不等于对你的审查结束。你回家好好反省,希望有一天你醒悟过来,彻底断绝与反革命分子柯尔蒙的关系。卫秀兰并没有理他,她径直走到院子外。刚才院子外面众人的呐喊及与李明波支书的对话她都听得清清楚楚。看到一张张熟悉的面孔,卫秀兰激动之情无以言表,她朝大家躬身致谢。她的眼睛湿润了。人群中,春儿、夏儿、秋儿、冬儿走到母亲面前,拉住母亲的手。卫秀兰又向大家鞠了躬,这才和春儿他们一起向葫芦岛走去。她的身后,响起一阵热烈的掌声。

卫秀兰没有注意到,这人群当中就有四位知青伍美娟、郭海青、佟冬明、李小东。这四个人跟在卫秀兰身后。走了一大截,佟冬明和李小东才转道回了草屋。

春儿与伍美娟是甜蜜的一对,他们的事只有他们自己知道。这却苦了郭海青。春儿一回到葫芦岛,郭海青认为自己的机会又来了。所以,她的心思只用在春儿身上,哪里顾得上李小东对她千般殷勤万般缠扰。李小东刚才见郭海青走出人群,便跟着离开,他看到郭海青追随春儿向葫芦岛而去,嫉恨交加,愤而停下脚步,转身回了草屋。

伍美娟与郭海青护送卫秀兰至葫芦岛的草屋。郭海青快人快语,安慰卫秀兰说:贫下中农都站在你一边,卫姨根本不需要在意李明波支书的狐假虎威。卫秀兰坐到里屋的床沿上不说话。她能说什么呢?巫竹梅端来一碗糖水,问:今天怎么回来这么早?郭海青帮卫秀兰作了回答:全村的人都要求放人,李明波支书不敢违了贫下中农的意愿,放了卫姨,以后他再也不会把卫姨隔离审查了。巫竹梅将糖水递给卫秀兰,脸上现出少有的笑容。卫秀兰接过糖水喝了,又将杯子递回给婆婆。巫竹梅说:秀兰,你累了,需要好好休息。听到这话,伍美娟站起身来,走出里屋。春儿看她走出,也跟着走出。这一幕被郭海青看得真切,她似乎从春儿的眼神里读出了一些内涵。伍美娟与春儿离开后,郭海青已经没有心思陪护卫秀兰了。他们很熟?郭海青突然想起,伍美娟是从省城合肥下放到这里的,而春儿正是从省城回乡的。他们是什么关系?不会是在处对象吧?

郭海青劝卫秀兰休息一会,自己走出里屋。客厅里,巫竹梅正在做针线活,冬儿在翻看一本连环画。郭海青走出客厅,见秋儿坐在屋檐下看那本有点破旧的《青春之歌》。夏儿也许去上工了,不见人影。春儿和伍美娟呢?郭海青在门口站了几秒钟,想了想又往草屋后面走去,转了大半圈也不见一个人。郭海青想,春儿和伍美娟上工去了不成?他们去上工为什么不叫我一起呢?正在这时,她听到有声音从湖边传来。郭海青循声向湖边走去。穿过绿树成荫的小径,她终于看到春儿和伍美娟并肩坐在湖边,谈笑风生。郭海青这一惊非同小可。原来这两人早就好上了。郭海青真想上前揪住春儿问个明白,但她很快就理智地一想,这还用问吗?郭海青由激愤,到嫉妒,再到失落,整个人像霜打的茄子,快要支撑不住了。郭海青犹豫了一会,转身往回走,但她不甘心,又回头看了他们一眼。不看还好,这一看,更让她心中五味杂陈,脑子里爆出了火星——春儿与伍美娟居然拥抱在一起亲嘴。郭海青跟跟跄跄回到屋前,连招呼也没打,就走出了葫芦岛。

  但是接下来发生的一件事,却出乎所有人的预料。傍晚时分,春儿收工后走在湖边的路上,李小东突然追上他,拍了一下他的肩膀,说:郭海青老往你那跑,你们俩是不是有一腿?春儿被问得莫名其妙。他看看后面,后面收工的社员离他们有一截路,却也不在少数,他说:你怎么这样说话?这怎么可能!李小东哪里听得进他说的话,猛地将他一推,骂道:你他妈的就是要横插一杠子。春儿一个趔趄,差一点跌倒。他站稳脚跟,怒斥道:你怎么骂人!李小东又上前:我就骂你。两人很快扭打在一起。后面的社员见前面打架,纷纷跑上前来。两人越打越狠,却谁也不占上风。李霜天等几个力气大的人上前拉架,仍然拉不开。倒是两个女人的介入,让两人立时住手。这两个女人便是郭海青和伍美娟。郭海青突然上前,猛地将李小东一推,训斥道:你干什么!李小东愣在那里,因为这时他看到伍美娟一边搀扶着春儿,一边从兜里掏出手帕按在春儿的伤口上。两人如此亲密,有点像是一对儿的意思。倒是春儿站在那里,感觉有点难为情。李小东看看郭海青,又看看春儿与伍美娟,大为不解。他正要问郭海青这是怎么回事,不想郭海青却白了他一眼,怒道:你什么都别说了,回去吧!其中的疑团自然只有郭海青能解。站在人群后面的佟冬明走上前,对李小东说:回去吧,你跟春儿打什么架?说着,便搀起李小东的胳膊往回走。郭海青看了春儿一眼,跟在后面。

李小东走后,夏儿也上前搀起春儿的胳膊,但是伍美娟却搀着春儿的另一只胳膊没有放,就这样,两人搀扶着春儿往葫芦岛走去。所有的人不仅对春儿与李小东打架大感不解,也对伍美娟的举动极为诧异。一个反革命分子的儿子,怎么就会有女知青看上他?

　　由此,春儿与伍美娟的关系公开了。全村人都知道,他们正在处对象。追根溯源,春儿和伍美娟都在省城工作,回乡之前就认识。春儿回乡,伍美娟就是冲着他来的。春儿了不起。如此这般,郭海青和李小东在里面掺和什么?他们以前不也是一对吗?

　　消息传到葫芦岛,却喜了巫竹梅和卫秀兰。自从伍美娟来到这个村,她们第一眼就喜欢上了她。伍美娟清秀,言语不多,识大体,明事理,又是省城高干子女,比郭海青强多了。郭海青与李小东有着说不清道不明的关系,还怀过孕,做过人流,却又对柯之春怀有情愫,女孩子怎么能这样呢?打架事件之后,夏儿代春儿向李明波支书请了两天假,春儿在家休息。这两天时间,伍美娟没耽误上工,却也是天天抽空来陪他。她一来,巫竹梅总是笑脸相迎,问长问短,伍美娟都一一作答。巫竹梅甚是满意。伍美娟走后,巫竹梅总会在春儿面前表扬她几句:这孩子多俊,这孩子一点也不娇气,这孩子对你多好,你可别辜负人家了。巫竹梅唠叨,春儿心里美美的。对于伍美娟,卫秀兰也是满心喜欢。晚上,卫秀兰坐到春儿的床沿,对他说:这孩子懂事,要是你大大在家,看到你们这样,一定会高兴的。

　　春儿休息了两天就去上工了。李小东看见他,悄悄地走到他面前,趁没有人注意的时候,向他道歉。春儿将手中的麦子放在地上,站起身来,冲李小东坦然一笑。两人又和好如初。李小东离开后,春儿抬头看了一眼远处的伍美娟,伍美娟正与母亲在一起收割麦子,春儿心中窃喜。他在想,这李小东虽然与我打了一架,却也是好事,让我与伍美娟的事公开了。我家里最近事情不断,负面影响不小,一些人对我们家避而远之,唯恐扯上联系。这个时候,一位省城的知青与我处对象,不仅给我们家带来一股喜气,也为我们村带来一股新鲜的气息。我就是要让他们看看,我柯之春不是洪水猛兽,也不是牛鬼蛇神,更不是什么反革命分子的后代,我是堂堂正正的社会主义新农村的知识青年,有人认可,有人爱。我和伍美娟处对象,也是堂堂正正的。我们不仅谈对象,我们还要结婚呢。春儿放慢了劳动的节奏,一副陶醉的状态,全然没有注意到李霜天已走到他身边。李霜天用手拍了他的肩膀一下,问:你就这样在农村劳动,不回去上班了?春儿一愣,说:劳动光荣,以后的事我也不知道。

晚上回到家,一家人吃过饭,洗过澡,准备休息时,卫秀兰将春儿叫到里屋。卫秀兰示意春儿坐到她对面的板凳上,对他说:你和伍美娟的事你是怎么想的?春儿说:没怎么想。卫秀兰说:伍美娟这孩子很不错的,她看上你,是你的福分,你想没想过要将她娶回家?春儿说:我们目前只是处处看,还没有想到结婚的。卫秀兰说:傻孩子,怎么可能不结婚的呢?好的女孩子就不要错过,娶到家,就可以安安稳稳地过日子了。她父母知道吗?春儿点点头,又摇摇头,说:她父母知道我,但是反对,她下放到这,等于是离家出走。卫秀兰说:她对你好,你可别辜负了人家。要不你和她谈谈,让她给家里写一封信,看家里的态度,做父母的总该祝贺你们的,到年底,看能否将你们俩的喜事给办了。春儿摇摇头,说:那不合适,她父母不可能同意的。另外,大大还在农场,我们现在结婚不妥。卫秀兰说:我正要跟你说呢,等麦子收割完了,队里可能要放几天假,这样你就可以和夏儿一起去看看你大大,顺便将你自己的事对他说说,看他有什么建议。春儿这下有些诧异了。母亲这是第一次在他面前提出要去看看父亲,以前没有过的。父亲自从去了农场,全家人都没与他见上一面,早就应该去看他的。春儿"嗯"了一声。卫秀兰说:原本以为他去农场,不用太长时间就会回来的,现在看来,他一年半载是回不来的了。春儿说:那就等放假吧,如果不放假,我和夏儿就请假去。卫秀兰点点头,说:你去睡吧。春儿站起身,对母亲说:妈,你也早点休息。说着,便回到自己的侧屋就寝。

也许是受哥哥与伍美娟事情的影响,夏儿这几天上工时有些心事重重,心不在焉。他与李春燕的事一直悬着。李春燕在有意回避他。夏儿终于忍耐不住,这天收工后,没有回家,径直赶到湖边生产队通往团结小学的路上迎李春燕。他在路上徘徊,同村几个放学的孩子都知道他在等李春燕老师,因为他以前也经常在这里等她,他们纷纷与他打招呼,然后窃窃地笑。李春燕每天都要走这条路往返学校的,她远远地看见夏儿在路边来回踱步,并不避开,一直往前,待走到夏儿面前时,被夏儿拦住了。李春燕问:今儿没上工?夏儿回答:上了。李春燕能主动与夏儿说话,这让夏儿心中喜悦。夏儿问:我们怎么办?李春燕故作惊讶,说:什么怎么办?夏儿说:我们处对象的事。李春燕顾左右而言他,调侃道:我大大妈妈说,今年的收成好,我说不能确定,他们就不高兴。夏儿说:我去看看你大大妈妈。李春燕调皮地说:我也没办法,大大妈妈把我养大,我要是不听他们的话,他们多伤心。夏儿读出了李春燕话里的意味,说:你帮我做做你大大妈妈的工作,这事不能拖下去。李春燕头一抬,往前赶路,边走边说:那我现在回去做他们的工作。夏儿愣了一下,很快意识到,这是李春燕没有拒绝他的委婉的表示,她也是在给自己找台阶下。夏儿转身跟在她身后,问:什么时间?你给我一个准信儿。李春燕回头冲他一笑,没说话。两人就这样一前一后回到了村子。分开时,夏儿对她说:我晚上去看你大大妈妈。李春燕莞尔一笑,飞也似的跑回了家。李春燕态度的转变,使夏儿一扫这些天来不愉快的心情,走路一阵轻松,他几乎是带着小跑回到了葫芦岛。

李春燕为什么态度有所转变呢?夏儿想,许是受哥哥与伍美娟的影响。伍美娟是省城下放知青,又红又专,档案上写着三代贫农,父亲是南下干部,这样一位既有知识又有美貌的女子都能看上反革命分子的儿子柯之春,她李春燕只是一名民办教师,为什么不能好好地与我处对象呢?何况她这民办教师还是我和我父亲帮忙解决的。夏儿突然想起,那天乡亲们围在李明波支书家门外要求放人时,李春燕的大大妈妈李晓铁、春桃也在场,并与群众一起喊放人,积极得很。他们对我们家的看法没有转变。看我平时老老实实上工,不像过去那般调皮捣蛋,老两口定是认可了我。夏儿似乎看到了希望。晚上,夏儿偷偷地从家里拿出一包红糖,正准备出门,结果被春儿发现了。春儿问:这么晚了还出去?父亲不在家,春儿在弟妹几人中顶起了老大的角色。春儿这一说,秋儿、冬儿凑上来,好奇地打量着夏儿。夏儿略显尴尬,一时窘住了。春儿很快明白其意,随了他:我知道了,你去吧,早点回来,明天还要上工呢。夏儿喜不自胜,答应一声,便奔出屋外,向村里走去。冬儿问春儿:大哥,他这么晚去哪里?春儿说:他找你燕子姐。

夏儿敲门进了春燕家,没等春燕父母说话,便将一包红糖放在桌上,说:叔叔、婶婶,我妈说送你们一包红糖。夏儿不好说自己,就拿母亲当挡箭牌了。出乎夏儿预料的是,李晓铁和春桃居然异口同声说:谢谢你妈,你坐。夏儿看看站在一旁的李春燕,便坐了下来。接着是一阵沉默。倒是李春燕给夏儿倒了一杯水,打破沉默,说:你哥跟伍美娟快要结婚了吧?夏儿说:应该是吧。这时春桃开始说话了:你哥真有福,伍姑娘条件那么好。夏儿向来反应快,顺着她的话说:我也有福啊。说着,他又看了一眼李春燕。李春燕不好意思地低下头。李晓铁吸了一口黄烟袋,说:你和燕儿也不小了,我们做家长的也不想耽搁你们,你们有心,就好好处对象。夏儿听了这话,心里的高兴劲儿都快溢出来了,他站起身,对李春燕父母说道:我知道了,谢谢二老,我这就回去告诉我母亲。说着,转身欲出门。李春燕叫住了他,夏儿一愣,李春燕说:看你急的,你喝了水走啊。夏儿转身回来喝了一口水,冲李春燕父母一笑,便冲出门去。李晓铁和春桃看着他离开的背影笑了。

夏儿奔出了几步才停下来,回头看了一眼后面。他没想到,李春燕会追他出来。夏儿转过身,等着李春燕走近。李春燕走近了,夏儿见四下无人,猛地抱住她,亲她的嘴。李春燕一开始有些抵触,谁知夏儿使的劲大,根本不松开,李春燕半推半就地顺从了他。两人抱在一起,一吻就是好长时间。李春燕怕被人看见,终于将他推开了,两人深深地吸了一口气,相视而笑。

李春燕脸上显出满足感,向夏儿招招手,转身回家了。夏儿一高兴,猛地蹦起,一路跑回了家。

　　湖边生产队的小麦与往年相比,取得了丰收。李明波支书吩咐文书李惠惠按十倍的数字上报,结果湖边生产队在团结大队冒了个尖,受到郑佩佩书记甚至大湖人民公社领导的表扬。李明波支书一高兴更来劲了,他并没有像往年那样给生产队的社员们放两天假,而是指挥他们继续战斗,搞好肥田保苗。

　　春儿记得母亲说的话,生产队里不放假,他便找李明波支书去请假。李明波支书站在田埂上被春儿截住了,老大不高兴,说:有这政策吗?父亲进了农场,儿子可以去探视吗?春儿斩钉截铁地说:有,你可以去查,也可以去打听。李明波支书犹豫了。他看了看春儿,下了好大的决心似的,说:那好吧,一天够不够?春儿说:够了。李明波支书转身欲走,春儿叫住了他,说:还有一事。李明波支书停住了,说:还有什么事?春儿说:我和我弟弟一起去,也给夏儿请一天假。李明波支书摆摆手,说:知道了,去吧。转身欲走。春儿又叫住了他,说:还有一事。李明波支书有些不耐烦了,问:还有什么事?春儿说:去农场探视我大大,需要生产队里开个介绍信。李明波支书满脸狐疑地问:这也是有政策的?春儿点点头。李明波支书没好气地说:你去找李惠惠吧,就说我同意了。说罢,走了。春儿看着他的背影远去,朝他冲了一下鼻子,心里狠狠地说:你懂个什么政策。春儿找李惠惠阿姨开介绍信,又有李明波支书的口谕,那是一点问题也没有的。

　　第二天,春儿和夏儿起得很早,母亲卫秀兰给他们准备了一袋炒米做干粮,春儿又将介绍信检查了一遍,两人便出发了。春儿和夏儿几乎绕着日月湖西边的环湖路走了三个多小时,才赶到大湖农场。两名荷枪实弹的警卫拦住了他们。春儿掏出介绍信递给其中的一位高个警卫。警卫看了一眼介绍信,示意他们去登记。登记之后,春儿和夏儿被一名穿制服的干警引到里面的一个房间。这个房间被铁栏杆从中间隔开。干警指着里面的一条长凳对他们说：你们在这儿等。春儿和夏儿坐到长凳上，四处张望，渴望见到大大，心里却又忐忑不安。

不一会，里面出来了一位干警，接着柯尔蒙走了进来。春儿和夏儿瞪大了眼睛。这就是大大，这就是他们朝思暮想、魂牵梦萦的大大。大大比以前苍老了许多，头上已生白发，黑白相间。大大的胡子已经很长时间没剃了。春儿和夏儿几乎是异口同声地喊了一句：大大！柯尔蒙看到自己的两个儿子突然出现在面前，内心无比激动，外表却又显得极为沉稳。他注视两个儿子，那种慈爱，那种亲和，无法用语言表达。春儿身后的干警突然说：你们只有半个小时的时间。说罢退出了探视室。柯尔蒙上前坐到铁栏杆前的椅子上，看看春儿，又看看夏儿，说：你没上班？你没上学？春儿说：我要求回乡劳动的。夏儿说：我被学校开除了。柯尔蒙惊疑。过了一会，柯尔蒙问春儿：你妈妈还好吧？奶奶可好？春儿和夏儿同时点头。春儿说：妈妈担心你，怕你吃不消。柯尔蒙淡然一笑，说：这里不用担心，劳动、学习、睡觉，适应了。柯尔蒙忍住内心的苦楚，问：秋儿、冬儿可好？春儿回答：他们都很好，不上学了，都在家的。柯尔蒙问：生产队里没有为难我们家吧？春儿和夏儿互视，心有默契，不想说出母亲被隔离审查的事，以免父亲担心。夏儿说：没有，妈妈、哥哥还有我，天天参加生产队的劳动，挣工分。柯尔蒙说：那就好，你们一定要坚强，照顾好奶奶和妈妈，还有弟妹。春儿和夏儿同时点头。

夏儿似乎想活跃一下气氛，说：大大，大哥已经找到媳妇了。柯尔蒙脸上露出喜悦的表情，看着春儿。春儿朝父亲点了点头。柯尔蒙问：同学？本村的？春儿说：下放知青。柯尔蒙问：不会是郭海青吧？春儿摇摇头，说：不是。夏儿在一旁插话说：她是省城来的下放知青，还是高干家庭呢，又红又专。春儿说：她叫伍美娟，是我在厅里的同事，前不久自己要求下放到生产队的。柯尔蒙脸上现出灿烂的笑容，说：她不嫌弃我们这个家庭？春儿冲父亲摇了摇头。柯尔蒙对春儿说：你要好好地待人家，看你妈妈什么意见，条件成熟的话,就把喜事给办了吧。春儿说:妈妈叫我征询你的意见。柯尔蒙说:我没意见,叫你妈妈拿主意吧,我支持,不过还是节俭点好。春儿点点头。接着,柯尔蒙又对夏儿说:你也不小了,别让家庭拖累了自己的大事。春儿插话说:夏儿跟村里的李春燕在处对象。柯尔蒙对夏儿说:这姑娘不嫌弃你已经不错了,等你大哥办了婚事,再定你的。春儿突然问道:爸什么时候能出来呢?柯尔蒙若有所思,说:还不知道,一年半载是出不去的。夏儿说:全家人等着你回来。听了这话,柯尔蒙心中一酸,说:我也盼着出去。春儿说:我的喜事不能没有爸参加,我们等你。柯尔蒙说:你们回去和你妈妈商量,该办就办,人家姑娘等不得的,错过了,你会后悔一辈子的。你办了,我就是回去迟了,直接抱上孙子多好。父子三人都笑了。春儿说:那我回去跟妈妈、奶奶商量再定吧。柯尔蒙点头。

时间过得很快,正说话间,两边的干警同时走进来通知他们时间到了。柯尔蒙站起身,与春儿、夏儿依依惜别,然后走出探视室,背影慢慢从春儿和夏儿眼前消失。

春儿和夏儿离开农场,沿着原路又走了三个多小时,才回到葫芦岛。

15

真正的夏天如期而至,江淮大地热气蒸腾。

湖边生产队又吹响了"双抢"的号角。社员们怀着满腔的热忱和希望奔向田间地头。李明波支书照样为收割剪彩,割了第一刀。看着金灿灿长势喜人的稻穗,乡亲们脸上喜气洋洋,他们预测今年应该是个丰收年。

伍美娟在卫秀兰、李惠惠等人的带领下,学会了割稻。不过,一天下来,她也和当年卫秀兰第一次下田一样,腰酸腿痛。春儿有些心疼她,第二天上工的时候,特意给她准备了红糖水。红糖水装在一个瓶子里,春儿吩咐她:累的时候就歇歇,喝口红糖水,定心慌,消除疲劳。伍美娟虽然累,却甜甜地冲他一笑。收工的时候,一些人陆续离开稻田。春儿站在田埂上等伍美娟。两人肩并肩地往回走,边走边交谈劳动感受。走到葫芦岛的湖边岔口时,春儿说:去我家吃饭吧。伍美娟也不客气,便随春儿一起上了葫芦岛。

卫秀兰见伍美娟过来,先做了三个糖打鸡蛋给她吃。伍美娟有些不好意思,连忙推辞。卫秀兰说:你一个城市姑娘干这些活不容易的,补补吧。春儿在一旁劝道:我妈妈让你吃,你就吃了吧。伍美娟这才端起碗吃起来。卫秀兰和春儿站在她面前看着她吃,满心欢喜。伍美娟吃完后,春儿对她说:我们出去转转。巫竹梅坐在门前叠衣服。秋儿在屋后的菜园里浇菜,见大哥和伍美娟走过来,匆匆将水浇完,便回到屋里。秋儿知道大哥和他心爱的人去湖边漫步,他何必在这里妨碍他们?

春儿牵着伍美娟的手来到湖边。两人并排坐到湖边的一块石头上,一边交谈一边观赏着波光粼粼的湖面。春儿说:农村里干活苦,委屈你了。伍美娟说:苦是苦点,但也有乐趣。春儿问:不后悔吧?伍美娟说:后悔什么?春儿说:下放。伍美娟说:既来之,则安之。春儿转过身看着伍美娟,说:难为你了。伍美娟深情地说:跟你在一起,值得。春儿很是感动,信誓旦旦地说:我以后要让你过上好日子。伍美娟点点头,说:我记住你说的话了。春儿扭头看看岛上,见附近无人,情不自禁将伍美娟揽入怀里,深情地吻她。伍美娟极为配合。两人吻过之后,春儿说:我妈让我和你商量一下我们的婚事。伍美娟问:你的意思呢?春儿说:我妈说,就在国庆节,要么就腊月里,过年前要把你娶进门来。伍美娟脸上显出妩媚的神情,又重复了一遍:你的意思呢?春儿说:越快越好,忙过"双抢",国庆节如何?伍美娟抿嘴一笑,说:我听你的。不过,这么早叫我嫁人,有些不舍,心也不甘。春儿安慰她说:女孩子迟早要嫁人的,在一起生活,有人照顾你。伍美娟不说话,靠到春儿的身上。不一会,春儿不无忧虑地说:不过,我有点担心……伍美娟坐直身子,问:你担心什么?春儿说:我担心你父母。伍美娟问:我父母有什么好担心的?春儿说:婚姻大事,我们总得告诉他们吧,我担心他们反对。伍美娟扑哧一笑,说:他们反对,我们就不结婚了吗?春儿疑虑地说:我们总得告诉他们吧,没有他们的祝福,总是有些欠缺的。伍美娟说:我们结婚,你大大还缺席呢,不欠缺吗?这年头,有那么一点欠缺也不算什么。不如这样,我给我父母写一封信,把我们俩的事说清楚,顺带邀请他们来参加婚礼。他们要是想通了,就来参加;他们要是不同意这门婚事,不来也行,我们结我们的。春儿说:他们是我未来的岳父母,你信要写得恳切些,参加最好,不然我以后不敢见他们了,心里发怵,他们一定以为是我骗了他们的女儿。伍美娟又是妩媚一笑,问:你没有骗我吗?春儿说:天地良心,我对你是真心的。伍美娟只是笑。

春儿又扭头看看四下,再次确信无人,便抱住了伍美娟,又亲她的嘴。伍美娟并不拒绝。亲了一会之后,春儿伸手摸她的乳房,伍美娟仍不拒绝。伍美娟的乳房太美了,既嫩又饱满。但他仍不满足,那手像是着了魔,又要往下,已经触到伍美娟最敏感的底线了。伍美娟条件反射,连忙将春儿整个人推开。春儿一阵哆嗦,身子后退,手自然抽出。伍美娟厉声说:你怎么可以这样!春儿愣了一会,欲作分辩。伍美娟没打算听他解释,将衣服一整,便往草屋走去。春儿在后面追,一边追一边说:我有些控制不住,你别生气。伍美娟也边走边说:我没生气啊,只是我觉得很不合适,我们还没结婚呢。没生气就好。春儿跟在她后面,直到进了屋,伍美娟这才回头冲着他调皮地一笑。

在随后的日子里,春儿甜言蜜语,软攻细磨,攻城略地,终于突破了伍美娟在他面前筑起的防线。中午的时候,天气炎热,很多人吃过午饭都在自家或者村边的树丛中休息。春儿满脑子里想的就是伍美娟,他邀她去河边散步。河边绿树成荫,伍美娟觉得那里清凉,便应了他。两人走到河边,见河里有几个年轻人游泳,便沿着河边的绿荫往南。走到密林处,春儿见四下无人,猴急地将伍美娟抱住。伍美娟知道他的目的,她也有自己的渴望,便遂了他的愿。两人又亲又抱了好一阵子,春儿开始得寸进尺。这回他胆子更大,开始脱伍美娟的衣服,然后就想要她。伍美娟用手使劲抵着他。春儿说:我们马上要结婚了,你迟早都是我的人。在农村,很多年轻人都是先睡在一起然后才办喜事的呢。伍美娟仍然用手抵着他。春儿几乎是苦苦哀求了,说:做我的老婆吧,我会一辈子对你好的。伍美娟艰难地在作思想斗争,她说:一辈子只对我一个人好?春儿说:一辈子。春儿欲发誓,伍美娟抽出自己的手捂住他的嘴,其实是有意松开了手。春儿如愿以偿,如鱼得水,又如洪水猛兽。两人偷尝禁果后,穿好衣服,躺在草地上沉默无语。春儿凝视着伍美娟,不知道说什么了。就这样,直到下午上工的时间近了,两人才互相对视了一下,默默地离开。

如春儿、伍美娟所愿,也如卫秀兰全家人所愿,这一年的国庆节,春儿和伍美娟在葫芦岛举行了一场别开生面的婚礼。柯尔蒙与伍美娟的父母没有参加。李明波支书和李明清队长也没有参加,据说他俩没有参加是因为,他们作为生产队的领导,作为基层党员干部,不宜出席反革命家庭的婚礼,出席了就是默认了他们过去的行为,就是与他们为伍。但是,生产队的其他人家每户都有代表出席。令卫秀兰感动的是,生产队的文书李惠惠也参加了,并且为他们家张罗事务,忙前忙后。李霜天也来帮忙了,还有郭海青,还有李春燕的父母李晓铁和春桃。卫秀兰在葫芦岛摆了八桌饭。春儿和伍美娟在鞭炮声中,在村民的祝福声中,被拥入葫芦岛茅草屋的洞房。这个洞房就是巫竹梅和冬儿平时住的房间,现在她们俩都搬到里屋与卫秀兰住一间了,特意腾出来让给春儿和伍美娟。夏儿、秋儿还像过去一样,住在原来的侧屋。村民们闹新房到深更半夜才散去。春儿喝了不少酒,有些飘飘然,他是被自己的两个弟弟架到床上的。男人一生最大的幸福是什么?洞房花烛夜,金榜题名时。

1975年的春天,全国形势一片大好,"无产阶级文化大革命"正如火如荼地深入开展。春儿与伍美娟的第一个孩子降生了。春儿征询奶奶及母亲的意见,给他取名文革,以此留下这个时代的印记。葫芦岛的草屋里四世同堂,全家人欢天喜地。

这一年的春天,葫芦岛又增加了一口人丁,那就是李春燕。夏儿与李春燕的婚礼,同哥嫂的婚礼一样喜气洋洋,其乐融融。新婚夫妻住进了春儿房间外面的侧屋。秋儿被挤到了客厅打地铺。一家人挤挤巴巴的,也是快乐的。卫秀兰带着自己的子女和儿媳妇,每天参加生产队的劳动。

巫竹梅又添了几缕白发。她时时地牵挂着自己的两个儿子,但因为孙媳妇的进门及重孙子的出世,她也算是快乐的。这边厢,柯尔蒙如往常一样在大湖农场劳动改造,他仍然不知道自己什么时候能够出来。而柯尔明与邹天香离婚后,仍然过着离群索居的被隔离的生活。隔离审查期间,他要么被拉出去游街,要么待在老屋里看书看报,写检查。他几乎与自己所有的亲人、同事、领导、朋友断绝了来往。柯尔明跟他的哥哥柯尔蒙一样,哪里知道这样的生活什么时候是尽头。

第三部

浮生若梦，谁会丢失人生的钥匙

1

"忽如一夜春风来,千树万树梨花开。"

千千万万投身于"无产阶级文化大革命"运动的人,谁也不会想到,"文化大革命"也有结束的一天。

"四人帮"被打倒了。全国人民奔走相告,欢欣鼓舞。很多人幡然醒悟,"文化大革命"给我们的党、国家和人民造成的损失无法估量。十年,它让中国停滞了十年,荒废了十年。它整人害人无数,在全国人民的心里留下永远无法抹去的阴影。

既然错了,就要否定它、纠正它。中华大地上空悬起了拨乱反正的利剑。一个个在"文革"中被错误地打倒的人,得到平反昭雪。朱咸来教授没有等到这一天,杨名校长没有等到这一天,但是,柯尔蒙、柯尔明、陈保根、鲍德文、周朴实、赵卫水等人都等到了这一天。幸哉!

柯尔蒙是从大湖农场的广播里听到"四人帮"倒台的消息的。原来是这帮人在作祟!他从心底发出一声感慨。因为离他太远,他当时并没有意识到这个消息与他有着怎样的关联。但是,接下来,广播里、报纸上好消息不断,他越来越强烈地感到他就是在"文革"当中被错误地打倒的人。中央在拨乱反正,他坚信自己很快就会走出这里。有希望,更是渴望,柯尔蒙的内心时刻都在激荡着。

这一天终于来临。这是一个美丽的春天。早上八点钟,大湖农场的干警对柯尔蒙说:你可以出去了。就是这么简单,他可以出去了,他几年的农场生活就此可以画上句号。听到这个消息,柯尔蒙居然没有激动,也没有兴高采烈,他的心中五味杂陈。他居然很平静地倚窗看了一眼大墙里面的操场、草地,以及围墙上的标语,似有留恋,然后才慢慢地转身脱下那套沉重得不能再沉重的禁锢了他人身自由多年的劳教服。

  阳光灿烂。他出来的时候,似有眩晕。很快他就看见,阳光下面站着一群人,这令他极为惊喜。这些人是巫竹梅、卫秀兰、柯尔明、柯之秋、柯之冬,他们的身后停着一台手扶拖拉机。拖拉机前面站着李霜天。柯尔蒙嘴唇在嚅动,他张开双臂走到母亲巫竹梅面前,什么都没说,就和母亲拥抱在一起。不需要语言,此时无声胜有声。人生突变,他离开母亲整整六年,现在重新回到了母亲的怀抱。母子之情,胜过世上最美的语言。但是,拥抱了一会,母亲就将他推开了。母亲拉起他的手,走到卫秀兰面前,又将卫秀兰的手拉起。当他们夫妻两个人的手紧紧地握在了一起,母亲却将自己的手松开了。温情传遍全身,夫妻对望,这又是不需要语言表达的。要不是冬儿从奶奶身边冲出,扑到柯尔蒙的身后,伸出双手抱住他,柯尔蒙仍然沉浸在与卫秀兰的温情当中呢。

  柯尔蒙转身拉起女儿的手,说:长这么大了。是啊,冬儿已经是大姑娘了。上一次见面,冬儿还在他怀里撒娇呢。柯尔蒙抬头看了大家一眼,说:我们回家去!所有人闻声而动,跟在柯尔蒙身后,纷纷坐上了拖拉机。柯尔蒙一家人坐定后,李霜天说了一句"坐好了",便发动了拖拉机。一股浓烟从大湖农场门前的场地上冒起,一阵轰鸣声响彻大湖农场上空,手扶拖拉机向着湖边公路奔去。

  柯尔蒙坐在弟弟柯尔明的对面,两人相视无语。之前在农场,柯尔蒙已然知道弟弟被隔离审查的事,但弟弟真实的遭遇,比如被批斗、游街,他哪里知悉。弟弟定是吃了不少的苦,现在总算平安无事。其实,老太太及家里这么多人来接他出农场,还是柯尔明通知的呢。柯尔明在他之前几天被解除隔离审查,恢复自由,经多方打听,才得知哥哥即将被释放,便第一时间将这好消息通知到乡下。

  拖拉机驶过团结大队大队部的时候,柯尔蒙远远地就看到了一个人。

这个人站在大队部门口,面朝北方。也许是由远而近的拖拉机的轰鸣声促使她驻足观望,也许她本来就留恋这块热土,喜欢在大队部门口转悠。这个人就是郑佩佩。郑佩佩目光一直盯在这台行驶中的拖拉机上。拖拉机上的人由模糊变得清晰。那不是柯尔蒙吗?那不是卫秀兰吗?那不是他们一家人吗?他们怎么坐在拖拉机上了?柯尔蒙不是在劳改吗?郑佩佩吃惊地看着拖拉机上的人,疑窦顿生。拖拉机一闪而过。就在这一瞬间,坐在拖拉机上的柯尔蒙,还有卫秀兰、柯尔明,都冲着郑佩佩笑。柯尔蒙这一笑,即使不是怨恨的表达,也有不屑的意味。要是在以前,柯尔蒙见到郑佩佩,定会与她打招呼的,毕竟同事一场。但是今天不行。今天,柯尔蒙有意让心中积压的怒火通过微笑的方式释放。释放之后,他有一种酣畅淋漓的快感。而郑佩佩就不一样了。看着驶去的拖拉机上的柯尔蒙的背影,她心中一凝:柯尔蒙被释放了?接着,她眉头紧锁,表面平静,内心却是波澜起伏。这个时候,学校的下课铃声响了,她脑子震了一下。她满腹狐疑地看着远去的拖拉机以及拖拉机上的人,心情突然变得沮丧。她转过身,往回走,走到大门口时,她扭头又看了一眼拖拉机远去的方向。拖拉机早已在她的视线中消失了。

拖拉机驶上了葫芦岛。出乎柯尔蒙预料的是,自己家的草屋门前站满了迎接他的人。春儿夫妇牵着文革,与夏儿夫妇一起站在人群的最前面。因为拖拉机坐不下,不然他们定是去大湖农场的。他们的后面挤满了村里的人,柯尔蒙一眼就看到李晓铁夫妇、傻子、李惠惠、李明信老人及三位知青佟冬明、李小东、郭海青。令他感到意外的是,袁可为居然也在人群里。柯尔蒙跳下拖拉机,一边走一边向他们招手。才两岁的文革由春儿和伍美娟牵着向前奔跑,扑向柯尔蒙。柯尔蒙抱起他,凝神看着,喜悦挂在脸上。春儿在一旁鼓励文革叫爹爹。文革看着面前这位陌生的大人,终于喊了一声"爹爹"。柯尔蒙心花怒放,亲了一下文革的小脸蛋。这时,春儿才想起伍美娟,对父亲说:这是伍美娟。柯尔蒙看着大儿媳妇,满意地笑了。接着,夏儿上前,介绍李春燕。柯尔蒙看了她一眼,笑着说:从小看着她长大。引得全场人大笑。

　　柯尔蒙抱着文革,一家人进到屋里。村里人纷纷道贺,然后散去。巫竹梅吩咐春儿:快去给你大大端一盆热水,让他洗个脸。春儿转身进了厨房。巫竹梅的用意非常明显,她要柯尔蒙洗去尘埃,与以往告别。春儿将水端出,放到大桌上。柯尔蒙将文革递给伍美娟,走到桌边洗脸。卫秀兰从碗柜的抽屉里拿出刮胡刀,放到柯尔蒙面前的桌子上,然后进了厨房。柯尔蒙一边洗脸一边刮胡子。巫竹梅见卫秀兰进了厨房,便也跟着进了,接着是李春燕。几个女人要为柯尔蒙做一顿丰盛的午餐。

　　柯尔蒙刮好胡子后的第一件事,就是拿起锄头,招呼春儿一起,去了湖边。春儿看着他在地上挖坑,百思不得其解,也不好问。春儿知道,父亲做任何事总会有他的理由的。不一会,一个大铁皮箱子露了出来。春儿帮着将箱子抬到高处。柯尔蒙将箱子打开,满箱子都是书和画。不待春儿问,柯尔蒙说:你母亲真是伟大,当初要不是她提醒,我早将这些烧成灰了。两人手忙脚乱,将铁皮箱抬回了家。

　　午餐做好了,菜摆了满满的一桌。人多桌子小,根本坐不下。巫竹梅发话说:春儿、夏儿、秋儿,你们上桌,陪大大及小叔叔喝点酒。巫竹梅依了这里的传统,乡下男人喝酒,女人是不上桌的。冬儿抗议道:我也要上桌,我喝水陪大大。柯尔蒙看了大家一眼,说:将桌子朝门口移一下,大家都上桌。妈,你更要坐上来才是。春儿等人动手,将桌子朝外移了移,然后他们从里屋、侧屋端出凳子。挤是挤,却也是坐得下了。于是开酒。席间,柯尔蒙想起什么,问弟弟:邹天香和堂儿都还好吧?柯尔明岔开话题,说:先吃饭吧。柯尔蒙端起酒杯,转向母亲巫竹梅,说:我们敬奶奶一杯,祝她老人家健康长寿。大家举杯,喝酒的喝酒,不喝酒的喝水。

　　吃过午饭,柯尔蒙来到屋后。令他欣喜的是,这里的景致并没有因为他的离开而衰败,反而比以前更美了。绿树成荫,有花有草有路有蔬菜,满目清新,芳香四溢。卫秀兰也来到屋后。其他人也要去屋后,被春儿拦住了。

春儿说:别去打搅,让大大好好欣赏一下后花园。柯尔蒙沿着林中小路,不时驻足观赏,一直到湖边。卫秀兰默默地跟在他身后。柯尔蒙站在岛的最北边,隔湖向北眺望,万千思绪萦绕在心头。站立良久,他才转身拉起卫秀兰的手对她说:回家的感觉真好!

回到屋里,一家人又热闹起来。卫秀兰却为晚上如何睡觉而发愁。一家十口,就四张床,如何睡?正犹豫间,夏儿在一旁说:晚上我和春燕回她娘家住。夏儿说的话被伍美娟听到了,伍美娟说:我带文革回生产队住吧。卫秀兰冲伍美娟摇了摇头,说:夏儿和春燕回春燕娘家住就行了,你还是在家住吧。大孙子在外住,她是不放心的。于是,晚上冬儿陪奶奶睡,春儿小家三口一室,秋儿一个人睡客厅的小床,剩下的里屋就是柯尔蒙夫妇的寝室。

柯尔蒙躺在床上等着卫秀兰。卫秀兰坐在床沿上,一边脱衣,一边对柯尔蒙说:回来了,下一步有什么打算呢?柯尔蒙说:休息一阵子,然后陪你去上工。卫秀兰心里甜甜的。她刚熄灭了灯,躺到床上,就被柯尔蒙搂住。柯尔蒙咬着她的耳朵,对她说:这些年,你辛苦了,也受委屈了,以后我在身边,陪你好好地过。卫秀兰心里热乎得很,眼睛湿润了。因为天黑,柯尔蒙根本就没有觉察出她的变化,他将卫秀兰搂得更紧了。卫秀兰已经做好了准备。巫山云雨骤然而至。

2

休息了两天,柯尔蒙每天带孙子玩,并不急着去找李明波支书提上工的事。倒是第三天的时候,李明波支书和李明清队长,还有李惠惠,一起踏上了葫芦岛。

卫秀兰等人都去上工了,家里还有冬儿和奶奶巫竹梅。李明波支书见到柯尔蒙,开门见山地说:老柯,我们过来,一是来看你,出来就好,欢迎你回家;二来是想问问你,可有什么打算。有困难,可以向生产队提,我们会帮忙的。李明波支书心虚得很,怕一个人来葫芦岛,被柯家奚落,无地自容,所以拉了李明清队长和李惠惠,以集体的名义。他以前为难过卫秀兰,自己不放下身段,主动前来,又怎么会得到柯家的原谅?他来葫芦岛,也是为了探一下柯尔蒙。柯尔蒙是被政策性平反了,还是"劳动"到期被释放了?来看看,不仅是对柯尔蒙的关心,也是对他的一种姿态。假使柯尔蒙以后官复原位,他算计起来,又怎么会放过我?总之,来比不来好。

柯尔蒙坦然一笑,说:我正要对你说,我明天去上工呢。李明波支书听了这话,心里的一块石头落了地。他说:那好,你还是像过去那样,与李霜天他们一个组。李明清队长开玩笑地说:你们柯家全体上阵,可以组成一个小组了。李惠惠在一旁插话说:老柯回到队里,我这个文书应该让给他的,当初我就是顶他的缺。李明波支书不说话,柯尔蒙连忙说:说哪里的话,这个位置就是你的,我一点兴趣也没有,也不适合我做。这几个人站在屋前说话,巫竹梅从屋里出来,李明波支书有些不安,他冲巫竹梅一笑,笑得有些不自然,转身对李明清等人说:我们走吧。三个人一同走了。

第二天一早,柯尔蒙挑着畚箕,与卫秀兰、春儿夫妇、秋儿一起来到田里。李明清队长说得一点不错,如果加上夏儿夫妇、冬儿,他们家完全可以组成一个生产小组了。他们走上田埂后就分散了。李霜天等人站在那里,对柯尔蒙喊:树大招风,叶落归根。柯尔蒙冲他一笑,说:风里雨里,返璞归真。桐城人说话,就是这般有文化。李晓毛、李晓蒙、李晓财等人都冲着柯尔蒙友善地打招呼。柯尔蒙与李霜天等人照面,全然没有注意到附近水田里正在拔秧的李晓刚。李晓刚直起身子,看着柯尔蒙,大声喊道:哟,这不是我们的乡长柯尔蒙吗?不,县委办公室的主任柯尔蒙,今天怎么有工夫下乡体察民情?生产队里应该放鞭炮欢迎才是。柯尔蒙并不理会。李晓刚又说:柯大主任,你怎么不说话呢?你那专车吉普呢?又停在村头不成?柯尔蒙并不生气,他冲李霜天耸耸肩,卸下担子,将畚箕放在秧苗边。李晓刚不依不饶,又调侃道:柯尔蒙,你进农场,也不告诉我们一声,你出来的时候,我们也好去接你呢。柯尔蒙落得回乡种田,李晓刚多年的怨气和憋屈,终于找到机会一股脑儿倾泻。柯尔蒙不觉得受辱,他的沉默却助长了对方的嚣张气焰。李霜天看不下去了,他冲李晓刚训道:你说这些有什么意义!快活是吧?李晓刚应道:我快活。柯尔蒙这时终于反击了,他说道:月有圆缺,天有阴晴,人有起落。人在做,天在看,问心无愧就行了。李晓刚正在揣摩柯尔蒙话里的意思,李晓毛在一旁冲李晓刚喊道:人家混得又不比你差,你还说人家呢。没想到,李晓毛这一说,还真是一剑封喉。李晓刚不说话了,弯腰拔秧。

　　柯尔蒙弯下腰,将水田里的秧苗拔起,垒成一摞摞,摆放在身侧的畚箕里。待畚箕里的秧苗满了,他直起身子,将插在田里的扁担拔出,扛在肩上,担起两筐满满的秧苗走出这片水田,送到妇女组那边。那边,卫秀兰带领妇女组的姐妹正像小鸡啄米一般地在水田里插秧。柯尔蒙将秧苗放在她们身边,正欲离开,加入妇女组插秧的李惠惠看见了他,直起身子,说:老柯,你见了秀兰也不打声招呼就走啦。女人都直起身子,看着柯尔蒙笑。柯尔蒙转身离开,说:只是不想打搅你们。有一个叫玉梅的女人大声说:人家夫妻是在床头亲热,为什么要在我们面前做样子?她这样说,众人一阵哄笑。

　　柯尔蒙逃出妇女组的水田,刚上田埂,突然觉得腿上痒痒。柯尔蒙放下担子,弯下腰,将裤腿卷得更高一些,朝腿上一看,吓了一跳:一只大蚂蟥正趴在他的腿上,有一截身子已经钻进皮肉里。柯尔蒙连忙用手夹蚂蟥,要将它拽出。无奈蚂蟥身子太滑,柯尔蒙几经努力,蚂蟥仍然往皮肉里钻。柯尔蒙不停地夹,一次次地努力,一次次地失败。你用手使劲地拍打。直到卫秀兰的声音在他耳边响起,柯尔蒙才开始不停地拍打蚂蟥。打得用力了,蚂蟥身子一纵,从皮肉里退出身子,缩成一团,滚落到地上。卫秀兰上前蹲下身子,伸出双手,按住柯尔蒙的腿,然后挤被蚂蟥咬出的口子,一边挤一边说:

它喝了你不少的血,污血要挤出。柯尔蒙看着卫秀兰认真的表情,说:这些血,要一只老母鸡才能补回来。卫秀兰抿嘴笑了,说:想吃老母鸡了?柯尔蒙弯下腰咬住她耳朵似的,说:想吃你。卫秀兰抬头翻了他一个白眼,挤过之后,用袖子将柯尔蒙腿上的血水擦干,说:腿放在水田里静止的时间不要太长,多活动,眼多看着,别让蚂蟥又叮上了,那样的话,一只老母鸡也不够补的。两人站起,柯尔蒙从草丛中找出那只蚂蟥,用脚猛踩。卫秀兰笑道:踩不死的。然后,她从田埂上找到两个大一点的石头,用草茎将蚂蟥挑起,放在其中一块石头上,然后用另一块石头击它,直到将它击得粉碎。柯尔蒙看着她做这一切,轻声说:我烧锅的真的很勇敢。

夫妻两人合力斗蚂蟥的一幕,被附近水田里劳作的男男女女看见了。他们直着身子,好奇地观察着这边,直到看着柯尔蒙夫妇离开并回到各自的岗位,他们心里岂能没有几分嫉妒和羡慕?李晓刚不说话了。李明波支书站在远处的田埂上,眼神有些异样。李惠惠脸上现出了会心的微笑。

从插秧那天起,柯尔蒙就看着秧苗一天天地长大。分蘖,拔节,扬花,抽穗,到金灿灿的稻穗迎风昂立,湖边村民组丰收在望。柯尔蒙一家劳动力众,出工多,战"双抢"从不缺勤,所以他们家的工分在生产队里挂了头号。李惠惠统计完生产队的工分,几乎是第一时间将这个喜讯告诉了卫秀兰。卫秀兰喜不自胜,将这个好消息传给家里每一个人,一家人欢天喜地。工分多,分得的粮食自然就多。家里的墙拐、床底,几乎都放满了整麻袋的粮食。民以食为天。柯家下放这么多年来,第一次收获这么多的粮食,他们也是第一次不为粮食发愁了。

卫秀兰对春儿说:傻子他父亲身体不好,上工缺勤多,分的粮食根本不够吃,你扛半麻袋送去。春儿二话没说,就将一麻袋的粮食分出半袋,扛到肩上。柯尔蒙说:我和你一起去看看。说着,父子俩一前一后走出草屋。

走到傻子家,柯尔蒙和春儿才知道,傻子父亲李明君躺在床上,病得不轻。春儿责怪傻子:怎么不告诉我一声?又问:去叫赤脚医生了吗?傻子摇摇头。傻子家里一贫如洗,哪里叫得起赤脚医生?正说着,李明君躺在床上不停地咳嗽。柯尔蒙担心他像朱咸来教授那样得了肺结核,连忙对春儿说:你速去叫项去病。春儿没有半点犹豫,冲出房间。大约半小时后,春儿和项去病进得屋来。项去病一听诊,转过身对柯尔蒙说:需要送县医院。但是,李明君听了这话,却使出全身的气力,不住地摇头。柯尔蒙走到他跟前,倾下身子,说:生病就得治。李明君仍是摇头。他之所以摇头,拒绝去县医院,不仅仅是担心医疗费用,更多的是担心自己死在医院。自己的身体自己清楚,他知道自己来日不多,要死也要死在这个老屋。乡下人的观念根深蒂固。柯尔蒙做不通他的工作,站在一边叹气。傻子也是一脸的焦急。不一会,李明君又使出气力,向柯尔蒙伸出手,柯尔蒙握住他的手。李明君又向傻子招手。傻子走过来,拉起他的手。李明君使出浑身的力气,将傻子的手送到柯尔蒙的手心里。他看着柯尔蒙握住了傻子的手,微微地一笑,然后整个人瘫到床上,闭上了眼。

李明君就这样告别了这个世界。傻子守在父亲身边,柯尔蒙让春儿去通知生产队的人。根据李明波支书的安排,李明清队长料理了李明君老人的丧事。李明君老人被安葬在湖边朱咸来墓的附近。

秋天的时候,柯尔蒙照常上工,他与卫秀兰同出同进。上午放工回家的路上,卫秀兰突然对柯尔蒙说:他们将你打成反革命,明明就是个错误,却怎的不给个说法,为你平反?柯尔蒙轻描淡写地说:随他去吧,我陪你挣工分,有吃有喝。卫秀兰问:你就没有想着官复原位?柯尔蒙不假思索地说:不作他想。卫秀兰接着说:也不知道尔明现在怎么样了,他已经一段时间没回乡下了,他一个人不容易的。柯尔蒙抬头看了一眼葫芦岛东部的天空,没有回应卫秀兰说的话。

柯尔明一点也没有闲着。他恢复自由后,去找过一次邹天香。

他找到了那座熟悉的独门独户的小二楼的房子。他刚走到门口时,令他惊讶的一幕出现了。这座房子的大门从里面开了,从大门里走出一位中年男士,男士后面紧跟着邹天香。柯尔明听到邹天香对屋里说:堂儿,跟叔叔说"再见"。接着,他看见门里伸出一只手,对那位男士招手,说"再见"。柯尔明只看到那只小手,听到了熟悉的声音,却没有看到儿子堂儿,人被门挡住了。他有些失望。接着,他看到了邹天香与那位男士话别时暧昧的眼神、亲昵的举动,他骤然一惊,怔住了。邹天香与这个人关系非同一般。这个人已经取代了我的位置?柯尔明愣在那里,直到这个人从他身边走过,他才猛然醒悟,真想跟上去打这个人一拳。柯尔明终究没有这个勇气挥拳,他眼睁睁地看着这个男人从他面前神采飞扬地走了。这个时候再去找邹天香还有什么意义?柯尔明愤然转身回到了家。他变得烦躁,甚至歇斯底里。

　　柯尔明在家将自己关了两天,终于决定放弃邹天香。其实,这岂是他决定了的事?邹天香早已将他放弃,她已经开始了自己的新生活。他们之间已经没有任何关系了。

　　这个时候,柯尔明想到组织了。这天他早早地出了门,直接来到县委机关大院。熟悉的围墙,熟悉的大门,来来往往的人,但是,他对这里已经没有了亲切感。他上楼到书记办公室。原先的桐城县革委会牌子已经摘除,仅剩下中共桐城县委员会的牌子。县委书记仍是黄梅格。尽管他在"文革"中观点前卫,表现激进,工作出色,但是他也没被提拔,仍是县委书记。见到黄梅格书记,柯尔明开门见山道:组织上解除了对我的隔离审查,应该有个说法吧,我得有份工作。黄梅格是一个讲原则、讲政治的官员,他说:像你这样的情况,县里不止一个,我们将按上面的最新指示精神,一并考虑,应该会解决的。一句话,令柯尔明无话可说,他只好退出,回到家里等着政策落实。

　　等待的过程并不漫长。一个星期后,县委办公室副主任郝申洪将一纸公文送到柯尔明面前。柯尔明展开一看,原来是安庆市委的红头文件,内容是恢复柯尔明县委常委的职务,同时兼任县委政法委书记。柯尔明都不敢相信自己的眼睛了,他又仔细地看了一遍。郝申洪说:县里还恢复了柯尔蒙同志的职务。柯尔明问:何职?郝申洪说:县委办公室主任。柯尔明自言自语地说:组织上总算还他一个公道。郝申洪走后,柯尔明仍然兴奋不已。

还有什么比柯尔蒙兄弟两人恢复原职更令全家人高兴的呢?巫竹梅说:苍天有眼。

大约一个星期后,一辆黄色的吉普开到了葫芦岛,这是来接柯尔蒙去县里上班的专用车辆。吉普停放的地方,有村民和孩子们围着在看,议论纷纷,许是他们很久没有见到车子进村了。

接下来的半年时间内,又有一件接一件的喜事砸到柯家人的心坎上。春儿接到省轻工业厅的通知,他可以去厅里上班了。夏儿所在的大学撤销了对他的开除指令,很快就恢复了他的大学学籍。秋儿和冬儿也可以继续上学了。春儿和夏儿是在同一天赶往省城合肥报到的。乡亲们得知这个消息后,纷纷来给他们送行,这情景,就是当年他们上大学时的再现。而伍美娟、李春燕与自己的丈夫告别时,心情愉快却又依依不舍。她们还得留在乡下。

工作的工作,上学的上学。白天的时候,葫芦岛剩下的就是以女人为主力的老中青幼四代,他们是巫竹梅、卫秀兰、伍美娟、李春燕、文革。他们在这里上工、生活、成长,心情是愉快的。

3

县委办公室的工作,柯尔蒙是熟悉的。办公室的大部分人,他也是熟悉的。特别是郝申洪,工作能力强,做事很有原则性,深得他信任。还有就是任小辉,"文革"中挨过批,被打倒过。

但是,工作了大半年之后,柯尔蒙仍是县委办公室主任,他升常委的事一直悬着。这是很少有的。按惯例,县委办公室主任这个位置极为重要,一般都是县委常委兼任的,所以他晋升常委也是顺理成章的事。柯尔蒙原也不是很在乎,已是县委办公室主任了,但是说的人多了,他自然有所顾虑。他甚至自责,是不是自己工作不够努力,或者工作上存在失误和缺陷,要么就是县委主要领导仍在观察他。主要领导当然就是黄梅格书记了。他只是猜测,哪里知道症结所在。

外面阳光灿烂。有几只小鸟在树丛里叽叽喳喳,跳来跳去。昨夜秋风之后,已有树叶飘零到地上。

柯尔蒙拿起一张报纸在看,电话铃就响了。令他意想不到的是,电话里竟然传出邹启环的声音:我是邹启环。柯尔蒙有些吃惊,连忙回应:是邹主任啊。邹启环在电话里说:什么时候有空?柯尔蒙说:邹主任找我有事?邹启环说:见面再说。柯尔蒙说:我这就过去。说罢,放下电话,走出办公室,直接来到县人大常委会那栋旧楼。

邹启环从自己的座位上站起来迎接柯尔蒙,示意柯尔蒙坐到沙发上,然后从办公桌上拿出香烟递给他。柯尔蒙接过烟,并点上,问:邹主任找我有事?邹启环坐到柯尔蒙旁边的椅子上,说:是有一点事,一点心事。他停顿了一会,接着说:天香有些不懂事,在尔明困难的时候离开了他,现在她后悔了。邹启环又停顿了一下,吸了一口烟。柯尔蒙问:天香还是一个人?她想与尔明和好?邹启环点点头。两人沉默了一会。邹启环说:那个时代,很多人都会做一些违心的事。柯尔蒙说:如果天香有意愿,我来问问尔明。邹启环脸上现出微笑,说:那是再好不过的了,你做做尔明的工作。两人聊了一会,柯尔蒙便起身告辞。

柯尔蒙兄弟俩上班同在县委大院的一栋楼里,柯尔蒙在二楼,柯尔明在三楼,兄弟俩抬头不见低头见。这一天,柯尔蒙坐在办公室里想,我恢复工作和职位都快一年了,至今未当上常委,想必是弟弟柯尔明的缘故了。柯尔明已是常委,如果我再进常委,一门两兄弟把持着常委两个位子,县委怎么开展工作呢?县委常委会开会,研究某项决定,表决,柯家就占了两席,似乎不合情理,也与党的组织原则不相符。想到这,柯尔蒙倒觉得心里踏实了。弟弟已是常委,我又何必指望再进常委?柯尔蒙的猜测没有错,他迟迟没有进常委,上面确实有着他弟弟方面的考虑。另外,黄梅格也着实不那么急于提拔柯尔蒙,他对柯尔蒙是有成见的。柯尔蒙当初跟周朴实书记跟得那么紧,很令他忌惮。现在恢复柯尔蒙的工作,他自认为做得已是仁至义尽。

但是,不出一个月,桐城县政坛人事方面出现了不小的变化。黄梅格书记做梦也没想到,上面调他去安庆市人大常委会担任副主任,他的位子由周朴实接替。周朴实书记到任一个月,桐城政坛又进行了一次大换血。邹启环被上面抽调到安庆市参与筹建安庆师范学院,柯尔明荣升县委副书记,顶郭金川的缺,郭金川到人大常委会,接替邹启环的位置担任主任。柯尔蒙随郭金川进了人大常委会,担任排在最后一位的副主任。大湖人民公社原书记陈保根晋升县委常委兼县委办公室主任。陈保根就比柯尔蒙幸运,一到县里就是常委。就连任小辉,其职位也向前挪了一位,由副主任晋级常委副主任,协助陈保根主任开展工作。原来的副主任郝申洪被调到县教育局任局长了。柯尔蒙颇为知足,人大常委会副主任晋了一级,已经很不错了,更何况弟弟柯尔明在仕途上有更大的发展。人们称呼柯尔明为柯书记了,但对柯尔蒙却不需要改口,还是主任,只不过此主任非彼主任。

柯尔蒙到人大常委会工作之前,周朴实书记找柯尔蒙谈了一次话。周朴实开门见山地说:调你到人大常委会工作,是考虑到你们兄弟俩同时进常委不合适。柯尔蒙回应说:我能理解。周朴实又说:人大工作,过去薄弱了,现在需要加强,所以派郭金川和你去。柯尔蒙表态说:我会努力的。两人的谈话就是这么简洁,没有客套。柯尔蒙知道周朴实书记很忙,很快就退出了他的办公室。

柯尔蒙到人大常委会机关履新职,拜访郭金川主任,并见了机关里的同事,算是安定下来了。人大常委会机关,说忙也忙,说闲也闲,柯尔蒙感觉到工作压力没那么大了,他根本不需要像过去那样,唯县委书记马首是瞻,还要迎合县长、副书记、各位常委,手忙脚乱。以前夜里接电话是常有的事,现在不了,他可以在县委宿舍里呼呼大睡,一觉睡到天亮。

柯尔蒙上班一周,柯尔明就来到人大常委会机关调研。柯尔明是县委副书记,也分管人大常委会方面的对接工作,他到人大调研,是分内的工作。郭金川主任、柯尔蒙副主任全程陪同。机关里不知道柯尔蒙和柯尔明关系的工作人员,看到他俩大感诧异:这般相像,不会是兄弟吧?两人就是兄弟,人大常委会机关很快就传开了。调研结束时,郭金川安排在人大食堂请柯尔明就餐,被柯尔明拒绝了。柯尔明对郭金川说:剩下一点时间,我去他办公室看看。郭金川以为兄弟俩要谈些事,便与其他陪同的人离开了。

兄弟俩来到柯尔蒙办公室。柯尔蒙突然想起一事,将门关上,问:你和天香的事怎么样了?柯尔明有些窘迫,说:还能怎么着?分了就是分了。柯尔蒙说:过去是为形势所迫,破镜重圆最好。柯尔明说:镜子破了还能重圆吗?柯尔蒙说:上个月天香她爸找我,希望你们能复合。柯尔明瞪大眼睛,问:他这样?柯尔蒙点点头。柯尔明愤愤地说:早知如此,何必当初?柯尔蒙问:还有堂儿呢,你考虑过没有?柯尔明说:看他造化了。两人沉默了一会,柯尔明突然说:天香有人了,我去找过天香,她有人了,只是还没结婚,邹启环主任应该知道的。柯尔蒙怔住了。

星期天的上午,柯尔明一个人坐在学堂巷的屋子里翻看《西游记》。看得正起劲时,突然柯之堂跑进来了。柯尔明大为吃惊。柯之堂连叫了他两声"大大",直扑到他的怀里。柯尔明愣了一会,便将柯之堂搂住。柯尔明看着堂儿,眼泪都出来了。他强忍着泪水,问:堂儿,你怎么来了?还没等堂儿回答,他就意识到,定是邹天香带堂儿来的。柯尔明连忙站起身,将堂儿抱起,放在沙发上,自己一溜烟地跑出门。但是,整个学堂巷,人来人往,却不见邹天香的人影。柯尔明回到屋里,问堂儿:你妈妈呢?堂儿回答说:她在外面。柯尔明一寻思,这才佩服起邹天香的精明之处。她不敢来见我,就拿儿子来攻我,我又何必一溜烟地跑到门口寻她?柯尔明一系列反常的举止,惹得堂儿直勾勾地瞪着眼看着他,他反而有些不自然了。堂儿已是小学生了,长得虎头虎脑,更是聪明伶俐。柯尔明问堂儿:早上吃过没有?堂儿说:吃过了。柯尔明还没有问第二句,堂儿却突然反问:大大,你怎么不去看我们?柯尔明愣了,半天才回他:大大工作太忙。柯尔明居然在儿子面前有些不安起来。为掩饰自己的不安,他起身从室内拿出切糖,递给堂儿。堂儿接过切糖,掰出一片塞进嘴里,一边吃一边注视着柯尔明。

正在这个时候,外面响起了敲门声。柯尔明以为是邹天香,没好气地喊道:进来。但进来的人不是邹天香,而是任小辉。任小辉现在是县委办公室常务副主任,也是周朴实书记的首要秘书。任小辉走到柯尔明跟前,说:柯书记,周书记中午请外地来人吃饭,请你陪一下。柯尔明问:中午?任小辉:嗯,车在外面等,专门接你的,周书记等会就到。柯尔明"嗯"了一声。他是应该早点到的,但是,堂儿在这里,怎么办呢?待任小辉走后,柯尔明对堂儿说:你一个人在家等我如何?我给你准备一些吃的,我到外面吃个饭就回来。堂儿很懂事地"嗯"了一声。柯尔明将一些吃的摆到茶几上,离开时将门掩好,便坐上了停在学堂巷巷口的一辆皇冠车。这车是周朴实书记专用的车,据说,桐城就这一部。

周朴实书记说的外地来人,是来自合肥的省轻工业厅的一位处长,叫凌子民。他老家和周朴实书记的老家都是桐城长岭人民公社。席间,柯尔明得知他是桐城老乡,便问:你们厅有没有一个叫柯之春的人?凌子民感到诧异,说:有啊,而且是老乡呢。柯尔明说:他是我的侄儿。这回连周朴实都惊诧了。周朴实问:柯尔蒙柯主任的公子?柯尔明点点头。凌子民说:他在技术处,目前是主持技术处工作的副处长,我们关系不错的。柯尔明一笑,说:他从小就很优秀。周朴实显然对他后面的话没有多大兴趣了,他岔开话题,对柯尔明说:我和凌处长是一个村的,他家乡情结重,对桐城很关照,桐城灯泡厂就是他支持上马的。柯尔明冲凌子民说:家乡人民感谢你,以后常回来看看。于是开酒。凌处长不胜酒力,喝了二两酒就叫停。吃过饭,任小辉安排一辆吉普将凌子民送到车站。

　　柯尔明是坐周朴实书记的皇冠车回家的,回到家时却不见了堂儿。他心里一惊。他几乎找遍了家里的每个角落,也不见堂儿的人影。柯尔明甚至跑到学堂巷找寻,哪里看到堂儿？堂儿自己溜出去了？或者跑回家了？邹天香将他带回去了？一连串的疑问,让柯尔明放心不下。他连忙关上门,冲出学堂巷。他要赶到邹天香那边,看堂儿回家了没有。堂儿没回家,那问题可就大了。他穿过几条街道,来到邹天香父母小二楼的院子外。院子的大门是开着的。柯尔明刚伸出头,就见堂儿与几个小伙伴正在院子里玩耍。这下,他一颗悬着的心落地了。他本来要上前问一下堂儿是怎么回来的,想想又觉得没有那个必要。邹天香一定在家,与她撞见,岂不尴尬？柯尔明站在门口犹豫了一下,看着堂儿若无其事地嬉闹,转身走了。他回到家后,堂儿的身影在他脑海里挥之不去。他本来就是我的儿子,我为什么要将他割裂开来呢？他应该过上更好的生活,受到更好的教育,他就应该回到父亲的身边,这是毋庸置疑的。

　　接下来发生的一件事,彻底打乱了柯尔明的生活。这天傍晚,柯尔明刚回到家,突然一个黑影跟在他后面窜进屋内。柯尔明感觉有人进屋,转过身来正要询问,不想那人举起一根粗大的木棍朝柯尔明头上猛地打来。柯尔明猝不及防,眼前一黑,整个人向墙边倒去。来人仍不罢手,又抡起木棍,朝柯尔明的头部和腿部狠狠地打去。柯尔明哀号一声,感到撕心裂肺的痛楚,接着他昏迷了过去。来人打到手酸,见柯尔明躺在地上一动不动,这才大摇大摆地走了。大约半个小时后,柯尔明才在痛楚中醒来。他忍住剧痛,挣扎着爬到门口。学堂巷的行人看到他,大为惊恐。有一位壮汉自告奋勇,将柯尔明背到附近的县医院。与此同时,有人报了案。柯尔明在医院的病床上睁开眼时,县公安局局长梁卫华和两名公安干警早已站在面前。柯尔明头部和腿部都打了纱布,他明显地感觉到腿部打了石膏,动弹不得。梁卫华倾身对他说:柯书记醒了,我们已经在全力追捕凶手,请柯书记安心养伤。柯尔明看了梁卫华一眼，不说话。梁卫华试探着问：柯书记，你是否认得凶手？或者记得凶手的模样？柯尔明有气无力地摇摇头，朝他们摆摆手，很快又闭上眼，他极度虚弱。梁卫华只好退出。

　　三天后，袭击案告破。凶手竟然是柯尔明的所谓情敌，一个叫柴达开的男人。提供线索的还是邹天香。这个柴达开是邹天香小学时的同学，十年前他老婆回娘家，一去不返，失联了。他到公安局报过案，却成悬案。几年下来，柴达开已经不对老婆生还抱任何希望，他开始将注意力放到邹天香身上。邹天香出身于干部家庭，自身条件优越，更重要的是，那时邹天香已经与反革命分子柯尔明脱离了关系。天赐良机。多方接触，一来二往，两人居然彼此有好感，顺理成章地处对象了。柯尔明上次去邹天香那边看到一个人从她家院子里走出，那人便是柴达开。两家认可，柴达开与邹天香正准备筹办婚事时，偏偏"文化大革命"结束了。柯尔明恢复了工作，并走上了领导岗位，这是邹天香始料不及的。邹天香开始犹豫，思想也开始动摇了。我当初是出于政治考虑，保护我父亲，保护堂儿，也是为了保护我自己，才决定与柯尔明断绝关系的。现在，"文革"已结束，我为什么不可以和柯尔明恢复这种关系呢？她开始有意冷落柴达开，并以种种借口回避他。柴达开见她这般，百思不得其解。经过一段时间的留心观察和盯梢，柴达开终于明白症结所在。原来是柯尔明这个家伙影响了他们。是可忍，孰不可忍？不就是个县委副书记吗？我把你打残，叫你做不成书记，看你还与邹天香结合不！于是，悲剧的一幕发生了。吃亏的是柯尔明，而柴达开为此付出了代价，他进了监狱。

　　柯尔明躺在病床上，惊动了好些人。哥哥柯尔蒙来看他了，周朴实书记、郭金川主任也来看他了，更重要的是卫秀兰和伍美娟陪着老太太巫竹梅来看他了。巫竹梅眼泪都出来了。儿子长这么大，哪里受过这等皮肉之苦？好在经医院抢救、精心治疗，柯尔明并无大碍。他的腿虽然骨折了，但是没有断，手术很成功，打三个月石膏后应该没事的。柯尔明极力劝母亲回去，又劝嫂子卫秀兰和侄媳伍美娟陪母亲回去。巫竹梅前脚走,邹天香后脚跟着来到医院。柯尔明与邹天香脱离关系后,第一次面对面地待在一起。两人都不说话。如果不是柯尔明主动开口,邹天香可能一直都不会说话的。毕竟是她觉得内心有愧。她默默地做着一些事,倒开水,喂他吃药,唤医生换吊水。柯尔明问:堂儿呢?邹天香回答说:在家。对话就是这么简单,但两个人的心情却是非常复杂的。一个小时后,柯尔明劝邹天香回去。邹天香没回应,她一个人默默地坐在床沿一头。直到傍晚,柯尔明再次劝她回去,她这才离开。离开时,她说了一句:明天我再来。柯尔明没回应。

柯尔明想想也是,本来自己恢复了工作,当上了副书记,是一件非常开心的事,却没想到会遭此一难。人生几何?乐极生悲!

柯尔明躺在病床上,内心却在苦苦挣扎着。邹天香接连几天都到医院照顾他,让他好生为难。

但是,住了半个月医院后,他突然对邹天香说:你明天不要来了。邹天香有些困惑、疑虑,甚至震惊。依邹天香平时的性子,是要与他大吵一顿,以发泄这些天来内心的愤懑和委屈。但柯尔明是一个躺在病床上的病人,这是在医院,她又怎么可能向他发火呢?柯尔明说出这话后,将头扭向一边,他根本看不到邹天香面部表情变化,也根本看不到邹天香的眼泪。待他扭过头来,邹天香已经离开了病房。柯尔明两眼瞪着天花板,面部表情僵化,内心却是在煎熬着。

第二天,邹天香果真没有到医院。第三天的时候,邹天香放心不下,还是到医院了。她走进病房,却不见了柯尔明的人影,问护士,护士说他出院了。邹天香这下茫然了。出了医院,她连忙追到学堂巷,出乎她预料的是,学堂巷的老屋铁将军把门,里面哪有人居住的迹象?邹天香失望至极,愤愤地离开了学堂巷。

4

柯尔明确实出院了。

出院之后,他没有回学堂巷的老屋,而是被哥哥柯尔蒙接到了葫芦岛。

柯尔明是县委副书记,县里一些重要的会议他无法出席,但是这并不影响他尽自己的职责,发挥影响力。柯尔明没有配秘书,一些重要的会议精神、征询意见稿、简报等,都是通过县委办公室任小辉等人送达的。柯尔明腿上打着石膏不能动,但他可以靠在床头读书、看报、批阅文件。

"文革"结束后,改革风暴席卷江淮大地,农村实行了土地承包责任制,包产到户。柯尔蒙一家分到了九亩地,葫芦岛上的土地以前是作为柯家自留地的,现在也分给了柯家。卫秀兰欣喜万分,倍加珍惜。

柯尔蒙难得清静的时候,冲卫秀兰说:走,我们去地里看看。于是,卫秀兰带队,柯尔蒙牵着文革,后面跟着伍美娟以及挺着个大肚子的李春燕,一起来到田边。卫秀兰吩咐李春燕在家,哪儿也不去,李春燕却说要活动活动的,便跟了去。乡下女人怀孕,没有城里那么娇贵的,有些妇女生孩子前几天还在地里干活呢,生过孩子后,休息几天,又下地干活了。卫秀兰指着一片田地对柯尔蒙说:这边,连成一片的,都是我们家的。柯尔蒙将文革的小手举起,说:奶奶是大地主了。说得所有人都笑起来。这时李霜天站在田埂上远远地看着他们走近,与柯尔蒙打招呼。柯尔蒙说:现在田都分到家了,这下你更有劲了。李霜天呵呵地笑,说:你们单位食堂要粮食,我可以卖给它。李春燕抢话说:那也得我们优先。李霜天冲李春燕说:我说着玩的,看你这么护家。接着,李霜天对卫秀兰建议:这些田分到你家,不光可以种稻,也可种其他农作物。李春燕说:那你打算还种什么?李霜天说:粮食够吃了,我准备种一亩甘蔗,还可以种荸荠,哪个赚钱种哪个。柯尔蒙回应说:我们也可以这样的,既可以种粮,也可以种其他经济作物出售。卫秀兰说:这我还没有想到。

从田里回来的时候,柯尔蒙迎面撞上李明波。李明波还是支书,他在这个位置上干了十几年了。他扛着锄头正往地里走,遇上柯尔蒙,回避不了的,脸上便堆上笑,说:柯主任这是回乡视察啊。柯尔蒙说:什么视察,我看自家的田。李明波支书讨个无趣,都没敢抬头看卫秀兰一眼,与他们擦肩而过,走向田间。他走后,伍美娟悄悄地说:他现在神气不起来了。她这一说,引得卫秀兰和李春燕都笑起来。

回到家,柯尔蒙又和卫秀兰来到屋后。柯尔蒙看着满眼如画一般的绿色园林,感慨地说:一分耕耘,一分收获,这是上天对我们的馈赠。卫秀兰说:每次看到太太带文革在这识字看书,我就觉得这地方好。柯尔蒙心底的温情给卫秀兰点起来了,他靠近卫秀兰几步,紧依在她身边,说:老婆,辛苦了。卫秀兰脸上泛起红光,她看了柯尔蒙一眼,扭过头,透过弯弯曲曲的小路上空的树枝绿叶间隙,看着远处的湖面。柯尔蒙情不自禁地上前,从后面搂住她的腰。卫秀兰依然看着前方,没说话,她只是在用心感受他的话语和体温。这时,文革在屋檐下冲着这边喊:爹爹,奶奶。柯尔蒙连忙松开手,拍拍卫秀兰肩膀,转过身,朝文革走去。卫秀兰也转身跟在他后面。

晚上,一家人吃过饭,伍美娟突然说:春儿来信说,我和文革可以回城的。大家你看看我,我看看你。卫秀兰说:多好的事,只是我们舍不得他。

接下来的一个月时间,伍美娟办好了回城的手续,她回到省城原单位上班了。考虑到两人上班带文革不方便,他们便将文革丢在了乡下。柯尔蒙回到城里上班,一般星期日才回来。这样,葫芦岛除了几个女人之外,倒是柯尔明和文革天天在一起,亲近得很。文革每天吵着要小爹爹讲故事。柯尔明只得变着法地编故事。

其时,知青回城已成热流。有些知青在农村落地生根,成家立业,便打消了回城的想法,但是,更多的知青则想着法儿找关系,打通关节,回到城里,他们似乎一天也不想在农村待了。湖边村民组另外三位知青佟冬明、李小东和郭海青,通过各种关系,陆陆续续回到城里。郭海青来向卫秀兰告别,她说:卫姨、巫奶奶,我会经常来看你们的,你们到城里,也可以到我家做客的。卫秀兰和巫竹梅向她道贺,祝她在城里工作顺利。

知青返城勾起了柯尔蒙对于全家人返城的欲望。柯尔蒙脑子一转悠,觉得自己家是下放户,当时是响应国家号召到农村落户的,按道理是可以返城的。现在他们家,除了柯尔蒙、春儿和返城的伍美娟外,都是农村户口。柯尔蒙多方打听,得到的回答都是否定的。国家还没有这方面的政策,回城不切实际。柯尔明知道哥哥的想法,也支持他们回城,并说:我看公安方面有什么变通的办法。柯尔蒙叮嘱他,违反政策的事不要做。但柯尔蒙把全家返城的想法告诉卫秀兰等人时,没想到卫秀兰和巫竹梅却态度消极。卫秀兰回应说:这农村好好的,我干吗要到城里去住?巫竹梅附和着说:我们已经习惯了。既然政策没有规定,柯家返城的事就这样搁置下了。

柯尔明腿一天天地好起来,按照医生的建议,可以撤石膏了。然而就在撤石膏的头一天,邹天香却带着柯之堂突然来到葫芦岛。邹天香一进屋,就叫堂儿喊"奶奶"。堂儿嘴儿甜,先冲巫竹梅喊"奶奶",后叫卫秀兰"大妈妈",然后随母亲来到床边。邹天香吩咐他:叫大大。堂儿叫了一声:大大。柯尔明转过身,伸出手给堂儿。堂儿与他没有先前的那份亲近了,一边伸出手,一边却扭着头看文革。文革站在一旁,眼神一刻也没离开过堂儿这个小叔叔。卫秀兰拉起文革的手,对他说:去,跟小叔叔玩。文革大方地走向堂儿。堂儿求之不得,抽出自己的手,然后拉起文革的手,到一边玩去了。柯尔明看了邹天香一眼,没说话。卫秀兰看出邹天香有些尴尬,连忙指着一把椅子示意她坐。邹天香坐到椅子上。卫秀兰和巫竹梅借故走到外面。房间里仅剩下柯尔明和邹天香,死一般寂静。

巫竹梅和卫秀兰走到外面,巫竹梅说:他那倔脾气,不知道这次可能和好。卫秀兰劝说：他们的事就让他们自己解决。巫竹梅叹了一口气，说：我随他们，唉。还不到半个小时，就见邹天香拉着堂儿气鼓鼓地从屋里走出。卫秀兰还没有来得及问邹天香，邹天香已经拉着堂儿走出一大截了。快到大坝的时候，堂儿才回过头来叫了一声"奶奶"，然后一边走一边哭起来。巫竹梅心一软，向大坝撵去。但是，邹天香和堂儿已走远，巫竹梅只好停步，看着两人的背影，心里酸酸的。巫竹梅冲回屋里，看到儿子柯尔明躺在床上，背对着外面，愤愤地说：你们成心不让我过好这个年！柯尔明没作声。卫秀兰也跟着进到屋里，她将巫竹梅拉到一边。草屋里又安静下来了。

大家都明白，邹天香与柯尔明没戏了。两人情意已绝，不是谁做工作就能凑合的。巫竹梅一连几天唉声叹气。柯尔明心情沉重，也不知道要对母亲说什么好。他在石膏撤除的第二天，和母亲巫竹梅打声招呼，便一个人回城里上班去了。他走后，巫竹梅叹息一声，说：家里刚刚安定些，这又让人闹心了。

腊月初八，李春燕生了，是个男孩。在农村，生男孩总是一件大喜事，柯家皆大欢喜。夏儿请假赶到家，儿子已经出生半个月了。夏儿那高兴劲儿，手舞足蹈，似乎要把这几间草屋捅破了。他一会抱起儿子亲，一会又抱着老婆李春燕亲，视他人不存在似的。母亲卫秀兰说：你自己还是小孩呢，都做大大了，别光顾着高兴，得给我孙子起个名儿。夏儿说：不敢不敢，得太太给他起。太太巫竹梅连忙摇头，说：现在的孩子，我起不好名的。夏儿说：那就奶奶起。卫秀兰手一摆，说：我也起不好。夏儿说：那就等大大回来起吧。柯尔蒙星期天回到乡下，夏儿把给儿子起名的事对他说了。柯尔蒙高兴得很，将孙子抱起，略一思考，说：前几年是运动，现在是科学的春天来了，农村发展的春天来了，就叫春天吧。孙子冲他傻傻地笑。李春燕坐在一旁说：他笑了，他喜欢这个名字呢。夏儿说：名字好是好，不过他母亲叫春燕，他叫春天，像一个辈分，姐弟俩一样，另外他大伯伯也是一个春。柯尔蒙说：什么一个辈分，他姓柯，母子一个"春"字，更亲近；他大伯伯是一个春，但是名字叫柯之春。柯尔蒙喜欢"春"字,摆起家长作风,固执得很。夏儿耸耸肩,说:你说什么就是什么。巫竹梅从柯尔蒙手里抱过春天,高兴地逗他说:你有名字了,叫春天,知道吗？谁也不会叫你春儿的。文革跑到太太跟前,说:谁叫春天？巫竹梅弯下腰,对文革说:你小弟弟啊。

春节前一天,春儿和伍美娟回到葫芦岛。伍美娟看到儿子文革,丢下行李扑过去,一边叫文革的名字一边将文革抱起,又亲又搂的。母子好长时间没见面,哪有不想的？春儿也凑过来,亲文革的小脸蛋。伍美娟抱起文革,这才与家里人打招呼。

这一年的大年,葫芦岛的茅草屋四世同堂。因为今年又添人丁,一家人更是喜气洋洋。唯独柯尔明心情好不起来,触景生情,黯然神伤,他只得强装笑脸。他给大家带来了丰厚的过年礼物,酒、保温瓶、台灯、棉衣、猪杂、金华火腿、糖等等。他的司机将这些物品送上葫芦岛就走了。这些物品,有些是机关发的年货,有些是别人送的。柯尔蒙说:家里也不缺什么的,你何必带这些东西呢？柯尔明回说:我一个人也用不了这么多,过年嘛。说得也是。

今年的年夜饭比往年丰盛得多。艰难岁月,野菜也是珍馐美味。现在好了,大鱼大肉,应有尽有。一样的年俗,一样的举杯畅饮。夏儿等人劝秋儿喝白酒,秋儿严词拒绝。过了这个年,他就要考大学了,岂可喝白酒？柯尔蒙说:我们大家一起敬太太。所有人举杯站起。巫竹梅坐在位子上,笑容满面,愉快地端起杯,与大家同饮。

年夜饭后,柯尔明穿上棉衣要回去。他喝了不少的酒,巫竹梅和柯尔蒙都不放心,留他住在这里,别回去了。柯尔明执意要回去,说放开门鞭。巫竹梅是老传统,不再留他,说:回去也好。柯尔明走后,他说放开门鞭的事却勾起了巫竹梅老太太的心思。巫竹梅感叹一声,说:老鬼走得太早,没赶上好的生活,他怎么就没有这个福呢？巫竹梅说的老鬼,当然是指她早去的先生柯世雄了。

这个年在人们的喜悦和鞭炮声中就过去了。年初四一早,柯家人一个个地拎着大包小袋出门了。按照桐城的风俗,初四拜丈人,丈人就是岳父,做女婿的都要去敬的,做女儿的也正好回娘家看父母。春儿和伍美娟一早就带着文革出发了。这一趟去见岳父母,春儿心情忐忑不安。临行前,他三番五次地问伍美娟,见了岳父大人该怎么做。伍美娟不给他压力,说:该怎么做就怎么做。要知道,自从与伍美娟相识、结婚,到现在,他连岳父岳母的面都没见过呢。这期间,伍美娟的母亲杜若溪曾去过一趟厅里,但她是去看伍美娟,并没有到春儿办公室。伍美娟父母自从与伍美娟断绝关系后,偏偏"文革"结束了,这才感觉自己过去的所作所为是错误的。一场运动差一点彻底断送亲情。

伍美娟好长时间真的对父母冷暖不知了。那天母亲杜若溪到她办公室,因为有同事在,好多的话没有说出来。母亲仅是做了一个姿态,寒暄几句就回去了。伍美娟甚是感动,一直送母亲到大门口。临别时,母亲说:我们都老了,有空就回去看看吧。伍美娟向母亲点点头,看着母亲远去的背影,内心一酸楚,眼泪就出来了。时势是变化着的,亲情是打断了骨头连着筋的。母亲仍然是那么健康,自信而不失温情。女儿的心是母亲的天堂,尽管天堂里不总是风调雨顺。伍美娟感慨于心,是该回去看看二老了,他们是自己的亲生父母。

伍美娟想都不会想到,她曾经担忧的事情并没有发生,她的父亲伍蓝天是她知道的所有官员中没有受到"文革"冲击的极少数当中的一个。"文革"之后,伍蓝天名正言顺地当上了副省长。伍美娟和春儿带着文革穿过省政府大院的二道门,在门卫的指引下来到其中一栋省长楼时,柯之春惊呆了。一栋三层的红楼,就两道门洞两户人家。春儿瞪大眼睛对伍美娟说:半栋楼啊。伍省长家的阿姨开了门。春儿以为是岳母,正要开口,却听见伍美娟在一旁说:阿姨好,我爸妈在家吧?阿姨愣了一下,然后就将门大开。三个人走进屋,到了客厅。杜若溪惊喜之情溢于言表,她将文革抱起,说:都这么大了,叫我外婆。文革第一次见到外婆,有些拘谨,迟疑了一会,这才叫了一声"外婆"。杜若溪脸上绽放出灿烂的笑容,她连忙将文革抱到伍蓝天跟前,道:叫外公。文革没有迟疑,直接叫了。杜若溪将文革放到伍蓝天的腿上。伍蓝天双手搂着文革。杜若溪这才打量起自己的女婿来。这个泥娃子,怎么看都不像是城里人,却有着极大的能耐和魔力将我们家的闺女俘虏,我就搞不明白了。春儿一句"妈",又一句"爸",将杜若溪的思绪打乱,又将伍蓝天的目光拉到他身上。杜若溪与伍蓝天几乎是异口同声:坐,快坐。伍美娟趁机将文革从父亲腿上抱下。伍蓝天严肃的面孔上出现了少有的笑容。

渡尽劫波亲情在,相逢一笑泯恩仇。这家人经历"文革"的洗礼,在这样一个春风送暖的日子里重新走到了一起,心也就融到了一起。

5

这一年的夏天,大湖人民公社团结大队湖边生产队改名为大湖乡团结行政村湖边村民组,公社不复存在。这一年的夏天,湖边村民组经历了二十年来最热的一个夏天。太阳将大地烧烤。"双抢"提前而至。

葫芦岛上的柯家人,工作的工作,上学的上学,真正的劳动力,仅卫秀兰一人。自家的九亩田地,靠她一个女人,哪里能忙得过来?柯尔蒙与卫秀兰一商议,觉得雇人干比较合适。于是,这个"双抢",从收割到播种,卫秀兰毫不犹豫地请组里的人帮忙,他们是李霜天、李惠惠、龅牙的李晓毛等人。白天他们在田里干活,卫秀兰每天管他们两顿饭,并付他们一定的酬劳。卫秀兰也没闲着,与他们一起劳动。很快,一箩筐一箩筐金灿灿的稻粒运到葫芦岛的稻床上。这个稻床是由原来的篮球场改造而成,这也是李霜天的杰作。看着稻床上堆放的稻子,卫秀兰油然而生一种成就感,笑容总挂在脸上。

李霜天就喜欢看卫秀兰的笑容,她的笑容一出现,李霜天心里像吃了冰块一样舒坦。

说来也怪,李霜天是村里有名的大情圣,但自从柯尔蒙一家落户到湖边村民组之后,李霜天几乎变成了另一个人。人们不仅看不到他拈花惹草的行径,关于他的传闻也没有了。他做这一切,似乎是要在一个人面前树立新形象,展现新活力。这个人就是卫秀兰。卫秀兰从刚开始到乡下的美丽少妇,经过乡间生活的历练,变得成熟,更接地气,但是,她在李霜天心目中作为成熟女人的美丽并没有改变。他曾经暗示过卫秀兰,也曾在无人的地方大胆地追求过她,但是都被卫秀兰以委婉或直接的方式拒绝了。卫秀兰表面温柔、随和,骨子里却有着一种坚毅、刚强和执着。这让李霜天丢了非分之想,他由当初想得到她,变成了对她的暗恋和敬仰。暗恋也是一种幸福。李霜天总是被这种幸福牵引着、包裹着。卫秀兰何尝不知道李霜天的心思?但她界限分明,心中有盏明灯。人与人之间保持一种情愫,总比破坏一种平衡好得多。李霜天没有那么高尚,但他也是可塑的男人。与其说是李霜天不敢越雷池一步,倒不如说是卫秀兰感染了他、塑造了他,令他言行得体。两人这种若即若离的关系,村里人早有觉察,甚至怀疑,也确曾有谣言传出。但是,随着时间的推移,大家都知道了卫秀兰是个什么样的女人。谣言止于智者,谣言经历时间的消磨,终究向现实低头,销声匿迹。

但是,就在"双抢"快结束的时候,有一次李霜天在卫秀兰家喝酒,酒后还是吐了真言。一个人被暗恋折磨久了,是郁闷的,他的内心撒满了火药,就差一粒火星落下来。那天傍晚,巫竹梅烧了几道好菜,留李霜天、李惠惠和李晓毛吃饭。饭前,卫秀兰客气地说:喝点酒吧。李惠惠表示反对,说:这么热的天,喝什么酒。哪知李晓毛却来劲了,说:喝点何妨?卫秀兰于是开了一瓶酒。李霜天和李晓毛两人面前都放了个茶盏,卫秀兰倒酒,女人是不喝酒的,陪他们喝饮料。两个大男人还是两个月前喝的酒,找到了一种久旱逢甘雨、千里遇故知的感觉,大块地吃菜,大口地喝酒,豆大的汗珠不停地从他们的额上滚落。不到一个小时，一瓶酒就被他们两人喝得精光。卫秀兰本来还想客气地问是否再开一瓶，但她看到李霜天不时地瞅自己，神眼有些异样，这种眼神已经很长时间没有在她面前出现过了，便不再开酒，主动给他们盛饭。饭局就这么结束了。李惠惠、李晓毛与卫秀兰打声招呼，站起来就走。李霜天有些磨蹭，等他们走出门时，才起身告辞。三个人走后，卫秀兰却看到放在桌上的毛巾，那定是李霜天夏天洗澡用的，便抓起毛巾追出门，喊李霜天。李霜天快走到大坝了，见卫秀兰喊他，这才停下来，向李晓毛和李惠惠挥挥手，让他们先走。李霜天转过身，眼睛眯成一条缝，直愣愣地看着走向自己的卫秀兰。这是炎热的夏天，借着月光，李霜天似乎看出卫秀兰走路一颤一颤跳动的乳房。他的心也在快速地跳动。卫秀兰走到他面前，将毛巾递给他。李霜天心潮澎湃，伸手接过毛巾，却又心血来潮，伸出去的双手鬼使神差就将卫秀兰的双手握住，拉向自己的怀抱。卫秀兰猝不及防，滑到他怀里。李霜天趁机将她抱住，要亲她。卫秀兰忙用手推他，她刚挣脱，又被他从后面搂住。他的双手握住了她的双乳。卫秀兰使出吃奶的力气，将李霜天的手掰开。她像一条翻转的蛟龙，突然转过身来，又猛地扇了李霜天一个巴掌，彻底将李霜天打醒。李霜天像呛水的牛一样，摇头摆尾，突然对卫秀兰说道：对不起，真对不起，这么多年，我实在太想了，你知道吗？想一个人好苦。对不起，对不起，以后再也不了。李霜天就差跪到地上。卫秀兰理都不理他，径直跑回了家。

第二天，李霜天见到卫秀兰，内心充满着羞赧、敬畏和恐惧。卫秀兰像什么事都没发生一样，仍然对他很礼貌，很友善。李霜天如释重负，他默默地给自己下了生死令：重新做人，不得坏想。卫秀兰在他心目中，永远是那么美丽、纯洁、神圣，他能不想吗？仅仅是想而已，这就是暗恋。

这事就这么过去了。李霜天仍然是李霜天。他照旧帮卫秀兰干活，照旧为他们家鞍前马后，因为他心中存着一种情愫，这种情愫成为他的驱动力，他乐此不疲。

但是,柯尔明却不是这样,他喜欢上了一个女孩,他的行为方式却与李霜天大为不同。

那个女孩叫丰菊花。在一次饭局上,柯尔明认识了她。原来她是县委机关的一名工作人员,父亲是县粮食局的一名会计。这顿饭,是郝申洪请的。丰菊花就坐在柯尔明的对面,柯尔明只要一抬头,就能看到美丽的丰菊花。开席的时候,郝申洪一介绍,柯尔明才有所悟。这女孩与自己只隔了一栋楼,应该是大院里最漂亮的女孩了,他居然没发觉。郝申洪怎么跟丰菊花这么熟?因为郝申洪做过丰菊花的上司,帮过丰菊花的忙,今天她是来陪酒的。酒过三巡,柯尔明就和这个叫丰菊花的女孩对上眼了。经郝申洪一介绍才知,这个丰菊花还是柯尔明的手下任小辉的姨侄女呢。原来,任小辉的老婆与丰菊花的妈,也就是丰会计的老婆戚晶,是姊妹,丰菊花叫任小辉姨父。郝申洪去结账的时候,柯尔明对丰菊花说:原来在一个大院上班,有空到我办公室去坐坐。丰菊花爽朗地回应:有空去看领导。

没几天,丰菊花便专门去了一趟柯尔明办公室。她到机关工作两年多,除了父亲和姨父的办公室,还从来没有去过大领导的办公室。大领导的办公室就是不一样,姨父的办公室根本没法比。这间办公室大且宽敞,足有四十平方米,桌椅茶几齐全,墙上贴着中国地图和安徽省地图,有盆景、鲜花、书橱,外面有会客室。丰菊花惊喜地坐在柯尔明的对面。丰菊花这女孩着实漂亮。一头披肩秀发,圆圆的脸,大大的眼睛,弯弯的眉,一笑俩酒窝,迷人得很。丰菊花身材丰腴,曲线玲珑,是男人喜欢的类型。与柯尔明的交流,丰菊花一开始有些拘谨,但是,柯尔明循序渐进,投其所好,最终彻底将丰菊花的心扉打开,两人的距离渐渐拉近,亲近感油然而生。从此以后,两人正式开始了交往。

任小辉很快知道了这事,对郝申洪带丰菊花去应酬很是恼火。他找丰菊花谈了一次,希望阻止丰菊花与柯尔明的交往,不想丰菊花陶醉在爱情里,不以为然地说:姨父,你知道吗?他已经离婚了,是单身,我也是单身呢,难道你不想让我结婚吗？任小辉震惊了，质问：你什么意思？你要与他结婚？这怎么可能？丰菊花反驳：怎么不可能？他爱我。任小辉气得额上青筋暴起，说：爱你，你以为这是爱情？他是看你长得漂亮。他年龄跟你父亲一样大，这怎么可能？丰菊花怒视着任小辉，反戗：你不也是跟我父亲差不多大吗？她这话击中了任小辉的要害，似乎刺破了不为人知的天大隐情，任小辉顿时无语。

丰菊花将与姨父的这场冲突告诉了柯尔明。柯尔明大为吃惊。她怎么能让姨父知道这事呢！柯尔明更惊异于丰菊花对任小辉说的话，交往下去是要结婚的，这是他没有想到的事。柯尔明正苦于怎么和丰菊花将结婚的话题岔开，不想丰菊花却依偎在他怀里，任凭他抚摸自己的双乳，说：我们结婚吧。柯尔明微微一怔，略一思考，手按住丰菊花的乳房，说：我们认识才三个月，这事急不得的，我年龄比你大，你想好了。丰菊花抬头看着柯尔明，说：我不在乎。柯尔明问：那你父母呢？丰菊花自信地说：他们也不希望自己的女儿不嫁人的。柯尔明安慰丰菊花说：我们结婚是迟早的事，我怎么可能放弃你这样漂亮的女人？这事让我考虑考虑，好好地谋划一下我们的未来，急不得的。丰菊花颇为感动，吻了他一下，说：我听你的。

柯尔明说的谋划就是不谋划。他与丰菊花交往，根本没想到结婚。他不是不想结婚，而是没有想到会与丰菊花结婚。他与邹天香攻防了几个来回才彻底理清了关系，他内心还没有完全平静下来。他自己恢复工作时间也不算长，这个时候若爆出与小自己二十多岁的丰菊花结婚的消息，会对他的前途有影响的。他无法面对所有人的目光和嘲笑，无法面对母亲及哥哥的责难，更是无法想象来自邹天香那边的怨怼。外面强加于他的道德审判，他如何受得了？要知道，20世纪80年代初的中国内地，人们还很难接受老夫少妻。但是，丰菊花的诱惑力太大了。她那么漂亮、丰满、迷人，他又怎么舍得放弃呢？柯尔明在这段时间里饱受煎熬，思前想后，他觉得目前最好的办法就是采取"拖"字诀，稳住丰菊花，过一段时间再说。

但是,事情的发展并不是以柯尔明的意志为转移的。丰菊花经过一段时间的观察和体会,发现柯尔明不像先前那般有激情了,两人做爱也草草了事。柯尔明总是以工作太忙令他身心疲惫为由,丰菊花更是从他嘴里听不到"结婚"二字。丰菊花也不是单纯到毫无心机,就是没有心机,与柯尔明交往也学会了不少。她开始谋划自己的未来了。自己的幸福只有靠自己去争取。第一步,就是将自己与柯尔明交往的消息散播出去。丰菊花与县委副书记柯尔明处对象的事像一股青烟,从丰菊花朋友、同事的嘴里呼出,在县委大院以及城市的上空飘荡。桐城县城平静了好久,终于有此等新闻传出,给人们的饭后闲谈增添了无限的乐趣。任小辉劝阻不住也掩不住了,勃然大怒。丰会计夫妇知道这事出在自己闺女身上,羞愧难当,横加指责。但是,女儿已长大成人,他们又不能动手打她,只能怒骂几句,转又好言相劝,都无济于事。不久,丰菊花采取第二步。一天,丰菊花突然喜滋滋地对柯尔明说:我怀孕了。柯尔明大为惊异,问:这怎么可能?我们不是采取措施了吗?丰菊花说:我去医院检查过了。说着,将医院化验单递给柯尔明看。柯尔明半信半疑,接过化验单。数字和符号看不明白,"怀孕"两个字清晰可见。柯尔明重复了一遍:怎么可能怀孕呢?柯尔明震惊、疑虑之时,丰菊花又说了一句:你不高兴?柯尔明终于不再伪装,说:我怎么高兴得起来?我们还没结婚呢。丰菊花并不生气,仍是喜滋滋却也是很果断地说:那我们结婚啊。柯尔明看着她娇美的脸,自言自语地说:结婚?是啊,我们是有这个可能结婚的。说着,便哈哈大笑起来。可能?丰菊花听出笑声有些怪异,愣住了。

过了一会,丰菊花问:你什么意思?她这一问激怒了柯尔明。柯尔明怒道:我什么意思?你骗我说不会怀孕的,现在却怀孕了,我们之间的交往,外面风言风语,你是巴不得的,我名声坏了,你高兴了吧?丰菊花反唇相讥:这么说,你是不想结婚了?你从一开始就没有想与我结婚的,你根本就是在玩弄我。柯尔明不甘示弱,说:还不知道是谁玩谁呢,当初你和我好就是有目的的。这下轮到丰菊花怒了:我不与你争论谁对谁错,你看着办吧!柯尔明立即戗她:什么看着办?打掉!这下丰菊花更怒了,她直视着柯尔明,大声说道:你这是人话吗?柯尔明又说道:我劝你尽早拿掉,免得大家都不好过。这下丰菊花彻底愤怒了:这是不可能的,你看着办吧!说着,她愤怒地冲出学堂巷的老屋,消失在暮色中。

  柯尔明这下意识到,丰菊花根本不是以前的丰菊花了。他与她的交往原本就是一个错误。柯尔明只是想与她交往,却没有考虑到后果。现在好了,满城风雨,他的名声一落千丈。他开始有些恨丰菊花了。这女人原本就是有心机的,我当初何必要招惹她?接着他转念一想,现在已经这样了,我一个单身汉,只不过是个年龄偏大的领导干部,与一个单身女青年交往、谈恋爱,除了道德方面有些令人非议外,并不违反党纪国法,组织上也不会拿我怎么样。我就这样冷处理,看你丰菊花能把我怎么样。接下来的日子,柯尔明并没有去找丰菊花,他照样上班、开会、作报告、视察。但是,他不找丰菊花,丰菊花却找上了他。

  一个月后,丰菊花走进了柯尔明的办公室。她走进柯尔明办公室的姿势,很像一个孕妇了。柯尔明看着她慢悠悠地坐到自己对面的椅子上,愣住了。丰菊花只管坐着,也不说话。柯尔明沉默了一会,担心外面来人,便先开了口。他说:我以为你去医院做掉了的,怎么还是这样?又是沉默。丰菊花突然哭起来。她一边哭一边说:你真这样狠心,要杀死我们的孩子?你真这样狠心,不想与我结婚了?柯尔明看着她,说不出话来。丰菊花伸手擦了一把眼泪,哽咽了一下,说:你最后给我一句话,我们结还是不结?话都烫到鼻梁上,柯尔明回避不了的。他以前口若悬河,现在却话拙词穷,他支支吾吾地说:我只是不想现在结婚。丰菊花将眼泪擦干,直视着柯尔明说:我只是要你一句话,现在我知道了,你根本就是在耍弄我。我告诉你吧,孩子我是不会打掉的。说着站起身来,气呼呼地走出办公室。

  柯尔明有些发怵。丰菊花刚才说的话,威胁的成分比较大,但是她挺着个肚子到我办公室,岂不是让我难堪?她这是在给我制造压力。我得顶住,让她死了这个心,要断早断,以绝后患。再过一段时间,她肚子渐渐大了,还能不去打掉吗?她一个单身女青年,会笨到把孩子生下来?

下班后,柯尔明回到学堂巷的老屋,刚进屋,就听到外面的敲门声。柯尔明心一凝,他最担心的是,丰菊花又挺着个肚子找上门来。敲门声又响了两遍,柯尔明只好硬着头皮去开门。原来敲门的并不是丰菊花,而是哥哥柯尔蒙。柯尔明一惊,连忙让哥哥进屋。柯尔蒙有这座老屋的钥匙,但因为不在这里住,他是不会用钥匙开门的。柯尔明知道哥哥是不会轻易来找他的,定是为他和丰菊花的事。他和丰菊花的事已是满城皆知,哥哥怎么可能没有耳闻?

柯尔蒙径直走到沙发边坐了下来。柯尔明拿出一支烟递过去,柯尔蒙摆摆手,开门见山地说:下午,丰菊花找到我办公室了。柯尔明大为吃惊:什么?她去你办公室了!柯尔蒙抬起头,问:你们的事,你是怎么考虑的?柯尔明迟疑了一会,说:我与她不合适。柯尔蒙说:那你当初又是怎么想的?现在人家都怀孕了,你却想甩手,你总得有个交代!柯尔明被哥哥问得尴尬至极。他说:我打算补偿她,谁让她不领情?柯尔蒙有些生气了,他质问道:这根本就是你的错,你要人家领什么情?人家还是个大姑娘,你抛弃了她,叫人家以后怎么嫁人?柯尔明不为自己辩解了,他知道,在哥哥面前,所有的辩驳都显得苍白无力。柯尔蒙站起身来,说:这事处理不好,后果很难说,你考虑好。说了这话,便走了。

柯尔明将外面的门关严,回到沙发上坐下。他一边抽烟一边想着哥哥说的话,再一次地对丰菊花刮目相看了。丰菊花,真有你的,居然发动起我哥哥来施压。你以为这样就能让我回心转意了吗?不!

但是,第二天下午发生的事,让柯尔明彻底地改变了主意。他到办公室的时候,就接到县委书记周朴实的电话。周朴实在电话里什么都没说,只是叫柯尔明到他办公室去一趟。柯尔明哪敢懈怠,以为周书记有什么重要的事要和他通气,匆匆前往。周朴实见他进来,特意将办公室的门关上,示意他坐,直截了当地说:今天上午,我的办公室来了一位不速之客。柯尔明仍然没想到是丰菊花,他凝神细听。周书记接着说:她自我介绍叫丰菊花。这下,柯尔明眼睛瞪大了,既惊异,又有些不安。柯尔明脱口而出:她怎么会跑到你这儿来?周朴实书记说:这话应该我问你的。柯尔明沉默了。周朴实说:她可能是绝望了,不然是不会跑到我办公室来的,也许她认为我可以做你的工作,或者可以对你施加点影响。柯尔明说:周书记,实在不好意思,给你添麻烦了,你听我说……周朴实书记似乎没有要听他说下去的意愿,挥挥手打断了柯尔明的话,说:尔明同志,我叫你来,是以我个人的名义,还不是以组织的名义,希望你听我说一句,这虽然是你个人的事,但是,它直接影响到了我们领导干部的威信和声誉,甚至影响到我们的组织的纯洁性,希望你慎重考虑并妥善处理好这个问题。柯尔明欲言又止。周朴实书记已经说得很清楚了,叫他来,并不是要听他解释的,他解释有什么用?柯尔明低下头,内心却是翻江倒海。

这个时候,外面响起了敲门声,接着,县委办公室副主任任小辉推了一下门,探头朝里看了一下,见到柯尔明又缩了回去,关上门。柯尔明这时站起身来,对周朴实书记说:周书记,这事我回去处理。周朴实书记说:今天就这样,我相信你会处理好的。柯尔明点了一下头,逃也似的走出了周书记办公室。

回到自己办公室,柯尔明闷闷不乐,甚至恼羞成怒。丰菊花啊丰菊花,想不到你还会来这手,不温不火就放了两炮,真是气杀我也。你这么做,无非是想逼我就范。我如果不与你谈婚论嫁,难不成你下一步又会做出什么动静来?你会向组织上反映吗?我背负道德上的罪名,组织上会认定我柯尔明腐化堕落,玩弄女青年,这一条够硬的了,足以将我从领导干部的位置上拉下,一撤干净。丰菊花,你够狠的。

柯尔明接着想,看不出丰菊花会走到这一步,她原本心机和行事没有这般老到的,难道有高人指点不成?如果是这样,那这人就是任小辉了。任小辉是她的姨父,当初竭力反对丰菊花与我交往,难道他现在见丰菊花怀了孕,认为我根本就是想玩弄丰菊花,特意站出来,要为丰菊花讨回公道?他是我的下属,他不敢明着来,只好做幕后推手,使阴招。任小辉,任小辉,真有你的!但是话又说回来,以丰菊花的心智和执着,在这件事上,她真的听任小辉的?

  这个时候,柯尔明的心思又回到丰菊花身上。当初她是那么的美丽纯洁、温馨可人,现在却变了个人。她不理会亲人的反对,执着地要与我交往,她是爱我,还是看上了我的职位和权力?她对我真情投入,献身于我,如今又怀孕了,她唯一的目的就是要与我结婚吗?我现在如果与她结婚呢?我与她结婚,什么问题都没有了。丰菊花满心欢喜,外面的谣言、议论、指指点点将会烟飞云灭,周书记以及组织上也对我无话可说了。我与她结婚,年龄差距虽大,但是,她那么漂亮,这不正是男人所求的吗?我当初怎么没想起来要与她结婚呢?

  不知道是丰菊花不撞南墙不回头式的威胁起了作用,还是柯尔蒙的规劝和周朴实书记的约谈起了作用,柯尔明突然改变了想法,打碎了自己的固执和偏见,想起丰菊花的好处来。丰菊花当初想的就是这样,这是爱情,我为什么要弃这种爱情于不顾,还希望有什么真实的爱情吗?退一步海阔天空。我为什么不可以与丰菊花结婚呢!更重要的一点是,丰菊花正怀着我的孩子。我不是没有自己的孩子吗?丰菊花让我明白,我没有自己的孩子并不是我的问题,而是邹天香的问题。现在,我不是有了自己的孩子了吗?真真切切。我为什么不接受自己的孩子呢?既然大家都在议论我和丰菊花的事,我为什么不来个逆转,叫他们吐出来的话再咽到肚子里去呢?老夫少妻,别人爱说闲话,其实心里羡慕着呢,特别是男人。

  柯尔明越想越觉得应该与丰菊花结婚了,他憧憬着与丰菊花在一起的幸福生活。他觉得是采取行动的时候了,不然,丰菊花会以越来越极端的方式走下去,局面只会令他无法收拾。

柯尔明选择在一个工作日,从家里拎出一盒蜂王浆,来到丰菊花家。丰菊花是与父母住在一起的。他之所以选择工作日,不仅是要避人耳目,更是怕见到丰菊花的父母,显得尴尬。他来之前,特意打电话到丰菊花办公室,得知丰菊花未上班,所以他就去她家了。丰菊花家是城郊接合部的一座老屋。柯尔明从窗户就看见丰菊花一个人坐在屋里看一本杂志。柯尔明上前敲门,不一会,丰菊花就将门打开。丰菊花看到柯尔明,都不敢相信自己的眼睛了。柯尔明故作严肃,问:你不想让我进去吗?丰菊花一愣,仍然狐疑地看着他,不自然地退后几步,让柯尔明进来。柯尔明走进屋,将礼物放在客厅的沙发上。丰菊花转过身,站在客厅的中央,不知道是应该说话还是坐下。柯尔明站在她对面,对她说:你过来!丰菊花不知道他葫芦里卖的是什么药,鼓着嘴,说:干吗?柯尔明向她招了一下手,说:你过来,我摸摸你肚子。丰菊花站在原地不动。她哪敢上前?假设柯尔明对着她的肚子猛地一拳,将她肚子里的孩子打掉,那将如何?丰菊花沉着脸说道:你有话就说,不要摸我肚子。柯尔明突然笑起来。他这一笑,更让丰菊花心生疑虑。笑过之后,柯尔明伸出手,对丰菊花说:你别紧张,也别折腾了,我是来和好的。我考虑过了,我们还是结婚吧。丰菊花瞪着一双美丽的大眼睛,听他一字一句把话说完,仍然有些疑虑地问:心里也是这么想的?不是我逼的吧?柯尔明摇了摇头。丰菊花这才打消顾虑,扑进柯尔明的怀里。柯尔明将她搂住,又将她的脸捧起,亲吻她的唇。丰菊花眼泪扑簌簌而下。柯尔明坐到沙发上,双手抚摸着丰菊花的肚子,说:什么都不要说了,我们一起迎接他的到来。丰菊花一边擦着眼泪,一边就势坐到柯尔明的腿上,冲柯尔明点点头。

两人搂抱了一会,柯尔明突然正色道:我其实也是想与你结婚的,只是希望准备充足些,看把你急的。丰菊花抬起头,鼓着嘴,看着他。

一出戏就此落下帷幕。皆大欢喜。接下来的日子,柯尔明和丰菊花有说有笑,开始筹办起两人的婚礼来。柯尔明也不忘第一时间将这个消息告知自己的哥哥柯尔蒙及乡下的母亲巫竹梅。巫竹梅之前已听到风声，为柯尔明担忧，并心生闷气，见他现在已经如此这般，也只好接受。关键是，他与丰菊花有了自己的孩子，这是柯家的骨肉，她能不接受吗？

柯尔明有模有样地向未来的岳父母提亲。论年龄，柯尔明只比丰菊花的父亲丰会计小两岁，但小两岁也是小，辈分是明摆着的，丰会计是他的准岳父。柯尔明与丰菊花的母亲同龄。丰会计夫妇都是本分人，老实厚道，他们能说什么呢？为女儿着想，自然答应了这门亲事，何况柯尔明还是县里的领导呢。丰菊花都怀孕四个月了，这事哪能拖？婚礼就安排在国庆节。日子定下后，柯尔明又问未来的岳父有什么要求，邀请哪些人参加。丰会计觉得他俩的交往已经闹得满城风雨，何须大操大办？给一千元彩礼，女方亲戚参加，其他一概不邀请，隔壁邻居到时候发喜糖就行了。柯尔明又去哥哥柯尔蒙那里征求意见。柯尔蒙也是不太支持大操大办的。

婚礼如期而至。十五桌饭，被安排在学堂巷附近的一家饭店。受邀请的人都到了。巫竹梅、丰会计夫妇、柯尔蒙和卫秀兰等人坐到第一主桌上。巫竹梅坐在桌边，就没有那么多的欢笑。这门亲事在她心里就像打了个结一样，说不出来的阻梗。但是，她也不能板着面孔的，场面上还是要应付着，与人打招呼时她只得强作欢颜。春儿、伍美娟和夏儿、李春燕，甚至秋儿、冬儿，看到自己的小妈妈丰菊花如此年轻美貌，很是惊讶。新郎新娘站在一起，不像夫妻，倒像是父女，有一种老树新枝的味道。

婚礼进行了半个小时，本应开宴了，偏偏这个时候，大厅门口来了两位不速之客。他们是邹天香和柯之堂母子俩。所有人的目光从舞台中央转到门口。柯尔明怔住了。他站在丰菊花的身边，就像一尊雕塑。丰菊花顺着他的目光，也看到了门口站着的邹天香。现场死一般寂静。这时候，邹天香弯下腰，对柯之堂耳语一番，只见柯之堂突然走向舞台，待走近柯尔明时，他大声喊道：爸爸，爸爸。所有人都听到了柯之堂的喊声，场面尴尬。还是秋儿反应快，一个纵身跑到柯之堂身边，将他拉住。柯之堂哪里经历过这种场面,任由秋儿拉开。邹天香见儿子被秋儿支开,她要亲自上阵了。邹天香一个箭步冲到舞台下面,用手指着柯尔明骂道:柯尔明,柯大书记,你脸皮好厚!你不愿意接我们母子回去,原来是被这个小妖精迷惑!丰菊花听了这话,愤怒了,她不甘示弱,冲邹天香喊道:你骂谁小妖精呢?你们早就离婚了,"文革"期间,你见人家被打倒了,坚决与人家脱离关系,现在却在这里撒野。卫秀兰坐不住了,她冲到邹天香面前,说:天香,你这是哪门子气不顺,跑这来损人喜事?你还是回去吧。说着,便要拉邹天香的手。幸亏是卫秀兰,要是别人这般说她,邹天香定然不顾,要与丰菊花对骂不成,或者来个又哭又闹。卫秀兰将她拉开,邹天香一路挣扎,但是卫秀兰一双干农活的手非常有力,邹天香被卫秀兰拉到了门外。其实,邹天香也是趁这个机会,给自己一个台阶下。她毕竟是邹启环的女儿,不能不顾脸面。

　　两人站在门外,卫秀兰劝慰她:都过去了,何必强求?你应该过好自己的生活。邹天香喘着气,不说话。卫秀兰又说:就是复合了,心不在你这里,能幸福吗?回去吧,我送你。邹天香突然哭起来,她一边哭一边说:秀兰姐,我命好苦。卫秀兰劝道:人都有苦处的,只是不能往苦处想。你现在要做的,就是彻底把他忘掉,带堂儿过好自己的生活,祝福一声也没关系,何必要做仇人呢?这时,秋儿和冬儿将堂儿从厅里牵出。堂儿走到邹天香面前,说:妈,我们回去吧。邹天香将堂儿搂进怀里,眼泪又开始扑簌簌而下。卫秀兰弯下腰,对堂儿说:堂儿,跟妈妈回去吧,以后有空就到葫芦岛去玩,大妈妈喜欢你。邹天香这才弯腰拉起柯之堂的手,朝卫秀兰点一下头,擦一下眼泪,然后离开了饭店。

　　婚礼照常进行。婚礼之后,丰菊花随柯尔明住进了学堂巷的老屋,开始了两人的生活。巫竹梅、柯尔蒙夫妇等人回到了葫芦岛。

6

　　伍美娟的父亲是副省长伍蓝天,在省轻工业厅这几乎是人人皆知。

　　伍美娟与柯之春在乡下成婚,又双双回到省厅工作,并育有一子,令厅里的人羡慕不已。有人说,伍美娟下放前就与柯之春好上了,柯之春现在成了副省长大人的金龟婿,她真有眼光。

　　春儿不仅顺利地回到厅里工作,而且还恢复了过去的职务,任技术处副处长。技术处处长是任义。春儿任技术处副处长后,随之享受相应的待遇。工资是按新标准发的,提高了不少。最明显的是,他的集体宿舍已经不适合夫妻二人甚至一家三口居住了,他搬进了单位两室一厅的新居。春儿与伍美娟无比高兴。伍美娟说:这样我们就可以将文革接过来住了。

　　在春儿之前恢复工作的,是鲍德文厅长。乔征厅长给鲍德文厅长让了位子,他被安排到省参事室了。这一年的年底,鲍德文主政下的轻工业厅进行了一次人事调整:任义去了综合处,当处长,柯之春顺理成章地当上了技术处处长。要知道,他可是全厅最年轻的正处级干部。这引发了厅里的一些议论。有人说,他是沾了副省长的光;有人说,他有学历,是60年代的大学生,现在上面提倡干部年轻化,他恰逢其时;还有人说,他以前就是技术处副处长,过去对他处理不公,现在实至名归;更有人说,鲍厅长是他的伯乐,要是乔征当厅长,哪里有他的位置? 议论归议论,红头文件已经印发到全厅上下,不是谁能轻易改变得了的。

　　这一切来得太快,春儿自己都觉得像做梦一样。想当初他在乡下时,县委书记是好大的官呢。现在,自己与他们已是平级。更重要的是,自己是省厅的处长,到下面视察,虽说与县委书记、县长平级,但他接受县委书记、县长的招待。柯之春到哪个县,哪个县的县委书记、县长不争着陪他呢?这既是级别,也是待遇,理所当然的。

柯之春当上处长不久,就开始下去调研了——这是鲍德文厅长的倡议,技术处是鲍德文厅长直接分管的处室,作为处长,柯之春自然要带头下去调研。他调研的首站就是自己的家乡桐城。因为桐城有个灯泡厂,在他的业务管辖范围内。陪同他一起调研的,是处里的年轻科员章化雨。章化雨是工农兵大学生,枞阳人。枞阳与桐城过去是一家,都属桐城县,章化雨和柯之春可以说是老乡。书上所说的桐城派,其实是沾了一部分枞阳的光。桐城派的四大代表人物戴名世、方苞、刘大櫆、姚鼐,刘大櫆、姚鼐就是枞阳人。因为是老乡,在厅里,章化雨与柯之春走得比较近,副处长万从荣都不及。伍美娟听说柯之春要到桐城调研,也想请了假跟着去,她想儿子了。但是柯之春对她说:我刚提拔,带你回去的话,我到桐城调研就变了调,别人会说闲话的。伍美娟通情达理,说:也罢,反正很快就要接儿子回来了。

到桐城之前,章化雨直接给桐城的轻工业局局长韩世磊打了个电话。韩世磊受宠若惊,连说三遍欢迎,在桐城恭候。结果他们到的时候,不仅县局做好了接待工作,陪同到县灯泡厂参观调研的除了韩世磊外,县委书记周朴实、县长丁小超,安庆地区的轻工业局局长范中良也都全程作陪。这阵势,连柯之春自己都没想到。晚上县里在县委招待所招待就餐。周朴实书记得知柯之春就是柯尔蒙的大儿子时,当即差人邀柯尔蒙以及柯尔明参加,却被柯之春劝阻了。柯之春说这是工作晚宴,父亲和小叔叔参加不妥。周朴实书记作罢,连忙吩咐工作人员开古井贡酒。

大家一边喝一边谈。周朴实书记很快忆起他与柯尔蒙兄弟俩交往的点滴,对他们俩在"文革"当中的遭遇深表同情。柯之春则回忆起童年及青少年在桐城乡下及学校的成长历程。丁小超县长插话说:这些经历,成就了你今天的事业成功。范中良、韩世磊附和着说:是啊。柯之春说:我哪里是事业成功,我只不过赶上了难得的机会,"文革"不结束,我还在农村呢。酒过三巡，两瓶酒见了底，柯之春对周书记说：不要再开了。桐城人喝酒讲究文化。周朴实书记说：这么多人才喝两瓶酒，柯处长酒量大，到家乡来，喝不好酒，叫我这个县委书记脸往哪搁？另外，两瓶酒是好事成双，三瓶酒才是锦上添花。开开开，我还想与柯处长多叙叙呢。于是，开酒。

柯之春经不住劝，整整四瓶酒，一瓶一瓶地在他面前见了底。他开始飘飘然了。本来他打算喝过酒，晚上回葫芦岛住，要给奶奶和母亲一个惊喜，顺便看看儿子文革，但是喝高了，县里又在招待所的二楼安排了住宿，众人力劝，他嘴里嘟哝，身不由己，还是被韩世磊和章化雨扶进了二楼的房间。章化雨酒量并不比柯之春高多少，他曾几次要给柯之春代酒，但都被丁小超等人劝回，他也曾想主动出击，但无奈丁小超等人都劝柯之春喝酒。柯之春虽有酒量，哪里经得住这般轮番轰炸？不高才怪。柯之春进房间的第一件事就是上卫生间。韩世磊拎着个布包站在房间里，将包放在床头柜上，对章化雨说：这四条凤凰烟和两瓶酒，是个意思。章化雨向里几步，拎起布包，要将烟酒退给韩世磊。韩世磊不接，说：处长下乡调研辛苦，这是基层的一点心意。章化雨愣在那里，不知如何是好。这时，韩世磊局长已经走出门，并将门带上，消失得无影无踪了。

第二天早上，柯之春在自己的房间里仍然沉睡，外面的敲门声将他吵醒。韩世磊站在门外说：柯处长，我们等你去吃早点。柯之春揉揉惺忪的双眼，脑子里一片空白。他起床将门打开，看见站在门口的韩世磊和章化雨，让他们进来，自己转身开始漱口洗脸。不一会，三人下楼。到了一楼的包厢，周朴实书记、丁小超县长、范中良等人已在等候，柯之春连说几声昨晚喝多了，与他们一起落座。

吃过早点，丁小超县长安排车辆将柯之春、章化雨送往长途汽车站。章化雨问：柯处长，不回家看看了？柯之春摇摇头，说：下次再回去吧，公务为主。两人这就回到了省城合肥。

柯之春没回葫芦岛看儿子，这让伍美娟心里很不是滋味。伍美娟抱怨说:我说回去,你怕人家说闲话,这下好了,顺路都不回去看看,你早把儿子忘了吧?柯之春没有理会,而是将包放到沙发上,将里面的两条烟和两瓶酒拿出,放到柜子里。伍美娟看到了,问:下面人送你东西了?柯之春点点头。伍美娟说:这不好吧?柯之春说:下面盛情,你不收,他们反而认为你对他们有意见。伍美娟说:以后要注意。柯之春说:两条烟和两瓶酒而已。柯之春烟瘾不大,一天不到一包烟,以前抽的烟都是他自己和伍美娟买的。别人送烟,这还是第一次。伍美娟看他有些疲倦,不好再说什么,忙自己的事去了。

隔了一天,柯之春带着章化雨去了一趟亳州搞调研,周末回到家的时候,拎了两瓶古井贡酒回来。伍美娟嗔怪他:下去又收礼。柯之春说:这酒就是那地方出的,北方人就是好客,你不收还不成。伍美娟说:还是自己想收,否则人家能强迫得了?柯之春走到伍美娟面前,讨好似的说:他们热心,我又怎好拒绝?

星期天上午,伍美娟将衣服洗好后,准备和柯之春一起回娘家。柯之春问:带什么东西呢?伍美娟调侃说:家里什么都不缺,带一颗心回去就行了。柯之春说:这你就不懂了,在我们农村,无论老丈人家家境如何,女婿上门,都要带一点东西的,不在乎贵重,在乎有心和孝敬。伍美娟乐了,说:好像我没在农村待过似的,那你看着办吧。柯之春凝神一思,就将那两瓶出差带回来的古井贡酒从柜子里拎出,对伍美娟说:好酒,老丈人一定喜欢的。两人有说有笑,正要出门,门却被人从外面推开了。柯之夏站在门口。

柯之夏微微一怔,问:大哥大嫂,这要出去啊?柯之春和伍美娟很是吃惊,除了过去的宿舍,这房子柯之夏还是第一次来。伍美娟反应快,对夏儿说:去我爸妈那边,要么你也一起去吧。夏儿连忙摇头,说:我就不去了,我跟我哥说个事就走。三个人一起走进屋里。夏儿看了一眼伍美娟,欲言又止。伍美娟示意夏儿坐沙发,给夏儿倒了一杯水,知趣地进了卧室。春儿坐到弟弟身边。夏儿见大嫂避开,这才对哥哥说:这单位我干不下去了。柯之春直视着他,问:不是干得好好的吗?何出此言?夏儿说:虽然是留校,却不是教务,也不是管理层,待在办公室下面的行政科,负责管理食堂。春儿说:这不是很好吗?夏儿怨道:好什么!学校里就是这个最不起眼了,食堂里出了点屁大的事,我还要挨批。春儿正色道:你想做教务,或者当讲师?你们学校有工农兵大学生走上讲堂的吗?夏儿说:有啊,不过人家有后台。春儿说:不光有后台,也得有点真才实学吧,你把本职工作干好,同样有前途。夏儿说:我真的一天都待不下去了,看着办公室主任和行政科长的脸色我就来气,简直就是两个老古板,我穿喇叭裤,他们也看不惯。春儿说:在学校上班,你穿什么喇叭裤。说着低头打量夏儿,说:我也看不惯。夏儿不以为然,说:现在城市流行这个,大街上哪个不穿?春儿看了他一眼,说:你找我就是告诉我这事?夏儿马上堆上笑容,讨好似的说:我不想在学校待了,你给我找个单位吧。春儿大为吃惊,说:你说什么?找个单位?你说得容易,我到哪儿找单位?夏儿抬起头,斜了哥哥一眼,说:你堂堂省厅的一个处长,同学那么多,关系那么厚,找个单位很难吗?何况我也是大学生。春儿直视着他,有些生气,说:我的同学还没有一个是处长呢,我怎么找人家?不行,你还是老老实实在学校干吧。夏儿并不生气,反而说:你眼看着弟弟这样难受,不想救我于水火?春儿斩钉截铁地说:不想。夏儿突然走近他,调皮地悄声对他说:那我找嫂子,你岳父大人是副省长呢。春儿这下真的怒了,说:找她也不行,我会劝阻的。夏儿突然站起身来,怒视着哥哥,说:还是哥哥呢,至于吗?不找就不找,我走了!说罢,朝屋里喊了一声"嫂子,我走了",人已走到门外了。

  柯之春瘫坐在沙发上。伍美娟从里屋走到他身边,问:夏儿走了?柯之春说:走了。伍美娟问:你们俩吵架了?柯之春点点头又摇摇头。伍美娟又问:我们还去爸妈那里吗?柯之春站起身来,说:当然去。说着,重新拎起两瓶酒往外走。两人到一楼,柯之春将酒挂在自行车的扶手上,骑上车,伍美娟熟练地坐到自行车的后座上,双手搂住了春儿的腰。在大街上,伍美娟在后面说:你们说的话我在里面都听到了。春儿说:那又如何?伍美娟接着说：大学里人才济济，夏儿有些自卑很正常。春儿侧过头，一边用力踩一边说：路是要靠自己走的。伍美娟说：我们不妨给他找一个单位，人嘛，都是想往高处走的。春儿说：就是找了个好单位，他不好好干，也是枉然，明天他又要你给他换一个更好的单位，我到哪给他找单位啊？伍美娟用手拍了拍春儿的后背，说：我来试试。春儿狐疑：你？伍美娟说：怎么了？春儿说：不是要你爸出面吧？伍美娟自信地说：还没到那一步，你别小看我哦。春儿大笑，说：小女子出马，还能一个顶俩？老婆大人，你还是别费那个劲吧。伍美娟说：谁让他是你弟弟呢！

到了副省长家的小红楼，阿姨给他们开了门。杜若溪出来迎接，伸头看柯之春和伍美娟的后面，问：文革呢？伍美娟回答说：送回乡下了。杜若溪有些失望。柯之春早已没有了第一次的拘束，喊了一声"妈"，又喊了坐在沙发上的副省长一声"爸"，然后将两瓶酒递给阿姨，说：这是给爸带的。阿姨拎了酒，看了一眼，然后去了贮藏屋。杜若溪嗔道：干吗还带酒？家里有的是酒。心里却是喜滋滋的。伍蓝天坐在沙发上，看了一眼柯之春，示意他坐。柯之春斯斯文文地在岳父大人侧面的椅子上坐了下来。伍蓝天看到女儿伍美娟，脸上露出笑容，说：我就知道娟儿今天回来，早上特意让阿姨买了鱼和鸡。伍美娟冲父亲做了个鬼脸。伍蓝天收住笑容，扭过头对柯之春说：最近工作很忙吧？柯之春正要回答，伍美娟却插进来，说：春儿最近提了处长，正处级了。伍蓝天这才拿正眼看柯之春，然后对伍美娟说：不错。你呢？伍美娟伸出舌头，说：夫贵妻荣，我相夫教子呗。伍蓝天转又对伍美娟说：子不在身边，何来之教？伍美娟说：你如果想他呢，我很快就会把他接回来。杜若溪在一旁说：是啊，早点接回来，不能耽搁他上学。柯之春回应岳母的话，说：我和美娟商量好了，过了年就接他回来。杜若溪问：为什么要等到过了年才接他回来呢？柯之春看了一眼伍美娟，一时答不上来。伍美娟替他圆了场：妈，还没有最后定呢，回去再商量。

伍美娟随母亲进了里屋。柯之春陪伍蓝天说着话。到中午的时候，阿姨将菜端上桌,专门过来叫吃饭。伍蓝天站起身来,对柯之春说:走,吃饭去。来到饭厅,伍蓝天先坐下,然后示意柯之春坐到他身边的位子上。待杜若溪母女坐定后,阿姨站在一旁问:喝什么酒?伍蓝天说:拿一瓶剑南春吧。柯之春说:我不能喝酒。伍美娟坐在一旁,劝柯之春:陪爸喝一点吧。柯之春只得顺从。阿姨随即将酒拿来,打开,并给他们倒上,接着又去厨房端出两碗饭来,递给杜若溪和伍美娟,自己也去厨房给自己盛了一碗饭,坐在桌边。柯之春端起酒杯,对伍蓝天说:爸,我敬你。柯之春一副恭敬的样子,伍美娟端着碗看着他们两人就想笑。伍蓝天瞅了伍美娟一眼,愉快地端起酒杯,一饮而尽。两人一番对饮,就喝了二三两酒。接着吃饭。杜若溪奚落伍蓝天说:这下子喝酒不孤单了。伍蓝天又冲伍美娟一笑。看样子,他对这个女婿是满意的。

吃过午饭,伍蓝天回卧室休息了。杜若溪劝柯之春和伍美娟也去休息一会。柯之春说:我不休息。伍美娟说:不休息干什么呢?走吧。说着,两人进了伍美娟的房间。伍美娟的房间素雅整洁,墙上还挂着伍美娟小时候上学背的书包。伍美娟将房门关上,和柯之春就寝。柯之春喝了一点酒,新的环境,又与岳父母相处融洽,心情愉快,刚躺下便要与伍美娟亲热。伍美娟娇嗔地说:家里两人世界你像例行公事似的,现在这点时间你却不老实了。不老实归不老实,伍美娟也没拦他。柯之春亲热了一下,并没有更深入的动作,许是怕动静过大被外面发现,便自个儿睡下了。两人睡了一觉,起来的时候,看到杜若溪与阿姨正在包饺子。伍美娟一阵喜,说:啊,好长时间没吃饺子了。说着便洗了手,一起包饺子。柯之春不会包饺子,便一个人来到书房,找自己喜欢的书看。

柯之春原以为岳父还在休息,殊不知他仅休息一会便去了办公室。伍副省长公务繁忙。伍副省长办公室离家很近,上下班是不需要司机接送的,虽然他有专职的司机。到晚上六点多钟,伍副省长回到家,杜若溪吩咐阿姨下饺子。不长时间,第一锅饺子就端上了桌。

吃过饺子,柯之春和伍美娟准备回家。杜若溪拣了一大堆东西要伍美娟带回去,糕点、收音机、拎包、山东大枣、景泰蓝钢笔等等。柯之春不好意思接受,伍美娟却不客气,说:我们帮你们打发吧,免得浪费了。柯之春与岳父打声招呼,便和伍美娟一起离开了。杜若溪一直将他们送到楼下。两人满载而归。

大约半个月后,伍美娟不声不响地就为柯之夏找到了一个新单位——省水利厅。柯之春晚上回到家,听到这个消息时,都不敢相信自己的耳朵了。他问:你是怎么找到的?伍美娟扬扬得意,耸耸肩,说:我同学的大哥是省水利厅的副厅长,调一个人进去不是难事。柯之春故意板着面孔问:男同学还是女同学?伍美娟有意卖关子,说:你猜。柯之春说:我怎么猜?定是男同学了。伍美娟问:是男同学又如何?柯之春佯装很严肃地说:是男同学,我就要弄清楚了,他多大了?结了婚没有?为人办事能不求回报吗?伍美娟抿着嘴想笑,问:你担心吗?柯之春"哼"了一声,说:笑话,我担心什么?我只是好奇。不过我再问一句,他长得怎么样?伍美娟笑出声,说:漂亮。柯之春问:帅吗?伍美娟收住笑,正色道:不逗你了,看你还知道吃醋。我告诉你吧,免得你瞎猜忌,是女同学。柯之春又正色道:女同学威胁更大,她有一个副厅长的哥哥呢。伍美娟顺着他的话说道:你老婆有那么大的魅力吗?柯之春昂起头,说:我老婆魅力可大呢,不然,她怎么能把英俊潇洒德才兼备的柯之春抓到手呢?伍美娟戗他:臭美!柯之春突然低下头,对伍美娟说:夏儿去水利厅做什么呢?伍美娟回答说:水利厅办公室,工农兵大学生在机关还是很吃香的。柯之春做出少有的举动,从后面将伍美娟抱住,嘴凑到她耳边说:老婆,谢谢你,晚上,我要奖励你。伍美娟侧过头,对他说:谁奖励谁呀?两人会心一笑。

然而,快过年的时候,两人却为文革的事起了争吵。这是很少有的。伍美娟提议,年前接文革回来,一家人陪父母过年。柯之春表示反对。他说:年前接他回来,我爸我妈怎么想?太太怎么想?这个年他们能过好吗?伍美娟问：那你说，我们俩呢？柯之春不假思索地说：我们回葫芦岛啊。伍美娟一急，脸涨得通红，她厉声问道：那我爸我妈呢？柯之春这时才想起伍美娟的爸妈来，正犹豫着，伍美娟又说了：这么多年，我爸妈都是两个人过的，他们不想与我们一起过个年吗？他们只是不说而已，难道我们做女儿女婿的就不应该想到吗？柯之春被伍美娟问得急了，突然冒了一句：这么多年都过来了，还差这一年吗？这下伍美娟生气了，她怒道：这是你能说的话吗？是人话吗？柯之春见她生气，也来气了，说：怎么不是人话？伍美娟眼泪都出来了，说：为人子女，双方都要考虑到，此为人伦，你还是大学生呢！柯之春不甘示弱，说：说到哪里过年，跟大学生有什么关系？伍美娟用手擦了一下眼泪，指着柯之春说：不仅是大学生，亏你还是处长呢，什么境界，什么素质！柯之春火了，骂道：我素质差，你他妈的素质高？伍美娟眼里也喷出了怒火，大声说道：你骂人，农村人的恶习！柯之春火更大了，说：农村人就这样，就这素质，怎么着！伍美娟感觉自己这样与他争吵已无意义，便将面前茶几上的东西一推：这样的日子没法过了！突然站起身来，扑到卧室，砰的一声将房门关上，接着，里面传出她的哭声。

　　柯之春一屁股坐到沙发上，怒道：莫名其妙，无理取闹，胡搅蛮缠！骂过之后，整个人倒在沙发上，大口地喘气。

　　一分钟，两分钟……一小时，两小时……柯之春这才平静下来。冷静一想，他突然反问自己：我这是怎么了？以前从来没有这样过的，我怎么就对伍美娟发脾气了呢？伍美娟只是向我提议要带文革回来过年，她希望陪她的父母过年，人之常情，我为什么要生气呢？她父母也是我的父母，我怎么就没考虑到呢？我明明可以好好向她解释的，我干吗要骂人？我今天真是昏了头了。是我不对，我就得改正；是我不对，我就得想办法弥补。

　　柯之春鼓足勇气从沙发上站起，走到卧室门口，伸手敲门。敲了两下，没反应。柯之春对着门缝向里面喊话：美娟，还在生我气啊？是我不好。又敲，还是没反应。柯之春又喊：我不该骂人，是我不对。说过之后，柯之春站在门口,倾听里面的动静。悄无声息。柯之春重新坐到沙发上,看到地上被伍美娟推下的东西,弯腰拾起,重新放到茶几上,然后点起了一支烟抽起来。这个时候,卧室的门突然开了。伍美娟从卧室里出来了,拎着个包裹气鼓鼓地向门外走。柯之春愣了一会,说时迟,那时快,他猛地从沙发上跃起,将烟扔进烟灰缸,向门口追去。快到门口的时候,他一手将伍美娟揽住,接着双手从后面将伍美娟抱住。柯之春问:你这是要去哪里?伍美娟在他的怀里挣扎,不说话。柯之春知道她要回娘家,抱得更紧了,说:是我不对,是我不好,以后不会了,行吗?伍美娟扭过头,瞪了他一眼,不说话。柯之春又说:我不该对老婆发火,更不该骂人,以后改。伍美娟停止了挣扎,站在原地不动。柯之春松开手,将伍美娟扳过来,上前死死地抱着她。伍美娟将头扭向一边,不想看他。柯之春却嬉皮笑脸地对她说:笑一个。伍美娟笑不出来。柯之春知道她不会再走了,松开手,一手抓住伍美娟的包,一手攥住伍美娟的手,将她拉到沙发边,两人同时坐下。柯之春突然发现伍美娟冷冷的面容很美,就像是冰天雪地里的一枝傲梅,娇柔、妩媚。柯之春目光发直,见伍美娟低头不语,他突然心血来潮,伸手将伍美娟的一只胳膊扳过来,身子向前倾,双手抱着伍美娟的头。伍美娟措手不及,还没有反应过来,就给他吻上了。伍美娟极力挣扎,却挣脱不得,渐渐地失去了抵抗。

　　两人这一吻,就吻了好长时间。柯之春一边吻,一边将伍美娟搂得更紧,在她耳边轻声说道:我们去卧室吧。伍美娟顺从地被他牵引着进了卧室。两人急不可待地上床了。一番肌肤相亲,点燃了两人的情欲之火,浇灭了彼此的愤怒之焰,化解了夫妻之间的隔阂。一个小时后,伍美娟依偎在柯之春的怀里。柯之春说:还是年前把文革接过来吧,我来做我爸爸妈妈还有太太的工作。伍美娟笑了,说:以后不许对我发脾气。柯之春又亲了她一下,说:知道的。

7

　　进入腊月，一场大雪普降江淮大地。雪下了一天，地上积了厚厚的一层，白皑皑的一片。但是，接下来的几天晴日又将厚厚的积雪消融了大半。寒风从冰冻的地面上掠过，刺到人的皮肤，彻骨地痛。

　　葫芦岛上的积雪要比其他地方的消融得慢些。除了那条进来的小路上以及草屋的顶部，积雪仍然是厚厚的，在阳光下晶莹剔透，发出耀眼的光芒。

　　这一年里，柯家又有了喜事：秋儿从上海财经大学毕业，分到北京工作，冬儿以优异成绩从桐城中学考进了中国科技大学。桐城中学，由文学家、教育家吴汝纶先生于1902年创办，是闻名遐迩的中学，是桐城人的骄傲。桐城人有句名言："进了桐城中学，就踏进了重点大学的半个门槛。"桐城中学出人才呗。柯尔蒙夫妻在葫芦岛上为秋儿准备了酒席，乡亲们前来祝贺，葫芦岛再次热闹非凡。乡亲们称赞柯尔蒙、卫秀兰教子有方，"几个孩子长大成人，个个有出息，了不得"。

　　这一年的大年，葫芦岛上的团聚，有三个人缺席，但是却增加了一个人。缺席的是柯之春、伍美娟、文革一家三口，增加的是柯尔明的娇妻丰菊花。

　　柯之春和伍美娟年前接文革回省城过年，是做了一番工作的。柯之春给父亲打电话，说明自己的想法，没想到父亲不仅没反对，反而答应做春儿母亲卫秀兰和奶奶巫竹梅的工作。柯尔蒙说明伍美娟这边的情况后，她们理解了，好在柯尔明、夏儿他们都回来，葫芦岛照样有过年的气氛。丰菊花到葫芦岛过年，柯尔明根本不需要做她的工作。自从结了婚，丰菊花就对柯尔明百依百顺，他走到哪里，丰菊花就跟到哪里。现在，她就挺着个大肚子跟着柯尔明来葫芦岛了。

春节前几天,夏儿背着个黑包回到了葫芦岛。看到李春燕,包都来不及放下,急不可待地蹿到她跟前,一边喊"老婆",一边拉起她的手,亲昵得很,引得满屋子人笑。春天坐在客厅的火桶里,瞪着眼看着他。夏儿这时才想起儿子,连忙走过去抱起他,又举又亲的。李春燕在一旁说:还不叫大大。夏儿纠正她:喊什么大大,叫爸爸,城里都这么叫的。春天喊了一声"爸爸"。巫竹梅坐在火盆边,斜着眼对夏儿说:光知道与老婆、儿子亲近,把我老太太忘了不成?夏儿这才将春天抱给李春燕,上前几步,拉起巫竹梅的手,说:我怎么会把你老人家给忘了呢?说着将背后的包拿到前面,从里面拿出一副眼镜,递给巫竹梅,说:看我给你老人家带什么了。巫竹梅接过,仔细一看,满心喜欢,说:夏儿有心,以前我说过我那老花眼镜不顶事了,他就给我买了新的。冬儿从里面跑出来说:有没有给我带东西?夏儿说:有。说着从包里掏出一支钢笔给冬儿。冬儿笑了。夏儿也给秋儿带了礼物,是一件运动衫。夏儿说:在学校里要加强体育锻炼。秋儿接过来看,很是喜欢。

卫秀兰正在和粉,准备炸圆子。夏儿走到母亲面前,说:妈,告诉你一个好消息。卫秀兰问:什么好消息?夏儿说:我不在学校上班了,在省水利厅工作。巫竹梅和李春燕异口同声问:换了单位?夏儿说:是啊,像大哥一样,在厅里上班,大机关。巫竹梅赞他:好样的。夏儿转身对李春燕说:等我安顿下来,分了房子,我接你和春天过去住。李春燕没想那么远,说:那我的工作呢?夏儿说:接你去,当然在那边要把你的工作解决好。李春燕若有所思,说:大城市哪有适合我的工作?夏儿说:会有的,我想办法。巫竹梅鼓着嘴说:又要走人,谁来陪我老太太啊?卫秀兰一边和粉一边说:孩子大了,终究要走的。妈,我陪你呢。夏儿与李春燕相视而笑。

春节前两天,柯尔蒙回到了家。他带回了一些年货,糕点、火腿、酒等等。他还给家里的三个女人巫竹梅、卫秀兰和李春燕买了几块布,让她们每人做一件新衣。孙子春天瞪着眼朝爹爹憨憨地笑,冬儿走到春天跟前,说:春天,你看着干什么?奶奶不是给你买新衣了吗?这一说,柯尔蒙上前几步将春天抱起,对他说:等你长大一点,我给你买书包。春天傻傻地笑,又咿呀呀地叫,全家人都乐了。

年三十这天,柯尔蒙兄弟俩分别被自己的司机接走。他们要分头慰问战斗在一线的职工。这个一线包括邮政电报厅、广播站、消防队、派出所、供电所、自来水公司等等。慰问结束后,两人回到葫芦岛,天已经擦黑了。卫秀兰等人已将年夜饭做好,就等着他们开席。

缺了春儿一家三口,葫芦岛的年夜饭依然很香,大家欢聚一堂,其乐融融。依旧放鞭炮,照样喝酒。因为喜事连连,柯家今年比往年更是多了一层快乐。席间,卫秀兰突然冒出了一个话题,说:老柯,我告诉你一个人,你可记得?柯尔蒙放下筷子,问:谁?卫秀兰说:郑佩佩啊。柯尔蒙问:她怎么了?卫秀兰说:她已经不干书记了。柯尔蒙说:她不是干得好好的吗?卫秀兰说:她自己提出要求不干的,在位子上待不下去了,天天有人上门骂她,她在"文革"中害了不少人。夏儿愤愤地说:这种人早该开了才是。李春燕插话说:向上级反映她问题的人很多,上级劝她自己请辞更好。夏儿又是不屑地说:她还算知趣。柯尔明插话说:这种人哪想到形势会变化的。柯尔蒙说:何必提她?让她去吧,我们喝酒。卫秀兰叹了一声:也算是应了那句话,"善有善报,恶有恶报"。

吃过年饭,晚上十点钟的时候,柯尔明的司机来接柯尔明夫妇回去。巫竹梅不放心,说:这么冷的天,你和菊花就不要回去了吧。柯尔明说回去放开门鞭,巫竹梅便应允了。卫秀兰连忙从家里拿出圆子、花生、火烘肉,让柯尔明带上。她也给司机准备了一份吃的。柯尔明一一照收,让司机拿着,自己牵着丰菊花的手离开了葫芦岛。

柯尔明走后,巫竹梅瞌睡来了,她再也熬不住了,便上床休息。要知道,她已是过了八十的老人了。她头脑清晰,身体还算硬朗,没什么大的毛病,已是难得。

正月初七,柯尔蒙在葫芦岛的家里请了一桌饭。来的都是本村的人,他们是:亲家老两口李晓铁、春桃,李霜天,龅牙的李晓毛,李惠惠,李明清,傻子等。这些人与柯家最亲近,也总是帮柯家的忙。田里的农活,卫秀兰基本上是包给李霜天等人干的。这顿吃请,算是答谢。为什么要请李明清和傻子呢?柯尔蒙和卫秀兰心里是有数的。李明清是原生产队的老队长,以前是做过一些对不起柯家的事,但都不是主观意识犯错,他是听从老书记李明波的,但他本人确是诚实厚道,觉得自己对不住柯家,找各种机会弥补,帮柯家的忙,这些举动打动了柯家。还有一层,李明清现在已经接替李明波担任湖边村民组的支书,柯家一大家子长期生活在葫芦岛,以后说不定还有需要他帮助的地方。傻子也是,心地善良,虽然有些傻,但心里明白,帮柯家从不求回报。傻子傻,但对柯家是有恩的。傻子每次到葫芦岛,总是希望见到春儿,两人是竹马之交。但是,春儿在城里工作,很少回来,有时回来了也不一定能见上面,傻子虽然很失望,但仍然不忘初心,仍然盼望着。这顿饭,柯尔蒙原本也要请李明波支书的,但卫秀兰坚决反对。在这片农村天地,有两个人她是不能原谅的,一个是郑佩佩,一个就是李明波。郑佩佩直接伤害了她的丈夫,而李明波却是伤害了她自己。这是原则,不能原谅。

  这一顿饭,更多的是在礼节性的层面。但是,李霜天等人对柯尔蒙夫妇却是心存感激的。柯尔蒙是国家干部,却为人朴实,心胸坦荡,也没有任何架子,与他相处不需要任何的设防。他们愿意与他交往,倾听他关于政策方面的信息。李霜天说:去年,我种了甘蔗和菜瓜,还真不错的,今天我准备扩大面积再种。柯尔蒙说:中央鼓励农民致富,只要是合法的、不坑害人的,你做什么都可以。李霜天等人笑了。

  李霜天等人走后,卫秀兰坐到丈夫的对面,说:去年我们家的收成也不错,除了吃的用的,还攒了不少的钱。柯尔蒙说:这都是你持家的结果,辛苦了。卫秀兰说:再攒一年,我们就可以将这几间草屋改成一座砖瓦房了。柯尔蒙冲卫秀兰竖起了大拇指。

  出了正月,星期天的时候,柯尔蒙又回到家。他帮卫秀兰忙了一阵活,就听见外面传来吵闹声,声音越来越大。柯尔蒙和卫秀兰走到草屋前,见河那边有一群人在大声喧哗,像是群体的骂架。声音不大,是传不到葫芦岛来的。卫秀兰说:去看看,怕是要打架了。柯尔蒙二话没说,就向河边奔去,卫秀兰将春天放回家,也跟着去了。

河边聚了好多的人,村子里不断有人向这里奔跑。确实是在吵架,那声音嘈杂尖厉,一句盖过一句。柯尔蒙挤进人群,突然有人高喊:柯主任来了。声音顿时停息。吵架的人群形成对峙的两派,一派是以李晓发为代表的人群,李晓发的后面站着齐眉、李春民等人,足有七八个;另一派以李晓群为代表,男男女女也有七八个人。这两派人马面对面,气势汹汹,他们手里都拿着锄头、扁担、铁锹之类的农具,大有要冲向对方阵营的架势。这时,李明清走到柯尔蒙面前,说:为水的事,我正在劝呢。很显然,他根本劝不住。人们将目光投向柯尔蒙,并让出一条道,柯尔蒙和卫秀兰走进人群。柯尔蒙大声说:有话好好话,吵能解决问题吗?现场沉默,谁也不说话。李晓发和李晓群虎视着对方,两人眼里布满了血丝。柯尔蒙接着说:我以前当过这个村的文书呢,你们信任我的话,说来听听,我看谁有那么大的理。

李晓群发话了。他指着李晓发的鼻子,吼道:他狗仗人势,仗着自家的农田离河近,放水方便,却不顾别人家的农田也需要水。李晓发不甘示弱,喊道:你才狗仗人势呢,你家农田需要水,也不应当从我家农田过啊,你想让我家的农田成汪洋泽国啊?两人你一句我一句,针尖对麦芒,锄头对扁担,对骂了好一会,柯尔蒙才算听清楚他们吵架的原因。原来春天到了,田里需要放水,而放水只能引河里的水。李晓发家的田离河最近,隔着就是李晓群家的田。李晓群要给田里放水必须经过李晓发家的田。李晓群找李晓发商量,李晓发一百个不同意。因为他家的田已经放过水了,如果李晓群放水经过他家的田,那田里不仅涝到荒,水渗透到底层,再次浸泡,定是淤泥,而且田被水一冲,对田埂也是破坏。李晓群碰了一鼻子灰,非常生气,心里骂道:好你个李晓发,这种成人之美的事你都不做,对你家的田也没什么大的损耗,更不影响春耕春种,你就这般无情。李晓群明的不行就来暗的。到晚上的时候,李晓群趁人不注意,一个人悄悄地去了河边,偷偷地将李晓发家的田埂挖个缺口,给自家的田里注水了。放了半夜,他家的几亩田基本上都注了水。接着他将田埂复合。到了第二天,李晓发来到田边,很快就发现有人在他的田边做了手脚,一看李晓发家的田,气不打一处来。他拿起锄头就将李晓发家的田埂挖了一个口。李晓发家田里的水开始流向其他家的田。李晓发来到田里,两人这就杠上了。

　　两人自说自的理,听不进对方的理,互相指责,直到开骂。柯尔蒙大声说:听你们这么一说,我看都在理,也都不在理,这么简单的事有必要大动干戈吗?两人声音小了些,但还在骂,人群里李惠惠突然说:你们少说两句,听柯主任说好不好?全场鸦雀无声。柯尔蒙接着说:我说晓群,你偷偷放水是不对的,确实对人家农田有破坏性影响。你放了水之后,又没有对人家的田采取补救措施,难怪他要生气。但是,话又说回来,晓发你也不对,人家找你商量要求过个水,也不是什么大不了的事,你就让他过一下又如何?对农田的损坏你们可以商量补救的啊。大家的田都挨着,除了天上下雨,只有等着河里的水灌溉了,大家为什么不能体谅一点,多为别人家考虑呢?柯尔蒙说过之后,李晓发说:那他把田埂破坏了怎么算?柯尔蒙说:怎么算?你们可以协商着算啊,非要吵骂吗?李晓发不作声了。柯尔蒙停了一会,寻思着转过身,对李明清说:明清支书,我看这样你觉得如何,为长远计,这事需要组里来解决,大家商量着在这片农田及周围修建沟渠,沟渠与河相通,用于调节水源,向农田供水,这样,每家都能享用。李惠惠第一个响应,说:这主意好。柯尔蒙接着说:这需要大家体谅,为修沟渠,有可能谁家的田要让一点地方的。但是,你让一点,你获得的收益会更多。至于沟渠,组里统一规划好。李明清支书接着说:我看这个方案好,你们说呢?人群里一些人随声附和。李晓发和李晓群互相瞪了对方一眼,低下了头。柯尔蒙看了李晓发和李晓群一眼,知道他们再也吵不起来了,便对李明清说:这事交给你了。说着,和卫秀兰一起转身往回走。人群中有人调侃说:还是柯主任有办法,这下你们不吵了吧?柯尔蒙和卫秀兰走后,人群渐渐散去。一场即将爆发的冲突就这样被消灭在萌芽状态。

8

柯尔明已经与邹天香没有任何关系了,但是,邹天香的不幸遭遇传到柯尔明耳里后,柯尔明仍然心中一凝,五味杂陈。

邹天香的男友柴达开将柯尔明打了一顿之后,被关进了监狱,一服刑就是一年。一年之后,他出狱了,并如愿以偿地与邹天香结了婚。但是,他们的婚姻生活并不如意。柴达开过去是郊区的民兵骨干,后调至县人武部工作,是邹天香父亲邹启环的手下,后邹启环离开人武部当县领导,柴达开做到连级职务。但是,柴达开打了柯尔明之后,因为服刑,工作就没有了,他成了无业游民,邹启环不要说身在安庆够不着,就是拐了弯想帮忙也解决不了柴达开的工作的。邹天香念他过去对自己不错,又在她与柯尔明闹腾的关键时候安慰她、关心她,现在见他这样,不忍离弃,也是想气气柯尔明,便毅然决然与他结婚。结婚大半年,邹天香身体也无动静。柴达开想要一个自己的孩子,却一直无法如愿,中间还夹了一个柯之堂,他很不是滋味,横挑鼻子竖挑眼。邹天香为了顺应他的想法,特意将柯之堂的姓改了,叫邹之堂,但是意义不大,柴达开想要自己的孩子,这邹天香如何能满足得了他?柴达开脾气不好,易冲动。冲动是魔鬼。柴达开没有工作,常生闷气,两人开始经常吵架。为扭转这种局面,邹天香通过关系,在县城农货市场给他找了个摊位。一开始柴达开兴致很高,也赚了一点小钱,但是,他哪里是做生意的料,两个月下来,他嫌赚钱少,又脏又累,更是拉不下面子,便放弃了。一个大男人整天闷在家,再好的女人也是无法忍受的。于是,家中时常弥漫着火药味,争吵升级,接着是动手打架,幸亏打得不算严重,无伤大雅。婚姻不幸,邹天香没少哭过。柯尔明得知这种情况,心里能好受吗?毕竟是曾经的夫妻。

是谁把邹天香的近况告诉柯尔明的呢?是一位在县委机关工作的姓管的老大姐,柯尔明以前认识,叫她管大姐。管大姐原是邹启环的手下,与邹天香很熟,现在没少关心邹天香。管大姐说:按理,我是不应该将她的情况告诉你的,但是,我实在揪心,谁想到她会这样?柯尔明心一凝,回到家,辗转反侧,夜不能寐。第二天,他就打电话给管大姐,让她到办公室来一趟。管大姐到办公室,柯尔明将随身携带的500元钱递给管大姐,说:你交给天香吧,叫她把孩子带好。管大姐很激动,迟疑了一会,便收下钱,转身走了。

柯尔明同情邹天香,也是为邹之堂考虑,他接济他们,是希望改善他们的生活,减少家庭的纷争。但是,邹天香的不幸岂是钱能够慰平的?柯尔明接济她,也只能求得一丝丝心理上的安慰。

柯尔明这边,柯之华出生后需要人照料,丰菊花推荐了自己的母亲。丰菊花的母亲戚晶本来就没有正式工作,是郊区医院的合同工。为照顾女儿及外孙女,戚晶先请了一个月假。一个月假到期时,丰菊花留她,说:医院的工作又脏又累,也拿不到几个钱,我这里需要人,接着住这吧。丰菊花的母亲戚晶就住在这了。当时戚晶来请假,医院才想起她是县委副书记的岳母,现在请假,是不是闹情绪?结果,院领导一商议,就将戚晶在医院的正式工作解决了,她成了医院的一名正式职工,这样,她可以一边吃空饷,一边继续照顾女儿和外孙女。医院睁一只眼闭一只眼,医院不催,戚晶就一直住在学堂巷的老屋了。这样一来,柯尔明的经济负担加重了。

为增加家庭收入,丰菊花突然想到了一个好办法。丰菊花对柯尔明说:家里摆了这么多的烟酒等物品,应该及时处理掉。柯尔明问:怎么处理?丰菊花说:可以卖的。柯尔明有些吃惊。这些礼品都是各方面关系户送的,怎么可以卖呢？丰菊花说：我们可以将它们拿到个体摊贩那里卖啊。柯尔明仍然疑虑，问：个体摊贩？让人知晓，岂不是笑话？丰菊花神秘地一笑，说：这个你放心，又不要你出面，也不要我出面，你稳稳地坐在家里数钱就行。柯尔明直视着丰菊花，希望尽快从她那里得到答案。这时，坐在一旁怀抱华儿的戚晶接过话茬对柯尔明说：她是说，她那个舅舅，是做烟酒个体生意的。柯尔明恍然大悟，略一思考，这是两全其美的好事，心里还佩服起丰菊花来，便一口应允。

时间过得总是很快，秋天的时候，戚晶已经在学堂巷的老屋住了半年多。华儿已是半岁。这期间，戚晶回自己的老屋一趟，她带回来一个不好的消息：她家的房子出了问题。这座建于60年代的土基平房，其中的一面墙上突然裂了一条长缝，很危险。母亲说给女儿听，丰菊花心里就像塞了一团棉絮，堵得慌。丰菊花说：现在郊区很多人家都建起了砖瓦房，我们家的房子也该翻建了。柯尔明在一旁附和着说：是该翻建了。

柯尔明这话附和得轻巧，要知道，翻建那座老屋，丰菊花家的经济力量远远不够的，柯尔明不支持怎么行？这些天，丰菊花在柯尔明面前极尽娇媚之态，柯尔明觉得浑身酥麻，他不能不表态了。他对岳母戚晶说：建新房还缺多少钱？我们出。戚晶虽然是他的岳母，但是与他差不多大，他嘴里的"妈"字从来都是说不出口的。戚晶和丰菊花听了，甚是激动。

丰会计夫妇一盘算，就将建新房的事交给了戚晶的弟弟戚喜。戚喜，也就是丰菊花的舅舅，受宠若惊，求之不得。经过半个月的规划、评估，戚喜将方案拿到姐夫姐姐面前。姐夫问：要多少钱？戚喜说：两万元。丰会计和戚晶大吃一惊，说：三间砖瓦房加一个小院子要两万块，你叫我到哪弄钱去？80年代中期，盖几间砖瓦房没有两万元是不行的。戚喜灵机一动，提醒姐姐姐夫：你让菊花想想办法吧。当丰菊花将预算报给柯尔明时，柯尔明也是大吃一惊，说：我们到哪里弄这么多钱？我所有的积蓄都不到一万元，这怎么办？丰菊花第一次听说自己的丈夫有这么多的积蓄，已是很欣慰的了。她说:总会有办法的。接着,丰菊花帮柯尔明想出了几条办法,居然被柯尔明一一采用。柯尔明工作过的长岭乡有一个砖瓦厂,柯尔明亲自给长岭乡的书记打电话,说老婆家建房子,弄点砖。砖很快就运到了郊区,价位便宜得不能再便宜,象征性收取一千元。而屋顶和院墙上的瓦,是在郊区的一家瓦厂购买的,因为是柯书记打的招呼,厂里哪敢多收钱?一千元足矣。不到两个月,一座四间连体的砖瓦房外加小院建起来了,所有的花费还不到六千元,其中还包括丰菊花的舅舅从中净得的一千元。丰菊花专门带柯尔明回去看了一次新房,她喜上眉梢,对柯尔明说:我代表我爸我妈谢谢你。柯尔明受不了她这番感谢,当即又从公文包里掏出一千元,递给丰菊花,说:这个给你爸妈,让他们添置些家具什么的。丰菊花又是感激,要不是有父母在附近,她肯定要上前啃柯尔明几口呢。

柯尔明慷慨解囊,少不得丰菊花满嘴地灌蜜汤。岳母对他也是赞赏有加。柯尔明心花怒放,在家有一种主人般的荣光。丰菊花对他的褒奖不仅仅表现在口头上,而且是付诸行动的。她投桃报李,主动求欢。柯尔明怎能与如狼似虎、如饥似渴的丰菊花比拼,未试牛刀就败下阵来,筋疲力尽,苦不堪言。

第二天,柯尔明强打起精神去上班。临近中午,他拖着疲惫的身子回到家。他刚一进门,柯尔蒙却拎着个包幽灵般地从外面走了进来。戚晶看见他,客气地打招呼。柯尔明有些吃惊,连忙将华儿递给丰菊花,示意哥哥坐,说:正好,一起吃饭。柯尔蒙上前拉了一下华儿的小手,逗她一笑,然后与戚晶打声招呼,就在桌边坐了下来。柯尔明问:喝酒吗?柯尔蒙摇摇头。

吃过饭后,戚晶将碗筷收走。柯尔蒙对弟弟说:我有事与你商量。说着,两人起身来到柯尔蒙过去的房间。

柯尔蒙的房间里堆放了好些物品,只有两张椅子周围留下点空间,房间倒是很整洁。两人坐下,柯尔明问:何事?柯尔蒙将公文包放在椅子后面的墙边,说:听说菊花家建新房了?柯尔明回说:是的。柯尔蒙说:我听说你为他们家做房子前后张罗,费了不少的力。见哥哥说话严肃起来,柯尔明抬起头看着哥哥,说:她家的事,我得张罗。柯尔蒙突然阴沉着脸,说:人家盖这样大小的房子需要两三万,而你只花了几千元,为何这么便宜?柯尔明正要说话,柯尔蒙摆摆手,说:因为你是县领导,县领导打声招呼,下面哪有不给面子的?这不是工作,这是私利,是不应该的。柯尔明想为自己争辩,那些建材都是花钱买的,只不过便宜一些,但是,话正要出口,就被柯尔蒙顶了回来。柯尔蒙质问:为何便宜?如果你不是县领导,能便宜这么多吗?柯尔明被哥哥问得有些紧张了,突然冒了一句:你是怎么知道的?柯尔蒙说:我怎么知道?县城就这么大,我知道不正常吗?柯尔明低头不语。柯尔蒙说:这是以权谋私,知道吗?以权谋私不是我们家的传统,我过去在下面担任职务时,也有过为人走后门之事,我现在想起来都后悔。柯尔明感到有些委屈似的,说:现在风气就是这样,谁不想找关系?丁小超的小舅是糖烟酒公司的小经理,你去看看县委招待所,还有县委机关用酒,都是从他那进的,他一年提成多少?柯尔蒙说:人家以权谋私是人家的事,我们何必要向人家学?柯尔明无语。

柯尔蒙拿起公文包,站了起来。柯尔明问:你休息一会再去单位吧?柯尔蒙摇摇头,往外走。走到门口时,突然想起什么似的转过身,对柯尔明说:你要提醒一下菊花的舅舅,他在外面经常夸与你的这层关系,帮姐姐家建了新房也值得自吹自擂吗?柯尔明大惊,我说哥哥怎么知道岳父母建房之事,原来都是菊花的舅舅自吹自擂传到哥哥耳里了。正疑虑间,哥哥已经过了房间,出了老屋。

柯尔明在哥哥面前极为难堪,憋了一肚子的气,哥哥走后,这气就要对丰菊花撒出来。柯尔明回到客厅,对丰菊花说:你将华儿交给妈,我有话说。丰菊花忽闪着两只大眼,看着柯尔明,将华儿抱向母亲住的房间。不一会,她随柯尔明进了卧室。她一进来,柯尔明就将卧室的门关上。丰菊花好奇地问:孩子她大伯来说什么事了?柯尔明拉下脸,没好气地说:你们家建新房,怎么外面都知道了？丰菊花回应说:知道了不是很正常吗？房子又不是钱包,需要藏着。柯尔蒙说:他们知道是我帮忙做的,还正常吗？丰菊花不知道他要说什么,只好顺着他的话说:你是我们家的女婿,有什么不正常吗？柯尔明愤愤地说:正常个屁！外面说,你们家建那么大的房子只花了几千元,是全县的奇迹,你觉得正常吗？丰菊花悟出了柯尔明话中的意思,说:你怎么这样说话？外面又怎的知道？柯尔明直视着丰菊花说:你好意思问我,你应该问问你那宝贝舅舅,如果不是他在外面胡吹瞎擂,人家怎么知道你家建房子花多少钱？丰菊花考虑到母亲在,不想顶撞他,便说:他也许与朋友一起喝酒,无意中说了,这也没什么。这下柯尔明有些愤怒了,说:没什么吗？你不怕人家说我以权谋私？你叫我这个副书记的脸面往哪搁？丰菊花觉得柯尔明为了这点小事小题大做,反戗道:我舅舅不说,那砖窑厂的人不说吗？那长岭乡的领导不说吗？若要人不知,除非己莫为。柯尔明听了这话,气血上涌,大声说道:你现在又说出这样的话,你简直不可理喻！两人就这样,你一言,我一言,硝烟缭绕,层层升级。

　　戚晶听到卧室里传出的吵闹声,抱着华儿冲到门口,欲敲门又止。她在门口徘徊,就听见丰菊花在里面说:这些钱就算是我家借你的又如何？表面上是支持,其实心里藏着怨气,现在又借题发挥,不可理喻的是你。柯尔明反唇相讥,骂道:我不可理喻,当初要是知道你那么有心机,我真是瞎了眼。丰菊花不甘示弱,戗他:还好意思说当初,当初是谁嬉皮笑脸在我身边转悠？是谁口若悬河天花乱坠吹自己如何如何？要不是知道你是单身,又这般地表现,我真是瞎了眼看上你。柯尔明怒道:现在说看不上还来得及,看不上就滚。丰菊花声音再次抬高,喊道:凭什么我滚？要滚的是你。戚晶在门口正发愁时,华儿突然大声哭起来。接着,戚晶听到里面传出女儿丰菊花的哭声。戚晶心急如焚,不知如何是好。

　　这个时候,卧室里死一般寂静。戚晶以为他们冷静下来,很快就会走出卧室,便抱着华儿离开门口,走到客厅里。华儿刚刚止哭,戚晶转过身,突然看见卧室的门开了,只见柯尔明气鼓鼓地拎着个包从卧室里走出,那门就着他的手劲砰的一声关上。戚晶正要上前说话,却看到柯尔明满脸怒气,径直向门外走,理也不理她,很快就消失得无影无踪。

柯尔明愤而离家,他当然有他的住处,他去了自己在县委大院里的宿舍。

柯尔明摔门而出,丰菊花一个人坐在床头号啕大哭。戚晶抱着华儿开门进入。华儿见母亲大哭,随声也哭。丰菊花直起身子,将华儿抱入怀里,两人哭成一团。戚晶在一旁不说话,任由她们哭。过了好长时间,丰菊花和华儿同时抽搐,然后抬起头来。戚晶这时才说:他出了那么多的钱,你还不给他说出来?你原来是很温顺的。丰菊花一边擦眼泪一边说:我受不了他那架势,我不想跟他过了。戚晶劝道:夫妻吵架是正常的,何必要说这样的话?我和你大大也是经常吵架的。戚晶从丰菊花怀里抱过华儿,并对华儿说:走,外婆带你到外面玩,让妈妈休息一会。戚晶走后,将卧室的门关上,留下丰菊花在卧室。丰菊花一个人坐在床头,想起刚才的伤心事又哭,哭过之后心里憋气,感觉却很累,便靠到床头,不一会便睡着了。

这是他们结婚到现在第一次这么激烈地争吵,而且丰菊花的母亲戚晶在现场。丰菊花心里憋屈,觉得柯尔明这是小题大做,借题发挥,不该讥讽她舅舅,并对她粗声粗气,他从结婚到现在不是这样子的,现在他变了。她却没想到,华儿大伯柯尔蒙的提醒戳到了柯尔明的痛处。柯尔明向丰菊花提醒,丰菊花却不以为然,这是他柯尔明无法忍受的。

丰菊花这一觉睡了一个多小时。戚晶将华儿哄睡了,轻轻地推开丰菊花卧室的门进来。丰菊花睁开眼,无力地看着母亲。戚晶说:你不上班了?丰菊花仍然有些气,说:上什么班?戚晶坐到丰菊花身边,说:夫妻床头吵架床尾和,你去找他一下,劝他回来。他是领导干部,拉不下架子的,你小,你主动一点。丰菊花听母亲这么一说,旧气未消,新气又起,说:我去找他?怎么可能?他是领导干部,拉不下架子?我看他架子有多大!她停顿了一下,喘了一口气,接着说:当初他不是架子大吗?怎么就乖乖地放下身段,上门提亲了?戚晶眉头紧皱,说:你别那么任性了,居家过日子,需要互相体谅。丰菊花没好气地说:我体谅他,他体谅我了没有?他体谅你了没有?他朝我发脾气,就当你不存在似的,他是做给我看的,还是做给你看的?戚晶苦着脸,看了女儿一眼,摇摇头,不说话了。丰菊花余气未消,说:如果这次我依了他,那他的气焰岂不是更嚣张?那他以后岂不是要骑在我头上,骑在我们家的头上了?戚晶又摇摇头,瞪了女儿一眼,站起身来,说:你就是这脾气,任性。然后叹了一口气,走出了卧室。

丰菊花在家生闷气,连假也没请,就不去上班了。但是,柯尔明气是气,却没影响工作。他愤而从家离开后,径直来到自己在县委大院的宿舍。自从结婚到现在,他就没有在这里住过,只是偶尔在此午休。现在他要将这里作为他的住处了。下午一到办公室,任小辉敲门而入,将一份传阅的文件放到他桌上。要是平时,柯尔明看到任小辉,定会热情地与他打招呼,因为任小辉是丰菊花的姨父。但是现在,他却没有了这份亲近感。他脸色阴沉地"嗯"了一声,便将文件拿起。任小辉走后,柯尔明突然觉得这个人很讨厌。当初,丰菊花一步一步紧逼我,说不定就是他的主意。这家伙表面温和、顺应,说不定就是一个人前笑脸内心暗藏杀机的人。

柯尔明拿起文件看了不到一半,就再也看不下去了。他的心由任小辉转移到丰菊花身上。人在生气的时候,是不会想到对方的好处的。现在丰菊花在他眼里成了一个有心机、蛮不讲理、任性、自私的女人。人说,有的女人旺夫,而有的女人却克夫。丰菊花这样的女人,看似娇媚,内心却冷僻孤傲;看似温顺,骨子里却任性,唯我独尊,敬你一尺,是要回收一丈的。柯尔明心想:我与丰菊花的结合,也许就是一个错误。

柯尔明想着丰菊花就来气,直到电话铃响,他的思绪才被打断。电话是县公安局局长梁卫华打过来的。梁局长在电话里提醒,枞阳县公安局局长带队来桐城公安局参观考察,原计划柯书记下午五点前过来接见的。柯尔明这才想起来。中午与丰菊花吵架,正在气头上,把这事给忘了。他告诉梁局长,现在就过去。放下电话,柯尔明找了一份县公安局最新上报的情况汇报浏览了一遍,便离开了办公室。

一连几天,柯尔明都没有回到学堂巷的老屋。他与丰菊花进行了一场空前的冷战。两人都在试探对方的心理承受能力。吵架的第二天,丰菊花就正常上班了。她要装作什么都没发生一样。丰菊花与柯尔明都在县委大院里上班,只是隔了一栋楼。柯尔明上班、开会、外出参加活动,两人同在一个大院里居然几天照不上面,这让丰菊花既生气又担忧。生气的是,他居然这么多天不回家,就是不念夫妻之情,也应该回去看看女儿;担忧的是,他是领导干部,是众人瞩目的焦点,也是女青年追求的对象,更何况他还有一个前妻,时不时地搅上一局。丰菊花在办公室里无心事务,时不时地走到窗前眺望前面那栋楼。她自然看不到柯尔明在办公室里的动静,但是,她可以看到柯尔明出入那栋楼的情景。她希望看到柯尔明,她想看到他的神态,以及脸上的表情。但是,那栋楼一切如常,就是不见柯尔明的身影。办公室的同事奚落她:晚上看不够啊?但是,很快县委大院的人就知道他们两人分居了。两人是不是吵架了?不然怎么可能不住在一起呢?清官难断家务事。

丰菊花下班回到家,看见舅舅戚喜坐在客厅沙发上悠闲地抽着烟,微微一怔。戚喜看见丰菊花,立即坐正,将吸了大半的烟按在烟灰缸里掐灭,冲丰菊花一笑,欲站起又坐下。丰菊花见到他,气不打一处来,哪里还有好脸色?她与柯尔明闹到现在,皆是因他而起。以前她就对这个舅舅没有好感。这个舅舅整天游手好闲,到处惹事,还经常搜刮他们家的财物。丰菊花没好气地说:你怎么来了?要是平时,她准是叫一声"舅舅",现在她觉得没有这个必要。戚喜并没在意丰菊花的表情,满脸堆笑说:我是来收烟酒的。丰菊花将包挂在客厅的墙上,转过身对戚喜说:现在没有,有的话再通知你,你也不必主动来取的。现在家里自然断货了。柯尔明不在家住,送礼送不到家里来的,柯尔明也不会将礼带回家的。戚喜顿生疑虑,说:我的店都快断货了。丰菊花正色道:我这又不是批发市场,你的店断货,就一定要找我?戚喜一惊,接着满脸堆笑,讨好似的说:从这进货便宜一些,算是你照顾老舅。丰菊花听舅舅这么一说,反而生不起来气了。这时,戚晶抱着华儿从里屋出来。丰菊花与弟弟的对话,戚晶已然听得明白,她也知道丰菊花心有怨怼,便插话说:我刚才已经狠狠地训他了,以后在外再也不会口无遮拦了。戚喜又是赔笑,说:是啊是啊。丰菊花原打算向舅舅提这事的,经母亲这么一说,也就作罢,便说:也没什么,注意点就是。接着,几个人围坐在桌边吃饭。吃过饭后,戚喜离开饭桌,从客厅的沙发上提起包,对丰菊花说:我把钱给你。这是丰菊花最近托舅舅销烟酒的钱。丰菊花看了舅舅一眼,说:你放在桌上吧,喝点茶再走。戚喜将钱从包里拿出,放在桌上,对丰菊花说:这是八百块,你点点。说着,逗两声华儿,走了。

  丰菊花虽然上班,但心中的阴影挥之不去。晚上回到家,家里少一个人,她总感觉有半边墙已然倒塌。没有嬉闹,没有交流,没有温情,没有床笫之欢,她的生活枯燥无味。特别是作为少妇的她,更是不能失去男人的爱抚。而这些,柯尔明竟然无情地带走了。夜深人静的时候,丰菊花一个人躺在床上,思前想后,辗转反侧。她看着天花板,暗暗说道:我不能这般地折磨自己,我得有所行动。这个男人,你如果不给他点颜色,他会认为你一直不存在。

  丰菊花终于忍不住,在一个阴雨绵绵的上午,突然来到柯尔明办公室。柯尔明正在看报纸,看到丰菊花,大吃一惊。丰菊花面无表情,站在柯尔明面前一言不发。柯尔明有一种本能的预感,觉得丰菊花来者不善。当初丰菊花逼他成亲,到他办公室时,也是这种愤懑而又隐忍的表情。两人意味深长地对视着,就像两只决斗之前的公鸡,眉头紧皱,眼神凝聚,毛发竖起,做战斗状,但是,他们谁都不愿意先发起进攻。丰菊花第一个收回眼神,低下头又重新昂起,不温不火地说:你打算不回去了是吧?柯尔明脑子转得很快,他在分析丰菊花这句话的意味。她是以这种方式来委婉地表达希望我回去,还是就此与我摊牌?

柯尔明不温不火地回她:有话直说。他将球踢给了丰菊花。丰菊花是有备而来,她冷冷地说:我只是来问你,是不是不打算回去了?柯尔明脱口而出:你应该向我道歉。丰菊花突然笑起来。笑过之后,她瞪着柯尔明说:那你就死了这条心吧,我永远也不会给你道歉的。柯尔明愤愤地说:那你就没必要到这里来。丰菊花冷笑一声,说:你以为我到这里来,是向你道歉的吗?说着,她停顿了一会,环视室内,接着说:我到这里来,只是问你可打算回去了,现在我知道了,你等着吧。说罢,看也不看柯尔明一眼,转身向外,砰的一声将门带上,从柯尔明面前消失了。柯尔明愣在那里,觉得莫名其妙。她今天来这干吗?她并不是来求和的,而是给我下马威,提出警告。她是来威胁我。她的老毛病又犯了?又要将过去那一套拿出来使不成?过去是过去,难道现在我还怕了不成?

柯尔明与丰菊花交锋时,原以为丰菊花会拿女儿华儿来感化他,但是丰菊花只字未提女儿,这让柯尔明觉得不可思议。她为什么不提女儿?难道她认为我不念父女之情吗?女儿是我的心肝宝贝,也是我的唯一,我能不想她吗?但是,丰菊花却不提。她如果提了,也许我念父女之情,态度就会软化。如果她态度好些,我也许就会顺台阶而下,考虑回去。但是,她这个样子,我怎么可能回去呢?

一连几天,相安无事。柯尔明想女儿想得很,考虑什么时候回去看一下女儿。女儿那么可爱,他已经有一个月没看到她了,作为父亲,这是很不应该的。这个时候,他也开始有点想丰菊花了。想丰菊花,既是本能的需要,也是夫妻的名分。丰菊花性格冷僻,任性,但也有她的优点。她好的时候特别温顺,唯柯尔明马首是瞻。这一次离家出走,我也有错。我为丰菊花家花了那么多的钱,好事都做了,却又心里不甘,落得个吃力不讨好的境地。另外,夫妻吵架,也不可以离家出走的。别说我是领导干部,就是老百姓,也不至于如此。丰菊花是不可能请我回去的,因为是我自己离家出走的,又不是她撑我走的。唉,我是领导干部,要有素质的,不要与女人一般见识。大丈夫,能伸能屈,从哪里来,就回到哪里去。那地方是我的家,我回到自己的家名正言顺。

柯尔明想着第二天回家的事,但是,第二天他一到办公室,推开门,就看见一封落在地上的信封。柯尔明拆开信封一看,大吃一惊。信上就几行字,极为醒目:如果你两天之内不回家,我第三天便将华儿丢在县委大院的门口,在她身上贴一张纸条,上面写"柯尔明之女",一切后果由你承担。柯尔明看完愣了。好你个丰菊花!我以为一连几天你没反应,会感念夫妻之情分、家庭之温暖,回心转意,没想到你会来这招狠的。柯尔明一怒之下,将信撕得粉碎。然后,他一屁股瘫坐到靠椅上喘息。

柯尔明想都不会想到丰菊花会使上这一招。她要是真将华儿丢在县委大院门口如何是好?别人知道她是我柯尔明的女儿,有人生没人养,岂不是将我的脸面丢光?丰菊花被逼急了,是会做得出来的。她豁出去了,我哪里丢得了这个人?丰菊花啊丰菊花,你真够厉害的,什么都做得出来。

经过一番思想斗争,第二天下午,柯尔明还是乖乖地回到了学堂巷的老屋。一进门的时候,丰菊花的母亲戚晶笑脸相迎,并教华儿喊"爸爸"。华儿看了一眼柯尔明,开口喊了一声"爸爸"。柯尔明很激动,丢下包,将华儿抱起。不一会,丰菊花下班回到家,看到抱着华儿的柯尔明,抿着嘴笑了。柯尔明看到她,没好气地转过身去。他不想理丰菊花。丰菊花倒一点也不在意,将包挂在墙上,问母亲戚晶:妈,饭可好了?戚晶回她:饭好了。接着,戚晶和丰菊花到厨房端菜端饭。戚晶喊柯尔明吃饭,柯尔明坐上桌。他与丰菊花近身无语,倒是和岳母戚晶说了几句话。

吃过饭后,柯尔明一个人坐在客厅里看书。丰菊花和母亲将华儿洗了后,哄她睡觉。现在,华儿又跟外婆睡了。丰菊花洗了一把,便进了卧室。客厅里顿觉安静,没有人理会柯尔明。柯尔明心不在焉地看了一会书,顿觉无趣,便也起身洗漱,然后进了卧室。

卧室里,丰菊花闭目躺在床上,身上盖了床单,身体凹凸分明,颇有几分诱惑。柯尔明骨子里隐忍的欲望终于爆发,他突然侧过身,将丰菊花身上的床单掀起,然后整个身体贴近。丰菊花要的正是这效果。

9

中秋节前一天,章化雨悄悄地给柯之春送了两条烟。这是章化雨第一次送礼,也是柯之春第一次接受同事的礼物。

章化雨用报纸将两条烟包在一起,放在柯之春面前的桌子上。柯之春手一挥,说:你拿回去吧,不必这样的。章化雨说:我的一点心意,过节嘛。说过就走了。

这个中秋节,柯之春是与伍美娟、文革一起陪岳父母过的。不久便是国庆节,伍蓝天提议去黄山度假过节,柯之春不能不响应。

一大早,一辆中巴就停在了省长楼前。一位中年男人下了中巴,走到省长楼的出口,看到伍蓝天等人从家中出来,连忙上前帮忙拎包。柯之春推着个行李箱,伍美娟拉着文革,他们随伍蓝天夫妇上了中巴。在车上,柯之春才知道,刚才下车迎接他们的是省政府副秘书长盛有为。

一路顺畅。过了长江轮渡,盛有为安排在铜陵一家酒店吃过饭,下午四点钟到黄山。在国际大酒店门厅,早有三个人站在大门前迎候,这三个人都是地区的领导:郎书记、魏专员还有涂秘书长。伍蓝天与他们打招呼,说:不是说不要惊动你们吗?杜若溪等人依次下车,与他们打招呼。郎书记亲自送伍副省长和杜若溪上楼,柯之春等人由涂秘书长安排。

柯之春、伍美娟及文革住的是商务套间,里面有一张大床,外面是单人床。柯之春指着外面的小床对文革说:你晚上就睡这。伍美娟说:我晚上带他睡吧。柯之春怼她：他多大了，你还带他睡啊。柯之春说这话是留了心的。这么好的环境，他哪能不与伍美娟亲热一番呢？

他们在房间稍事休息，便被郎书记等人接到一家徽菜馆。这家徽菜馆门庭若市，生意火爆。

待伍副省长几个人坐定后，郎书记提议喝五粮液。伍蓝天说：那就来一点。于是，服务员将两瓶五粮液打开，分别给伍蓝天等人倒上。杜若溪说不能喝，伍蓝天劝她：美景佳酿，喝一点吧。杜若溪才将杯子接住。柯之春喝酒是不好推辞的，伍美娟执意不喝，她和文革喝饮料。伍蓝天兴致很高，与大家谈笑风生。不到一小时，两瓶酒喝得精光。郎书记建议再开酒，伍蓝天制止了。饭后，郎书记三人将伍蓝天一行送往宾馆休息。杜若溪连声说谢，挥手告别。

接下来，他们上黄山，并去了一趟歙县，共四天，郎书记、魏专员和涂秘书长全程陪同。早上的时候，他们是从歙县出发赶往合肥的。郎书记为表达对伍副省长的敬意，特意将随车带的几份礼品相送：黄山顶级毛峰六斤及五指砚三套。这两件物品，也有盛有为的份。一趟黄山行，柯之春与伍美娟收获不小。伍美娟毫不客气地将郎书记赠送的两份礼物带回一份。柯之春把玩着沉甸甸的五指砚，爱不释手。

回来的时候，他们将文革留在了外婆家。这是杜若溪的意思，也是伍美娟的意思，但柯之春却不以为然，只是不好反对。文革不在家也好，家里少了不少的事，也难得清静。柯之春今天情绪特别好，他小心翼翼地收藏好五指砚，便走到伍美娟的背后，伸手环抱住伍美娟，咬伍美娟的耳朵说：宾馆好，家里也好。伍美娟侧头对他说：家里更好。柯之春双手搂着伍美娟的双乳，暗暗用力，说：我又想了。不想他这一说，伍美娟却推开他的手，转过身，对他说：洗手去，大白天说梦话。柯之春讨个没趣，转身去了洗手间。伍美娟虽然嘴上那么说，但是，到了晚上，经不住柯之春软硬兼施，还是与他疯狂地做了一次爱。

第二天，两人睡了个懒觉，刚刚起床，就听见有人敲门。伍美娟有些迟疑，出去开门，大吃一惊。她面前站着三个人：柯之夏、李春燕还有春天。柯之夏手里拎着一大包东西，冲伍美娟憨笑着。李春燕手里牵着春天，第一个叫：大嫂。伍美娟连忙让他们进屋，然后转身，正要拿拖鞋给他们换，哪承想他们一起冲进来了，根本没有要换鞋的意识。柯之夏将手里拎的东西放到地上，冲屋里喊：哥，哥。柯之春闻声走到客厅，很是惊喜，连忙招呼他们坐。春天一进来就扑向茶几，伸手就要拿果盘里的苹果。夏儿伸手打了他一下，说：没规矩。春天被打了一下，缩回手，嘴一撇，差一点哭出来。伍美娟上前将他抱起，说：我拿给你吃。然后将苹果拿起，塞到春天的手里。春天看看伍美娟，又瞧瞧苹果，破涕为笑。夏儿一屁股坐到客厅的沙发上，指着放在地上的东西，对柯之春说：哥，这都是妈叫带的东西，花生、淀粉、山芋、咸鸭，都是乡下的特产。伍美娟说：你自己留着吃啊。夏儿说：她们给我也准备了一份，有的。春儿问：太太身体可好？夏儿说：好着呢。伍美娟将小春天放下，给夏儿夫妇每人泡了一杯茶，然后坐在春儿身边的凳子上。夏儿将茶杯端起，吹了几口，对春儿说：下次你回葫芦岛，就会见到崭新的砖瓦房了。春儿面露喜色，又显疑虑，说：家里哪有那么多的钱？夏儿说：妈说了，钱够了。春儿说：他们总是不想麻烦我们。伍美娟这时插上一句，说：妈她们太辛苦。

几人交谈了一会，伍美娟站起身来，说：我去做饭。李春燕听了这话，也站起来，说：嫂子，我帮你。夏儿冲伍美娟喊：嫂子，简单一点就好。伍美娟和李春燕走后，夏儿抬起头，对春儿说：哥，还有一事，还得需要你帮助，你看行不？春儿看了他一眼，问：什么事？夏儿说：你看我和春燕、春天娘儿俩，两地分居，长期下去也不是个事儿。春儿问：你想把春燕调过来？夏儿点头。春儿凝思，说：她不是干部身份，只怕有些难。夏儿说：调到合肥哪家单位做合同工也行的。春儿说：我问问看。夏儿激动地说：谢谢哥了，这事越快越好。

不一会，伍美娟和李春燕将饭菜做好端上来，几个人围在桌边吃饭。

吃过饭,夏儿他们要走。伍美娟问李春燕:在合肥多待几天吧?李春燕说:待几天再走。夏儿说:国庆节,街上热闹得很,这几天我带他们好好玩玩。春儿赞许地说:你是该带他们好好玩玩,他们来一趟不容易。夏儿转身走出几步,又折回来,小声对春儿说:哥,你把春燕调过来,我就能天天和她在一起了。说着,带李春燕和春天走了。

这一次又是伍美娟帮了夏儿的忙。或者说,是伍美娟请父亲大人出马,解决了李春燕的工作问题。伍蓝天给一位老部下打电话,这事就算搞定了,李春燕被安排到省城一所小学任教。柯之春把这个消息告诉夏儿时,夏儿连呼万岁,说:我真不知道该怎么感谢嫂子和你了。夏儿回了一趟葫芦岛,将李春燕带到了省城。两人从此结束了分居两地的生活,住进了厅里的单间宿舍。为了不影响工作,他们暂时将春天留在了葫芦岛。李春燕从住处到学校上班,有四五公里路,她每天坐公交,俨然是一个地道的城市人了。上了一个月班,夏儿干脆给她买了一辆自行车,李春燕每天骑着自行车,惬意得很。

柯之春这几天一直处在喜悦之中。因为前几天他接到通知,下个月陪同鲍德文厅长出国考察。改革开放,国门大开,谁不想出去看看?柯之春听到这个消息,都不敢相信自己生活在真实的世界里了。伍美娟听到这个消息也是为他高兴。当天晚上,两人就在家聊着出国的话题。伍美娟提醒他:外国很开放的,你要洁身自好,别说我没提醒你。柯之春头昂得高高的,说:我倒是有兴趣,看看小日本是怎么个活法。

柯之春穿上了崭新的西服。这套西服不需要自己掏钱,公家有服装费的。单位的司机开车将他和鲍德文厅长直接送到机场。他们与翻译一同坐飞机到北京,然后又从北京国际机场乘飞机出国门,飞向日本。

日本那边有个叫熊谷的老板在东京繁华的银座请中国来的朋友吃饭。他上半年到安徽考察过,要在省城投资兴建一家生产电器的工厂,希望中国朋友给予关照。熊谷知道中国人是最讲究人情的,所以他要先与中国朋友联络感情。为了让中国人尽兴,他专门邀请了东京地方电视台一个叫小鹿纯子的主播陪同吃饭。这是深秋,东京已经下起了雪。小鹿纯子穿着一件紧身的红滑雪衫,那红似乎要一点一点地往下滴。她进饭店的包厢后,将滑雪衫除下挂在木制的墙钉上,整个人玲珑剔透,丰满娇柔。柯之春很欣赏她的胸部,饱满,鼓圆。熊谷当着柯之春的面,给了小鹿纯子一个深深的拥抱,恭维她说:你今天好性感。那时的中国还没有流行"性感"这个词,翻译只好将它译成"漂亮"。熊谷让手下点了一大桌的菜,他知道中国人喜欢丰盛,然后通过翻译问:先来一瓶黑双无如何?黑双无是日本有名的白酒,相当于中国的烧酒。小鹿纯子却眉毛一扬,以一种尖厉而清晰的声音对他说了一通日语,就像柯之春在电视剧《阿信》里看到的日本女人说话的声调。《阿信》刚刚在中国中央电视台热播,引发万人空巷。柯之春在岳父家看过几集,印象深刻。翻译通知服务生,来一瓶果饮,柯之春这时才弄明白刚才小鹿纯子向熊谷先生叽里呱啦的大致内容。

酒上了,果饮也上了,熊谷一点头:哟西,干杯吧。在日本朋友面前,鲍德文厅长总是显露出中国官员的谦谦风度,喝酒礼尚往来,交流恭迎礼让。日本人称赞中国时,他总是表达谢意,说到中国时,民族自豪感油然而生。

宴席结束后,熊谷提议去看一场东京有名的道场艺伎表演会。鲍德文摇摇头拒绝了,说:我有早睡早起的习惯,晚上是你们年轻人的时光,我先回了。熊谷又通过翻译,对柯之春说:柯先生第一次到日本来,何不去领略一下东京的娱乐?柯之春迟疑地看了一眼鲍德文厅长。鲍德文厅长说:你去吧。柯之春心中窃喜。熊谷先生立即派自己的两名手下送鲍德文厅长回宾馆。

三个人并没有去看道场艺伎表演,而是去了夜总会。熊谷先生知道,像日本的夜总会,其时中国还没有出现,让柯之春见识一下日本的夜生活很有必要。他们去夜总会的时候,小鹿纯子借故走开了。

三个人拐弯转到另一条街,就到了东京的一家夜总会。柯之春和翻译随熊谷走了进去。熊谷开了一个精致的包厢。一位"公主"引他们到沙发就坐。熊谷先生刚才说小鹿纯子性感,这位"公主"才是真正的性感。她穿着黑色的紧身套裙,几乎要露出鼓圆的雪白的胸部了。柯之春看着她的胸部就心潮荡漾。他有些羞赧,但是"公主"在他面前晃来晃去,他是回避不了的。他干吗回避呢?熊谷先生和翻译不也是肆无忌惮地盯着"公主"的胸部看吗?

　　熊谷先生开始趾高气扬地冲"公主"吆喝,"公主"唯唯诺诺。柯之春坐到翻译身边。翻译对他说:等会上啤酒,上点心,准备唱卡拉OK的。柯之春问:什么是卡拉OK?翻译说:唱歌啊。正说话间,外面突然来了三位兔女郎。柯之春大吃一惊。这三位兔女郎更性感,比"公主"更露,她们只穿着黑色的比基尼。黑色的比基尼与雪白粉嫩的光滑的肌肤交相辉映,黑白分明。一位丰满的兔女郎坐到柯之春身边,冲他娇艳地一笑,柯之春居然面红耳赤。女郎猜出他是第一次来,为了打消他的顾虑,先是给他倒酒,接着将果盘移到柯之春跟前,然后邀柯之春喝酒。柯之春被动地举起酒杯。他看看熊谷,熊谷腿上居然坐着兔女郎,一只手正揽在兔女郎的腰上。柯之春这才放松,主动与兔女郎互动。柯之春与兔女郎一边喝酒,一边交流,唯一的遗憾就是不会说日语,他只能通过手势和身体语言回应或向兔女郎发出信号。好在兔女郎温文尔雅,善解人意,对他心领神会。柯之春的目光不时地与兔女郎的目光交汇,柯之春就觉得这女郎对自己有意思。也许她喜欢上了像我这样的中国客人。这个时候,熊谷先生突然站起,走到电视屏幕前,拿起麦克风唱起歌来。他唱了一曲《阿信》里面的主题歌,引来一阵掌声。柯之春看过电视剧《阿信》,对主题曲感觉很亲切。熊谷先生唱罢,邀柯之春唱,柯之春身边的兔女郎也鼓励他。柯之春不懂日语,没有他唱的歌,不敢起身。熊谷先生对"公主"说放舞曲。舞曲响起,熊谷先生第一个牵出兔女郎跳舞。熊谷先生一边搂着自己的兔女郎跳舞,一边向柯之春招手。柯之春身边的兔女郎将柯之春拉起,并揽住了柯之春的腰。柯之春借着酒劲,学熊谷先生的姿势,将兔女郎揽住。两步舞谁不会?没有任何艺术含量,却是将人拉近的纽带。六个人跳舞,六个人很快就抱成了三团。

日本人做生意是很精明的,时间到了,舞曲就戛然而止。熊谷先生是有经验的。他立马将兔女郎推开,吩咐"公主"埋单。柯之春还沉浸在兔女郎的温柔乡里,被兔女郎摇醒。兔女郎冲他娇艳地一笑,扶他到座位上。柯之春意犹未尽,恋恋不舍。

柯之春喝了不少的酒,醉意蒙眬地与熊谷先生告别,飘飘然地与翻译先生一同回到宾馆,回到自己单独的房间。

柯之春胡乱地冲了个热水澡,穿上睡衣,跌跌撞撞地扑到床上。他靠在床头,刚刚打开电视,就听见外面有人按门铃。柯之春以为是熊谷先生或者翻译,便起身开门。他将门从里打开,门口站着一个人,一个女人。这个人居然是小鹿纯子。小鹿纯子手里拎着一个精致的大纸袋,冲柯之春娇艳地一笑,还没等柯之春反应过来,就已经进了房间。柯之春无意识地退了两步,小鹿纯子竟然将房间的门给关上了。柯之春这才醒悟,大声地问:你有事吗?他舌头有点打结,小鹿纯子全然不懂。她直接将纸袋放在床头柜上,然后除去外套,转过身,坐上床沿。柯之春指着纸袋问:这是什么?没有翻译,就像是对牛弹琴。小鹿纯子打着手势,柯之春这才似乎明白这是熊谷先生送给他的礼物。柯之春将纸袋打开,里面是两件物品。一件是盒装的奥林帕斯相机,一件是精装的女人的品牌内衣。柯之春转过身,正要说话,却见小鹿纯子已然将上衣的领口松开,露出饱满的大半个胸部。天啦,她的胸部比兔女郎的胸部还要美,还要丰满。柯之春酒醒了大半,他瞪大了眼睛,用手指了指门口,示意小鹿纯子应该立马回去,哪承想小鹿纯子却站起身来,火辣辣的眼睛直视着他。两人之间完全是跳两步舞的距离,柯之春能闻到小鹿纯子身上散发出的迷人的香气,明显地感觉到她的胸部一起一伏,急促的呼吸冲着他的面门而来,似乎正在形成一股排山倒海的气浪。柯之春站在她面前,再也坚持不住了,他的战斗力和意志力正在瓦解。他心跳加快,眼神迷离,接着就血脉偾张了。小鹿纯子轻轻地将他一推,他整个人就像是一具泥塑,顷刻就倒到床上。

小鹿纯子送给柯之春一颗人生喜果,令他飘飘欲仙之后,穿上衣服,扭着性感妩媚的腰肢,走了。柯之春瘫在床上,酒意全无,他瞪着酒店房间的天花板,突然心慌意乱起来。天啦,我都做了什么!我这等糊涂,鬼使神差地中了日本鬼子的圈套!

人往往就是这样,做了荒唐之事后,才觉后悔。悔之晚矣,有什么用!

鲍德文厅长也收到了熊谷先生的相机,与柯之春的一模一样,自然比柯之春少了一件女人的品牌内衣。两人心照不宣,觉得这是日本友人的馈赠,没必要说出来。第二天,熊谷先生带鲍德文厅长一行参观了位于东京郊外的工厂。日本人现代化的电器生产线令他们惊叹。接着,他们又参观东京银座,看新干线列车从城市的楼群间穿梭,啧啧称赞,极为振奋。人家发展这么快,我们国家太落后了,不追不行啊。接着,他们又一起去了日本的九州岛。

柯之春随鲍德文厅长在日本愉快地度过了半个月,依依不舍地回到国内。

他们回到国内的时候,每人带回了一个大件——日立彩电。柯之春兴高采烈地回到家,将一件一件的物品展示给伍美娟看,伍美娟激动之情无以言表。柯之春最后将一款内衣呈现在伍美娟面前时,伍美娟脸都红了。柯之春说:晚上你穿给我看。当天晚上,伍美娟美美地将那件半透明的内衣穿在身上,展示给柯之春看,柯之春赞不绝口。伍美娟以为柯之春会情不自禁上前拥抱她,然后催她上床,但是柯之春却没有。柯之春看着伍美娟的身体,眼神有些迷离,他脑子里突然浮现出日本的小鹿纯子来,小鹿纯子丰满的裸体在向他召唤。伍美娟喊了他一声,柯之春猛然醒悟。本是小别胜新婚,柯之春却没有了那份激情。伍美娟上床后,主动献身,两人才草草地云雨一番,躺下休息。柯之春或许是累了,或许他就有些心猿意马。

柯之春回到办公室,夏儿打来电话,他这才想起出国忘了给夏儿带些礼物。夏儿在电话里说:你出国的时候,我出差去了一趟南方,我给你带了一块电子表,还给嫂子带了丝袜,又好又便宜,等会我送去。挂掉电话,不到一小时,柯之夏就满头大汗地出现在柯之春面前。他将电子表和一打丝袜递给柯之春,说:哥,你知道我这一趟收获有多大吗?我从石狮买了一大包东西批发给城隍庙的商贩,结果我还赚了一笔。柯之春将电子表戴在手上,虽然不够大气,却也很别致,说:我正好没表,谢了。柯之夏激动地说:这次我出差去厦门,顺便去了一趟石狮,算是开了眼界。柯之春却面孔严肃,说:是不是有点不务正业呢?夏儿说:我又没影响工作。接着,两人谈到了柯之春出国的事。夏儿说:我们单位要是安排我出国考察就好了,带回来一大件,这样春燕和春天就都能看上电视了。

10

一座崭新的两层楼的徽派建筑诞生在葫芦岛,让柯家上下欢欣鼓舞,也让全村人的目光闪亮。

看着葫芦岛日新月异的变化,就有村民感慨:当初葫芦岛荒凉衰败,没想到这些年柯家将它整饬得如画一般美丽。村民们把到葫芦岛纳凉、观赏、聚会、钓鱼,当作生活中一件非常愉快的事。建这座新房,柯尔蒙夫妇没少花费心血。从选址、设计风格到用料、装修,他们是事无巨细,样样操心。承建的包工头是姚圩村的一个暴发户,与柯尔蒙过去就熟悉,报了一个爽快价,柯尔蒙欣然接受。建这座新房,李霜天等人也没少帮忙和打点,柯尔蒙夫妇感激不尽。

说到李霜天,他总是累并快乐着。葫芦岛建房,他当作自己家的事来张罗,忙上忙下,累是累,但是不觉得。他偷偷地品尝着暗恋的滋味,有一股暖流总是激荡于心。他哪怕看一眼卫秀兰,心里都觉得无比愉悦。暗恋是只能藏于心的,就是有机会,他也不会爆发了。因为他已经老了,变得成熟、稳重,再也不会有以往的冲动了。他干活是起劲的,既是为卫秀兰干活,也是为包工头干活。卫秀兰总是劝他休息一会,但他有的是力气,挖土、拉砖、扛水泥包,同年轻人不相上下。为卫秀兰干活,他毫无怨言。有时候,他感觉自己很幸运,也很幸福。卫秀兰是天生尤物,来到这个村,给他带来无穷的向往和乐趣。岁月留痕,卫秀兰已过半百,但风韵犹存。人都是有欲望的,但是欲望是否变成疯狂的行动会产生两种截然不同的结果。李霜天虽然有过疯狂的行动,但是因为怯于卫秀兰的正直、无私、坚守和宽容,及时收敛,没有酿成苦果。李霜天既自惭形秽,也对她感激万分。卫秀兰又岂能不知道他的心思?但是,人是有底线的,有些鸿沟是不可逾越的。她将这种分寸把握得恰到好处。

新房落成那天,村民们前来祝贺。这在村里已是惯例。柯尔蒙夫妇照旧在葫芦岛摆了几桌饭宴请乡亲。那天,湖边鞭炮声声,乡亲们围坐在露天的场地上把酒言欢,欢快的气氛笼罩了整个葫芦岛。当天晚上,一家人都搬进了这座别具一格的二层六间开的新房。为什么是六间开呢?因为柯家是大家庭,所有人回葫芦岛,都得有房间住。

一家人住在新房里,心情是舒畅的。但这并不能阻止巫竹梅遭遇突如其来的病魔的侵袭。许是建房期间,她忙于家务,累了,也许是倒春寒让她放松了保暖,巫竹梅突然之间就发起了高烧。卫秀兰焦急万分,跑到村民组办公室给柯尔蒙打电话。柯尔蒙一听,当即叫司机送他回葫芦岛。母亲躺在床上,脸色发黄,呼吸急促,并连连咳嗽,身体极度虚弱。春天站在太太的床边瞪着大眼看柯尔蒙。柯尔蒙拿出温度计给母亲量体温,一看高烧39度,大为吃惊。柯尔蒙说:需要去县医院。

两人搀扶着母亲坐上了车。卫秀兰将春天送到亲家李晓铁、春桃那里,跟车去了县城。到了医院,医生一诊断,查出不仅是肺炎,巫竹梅还患有脑溢血。怎么会有脑溢血呢?医生说,脑溢血可能是血管老化引发的,幸亏及时就诊,不然后果不堪设想。柯尔蒙将母亲安顿好,这才打电话给弟弟柯尔明。

住了一个星期院,巫竹梅炎症消了,烧退了,医生建议出院,并给她开了一些治疗脑溢血的药。服了一段时间药,巫竹梅渐渐康复。卫秀兰再也不让她到湖边洗衣了。卫秀兰与柯尔蒙一商量,很快就从县城商场买了一台小天鹅洗衣机。这台洗衣机应该是全村第一个落户的大型电器了。

不承想,李霜天家不久就买了燕舞牌音响,李明清家也买了熊猫牌电视机。走在村头巷尾或者湖边,就能听到从屋里传出的朱明瑛演唱的歌曲《大海啊,故乡》。

光阴似箭,日月如梭。时光流转到90年代初,柯尔蒙已经到了退休的年龄。他谢绝了组织上的挽留和一些部门让他发挥余热的聘请,干净利索、全身心地回到了葫芦岛。

柯尔明劝他:将母亲接到城里住,你和嫂子也搬到城里,城里学堂巷的房子大得很,我们应该住在一起。柯尔蒙说:我在城里单位的那套房子都空着呢,学堂巷的房子就让给你们一家子住吧,我想妈也不会再想着回城里了。乡下空气好,环境好,左邻右舍和睦相处,其乐融融,你有空经常回葫芦岛看看她老人家就行了。

柯尔蒙退休回到葫芦岛,村里人都来看望他。李霜天甚至担心柯尔蒙从领导岗位退下来,心理会有落差,会不适应悠闲的岛上生活,便隔三岔五地过来陪他下棋、打牌、钓鱼、聊天。李霜天对卫秀兰再也没有非分之想了,看一眼已是饱饱眼福,慰藉心灵。陪柯尔蒙,顺便看看葫芦岛上有什么事需要帮忙,这几乎成了他的习惯。岂止李霜天,李明清、李晓群、龅牙的李晓毛等人也喜欢到葫芦岛,他们把葫芦岛当作自己的家一样。

柯尔明回到葫芦岛,兄弟相聚,卫秀兰总要炒上几个好菜。有时李霜天、李明清等人也会参加他们的餐聚,开怀畅饮。酒照喝,但是卫秀兰是不会让他们喝太多的,因为他们年纪都不小了。看他们谈人生,谈过去,谈社会现象,巫竹梅坐在一旁似有共鸣,但是从来不参与他们的谈话,乐得清静。

这一年春节,夏儿一家三口回到葫芦岛,他抛出了一个爆炸性的新闻。他对父亲说:过了这个节,我不打算回厅里上班了。柯尔蒙以为自己听错了,追问:你说什么?夏儿提高声音,不紧不慢地说:我不打算回厅里上班了。坐在一旁的卫秀兰和巫竹梅也觉意外。所有人都朝夏儿瞪着眼。夏儿斩钉截铁地说:我准备下海。下海?大家重复着他的话,又互相传递着脸上的表情。柯尔蒙质问:你好好地在厅里上班,下什么海?夏儿说:邓小平南方讲话之后,掀起了改革大潮,机关事业单位鼓励下海创业,我为什么不可以尝试呢?柯尔蒙伸手摸摸夏儿的额头,看他发烧了没有,转又看着李春燕。李春燕肯定地点点头。卫秀兰皱起眉头,自言自语地说:好好的工作,怎么可以放弃呢?柯尔明也在一旁说道:想尝试,你知道风险有多大吗?夏儿说:风险当然有的,投资创业,也可能血本无归,但是,我们不闯闯,又怎么知道这条路可以不可以走呢?另外,我一个工农兵大学生,在机关边缘化的处室能干出什么名堂来?我们厅每年都进名牌大学生,与其等着他们一个个地爬到我头上,颐指气使,还不如自己另寻出路。柯尔蒙又问:你是做生意的料吗?李春燕说:他上次出差去深圳,将那边的服装及丝袜带了一大包,批发给城隍庙的个体商贩,居然赚了一笔钱呢。冬儿扑哧一声笑了。柯尔蒙皱起眉头,对夏儿说:做生意需要吃很多的苦,你舍弃令人羡慕的职业,却去冒那么险,值吗?夏儿说:我什么苦没吃过?挖野菜,啃竹笋,夜里参与抄家,苦不苦?你想想,做生意有赚头,苦中有乐的呢。在大家不看好的一片质疑声中,卫秀兰却突然说:夏儿有这想法,不是坏事,夏儿聪明、灵活,说不定是做生意的料。卫秀兰刚说完,夏儿冲母亲一笑,说:妈,还是你理解我。卫秀兰之后,柯尔明转变看法,说:工农商学兵,我们家缺一个"商"字,夏儿有这想法也不错,让他试试,我支持。夏儿听了高兴,举起双手朝小叔叔作揖致谢。柯尔蒙老夫子一愣,看看卫秀兰,这才朝夏儿耸耸肩,说:既然如此,我也没什么说的了。你可要想好,血本无归的时候怨不得别人。夏儿说:爸,这么说,你老人家也支持我了?那我就试试。冬儿说:二哥,你发财了,可别忘了我们,要带领我们大家共同致富。

春节一过,柯家人各奔东西。

但是,这一年的冬天,柯尔明回到单位上班,却遇上了麻烦事。县委书记张秋实突然打电话让柯尔明去他办公室一趟。

不是什么重要的事,书记是不会亲自打电话的。柯尔明满腹狐疑地来到书记办公室。张秋实书记脸上看不出有什么异样的表情,他示意柯尔明坐。柯尔明坐下,问:张书记找我有事?张秋实书记突然严肃起来,说:找你来,当然有事。柯尔明问:什么事?张秋实书记将一摞材料往前一推,说:你的事都在这里。柯尔明连忙起身往前查看材料,一看封面,心中一凝。这是一摞反映柯尔明经济问题的举报材料。张秋实书记摆摆手,说:你也别看了,我相信这也不是捕风捉影。柯尔明顿觉紧张,不知道是往前还是退回到原位,只好站在那里,看着书记。张秋实书记示意柯尔明坐回到位子上,说:事情不少,问题不小啊。书记这样一说,柯尔明更显紧张,脸色都有点难看了,他变换了一下姿势,强迫自己镇静。张秋实书记问:你怎么会出现这么多的经济问题?柯尔明舒缓一下自己的情绪,说:经济问题?我感觉我不应该有什么经济问题。张秋实书记以为柯尔明之前知道一点风声,会对自己的经济问题有所认识,没想到他一副事不关己的态度,便说:如果这不是事实,那很好,我让纪委去调查了解,真相总会大白的,你可以回去了。柯尔明站起身来,转身欲走,突然又停下来,对张秋实书记说:书记,你要相信我。张秋实书记说:我相信每一位同志,但是,这举报材料说得那么仔细,有凭有据,你叫我怎么相信?柯尔明脑子飞快搜索,仍然不相信自己会有什么大的经济问题,说:这也许是一些对我有意见的人的不实之词,请书记相信我。张秋实书记直视着他,说:你还是回去好好想想再说吧,想好了到我这来。

柯尔明目光不敢正视张秋实书记,点点头,走了。

柯尔明路上就在想了,一直想到家。书记为什么不让我看举报材料呢?我能有什么经济问题?谁没事干要写我的举报材料?丰菊花看他心事重重,不便打扰。自从上次他离家出走之后,他们两人的关系就大不如从前了。丰菊花看他情绪不好,便不搭理他,离他远远的。倒是岳母戚晶将茶杯倒上水,放到柯尔明面前,转身走了。

柯尔明草草地吃了晚饭,又在想着举报信的事。我有什么经济问题?丰菊花家做房子,拣一点便宜的材料,那也叫经济问题?而且这也过去好多年了,算什么问题?以前安排几个人工作,收一点表示感谢的礼品、礼金,人之常情,也不算什么。正想着,柯尔明恍然大悟,惊出一身冷汗。前年县公安局建办公大楼,建筑公司老总涂金世是县人大常委会原主任郭金川的外甥,郭金川与哥哥又是同在人大常委会工作的同事,郭金川打过招呼,我仅是做个顺水人情而已,哪想到这个涂总非要拿一万元感谢,推都推不掉。他送我一万元,他能不送他大舅爷吗?不过他们那叫家事,我就不同了,我怎么这么糊涂!去年,一家消防器材公司的老总通过任小辉找到我,想在全县公安消防系统推销他公司的器材,自己当时将公安局局长梁卫华叫到办公室,专门推荐。事后,那位老总送了我一块金表及两万元现金。举报材料里会有这两项?柯尔明越想越紧张,寒冷的天气里,他的额上已经渗出豆大的汗珠来。

柯尔明失眠了几个晚上。接着县委常委、县纪委书记魏知找上门来。柯尔明颇为诧异,原来张秋实书记说的并非戏言。魏知坐到柯尔明的对面,说:柯书记,我受张秋实书记的委托,来向你了解一些情况。按级别和地位,柯尔明是县委副书记,虽然不分管纪委工作,但纪委书记仅是个常委,在其之下,所以魏知对柯尔明说话的语气极为平缓。柯尔明知其来意,问:是为举报信的事?魏知点点头。柯尔明不自然地耸耸肩,说:张书记已经对我说了,我不明白,为什么有人要举报我?魏知说:县纪委几乎是与张书记同时收到举报信的。柯尔明问:实名举报?魏知摇摇头,说:那倒不是。柯尔明问:举报我什么?魏知展开手中的笔记本,说:受贿。柯尔明问:有具体证据?魏知说:信中揭发,柯书记你在县公安局建新大楼、全县消防系统更新器材等方面收受贿赂,数额巨大。听到这里,柯尔明并没有激动,他说:你们相信这是事实?魏知说:信中提到的建筑公司的老总涂金世,我们找他谈过,他说得非常肯定,说亲手交给你一万元。柯尔明仍然冷静地问:有人在现场看到他将钱交给我了吗?魏知说:涂金世说,那是夏天去你宿舍的,他穿着单薄,他的司机和会计就等在你宿舍门口,他出来的时候,身上是不会看出能放钱的地方的,司机和会计都可以做证。柯尔明这时有些沉不住气了,质问:司机和会计都是他的人,他们完全可以串通一气的。魏知说:真要是有证人证言,推翻它也得有证据,我只是按张书记的要求先查明问题,事后都要向张书记如实汇报的。

柯尔明以攻为守,停顿了一会,接着问:消防器材的事也是这么问的?魏知说:柯书记,消防器材公司的人说的,也对你不利。那位老总说,是两个人一起到你办公室的,你先拒绝了,但是他们起身走的时候,就将钱扔到你抽屉里,离开了,他们都做了笔录。柯尔明这下急了,说:你们这是组织行为吗?我好歹还是县里的副书记,纪委就可以背着县里领导,调查我的事?而且这也是单方面的口供,他们诬陷我怎么办?魏知态度一如既往,说:所以书记叫我来向你了解一些情况。柯尔明听了,手一挥,说:你回去告诉张书记,子虚乌有,这是有人在背后搞我。这时,魏知站起身来,从笔记本的夹层里拿出那份举报信,递给柯尔明。柯尔明接过,阅罢脸上青筋暴起。魏知站在他面前,待他看完,说:我只是负责了解情况,最后还是以张书记的指示为准。我只是担心,如果县里对举报信没有个态度,那类似的举报信寄到了市里,或者寄到了省里,就不是我们能掌控的事了。柯尔明听了这话,心情反而平复下来,他脑中一凝,对魏知说:我知道了,我有空的话向书记报告。魏知冲柯尔明倾一下身子,退出了他的办公室。

魏知走后,柯尔明感到了问题的严重性。举报信寄到了县里,县里要有个态度很正常,如果举报信寄到了市里、省里,那就是要立案的了,我必须慎重对待这个问题,弄得不好,身败名裂,身陷囹圄。柯尔明经过一番思想斗争,终于站起身来,走出了办公室,他直接来到张秋实书记办公室。

张秋实书记示意柯尔明坐,柯尔明略显拘谨,坐下了。张秋实书记开门见山,问:是为举报信的事?柯尔明点点头。张秋实书记看着他,没说话,他在等柯尔明说话。柯尔明面带苦色,说:书记,我以前确实认识不足,以为这不算什么,也想着将那钱交到公家,但是因为家里正急着用钱,耽搁了。说到这里,柯尔明停顿了一下,见张秋实书记未作反应,便接着说:都是我不好,平时放松了警惕,对自己要求不严,丧失了党性原则。痛定思痛,我特意来向书记坦白、检讨,希望书记给我一次改过自新的机会。张秋实书记听到这里,突然一笑,笑过之后,说:你早该有这个态度,早有这个态度,我也不会让纪委的魏书记去了解。柯尔明愣了一下,说:是我不好,对不起书记。张秋实书记端起茶杯,啜了一口茶,问:举报信反映的内容是事实?柯尔明回答说:有事实,来人硬将钱塞到我办公室,就走了,我……张秋实书记打断了他的话,皱了皱眉,说:举报信目的性很明确,县里如果不作出处理,只怕以后举报信还会来,而且会向上面反映,到那时我们就被动了。考虑到你是对我们县做出过贡献的领导干部,又是在改革开放大潮中初犯,而且有了现在的认错态度,我们就不进行司法追究了,但需要内部处理。柯尔明听得认真,及时表态,说:谢谢书记。张秋实话锋一转,说:举报信说的钱款,如果是事实,还是请你交回来,充公,这对你有好处。柯尔明点头称是。张秋实书记接着说:你是领导干部,应该知道这件事的轻重,你先回去吧。柯尔明唯唯诺诺地站起身,然后走出书记办公室。

晚上回到家,柯尔明在自己的书房里,将自己被别人举报的事一五一十地对丰菊花说了。丰菊花大吃一惊,然后说:我也没看到这么多钱啊。柯尔明阴沉着脸说:如果不退钱,性质就不同了。丰菊花自然明白他说的性质不同在哪里,她脑海里很快就浮现出那样的场景来,转而说道:我哪里有这么多钱?柯尔明问:你有多少钱?丰菊花说:最多两万。柯尔明问:你妈那里呢?丰菊花听了这话,瞪了柯尔明一眼,说:你怎么想得出来?这个时候,柯尔明也没想着与丰菊花生气,求人身短,说:救急嘛,向她借五千,我身边还有五千,先把难关渡过。丰菊花说:我们的钱都给你,以后不生活了?柯尔明说:我们以后不是还有工资吗?这关不过,以后还有生活吗?丰菊花鼓着嘴,又瞪了柯尔明一眼,站起身,走出书房。

　　第二天,丰菊花就将两万五千元钱放到柯尔明的面前。柯尔明眼前一亮,对丰菊花说:谢谢你了。丰菊花愁眉苦脸,鼓着嘴说:还有我妈。柯尔明冲她一笑,补充一句:谢谢你妈。丰菊花突然说:谁这么缺德?我们又没得罪他,为什么要举报你?柯尔明说:我也在纳闷,这人到底是谁?丰菊花问:你不是看了举报信吗?柯尔明回答:是匿名举报。丰菊花说:那你这么快就承认了?柯尔明说:本来就是事实,按程序,有举报就要有调查的。丰菊花问:说不定是你前妻呢。柯尔明摇摇头,说:不会的。丰菊花说:这么肯定,最近你们没来往?柯尔明白了她一眼,说:都什么时候了,你还开这种玩笑。丰菊花也白了他一眼,说:你得罪谁了?谁对你这么了解?柯尔明听她这么一说,又重新思考起来。正在这时,丰菊花突然说:莫非是他!话一出口,自己却瞪大了眼睛,看着柯尔明。柯尔明问:谁?丰菊花突然意识到自己说漏了嘴,连忙摇头说:不是不是。柯尔明凝神看着她,说:到底是谁?你一定知道。丰菊花又是摇头。柯尔明问:是你那宝贝舅舅?丰菊花回答:不是。柯尔明突然大声问:到底是谁?丰菊花看着柯尔明,脸色都变了。

　　柯尔明缓和了一下语气,说:我苦思冥想,备受煎熬,就希望知道这个人是谁,你知道了为什么不告诉我呢?丰菊花思考了一下,终于说道:我认为这个人就是任小辉。柯尔明大吃一惊,问:任小辉?你姨父?这怎么可能?他转而一细想,又觉得极有可能。柯尔明记得,全县消防系统更换消防器材的事,经销商还是任小辉推荐的。柯尔明接着往下想,更是恍然大悟。那举报信就是任小辉的笔迹。任小辉任县委办公室常务副主任,因为工作的关系,他的笔迹柯尔明记得很清楚。柯尔明肯定地说:你说得不错,就是任小辉。柯尔明如此肯定,丰菊花却显得紧张起来:事情本来就此了结,我又何必多此一举,说出任小辉?唉。柯尔明突然站起来,愤愤地说:我这就去找他。丰菊花连忙阻拦,说:你冷静一下,你现在找他又有何意义?柯尔明突然火了,大声说:怎么没意义?他害得我在书记面前颜面扫地,害得我等着处分。当初消防器材公司老总还是他引荐的呢,他却这般出尔反尔,背后捅刀子,什么人!丰菊花说:事已至此,我们心里知道得了,大不了亲戚不做了,何必逼他狗急跳墙?柯尔明说:我就是要让他跳墙,摔死他,我要他在死之前,主动收回检举信,说自己是凭空捏造的,并不是事实,以正视听。丰菊花看他如此愤怒,又如此执着,知道自己阻挡不了,只得叹一声,说:你还是不要去吧,免得我们又要不得安宁。柯尔明哪里听出丰菊花这句话的含意,披上外套,奔出了门。

任小辉的宿舍就在县委大院的南边,与柯尔明的宿舍隔了不到一百米。这里离学堂巷也只是隔了几条街。柯尔明去他家,要不了多长时间。任小辉一家都住在县委大院的宿舍里。柯尔明敲门的时候,正是任小辉出来开门。他看到柯尔明,支支吾吾地说:书记,你来了?柯尔明直接手一挥,对他说:你出来一下,我有事。任小辉只好出来,随柯尔明走到县委大院的一个亭子里。柯尔明环视了一下四周,见无人,便质问任小辉:你为什么要陷害我?任小辉佯装不知,问:书记,此话怎讲?柯尔明说:你向县纪委、县委书记匿名举报我。任小辉一本正经地说:既然是匿名举报,你怎么知道是我?柯尔明不耐烦地说:别兜圈子了,丰菊花怀疑是你。任小辉有些心慌,问:她对书记你说了什么?柯尔明说:她什么都说了。没想到,柯尔明这不经意的一句话,居然让任小辉像触了电一样,全身打了个激灵。只见他扑通一声,跪到柯尔明面前。柯尔明厉声说:你这是干什么?你给我起来!老老实实对我说,为什么要写这封举报信?任小辉痛苦地看了柯尔明一眼,这才站起身来,哆嗦着和柯尔明一起坐到亭子里的石凳上,离了两米距离,生怕柯尔明一拳打过来。

任小辉又连说了两声"对不起",接着说:这纯粹是我和丰菊花之间的一些过节,心生怨恨才出此下策的。听了这话,柯尔明愣住了,他是丰菊花的姨父,是长辈,他们之间有什么过节? 柯尔明厉声说道:你快点说! 任小辉一副可怜巴巴的样子,吞吞吐吐地说:丰菊花高中毕业后,在我家带孩子,她嫌我们待她不好,对我们有意见,不打招呼就突然离开了,并在她家人面前说我们的不是。我多次找她质问,她多次冲撞我,令我十分愤怒。听到这里,柯尔明就有些纳闷了。任小辉就为这个,要写我的举报信? 任小辉接着说:她嫁给了你,更是不把我这个姨父放在眼里了。想当初,她在县委机关的工作还是我帮她安排的呢。你们结婚后,她更是傲慢,无非是自己嫁了个高官,生活富裕幸福。另外,你是做了大领导,但是我呢,一点也没沾上光,副主任还是副主任,十年都有了。所以我咽不下这口气。任小辉看看柯尔明的反应,说:情况大致就是这样。柯尔明越想越不对劲,不是这么简单,任小辉说话时总是不停地看他,遮遮掩掩,难道他和丰菊花之间还有什么其他的过节? 他质问:你说完了? 任小辉慢吞吞地说:大致就这些。柯尔明灵机一动,说:菊花可不是这么说的。任小辉听到这话,突然又跪到地上。他根本不知道丰菊花对柯尔明说了什么,所以他一边说一边试探着柯尔明的反应。从柯尔明的表情看,他猜测丰菊花不可能把什么都对他说的。哪知道,柯尔明看出他的不安和慌张,岂可善罢甘休? 柯尔明强压着自己的怒火,说:你给我起来说清楚,不然你死定了!

任小辉哭丧着脸,终于说出了一个天大的秘密。

柯尔明突然想起,他与丰菊花第一次做那事时,丰菊花已经不是处女。当时丰菊花对他说,她参加机关的运动会,摔了一跤,下面流了好多的血。柯尔明也怀疑过,但是,苦于没有可信的线索,作罢了。没想到,经任小辉说出真相,丰菊花的失身与这个被她称为姨父的男人有关。是可忍,孰不可忍！任小辉整个人都瘫软了，他几经努力才站起身，慌乱地摆着手，说：你们结婚后，我与她再无任何瓜葛，我对天发誓。如果不是晚上，任小辉定然能看清柯尔明脸色变成铁青，何等愤怒。柯尔明怒道：你这个畜生，禽兽不如，你还有脸说现在与她没任何瓜葛！任小辉扇了自己两下耳光，说：对不起，我该死！

　　柯尔明脑子当中那根紧绷着的弦断了。他血气上涌，忽地站起身来，跨到任小辉面前，猛地踹了他一脚。任小辉整个人倒到地上。柯尔明愤怒到了极点，他指着任小辉的鼻子，骂道：禽兽不如！你等着，有你好看的！说着，啐了一口，气冲冲地离开。但是，他跑了不足两丈路，又折回来了。他指着任小辉说：你必须去将匿名信撤回来。任小辉刚刚从地上爬起，苦着脸说：那是匿名的，我怎么去撤呢？柯尔明怒道：我不管，你必须给我挽回影响！说着离开了。

　　他疯了似的奔回家，狠狠地将门关上，然后冲进卧室，砰的一声又将卧室的门关上。不一会，丰菊花的母亲在自己的卧室里就听到了柯尔明愤怒的叫骂声。他认为丰菊花欺骗了他，他认为丰菊花与任小辉有扯不清的纠葛，他认为丰菊花当初逼着自己结婚，是要为她寻找一个避风港，她丰菊花仍然是丰菊花，却是水性杨花。不一会，戚晶就听到了丰菊花的哭泣声。戚晶怕惊动身边熟睡的华儿，特意起来用被子将华儿盖严。戚晶侧耳倾听，柯尔明那边的声音停息了。

　　丰菊花坐在床沿上，一边用手擦拭着眼泪，一边抽搐着说：那时候我不懂事，经不住他的利诱，委身于他。但是，我和你认识并结婚后，我就没有与他再来往了，他多次纠缠、威胁我，我都没有屈从。我可以对天发誓，结婚后，我与他绝没有做过任何对不住你的事。也许是丰菊花的哭泣让柯尔明动了恻隐之心，柯尔明缓和一下自己的情绪，问：为什么我们结婚的时候，你说是运动会？丰菊花抬起头，看着柯尔明，反问：我还能说什么呢？我只是想尽快地告别过去。柯尔明进一步问：是因为他得不到你，所以要写那封举报信,要让我身败名裂,这样他又可以重新得到你?丰菊花说:他威胁过我。柯尔明提高嗓门说:你为什么不告诉我?丰菊花说:我以为他仅仅说说而已,我以为我能处理好。

柯尔明走后,任小辉经受着煎熬。他蓬头垢面,用手捂着肚子,回到家,见到老婆戚楚,连忙放下手,显得局促不安。戚楚问:你怎么了?任小辉应了一句"没什么,摔了一跤",然后径直走进卫生间。他出来的时候,戚楚问:柯尔明找你有什么事?任小辉故作镇静地说:工作上的事。戚楚从来都是相信他说的话,不再追问,便回房间休息去了。任小辉哪里睡得着,他一个人靠在客厅的沙发上看电视,脑海里全是柯尔明、丰菊花的影子。多少年来,他与戚楚同床异梦,想的都是丰菊花丰满的身体、忧郁而又传神的眼神。他千思万虑、牵肠挂肚,他知道他无法拆散她与柯尔明,他只是想与丰菊花保持不正当的关系,也就是所谓的情人关系。但是,丰菊花就是一点机会也不给。她不给,他竟然铤而走险。只有让柯尔明身败名裂,一无所有,她丰菊花才会回到我身边。

任小辉着实作了一番思想斗争的。柯尔明是我的上司,我写那封举报信这么快就被他知道了,以后我在他手下还有好日子过吗?县城就这么大,别人都知道我与他的亲戚关系,哪知道我们是人心隔肚皮,水火不容。他是分管政法委的副书记,他想整我,有的是手段和方法,我能逃得掉吗?我不如明天就按照他说的,撤回那封举报信。但是,我是不能自己出面的,我只能再以匿名的方式写。

柯尔明凑齐的三万元还未交出,事情便出现了转机。

第二天,县纪委及县委书记张秋实果然收到了一封匿名信,内容是上次检举揭发柯尔明的举报信是不实之词,予以撤回,本人对那封匿名举报信给柯尔明造成的负面影响深表歉意。考虑到某种原因,本人不便署名,但从笔迹就能断定,前后两封关于柯尔明的信是本人一人所为,所以要求撤回举报。魏知和张秋实收到这封信后,莫名其妙,哭笑不得。两人一商议,不再进一步追查，但举报信当中的基本事实是肯定的，柯尔明是有责任的。张秋实书记说：这两封信对他是个警醒，是在帮他，不然，他会越陷越深，后果不堪设想。

这场风波之后，一切归于沉寂。

这一年是1996年。就在这一年，桐城正式撤县，建立县级市，名曰桐城市，它仍然隶属安庆市。这一年，柯之冬从中国科技大学拿到博士学位，直接去了美国留学，葫芦岛再次成为乡里乡亲赞叹、羡慕的焦点！

11

柯之春上班的时候，接到了弟弟柯之秋从北京打来的电话。

秋儿在电话中说，单位给他分了一套房子，不大，两室一厅，57平方米，而且就在自己工作的国家部委的宿舍区，下次老家来人可以到家里了。另外，秋儿更是在电话中报喜，最近他被提拔为副处长了。柯之春听到这里，就有些感慨。秋儿这才工作几年，就被提拔为副处长，论级别，他大有追赶自己的架势，真是前途无量。

电话刚放下，章化雨就走了进来，说：柯厅长，安庆局的陈局长要来省厅拜访您，他昨天到合肥的，问您有没有空。柯之春爽快地回应说：好啊，你叫他过来。章化雨"嗯"了一声便离开了。

章化雨叫柯之春柯厅长，也是最近才改的口。因为就在上个月，柯之春荣升副厅长。而跟着他鞍前马后的章化雨，也突飞猛进，接了他的位子，现在已是技术处的处长了。在机关上班，跟人很重要。跟对了人，人提我升；跟错了人，止步不前，甚至被边缘化。柯之春被提拔为副厅长，要想没有议论是不可能的。有人就议论：会不会是他那个岳父给省里打招呼了？不然有那么多的人选,资格老的,能力强的,偏偏就提他。议论归议论。柯之春有他的优势和能力。他这个副厅长意义非同一般。他是全省副厅级当中非常年轻的少数几个人之一,很有可能以后他就是梯队中的人了。

章化雨领着安庆局的陈局长来到柯之春办公室。章化雨打声招呼退出了。陈局长五十出头,两鬓添白,他走到柯之春面前,随手从包里拿出两条中华烟放在桌上。柯之春微微一怔,说:你这是干什么?陈局长一口地道的安庆话:意思意思,也是祝贺。柯之春不再推辞,便将烟拿起,放到桌边的柜子里,说:那我就不客气了。陈局长坐到柯之春侧面的沙发上,简单地谈了一下工作,然后说:晚上请厅长赏个光吃个饭。柯之春摆摆手,说:要请也是我请你。陈局长说:厅长赏光就是我的荣幸了,你就挤个时间吧。柯之春若有所思,说:也行,晚上简单些。

陈局长下榻安徽饭店。晚上他在安徽饭店的大富豪酒楼设宴,请柯之春等人。陈局长问柯之春这边几个人参加,柯之春说他就带一人。这个人就是章化雨。为陪柯副厅长,陈局长通知自己在合肥工作的侄女陈好也参加,另外还安排了几个安庆籍的老乡,他们是省财政厅的祁处长、省军区的王主任、安徽大学中文系的方教授。晚宴开始的时候,陈局长隆重介绍柯之春之后,推出自己的侄女陈好。陈局长说:侄女在省城工作,以后还望柯厅长多多关照。这时陈好站起身来,冲柯之春妩媚地一笑,说:请柯厅长多多关照。陈好坐下,陈局长说:以后叫柯叔叔了,留个手机号,只怕要打搅柯厅长了。陈好"嗯"了一声,从包里掏出手机。20世纪90年代末期,手机已然流行。柯之春也没推托,从兜里拿出手机,与陈好交换了号码。陈好当场按号,一拨就通。陈局长介绍完毕之后,吩咐服务员开茅台酒。于是喝酒,觥筹交错,欢声笑语。

陈好亭亭玉立,婀娜多姿,要身材有身材,要相貌有相貌。冥冥之中,他觉得好像在哪里见过陈好。酒过三巡,思维被激活,柯之春突然想起来,这陈好与当年在日本所见的那位小鹿纯子怎么这般相像?柯之春看着陈好,眼神有些迷离。陈好冲他又是妩媚地一笑,端起果饮,说:敬柯叔叔一杯。柯之春一饮而尽。

晚上九点多钟,酒宴结束。柯之春的司机等候在大富豪门口,章化雨上前将车门打开,柯之春与陈好等人一一作别,钻进车里。

柯之春回到家,伍美娟抱怨一句:又喝这么多酒。抱怨归抱怨,伍美娟仍然给他准备好牙膏、牙刷、水杯、睡衣,让他去漱口、冲澡。柯之春酒气冲天,一句话也没说,便去了卫生间。他不说话,是因为他仍然在想着陈好。在酒桌上,如果陈好只是对他表示敬畏也罢,偏偏是她送给他好几次妩媚的笑靥。这种笑,令人陶醉,像冬天里吃了冰激凌一样有感觉,刺激,畅快淋漓。伍美娟见他在卫生间里不出来,敲了一下门,催促道:还没洗好啊?伍美娟将他敲醒了。柯之春懒洋洋地从卫生间里出来,径直去了卧室,躺到床上。伍美娟突然觉得柯之春像做错了事似的,这么老实,这么温顺,便依在他身边,逗他。哪想,柯之春却显得困乏,将她轻轻地推开,说:我困了,睡吧。伍美娟有些扫兴,转过身子,自个睡了。柯之春闭上眼睛,那个迷离的身影又出现了,一会是小鹿纯子,一会是陈好,一会两人又合二为一,接着他就甜甜地进入梦乡了。这天晚上,柯之春做了一个梦。在梦里,他又与小鹿纯子见面了,如胶似漆。第二天早上,梦醒的时候,酒也醒了,他虚出了一身冷汗。梦里的哪是什么小鹿纯子,分明就是陈好。

一个星期之后,陈好居然给柯之春打了个电话,令柯之春又惊又喜。陈好说:柯叔叔什么时候有空?我去看看你。柯之春回应说欢迎,并问了一些陈好生活、工作近况。陈好说:工作就那样,见面再向叔叔报告。第二天,在柯之春办公室,陈好款款而至。陈好穿了一件粉红色的连衣裙,既雅致,又娇艳动人。陈好专门送柯之春一条金利来领带,柯之春回赠她两张面值八百元的购物卡。陈好接过卡,甜甜地说:谢谢叔叔。两人寒暄几句,陈好就谈到了自己的工作。陈好说:工作最没劲了,收入不高不说,还要出外勤,一个女孩子还要风里雨里的,累死人了。女孩子本来就是温室里的一朵花,你把她放在野外风吹日晒,岂不是摧残她?陈好停了一会,话锋一转,展颜一笑,说:柯叔叔如果能帮我换个单位,小女子定是感激不尽。柯之春怜香惜玉,答应得也很爽快,说:我问问看吧。

　　两人交谈之时,伍美娟却突然走了进来。伍美娟虽然与柯之春在同一个单位同一个楼上班,却很少到柯之春办公室。偏偏今天,她从丈夫办公室经过,又想起刚才母亲打她电话,说文革有点感冒,顺便到柯之春办公室约他下班一起回父母那边。二人谈得正欢的时候,被伍美娟撞上,柯之春显得有些尴尬。伍美娟看了一眼陈好,又看看柯之春。柯之春正要介绍,陈好却站起身来,说:柯厅长,我这就告辞,谢谢了。说罢走了。伍美娟进来之前听到这女孩叫柯之春叔叔的,这么快就改口了。柯之春要起身,见伍美娟站在身边,又坐下了。柯之春抬起头,问:有事吗?伍美娟说:文革感冒了,下班后我们回去看看吧。柯之春平静地说:我知道了。伍美娟说过,便转身走了。伍美娟进电梯的时候,陈好正好在电梯里,伍美娟有意无意地看了一眼陈好。陈好双手交叉护在胸前,根本没在意伍美娟的审视,她心情很好。伍美娟看过之后,心生疑窦。这女孩好生漂亮,自己却从来没见过。伍美娟乘电梯到二楼,回到办公室。她倚在窗户前朝下看,不一会,就见陈好从楼里出来,出了大门。陈好出大门的时候,还回头望了一下大楼。女人的直觉告诉她,这女孩定是找柯之春办什么事,不然她那么娇滴滴地喊叔叔?

　　柯之春虽然有些扫兴,但两个女人走过之后,他的脑海里仍然是陈好的笑貌。他近距离地观察,更是觉得她像日本的小鹿纯子。是的,她就是小鹿纯子。她的动作、她的仪态、她的娇艳、她的身体,他都再熟悉不过。柯之春陶醉在对陈好的温馨想象中,被一阵急促的电话铃声吵醒。他抓起电话,是弟弟柯之夏的声音。夏儿说:哥,我的公司后天开业,你来捧个场吧。柯之春问他有什么需要帮忙的。夏儿说:你来就行。

　　星期六上午,柯之夏的商贸公司在合肥市繁华的芜湖路隆重开业。柯之春与商贸、税务等部门的领导及几家公司的总经理同台剪彩。柯之夏穿着笔挺的西装,精神焕发,李春燕一袭长裙,满脸红光,两人夫唱妇随,忙前忙后,不亦乐乎。中午,柯之春陪出席的嘉宾共进午餐。等客人走后,柯之夏走到哥哥面前,说:哥,谢了。柯之春坦然一笑,钻进车内。柯之夏夫妇和公司的员工目送着柯之春的专车远去。

  柯之春抽了一个多月主要是业余的时间,学习驾驶技术,很快就拿到了驾照。下班的时候,柯之春亲自驾车,并邀请伍美娟坐他的车。伍美娟拒绝了。伍美娟说:我还是骑我的自行车吧,不想占公家的便宜,让人见了说闲话。柯之春只好自己将车开回去了。他的专职司机倒落得自在。从此以后,除工作日和一些重要的公务活动外,他的专职司机基本上不需要出勤了。

  柯之春将陈好的事放在心上,几个电话,终于把她的工作敲定了。柯之春给陈好打电话,问她可想去某进出口公司上班。陈好很激动,用银铃般的声音说:当然想啊,还可以出国呢。柯之春说:那你下周去找一下里面的周经理。陈好说:好啊,那我怎么感谢你呢,柯叔叔?得到陈好的口头感谢,柯之春已经很享用了,但他在电话里仍然显得很平静,说:你先去上班了再说啊。陈好甜甜地"嗯"了一声。

  很快,陈好就在新的单位上班了。

  陈好说的感谢,绝不是虚言。周末的时候,陈好给柯之春打电话,问:柯叔叔,这个周末有没有空?我请你吃饭。柯之春若有所思,说:你请我吃饭,我当然有空了。陈好说:那好,明天不上班,我请柯叔叔。柯之春说:但是,话要说回来,你请客,我埋单。陈好说:那怎么可以?柯之春说:你刚参加工作,怎么能让你破费呢?陈好甜甜地说:那就让叔叔破费了。柯之春说:我明天下午给你打电话。

  第二天下午,柯之春坐在车里给陈好打电话,陈好很激动,她也许等他的电话多时了。柯之春说:我马上就到你住处附近接你。陈好用银铃般的声音回答他:好的,叔叔。半小时后,柯之春的小车停在了陈好所在小区的大门外，陈好已经等在了那里，照过面，就钻进车内副驾驶的位置上。陈好见柯之春亲自驾车很是惊喜，说：叔叔，我们去哪里？柯之春一边开车，一边问：三河去过吗？陈好摇摇头，说：没，听说过。柯之春说：我们去那里转转，晚上吃三河土菜。陈好妩媚地一笑，说：我听叔叔的。

将近一小时后，三河古镇到了。三河古镇自明设镇以来，至今已几百年历史。古镇依河而立，以古建筑著称。诺贝尔奖获得者杨振宁先生就出生在这里，其故居保留完好。近些年来，随着人们生活水平的提高，来此观赏游玩的人不少。柯之春与陈好饱览古镇风光，游到高兴时，他竟然有意无意地拉住了陈好的手。陈好心里有感觉，但没有拒绝。当夕阳西下，整个古镇笼罩在浅红的夕阳余晖中的时候，两人这才意犹未尽地走进了一家土菜馆。两人倚窗而坐。陈好冲柯之春妩媚地一笑，说：今天玩得好开心，谢谢叔叔了。柯之春说：开心就好。服务员未端上菜之前，陈好从背包里掏出一个精致的礼品盒，递给柯之春，说：你为我找了那么好的工作，我无以为报，送你一个小礼物，不成敬意。柯之春一边问是什么，一边接过礼盒。原来是一条精致的男人用的将军皮带。陈好问：喜欢吗？柯之春脱口而出：你送的，我当然喜欢。陈好又冲柯之春妩媚地一笑，正要说话，服务员却将菜端上来，她便打住了。服务员走后，柯之春从兜里掏出一个信封，递给陈好，说：我也给你准备了一份礼物，你回到住的地方再看吧。陈好说：这么神秘，那好吧，我收了。柯之春想象，陈好回到家后，打开信封，发现里面是五张面值各一千元的购物卡时，一定很惊喜。两人一边吃菜，一边喝着果饮，一边聊天。时间一分一秒地过去。很快，酒店的客人散了大半。柯之春看看手表，问陈好可吃饱了。陈好说吃得很好啊。柯之春吩咐服务员埋单，然后两人一同出了土菜馆。

回程的路上，柯之春将车开得很慢。两人正聊着的时候，伍美娟却打来了电话。柯之春看了一眼陈好，将车靠边停下。伍美娟在电话中说：你结束了没有？可来接我？柯之春说：还要一会。伍美娟在电话里说：那我自己回去了。挂了电话,柯之春却没有接着开车,他靠在驾驶位上轻微地舒了一口气。陈好问:怎么了?阿姨催你了?柯之春摇摇头,说:没什么。陈好低下头,摆弄着自己腿上的包。柯之春突然转过头来,直视着陈好。陈好抬起头,两人四目相视。陈好疑惑地问:叔叔你怎么了?柯之春没反应,仍然直视着陈好。陈好低下头。柯之春突然身子侧倾,伸手揽住副驾驶位上的陈好的胳膊。他用力过猛,陈好不得不将身子靠近。柯之春将陈好的身子扳过来,突然抱着她的头,疯狂地吻上她的唇。陈好一开始条件反射似的挣脱,但很快就顺从了。两人吻了好长时间才分开,分别坐回自己的位子。柯之春深深地舒了一口气,眼睛直视着前方。陈好低着头,不说话。这时,后面响起了急促的喇叭的催促声。柯之春对陈好说了一声:对不起,你太美了。然后将车开启。陈好没回应,低着头,一路无语。

柯之春将陈好送到小区门口,又说了一声:对不起。陈好看了他一眼,浅浅地妩媚地一笑,算是回应,然后下了车,默默地走进小区。

柯之春回到家,伍美娟正坐在床上看电视。柯之春与她打声招呼,便钻进卫生间洗澡去了。他洗澡的时候,伍美娟却下了床,翻看他的衣服口袋和公文包。结果她发现了那张两个人在一起吃饭的发票,一百多元,而且是在三河。她还发现了那只精致的皮带盒。柯之春平时当领导当得八面玲珑,周到细致,在生活中却不拘小节,粗心得很。而伍美娟平时大大咧咧,粗线条似的,但一旦敏感起来,心比针尖还细。伍美娟的敏感是从上次陈好到柯之春办公室开始的。这个女孩这么年轻,这么漂亮,称柯之春叔叔。伍美娟也明白,在官场上酒桌上,叔叔已经不是严格意义上的长辈了,而是经常被用来掩饰某种关系的幌子。女人的直觉告诉她,这个女孩有事要求柯之春,柯之春有滑进温柔陷阱的可能。女人没有直觉也罢,有了直觉之后,偏偏很灵。接下来的日子,柯之春喝了酒回到家,伍美娟都不忘检查一下他的衣物、手机和公文包。她发现了那条柯之春一直没有系的金利来领带,也发现了柯之春经常给一个叫陈好的人打电话。陈好不是那个女孩还能是谁?侦察工作总是在悄悄地进行着,柯之春这个自以为很聪明的大傻瓜,还被蒙在鼓里。

伍美娟重新坐到床上看电视。她表面若无其事,内心却燃烧着一团火,妒火,怒火。柯之春穿着睡衣从卫生间里出来,这时才想起问伍美娟:你从爸那坐公交车回来的?伍美娟没有直接回答他,而是扭过头,冷冷地说:你晚上在哪吃饭的?柯之春一副泰然自若的样子,说:在酒店啊。说着,坐到床头。伍美娟突然厉声说道:你是和陈好在一起。柯之春这一惊非同小可。他愣了一霎儿,脑筋急转弯,她怎么会知道我与陈好在一起呢?莫非今天在三河,我和陈好在一起时被她的什么熟人撞见,向她通风报信不成?既然如此,她又怎么会知道是陈好呢?柯之春反问一句:你说什么?伍美娟冷冷地重复着刚才说的那句话:你是和陈好在一起。柯之春佯装镇定地扑哧一笑,正要说话,不想伍美娟再也忍耐不住,她一骨碌翻身下床,然后转过身子,直视着柯之春,愤怒地说道:柯之春,我警告你,好自为之,你不要玩火,玩火必自焚。说罢,冲出卧室,然后进了文革的房间,砰的一声将门关上。

柯之春丈二和尚摸不着头脑。他直挺挺地躺到床上。她是怎么知道我和陈好在一起的呢?莫非陈好送我的皮带被她看见了?那上面有陈好的落款?柯之春从床上跳下,走到客厅将公文包打开。里面的皮带盒完好如初,上面并没有陈好的落款。他又走到衣架前,从西裤的口袋里掏出皮夹。他看到了那张发票。当时为什么不将发票扔了呢?就是想着可以报销,也要将它放好。我怎么这么不小心!她看到这个了,所以她刚才问我在哪吃饭。但是,看到这个,又怎么知道我是和陈好在一起的呢?

柯之春低估了女人的智慧。他百思不得其解。他原本认为,如果自己不说,这将永远是个秘密。柯之春转念又想,就是和陈好在一起,自己也没做过什么大不了的事,逢场作戏罢了,男人嘛,她又不知道我吻了陈好,她何必如此动怒?本来没有事,何必非要弄出事来?当下之急,是要缓和两人的关系,平息伍美娟心头的怒火,毕竟自己有不当之处。柯之春将皮夹放回西裤口袋,走到外面卧室的门口,轻轻地敲了两下,没有回应。他接着又敲了几下,还是没有回应。柯之春站在门口,隔着门朝里面喊:我又没做错什么,你生什么气?仍然没有回应。没有回应就对了。要是有回应,就不是伍美娟了。她的个性就是刚烈,没有回旋余地的。柯之春没有坦白,没有承认错误,没有对她保证不与其他任何女人交往,她怎么会开门呢?柯之春在门口站了一会,悻悻地回到卧室。因为这事,夫妻二人居然开始了结婚以来第一次的分居。

  柯之春一连几天坐在办公室里心事重重,什么事都不想做。他很纳闷:美娟怎么会知道我是和陈好在一起的呢?奇了怪了!

12

  白驹过隙,光阴似箭,转眼,新千年不期而至。
  说来很巧,新千年的时候,柯家的老太太巫竹梅正值百年。巫竹梅,1900年1月18日生,历经晚清、民国和新中国三个不同的时期。世纪风云的变化,已经在她的脸上刻满了沧桑。她虽然身体没有什么大毛病,脑溢血也没再犯过,但是,她目光有些呆滞,反应有些迟钝,言语极少,行动也不太方便了。更多的时候,她一个人默默地靠在躺椅上,观察外面的情况。只是在人走近时,她才会有所反应,会扭过头看,有时会冲你微笑。微笑是她一生的标识。村里经常有人上门,问她:老太太,你看我是谁?老太太端详着来人,只是笑,答不上来。她只能记住家人的名字了。
  老太太百岁,方圆十里,仅此一人。
  老太太生日的时候,柯尔蒙兄弟俩为她在葫芦岛隆重地摆了一次寿宴。这些天,柯家外出的所有的人都回来了。冬儿专程从美国赶回。不仅如此,连邻村的一些人,还有团结村的领导也慕名而来。李霜天和李明清老支书都来了,他们也都是快八十的人了,身体很好,精神也佳。李霜天领着自己的孙子孙媳妇到卫秀兰面前,对他们说:叫老太太。年轻人异口同声叫了。卫秀兰上前打量着李霜天孙媳妇,说:孙媳妇都娶进门了,只是没邀请我们喝喜酒。李霜天说:他们旅游结婚,都没空回来。李惠惠一直把卫秀兰当亲姐妹,视老太太为至亲,她几年前已搬到城里与儿孙一起住了,今天举家来到葫芦岛。老太太看到她,一眼就认出,只是想了半天才叫出她的名字。每户人家派代表出席老太太的寿宴。这天,老太太穿了一件崭新的棉袄,她满头银丝,容光焕发。她知道这是她的寿日,谁与她打招呼,向她贺喜,她都会慈祥地报以微笑,示意来人坐。

　　柯之春一家三口的到来,引发村里人的好奇和称赞。熟悉他的年长一些的人说:过去的泥娃子,现在做了大官。柯之春这次再也不能见到傻子了。因为傻子在去年冬天去世了,他没能挺到新千年,也没能挺到见春儿最后一面。春儿有感而发,抽空到他的坟头烧了一摞纸,算是祭拜。说来非常巧合的是,去年冬天,就在傻子死后的第二天,傻子心目中的大坏蛋李明波老支书因病而死。他的死并没有在柯家引起太大的反响,人已去,一切过往也随他而去。生活依旧。

　　文革大部分时间都坐在老太太身边,老太太一直握着他的手不放。

　　席间,来宾让柯尔蒙说几句话,柯尔蒙说:就说一句,希望我母亲多享几年福。李霜天自告奋勇站起来,瘪着嘴——他的牙已经光荣地"下岗"了好几颗——说:这些年,我们村人丁兴旺,风调雨顺,大家安居乐业,都是托老寿星的福,她老人家罩着我们。李惠惠不忘奚落他:你这一辈子就算这几句话有水平。引得众人大笑。

　　老太太寿喜第二天,各路人马,哪里来回哪里去。湖边村民组又安静下来,葫芦岛也安静下来。葫芦岛仅剩下柯尔蒙夫妇陪着老太太。

　　但是就在这天晚上,老太太巫竹梅突然在家里寿终正寝了。这是一个月白风清的夜晚,柯尔蒙老两口坐在电视机前看电视,巫竹梅坐在他们身侧的躺椅上闭目养神。要是平时,老太太该上床了,但是今天她却没有要睡的想法。也许是余兴未了,也许是她需要对过往的生活重新来一番回味,她没有要起身上床的迹象。她安详地坐在躺椅上。待到柯尔蒙和卫秀兰将一集电视剧看完,转身扶她上床休息时,却发现老太太坐在躺椅上一动不动了。柯尔蒙弯腰喊了一声"妈",老太太没有回应。卫秀兰轻轻地推了推老太太,老太太无动于衷。两人大为惊骇。柯尔蒙伸手试一下老太太的鼻息,哪里还有一点气息?柯尔蒙又推又喊,没有任何反应。老太太真的走了。卫秀兰脸色大变,悲从中来,忍不住伏在老太太的腿上哭起来。柯尔蒙不停地呼喊着母亲,泪水唰唰而流。

老太太巫竹梅表情如此安详,她走的时候脸上挂着幸福的微笑。她是无疾而终,身体器官像机器的零件,运转了一个世纪,终于老化,她是衰竭终老而去的。

李惠惠这天恰巧住在乡下的老屋,没有回城里,她隐约听到有人在哭泣。她拍了一下老伴,让他仔细听,是不是有人在哭。她没有等老伴回应,就走到窗前,侧耳细听。葫芦岛的风向是朝着村里的。是哭声,而且有些熟悉。尽管她与卫秀兰交往几十年,从来没有听到过卫秀兰哭过,但是,她断定这是卫秀兰的哭声。她哪里来得及犹豫,就手拿了一件外套披在身上,对老伴说:葫芦岛,快,去看看。

老太太走了,事发突然,李惠惠始料不及。她控制不住自己的感情,伏在老太太的另一条腿上号啕大哭。哭了一阵,她抬起头,对老伴说:速去村里报信。李惠惠老伴转身奔向屋外。很快,全村人都知道了,他们第一时间赶到葫芦岛。有人陪着哭泣,有人劝慰柯尔蒙和卫秀兰节哀顺变。李明清老支书说:老太太寿终正寝,虽然不幸,却也是喜事,寿星已是百年。他这一说,卫秀兰止住哭,在李惠惠的搀扶下,坐到椅子上。老太太这一走,有很多的事需要她和柯尔蒙料理,办老太太的后事要紧。好在寿衣棉帛早已准备好了,棺材在二十年前就已置办。柯尔蒙心情沉重,身心疲惫,好在有乡亲们帮忙。

柯尔明和丰菊花连晚赶了回来。按照乡下的习俗,老太太在家只能停放三天。这三天里,柯之春、柯之夏、柯之秋等都赶了回来,柯尔蒙兄弟带着春儿、夏儿和秋儿为老太太守灵。考虑路远,又是刚刚离开葫芦岛,柯尔蒙没有通知远在美国的冬儿。他要等到将老太太的后事办好之后再告诉她。

村里商议,在湖边村民组的坟茔一侧,选一块宝地,作为老太太的安葬之地。这座经世近百年的坟茔,听说即将要搬迁。但是,在搬迁之前,他们还是决定将老太太安置在这里。这是一种朴素的感情使然。

出殡那天,为老太太送行的人们排起了长龙,似乎是从葫芦岛一直延伸到东边的坟茔。吹拉弹唱,好不热闹。村里人将老太太的后事当作喜事办了。

一百年烟波浩渺,一百年风云际会。斯人已去,岁月依旧。

13

任小辉知道自己捅了娄子,与柯尔明甚至丰菊花同在一个市委大院上班,低头不见抬头见,自己今后将无法面对他们,于是,他想起了孙子兵法的"三十六计,走为上计"。他动用过去的关系,居然将自己调到安庆市工作了,成功地逃离了这个小县城。

具有讽刺意味的是,他动用的关系居然就是自己的老上级——柯尔明的前岳父邹启环。任小辉星期天的时候找到邹启环家,才知道邹启环全家已搬到安庆定居,包括邹天香母子,邹启环家已是人去屋空。任小辉赶到安庆,找到了邹启环,说出自己的苦衷,当然他是不会说出与柯尔明的尴尬的关系的。很快,邹启环就将任小辉调到刚成立不久的安徽师范学院,做办公室主任。任小辉感叹不已。以后我再也不会看你柯尔明的眼色行事了,也不会看到你丰菊花心里难受了。

邹天香母子迁居安庆,柯尔明是从管大姐那里得知的。邹天香离开时,管大姐问她:你不带堂儿与他道别吗?这些年,好歹他资助了你们母子。邹天香叹了一口气,说:那又何必?我们远离这块是非之地,他心则安矣。

但是,让那个任小辉轻而易举地离开了这里,柯尔明却是愤懑不已,心想:这岂不是太便宜了他?想着他与邹天香等人走得很近,柯尔明如鲠在喉,却也是无能为力。

这段时间,柯尔明的思绪一直被丰菊花所困扰。他越想越不是滋味。丰菊花年轻的时候,居然被姨父迷惑失身,犯了人伦大忌,柯尔明想起这个就觉得恶心。人往往就是这样,不知道一些秘密,便也相安无事;一旦知道了个中秘密,总是挥之不去,心之所惑,更为其困。柯尔明就是被这样的一种状态折磨着。好长时间,他与丰菊花没有了床帏之言,更是没有了床笫之欢。不是他不想,而是他失去了兴趣,理性战胜了本能。丰菊花何尝不想?她战战兢兢,唯唯诺诺,亦步亦趋,谨小慎微,但是,她仍然没有得到柯尔明的宽恕。一味地忍耐不是丰菊花的性格。与其不冷不热,还不如轰轰烈烈,我为什么要受这等折磨?丰菊花在忍耐了很长的一段时间后,终于与柯尔明大吵了一顿。那天是个星期天,母亲戚晶回郊区自己的家了。丰菊花刚刚将女儿柯之华安顿睡下,柯尔蒙便拎着个包准备出门。他连与丰菊花打一声招呼也没有。丰菊花问:你要去哪里?柯尔明冷冷地说:回葫芦岛。丰菊花说:你女儿也不问了吗?柯尔明没回应,径直往外走。以前回葫芦岛,他都是带丰菊花、华儿一道的。丰菊花来气了,说:这日子没法过了!丰菊花以为她生气了之后,柯尔明会转身与她大吵一顿,但是,出乎她预料的是,柯尔明根本没有理她,反而加快了步伐,走出了门。丰菊花气得肺都要炸了,她转过身,重重地坐在沙发上,大口地喘气。这时候,柯之华突然从卧室里跑出来,揉着眼睛,喊了一声"妈"。显然她是被母亲的声音吵醒了。丰菊花伸手将柯之华搂进怀里,看着女儿,眼泪都出来了。

柯尔明在葫芦岛待了大半天,晚上才回到家。丰菊花见到他,表情冷漠。她做自己的家务,与柯之华逗乐,像家里没有柯尔明这个人一样。华儿却突然走到柯尔明面前,瞪着眼看着他。这天晚上,柯尔明与丰菊花居然没说上一句话,两人开始了冷战。丰菊花晚上陪华儿睡在母亲的房里,将一张柔软的大床让给了柯尔明。但是,第二天,戚晶就回到了学堂巷的老屋,丰菊花只好又回到自己的卧室睡。但是,冷战仍然继续着,两人背对背,不说话。

突然有一天晚上,丰菊花对柯尔明说:我们离婚吧。丰菊花话说得极为平静,平静得似乎超出了她的年龄。柯尔明大为吃惊。经历那些事后,他虽然对丰菊花心生恶感,但是还从来没想到离婚。"离婚"二字,从丰菊花嘴里吐出,似乎不合他们家的常态,这应该由柯尔明提出才是,她丰菊花凭什么提呢?但是,丰菊花确确实实非常平静地提出了"离婚"二字。柯尔明尽管内心疑虑和惊骇,表面上却平静如常,他说:你想好了吗?似乎是在与丰菊花比拼内力。丰菊花说:我想好了,这样的日子没法过了。柯尔明看丰菊花态度似是坚决,也不低头,反而轻飘飘地说:那我们是上法院还是协议离婚呢?柯尔明是懂得一些法律知识的,他当过政法委书记呢。柯尔明这一问,丰菊花却没想到用什么方式。她没想到,说明她还没有考虑好。她没有考虑好,说明她并不是真想离婚,而是以此来要挟柯尔明,逼他回归正常的家庭生活。就凭她这一迟疑,柯尔明已经试出了她的底细。丰菊花沉默。柯尔明一副若无其事的样子,他宽衣解带,欲上床就寝。就在这个时候,丰菊花突然站起,转身从后面抱住柯尔明。丰菊花不说话,柯尔明站在床边不动。两人伫立良久,丰菊花将头埋在柯尔明的后背上,说:忘掉过去好不好?我只想平静地生活。柯尔明仍然站在那里,既不拉开她的手,也不说话。丰菊花又说:想想我们的孩子吧。说到孩子,似乎触动了柯尔明。柯尔明悄悄地转过身来,他看了一眼丰菊花。此时,丰菊花已是满眼晶莹的泪花。在男人面前,女人是不能哭的,一哭,男人就心软。柯尔明终于伸出双手,将丰菊花抱住,然后又抽手擦她的眼泪,冲她一笑。柯尔明说:我们上床吧。丰菊花点点头,开始脱自己的衣服。柯尔明一边看着她脱衣服,一边问:我们还离婚吗?丰菊花破涕为笑,冲他摇了摇头。两人同时躺到床上。

新千年之后,一场席卷全国的有关房屋政策的改革之风刮到了桐城市。体制内的工作人员包括离退休人员,单位分配的住房也就是福利房,可以通过向单位购买的方式转为个人住宅。柯尔蒙兄弟是这项政策的受益者。他们交了房款,市委大院的两套住房就划归他们名下了。柯尔蒙一家完全可以搬到市委大院那套属于自己的房屋住,也可以搬到学堂巷与柯尔明一家住在一起,但是,因为卫秀兰,还有母亲巫竹梅生前都眷恋葫芦岛那一片热土,他们放弃了回市区居住的想法。市委大院的那套房子与柯尔明的那套一样,一直空着。

但是,丰菊花却打起了柯尔明在市委大院的那套属于他们自己的房屋的主意了。丰菊花说,华儿大了,已经上学了,自己父母年纪也大了,父亲已退休,不如让他们住市委大院,这样离学堂巷近,也便于他们接送华儿上学。柯尔明心想,反正空着,就让他们住吧。于是,丰菊花的父母丰会计和戚晶就搬进了市委大院。

13

女人的敏感是阻止不了男人的欲望的。柯之春还是与陈好走到了一起。

柯之春与陈好上次一起去三河之后,又见过一次面。那次见面,两人的关系又进了一步。也就是在这次见面的时候,柯之春向陈好提出了一个大胆的想法。他试探着问陈好:你不邀请我到你宿舍去看看吗?陈好深情地看了柯叔叔一眼,妩媚地一笑,用银铃般的声音说:好啊。看来,她已做好了迎接柯叔叔到来的准备。

陈好一个人租住在一套两室一厅的房子里。房间里倒是很整洁。柯之春啧啧称赞,也许是新鲜吧。伍美娟把自己的家打理得那么温馨、整洁,柯之春却从来没称赞过。柯之春坐到客厅的沙发上,四处张望。陈好以主人的姿态,为他泡茶、削苹果,然后乖巧地坐在他身边。两人说着话。柯之春喜欢将在日本的所见所闻与中国的一些现象做比较。比较到人时,他突然想起日本的小鹿纯子,话戛然而止。他专注地看着陈好。陈好什么都好。他突然伸手将陈好揽入怀中,疯狂地吻她。陈好虽然被动,却也是顺应其意。两人很快如胶似漆。这一天,柯之春从陈好那里享受到了颠覆式的从未有过的快乐。陈好对他投桃报李,将自己人生第一次献给了他。夜里,柯之春离开时,陈好情意绵绵,眼睛里充满着无限的爱意。柯之春依依不舍,从包里掏出一万元现金,递给陈好。陈好接过,柔声问道:为什么要这样?柯之春以长者的口吻说:拿着,你需要的。

柯之春怎的出手如此大方?因为上个月,柯之春受一位老同学所托,促成了一家国营灯具厂的改制。为表示感谢,老同学送十万元辛苦费。柯之春坚决不收,老同学生气了,说:你这又不违反政策,国家提倡搞活经济,改制势在必行,你为国家解决这么一个老大难问题,做了这么大的贡献,得一点辛苦费有什么不妥?现在都是市场经济,人际交往也是市场经济,你叫我永远欠你的人情吗?老同学说完,硬是把钱塞进他的车里。柯之春想想也是,现在很多人明着想点子从公家捞钱,我是实实在在地做事,拿一点好处费名正言顺。柯之春越想越心安理得,越想越心情舒畅。这么多钱拿到手,送一点给心仪的人有什么不可?

柯之春夜里回到家,伍美娟已经上床睡了。伍美娟睡在外面的卧室,卧室的门关得严严的。柯之春蹑手蹑脚地走到伍美娟的门口,用手推了推门,哪里推得开。显然,伍美娟对他生气了,或者有些失望。柯之春从天堂一般的境界,回到现实。他只好冲了个澡,独自回到里面的卧室。他一个人躺在偌大的一张床上,这才想起,自己对不住伍美娟了。伍美娟工作敬业,在单位从来没有给我拖后腿;伍美娟持家,把家里拾掇得井井有条;伍美娟对自己忠诚,她形象佳,条件优越,性格开朗,她不是没有机会,但是她从来没有越雷池半步。伍美娟现在唯一的不足,就是年龄在增加,容貌在褪色,这个时候,我是不能见异思迁,偷尝禁果,而是应该与她坚守的。想到这里,柯之春开始悔恨了,他甚至伸出手狠狠地扇在自己的额上,夜幕中发出啪一声清脆的响声。

他一个人躺在床上辗转反侧,陈好又突然跳到他的面前。她活泼、俏皮、甜蜜、艳丽、丰满。她善解人意、柔情似水,又热情火辣。这样的女子,人间精灵,他又怎么舍得放弃呢!

第二天,柯之春是被房间里的响声惊醒的。他睁开眼睛,发觉伍美娟突然坐在他的床头,大吃一惊。伍美娟背对着他,脱去自己身上的衣服,露出自己雪白光滑的背。她在换衣服,刚才的响声是她开卧室里衣橱的声响。柯之春欲言又止,他瞪着眼睛看她的后背,好美。伍美娟虽然已到中年,但皮肤仍然光滑细腻润泽。柯之春直想上前去搂住她,但是,他终究没有上前,只是静静地躺在床上欣赏她的后背。伍美娟听出床上轻微的响动,全然不顾他的存在,她有条不紊地穿上胸罩,然后穿上去上班的衣服。做完这一切之后,她站起身,目不斜视,傲傲地走出卧室。不一会,柯之春就听见哐的一声关门的声音,伍美娟丢下一个空荡荡的家给柯之春,上班去了。

两人分床睡已经不是一天两天了。只是有时候,柯之春性起,要维系安定团结大局,对伍美娟甜言蜜语,伍美娟才没有言行抗拒,两人偶尔睡到一起。但是,伍美娟看不到柯之春骨子里的变化,冷战又开始了。平时,两人很少交流。伍美娟仍然看她的电视,做她的家务,准备两个人的早点。但是,叫伍美娟主动迁就他的不是,恐怕很难。在单位,在别人面前,两人依然是一对令人羡慕的夫妻。江山依旧,却不掩云谲波诡,暗流涌动。

柯之春看看时间,立马起床,然后胡乱地削个水果吃了之后,便也走出门。这是伍美娟很长时间以来第一次没有给他准备早餐,他也只好看见什么吃什么了。

柯之春坐在办公室处理完两份公文,刚刚抬起头准备喝口水,就见弟弟柯之夏不声不响笑眯眯地走了进来。柯之春问:你怎么来了?柯之夏到他办公室,从来都是先打电话的。柯之夏精神焕发,逗哥哥乐似的说:我就知道你在办公室。然后,大大方方地坐到柯之春对面的椅子上。柯之春却没有那么好的心情,问:说,什么事?柯之夏又笑了,说:哥,你以为我又找你什么事啊?才不呢。柯之春略感诧异,直视着他。柯之夏停顿了一会,这才说道:我是来感谢你的。柯之春仍然直视着他。柯之夏接着说:哥,你真得表扬我一句才是,公司自成立以来,从无到有,从有到大,现在我都不敢想,竟然壮大到这种地步。柯之春插了一句,问:壮大到何种地步?柯之夏说:告诉你吧,公司上个月的净利润就达八十万。柯之夏脸上挂着笑,等着哥哥的夸赞。但是,哥哥向来都是吝啬溢美之词的,何况他今天心情并不好。柯之夏期待已久的哥哥脸上的笑容并未出现,微微有些失望,他只好接着说:前几天,我去看车……说到这,柯之春立即打断他的话,说:你不是有车吗?柯之夏卖关子似的,不急不慢,站起身,"我喝口水",便走到外面拿起纸杯倒了一杯纯净水,喝了几口,回到原位,说:我一个公司老总,生意越做越大,桑塔纳显然不适合我了。柯之春问:要换什么车?柯之夏爽朗地说:宝马。柯之春皱了一下眉头,说:动不动就是宝马,暴发户似的,干吗不低调些呢?柯之夏收住笑容,说:现在做生意都讲究排场,与你谈生意,看你开什么车,在什么档次的饭店吃饭,我也得顺应潮流。柯之春无语。柯之夏观察着哥哥脸上表情变化,说:要么这样吧,我买一辆奥迪A6也可以,既大气,又不失身份,坐在里面更像是一个国企老总呢。柯之春展颜一笑,奚落他:别又动不动以老总自居，还是低调一点吧。柯之夏耸耸肩，说：好的，低调。突然想起什么似的，他又说：我刚才不是说要感谢你吗？最近选车，跑了好几家4S店，我在想，你有专车上班，嫂子每天不好坐你的车，我就给你们买一辆车，让嫂子开，下班了你也可以开的，算是我感谢你们。柯之春反应很快，摆摆手，说：千万别，我们不需要。柯之夏说：那怎么成？我得感谢你们。柯之春说：我们又没给你公司帮上什么忙，感谢什么？柯之夏摇摇头，说：你们已经给我帮了很大的忙了，你和嫂子为我和春燕调动工作，你还参加了我公司的开业仪式，送辆车，做弟弟的心意啊。我看一辆红色别克很好的，适合嫂子开，也不贵，你就收下吧。柯之春笑起来，说：做生意是有风险的，要多为以后考虑，干吗不省些钱呢？柯之夏也笑了，说：我知道的，哥，你放心吧。柯之春说：我回去问问你嫂子，看她可喜欢。柯之夏说：弟弟送的，不必顾虑的，一番心意嘛，就这样定了。说罢，站起身来，走出了门。柯之春起身送他，看着他远去的背影，摇了摇头，心里却是为他高兴。

柯之夏说到做到，不出几天，就将一辆挂临牌的红色别克送到了柯之春宿舍楼下。柯之夏打哥哥的手机，以不容置疑的口吻说：哥，你和嫂子下来。柯之春夫妇下楼，眼前一亮。那辆红车红得透亮，红得耀眼。柯之夏将车钥匙递给伍美娟，说：嫂子，给。伍美娟颇为激动，说：真给啊？这么贵重的礼物。柯之春不以为然，说：夏儿客气，你就收下吧。伍美娟对夏儿说：上次学的驾驶，还真有用。伍美娟邀夏儿上楼，到家歇歇。柯之夏说：不了，我还有事。说过，转身走了。他自己的司机在外面等着他。伍美娟按动钥匙开门，坐进车内，然后发动了汽车。柯之春上前几步，对车内的伍美娟说：要我帮忙吗？伍美娟没搭理他，将车开出，停在前面的一个固定车位上。柯之春站在那里显得有些尴尬，见车离开，便自个儿回家了。

柯之春和伍美娟在夏儿面前有说有笑，和善亲密，但夏儿一走，两人的笑容顿时消失，伍美娟根本不想搭理柯之春。伍美娟凭女性的敏感，加上她的观察，认定柯之春仍然与陈好保持着联系，而且关系应该是越来越亲密，这是她不能原谅的。她曾经非常严肃也非常郑重地提醒过柯之春,也警告过柯之春,要顾及干部身份,负起家庭责任,履行夫妻忠诚义务,适可而止。她后来甚至用了"悬崖勒马"这个词。但是,柯之春仍然我行我素,百般掩饰和狡辩。伍美娟并不想像有的女人那样挖空心思逮他个现形,这不是她的行事风格,那样只会将事情弄得更糟。一个人的回归本位,是他的心,而不是他的身体和语言。伍美娟珍惜夫妻情分和这个家,所以她默默地忍受着、等待着、煎熬着。女人的内心是脆弱的,女人的内心又是强大的。柯之春仍然对伍美娟讨好,主动承担过去不曾做过的家务活,仍然带一些不用自己花钱的礼物给伍美娟,仍然带一些钱回来让伍美娟保存,对伍美娟说是讲课费,与工作没有关系的外部的回扣。但是,伍美娟对这些都不屑一顾,冷漠得近乎残酷。实质问题没有改变,做这些又有什么用呢?特别是对金钱,伍美娟更是没有过多的奢求。我该得的,一分也不能少;不是我的,一分钱我也不想要。伍美娟看到柯之春递上来的装钱的包裹,总是冷冷地说:要存你自己存,也许就是不该得的。柯之春像一块热铁被浇上了冷水。这个时候,伍美娟强迫自己冷静。伍美娟与柯之春进行着冷战,她希望柯之春回心转意,所以没有采取进一步的行动。但是,她心里是苦的,有时也是带着恨意的。

有的人倒霉起来,喝水都硌牙;走在街上,能被掉下的橱窗玻璃砸个半死。有的人幸运起来,能遇到天上掉下的馅饼,好事比做梦还来得容易。柯之春就是属于这种幸运的人。他被提拔为副厅长才三年多,因为老厅长鲍德文退休,因为其他的副厅长大都没有正规的学历,因为他早已是被确定的梯队中的人选,所以他顺利地登上了厅长的宝座。接到任职文件的第二天,他就搬到了老厅长鲍德文的办公室。厅里很多人都向柯之春道贺,说些溢美之词。最高兴的莫过于章化雨了。他为柯之春忙前忙后,帮柯之春整理办公室。柯之春坐在厅长的位置上,观赏着窗户上摆放着的盆景时,心里有着说不出的惬意。

伍美娟是在第一时间得知这个消息的。早在组织上考察柯之春的时候，柯之春尽管没对她说，就有单位的同事对她透露了，并向她提前道贺。伍美娟并不感到惊喜。柯之春一路升迁，她已经习以为常了。柯之春职务再高，对她来说，已经没有了现实的意义。她是不会那么虚荣的，金钱、荣誉、职位，对她来说，都没有称职的丈夫重要。她还是她，还是从前的伍美娟，柯之春却不是从前的柯之春了。柯之春变了，变得连伍美娟都对他感到陌生。有时她甚至在想，要是柯之春没有了一官半职那该多好。他们像在农村时那样，甜蜜，幸福，是一对令人羡慕、被人称道的夫妻。现在，她比任何时候都希望他们做一对平常夫妻，维系幸福的家庭。可是，柯之春却放弃了自己的初心。世界在变，时代在变，柯之春该变的没变，不该变的却变了。柯之春兴致勃勃地将一纸公文带回家，递给伍美娟时，以为伍美娟会对他展颜一笑，并为他喝彩，却没想到伍美娟并没有接，而是冷冷地带有讽刺意味地对他说：祝贺你啊，又高升了，你可以春风得意了。柯之春显得很尴尬，将递出的公文收了起来，转身坐到沙发上狠狠地叹了一口气。柯之春何尝不知道伍美娟态度冷漠的症结所在？职务的诱惑太大了，陈好的诱惑太大了，他有勇气尝试禁果，却没有勇气抽身。面对伍美娟，他也是痛苦的。痛苦归痛苦，他仍然身陷其中，一味要享受痛并快乐着的生活，无法自拔。

两人因为冷战，已经很长时间没有回葫芦岛了，让长辈们心生无限的牵挂和惦记。

夏儿与哥哥有着很大的不同。夏儿头脑灵活，目光敏锐，胆大心细，似乎天生就是做生意的料。短短的几年时间，柯之夏的公司越做越大，他就成了名副其实的董事长。柯之夏业务繁忙，李春燕是一名小学教师，也不比他闲多少，两人都是早出晚归。只有晚上，或者双休日，两人才会相聚。好在李春燕有了自己的轿车，她已经将最后一辆自行车、最后一辆轻骑，尘封起来，开着与夏儿赠送给嫂子那辆红色别克一样的车上下班了。柯之夏总是把生意上的每一分收获和成绩带回家，与老婆李春燕分享。他陶醉于李春燕对他亲昵的打赏。李春燕像夸她的学生一样,对夏儿说:来,老公,奖励一个吻。夏儿便乐呵呵地蹿到李春燕跟前拥吻。在家的时候,夏儿经常会展示自己的厨艺,炒几个好菜给李春燕和春天品尝。其时,春天已在李春燕所在的小学就读,与母亲李春燕同出同进。每隔两三个月,夏儿小家三口定会回葫芦岛看望父母和岳父母。合肥离桐城也就两个小时的车程,夏儿亲自驾驶,一家人说说笑笑就到了乡下。夏儿全家的到来,可把奶奶卫秀兰乐坏了。夏儿他们也从乡情亲情中享受到了无比的幸福和快乐。生活,就是这样延续着,夏儿和李春燕乐此不疲,他们是快乐的。

14

柯尔明从桐城市委副书记的位子上退下来了。

柯尔明是自己主动向组织上提出退休的。他完全可以在市政协、市人大常委会领导岗位上再干五年,但他没有犹豫就提出了退休。一些人很不理解。谁不想在领导岗位上多待几年呢?

丰菊花就不理解。她埋怨说:你的思维就是与别人的不一样。

柯尔蒙却理解弟弟的做法。反正是退,迟一点退,早一点退,区别不是很大,就看你自己怎么考虑了。

柯尔明是有所考虑的。人到这个时候,还有什么事想不开呢?现在华儿上学了。华儿是他的希望所在,他要全身心地投到华儿身上,不让她输在人生的起跑线上。中年得女,老年操心。华儿刚上小学时,成绩一直很好,在班上名列前茅。但是,到了五年级,成绩却下降了,这让柯尔明忧心如焚。柯尔明心想,这都是因为自己和丰菊花忙于工作,华儿交给外公外婆带荒废了学业。所以,他要回归家庭,亲自督促华儿学习。

丰菊花照常上班,家务活及督促华儿学习的任务几乎都由柯尔明揽下了。柯尔明在政坛有声有色,退下来后,宅在家里,实属难得。

星期天的时候,柯尔明就想去葫芦岛与哥哥一聚。母亲在世时,哥哥陪母亲难得出门一次;母亲去世后,哥哥虽然退休在家,却也很少到县城来一趟。兄弟俩要想聚聚,只有柯尔明去葫芦岛了。他去葫芦岛,只想陪哥哥钓钓鱼,说说话。丰菊花听说他要去葫芦岛,也要跟着去。柯尔明说:叫华儿一起。

柯尔明退下来后,他的专车自然也退了。柯尔明出行,只能步行和花钱买票乘车了。就在前不久,市区到日月湖南岸通了公交车。这路公交似乎是为柯尔明一家设的,他们去葫芦岛方便得很。

柯尔明没看到哥哥柯尔蒙,问嫂子:哥呢?卫秀兰指着湖边,说:一早就钓鱼去了。在葫芦岛,柯尔蒙夫妇有着明确的分工:柯尔蒙主要负责葫芦岛的绿化和菜园,卫秀兰负责转包自家的农田。因为孩子们一个一个转到城里,现在他们家的农田也少了。这些农田,卫秀兰打点起来也不费事,包给李霜天和李晓毛就行了。李霜天儿子早年没考上大学,长期在外打工,孙子倒是考上了大学,毕业后不仅在深圳工作,而且还成了家。李霜天老两口去儿子那看过,但是待不惯,恋着湖边老土,住了几天就回来了,他们成了地地道道的留守老人或者说是空巢老人。老两口面朝黄土背朝天,一辈子与农田为伍了,好在他们身体还算硬朗。在湖边村民组,像李霜天这样的老人比比皆是,因为他们的儿孙都在城市。更有一些农户家铁将军把门,全家都搬到城里。湖边村民组留下大片荒废的农田。李霜天和李晓毛等人承揽了村里除了荒废的农田外几乎所有的土地。他们雇人机械化耕作、收割,再也没有过去那么累了。李霜天儿子多次劝他不要下地了,粮食可以买的,李霜天训他儿子:我当了一辈子农民,你叫我买粮食吃?就是那份执着,他一辈子离不开土地。农村是农村,却再也看不到过去农忙时节热火朝天的场面了。现在已是秋天,正是钓鱼的好时节。柯尔蒙对钓鱼一直情有独钟。在葫芦岛上，不愁没有鱼吃。钓得多了，柯尔蒙总要分一些送给李霜天他们吃。所以，不仅葫芦岛，连李霜天他们，一年都不需要买鱼吃。

柯尔明还没进屋，就对卫秀兰说：嫂子，你给我准备一副鱼竿。卫秀兰连忙进屋，拿出钓鱼竿递给柯尔明。柯尔明冲丰菊花耸耸肩，提着钓鱼竿就去了湖边。丰菊花和华儿随卫秀兰进到屋里。

柯尔明刚走，李晓铁、春桃老两口拎着刚起地的花生来到葫芦岛。春桃看到丰菊花和华儿，夸华儿说：华儿长这么大了，越长越漂亮。说着，就将花生递给亲家母卫秀兰，说：我们家的花生是村里收得最早的。卫秀兰也不客气，收下放在屋里。李晓铁平时言语少，这时却也在问：亲家呢？卫秀兰说：在湖边钓鱼，中午一起吃饭吧。李晓铁夫妇与亲家走得近，在这吃饭是常有的事，当下也没反对。

在湖边，柯尔蒙聚精会神地观察着湖面。柯尔明走近他，不动声色，悄悄将浸在水里的鱼篓拎起，见有鲜活的鱼在篓中跳动，不少。柯尔明将鱼篓放回原处，提着鱼竿走到另一侧，将鱼钩抛到湖中。不一会，柯尔蒙就将一条草鱼提出湖面。柯尔明这时才说话：这个不小。柯尔蒙将鱼捞住，放进鱼篓，直起腰，问：菊花和华儿来了吗？柯尔明回应他：来了。柯尔蒙说：华儿喜欢吃鱼，来得正是时候。两人说着话，卫秀兰、丰菊花还有华儿来到湖边。华儿跑在前面。卫秀兰拎着个塑料桶，冲柯尔蒙喊：钓到没有？中午烧了吃？说着，就走近湖边，将鱼篓提起，将里面活蹦乱跳的鱼倒进塑料桶，转身提走。华儿亲切地叫柯尔蒙"大伯伯"，柯尔蒙少不得说上一句：华儿，大伯伯就知道你喜欢吃鱼，今天赶上了哦。华儿跑到柯尔蒙身侧，甜甜地说：谢谢大伯伯。丰菊花与柯尔蒙打过招呼后，便随卫秀兰回到屋里。华儿留在湖边看热闹。

偏偏这个时候，岛上来了几个人。柯尔蒙抬起头，一眼便认出，走在前面的是新上任的团结行政村的书记马步前。他一个月前到湖边村民组考察，李晓颜支书曾将他引到葫芦岛。李晓颜是老支书李明清的儿子，两年前,他已接替父亲,当上了村民组的支书。马书记现在的办公室就是当年柯尔蒙任团结大队书记时办公室的位置,不过那时的平房已被翻盖成三层的崭新的楼房了。李晓颜站在屋前喊:柯主任。声音洪亮。柯尔蒙在湖边回应他。很快,几个人来到湖边。马步前、李晓颜等人与柯尔蒙兄弟打过招呼,马步前开门见山地说:柯主任,你想过没有,这葫芦岛风景如画,完全可以派上更大的用场。柯尔蒙不解。柯尔明却悟出其意,问:你是不是要在这里开辟旅游景点?李晓颜支书在一边说:还是柯书记明鉴,这里是发展旅游的绝佳场地。柯尔蒙这才明白他们的来意,说:光一个葫芦岛,成不了气候的。马步前从兜里拿出香烟,递一支给柯尔蒙。柯尔蒙放下鱼竿,接住,对马步前等人说:到屋里坐吧。马步前摆摆手,说:柯主任别客气,我们来看看就走。他站在原地,环视了一下湖面和葫芦岛,接着说:市里开发日月湖环湖旅游带,南岸是重点,这样葫芦岛就包括在里面了。柯尔蒙听了,环视了一下葫芦岛,却不知道说什么好。

马步前说:我们正在配合市里做规划,柯主任要是支持我们,我们就更有信心放手干了。柯尔蒙上前一步,说:既然是市里的计划,我焉有不支持之理?马步前就希望听到这句话,他说:谢谢老主任的支持。规划下来后,我们就干,如果我们自己能引进资金,那是再好不过的了,我们正在想办法。

说完,马步前等人与柯尔蒙兄弟作别,离开葫芦岛,他们沿着日月湖南岸继续考察。

兄弟俩回到屋里。卫秀兰和春桃正在厨房里杀鱼,丰菊花坐在客厅与厨房的门口嗑瓜子。兄弟俩将新钓的鱼放在一起,洗过手,回到客厅。柯尔明拿出一支烟递给李晓铁,李晓铁接过。柯尔明坐到椅上,对柯尔蒙说:他们要将葫芦岛开发成旅游景点,那意思是我们不能在葫芦岛待了?不然,他们感谢你支持什么?柯尔蒙若有所思,说:到时候再说吧,真要是搬迁,那也得配合。柯尔明灵机一动,说:哥,刚才那个马书记是不是说,如果能引进资金,那就再好不过的了?柯尔蒙点点头。柯尔明说:何不叫夏儿跟村里谈谈？柯尔蒙听了有些惊讶，接着迟疑。柯尔明进一步说：哥留恋这片热土，让夏儿来开发，葫芦岛就能基本保持原样，你和嫂子的利益更能得到保障。柯尔蒙半信半疑地说：夏儿一直在大城市做生意，叫他开发乡村旅游，哪会有兴趣？柯尔明劝道：你试试看，也许夏儿有兴趣呢。现在的年轻人比不得我们的思维。一直坐在一边的李晓铁突然来了精神，说：农村情况夏儿熟悉，不妨问问他。李晓铁对自己的女婿似乎有一些了解，所以他才这样说。柯尔蒙觉得他们说得在理，便点点头。

中午，他们吃了一顿丰盛的鱼宴。夕阳西下时，柯尔明一家三口与柯尔蒙夫妇告别。卫秀兰特意为他们准备了几条鱼带着。柯尔明离开了几步，又转回来，对柯尔蒙说：哥，这里要真是开发，你们不便在这里待，就搬到学堂巷去住，那里房子大，你的房间还保留着呢。说罢，才转回身。一家三口赶到村口不远处，坐上了回城的公交车。

葫芦岛上大部分的人都走了，晚上留下两个人的空荡荡的家。卫秀兰忙好家务，与柯尔蒙坐在客厅里看电视。卫秀兰自言自语地说：春儿、夏儿又有一段时间没回来了，还是太太大寿回的，现在就他们俩近。柯尔蒙身子贴近她，将她的手握住，然后放下，站起身来，边走边说：我正想给夏儿打电话呢，你有什么说的？卫秀兰抬起头，望着老头子，说：问问春天、春燕他们可好。

夏儿接到父亲的电话，很激动，在电话里说：爸，你和妈都还好吧？柯尔蒙回他，一切都好。两人寒暄了几句，柯尔蒙把村里开发旅游的事对夏儿说了。柯尔蒙没想到的是，夏儿却来了兴趣。夏儿说这是好事，并说：我正想将公司的经营方向做一些调整呢，旅游产业不错。这样吧，最近我抽空回去一趟，看看有什么我感兴趣的项目。

柯尔蒙与儿子交谈，卫秀兰忍不住也走到跟前，侧耳细听。她听到夏儿说最近抽空回来一趟，脸上立马笑开了花。

挂了电话，两人重新回到电视机前坐下。柯尔蒙说：也许我们真要搬走了。卫秀兰凝神,疑虑,问:不搬不行吗?柯尔蒙说:这里开发成旅游景点了,来来往往的人很多,他们是来看风景的,我们两个老人留在这里,有什么看的?白天经他们一说,卫秀兰已有一些思想准备了,她说:搬就搬,只是舍不得。柯尔蒙说:当初我们搬到乡下,对城里也是舍不得的。到哪都是生活,艰难岁月都过了。

柯之夏经过与团结村的多轮谈判,终于决定投资开发葫芦岛及日月湖南岸旅游资源,他专门成立了一个旅游开发公司。柯尔蒙夫妇决定搬离葫芦岛,村里考虑给予柯家适当的补偿款。夏儿说:地也没有了,你们就到省城去住吧,春燕和春天需要你们。其实,柯尔蒙已经与卫秀兰私下商量好了,他们决定回学堂巷的老屋去住。柯尔蒙对夏儿说:你动员你岳父岳母到省城去住,他们老了,也该有个照应,我们到省城去看春天他们很方便的。夏儿就依了父母,将岳父岳母李晓铁、春桃接到了省城家里。

柯尔蒙夫妇离开葫芦岛的时候,心情沉重起来,他们依依不舍。几十年前,他们响应国家的号召,举家下放。他们推着两个轱辘的板车,来到这个偏僻的村庄,从此过上了面朝黄土背朝天的生活。几十年峥嵘岁月,几十年砥砺前行。他们在这里休养生息,在这里壮大,他们更想在这片倾注心血的热土上颐养天年。现在真要他们离开,他们哪里舍得?卫秀兰离开葫芦岛的时候,几步一回头,直到走出大坝,柯尔蒙这才将她扶上车。全村的人为他们送行。李明清、李霜天、李晓毛、李惠惠一个个地叮嘱:有空回来看看。

15

柯之春的运气一直延续着,似乎组织部门总是在关照他。也难怪,他有学历,他年轻,他是梯队中的人选。

柯之春在厅长的任上不久,就被组织部门派往皖北一座城市任市委书记。虽然是平级调动,但意义是完全不同。他这次北上,是锻炼,也是镀金。

这个时候,柯之春与伍美娟仍然进行着冷战。柯之春被调往外地任职,这种安排,对他们两人来说,也是有好处的。距离能够产生美,他们完全可以利用两地分居的时间冷静地处理两人之间的问题。为什么这么长时间,两人还在冷战呢?伍美娟原则性太强,眼里容不得沙子。她对柯之春是画了红线的。作为丈夫,就应该尽忠诚的义务,尽家庭的责任,怎么可以与外面的女人交往呢?本来,春节的时候,两人的关系有所缓和,柯之春的表现似乎是在向家倾斜。但是,就在春节前,伍美娟暗地里翻看他的包,居然发现了避孕套。伍美娟不动声色。第二天晚上,柯之夏回来吃饭时,发现伍美娟没有做他的饭。柯之春走到饭桌边,问:我的饭呢?伍美娟没好气地说:你还要吃饭干什么?你包里的避孕套就可以吃饱了。柯之春大惊失色,无地自容,好尴尬。柯之春又要解释,伍美娟抽出面前的餐巾纸塞住自己的两个耳朵。她厌倦了,哪里还听他什么解释?恶心死了!

快过年的时候,柯之春与陈好欢聚了一次。其时,陈好已经搬了新房。她在父母、柯之春的帮助下,在省城政务区买了一套属于自己的四居室的新房。一个人干吗要这么大的房子?陈好说,这房子也是柯之春的家,以后还可以接父母过来住。陈好将家里布置得温馨雅致。她亲自做了几道家乡风味的菜,摆上红酒,祝贺柯之春当上书记。以前陈好称柯之春为叔叔,有时也称柯厅长,现在改了,叫阿春。柯之春心花怒放。喝过酒之后,柯之春急切地就要上床,因为他不好在这过夜,他夜里要回去的,所以他要掌控时间。陈好说,别急,今天是个特别的日子,她要为他精心准备。于是,她洗了个澡,身姿曼妙地出现在柯之春面前,为柯之春跳了一个勾魂的舞蹈。柯之春无心欣赏她的舞蹈,眼睛一刻不离地盯着她的身体,欲火中烧。陈好跳过舞,冲他娇艳地一笑,这才投入他的怀抱。这是一个销魂的夜晚,他回去的时候,时间早已过了子夜。柯之春以为伍美娟现在对他冷漠,再也不会检查他的包了,他放松了对伍美娟的防范。他忘了一件事。他到陈好那边去之前,陈好曾给他发了一个短信,让他别忘了买避孕套。伍美娟还是发现了。旧怨未除,新恨又添。他们两人的关系能解冻吗?

  伍美娟也想过离婚,但是,一想到家庭她就犹豫了。离婚,对孩子、对父母的影响有多大,她无法估量。父母就她一个女儿,就文革一个外孙。父亲已经离休在家,颐养天年。再坚强的老人,也有可能被子女的崩溃的情感击垮。父母总感觉过去对女儿亏欠太多,现在倍加珍惜和呵护,任何对女儿的伤害都会让他们寝食难安。因为顾及父母的感受,伍美娟每次回到家,有时是和柯之春一起回家的,但更多的时候是她一个人回娘家的,都会表现得一如平常。两人都是出色的演员,在父母面前有说有笑,共同为文革考上了重点大学欢欣鼓舞。

  伍美娟也想过到他办公室或者上级组织去反映,震慑他。但是,这不是她的风格。两人都在一个单位,何必闹得沸沸扬扬,两败俱伤?柯之春的前途如果没了,影响的不仅是柯之春自己,还会影响到文革,影响到整个家庭,对她也没什么好处。

  柯之春上任之前,也拜见了一下自己的岳父岳母。伍蓝天和杜若溪热情地招呼他,夸他工作出色,前途无量。柯之春在岳父岳母面前表现得极为谦虚、低调。杜若溪甚至交代女儿伍美娟:春儿去外地,公务繁忙,你要多担着些,别让他为家里分神操心。说过之后,杜若溪又对女儿说:春儿去了外地,你一个人在那边住,我也不放心,就搬回来住吧。伍美娟答应说:我是应该回来住的。

  柯之春带着一种与何美娟恢复夫妻感情无望的心情离开了省城。柯之春走的时候,很有感触地看着伍美娟,说:我走了,你要照顾好自己。伍美娟没有任何的反应。她心里仍然被一块石头堵着,高兴不起来。她连一句祝福的话也没有,甚至连一句带有警示意味的话也不愿意说。柯尔春只好无趣地转过身,走了。柯之春走后的第二天,伍美娟就搬回娘家住了。

柯之春的赴任,让他的弟弟柯之夏打心底里高兴。柯之夏对李春燕说:我哥就是做官的料。柯之夏说什么,李春燕都是赞同的。不过李春燕却没忘提醒夏儿:他官做得再大,我们都不要去打搅他,给他添麻烦。我们做生意,靠的是自己,不要给别人说闲话的口实。柯之夏觉得春燕说得有理,也是在鼓励自己,又要过来抱春燕。春燕悄悄说:孩子在隔壁做作业,别老大不正经的。柯之夏止步,冲李春燕做了个鬼脸,说:我们只是在开业的时候请哥哥来捧场,之后我们何曾因为生意上的事找过他?他坐到那个位置也不容易,我才不想给他拖后腿呢。李春燕赞许地说:你也不容易啊。

　　柯之夏参与日月湖南岸的开发,进展很顺利。他成立了一个旅游开发公司,大量地吸收湖边村民组的村民参与。因为开发旅游,湖边村民组需要整体搬迁。好在村民们早有思想准备,拆迁也是改变境况的良机,他们积极响应,投亲靠友,不到两个月,他们搬迁完毕,连一个钉子户也没有。大湖乡政府统一规划,沿合安路建造了大量的回迁房,安置日月湖南岸的村民,于是皆大欢喜。开发的最大难点,是那一片坟茔。好在村里、乡里出面做工作,并在附近划出一片山地,迁坟延续半年,总算画上圆满的句号。迁坟的时候,柯尔蒙兄弟及夏儿来到巫竹梅坟前,烧了在这里的最后一堆纸,燃了最后一挂鞭炮。接着他们又来到朱咸来教授、李明君父子的坟前,为他们默哀祷告。朱咸来教授要是活到现在,看到乡村的变化,一定会感到欣慰的。

　　柯之夏大部分时间都花在了对日月湖南岸的开发上。李晓铁、春桃住进了他在省城的家。李春燕下班回到家,突然看到自己的父母端坐在家中,又惊又喜。就这样,李晓铁夫妇解决了柯之夏在省城的后顾之忧。柯之夏往返于省城与桐城之间,打理两边的事务,还算得心应手。

　　幸亏学堂巷的房子比较大,不然柯尔蒙夫妇挤进来,是很不方便的。柯尔明怕嫂子劳累,专门请了阿姨烧饭做家务。阿姨是过去邻村的中年妇女,死了丈夫的,吃住在他家。这样,学堂巷的房子里住着六口人,也热闹得很。柯尔蒙在城关住了一段时间,仍然有些不适应这里的生活,他心里眷恋着葫芦岛。卫秀兰看出他的心思,对他说:是不是想回去看看?柯尔蒙抬起头,依窗看着葫芦岛的方向,不知道说什么好了。葫芦岛现在已经不属于他了,他要是回去,也仅是看看而已。卫秀兰为他着想,提醒他说:你可以回去钓鱼。柯尔蒙恍然大悟。第二天一早,柯尔蒙就将渔具准备好,带上草帽和香烟、水杯,便出门了。卫秀兰撵出门,对他说:老头子,你不带我去吗?柯尔蒙这才停下来,等卫秀兰。卫秀兰走到他跟前,与他一起边走边说:就想去看看。

葫芦岛并没有被柯之夏改造得面目全非,它保持了原样,比原来布局更合理,景致更美观,并修建了几处凉亭。熟悉的场景,让柯尔蒙颇感欣慰。两人回城的时候,一个劲地夸夏儿聪明、能干。

但是,春儿让他开始忧虑起来。晚上吃过饭,柯尔蒙回到自己的卧室,对卫秀兰说:春儿总是忙,我就担心他有什么事。卫秀兰安慰他说:春儿好好的,你担心什么?庸人自扰,想儿子了也别瞎担心。柯尔蒙愤愤地说:好长时间他都不回家,我都感觉到他陌生了。卫秀兰若有所思,叹了一口气,说:他们不回来,我们就去看他们。柯尔蒙说:他在皖北,文革在美国,怎么看?卫秀兰说:你要真想他,就打电话让他回来。柯尔蒙说:我才不打电话呢,看他什么时候回来看我们,像话吗?卫秀兰劝慰道:是不像话,见面你训春儿,别自己怄气上火。他才到新地方上班,工作肯定很忙,今年过年我相信他们会回来的。

卫秀兰一边说一边看电视,突然之间看到了春儿在电视屏幕里。那是一次在省城召开的省委扩大会议的现场,主题是反腐。省委书记等领导坐在主席台上,柯之春坐在台下第一排的边上。卫秀兰高兴地说:我看到春儿了,他回省城参加会议。柯尔蒙不为所动,慢条斯理地说:他就是会多,他就是忙。

儿子做了这么大的官,算是很有出息的了,柯尔蒙却不以为然,担心春儿是否做得踏实,是否做得风清气正,永葆事业的青春。

这一年的春节到了。柯之春在皖北某市当了三年的书记之后,终于抽空带着伍美娟回桐城过了一次春节。文革在美国留学,美国又不放华人春节的长假,所以他是回不来的。不仅文革,连在美国的柯之冬也赶不回来。柯之秋带着老婆琪儿及上小学的儿子柯启国专门从北京赶回来过春节。桐城市学堂巷的老屋,济济一堂,其乐融融,重现以往过春节大团圆的场景。年夜饭是在附近的饭店吃的,柯之春带了一箱茅台酒,喝了个精光。席间,有人突然谈到了当前的房价,卫秀兰对柯之秋说:听说北京的房价太贵,你们还住原来的小房子吧?柯之秋说:在北京,能有一套自己的房子住就不错了。柯之夏听了这话,突然拍板,说:三弟要是买新房,我赞助一百万。全场啧啧称赞。柯之夏话音刚落,柯之春借着酒劲,站起来说:我也出点力,赞助八十万。所有人扭过头,惊异地看着柯之春。伍美娟连忙打圆场说:他酒喝多了,他怎么拿得出?柯尔蒙看着柯之春,示意他坐下,说:要赞助,也是我们老两口,将桐城那一套房子卖了支持一点就行了,你们有钱的话存两个,以后用钱的地方多。先不说这个,喝酒。

气氛热烈。但是,柯尔蒙却保持着一份清醒。春儿、夏儿拿钱支持秋儿本是好事,但是,在这个场合说,不合时宜。为了不影响现场的气氛,柯尔蒙才没训斥自己的两个儿子。柯之夏第一个站起来说赞助一百万,柯尔蒙倒不觉得不正常。夏儿有这个实力,钱也是他自己挣的,他支援自己的弟弟也属正常。让人揪心的是春儿。他一个公务员,一个领导干部,也跟着起哄,他哪里有那么多钱?这是家庭聚会,这要是在外面,别人听了,会怎么想?只听说做生意的发财,没听说做官的发财,他凑什么热闹?莫非他发了什么不义之财?不然他凭什么能支援弟弟八十万?

从酒店回来,柯之夏提议打麻将,应者云集,但是只能由四个人上场。柯之夏动员父亲,柯尔蒙摇摇头说:人多的是,你们打,我喝了酒头有点晕,需要静一静。说罢,柯尔蒙去了楼上。于是,柯尔明、丰菊花、柯之春、柯之夏四个人上场,其他的人围着看,或者在一旁看电视,吃瓜子、水果,聊天,不亦乐乎。

柯尔蒙端起茶杯走进了自己的卧室。他坐靠在床头。他不是头晕,而是因为春儿的事,心里堵得慌。他开始担心春儿。柯之春自从上了大学,父子俩的接触就不如从前了。接触少,又缺少交流,柯尔蒙开始对自己的这个儿子感到陌生了。柯之春本来就话不多,很多的事情不是说在前面,而是做在前面。小的时候,春儿少年老成,大了,更是表现得城府很深的样子。当年他只身识破李晓刚栽赃柯家偷砖的事,就是一例,说明他做事情的目的性很强,有仇必报,而且胆大。如果这两点不是用在正道上,那危险性就不言而喻了。每次柯之春回到葫芦岛,除了报告自己职务上的升迁,很少与父母谈到自己的工作。柯尔蒙问:工作还好吧?忙不忙?他总是回一句:还好。没有多余的话。柯尔蒙有时自责:难道是我过于严肃了吗?

卫秀兰走进卧室,柯尔蒙居然没注意。卫秀兰走到柯尔蒙跟前,关切地问:不舒服吗?柯尔蒙坐起身子,正欲回答,不想卫秀兰却说:你是为春儿担忧吧?柯尔蒙睁大眼睛看着卫秀兰。卫秀兰坐到床沿,对柯尔蒙说:春儿确实有些变化,我也能看出来。卫秀兰这句话似乎戳到了柯尔蒙的痛处,柯尔蒙说:现在反腐力度那么强,问题官员就像下饺子一样被揪出,我能不担心他吗?卫秀兰示意他小声点,说:春儿应该不会有问题的,而且还有伍美娟在他身边呢,他们条件都很好,何须以权谋私?柯尔蒙脸上的表情仍然很复杂,他说:你有没有注意到,春儿和美娟不是我们想象的那么亲密,他们夫妻之间出了问题。卫秀兰疑惑地看着他,问:何以见得?柯尔蒙说:他们比较勉强,也很做作,很多的时候都是在应付。卫秀兰大为吃惊,说:是吗?我都没注意。柯尔蒙说:你注意一下,就能看出。卫秀兰说:你这样一说,我也担心他了,你是不是找他谈一次?父子俩还有什么不好说的?柯尔蒙说:我是要找他谈谈,你去叫他上来。卫秀兰有些惊讶,说:他和美娟回来过春节,要待几天的,何必今晚?柯尔蒙想想也是,今晚是大年夜,一家人热热闹闹的,我何必因自己的担忧扫了大家的兴?柯尔蒙看着卫秀兰,说:也罢。卫秀兰站起身来,对他说:春儿走之前,你再找他谈谈吧。说罢,走出了卧室。卫秀兰前脚走出,柯尔蒙一骨碌起床,后脚跟进,也走出了卧室。

大年夜就这样过去了。初一一早,大家互致问候,并给长辈拜年,然后围在一起吃元宝(茶叶蛋)、鸡汤面,接着打麻将的打麻将,打扑克的打扑克,看电视的看电视。

柯尔蒙想找春儿谈一次话,却又错过了机会。到初三那天,春儿突然对父亲说,他要回去了。柯尔蒙有些吃惊,卫秀兰也觉诧异。春儿解释说:省里马上要开"两会",市里有很多事要处理。父母不好留春儿,春儿便和伍美娟赶回了省城。柯尔蒙落下遗憾。卫秀兰安慰他说:春儿他们都大了,我们也该放手了,他们的路由他们自己走,我们就是管也管不了的。

柯之春就是在这一届的人代会上当选为副省长的。柯家出了这么大的官,应该是可喜可贺的。但是,柯尔蒙却高兴不起来。他还是为春儿担心着。春儿大年夜脱口而出的八十万,让他一下子就着了心魔。春儿和伍美娟面和心不和的关系也令他牵肠挂肚,夜不能寐。关键是,他明明知道春儿很可能陷入了一种不能自拔的危机之中,却无能为力,无法去解救。什么职务,什么金钱,还有什么比一家人平平安安、和和睦睦地过日子更重要吗?就在春儿第一时间兴高采烈向他报告好消息时,柯尔蒙忍不住在电话里大声说道:春儿,你真该反省一下自己了,你可别成了反腐的靶子,我们家不希望出个什么"老虎"。一盆冷水浇到柯之春的头上,柯之春正在腾云驾雾,一下子就摔到地上。柯尔蒙似乎是鼓足了很大的勇气才说出这话的,他说完就挂了电话。他的声音,屋里的所有人都听见了。柯尔明与丰菊花相视惊疑,不知所措。柯尔蒙极少在电话里当着家人的面训斥自己儿子的,这是怎么了?春儿犯了什么错?出了什么事?

卫秀兰也开始担心起春儿了。她一直是非常信任春儿的,但是现在,她陷入了深深的忧虑。

春天里,李霜天和李晓毛带着新鲜的蔬菜到城里来看望柯尔蒙,并向柯尔蒙道贺。他们是从电视里看到柯之春当上副省长的新闻的。柯尔蒙却不以为然,他岔开了话题说:中午在这吃饭,下午我们打几圈麻将。卫秀兰热情地给他们泡茶,并和丰菊花一起去厨房帮阿姨做饭。李霜天开玩笑地说:只怕在这吃了饭,还赢了钱带回去。

李霜天还是走进了厨房,走到卫秀兰身边,他看着卫秀兰,说:城里的生活习惯了吧?有时间到乡下去走走。卫秀兰转过身,对他说:还是乡下空气好,清静。李霜天已经很长时间没有看到卫秀兰了,今天是个难得的机会,所以他要进到厨房单独与卫秀兰说几句话。他已经感到满足了。他回到客厅,继续着与柯尔蒙兄弟俩的交谈。

16

柯之春出事了。这个消息似是晴天霹雳,在柯家人的心头炸开了。

柯之春是在一个重要的会议上被带走的。这个信息,柯尔蒙是从伍美娟打过来的电话中得知的。伍美娟在电话中哭诉:春儿他出事了。伍美娟把柯之春被带走的情况向柯尔蒙说了。柯尔蒙一屁股瘫坐到沙发上。柯尔蒙夫妇担心的事还是发生了。

中纪委经过半年多的调查,对柯之春有了一个初步的结论:柯之春利用职务之便,收受贿赂五百多万元,数额巨大;柯之春腐化堕落,与情妇长期保持着不正当男女关系,并非婚生子;柯之春违反八项规定精神,接受宴请,出入高档私人会所;等等。柯之春被移送司法机关。

柯尔蒙受到的打击是前所未有的。他无地自容,甚至都不敢出门。试想,外面有多少双眼睛斜视着他,多少张嘴在他背后窃窃私语,又有多少双手在他身后指指点点。柯尔蒙心想:我这一生兢兢业业,与人为善,既没坑人,也没害人,连公家的一个热水瓶也没拿回家过,这是造了什么孽！这小子以前不是这样的,现在怎么变化这么快？我们柯家的脸面都给他丢光了。一连几天,柯尔蒙就像是大病了一场,萎靡不振。卫秀兰也是唉声叹气。柯尔明夫妻情绪不佳。一家人陷入空前的无以名状的低潮之中。

　　夏儿第一个打电话给家里,电话是母亲卫秀兰接的。夏儿在电话中问：爸呢？卫秀兰回答说：他睡了。夏儿说：你叫爸接电话吧。卫秀兰有些迟疑,说：有什么事明天再说吧,让他休息会。夏儿忍不住在电话中对母亲说：你们不要太难过,也不要太自责,哥哥出的事是他自己把握不好,他经受不住外面的诱惑,他不出事才怪呢。卫秀兰叹了一口气,说：怪我们对他提醒不够。夏儿说：也不能这么说,哥在单位,受党的教育和提醒还少吗？他出这么大的事,原因是多方面的,情况也复杂,希望你们不要想那么多,顺其自然,我相信哥哥会积极配合调查,争取宽大处理的,你们要过好自己的生活。卫秀兰反而安慰起夏儿来,说：春儿出事了,我希望你们都好好的。夏儿说：你放心,哥哥的事不会与我这边有什么干系,我心里一直有杆秤的。卫秀兰说：有空你劝劝你父亲,我怕他经受不住这一击。夏儿说：我知道了。

　　第二天,夏儿就从合肥赶到了桐城。他将车停在了学堂巷外面的路口。一些人用异样的目光看着他从车上下来,他全然不顾,如往常一样,昂首进了家。柯尔蒙像是感冒了,他坐到客厅的沙发上,一边喝水一边看电视。柯尔明坐在他身边。兄弟俩心照不宣,极少言语。夏儿进来的时候,柯尔蒙有些吃惊,他并不知道夏儿今天回来。夏儿一进门,和小叔叔柯尔明打声招呼,就坐到父亲的身边。柯尔蒙侧过身,没有太多的反应,他似乎瘦了一些。夏儿开门见山,对父亲说：还在为哥哥的事担忧啊？卫秀兰从厨房里出来,给夏儿泡了一杯茶。柯尔蒙这才坐直身子,说：现在说有什么用？不提他了。柯之夏说：这也未必,说他也没关系的,现在应该是哥哥最痛苦的时候,我想他一定很后悔。其实,他最痛心的就是无法面对家人,我们不能对他完全失望。柯尔明在一旁说：人非圣贤,孰能无过？春儿犯的错与你无关,不能由你和嫂子来背负,只能让他自己来承担,你和嫂子身体要紧。卫秀兰搬出凳子默默地坐到夏儿身边。这些天,突如其来的打击使她承受着巨大的痛苦。她极少言语,有时想劝慰柯尔蒙几句话,却不知从何说起。不知道法律会对春儿做怎样的处理,更是不忍看着柯尔蒙这么消沉下去,她揪心得很。丰菊花从卧室里出来,站在一旁,突然插上一句:能不能找些关系,让春儿的处理轻些?夏儿抬起头,说:没有用的,他撞的是枪杆子,只能由他自己积极配合,争取宽大处理了。柯尔蒙叹了一口气,说:听天由命吧,你们该干什么干什么去。

卫秀兰突然问夏儿:春儿会坐牢吗?夏儿抬头看了看母亲,无可奈何地点点头。卫秀兰又问:会判多少年?夏儿说:不知道,现在执法都很严的。卫秀兰感叹一声,说:春儿确实败坏了我们这个家庭的荣誉,但是,我们也不能妄自菲薄,不管怎么样,他都是我们的亲人,我的孩子。夏儿说:妈说得是。

秋儿已然得到消息,春儿哥哥出事了,他从北京打来电话,安慰父母。连在美国的冬儿也与母亲通了电话,要他们坦然面对,并邀请他们近期去美国住一段时间。卫秀兰拒绝了,她哪有心思去美国?她要等着春儿的消息。

春儿的案子没有那么复杂,也没有牵涉到太多人。夏儿的公司与他没有任何的利益关系,伍美娟也没有参与他的利益分配,所以他们没有受到任何的牵连。唯一与他沆瀣一气、利益捆绑在一起的人就一个,是陈好。这个给他带来无限快乐,也让他背负骂名的女人,结局不是她所预想的那么幸福快乐。她希望与春儿组成一个家庭,没有成功;她希望得到更多的钱财,使自己和自己的家庭过上幸福美满的生活,到头来竹篮打水一场空,她从柯之春那里得到的所有的金钱都充公了,她甚至搬出了那套与春儿苦心经营的安乐窝。柯之春是不会离婚的,他要乞求伍美娟的原谅,陈好和柯之春的孩子只能成为私生子。早知如此,何必当初!

伍美娟的痛苦是常人难以想象的。她预感到了柯之春有不祥的结局,但没想到会来得这么快。她的家庭承受了巨大的负面影响。她很长时间以来与柯之春夫妻名分尽失，岁月和情感的折磨使得她脸上铅华消融。她甚至后悔当初的选择。一个人一生最大的失败，就是选择错了婚姻。她恨柯之春。但是，柯之春出事后，伍美娟又突然之间开始反省自己。我明明知道他陷入别人的怀抱，我为什么不制止呢？我完全有很多种选择方式纠正他偏离的轨道，但是，我放弃了，我听之任之，冷漠对待。柯之春出轨期间，我也没有尽到一个妻子的义务，我为什么没有全力挽救他，而是将他推向门外？伍美娟想到这里，愤懑、自责、愧疚。她上班的时候，尽量避开人，两点一线就是自己一个人的生活圈。夜深人静的时候，她经常偷偷地流泪。

　　柯之春的出事，给伍蓝天带来了深刻的思考。春儿是怎么走到这一步的？冰冻三尺，非一日之寒。伍蓝天结合自身的实际，感叹道：我们身边时时有潜规则，时时有体制机制的不规范，时时有人为的不受约束的操作，致使腐败从无到有，从小到大，从无视到形成一座山头。伍蓝天自责：为什么我以前对这些却见怪不怪？

　　伍蓝天和杜若溪极力安慰伍美娟，怕她经受不住打击，但是伍美娟经过一段时间痛苦的反思后，反而冷静下来，她开始坦然面对。柯之春的本质是不坏的，他只是受到太多的诱惑，把握不住，才犯了这么大的错误。他已经受到了严厉的惩罚，我们不能弃之不顾。也许这个时候，他最需要的就是来自家庭和亲人的关怀。我们应该站在他的身边。

　　半年后，柯之春的案子宣判了。柯之春犯受贿罪，判处有期徒刑六年，剥夺政治权利五年。宣判之后，柯之春被押往监狱服刑。说来也巧，柯之春服刑的监狱，就是当年他父亲柯尔蒙待过的大湖农场。这里离桐城市区仅几十公里，与原湖边生产队及葫芦岛隔湖相望。命运就是这般捉弄人。

17

　　这一年的大年夜,柯家算是聚得比较齐。除了柯之春一家三口,柯家在外地的人员都回到了学堂巷。柯之秋、柯之冬相约携家人远道赶回,因为这是柯之春服刑的第一年,他们要陪伴父母。这回,柯之冬将美国的丈夫约翰和儿子小约翰也带回来了。小约翰的出现,为全家人带来新的喜悦气氛。

　　年前,柯家放了阿姨的假。年三十这天,卫秀兰和丰菊花一早就进了厨房,为年夜饭张罗。柯尔蒙、柯尔明兄弟俩忙里忙外,不亦乐乎。

　　临近中午的时候,卫秀兰才抽空走出厨房,喝了一口水,对柯尔蒙说:过年了,春儿在里面也不知道怎么样了,我们应该去看看。柯尔蒙恍然大悟,这才想起春儿。柯尔明听到嫂子说的话,在一旁附和着说:是该去看看。秋儿凑上来说:我跟你们一起去。柯尔蒙回应说:那就去看看。接着他又自言自语地说:我是应该去看看他。

　　所有人都要去看柯之春,被柯尔蒙否决了。柯尔蒙对秋儿他们说:你们都在家,我和你妈去看他。夏儿自告奋勇地说:我开车送你们去。柯尔蒙这才点了点头。三个人简单地收拾了一下,就出门了。柯尔蒙不希望太多人去看春儿,是为减轻春儿的心理负担。

　　大湖农场已经不是以前的大湖农场了,通往农场的土路不见了,白墙代替了红墙,一栋七层楼的建筑在院内一侧矗立。夏儿将车停在固定的停车场。他办理了登记手续,一行三人便走了进去。在一间封闭的一分为二的密室,柯之春神情木然地走到隔离窗户前。当他看到父母时,他再也控制不住自己的情绪,眼泪扑簌而下。他坐到父母的面前,好长时间眼泪都没有停止。卫秀兰本来已暗下决心控制住自己的情绪,但是,看到春儿这样,她哪里能控制得了？卫秀兰眼泪奔涌而出，她连忙拿起手帕擦拭了一下。柯尔蒙凝神看着春儿，说不出话来。夏儿站在父母的身后，心情沉重。

柯之春唏嘘不已。他终于用手抹了一把脸，抬起头来，哽咽着对父亲一字一句地说：爸，对不起。又侧过头，对卫秀兰说：妈，对不起。说过之后，柯之春又哭了。柯之春已经是五十多岁的人了，在父母面前竟然像是一个做错了事的孩子，泣不成声，哭得如此伤心。柯尔蒙侧过身，伸手握住卫秀兰的手，然后对柯之春说：你好好改造，我们等着你回来。卫秀兰不再流眼泪了，她振作起来，对春儿说：妈知道你很痛苦，都过去了，孩子，向前看。柯之春抿住嘴，仔细听父母说话，生怕漏了一个字。他止住了哭，对父母说：昨天美娟和她父母来过。柯尔蒙问：他们为什么不到学堂巷去呢？卫秀兰急切地问：文革可与他们一起？柯之春说：他们四个人来这里后，直接回合肥了，美娟说，过了春节去看你们。

从大湖农场出来后，柯尔蒙的心情是沉重的。卫秀兰内心总算平静了许多。夏儿自始至终，一句话都没有说，他能说什么呢！

三个人回到学堂巷，柯尔蒙对夏儿说：你去通知一下他们，我们现在去太太的墓地。夏儿心领神会，进屋招呼秋儿、冬儿他们。考虑到人多，每个小家只能派一位代表，而且以男士为先，这是桐城乡下的传统。一辆车挤得满满的。柯尔蒙、柯尔明、柯之夏、柯之秋、柯之冬，一行五人来到山边。在一片墓地，柯正雄和巫竹梅的墓碑并立。他们来到二老的碑前，将菊花插上，然后跪拜。临走的时候，柯尔蒙双手合一，对着父母的墓碑说：爸，妈，你们安息吧！

这一年的大年夜，柯家是在一种平静的氛围中度过的。柯家人经历过痛苦的折磨，在柯之春的案子尘埃落定后，终于恢复平静和往日的欢欣。柯尔蒙彻底想开了，他已不再内疚。儿女都已经长大，各自拥有了自己的家庭，有的甚至将要步入老年，他还有什么不能放手的呢？作为父母，何以不能释怀？留一份牵挂，期盼着下一次的亲人团聚，还有什么比这更幸福的呢？

何为家？家不可能总是爱、欢乐和笑的殿堂，它有时是忧伤，是孤寂，是争鸣，是包容和奉献。家，是社会的缩影和一个单元。

柯尔蒙以前总是憧憬着家庭的辉煌和荣耀，经历了柯之春的事之后，他才调整了自己的预期。我柯尔蒙就是一个普普通通的公民，我的家庭是一个平平常常的家庭，有悲欢离合，有幸福，也有伤愁。平安是福，健康是福，为社会多做贡献是福！除夕夜，卫秀兰难得地喝了一点红酒，她少有地红光满面。当夏儿放过开门鞭，和秋儿、冬儿他们散去，回宾馆休息时，柯尔蒙扶着卫秀兰走进了卧室。他对卫秀兰说：我们老了，但是，对于这个家，我们问心无愧。卫秀兰注视着他，说：我们应该高兴才是。

正月初四，按桐城风俗，应该是女婿拜老丈人的日子。柯之春身在农场，哪里能拜得了他的老岳丈伍蓝天？他出不来，但是，他的老岳丈伍蓝天却携杜若溪、伍美娟和文革来到了学堂巷。柯尔蒙、卫秀兰喜出望外。这两对老亲家以前极少来往，现在，因为柯之春，居然在桐城相聚了。柯尔蒙兄弟拿出自家珍藏的陈年老酒，陪老亲家把盏言欢，连喝了好几杯。卫秀兰见到文革，无比亲切，她围着他转，问长问短。整个聚会，没有人提柯之春。为什么要提他呢？他本来就是大家庭的一员，在与不在，都有一份牵挂，并不影响这里的氛围。这就是家，这就是大家族。

吃过午饭，柯尔蒙以为老亲家要告别赶往省城，没想到伍蓝天却问道：葫芦岛离这里远吗？柯尔蒙摇摇头，说：不远。伍蓝天兴致高涨，说：我们不妨去看看。他这般提议，应者云集。柯尔蒙兄弟俩异口同声说：这是个不错的主意。伍蓝天和杜若溪多少次听柯之春和伍美娟说过葫芦岛，而且那里更是自己的宝贝女儿下放的地方，他们早就心驰神往了，今天是难得的机会。

柯家全家出动，连同伍蓝天夫妇，分乘四辆小车。原本夏儿和伍美娟各自开车的，因为人多，夏儿专门从桐城这边的公司调了两辆车过来。华儿跟父母坐一辆车,由柯之夏的司机开车。

　　车队行至安合路快要拐向团结村的时候,被站在路边一处场地上闲聊的李霜天等人看见。李霜天等人对夏儿的车再熟悉不过了,而且这车队又是拐向湖边村民组那边的,他们好奇得很,便向路边靠近,神情专注地察看着缓慢行驶中的车及车上的人。柯尔蒙坐在车内,看见了李霜天,便示意停车。四辆车依次停在了路边。柯尔蒙从车内走出,李霜天等人看见他,又惊又喜,连忙上前打招呼,问候新年快乐。李霜天的后面,跟着李晓毛、李明清、李惠惠。夏儿、秋儿和冬儿以及柯尔明夫妇也下了车。李霜天等人看见秋儿、冬儿,亲切地说:再过几年,只怕我们也认不出你们了。他看了一眼坐在车窗里的卫秀兰,接着说:我们老了! 柯尔蒙环视着道路一侧一排排整齐的五层的楼房,问李霜天:你们都住这儿了? 李明清抢着回答:都住两年了,你看,与城里有什么分别? 路边向西一侧,是回迁户的生活区,环境优美,生活设施齐全,难怪李霜天他们在这里生活,老有所养,怡然自乐。柯尔蒙寒暄几句,与他们告别,说:去看看葫芦岛! 李明清笑着说:太美了,我都不敢相信,那是我们曾经生活过的地方。柯尔蒙等人上车,李晓毛站在人群里,冲柯之夏挥手喊:夏儿,真有你的,大家都为你感到骄傲!

　　柯之夏等人的车停在了村口外边的停车场。这个停车场离环湖大道仅半里之遥。他们下车后,需要沿着环湖大道步行。他们刚走出几步,就远远地看见了湖边村民组的村落。蓝天白云,绿树成荫,鳞次栉比的徽派建筑,浑然一体。整个村落就如一幅画。村子的外面,是规整的田畴和绿化带。夏儿介绍说:湖边村民组已经被改造成艺术村了,这里是桐城市的绘画、书法、摄影、阅读基地,艺术家驻村,有吃有住,有独特的艺术氛围,交流、写生、办展会,应有尽有。伍蓝天看到游人如织,感叹地说:桐城乃文化之乡,以后我们要经常来。

　　行走中,柯之冬突然惊异地喊:葫芦岛! 是的,葫芦岛! 他们曾经休戚与共、悲欢离合的地方,他们曾经浸染泥土的暗香,挥洒汗水和热血的地方。

葫芦岛像一颗蓝宝石镶嵌在日月湖的南岸,熠熠生辉。所有人都带着一颗敬慕之心,热切地看着它,向它走近。伍美娟挽着母亲杜若溪的胳膊,杜若溪情不自禁地说:太美了!

曾经的大坝,变成了绿色的通道。岛上楼台亭榭,曲径通幽,两边整齐地排列着文化名人的雕像。岛与湖之间,有一条如丝带一般的青石路,它将整个小岛围起,供游人漫步、观赏。伍蓝天去过的地方可谓不少,但他却由衷地为这里的美景感叹。自然、质朴的美,才是真美。又是冬儿第一个发出惊呼:我们的家!原来他们的家已不复存在,取而代之的是一座名人馆。上下几千年,桐城名人震天下,名人馆镶嵌在这里,凸显乡野旅游的文化涵养。

还有很多的地方可以去,整个日月湖的南岸,就是一个乡村旅游的好去处。他们离开的时候,依依不舍。

葫芦岛,在柯家人的心中,永远是一座丰碑!

(本故事纯属虚构,请勿对号入座。)